FERNANDO ARAMBURU
VIAJE CON CLARA POR ALEMANIA

MAXI
TUSQUETS
EDITORES

El papel utilizado para la impresión de este libro es cien por cien libre de cloro y está calificado como **papel ecológico**.

1.ª edición en colección Andanzas: febrero de 2010
1.ª edición en colección Maxi: abril de 2014
2.ª edición en colección Maxi: diciembre de 2016
3.ª edición en colección Maxi: mayo de 2017
4.ª edición en colección Maxi: octubre de 2017
5.ª edición en colección Maxi: julio de 2018

Ilustración de la cubierta: Ilustración de John Slater. © Iconica / Getty Images

Fotografía del autor: © C. P.

Diseño de la colección: FERRATERCAMPINSMORALES

ISBN: 978-84-8383-857-0
Depósito legal: B. 4.866-2014
Impresión y encuadernación: Liberdúplex, S. L.
Printed in Spain - Impreso en España

A la Guapa

1

Después de la cena fuimos a dejar a *Goethe* en casa de la señora Kalthoff. Apenas había parado de llover desde la mañana, lo que por la tarde me libró de regar el jardín. Dispuse en consecuencia de más tiempo para ocuparme de las maletas. Demoramos la cena hasta que tuvimos el equipaje listo, el coche preparado y la casa recogida. A las nueve, lo único que nos quedaba por hacer era llevar el perro a su alojamiento de los próximos meses. De acuerdo con el deseo de Clara, atravesamos el pueblo por las calles lindantes con el campo por donde solemos sacar a *Goethe* de paseo, de manera que el animal no descubriera demasiado pronto que tramábamos prescindir de su compañía. Aun así, se conoce que tuvo un barrunto, pues a pesar de su naturaleza juguetona se pegó a nuestras piernas y no se apartó de nuestro lado durante todo el trayecto, andando en silencio con la orejas gachas, el rabo encogido y una expresión como de huérfano inconsolable en la mirada. Clara se puso a disertar bajo el paraguas sobre las dotes adivinatorias de los perros. Creo que hablaba para sí en la esperanza de que sus propias palabras le procurasen un efecto balsámico contra el remordimiento de conciencia. A mí más bien se me figura que *Goethe* se acordaba de las veces anteriores en que lo habíamos confiado al cuidado de la señora Kalthoff, ya fuera porque no lo podíamos llevar con nosotros de vacaciones, ya porque Clara había sido invitada a algún ciclo de lecturas en diversas librerías y universidades del país, y yo, como de costumbre, la había acompañado. No abrigábamos la menor duda de que la señora Kalthoff cuidaba a *Goethe* con mimo. Puede incluso que lo cuidara mejor que nosotros. No se me ocurre, por tanto, ninguna explicación para la tristeza de nuestro perro; tristeza que se repite cuando, de vuelta de cualquiera de nuestros viajes, vamos en su busca con una chuchería de regalo y, en lugar de alegrarse, da claras muestras de que le duele separarse de la señora Kalthoff. Quizá vayan descaminadas mis suposiciones, pues no soy experto en almas caninas como, por lo demás, tampoco en las humanas, si es que hay de verdad tal víscera invisible.

A nuestra llegada a la casa, la señora Kalthoff, que vive cerca del famoso molino, se inclinó para acariciarle la cabeza a *Goethe* mientras le dedicaba unas palabras afectuosas. *Goethe* le lamió las manos profiriendo gemidos de agradecimiento, como si en sus ojos de perro atribulado la señora Kalthoff fuera el verdugo que acabara de perdonarle la vida. Clara y yo nos marchamos a los pocos minutos. *Goethe* ya estaba saboreando para entonces, bajo la mesa del salón, la rodaja de mortadela con que lo había obsequiado su anfitriona. Se mantuvo impasible al vernos salir. Creo que en el último segundo nos lanzó una mirada de refilón, como deseándonos un viaje con lluvias y contratiempos. En el recibidor, a punto de irnos, Clara entregó a la señora Kalthoff la llave de casa, la del buzón y la del cobertizo del jardín. Le pidió que regara las plantas una vez por semana y con mayor frecuencia las del invernadero menos los cactos; que vaciara regularmente el buzón y dejara por las noches alguna lámpara encendida a fin de engañar a los ladrones. Clara y la señora Kalthoff se despidieron a la usanza de las gentes del lugar, dándose la mano con una falta de efusión en la que ni aguzando la vista llegaría uno a vislumbrar la estrecha amistad que las dos se profesan desde hace unos cuantos años.

Mientras volvíamos a casa atajando por la carretera principal que parte al pueblo en dos mitades, Clara detuvo su mirada en unos desgarrones azules que se divisaban a lo lejos, entre las nubes paradas sobre el horizonte. Al punto los interpretó como señales inequívocas de la llegada del buen tiempo. Fundaba su predicción en el conocimiento que dijo tener de los fenómenos atmosféricos de la región, y, como queriendo despejar cualquier sombra de escepticismo por mi parte, añadió levantando el dedo índice que lo que le decía el conocimiento lo corroboraba su instinto de mujer. Le pregunté si no le parecía demasiada casualidad que el final del periodo de lluvias que se prolongaba desde mediados de julio coincidiera con el inicio de nuestro viaje. A lo que respondió que notaba dentro del cuerpo una viva sensación como que en el momento de ponernos en marcha, a primera hora de la mañana siguiente, luciría un sol maravilloso. Repetidamente se había imaginado la escena de la partida en sus sueños. «El calor», la oí decir ensimismada, sorda al chisporroteo de la lluvia en su paraguas. Y prosiguió, ignorante de los negros nubarrones que pendían sobre nuestras cabezas, con su descripción imaginaria: la mañana despejada, los rayos del sol que la obligarían a ponerse sus gafas oscuras dentro del coche, el paisaje revestido de una intensa claridad. Afirmó que cuando un sueño se repite es porque intenta transmitirnos con urgencia algún mensaje, de ahí que ella siempre haya tomado esa clase de sueños por verdades que pueden tocarse con la mano. En apoyo de su tesis adujo varios ejemplos de premoniciones habidas mientras dormía, las cuales luego se cumplieron en su vida, como el haberme conocido. No le quise replicar porque juzgué que en aquellos momentos estaba ella con muy pocas ganas de que le replicase.

Tengo entendido que soy roncador. Ni lo afirmo ni lo niego puesto que carezco de la facultad de escucharme cuando estoy dormido. Clara es quien se encarga de ponerme casi todos los días al corriente de esta particularidad fisiológica de mi persona. A veces se desacuesta de mal temple por culpa de mis serenatas respiratorias. Yo le digo que si fueran evitables secundaría la idea de que me llevase a juicio. Otra solución consistiría en dormir en habitaciones separadas, pero no quiere. Dice que sola en la cama se siente desprotegida. Hasta donde me ha sido posible indagar, se trata de una aprensión que ella arrastra desde la infancia. Yo me acuerdo de que el roncar se practicaba mucho en mi familia. A mi padre, que en paz descanse, siendo yo niño lo oíamos serrar el aire por las noches a través de las paredes. Mi madre no tenía la misma potencia; pero a su modo sabía hacerle el contrapunto al marido, con el resultado de que jamás hubo, que yo recuerde, por la cuestión del dormir discordia entre ellos. El problema no radica, pues, como piensa Clara, en que uno ronque, sino en que el otro no lo haga. Porque si los dos roncaran ninguno habría de esperar desvelado el amanecer con las cejas hoscas, la boca llena de reproche y los ojos irritados por la insuficiencia de reposo, sino que habría dormido y descansado la pareja en paz ruidosa, pero en paz al fin. Estas reflexiones con que me entretengo a menudo prefiero no comunicárselas a Clara en espera de que los años la conviertan también a ella en roncadora y entonces las pueda apreciar y comprender.

Pero a lo que iba. El día previsto para el comienzo de nuestro viaje, por la mañana temprano, sonó el despertador. Busqué en la penumbra la suave, la caliente, la carnosa mejilla de Clara para besarla. Ella se dejó querer. Tan evidente condescendencia suscitó en mí una entre duda y confianza de que se hubiese despertado con cierta disposición sensual favorable a mis intereses, pero no. Aquella mansedumbre y dejadez de los miembros no eran señales de lo que yo en un primer momento había presumido, sino que estaban directamente impuestas por el cansancio. Clara me susurró al oído, en tono débil pero manifiestamente acusatorio, que yo había roncado; en concreto, que había roncado más que de costumbre. La culpa punzante avivó mis deseos de resarcirla. En tales circunstancias, el cumplimiento de una tarea doméstica como sucedáneo de castigo suele ser lo más adecuado. Sirve tanto para mostrar contrición como buena voluntad. Nunca falla. Clara descubrió hace tiempo esta característica no sé si psicológica o moral mía, y por eso, a veces, si la ofendo de obra o de palabra, en lugar de enzarzarse en una disputa conmigo, ahorra tiempo, molestias y enfados indicándome la manera más eficaz de que nos congraciemos. «Ratoncito», dice, «pela una docena de patatas.» Si por alguna razón no me asigna una tarea, entonces yo la elijo por mi cuenta, no importa cuál, ya que el efecto es siempre el mismo.

Con dicho propósito me levanté y me vestí aquel día. Clara permaneció en la cama. Estuve atento a la llegada del panadero ambulante mientras preparaba la mesa de la cocina para el desayuno. El panadero viene con su furgoneta desde Schortens. Hay panadería y tienda de comestibles en el pueblo; pero abren más tarde y nos quedan un poco lejos de casa. El panadero de Schortens anunció su presencia mediante los toques de un timbre que tiene instalado en su vehículo. El timbre emite un sonido discreto, de manera que quien quiera pan lo oiga y quien quiera seguir durmiendo, no. Yo quería unos panecillos y salí a la calle. Ya había amanecido. Caía un aguacero de espanto, envuelto en un rumor de agua rota al estrellarse contra el suelo. Al pie de las escaleras de la entrada se había formado un charco de grandes dimensiones. Imposible cruzarlo de un salto. Hube de volver para cambiarme las sandalias caseras por otro calzado. Fue entonces cuando, desde el dormitorio, me llegó la voz soñolienta de Clara preguntando qué tiempo hacía. Antes de responderle, alcé la vista al cielo encapotado. En otras circunstancias acaso me hubiese permitido un chiste sobre su teoría de los sueños premonitorios; pero aquel viaje que estábamos a punto de emprender era por demás importante para ella y me tomó de pronto una sacudida de lástima. Flotaba a ras del césped una neblina que en algunos lugares del jardín se confundía con las sombras de los arbustos, y aun se alargaba hasta las primeras ramas de nuestros dos manzanos. El aire olía a tierra húmeda y a musgo. Las plantas se veían ligeramente inclinadas, como abatidas y melancólicas por el peso de tanta lluvia. No soplaba, por fortuna, el viento, y ése era el único consuelo que yo podía aportarle a Clara. Con idea de retrasar tanto como fuera posible su disgusto, fingí no haber oído la pregunta. Anduve una veintena de pasos bajo la lluvia para que ella no me sintiera desde la cama abrir el paraguas. El panadero correspondió a mi saludo con una broma acerca del tiempo. Yo miraba las nubes como estudiando las posibilidades de que en cuestión de dos o tres minutos se produjese un milagro.

El milagro no se produjo. Sonaban truenos y llovía de manera torrencial cuando nos pusimos en camino poco después de las siete de la mañana. Era un lunes de julio. Yo ocupé asiento junto al volante conforme al acuerdo que teníamos hecho para que me encargara todos los días de la conducción a fin de que ella pudiese mientras tanto tomar notas para su libro. Los limpiaparabrisas parecían repetir en son de protesta, con su rápido vaivén: no, no, no... Pienso ahora como pensé entonces que los limpiaparabrisas expresaban con exactitud lo que tanto Clara como yo sentíamos en aquel preciso instante: no a los nubarrones, no al diluvio que estaba cayendo, no a los charcos en el asfalto, no y no. ¿Para qué interferir con comentarios superfluos en la certera elocuencia de los limpiaparabrisas? Íbamos, por consiguiente, los dos callados. Y ya teníamos a la vista los primeros edificios de Wilhelmshaven cuando se le ocurrió a Clara preguntar de manos a boca si antes de salir de casa me había acordado de apagar la cocina eléctrica. A lo cual no supe responder con total y absoluta seguridad, aunque yo pensaba que sí, que la debía de haber apagado, porque conociéndome como me conozco, le dije, no me podía imaginar que hubiese cometido la imprudencia de dejarla encendida. Me preguntó con el entrecejo fruncido qué tanto por cierto de seguridad abrigaba al respecto. ¿Cómo medir tal cosa? Insistió: «¿Cien, ochenta, sesenta por ciento?» Calculé por calcular que entre un ochenta y cinco y un noventa por cierto. Comprendí al instante el error de haberme dejado arrastrar a una respuesta, pero ya era tarde. Clara determinó que volviéramos a casa de inmediato. Volvimos. Mejor volver entonces, pensé, que más tarde, cuando estuviéramos a muchos kilómetros del pueblo. Como yo suponía, encontramos la cocina eléctrica apagada. Así y todo, aquel inútil regreso cobró un sentido reconfortante para Clara. Y es que mientras comprobábamos una vez más si habíamos desconectado los aparatos y cerrado bien las ventanas y dejado todo en orden dentro de la casa, paró de llover. Fue este un motivo de alegría para Clara, por más que el cielo continuaba cubierto de nubes negras y era previsible que en cualquier momento se desatara un nuevo chaparrón. Sea como fuere, ya no hacía falta conducir con los limpiaparabrisas en funcionamiento. Nada más enfilar la carretera principal del pueblo, Clara se volvió hacia mí para decirme en un tono de serenidad satisfecha: «¿No te dije ayer que mis sueños nunca se equivocan? ¿No te dije que no llovería el día de nuestra partida?» Yo tendré defectos en abundancia, pero sé guardar la boca cuando conviene. Eso es lo que hice en lugar de cometer la impertinencia de recordarle a Clara su pronóstico de la víspera. La cerrazón del cielo nos impedía distinguir en la masa compacta de nubes un cerco de claridad que sirviese para situar el sol, aquel sol maravilloso que, según había dicho ella, la obligaría a viajar con gafas oscuras. En un punto había desde luego que darle a Clara la razón: no llovía. Y de este modo, callándome lo que pensaba, preferí alegrarme con ella de que nuestra aventura hubiese comenzado con tan buenos auspicios.

El libro de Clara no menciona nuestro paso por Wilhelmshaven. Esta y otras omisiones parecidas se deben a que ella se resistía a lastrar su obra con datos confidenciales. Más de una vez la oí afirmar que la verdad no es por sí sola un valor artístico. La verdad, para que resulte de provecho al arte, hay que llenarla aunque sea con mentiras. Hasta podía ocurrir, según decía, que una obra se malograse por no haber sabido el autor refrenar su franqueza. Me recordó, además, que el editor de quien había recibido el encargo de escribir el libro le había sugerido que hiciera una relación pormenorizada, pero amena, de sus impresiones personales; en modo alguno que destapara sus intimidades ni que atestase el libro de confesiones sin relevancia cultural, que para lo único que sirven es para aumentar innecesariamente el número de páginas. Por nada del mundo quería escribir sobre lugares y personas que conocía como a su propia cara en el espejo. No había salido ella de viaje para limitarse a referir menudencias personales. Hablando de la cuestión, me dijo un día: «¡Qué suerte la tuya! Como no te dedicas a la literatura, si te pusieras a escribir podrías hacerlo a tu antojo, sin sujetarte a normas ni gustos, sin doblegarte al criterio de personas ajenas a tu vida. Escribir es una forma de desnudarse. Lo que pasa es que, puestos a despojarse de envoltorios, muchos escritores no saben dónde acaba la ropa y empieza la piel. Entonces se lo quitan todo: la ropa, la piel, la carne. Exhiben sin ningún tipo de pudor sus órganos viscosos, sus huesos y sus nervios, y más no porque no hay.

Eso es horrible y de mal gusto, ratón, y yo no lo pienso hacer. Tú, en cambio, sí podrías hacerlo. ¡Como nadie te conoce ni te mira...!» Se me ocurrió plantearle la posibilidad de que adoptara al escribir la actitud, no del que se desnuda a sí mismo, sino la del que desnuda a los demás. Se apresuró a anotar la frase en su cuaderno. Si le parecía bien, le pregunté. Me contestó que ese tipo de pensamientos suelen ser útiles para las entrevistas.

Siguiendo sus instrucciones, llevé el coche hasta el colegio de Wilhelmshaven donde ella trabaja como profesora de inglés y alemán desde hace más de una década. A petición suya nos detuvimos delante de la entrada principal. Tanto por lo temprano de la hora como por ser época de vacaciones escolares, el lugar estaba desierto. Seis o siete cuervos andaban picoteando entre los charcos del patio. ¿Profesores transfigurados? No es el tipo de chirigota que haga reír a Clara, así que me guardé de revelársela. Además, a nuestra llegada ningún cuervo vino a saludarnos, sino que levantaron todos a un tiempo el vuelo, cosa que no habría sucedido si se hubiese tratado de una bandada de compañeros de claustro emplumados. Clara me mandó apagar el motor. Había bajado la ventanilla y se deleitaba en la contemplación de la fachada del colegio. Ya de pequeña quería ser profesora. Reconoce, no obstante, que de un tiempo a esta parte el trabajo le come la salud y los nervios. Es su manera de expresar que tiene mucho estrés. Alguna que otra vez me llama por teléfono a casa para que vaya a buscarla porque le duele la cabeza. Entonces saco la bicicleta del cobertizo, pedaleo a toda velocidad hasta Wilhelmshaven y volvemos en su coche. Por el camino se echa a llorar con la cabeza derribada sobre el respaldo del asiento. Si no fuera porque sé dónde ha pasado la mañana, pensaría que viene de sufrir penalidades bajo el poder de una banda de secuestradores desalmados. Al llegar a casa, se quita un zapato aquí, el otro allá, y se acuesta sin desvestirse. Yo le llevo la cartera al dormitorio. Algunos días pesa tanto que le pregunto si la ha llenado de piedras. «Peor que piedras», dice. Son cuadernos que ha de corregir en su tiempo libre.

Mientras miraba la fachada del colegio se le paró en la boca una sonrisa seráfica. Una expresión de esa naturaleza aflora raras veces a su semblante. Me costaba entender que una pieza de arquitectura funcional, con sus aburridas hileras de ventanales, con churretes de mugre en el revoque y toda la parte inferior cuajada de pintarrajos pudiera suscitar semejante placer y recogimiento en una persona de criterios estéticos tan exigentes como Clara. A decir verdad, tampoco me explicaba qué pintábamos los dos a las ocho menos veinte de la mañana de un día de vacaciones en medio de aquel patio de cemento. Pasados unos instantes, me atreví a entrometerme en su dicha. «Pss», le chisté antes de preguntarle en voz suave si por favor me podía aclarar el sentido de la escena que estábamos representando. Volvió hacia mí la mirada como diciendo: «Ah, tú también estás aquí. No te he sentido llegar.» Recobró la sonrisa, interrumpida apenas un segundo, al tiempo que me arreaba un tirón bastante cariñoso en la oreja. Tengo estudiado ese gesto típico suyo; creo que viene a significar algo así como «tranquilo, muchacho, que algún día, cuando seas un hombre maduro, ya lo entenderás». Declaró que me había hecho llevarla a su colegio en cumplimiento de una vieja promesa mantenida hasta entonces en secreto. Meses atrás le habían concedido un año de excedencia laboral, durante el cual pensaba consagrarse por entero a su libro. Lo que yo ignoraba es que cuando recibió la confirmación escrita formó propósito de darse el gusto de experimentar ante la fachada del colegio, el día previsto para el comienzo de su viaje, la agradable sensación de no tener que dar clases durante un año. Se lo había prometido a sí misma muchas veces, y con aquella promesa parece ser que se animaba y se consolaba en los sinsabores diarios del colegio. Ella propende a la seriedad, de ahí que me resultara doblemente simpático aquel capricho. Imité como mejor pude su sonrisa y ella me recompensó con un beso en los labios. No es de suyo expansiva, así que hay que saber valorar lo que da. Yo la notaba eufórica. De pronto sacudió de una manera extraña las manos. ¿Aleteaba en un intento torpe por convertirse en cuervo? Me preguntó con la cara radiante de satisfacción si me hacía una idea de lo que significaba para ella estar libre de corregir cuadernos y exámenes; libre de preparar clases hasta las doce o la una de la noche para alumnos desganados; libre de aguantar la incompetencia del director, las malas pulgas del bedel, las intrigas de algunos compañeros; libre de reuniones tediosas y, por supuesto, inútiles, fuera de las horas lectivas; libre de encuentros con los padres de los alumnos, convencidos de que la solución a todos los problemas de la humanidad pasa por acortarles las vacaciones a los profesores; libre de llamadas telefónicas a horas intempestivas o durante los fines de semana, para contestar a preguntas del tipo: «¿Le importaría que mi hija no aprenda de memoria para el lunes el poema de Schiller o que aprenda sólo la primera estrofa? Es que, sabe usted, la psicóloga que la atiende opina que, por la pubertad y esas cosas, el exceso de deberes está influyendo negativamente en su desarrollo»; libre de excursiones en las que los alumnos empiezan a emborracharse antes de subir al autobús que ha de llevarlos a su destino, mientras esperan a los dos o tres o cuatro o cinco que acuden con retraso a la cita; libre de que suene un teléfono móvil y luego otro en el transcurso de la clase; libre de las provocaciones de Christian, de las payasadas continuas de Jens, de las miradas hostiles de Lukas, buenos chicos en el fondo, pero que perdieron la orientación en la vida a raíz del divorcio de sus padres; libre, en fin, de los desplantes de Johanna, a la que, como es hija de la subdirectora, no se le puede regañar sino con tanto tacto y diplomacia que no parece sino que está recibiendo elogios por su mal comportamiento.

La letanía facilitó a Clara un primer vaciado de disgustos y frustraciones. A su término, los rasgos faciales se le habían alegrado de forma perceptible. Sus ojos parecían ahora más azules, más grandes, más serenos. De su cara se habían borrado las marcas del mal dormir, las arrugas de las preocupaciones, la tirantez de los enfados incesantes. En su lugar se extendía una dulzura, fruto del alivio, que la hacía a ella más joven y más hermosa. Esto último se lo dije. Obtuve a cambio un beso con párpados cerrados, abrazo y caricias en el cogote. Después le pregunté si no iba siendo hora de poner el motor en marcha. Respondió que le quería dar un remate apropiado a la ceremonia de despedida. Tenía, según dijo, fuertes deseos de hacerle un corte de mangas a la fachada del colegio. Un ramalazo de pudor la impelió a contarme la clase de acto perverso que se disponía a cometer. Su corte de mangas debía ser simbólico, pues consideraba que los otros, los normales, los que todo el mundo conoce, son propios de gente zafia. Reconoció, además, que temía comprometer su reputación si por casualidad la estaba observando en aquellos momentos una persona conocida desde alguna ventana. Se supone que no había nadie dentro del colegio. Sin embargo, nunca hay que fiarse. Su corte de mangas adoptaría la forma de unos versos de Heinrich Heine que se le antojaban pintiparados para la ocasión. Con dicho fin los traía aprendidos de memoria. Yo eché como al descuido una mirada a mi reloj de pulsera. Sé por experiencia que el truco obra en muchas personas, a veces sin que ellas se den cuenta, un efecto rápido que las induce a interrumpir o por lo menos abreviar sus explicaciones y discursos. Clara se arrancó a recitar en tono alegre los versos de Heine. Parece ser que le tomó cierta inseguridad con respecto a una palabra. Comenzó por segunda vez la recitación y volvió a detenerse en el mismo punto. Entonces sacó del bolso un ejemplar del *Viaje al Harz,* en la edición en formato pequeño de Reclam, que llevaba junto con el *Viaje a Italia* de Goethe y dos o tres libros más del mismo género por si le convenía buscar en ellos inspiración y citas para el suyo. Lo abrió por el principio y leyó con ademanes de parodia, aguantando la risa:

Lebet wohl, ihr glatten Säle!
Glatte Herren! Glatte Frauen!
Auf die Berge will ich steigen,
Lachend auf Euch niederschauen.

¡Que os vaya bien, aulas anodinas,
señores anodinos, anodinas señoras!
Quiero escalar las montañas
y miraros riendo desde arriba.

2

La primera etapa de nuestro viaje, por estar dedicada a una visita familiar, tampoco se menciona en el libro de Clara. Ella lo tenía así dispuesto desde antes incluso de ponernos en camino. En vista, pues, de que no pensaba relatar las peripecias del primer día, le propuse de víspera que para ahorrarnos complicaciones tomásemos la autopista que lleva por Oldemburgo hasta Bremen y, una vez en las afueras de Bremen, entráramos en la 27 que lleva directamente hasta Cuxhaven, donde vive tía Hildegard. Mapa en mano, esta ruta suponía por entonces un rodeo considerable, ya que aún no estaba terminado el túnel que pasa por debajo del río Wéser. Ahora bien, si tenemos en cuenta, como le dije a Clara, que el río carece de puentes entre Bremen y su desembocadura, en la práctica la ruta que yo proponía era la más rápida y más cómoda. Ella se encogió de hombros. Que yo era el conductor fue todo lo que dijo. Conque a la mañana siguiente, cuando hubo terminado aquella ceremonia bufa en el patio de su colegio, salimos del casco urbano de Wilhelmshaven en dirección a la autopista. El trayecto hasta Oldemburgo es uno de los menos transitados que yo conozco. No digamos a hora temprana y en época vacacional. Había tan poco tráfico que en algunos tramos no veíamos ningún vehículo ni por delante ni por detrás del nuestro. El cielo seguía cubierto; el asfalto, mojado, pero no llovía. Clara llevaba un cuaderno de notas sobre las musleras de sus pantalones, un bolígrafo en la mano y la mirada fija en el paisaje, acechando la ocasión de tomar algún apunte. Dijo que, aunque no pensaba escribir sobre aquella zona de Alemania, quería mantenerse ojo avizor por si le era dado captar escenas que le pudieran ser útiles para su libro. Ya se encargaría más adelante de situarlas donde mejor le conviniese. Definió su actitud mediante una de sus típicas sentencias: «Soy una esponja ávida de empaparse de realidad.» A veces lee frases como esa en algún libro; pero a fuerza de repetirlas olvida que no son suyas.

La autopista vacía le hizo dudar sobre lo adecuado de la ruta que habíamos elegido. Las autopistas se le antojaban apenas diferentes las unas de las otras. Recorrer una equivalía a recorrerlas todas, sin más cambio que el de los nombres en las señales de destino. Al inconveniente de la falta de novedad se unía, a su juicio, el de los árboles y muros de insonorización que ocultan el paisaje a la vista de los viajeros. ¿O es que alguien pretendía que ella escribiera un libro sobre arcenes? «También puedes dedicar unos pasajes a las áreas de descanso», le dije. Me lanzó desde el asiento contiguo una mirada lúgubre. Que por favor la tomara en serio. Que comprendiera que del éxito de su libro dependía que ella lograra librarse de trabajar hasta la jubilación en el colegio. Necesitaba a toda costa aventuras, vivencias, emociones. Yendo por autopistas, se lamentó, ¿cómo íbamos a toparnos con cosas interesantes y pintorescas, propias de un lugar y no de todos? Le recordé que traíamos acuerdo de llegar a Cuxhaven de la manera menos complicada posible. Me dio la razón y se calló; pero, como la conozco, barrunté que había trasladado nuestro diálogo a sus pensamientos, donde con toda probabilidad estaría atribuyéndome argumentos fácilmente rebatibles, condenados a una derrota dialéctica sin paliativos. No tardó en convencerse de que la discusión había conducido al triunfo de su punto de vista. Y la consecuencia de todo ello fue que, llegando al poco rato a la altura de Varel, me pidió en un tono no exactamente imperioso, pero lo bastante seco como para darme a entender que no era el momento oportuno de llevarle la contraria, que saliéramos cuanto antes de la autopista. Esperó a que la hubiera complacido para justificar su decisión. Había visto en el borde de la carretera un pájaro muerto. No supo especificar qué clase de pájaro. «Uno pequeño», dijo, separando el índice y el pulgar a fin de señalar un tamaño aproximado, con lo cual dio por terminada la explicación. Le rogué que me ayudara a establecer una correspondencia más o menos lógica entre un pájaro caído en el suelo y su deseo de viajar hasta Cuxhaven por carreteras federales y pasar el río Wéser en un transbordador, lo que habría de costarnos tiempo y dinero. «Ratoncito», respondió, «te agradecería que no apartaras la mirada de la carretera mientras hablas.» Repetí el ruego sin volver la cabeza a pesar de que estábamos parados delante de un semáforo en rojo, en la calle principal de Varel. «Si tanto interés tienes», dijo, «en llegar demasiado pronto a casa de tía Hildegard, da la vuelta y vuelve a la autopista.» Se había encendido la luz verde del semáforo. El movimiento de vehículos en una misma dirección nos arrastró como a un palo flotante en la corriente de un río, sin posibilidad de resistirnos a su empuje. Le respondí a Clara que me daba igual ir por una ruta o por otra. Al fin y al cabo era su viaje, su libro, su proyecto; ella decidía el camino y las paradas. Para entonces ya habíamos salido de Varel y circulábamos por la carretera que bordea la ensenada del Jadebusen.

A Clara la visión del pájaro la había colmado de inquietud. No por el pájaro en sí ni por la circunstancia de que estuviera muerto, sino porque a su entender el destino se había valido del pobre animal para enviarnos una advertencia. No me aguanté las ganas de apartar un momento la mirada de la carretera para averiguar, por el gesto de su cara, si decía en serio aquellas palabras que sonaban a brujería. Ella debió de columbrar mi propósito y sonrió. Creyendo entonces que su sonrisa encerraba una invitación a las bromas, le sugerí que incluyera en algún capítulo de su futuro libro la teoría de que últimamente el destino parece expresarse mediante pájaros muertos. Clara, tan aguda de costumbre, no captó la ironía; antes al contrario, encontró atinada mi sugerencia y se apresuró a tomar nota de ella en su cuaderno. Por llevarle el aire le pregunté en qué consistía la advertencia que nos había enviado el destino. En su opinión, lo del pájaro demostraba que viajábamos por la misma ruta que la muerte, quizá con sólo unos minutos de diferencia. «Y como conduces, para mi gusto, demasiado deprisa, reconocerás que corríamos el peligro de alcanzarla.» Se conoce que adivinó mis pensamientos, pues acto seguido añadió que no era cuestión de estar o no equivocada ni de jugar a las supersticiones, sino que, con aquel mal presentimiento que le había sobrevenido al ver el pájaro, a ella le causaba mucha desazón seguir viajando por la autopista. Me instó a responder qué habría hecho yo en su lugar. Le dije lo que sin duda estaba deseando que dijese. De premio me arreó un tirón cariñoso en la oreja, el segundo de la jornada. Con el rabillo del ojo la vi repanchigarse satisfecha en su asiento.

A nuestra izquierda se extendían las aguas tranquilas de la ensenada, teñidas del mismo gris del cielo. La bruma matinal borraba sus márgenes más lejanas, de forma que el ancho entrante del mar, sin horizonte, sin orillas, sin embarcaciones a la vista, semejaba un derramamiento de nubes sobre la tierra. Más cerca se vislumbraba una fila de aerogeneradores con las aspas quietas por la falta de viento. Un poeta habría podido sacar provecho lírico de aquel paisaje tenebroso, siempre que omitiera el detalle prosaico de las máquinas eólicas. A mí me interesaba el asfalto de la carretera, pues abrigaba el convencimiento de que no tardaríamos en encontrar otro animal atropellado. Sonreía para mis adentros imaginándome los socorridos razonamientos de la señora escritora. Al enfilar una de tantas rectas vi, como a unos cien metros por delante de nosotros, en el carril del sentido contrario, un cuervo que estaba desayunando a picotazos una pequeña piltrafa. ¡Victoria! Me embargó una sensación de aleluya y, por mejor disfrutar del trance, reduje la velocidad. Poco antes de llegar al lugar, el cuervo levantó el vuelo. Estuve tentado de parar junto a la plasta sanguinolenta; pero, viendo en el espejo retrovisor que un coche nos seguía a corta distancia, opté por no cometer una imprudencia. Clara escribía en su cuaderno. «¿Has visto?», le pregunté. «¿Qué?» «El erizo aplastado. Para mí que la muerte también ha salido de la autopista y nos lleva unos pocos minutos de ventaja. Por eso he decidido conducir ahora más despacio. ¿Qué hacemos?» A Clara, esa vez, no le pasó inadvertido el tonillo burlón de mis palabras. Con ojos enfurecidos me reprochó que le reavivase los malos presentimientos justo cuando acababa de recobrar la tranquilidad. ¿Acaso no le había prometido, en los días previos a nuestra partida, eximirla de problemas, trabajos y preocupaciones durante el viaje? ¿Tenía yo algún interés especial en ponerla nerviosa? ¿Así es como pensaba ayudarla? Por un momento me pareció que el volante aumentaba de tamaño entre mis manos y que yo debía estirar el cuello para no perder de vista la carretera. Mi cuerpo encogía como consecuencia de la combinación de queja, reproche y rapapolvo que Clara me estaba largando. Disgustado conmigo mismo, le pedí disculpas. A ella se le alegró el semblante. Con sonrisa de triunfo dijo que, después de todo, el erizo yacía en el carril contrario. ¡Así que lo había visto! La muerte no viajaba en nuestra dirección, luego no había motivo para preocuparse. Aquel argumento se me figuraba irrebatible. La felicité, dándole a entender que reconocía mi derrota. Bastantes kilómetros más adelante, ya al otro lado del Wéser, antes de entrar de nuevo en la autopista de Cuxhaven, atravesábamos un pueblo pequeño, cuyo nombre no he retenido en la memoria, cuando vimos un gato despanzurrado en medio de la calzada. Me tuve que morder la lengua para que no se me escapara la chirigota que me cosquilleaba en el gaznate. Clara me advirtió: «Mejor no digas nada.»

Antes, todavía en las proximidades de la ensenada, a Clara le había sobrevenido uno de sus accesos de pesimismo matinal. Clara, por las mañanas, practica el abatimiento como otros echan unas carreras tonificantes por el parque o hacen sus ejercicios gimnásticos de cada día. El paso de un convoy del ejército la desanimó. Acabábamos de dejar atrás el puente sobre el Jade, que es un río de poca monta. Llegamos después a la confluencia con una carretera secundaria. Varios militares que se habían apeado de un todoterreno cortaron el tráfico justo delante de nosotros para dar preferencia a una larga hilera de camiones. En algunos remolques se apretaban soldados con uniforme y casco de combate. Llevaban las caras embadurnadas de negro, como si los hubieran reclutado mientras bregaban en el interior de una mina. Al cabo de un trecho de no más de doscientos o trescientos metros, el convoy dobló hacia una carretera de rango menor que empezaba a mano derecha. No bien lo hubimos perdido de vista, sorprendí a Clara meneando la cabeza en actitud reprobatoria. Intuí cavilaciones, disgustos, problemas. Para evitar que nada de ello se derramase fuera de la cazuela de sus pensamientos y me salpicara, me abstuve de preguntar qué le ocurría. La estrategia, útil en otras ocasiones, no impidió que ella rompiera de pronto a quejarse de la época desfavorable para la creación literaria que, según dijo, le había tocado vivir. En su opinión, la nuestra era una época desprovista de grandeza. Una época de gordos y perezosos. Una época de jijí-jajá. De poco le valía a un escritor de nuestros días estar dotado de talento. Y soltó, en apoyo de su amargura, una de sus sentencias habituales: «Con harina de calidad ínfima, ¿quién puede cocer buen pan?» Aprendí a continuación que la harina con que los escritores amasan sus obras resulta de moler la realidad y el momento histórico en que están inmersos. Clara calificó los suyos de tediosos, triviales, anodinos, insulsos, grises. «Ah sí, sobre todo grises», dijo con un aleteo de manos destinado tal vez a resaltar la gravedad del asunto. En cuanto la vi exaltarse, bajé la mirada hacia el indicador del nivel de gasolina, dispuesto a imaginar que lo que la aguja señalaba en aquellos momentos era mi propia provisión de paciencia. Temí que el depósito, casi repleto, no me alcanzase para soportar el monólogo exterior que se avecinaba o que, por mejor decir, ya se había desatado con la reciente granizada de adjetivos. «En Alemania», continuó la señora escritora con estas o parecidas palabras, «asistimos a la tiranía de lo gris. ¿Crees que alguien protesta o se rebela? Nadie. Alemania es un país gris. Los alemanes son gente gris. Su cultura actual es gris; su política, gris, que es el color de la ceniza, del polvo, de lo consumido. Mires a donde mires, todo lo hallarás gris en este país porque todo está gastado, viejo y consumido. Fíjate en el campo. ¡Maldita sea, pero si parece que lo han hecho con apisonadoras! Ni una montaña con su cumbre nevada, símbolo de yo qué sé. No lo puedo saber porque desde pequeña me he visto obligada a viajar lejos cada vez que quería llenarme los ojos de altura, de grandeza, de cosas interesantes. Fíjate en el paisaje, ratón. Todo plano y aburrido como sus habitantes.» Cada vez que pronunciaba la palabra gris, Clara le daba una sacudida de arriba abajo a la cabeza, a imitación de los caballos. Acerqué los ojos al parabrisas para mirar un instante las nubes. Vi que Clara tenía razón. «Tienes razón», le dije para levantarle el ánimo por el procedimiento a menudo infalible de respaldar sus opiniones. El cielo, el asfalto, los flecos de niebla que se enredaban en las ramas de los árboles: por todos lados nos rodeaba la grisura. Nuestro coche también era gris. Clara lo había elegido de aquel color apenas dos meses atrás en contra de mi criterio, puesto que yo me incliné desde un principio por un modelo negro de la misma marca. Me resultaba más grato el reflejo de mi cara en la carrocería negra que en la gris. Así pues, no lográbamos llegar a un acuerdo. El vendedor empezó a mirarnos con ostensible cachaza, como deleitándose en el espectáculo matrimonial que le ofrecíamos. Clara recurrió al viejo truco de perder la paciencia. Me llevó, cogido del brazo, a un costado del local y, con palabras que le salían mordidas de la boca, me susurró muy cerca de la oreja: «Ratoncito, ¿no entiendes que el coche no lo queremos para ponerlo a disposición de una funeraria? Anda, sé bueno y deja de serrarme los nervios delante de ese señor.» Conque elegimos el coche a su gusto. Me tentó recordárselo mientras, camino de Cuxhaven, lanzaba su diatriba contra la realidad gris de Alemania; pero al fin me pareció mejor callarme, lo uno por no correr el riesgo de que ella prolongara sus penas y lamentos hasta el atardecer; lo otro porque, si bien se mira, cabe tan poca alegría, felicidad y optimismo en el color negro como en el gris.

Llegamos entretanto a la zona de embarque junto al río Wéser. Nos tocó ser los primeros de la cola, ya que el transbordador acababa de ponerse en movimiento hacia la orilla opuesta, lo que nos obligó a esperar un largo rato. Llovía de nuevo con fuerza, así que permanecimos dentro del coche. Me picaba la curiosidad por saber si Clara había dicho lo de gordo y perezoso por mí. No me escuchó. Y es que posee la rara habilidad de filtrar los sonidos, de manera que ella misma decide lo que entra en sus orejas y lo que se queda fuera. Sorda a mi pregunta, siguió con su cantinela: «Acuérdate, ratón, de los soldados y los camiones que hemos visto. ¿De qué guerra venían? De ninguna. ¿A qué guerra iban? A ninguna. ¿Te das cuenta del reto al que me enfrento? Tengo que escribir un libro interesante sobre un país y una época insustanciales. Piensa en la diferencia que hay entre narrar hazañas y desgracias de una guerra mundial, con sus batallas, sus bombardeos y sus estragos que ya forman parte de la memoria de la humanidad, y describir, como me toca a mí, el paso de unos soldados en maniobras. Antes de redactar la primera línea ya sé que mi libro nace con una limitación enorme, y sé también que eso no va a cambiar por mucho que me esfuerce, y sé que voy a fracasar y que tendré que volver al maldito colegio, a corregir cuadernos y exámenes, y a sufrir dolores de cabeza cada dos por tres.» Se oía el repiqueteo de la lluvia contra la chapa. Yo intentaba en vano vislumbrar, a través de las gotas innumerables que cubrían el parabrisas, la silueta del transbordador en algún lugar del ancho cauce. Ni siquiera distinguíamos el río. Le pregunté a Clara si deseaba por el bien de la literatura que estallase la guerra en Alemania. «¿Estás loco?», se indignó. Guardó silencio durante varios segundos. De pronto dijo con una mal contenida sonrisa: «Una guerra, no. Pero presenciar un par de accidentes durante el viaje no me vendría mal, ¿eh, ratón?» Advertí en su gesto apacible, en su frente otra vez limpia de arrugas y en el brillo de sus ojos claros que había dado por terminada la sesión matinal de desaliento. Poco después llamó por teléfono móvil a tía Hildegard para confirmarle que estábamos en camino. Habló a continuación con la señora Kalthoff, quien la tranquilizó asegurándole que *Goethe* dormía a pierna suelta en su sitio predilecto del salón.

3

Nada más entrar en el recibidor, aún no cerrada la puerta a nuestra espalda, tía Hildegard se echó a llorar amargamente. A mí ni siquiera me dio tiempo de saludarla. Clara, que la estaba abrazando, y yo nos miramos desconcertados, sin comprender el motivo de aquella congoja repentina. Me parecía raro que a la tía le causara disgusto nuestra presencia, puesto que nos esperaba, e incluso Clara había tenido el detalle de llamarla dos veces por la mañana, una para decirle que ya íbamos de camino y otra para anunciarle la hora aproximada de nuestra llegada. A raíz de la primera conversación, por ciertas quejas acerca de no sé qué fruta que le habían vendido, decidimos ahorrarle la molestia de cocinar para nosotros. Estuvimos haciendo tiempo en un área de descanso de la autopista, donde, a resguardo de la lluvia bajo el alero de unos servicios públicos, comimos los bocadillos y los melocotones ya lavados y troceados que traíamos de casa. Más tarde, con el mismo propósito y con mejor tiempo, dimos un paseo por los aledaños del puerto de Cuxhaven y, a eso de las dos o dos y media de la tarde, nos presentamos en su piso. Aún abrazada a la tía, Clara me hizo señas con disimulo para que no sacase el regalo de la bolsa, como si hubiera necesidad de advertirme que no era aquél el momento oportuno de darle una maceta de floristería (en realidad la habíamos comprado en una gasolinera, a la entrada de la ciudad), con su envoltorio de celofán, su lazo amarillo y unos adornos cursis de loza, a una anciana que lloraba como una niña abofeteada y a la que los sollozos le tenían totalmente aflautada y descompuesta el habla.

Al cabo de un rato comenzó a expresarse de manera comprensible. Logramos entonces averiguar que su rapto lacrimoso era debido a que su hermano, el padre de Clara, hacía largo tiempo que no la llamaba por teléfono, a pesar de que él sabía que por marzo último había sido operada de una catarata en el ojo derecho y que con el izquierdo apenas alcanzaba a distinguir luces y sombras borrosas. Recientemente tía Hildegard le había preguntado al oculista si cabía la posibilidad de que ella contrajese la ceguera. Este, al parecer, le llenó los oídos de palabras de su jerga médica que la dejaron harto preocupada, aun cuando ella no las entendió. Y como el oculista no le hubiese respondido claramente, la tía sospechaba que pronto tendría que salir a la calle con bastón blanco y gafas negras. Movida de aquella convicción, días atrás había estado ojeando el catálogo de una empresa de artículos ortopédicos. Lo que no quería era un perro que la guiase. Nunca había admitido animales en casa ni pensaba admitirlos en el futuro, aunque se quedase ciega. La razón principal, según entendí, es que lo llenan todo de pelos. Lo sabía por una conocida de Cuxhaven. Se llevaba bien con ella; pero había dejado de visitarla por el asco que le daba sentarse en los sillones cubiertos de pelos de su perro. Los había incluso encima de la mesa donde su amiga colocaba las tazas y cucharillas del té. El perro, además, era de esos antipáticos que ladran cuando alguien llama al timbre y a los que a menudo les sale un hilo de baba por la boca. Así pues, ella no quería perros a su lado y celebró, en consecuencia, que no hubiéramos llevado a *Goethe*. Dicho lo cual, volvió al tema de su hermano. Consideraba que él debía haber mostrado en los últimos meses un mayor interés por su estado de salud, que no dudó en calificar de desastroso, del mismo modo que cuando a él lo operaron en Wilhelmshaven del pie ella fue a visitarlo sin demora en el hospital, a pesar de que por entonces no la dejaban dormir los problemas que le estaba ocasionando uno de sus inquilinos. Mi suegro se conoce que le había prometido llamarla con cierta frecuencia durante la última conversación telefónica mantenida entre ambos; pero desde entonces habían transcurrido varios meses o tal vez varias semanas. No estoy seguro porque tampoco presté atención.

Clara conocía desde su infancia la naturaleza quejumbrosa de tía Hildegard, la rara, como solía motejarla en vida su propia madre. La tía y mi suegro son los últimos supervivientes de una familia que perdió la mitad de sus miembros durante la guerra. El abuelo de Clara murió en una calle de Wilhelmshaven en el transcurso de un bombardeo. A la abuela, que corría hacia el búnker detrás de él cuando se produjo la explosión, una esquirla le segó la mano izquierda. Vivió con una prótesis disimulada dentro de un guante hasta morir con casi noventa años en un asilo. En cuanto a los hermanos mayores, los mellizos, fueron destinados al frente ruso y nunca regresaron. De uno se sabe que cayó en combate cerca de Bobruisk. Al otro lo dieron por desaparecido y como tal figura su nombre, junto con el de su hermano y otros caídos de la zona, en una lápida conmemorativa que hay en el cementerio de su ciudad natal. Tía Hildegard supone que, como desde niños iban a todas partes juntos, morirían uno al lado del otro.

Durante nuestro paseo por los alrededores del puerto, mientras esperábamos la hora de presentarnos en el piso de la tía, Clara me dio instrucciones para que a nuestra llegada no tratara de hacerme el simpático preguntándole qué tal se encontraba. «Si se lo preguntas», me advirtió, «pensará que te interesan de verdad sus tribulaciones. Entonces se hará de noche y aún no habrá terminado de contarnos lo mucho que sufre, lo sola que se siente y lo poco que desea vivir, a pesar de que en el fondo le va bien y nada en dinero. Conque, ratón, cuando entremos en su casa limítate a decir buenas tardes y, si quieres, le das un beso. Ya hablaré yo por los dos.» Sugerí que quizá sería mejor adelantarse a sus quejas con otras nuestras acerca del mal tiempo, del estado de las carreteras o de cualquier cosa real o inventada. Yo podía, por ejemplo, alegar que me dolía la cabeza; Clara, que se había torcido un pie al apearse del coche. Alternándonos a un ritmo ágil en las lamentaciones, conseguiríamos tal vez neutralizar la quejumbre de tía Hildegard o por lo menos restarle intensidad y duración. Clara me lanzó una mirada severa. «¿Sabes?», me dijo, «a veces pienso que eres malo.»

En plena escena de lágrimas, me las ingenié para encontrar por mi cuenta la llave de la verja, que colgaba entre otras muchas, con su etiqueta correspondiente, en una fila de ganchos clavados a un listón de la pared. Bajé a la calle con intención de meter el coche en el patio interior de la casa, donde la tía, como cada vecino del edificio, posee un rectángulo de aparcamiento. Durante los diez minutos de mi ausencia, Clara acertó a consolar a la vieja, de forma que cuando regresé al piso las encontré a las dos departiendo animadamente en la cocina. Antes me quité los zapatos y los coloqué junto a los de Clara sobre una estera que hay a ese efecto en un rincón del recibidor. En casa de tía Hildegard, también en la de la señora Kalthoff, es costumbre que los visitantes se descalcen a la entrada, al modo de las mezquitas, y anden luego de un lado para otro en calcetines salvo que se hayan traído sus propias zapatillas. Sobre la mesa de la cocina, cubierta con un gastado mantel de hule, se veían unos cuantos frascos de distintos tamaños, apoyados todos sobre la tapa, cuestión esta al parecer importante para la conservación de su contenido. Supe que hasta poco antes de llegar nosotros la tía había estado cocinando mermelada de grosellas. Por el entusiasmo que ponía en sus explicaciones, deduje que Clara había recurrido al truco de fingir interés por el tema, con lo cual había dado a la tía ocasión de olvidar su despecho y explayarse a gusto sobre la que sin duda constituye la pasión más grande de su vida: las recetas y habilidades de cocina.

Sin ser notado de ninguna de las dos pasé a la sala. Hay allí un ventanal con vistas a una dársena donde las embarcaciones atracadas forman de ordinario un tupido bosque de mástiles. Esto del bosque de mástiles en realidad lo he tomado de un texto breve de Clara que se publicó hace unos años en la revista de su colegio. Cuando la ayudé a pasarlo a limpio con el ordenador le recomendé que suprimiera aquella metáfora. Como ella, a su vez, la había encontrado en la novela de una escritora alemana por la que siente aprecio, se negó ofendida a retirarla, no sin antes preguntarme quién era yo para darle instrucciones sobre la manera de escribir. ¿Acaso me consideraba un especialista? ¿Había publicado algún libro? Un poco por puntillo me tentó recordarle la reseña que le dedicaron al primero de los suyos en el *Frankfurter Allgemeine Zeitung;* pero me mordí la lengua por no hacerle más daño que si le diese con un martillo en la cabeza. Sigo creyendo que la metáfora de los mástiles es una cursilería sin paliativos, sólo que, a diferencia de Clara, yo me la puedo permitir. A fin de cuentas, estas redacciones mías que escribo en los ratos de ocio para que no se me oxide el idioma materno, ¿quién las va a leer? Los críticos de los periódicos, a los que Clara teme como si fueran escorpiones, desde luego que no.

Más allá de la dársena, los barcos de carga y algún que otro de pasajeros se cruzan en sentidos contrarios por la desembocadura del Elba, tan ancha frente a Cuxhaven que uno no sabe bien si es río o es mar la extensión plomiza que se abre ante sus ojos. Los mapas no aclaran la cuestión y a mí, la verdad, no me tienta acercarme a la orilla para sacar conclusiones a partir del sabor del agua. Casi todo el tiempo los barcos pasan espaciados; a veces, sin embargo, se ve venir una fila lenta, pesada, de tres o cuatro que, luego de un buen rato, acaba borrándose en las brumas del fondo. Por lo general, los pequeños adelantan a los grandes, aunque no siempre. Boyas provistas de señales luminosas rojas y verdes les marcan el camino. En ocasiones parece que dos de esas moles de acero van a chocar de frente; pero en el último momento se advierte que siguen rumbos paralelos. Unos barcos navegan Elba adentro en dirección a los muelles de Hamburgo; otros salen a mar abierto para llevar los más variados cargamentos hasta quién sabe qué confines del planeta. Tía Hildegard tendrá sus rarezas; pero tiene también un ventanal por el que bien vale la pena que la visitemos de vez en cuando.

Me apartó de aquella contemplación placentera la voz de la tía en el pasillo. Oí que pronunciaba mi nombre en medio de una ráfaga de palabras con tono de pregunta y, a continuación, la respuesta categórica de Clara: «Nada de alcohol. Aún tiene que conducir.» «¿Y café?» «No te molestes, tía. Ya hemos tomado por el camino.» Mentira. A nuestra llegada a Cuxhaven, como soplaba viento fresco propuse que nos sentáramos dentro de alguna cafetería de la zona peatonal. Clara, sin embargo, con el doble argumento de que convenía moderar los gastos y de que tenía por seguro que tía Hildegard nos obsequiaría como de costumbre con tarta o bizcocho, prefirió que diéramos un paseo. Ya las dos en la sala, tía Hildegard, se conoce que compadecida de mí por estar al margen de sus pláticas gastronómicas, me sugirió amablemente que encendiera el televisor. Los lunes, a primera hora de la tarde, no hay, que yo sepa, ningún programa que a mí me pueda interesar. Así y todo, siempre queda la posibilidad de conectar con alguna cadena deportiva, por lo que no me pareció mal la idea de la vieja. Clara la truncó adelantándose a responder: «Tía, no hemos venido a ver la tele, sino a verte a ti.» Rechazados uno tras otro cada uno de sus ofrecimientos (si bien no por mí, que a gusto los habría aceptado todos), se conoce que a la tía la incomodaba no poder agasajarme o, cuando menos, procurarme alguna clase de entretenimiento mientras ella y Clara proseguían sus conversaciones. Seguramente por este último motivo se le ocurrió invitarme a echar un vistazo a las fotos de familia, olvidando al parecer que ya me las había mostrado en visitas anteriores. Nada me apetecía menos que volver a pasar los ojos por las páginas amarillentas de aquel álbum. De manera que antes que la tía tuviera tiempo de sacarlo de la vitrina, intenté encontrar las palabras adecuadas para librarme de la tediosa distracción. A punto de abrir la boca, topé por azar con la mirada de Clara, que había tomado asiento en uno de los sillones del tresillo. Sus ojos severos no dejaban lugar a dudas. Aquélla era justamente la hora de las fotografías.

Me senté en el sofá, desde donde dirigí una mirada fugaz a las nubes encuadradas por el ventanal, como para despedirme en silencio de ellas. Enseguida tuve el álbum de tapas verdes delante de mí, abierto sobre una mesa baja, con tablero de vidrio, que ocupaba el centro de la sala; enseguida las fotos desvaídas de los mellizos, cabos los dos en un batallón de pioneros, con gorra de plato, uniforme e insignias, y a tía Hildegard, sentada a mi costado, contándome, como si lo hiciera por primera vez, las consabidas historias familiares. Las páginas iniciales del álbum no contenían una sola foto que no mostrase a los mellizos en las distintas etapas de su corta vida, separados o en grupo, pero siempre uno al lado del otro. Mellizos en ropa infantil, mellizos trajeados para la ceremonia de la Confirmación, mellizos con atuendo deportivo, mellizos con uniforme militar. En todas las imágenes, ya de niños, ya de jóvenes, se les veía un aspecto saludable, el pelo muy corto, la orejas de soplillo. No hay duda de que después de tantos años continúan ocupando un lugar preeminente en la memoria de tía Hildegard. También Clara piensa que la tía conserva intacto el fervor admirativo que profesaba a sus dos hermanos mayores cuando estos vivían, perceptible en la vibración de su voz, en la gravedad de sus gestos y en otros detalles cada vez que los nombra. Todo lo contrario de mi suegro, que, como tenía seis años cuando los mellizos partieron para el frente, no es capaz de recordarlos sino a través de los testimonios que le transmitieron su madre y su hermana. También a él lo he oído decir en alguna ocasión que los mellizos estarán enterrados juntos porque eran inseparables.

Tía Hildegard, al igual que en mi visita anterior, tras referirse al monumento conmemorativo de «los caídos con honor por la patria querida», en cuya lista de nombres tallados en la piedra figuran (cómo no, uno al lado del otro) el de sus hermanos, me preguntó si mis padres y abuelos habían sufrido también el azote de la guerra. Decidí ofrecerle una explicación escueta acerca del último conflicto bélico acaecido en mi país, espigando un par de datos de mis recuerdos escolares. Sabía por experiencia que no merecía la pena entrar en pormenores. Rara vez he logrado decirle tres frases seguidas a la vieja. O no me entiende, o no me escucha, o es medio sorda, o yo no pronuncio las palabras de su idioma con la claridad requerida por los oídos de una anciana. Sea como fuere, no se lo tomo a mal; me callo y punto. Empecé a hablar en términos generales de aquella época que por fortuna no me tocó vivir. Apenas había abierto la boca cuando ella, sin darse por enterada del comienzo de mi relato, pasó una página del álbum y, a la vista de las siguientes fotografías, me interrumpió para contarme una anécdota intrascendente relativa a su padre. Fue entonces cuando me fijé en que Clara estaba ojeando plácidamente un ejemplar de esas revistas con la programación semanal de televisión que la tía suele tener abiertas sobre la mesa de la sala. Me pareció injusto que me dejase soportar a mí solo los cuentos y chismes de su tía. Mediante ciertos ruidos bucales logré atraer discretamente su atención, de forma que no bien hubo revirado la cara hacia mí, la traspasé con la mirada. Entendió el mensaje a la primera. Restituida la revista a su lugar, acudió en mi socorro proponiéndole a la tía que me permitiese ver las fotos por mi cuenta mientras ellas volvían a la cocina a rellenar, según tenían previsto, no sé qué complicados impresos del seguro de enfermedad. En el momento de levantarse del sofá, la tía se ofreció a darme cualquier tipo de explicación relacionada con las fotografías. «No dudes en venir a la cocina a preguntarme», dijo. Detrás de ella, en los labios de Clara asomaba una sonrisa maliciosa. Tuvo la desfachatez de sugerir que yo anotase las posibles preguntas en una hoja de papel. Su tía, que no captó la burla, le replicó con gravedad que aquello no era necesario. Tan pronto como salieron las dos de la sala, me acerqué con pasos sigilosos al mueble bar; pero un chirrido de las bisagras me delató. Al punto oí a Clara rugir mi nombre desde la cocina. «¿Qué ocurre?», preguntó la tía, alarmada. Clara bisbiseó unas palabras seguramente tranquilizadoras que no pude entender. No hubo más remedio que regresar al ventanal, al bosque de mástiles, a las gaviotas, a los barcos cargueros.

Al cabo de un rato tomé asiento en uno de los sillones. Enfrente, el televisor apagado; más arriba, colgada a media altura, en la pared, una foto antigua con marco de plata que muestra de cuerpo entero al abuelo Hubert, el que murió bajo las bombas, y a la abuela, todavía jóvenes. Él, con cara de réquiem, no menos serio que si en vez de un fotógrafo hubiera tenido delante un pelotón de fusilamiento, la cabeza entre dos cucharas, que es como se denomina popularmente en Alemania a la desmesura de las orejas; ella, en posesión de ambas manos, con un vestido negro abotonado hasta el gaznate. Mirando la potente y angulosa mandíbula del abuelo, me quedé traspuesto con los brazos cruzados y la barbilla pegada al pecho. No me había querido acomodar en el sofá para que no se interpretase que mi modorra guardaba relación con el álbum de fotos, aún abierto encima de la mesa. Apenas cerrados los párpados, entré en una taberna a saborear, en compañía de antiguos amigos a los que no veo desde hace largos años, una jarra de cerveza de medio litro, con su corona de espuma que me dejaba debajo de la nariz un bigote blanco al término de cada trago. Era por entonces mi sueño más reiterativo. Todavía viene de vez en cuando a mis fantasías de durmiente y, aunque consiste en una escena alegre, me pone bastante triste. Lo estaba soñando de nuevo aquella tarde, mientras daba una cabezada en el sillón, cuando me arrearon unas cuantas sacudidas a fin de despertarme. Salí de la taberna a todo correr o la taberna salió de mí, ya no me acuerdo. Ni siquiera pude decir adiós a los amigos. Fuera estaba Clara haciendo gestos apremiantes. Que si le podía hacer un favor a la tía. Que si la pobre mujer estaba desesperada porque acababa de llamarla el fontanero para decirle que no tenía tiempo de ir a desatascar un lavabo en una de sus casas de Duhnen. Que si al día siguiente por la mañana llegarían los inquilinos, clientes de toda la vida, a pasar sus vacaciones anuales junto al mar. Tía Hildegard apareció entretanto en el vano de la puerta, donde se quedó silenciosa e inmóvil como la figura de un cuadro. La expresión de su semblante era el vivo retrato de la Virgen María en las clásicas escenas del descendimiento. He visto versiones similares en la sala de espera del dentista. Clara me había sacado bruscamente de la siesta; yo no sabía qué decir; necesitaba unos instantes para ordenar los pensamientos. En mi confusión, me pasé deprisa la mano por los labios tratando de eliminar las huellas de mi sueño reciente. Clara me acuciaba con la mirada para arrancarme la única respuesta que estaba dispuesta a admitir. Años atrás, en Gotinga, donde compartimos piso, yo había desatascado en efecto un fregadero por el procedimiento de introducir la varilla de un paraguas a través del orificio del desagüe y dar estocadas al buen tuntún hasta que conseguí remover la pasta nauseabunda que obstruía el conducto. A continuación giré cuanto daba de sí la llave del grifo para que el chorro impetuoso se encargase de culminar con éxito la tarea, como así ocurrió después de quince o veinte intentos. Ni Clara ni su compañera del piso me vieron chapucear con la varilla. Y como yo no sintiese necesidad ninguna de revelarles el método empleado, gané entre ellas fama, no del todo inmerecida, de hombre habilidoso.

Un pequeño carraspeo que emití con la idea de preparar la boca seca para la producción de lenguaje le bastó a Clara como respuesta. Volviéndose hacia tía Hildegard, le dijo que no se preocupase, que dentro de cinco minutos salíamos para Duhnen. A la tía le desapareció en un abrir y cerrar de ojos la mueca de Virgen dolorosa. «Entonces», preguntó para mayor seguridad, «¿voy a cambiarme de ropa?» En cuanto estuvimos solos, le hice ver a Clara que: a) no soy fontanero, b) no dispongo de herramientas, c) me da asco tocar inmundicias de gente extraña, y d) calculando por lo bajo, había en mi opinión un noventa y siete por ciento de posibilidades de fracaso. Clara se echó sobre mí con un ímpetu, una pegajosidad lúbrica, una avidez corporal, que yo no le recordaba ni en sus días más lozanos. Rodeándome el cuello con sus brazos menos avezados a la pasión amorosa que al acarreo diario de cuadernos escolares, me llenó la cara de unos picotazos que luego vi que eran besos. También me besaba en los labios, especialmente cada vez que yo intentaba despegarlos para replicar. «Inténtalo por lo menos», dijo al fin de su acometida, torciendo la boca en un mohín meloso de hembra que sabe de antemano que va a salirse con la suya. «En Gotinga, en el piso de la Obere-Maschstrasse, ¿te acuerdas?, arreglaste el fregadero. ¿Qué te impide hacer lo mismo ahora?» Y añadió como profesora versada en la técnica de motivar a alumnos remolones: «La tía nos invita esta noche a cenar en un restaurante donde sirven un pescado estupendo y a ti te gusta mucho el pescado, ¿no? Me imagino que se mostrará generosa con nosotros, así que pon algo de tu parte para que esté contenta.»

Antes de montarnos en el coche bajamos al sótano en busca de herramientas. Clara prefirió quedarse en el portal porque temía que la atmósfera mohosa le afectase los pulmones. «¿Y qué pasa con los míos?», le objeté en voz baja. Me pasó una mano por la cabeza como si yo fuera *Goethe*. «Hala, venga, no hagas esperar a la tía.» En el sótano, junto a la entrada, había un cuarto espacioso con varias lavadoras y tendederos plegables, y enfrente otro más pequeño destinado a bicicletas. Luego venía un pasillo de paredes blancas con puertas a los lados. Tía Hildegard, que me precedía, se detuvo, al doblar un recodo, delante de unos cuantos añicos de botella esparcidos por el suelo, sobre una mancha oscura de humedad. Meneó la cabeza en señal reprobatoria. «El señor Stucke», me susurró al oído como si sus palabras entrañasen una acusación demasiado grave para ser proferida en un tono normal de voz. Simulé un poco de enfado solidario para que no se notase que el asunto me resultaba indiferente. Ella debió de juzgar por la expresión de mi cara que yo era un interlocutor digno de mayores confidencias. Y así, acercando otra vez sus dientes postizos a mi oreja, añadió con el mismo aire de secreto: «Alcohólico.» Tras lo cual, por que no siguiera adelante con el cuchicheo, me apresuré a confirmarle que había captado lo esencial de la cuestión y sentía hacia el señor Stucke, a quien yo no conocía de nada, idéntico rechazo que ella.

Cada vecino posee un recinto propio en el sótano. Yo acompañé a la tía hasta el suyo. Una vez dentro, lo primero que hice fue tender la vista a todas partes por si se hallaba en la balumba de cachivaches un paraguas viejo. Vi que me tenía que conformar con un desatascador convencional y con una caja metálica que la tía había sacado de una de las baldas adosadas a la pared. En su interior se apretaba una provisión abundante de herramientas, las más de ellas roñosas, aunque útiles. Me preguntó si también necesitaba clavos. ¿Clavos para desatascar una cañería? Me volví a mirarla, receloso de que estuviera gastándome una broma. A simple vista advertí que hablaba en serio. Insinué que un paraguas inservible me vendría bien. Como de costumbre, no me entendió. Hube de repetir la solicitud. Ella dedujo que yo quería el paraguas para resguardarme de la lluvia. Puesto que no me podía prestar sino el único que tenía, que era pequeño y, por descontado, de señora, me ofreció a cambio un impermeable con capucha que de todos modos, dijo, me habría de quedar estrecho. ¿Para qué darle explicaciones que no iba a comprender? Cargué con la caja polvorienta, moteada de roña, y salimos a la calle.

Serían las cinco de la tarde cuando llegamos a Duhnen, que es un barrio de Cuxhaven habilitado para balneario, con hoteles, pensiones y casas de alquiler, además de tiendas de recuerdos y puestos de pescado frito a lo largo de la calle principal. El barrio toca con el mar, pero el mar no se ve debido a un dique paralelo a la costa que lo tapa por completo. Es una medida de precaución contra las mareas del siglo que se producen en el mar del Norte cada no sé cuántos años. El dique, cubierto de hierba, hay que subirlo por las distintas escaleras y rampas construidas al efecto si se quiere acceder a la playa. Esta se prolonga varios kilómetros mar adentro cuando baja la marea. Una vez que Clara y yo pasamos una temporada en Duhnen, aprovechando que a tía Hildegard le quedaba libre una casa, fuimos en barco hasta la isla de Neuwerk; allí esperamos la siguiente bajamar y entonces nos dimos por capricho, o por necedad, según se mire, la matada de recorrer andando los doce o trece kilómetros que hay hasta la playa, hundiendo los pies en una arena blanda, pegajosa y negruzca que a mí me recordaba lo que no hace falta que se nombre. En cuanto al dique, no es el mayor obstáculo para alcanzar la playa, sino el pago de un portazgo, a menos que uno se haya inscrito previamente en la oficina de registro del lugar, lo cual también cuesta dinero. Nada de todo esto le pareció a Clara merecedor de unas líneas en su libro. Yo, en su lugar, lo habría contado; pero, en fin, ella es la escritora.

Tía Hildegard posee cuatro casas en Duhnen que le dan sus buenas rentas. Heredó las dos primeras de un marido bastante mayor que ella al que se le paró el corazón al año y medio de la boda. Clara sostiene que el pobre hombre no debía de tener fuerza ni aguante para vivir debajo de un mismo techo con tía Hildegard. Se habían conocido en Bremen por los tiempos del milagro económico alemán, en los astilleros Bremer Vulkan donde ella estaba empleada en las oficinas y él era director de no sé qué departamento. Viuda y sin descendencia, la tía se encontró de la noche a la mañana con el riñón bien cubierto y se mudó a Cuxhaven. El puesto de oficinista ya lo había abandonado antes de contraer matrimonio. Mujer ahorrativa, con sus puntas de tacaña, empleó los beneficios que obtenía por el alquiler de las dos casas en comprarse una tercera y más tarde una cuarta, y de esa fuente de ingresos ha estado viviendo holgadamente hasta la fecha. No viaja (jamás en su vida ha estado en Berlín y sólo una vez, con los compañeros de trabajo, en el extranjero), se nutre de lo más barato del supermercado (aunque luego se queja de la baja calidad de los productos) y viste prendas de saldo que combina, pese a todo, con cierto estilo. En cambio, no escatima generosidad con su sobrina, quizá porque ve en ella a una hija o porque, como dice Clara, la simpatía que me profesa a mí la vuelve dadivosa. Una vez hasta la felicitó en mi presencia por haberse casado conmigo.

La casa del lavabo estropeado es una que está en una callejuela paralela a la principal de Duhnen, poco antes de llegar a la piscina cubierta. Me apeé delante de la entrada, avergonzado de cargar con una caja oxidada de herramientas y un desatascador. La tía me condujo hasta el cuarto de baño donde me esperaba la faena. Tras abrir el grifo a fin de que yo viera que el agua entraba muy despacio en el desagüe, volvió al coche y se fue con Clara de tiendas y a tomar una copa de helado en Cuxhaven. Me quedé a solas frente al lavabo, sintiéndome como un recluta al que le hubieran ordenado desactivar una mina. ¿Cuánta gente se habría lavado las manos infectas en aquel armatoste? ¿Cuántos escupitajos con pasta de dientes se habrían estrellado contra la superficie de esmalte deslucido? ¿Qué secreciones hediondas y putrefactas acechaban dentro de la cañería el momento de salpicarme los brazos, la ropa, quizá la cara? Deposité la caja de herramientas sobre la tapa del inodoro. El desatascador, me di cuenta enseguida, no servía, puesto que la cazoleta de goma, al ser demasiado ancha, no se podía ajustar herméticamente al fondo curvo del lavabo. Así pues, mi primera acción consistió en cerciorarme de si había un mueble bar en la casa. No hallé ninguno. En la cocina, la nevera estaba desconectada y vacía. Había cafetera, pero no café. Al menos el televisor funcionaba. Pensé que si despachaba pronto la tarea, me quedaría tiempo para mirar algún programa. Con ese único estímulo me puse manos a la obra. De vuelta al cuarto de baño, pisé una lepisma. Otra se me escapó por una grieta del zócalo. En casa las aplasto con papel higiénico para no arrastrar la suciedad en las suelas de las zapatillas; pero allí qué más me daba.

En primer lugar, retirado el tapón metálico, que era de esos sueltos que suben y bajan mediante una palanca colocada detrás del grifo, introduje por el orificio del desagüe el cable de la antena del televisor. Entró bien, tan bien que durante dos o tres segundos me vi a mí mismo como un renovador, incluso como un revolucionario de la fontanería. El truco, sin embargo, falló. No se podía hacer fuerza con el cable ya que a la menor presión se doblaba. Lo restituí a su sitio luego de haberlo limpiado en la cortina de la sala. Mi siguiente esperanza la deposité en un palo que arranqué de un arbusto del jardín. Logré hundir la punta sin dificultad hasta el fondo del sifón. El palo, por desgracia, no era lo bastante flexible para dar la curva allá abajo, y otro, este de un rosal, que cogí poco después, tampoco. No hubo más remedio que recurrir al método tradicional de las herramientas. Conté por lo menos siete llaves en el revoltijo de chatarra. Ninguna se adecuaba a las tuercas de ajuste. La llave inglesa tenía el tornillo bloqueado. Tratando de moverlo, se me levantó la piel del pulgar. Una andanada de tacos en lengua materna tampoco resolvió el problema. Como última solución, probé con unos alicates de pico de loro cuyas pinzas se podían regular de forma que se adaptaran al tamaño de las tuercas. Con ambas manos traté de desenroscar la primera de ellas. La tuerca no giró ni un milímetro; pero toda la cañería, con sus partes acopladas, se desvió hacia un costado emitiendo un crujido anunciador del desastre que ocurriría a poco que yo prosiguiese con el empeño. Decidí entonces atacar la tuerca posterior del sifón, que, en efecto, cedió al cabo de unas cuantas tentativas. Ahora era posible separar ligeramente las dos partes del tubo, lo que me permitió entrever la longaniza negra y pilosa que se alargaba en su interior, impidiendo el paso normal del agua. Al punto me hirió en la nariz una vaharada repulsiva. ¿Qué hacer? Introduje por la rendija la punta de un destornillador; pero el vástago, demasiado grueso, no la dejaba penetrar. Agarré otro y pasó lo mismo. Tuve entonces la buena ocurrencia de emplear un cuchillo. Encontré uno apropiado en un cajón de la cocina. Supongo que todavía habrá inquilinos que unten con él de mantequilla sus tostadas. El filo delgado seccionó la longaniza con facilidad. Por un instante me sentí más cirujano que fontanero. Gracias al corte pude separar obra de dos dedos los extremos de ambos tubos, de manera que conseguí vaciar de porquería el que entraba en la pared, sirviéndome para ello de una cucharilla con la que juzgo probable que a estas horas un pediatra de Essen o la dueña de una perfumería de Stuttgart estén vertiendo azúcar en una taza. Del sifón, en cambio, no fue posible extraer gran cosa. Me dediqué a punzar con el destornillador la longaniza pestilente hasta reblandecerla; empalmé a continuación las partes separadas, sin apretar demasiado por si convenía más tarde soltar la tuerca de nuevo, y abrí el grifo al máximo. El agua, al principio, se estancó; pero de pronto, aleluya, sonó un potente borborigmo en las entrañas de la cañería y el lavabo se vació a gran velocidad. Cerca de dos horas estuve repanchigado en el sofá de la sala disfrutando de la televisión, hasta que un ruido de motor delató la llegada de las dos mujeres. Me apresuré a volver al cuarto de baño, donde aún tenía las herramientas desparramadas por el suelo, a excepción de la cucharilla y el cuchillo. Arrodillado junto al lavabo, esperé a las dos mujeres. Les di a entender que acababa de terminar la faena. «¿Hasta ahora has estado trabajando?» Adopté un gesto de dignidad herida como protesta silenciosa por una pregunta tan superflua. De paso enseñé el pulgar despellejado en prueba de la dureza del trabajo. Sin decir una palabra, serio, grave, giré la llave del grifo. Parecía que el agua tuviese prisa por desaparecer de nuestra vista. La vieja no cabía en sí de agradecimiento. Clara estaba petrificada de admiración.

Poco antes de las ocho ocupamos la mesa que tía Hildegard había reservado por teléfono. Fuimos andando al restaurante porque quedaba cerca de la casa y había escampado. A la tía le disgustó el emplazamiento de la mesa, apartada de los ventanales y próxima al pasillo por donde los camareros iban y venían. Me desentendí de sus lamentaciones para estudiar a fondo el menú. La certeza de que no me tocaba pagar excitaba mi gula. Clara trató de librarse de la conversación de la vieja por la vía de preguntarme si ya había encontrado alguna comida de mi gusto. El arco abrumado de sus cejas parecía suplicarme que me explayara en la respuesta. A mí se me hacía la boca agua leyendo la lista de gollerías; pero las reducidas dimensiones del estómago humano obligan a refrenarse. Me decidí por el plato número 79. Clara lo buscó en su carta. Como de costumbre, la tenía abierta por la página de sopas y verduras, la única que garantiza felicidad a su paladar, así que tuvo que pasar las hojas. Apenas hubo detenido el dedo en el número por mí indicado, la cara se le demudó al descubrir el precio. Antes que pudiera abrir la boca, me apresuré a mostrarle desde el lado frontero de la mesa la tirita que envolvía la yema de mi pulgar. La vi tragarse el comentario que le andaba escociendo en la punta de la lengua. A tía Hildegard, que se había quedado monologando sin saberlo, no le pasó inadvertido nuestro intercambio de miradas y se interesó por mi elección. En vano leí con voz potente: «Dorada a la brasa con salsa de setas, patatas cocidas al perejil y ensalada.» Se volvió hacia Clara: «¿Qué ha dicho?» Clara repitió mis palabras. A Clara, que hablaba más bajo que yo, la entendía a la primera. La tía torció el gesto mientras acusaba a las doradas de contener muchas espinas. Aún más fuera de razón se le figuraba una cena con setas en verano. Pensando que sus objeciones se debiesen tal vez al precio del plato por mí elegido, le pregunté si le parecía caro. Estoy seguro de que me expresé de forma correcta y audible. Así y todo, ella volvió a solicitar los servicios de intérprete de su sobrina. «Pregunta si te parece caro.» «¡Por el amor de Dios, no! Ruégale de mi parte que coma lo que quiera. Yo lo decía por las espinas y porque me da miedo que las setas no le dejen dormir por la noche.»

Nos atendió un camarero joven, de rasgos mediterráneos, que me condujo a una repisa cercana a la entrada de la cocina sobre la cual se alineaban varias fuentes con hielo desmenuzado y distintas clases de pescado crudo. Me mostró la de las doradas a fin de que yo escogiera una. Demoré la elección más tiempo de lo necesario en la esperanza de que luego él persuadiera al cocinero a que se esforzase para complacer a un comensal exigente. De mi madre aprendí que los ojos del pescado delatan su calidad. Las siete u ocho doradas que había en la fuente me parecían iguales. Todas tenían los mismos ojos bobalicones, el mismo brillo plateado en la piel. Fingiendo firmeza apunté con el dedo a una, ni la mayor ni la más pequeña del montón, y dije: «Esta.» El camarero se apresuró a trasladarla con pinzas a un plato. En tono confidencial le pregunté si era posible que me prepararan el pescado con ajo escondido en su interior. Insistí en la importancia de que ninguna de mis acompañantes notara la presencia de dicho ingrediente. El camarero adoptó el mismo aire de misterio para asegurarme que no habría ningún problema. Me entraron deseos de abrazarlo, pero me contuve. Bueno, me contuve hasta cierto punto, ya que en el momento de separarnos me permití darle en el hombro una palmada de compinches que él, como buen latino, aceptó con naturalidad.

Al rato nos trajo la cena en un carrito. Los platos principales venían ocultos bajo unas tapaderas de campana que un compañero suyo le ayudó a levantar de modo que se produjese una sorpresa simultánea en los tres comensales. Apenas se hubieron alejado tras cumplir la formalidad de desearnos buen provecho, la tía lanzó una mirada crítica al montículo comestible que tenía delante. Con mueca compungida, meneando la cabeza en señal reprobatoria, se quejó de que le habían puesto una cantidad excesiva de alimento. Yo cerré los ojos de inmediato, no así los oídos, ya que por desgracia todavía no domino el arte de cerrarlos a voluntad, aunque hago progresos. Durante unos instantes mantuve el cuerpo inclinado sobre el plato, me olvidé del mundo y sus catástrofes, y haciendo caso omiso de las lamentaciones cargantes de la vieja, me di a gozar del vapor delicioso que subía de la dorada. Con disimulo le eché un vistazo al relleno. Allí estaba, mezclado con hojas de romero, el ingrediente prohibido. Sin embargo, faltó poco para que yo dejara traslucir en voz alta mi decepción. Y es que al contrario de lo que esperaba, al cocinero no se le había ocurrido picar el ajo, sino que había embutido media docena de dientes enteros dentro del pez. Al pronto me parecieron cálculos biliares. ¿Cómo trasegarlos a la boca sin que Clara, sentada a no más de un metro frente a mí, lo advirtiese? Con eso y todo, la impericia del cocinero a la hora de introducir aquella salvedad en el menú no quitaba para que la dorada tuviese una pinta estupenda. La piel estriada por la marcas de la parrilla se quebraba con un crujido de tostadura entre los dientes. Los pedazos de carne, que yo mojaba ora con gotas de limón, ora con aceite de la ensalada, se desprendían como por sí solos de la raspa, dóciles al leve empujón del cuchillo. Dentro de la boca, su consistencia blanda hacía superfluo el trabajo de la dentadura. Yo los apretaba con la lengua contra el paladar, estrujándolos sin prisa hasta que hubieran rendido la última partícula de su jugo sabroso. Una vez tragados, me enjuagaba con agua mineral, de modo que el siguiente bocado me aportase la misma novedad placentera que el primero. Reservé para el final la ensalada y las patatas cocidas, a las que confié la misión de paliar los efectos de un diente de ajo comido a escondidas. Los otros los oculté debajo de una rodaja de naranja salvo uno que, como abultaba poco, no tuve problema para cobijarlo dentro de la cabeza del pescado. Clara no consiguió terminar su verdura. En cuanto a tía Hildegard, apenas hubo comido un poco de su cena alegó que no le estaba sentando bien. Se hizo entonces traer una tisana de polenta, que tampoco le gustó; extendió la servilleta sobre su plato, como si tapara el rostro de un muerto, y se dedicó a darnos la lata con sus recetas de cocina. A la hora del postre, Clara se opuso a que yo las acompañara a ella y a su tía en la degustación de un aguardiente digestivo, dado que al terminar la tarde debíamos proseguir nuestro viaje. Me resarcí pidiendo tres bolas de helado regadas con jalea caliente de cerezas. Las bolas eran tan grandes que pensé que no las acabaría. Saciado ya con la primera, logré sin embargo palear las demás poco a poco dentro de la boca, dispuesto a enterrar para siempre con ellas el diente de ajo que yacía en el interior de mi estómago. Salí a la calle con la cara congestionada de placer.

A la anochecida nos despedimos de tía Hildegard en el recibidor de su casa. Tanto en el momento de abrazarla como media hora antes, durante el trayecto entre Duhnen y Cuxhaven, mostró vivo interés por saber si me había gustado la cena. En ambas ocasiones respondí que me había gustado mucho; en ambas, la vieja apartó de mí la cara para escuchar la repetición de mis palabras en labios de su sobrina. Me agradeció tres o cuatro veces el arreglo de la cañería, la última junto a la puerta de su casa, donde, para poner fin a la visita, le susurré un adiós protocolario con pocas esperanzas de que lo entendiera. Me sorprendió que lo captase sin la mediación de Clara. Salió al descansillo detrás de mí, que pensé por un momento, levemente aterrorizado, que se disponía a acompañarnos hasta Bremen. Cuando empecé a bajar las escaleras, volvió a preguntarme si me había gustado la cena. No me di por enterado, sino que continué alejándome hacia el portal sin volver la cabeza. Un piso más abajo, oí que preguntaba: «¿Qué ha dicho?» Y a Clara responder con la voz teñida de resignación: «Que le ha gustado mucho.»

De pie junto a la verja, tía Hildegard nos hizo adiós con la mano. Nada más perderla de vista, Clara lanzó un suspiro. «Es buena», dijo, «pero ¡qué pesada!» Y añadió: «A ti te adora.» Me permití una ironía:

«Será por la calidez humana de nuestros diálogos.» De ahí a poco entramos en la autopista. Estaba el cielo estrellado. En el aire se notaba un claro aumento de la temperatura. Apenas había tráfico. Clara iba enredando en sus bolsas. Me mostró una prenda de vestir que le había comprado su tía por la tarde. «No me la pienso poner», dijo. «A mí este tipo de ropa no me va, pero ¡ella ha insistido tanto y como era la que pagaba...!» Acordándome de un sobre blanco que, a la vuelta del restaurante, había pasado de las manos de la vieja a las de Clara, le pregunté cuánto dinero le había dado. «Bastante», respondió sonriente. Me obligó a adivinar. Empecé por los mil euros y fui subiendo de mil en mil hasta llegar a una cantidad más que suficiente para mantenernos sin estrecheces durante una larga temporada. Llegamos ya entrada la noche al piso que tía Hildegard nos había prestado en Bremen. Nos acostamos enseguida, ya que la señora escritora quería trabajar en su libro a la mañana siguiente. Apagada la luz, olió el ajo, así que esa noche dormimos espalda con espalda.

4

Aún de noche, la sentí buscar a tientas sus prendas esparcidas por el suelo y salir a oscuras de la habitación. Pensé: «Estará soñando que tiene que ir al colegio; pero en cuanto encienda una lámpara comprenderá su error y volverá a la cama.» Segundos después atravesó la pared el gorgoteo inconfundible de su orina, que también en casa suele ser el primer sonido matinal que llega a mis oídos. No hay duda de que seguí durmiendo, pues la siguiente vez que despegué los párpados, sobresaltado por unas fuertes sacudidas, la luz aún débil del amanecer hacía ya visibles las rendijas de la persiana. Clara me hablaba en susurros, como temerosa de despertarme, a pesar de que era eso justamente lo que pretendía.

Dejé que continuara con los meneos más allá del tiempo necesario para acabar con el reposo de un ser vivo. Lo hice pensando en resistir tanto como fuera posible dentro de aquella cama confortable; también, lo reconozco, porque me causa un gusto especial que ella me agarre, me apriete y me sacuda en actitud suplicante. Teniendo en cuenta que es mujer de suyo reacia a prodigarse en tales ejercicios, ¿no sería estúpido por mi parte desaprovechar las raras ocasiones en que asoma a sus labios, como si fuera salivilla, una punta de sumisión? Además, oí entre sus confusos bisbiseos la palabra «catástrofe», anunciadora de engorros, lo que me afianzó en la voluntad de seguir haciéndome el dormido. No estoy seguro, pero me parece que, impelida por su excitación nerviosa, me arreó un cachete. En ese instante me incorporé, contagiado de su alarma.

Su ordenador portátil, por lo visto, no funcionaba. «¡Qué mala suerte», le dije, «que se te haya roto el día en que pensabas estrenarlo!» Lo había adquirido el jueves anterior con parte de los adelantos que le había proporcionado la editorial. En realidad, un compañero del colegio, experto según ella en materia de informática, lo había comprado en su nombre. Vino a casa a ponérselo a punto y a darle consejos sobre la manera de usarlo. Desde la cocina, yo lo oía hablar con parsimonia, como quien se dirige a un alumno de cuya inteligencia se desconfía. Y es que Clara, con ser tan lista para muchas cosas, no se las apaña con la técnica. El sábado por la noche, a escondidas, yo probé el aparato y no tuve problemas. Me extrañaba que se hubiese estropeado solo. Le pregunté a Clara, sin ánimo de burla, si se había acordado de enchufarlo. Mi inocente pregunta acabó de exasperarla. Fuera de sí, tiró con tal fuerza de la manga de mi pijama que me desgarró la costura del hombro. Aún no habían dado las seis de la mañana.

Clara tenía colocado el ordenador sobre un bufete de la habitación contigua. En la pantalla podía verse un jeroglífico de datos sobre fondo negro. Pulsé, poniendo cara de saber lo que hacía, una tecla al azar con la esperanza de que ocurriera alguna cosa. No habría sido la primera vez que lograba, en el ordenador de casa, acceder de igual manera al administrador de programas después de haber cometido un fallo o de que hubiera surgido un problema que paralizase de repente el inicio de todas las aplicaciones. Probé suerte con la tecla intro, en vista de que la anterior no había obrado efecto, y enseguida con tres o cuatro más sin que nada se moviera en aquella noche impenetrable de la pantalla. Clara, impaciente, me preguntó si estaba interpretando una sonata.

En su opinión, un virus informático había destruido el aparato. Traté de explicarle que eso era imposible, puesto que el ordenador, por expreso deseo suyo y contra las recomendaciones de su compañero del colegio, carecía de conexión con Internet. «Nada de destrucción», le respondí. «¿O es que tú ves que sale humo por alguna parte?» Insinué que tal vez ella había ejecutado una orden indebida. Para que no se sulfurase me apresuré a añadir que naturalmente sin darse cuenta. Se sulfuró: «¿Me estás echando la culpa de la avería? ¿Crees que no sé manejar un ordenador?» Intenté salir de Windows por el procedimiento habitual de urgencia, pero el sistema no reaccionaba; entonces reseteé el ordenador, y allá apareció otra vez la ventana de aviso. «No te creas», me dijo, «que esto es tan fácil de arreglar como una cañería.» Por poco no le repliqué que me trajera por favor un martillo y un escoplo. En el último momento me mordí la lengua pensando que estaba demasiado alterada para aguantar bromas.

A este punto, yo ya me había percatado de que una indicación contenida en la jerigonza informática que cubría la pantalla remitía al dispositivo de DVD. Al instante comprendí la causa del bloqueo. El problema era pequeño; pero ¿cómo subsanarlo sin ponerme en una situación comprometedora delante de Clara? Convenía alejarla a toda costa de mi lado. Por desgracia carezco de autoridad para imponerle cometidos que la obliguen a apartarse de mi vista. No me quedó más remedio que herirla en su orgullo a fin de hacerle ingrata mi compañía. Y así, volviendo la cara hacia ella, le dije: «Es probable que tengas que escribir tu libro a mano, como los escritores de los viejos tiempos. Quizá no logres terminarlo en el plazo convenido; pero al menos te saldrá una prosa artesanal.» Se marchó con ojos húmedos a la cocina, a prepararse, según dijo, una infusión mientras estudiaba la posibilidad de volver a casa y renunciar a su proyecto. Bajó al coche en busca del té y la miel, ya que en el piso de tía Hildegard no había despensa y nosotros no habíamos tenido tiempo ni ganas de descargar los bultos a nuestra llegada a Bremen por la noche. Durante los pocos minutos que estuvo fuera se le cambiaron el ánimo y las ideas, de forma que nada más entrar en la casa dijo desde el vestíbulo, en un tono recio de despecho: «En cuanto abran las tiendas me compraré otro ordenador.»

Un rato antes, no bien me supe a solas, extraje el DVD de mi colección secreta que había estado mirando a horas indispuestas el sábado anterior. La ventana de aviso desapareció al momento. A su vuelta de la calle, Clara me encontró jugando al buscaminas. Me despachó de la silla cuando estaba yo a punto de batir mi mejor marca de entonces en el nivel intermedio. Alegó que quería escribir sin demora la primera página de su libro. Le dije: «De nada, guapa», en señal de que aceptaba el agradecimiento que no me había mostrado, y acto seguido me volví a la cama.

Pasé dos horas de plácida duermevela, con la cabeza hundida en la parte de la almohada donde Clara había dejado su olor. A mí el olor corporal de Clara me gusta mucho. Estoy convencido de que lo reconocería con los ojos tapados si me dieran a olfatear una fila de cien o doscientas mujeres. Una vez soñé con ese juego. Alguien me colocaba delante de cada una de ellas; yo acercaba la nariz a sus cabellos, a su garganta, y decía: «Esta no es. Esta, tampoco», y así hasta que por fin mis membranas olfativas percibieron aquel olor que me era tan familiar. Dije entonces, sonriente: «Esta es», y llevado de mi certidumbre me abracé a ella. Alguien me quitó la venda de los ojos, y encontré entre mis brazos a una desconocida, y a Clara allí junto con el gesto hosco, como diciendo: «Ya hablaremos después en casa.»

Por la época en que compartí piso con Clara en Gotinga, no creo que el olor de su cuerpo ejerciera sobre mí una atracción especial, por cuanto no se trata de un olor que robe los sentidos o que despoje a uno de su arbitrio y sensatez, si es posible que tal cosa ocurra fuera de la poesía cursi. Para expresarlo con otras palabras, no es el suyo un olor que haga superfluo ni necesario el uso del perfume. Yo lo tengo por una emanación agridulce, templada, suavemente carnal (y podría estarme un año entero hurgando en un baúl de adjetivos sin dar con uno exacto). Este envoltorio invisible de su cuerpo dista lo mismo de la fragancia que del hedor, sin caer enteramente bajo el dominio de ninguno de ambos extremos. Debido a su moderada intensidad, sólo se capta desde cerca, por lo que quiero conjeturar que nadie lo capta sino yo.

Clara lo elimina duchándose cada mañana, tanto da si es día laborable como festivo. Hasta la fecha nunca me ha confesado que se entregue a un rito cotidiano de purificación, del que tal vez ni siquiera tenga conciencia; pero yo lo deduzco por ciertos indicios, entre los cuales el más llamativo es su manera de moverse cuando sale del cuarto de baño. Acostumbra secarse el pelo y vestirse en su habitación. Limpia y aún mojada, se le nota libre del pudor, no sé si auténtico o fingido, que a veces muestra cuando se dirige desnuda a la ducha. En esos momentos no permite que la toque porque, aparte de que es cosquillosa, la incomoda una viva sensación de suciedad. «Déjame, que tengo prisa», se defiende. Más tarde, ya lavada, tampoco se deja tocar, pues teme que la ensucie; de ahí que por las mañanas Clara practique el hábito de pertenecer al género de las personas intangibles. En ocasiones la veo secarse el pubis con el secador. No es que la espíe por el ojo de la cerradura. Ella misma me ha llamado a su lado para darme instrucciones sobre mis quehaceres de la jornada. Mientras me pide que compre esto o lo otro en el supermercado, o que lleve a *Goethe* al veterinario de Schortens, veo con cuánta naturalidad levanta un pie hasta el borde de la cama y se dispara, abierta de piernas, el chorro de viento caliente entre los muslos. Se dijera que mezclado con la espuma del gel y del champú se le ha ido el cuerpo por el desagüe de la ducha. Y como donde no hay cuerpo está de más la vergüenza, ella no tiene reparo en andar sin ropa por la casa, mientras se afana y desespera buscando el pendiente que no aparece, un calcetín desparejado o el sujetador que no está donde jura que lo puso. En tales circunstancias, olfatearla supone para mí una decepción, ya que, desprovisto de todo rastro natural, su cuerpo no huele distinto del aire de una droguería. Más quiero yo a Clara sudorosa y algo cochina que cuando va dejando tras de sí una estela de jabón perfumado.

A su vuelta del colegio, constato con satisfacción que trae pegado a la ropa su olor característico. Este va en aumento conforme transcurre la tarde y llega a su apogeo entre la cena y la mañana. Su cuerpo alcanza el grado de máxima presencia poco antes de dormir, pues es dentro de la cama donde está ella toda con su calor y sus efluvios; también con su apremio sensual, que lo tiene, aunque muchas veces lo disimule. Al acabar el día, el cuerpo constituye su tema principal de conversación. Es la hora en que, lanzándome una mirada lastimera, declara que le vendría bien un masaje; en que reitera su deseo jamás cumplido de practicar la natación o el aeróbic («pero ¿cuándo?, a ver, dime, ¿cuándo?»), y en que enumera, como si ensartara las invocaciones de una letanía, sus molestias físicas del momento: «Me duele todo este lado de la espalda, creo que me va a venir la regla, noto un problema con mi respiración.» Cuantas más quejas, menores son mis posibilidades de consumar el fornicio. Recostada en la cabecera de la cama, se pone a leer el periódico con sus gafas que le dan aspecto de profesora ceñuda o corrige un par de cuadernos antes de apagar la lámpara. En espera de que me venza el sueño, yo me consuelo aspirando su olor en la oscuridad, como quien se aplica a catar con el olfato un vino generoso. Y es que tengo comprobado que esa sensación agradable y familiar en la nariz me facilita el descanso, hasta el punto de que si alguna vez, en plena noche, ella me desvela de un codazo, enfadada porque no la dejo dormir con mis ronquidos, y exige que me acueste en el sofá de la sala, no me aparto de su lado sin antes abrazarla y manosearla un poco por aquí y por allá con la idea de llevarme una provisión abundante de su olor a mi destierro.

Pero a lo que iba. El despertador colocado sobre la cómoda marcaba las ocho menos cinco. Entraba tanta luz por las rendijas de la persiana que hasta los objetos abandonados en los rincones se perfilaban con nitidez. Un haz de rayos, en el que flotaban innumerables partículas de polvo, dibujaba en la pared frontera de la ventana y en una parte del suelo próxima al zócalo filas de motas luminosas. El día, como no tardé en comprobar, había amanecido despejado. Mejor así, pensé acordándome del mal tiempo de la víspera. Lejos estaba yo de sospechar que aquella temperatura agradable del exterior; el sol que ardía en la hora temprana con fuerza propia de latitudes meridionales, y el azul del cielo, sin mancha de nubes, eran los primeros indicios de la ola de calor que habríamos de padecer durante aquel verano, uno de los más sofocantes que yo he conocido desde que me establecí en Alemania.

De pronto se abrió la puerta. Clara se quedó mirándome desde el umbral con expresión melancólica. Se mordía el labio inferior a punto de echarse a llorar. Si como hay un aparato para medir la intensidad de los temblores de tierra, hubiera otro para medir el abatimiento de los seres humanos, habría jurado que en aquellos instantes Clara le habría comunicado al suyo unas sacudidas sobremanera violentas. Me incorporé con ostensible prontitud. Quería hacer evidente mi propósito de dedicarme de inmediato a cualquier tarea doméstica. Confiaba en que de esa forma no hubiese lugar al reproche de que mientras ella se dejaba las uñas trabajando en su libro, yo me entregaba de lleno a la pereza. No sé cuántas veces, antes y después de aceptar la oferta de su editorial, me había hecho prometerle que la ayudaría durante el viaje. Sólo a condición de que yo le prestase mi apoyo estaba ella dispuesta a embarcarse en la aventura. «¿El ordenador otra vez?», le pregunté con sincera preocupación. Como si hubiera esperado de mí una señal para ponerse en movimiento, no bien hube dicho aquellas palabras se llegó en silencio a la cama, donde, tumbada a mi lado, a tiempo que decía con voz entrecortada: «No se me ha ocurrido ni una línea», se soltó a llorar con tales sollozos que me pareció que hasta los muebles de la habitación se conmovían.

Fueron inútiles mis esfuerzos por subirle el ánimo. Compadecido de su pena, traté de rodearle los hombros con un brazo. Clara se apresuró a hurtar el cuerpo como quien se aparta por instinto de un bicho peligroso. Apenas despegaba yo los labios para dirigirle unas frases de consuelo, a ella se le reavivaba la llorera. Tomaba entonces mi mano y, apretándomela con fuerza vibrante, transida de patetismo, me daba a entender que prefería mi silencio. Yo, claro está, cerraba la boca para no agravar su amargura, aun cuando hiriese mi amor propio la idea de que me hacía callar porque dudaba de mis buenas intenciones. De ahí que, de rato en rato, intentase nuevamente trabar conversación, sin que ella me permitiera seguir adelante en ningún caso. No hubo más remedio que esperar a que recobrara por su cuenta la serenidad. Y cuando así ocurrió, tras largos minutos de yacer el uno al lado del otro, ella deshecha en lágrimas, yo estudiando el polvo suspendido en los rayos de luz, se dedicó a quejarse con palabras no muy distintas de estas: «¡Qué imprudente, qué ciega fui al cargar con una tarea que está por encima de mi capacidad! ¿Cómo no me he dado cuenta antes? Hoy ni siquiera puedo alegar que las obligaciones del colegio me roban tiempo. ¿He dormido mal? No. ¿Me duele la cabeza? Tampoco. ¿Qué pasa entonces? ¿Cómo es posible que después de dos horas no me haya salido una sola línea? ¡Ni una! Me siento destrozada. Vacía. Eso es: va-cí-a. ¿Quién me asegura que no me ha empezado una enfermedad cerebral? Tantas jaquecas y tantos medicamentos no pueden terminar bien. Se me han destruido tantas células nerviosas que mi cociente intelectual va cayendo en picado. ¿Tú has notado últimamente algo extraño en mí? ¡Aj, tú qué vas a notar si no tienes ojos más que para lo tuyo! Mejor no digas nada. No creo que sea este el mejor momento para contradecirme. Escribí *Bajo las glicinas* en nueve meses, ¿te acuerdas? Un domingo llegué a terminar seis páginas que luego apenas requirieron retoques. Hoy ni siquiera he redactado una frase en dos horas. ¿Te haces una idea de lo que eso supone para mí? A veces, por pura desesperación, he obligado a mis dedos a pulsar las teclas. Lo que aparecía en la pantalla era tan malo que lo tenía que borrar a toda prisa por el horror que me causaba mi propia vaciedad. Y no creas que exagero. Ya no llego ni al nivel de las redacciones de mis peores alumnos. Ha habido momentos en que se me figuraba que el editor, invisible, estaba a mi espalda haciendo gestos negativos con la cabeza. Estoy decidida a devolverle los adelantos. Y a tía Hildegard le devolveré el sobre que nos entregó ayer. Ya pasaremos el año como sea. Si hace falta, me pongo otra vez a traducir. Eso es. Pagaré un anunció en el *Wilhelmshavener Zeitung* ofreciéndome como traductora y tú quizá saques otros ingresos si vuelves a dar clases particulares. Lo que es por mí, podemos dejar todos nuestros bultos en el coche. Regresamos hoy mismo a casa. ¿Qué me dices?» No era su intención concederme la palabra, así que, sin esperar una respuesta mía, prosiguió: «¡Si hubieras visto con qué ilusión me he levantado! Madrugar y no tener que ir al colegio, sino trabajar en lo que más me gusta, créeme, eso es para mí el paraíso. Confieso que el problema con el ordenador me ha descentrado bastante. No busco disculpas. Hay un gran vacío dentro de mí, eso es todo. Quizá se me agotó el talento con el libro anterior. Tú bien sabes cómo me esforcé, escribiendo por las noches y durante los fines de semana. ¿Cuándo, si no? El colegio me tiene ocupada a todas horas y me chupa a diario hasta la última gota de energía. Después, la muerte de mi madre, que no se me va de la cabeza; mis problemas de salud... Son tantas cosas que tiran de mí hacia abajo. En fin, para qué seguir. No quiero que luego digas que no paro de quejarme. Pero te aseguro que desde hace tiempo pienso seriamente en la posibilidad de recurrir a los antidepresivos. Ahora mismo, da igual que mantenga los ojos abiertos o cerrados, veo la pantalla en blanco del ordenador. Es como un espejo en el que uno se mira y no se encuentra. Un espejo que no refleja nada. ¿Te haces una idea de lo horrible que es esa sensación para un escritor? De buena te libras por no escribir. Imagínate que quisieras escribir algo, que hasta tuvieras que hacerlo por obligación o por compromiso, y dieras vueltas a la cabeza, una hora, dos horas, y no te saliera nada...» «Me figuro que sería como estar estreñido», la interrumpí. Fue lo único que se me ocurrió para demostrarle que la escuchaba. Ella escudriñó cada una de mis facciones con mirada inquisitiva. Tuve la prudencia de no sonreír. «Ah», fingió sorpresa en un tono desapasionado, «¿me estás prestando atención? Gracias, ratoncito. Pensaba que te habías quedado dormido. Pues ahora que lo dices, a lo mejor debería ir a la farmacia en busca de un laxante. Aunque, si estudias fríamente el asunto, tarde o temprano llegarás a la conclusión de que el estreñimiento implica que algo no sale pero ya saldrá, bien que sea a costa de soportar ciertas penalidades. Por desgracia no estoy en esa situación. Lo mío es peor. Dentro de mí no hay nada, de modo que el laxante no me ayudaría. Me refiero a un laxante intelectual, a ver si nos entendemos. Tampoco han funcionado los otros trucos que he puesto en práctica. He bebido lo menos medio litro de té para que me suba la tensión arterial. Después he ido al coche a traer los libros. A veces, leyendo un poco de aquí y un poco de allá, le vienen a uno las ideas.» «Oye, ¿no tramarás cometer un plagio?» Se lo pregunté haciendo que me escandalizaba, llevado por el buen propósito de moverla a risa; pero la malicia, demasiado obvia al parecer, no la inmutó. «Simplemente», continuó, «le he echado un vistazo al *Viaje a Italia*. No puedo decir que la lectura de unos cuantos párrafos sueltos me haya servido de estímulo. En realidad, he notado que anulaba el efecto del té. Goethe me paraliza, frena mi actividad mental; en una palabra, me causa modorra. Siento una profunda compasión por los alumnos que lo tienen que leer a la fuerza en los colegios. Yo, a las personas que padecen insomnio, les recomendaría leer unas páginas de Goethe todas las noches en la cama, antes de apagar la luz. La parte positiva del experimento ha sido que ahora sé con exactitud lo que debo evitar. Toma nota, ratón, de que no pienso andar buscando minerales por las aceras de Bremen. Mi libro, si es que al final me animo a escribirlo, no empezará con un largo capítulo sobre el río, los árboles y las particularidades climáticas de la ciudad. Tampoco haré un catálogo exhaustivo de sus edificios emblemáticos ni de las obras de arte que haya en sus museos. ¿Para qué? ¿Para que después los críticos me tachen de sabihonda y aburrida? A ver, ratón, sé cariñoso conmigo. Sácame de la confusión en que estoy metida. ¿Qué harías tú en mi lugar?»

Su gesto mustio desató dentro de mí una ráfaga de lástima, y por que ella supiese que no me era indiferente su tristeza, alargué las manos como para arrancarle del cuerpo lo que fuera que se la producía. Clara entendió sin duda en su justo sentido mi propósito y entró dócilmente al abrazo. Se le veía más tranquila al final del largo desahogo. Estaba en la plenitud de su olor y ya la empecé a besuquear en el cuello y en la boca, y a decirle al oído ciertas galanterías que la complacen, y sin mayor dilación le desabroché la blusa, y ella, que en aquel instante ya tenía los ojos cerrados, abrió enseguida las piernas para recibirme, y más movimiento no hizo, sino que con la paciencia de un cadáver consintió en que yo consumara mi satisfacción, para lo cual me di alguna prisa dadas las circunstancias.

Mientras se me apaciguaban los latidos dentro del pecho, respondí a Clara que no me sorprendían su falta de ocurrencias ni el vacío que decía haber sentido en su interior a primera hora de la mañana. Todo aquello poco o nada tenía que ver a mi juicio con su talento literario, al que dediqué unos cuantos elogios de gran calibre. Sacando de pronto la cabeza de debajo de mi brazo, ella fingió no haber oído mis últimas palabras, vieja y cándida argucia enderezada a la repetición de los halagos. Le di el gusto. «No le encuentro», agregué, «utilidad al talento si su dueño no lo saca a pasear de vez en cuando.» Me reprochó que le hablase con parábolas, a la manera de un predicador. «Nada de parábolas», le repliqué. «Llegamos ayer a Bremen. Ya era noche cerrada. Nos acostamos enseguida porque tú querías madrugar y porque estábamos cansados. Ni siquiera echaste un vistazo por la ventana. ¿Me quieres tú decir sobre qué impresiones de la ciudad pretendías escribir esta mañana? Si para tu relato del viaje no necesitas observar los lugares de tránsito, entonces ¿para qué hemos salido de casa?» Me dio la razón con un melindre de niña maltratada. Que por qué era tan malo y severo y bruto a veces con ella. Yo reanudé entretanto el examen del polvo suspendido en la luz. En esto, me di cuenta de que Clara se había quedado dormida con labios sonrientes y la cabeza apoyada sobre mi pecho. Se despertó de buen humor al cabo de media hora. Me pidió que hiciese la cama y ventilara la habitación mientras ella se duchaba, y que me fuera preparando porque nos íbamos a desayunar a la ciudad.

5

Clara no conseguía sentirse a gusto en el piso de tía Hildegard. Se quejaba de que subía mucha humedad del río. Por esta razón le costaba respirar, sobre todo al anochecer, cuando manteníamos la ventana abierta para aliviarnos del calor acumulado en el piso durante el día. Yo le argumentaba que, de haberme hallado en su lugar, habría preferido el aire viciado y la sudadera en la cama a la disnea. No había modo de persuadirla. Todas las tardes, a la misma hora, insistía en que ventilásemos la habitación, ya que de lo contrario le resultaba imposible conciliar el sueño por la noche. Eso era justamente lo que le sucedía tras haber dejado entrar el aire fresco junto con los mosquitos ávidos y zumbadores que venían a abrevar en nuestras carnes. Así y todo, yo me guardaba de discutir con ella por no hacerle aún más penoso el sufrimiento.

Al caer la tarde, el relente traía hasta nosotros un olor espeso, como de aguas legamosas y estadizas. Pienso, aunque no estoy seguro de ello, que por ser época de estiaje y porque quizá lleguen hasta Bremen los efectos de la bajamar, partes habitualmente anegadas en las orillas del Wéser quedaban al descubierto y en ellas se pudrían los organismos incapaces de subsistir fuera del agua, lo que provocaba aquel tufo que hacía pasar a Clara tan malos ratos. Nada más sentirlo, corría al cuarto de baño en busca del espray de salbutamol. A veces los síntomas se le presentaban por la mañana, de donde vine a sospechar que el río cercano no era la única causa de sus dificultades respiratorias.

A la tercera o cuarta noche en que me desvelaron sus ahogos (para que luego me eche en cara mis ronquidos), le mencioné la posibilidad de que la vieja alfombra del pasillo y las esteras colocadas a los lados de la cama, infestadas tal vez de esos bichos microscópicos cuyo nombre no me viene ahora a la memoria, le produjeran los accesos diarios de asma. «Pues claro que sí, cómo no se me había ocurrido antes», dijo como tomada de repente por un arrebato de lucidez, y sin dudarlo un segundo me pidió entre estertores que llevase aquellos trastos mugrientos al sótano. Consideré oportuno recordarle: a) que el ascensor estaba fuera de servicio por trabajos de mantenimiento, y b) que eran las tres y veinte de la madrugada, una hora, a mi modesto entender, no del todo adecuada para trasiegos de material pesado en una casa de vecinos. «¿Los llevas, sí o no?» No me imagino una ocasión más propicia para poner fin a un matrimonio. En lugar de eso, me eché un albornoz amarillo de tía Hildegard por encima del pijama. Me sentía demasiado cansado para pensar, no digamos para hacer frente con garantías de victoria a un ultimátum conyugal. Me pareció que el espejo del ropero se reía de mi facha. Al primer amago de protesta, Clara me atajó: «¿Quién te va a ver a estas horas? Si te das prisa, dentro de cinco minutos estarás de nuevo en la cama.»

Sin otro estímulo que el de cumplir esa esperanza, enrollé la alfombra y la esteras, y las bajé al sótano en dos veces. Cuando volví de la segunda, convencido de haber acabado la tarea, Clara me hizo saber que también le parecía urgente retirar de la vivienda los sillones de la sala, que eran dos piezas grandes y feas, tapizadas en terciopelo, así como los visillos y las cortinas. «¿El ropero también?», le pregunté. Dijo que su salud dependía de la eliminación de cuantos nidos de polvo, bichos y moho hubiera en el piso. Incluso respiraba mejor desde que no tenía las esteras a su lado. Y cada vez que me sentía volver del sótano, me llamaba ratón con voz melosa y me daba las gracias desde la cama. Rendido de fatiga y empapado de sudor, yo me decía para mí si no habría sido más inteligente provocar el divorcio.

Me había calzado, por consejo suyo, unas sandalias con suela de goma a fin de hacer el menor ruido posible al desplazarme por las escaleras. Caminaba temeroso de que algún vecino de sueño ligero, alarmado por aquellas reiteradas idas y venidas, comunicase a la policía la presencia de un malhechor en la casa. Se me figuraba que si el comunicante tenía afición a los detalles, añadiría susurrando al teléfono que se trataba de un ladrón de enseres cochambrosos, lo que bien podría dar lugar al envío de una dotación de vehículos policiales mayor de lo habitual, dada la singularidad del caso. Me imaginaba retratado con albornoz y sandalias en la primera plana de la *Bild Zeitung*, acompañada mi fotografía de los grandes y exagerados titulares de costumbre:

POBRE ALEMANIA
NI SIQUIERA TU MUGRE ESTÁ SEGURA

De poco me valió extremar el cuidado. Noto los dedos indecisos cuando me dispongo a redactar aquel recuerdo, y aunque no escribo para que me lean y por eso escribo como me da la gana, sin preocuparme de contentar a nadie, oigo no obstante una voz interior que me recomienda, me suplica, me manda que deje fuera de estos entretenimientos rememorativos el bochornoso episodio. Al fin, como estoy libre de lectores, me desobedeceré, aunque nada más sea por crearme la ilusión de que me saco una espina de la memoria.

Ocurrió más o menos de la siguiente manera. Ya casi eran las cuatro de la madrugada, que sólo para desprender de sus sujeciones los visillos y cortinas necesité más de veinte minutos, a los cuales deben añadirse los que me llevó colocar con orden y sigilo los trastos en el sótano. Lo cierto es que yendo cargado con el segundo de los sillones, di un paso en falso al final del tramo que desembocaba en el descansillo del primer piso. El armatoste apretado contra el pecho me impedía ver dónde ponía los pies. Se conoce que distraído con aquella fantasía de mi apresamiento, perdí la cuenta de los escalones y, con la cuenta, perdí también el equilibrio. El consiguiente tambaleo me puso a dos dedos de caer de bruces con la carga. Un violento tirón de hombros hacia atrás me permitió enderezar el cuerpo; pero con tan mala fortuna que el sillón salió impulsado hacia delante y, como era pesado y no tenía asideros, al tratar de sujetarlo en el aire se venció a un lado, de tal modo que su respaldo, din don, golpeó de lleno el pulsador de un timbre.

Al pronto me pasó por la cabeza la idea de refugiarme a toda prisa en nuestro piso. Comprendí, sin embargo, que la empresa entrañaba dificultades irresolubles ya que jamás he sido instruido en la técnica de huir con un sillón a cuestas, mientras que marcharme de allí sin el sillón equivalía a dejar en el descansillo mi tarjeta de visita. De hecho, mi deseo mayor en aquel instante no era tanto desaparecer del sitio como afrontar con otro atuendo la escena que se avecinaba. Lamentablemente no había tiempo para subir a cambiarme de ropa, puesto que ya se oía ruido de pisadas al otro lado de la puerta. Alguien se acercaba gruñendo. «¿Qué hago? ¿Qué le digo? Si me sale con una escopeta no tengo salvación. Del susto que se pegará cuando encuentre a estas horas, delante de la puerta de su casa, a un tipo con sandalias, el albornoz amarillo de una vieja y un sillón vetusto y sucio en los brazos, es improbable que no se ponga a disparar como un loco.»

Pedí perdón no bien me percaté de que la puerta comenzaba a abrirse lentamente. No me olvidé de pronunciar en tono afable el nombre del vecino, que podía leerse sobre una chapa clavada junto al timbre. Supongo que eso comunica a la conversación un aire de familiaridad, idóneo para calmar los ánimos. Surgió ante mí un pijama azul oscuro, cruzado de una franja anaranjada a la altura del pecho. La prenda remataba por abajo en dos pantuflas de cuero gris bastante cuarteado, y por arriba en la cabeza de un anciano de ojos turbios, nariz gruesa, mejillas hundidas y canas en abundancia. El señor Kranz traía un gesto hosco que cambió a perplejo nada más verme. Nunca antes nos habíamos encontrado, por lo que me pareció un deber de buena educación presentarme, si bien, para que no le inspirase recelo mi apellido, me limité a decir que era el actual inquilino del tercer piso. Se me hace a mí que con idéntica expresión en la mirada se habría asomado él al interior de un terrario. Aunque me figuraba que, con aquellas pintas mías, nada de lo que le dijese le habría de resultar verosímil, opté por el viejo truco de contarle la verdad, repitiendo cada dos por tres: «No sabe usted cuánto lo siento, Herr Kranz.» Barrunto que no se retiró muy convencido. A Clara preferí ocultarle el incidente cuando, a mi llegada al piso, me preguntó por qué había tardado tanto. En su bendita ignorancia insinuó la conveniencia de bajar al sótano las sábanas y mantas que tía Hildegard guardaba en los armarios. Decidí meterme en la cama antes de contestarle. Ya en postura de dormir, le dije que me acababa de hacer un daño horrible en un dedo y que por esa noche ya bastaba de trajín.

Al día siguiente, por la tarde, me tropecé con el señor Kranz delante del portal. Él entraba y yo salía. Supuse en un primer momento que se desdeñaría de saludarme o bien me dirigiría unas gélidas palabras para darme cuenta de que venía de presentar una denuncia contra mí por perturbación del descanso privado, con la agravante de indumentaria indecorosa. También podía ocurrir que la indumentaria fuera la razón de la denuncia y el timbrazo a las tantas de la madrugada la circunstancia agravante. Me disponía a ofrecerle de nuevo mis disculpas tan pronto como me hiciera objeto de un reproche; pero en lugar de eso me preguntó de sopetón cuál era mi nacionalidad. A la boca me acudieron tres o cuatro nombres de países que para una mayoría de alemanes están fuera de toda sospecha. «Pero...», dije entre mí,

«¿y si resulta que el viejo conoce el país que yo le nombre y continúa preguntándome y al fin da en descubrir que, aparte de vestirme de forma estrafalaria por las noches, soy un mentiroso?» Ni en la entonación de su voz ni en el gesto de su cara se atisbaban segundas intenciones, así que por ahorrar tiempo y molestias le dije la verdad. Noté una leve contracción de rechazo en su entrecejo. Intentó disimularla soltando una frase convencional en mi idioma materno, tan mal pronunciada, tan sosa y tan poco conforme con las normas de la gramática que estuve a punto de tomar allí mismo venganza cruel en la lengua alemana. Me supe contener. Incluso incurrí en la hipocresía de celebrar la corrección inexistente de su frase. Ya puestos a halagar al señor Kranz, le pregunté dónde había estudiado mi idioma. A lo cual respondió, como me suponía, que en realidad no lo hablaba, pero que había retenido media docena de palabras durante unas vacaciones pasadas hacía largos años en una localidad costera de mi país. No satisfecho con su reciente agresión lingüística, añadió mientras se contoneaba de un modo tan ridículo y tan obsceno que me costó varios segundos adivinar que imitaba los pasos de un baile: «Fiesta, fiesta, chicas, sí.» Aguantando a duras penas las ganas de arrearle un pescozón, lo vi entrar en el portal con aquellos contoneos que no se podían mirar sin sentir lástima de la especie humana.

A mí me gustaba mucho el piso de tía Hildegard. Ella lo usaba pocas veces al año, por regla general cuando viajaba a Bremen a tratarse de alguno de sus achaques, pues a raíz de cierto disgusto que había tenido con un oculista de Cuxhaven no quería saber nada de los médicos de aquella ciudad, haciendo extensiva a todos la mala opinión que le merecía uno de ellos. Fuera de esas raras ocasiones, el piso permanecía vacío, lo que facilitaba su conservación, y como además había sido construido con los mejores materiales apenas una década atrás, en el momento de establecernos en él lo encontramos igual que nuevo, aun cuando la tía lo tenía convertido, con excepción de los baños y la cocina, en un depósito de muebles y adornos sobrantes de sus casas de alquiler. Temeroso de que por causa de sus dificultades respiratorias la señora escritora decidiera abandonarlo antes de lo que habíamos previsto, al principio de nuestra estancia en Bremen lo sometí a una limpieza rigurosa, de la que no se libraron los recovecos más escondidos. Yo mantenía a Clara al corriente de mis campañas victoriosas contra el polvo, exagerando a discreción los partes de guerra, pues sospechaba que en no poca medida sus ataques de asma procedían de su tendencia a somatizar miedos y obsesiones. Todos los días, a la hora de comer o por la noche en la cama, le hacía un recuento minucioso, aunque no siempre fiel a la verdad, de los lugares por donde había pasado la aspiradora y la bayeta húmeda, con lo cual y las tomas ocasionales de salbutamol, transcurridos unos cuantos días desde nuestra llegada, le mejoró el resuello y ella pudo consagrarse a su libro con normalidad.

Vivíamos en un barrio exquisito de Bremen, cerrado al tráfico. Un puente de uso exclusivo para peatones, entre las dos orillas del Wéser, permitía llegar andando en menos de cinco minutos al centro histórico de la ciudad. La zona estaba sometida a una severa vigilancia por medio de cámaras de filmación repartidas aquí y allá. Barreras levadizas regulaban el paso de los vehículos, lo mismo al entrar que al salir, y, salvo para cargas y descargas, no se podía aparcar en la calle. Cada vecino disponía de un espacio propio en el garaje subterráneo, donde a todas horas sonaba música; decían que con el fin de crear una atmósfera apacible. Un equipo de cuatro porteros se encargaba de que todo el mundo cumpliera las normas.

El barrio recibe el nombre de Teerhof por alusión a los calafates que antaño tuvieron sus talleres en esta estrecha lengua de tierra. Teerhof es en realidad el extremo de una isla fluvial comprendida entre el Wéser y un desvío de aguas mansas llamado Pequeño Wéser. A lo largo de sus bordes se alargan sendas filas de edificios con fachadas de ladrillo rojo, entre los cuales discurre una calle central, a manera de patio, a la que se abren todos los portales. La calle termina delante de un museo de arte contemporáneo. Yo nunca lo visité, pero Clara sí, en una ocasión, como sabrá todo aquel que haya leído su libro. Lo que quizá no sepan sus lectores es que ella volvió al piso irritada, aunque no puede negar que supo sacarle provecho literario a la visita. Al verla llegar con las cejas hoscas, le pregunté alarmado qué le pasaba. Sin despegar los labios se encerró a escribir, y al cabo de hora y media me mostró el fruto enjundioso de su irritación: tres páginas de texto apretado consagradas a negar el valor artístico de una sombrilla roja apoyada, sin abrir, en la pared. Al editor se conoce que le hizo gracia el pasaje y, en contra de lo que yo había pronosticado, no exigió su supresión.

Pero a lo que iba, y con este párrafo termino la tanda de recuerdos de hoy. Lo mejor que tenía el piso de tía Hildegard, y lo que me lo hace tan grato en la memoria, estaba fuera de él. Me refiero a las vistas que se abarcaban desde la ventana de la habitación que nos servía de dormitorio. Yo no me cansaba de admirar el panorama, sobre todo al amanecer, cuando el sol aún templado se levantaba por encima de las casas que bordean el paseo de Schlachte, al otro lado del río. Una línea de tejados truncos y picudos se recortaba contra los primeros resplandores de la mañana. Más allá, hacia el este, descollaban las dos agujas de la catedral, recubiertas de cardenillo. El edificio donde nos habíamos instalado se alzaba a escasos metros de la orilla izquierda del Wéser. Desde la ventana, sin apenas esfuerzo, uno podía lanzar piedrecillas, o lo que tuviera a mano, al agua. Con frecuencia, acodado en el antepecho, yo mataba el tiempo mirando pasar, en uno u otro sentido de la corriente, las barcazas cargadas de arena, de troncos o de chatarra; los barcos para turistas, desde los que a menudo llegaban a mis oídos retazos de la voz del guía confundidos con el rumor del tráfico; en fin, las embarcaciones ligeras que de tanto en tanto cruzaban ante mi ventana con su estela blanca a popa y su timonel solitario o acompañado, que a veces, a la llamada de algún transeúnte desde el paseo, respondía haciendo un saludo con la mano. Por la orilla de enfrente se extendía, a trechos, un muelle al cual podía verse arrimada una flotilla. Destacaban entre las variopintas embarcaciones una réplica de nave hanseática que proyectaba su falsa sombra antigua de madera sobre las aguas turbias, y, no lejos de ella, en las proximidades de la pequeña iglesia de San Martín, una reproducción de la fragata del almirante Nelson convertida en restaurante. Verano, un río, un paseo con árboles, una ciudad próspera y pacífica: los días de nuestra estancia en Bremen empezaban para mí con el deleite de aquellas vistas preciosas. Asomado a la ventana, yo le agradecía a la vida de todo corazón aquel regalo que me hacía cada mañana y cada tarde por el hecho simple de haberme conducido ella misma (no siempre, todo hay que decirlo, por caminos agradables) hasta aquella ventana. Y allí pasaba largos ratos de codos sin pensar en nada, libre de deseos, de ambición y preocupaciones, entregado al disfrute del presente, que es una de mis actividades predilectas, mientras Clara se aperreaba en la habitación contigua tecleando durante horas con la persiana bajada.

6

Habíamos acordado que todos los días, a las nueve de la mañana, yo tendría el desayuno listo sobre la mesa de la cocina. Nada más levantarme sacaba las mermeladas de la nevera para que tomasen la temperatura del ambiente, y la mantequilla para que se fuese ablandando, cuestiones estas de poca importancia a primera vista, pero que pueden con mucha facilidad determinar el comienzo bueno o malo de una jornada matrimonial. La señora escritora se levantaba antes que yo, con las primeras luces del alba. Se preparaba una taza de té, porque sin su té de la mañana ella no puede vivir, según reza una de sus frases más repetidas, y con el estómago vacío, descalza y en pijama, se metía en la habitación a trabajar. Yo le había dado mi palabra de no molestarla con ruidos. Me abstenía, en consecuencia, de escuchar la radio; andaba con pasos de gato por el piso y manejaba la vajilla, los cubiertos y demás utensilios de cocina como si fueran pompas de jabón que pudieran estallar al menor roce.

Después iba por bollos tiernos y cruasanes a una panadería donde los hacían al gusto de Clara, casi al final de la Alte Neustadt. No pretendo echarle a ella la culpa de mi caminata diaria porque lo cierto es que a mí también me gustaban más que en otros lados los bollos y cruasanes de aquel establecimiento, donde a menudo había que guardar cola antes de ser atendido. A la vuelta cambiaba de recorrido para comprar el periódico en el quiosco de un turco. El turco era un cincuentón de cara chupada. Sus ojos saltones, debajo de unas cejas negras y anchas, le daban un aire de hombre adusto que no concordaba con su naturaleza de vendedor simpático y dicharachero, bastante untuoso en su cortesía. No bien me veía llegar cambiaba la expresión de la mirada, que se volvía blanda y amable, al tiempo que por el costado de su sonrisa asomaba el destello de un diente de oro.

Aunque también había periódicos a la venta en la panadería y en otros sitios de paso, a mí me gustaba comprárselo al turco por deleitarme en una frase acerca del tiempo que pronunciaba todos los días después de saludarme. Y no era tanto la frase en sí lo que me llevaba a alargar el camino, como una falta gramatical, siempre la misma, que el quiosquero cometía al referirse a la racha de calor que estábamos padeciendo aquel verano. La falta me producía cada mañana un picotazo de felicidad. Por confirmar al turco en ella, no me aguantaba la tentación de imitarla en su presencia, con lo cual congeniábamos los dos de maravilla: él conmigo porque le bastaba un poco de labia insustancial para convertirme en cliente fijo; yo con él porque me daba un motivo diario de alegría. Confieso que le tomé una afición viciosa a su falta gramatical. La necesitaba, la buscaba, hacía todo lo posible por provocarla cuando el turco tardaba más de lo habitual en cometerla. Y al fin llegaba, siempre llegaba, ya estaba ahí, suspendida en el aire para que yo la escuchase, la oliese y paladeara con delectación, al tiempo que me venía a la boca una sonrisa que, ni habiéndomelo propuesto, habría yo podido refrenar.

Algunas mañanas no era el turco quien atendía en el quiosco, sino una chica de veintitantos años, tal vez su hija, que se cubría la cabeza con un pañuelo y se expresaba en un alemán impecable. En esas ocasiones mi decepción llegaba a tal extremo que me entraban ganas de marcharme sin el periódico. Meses más tarde, un día otoñal de tiempo desapacible, recorría con Clara las calles sembradas de hojas amarillas de un barrio de Berlín, y al pasar junto a un quiosco me acordé del turco de Bremen. Movido por la nostalgia, repetí impensadamente su falta gramatical, al modo de quien habla consigo a solas. Clara me la corrigió al instante, mirándome igual que si le hubiera inferido una afrenta.

Hacia las nueve menos cuarto yo ponía a cocer dos huevos. A continuación vertía agua hirviente en la tetera y colocaba en el centro de la mesa una vela hincada en un candelero de cristal que había encontrado en la vitrina de la sala. Lo de comer a la luz de una vela es un hábito adquirido por mí en Alemania, ya que en mi país de origen, al menos en la región donde me crié, el uso de velas está restringido a los apagones, las ceremonias religiosas y los velatorios, sin olvidar, por supuesto, las tartas de cumpleaños. Si a la hora acordada Clara no había salido de la habitación, yo debía sacarla de allí a la fuerza. Ella misma había sugerido aquel convenio a los pocos días de nuestra llegada a Bremen. Yo no aguardé a escuchar sus razonamientos para acogerlo con entusiasmo. Clara sabía por experiencia que no tomar una colación a tiempo podía producirle un descenso brusco de la tensión arterial. De ese modo le empezaban a veces las jaquecas, si bien por los días del viaje su cabeza no le causó ni la mitad de los problemas que cuando tenía que ir a trabajar al colegio. El desayuno no sólo la relajaba, sino que le permitía fijar un límite a su tarea matinal, lo que comportaba para ella un incentivo. Arrancarla del escritorio a las nueve en punto de la mañana formaba, pues, parte de mis obligaciones cotidianas, contraídas por mi calidad de ayudante de la señora escritora. Dicha obligación me complacía más que otras. De aquí que mirase de continuo al reloj en espera del momento de lanzarle un grito a Clara desde la cocina para ordenarle que viniera de inmediato a desayunar.

Ella hacía cualquier cosa con tal de ganar tiempo: o no contestaba, o me pedía un minuto, o remoloneaba valiéndose de excusas que pronunciaba con voz débil para que yo me entretuviese en descifrarlas. La evidencia de la añagaza me impulsaba a la acción. A este punto ni siquiera me dignaba llamar a su puerta, sino que golpeándome el pecho con los puños, soltando gruñidos o haciendo cualquier otra clase de monadas irrumpía en su habitación, dispuesto a refocilarme en mi medio minuto de machismo consentido. A poco que opusiese resistencia, me abalanzaba sobre ella con las mismas contemplaciones que un violador callejero, sin permitirle poner el punto final a la frase que estuviera escribiendo en aquel instante. Me daba igual que se riera de mi conducta o protestara. ¿Acaso no me había hecho prometerle que la obligaría a respetar el descanso de las nueve? Más de un día la llevé cargada al hombro hasta la cocina. Allí cesaban sus quejas y denuestos al descubrir la mesa aderezada para el desayuno. Me gustaba verla recrearse en la contemplación de aquellos objetos y manjares destinados a su bienestar: la vajilla de tía Hildegard, toda de piezas que habrían despertado la codicia de más de un anticuario; los frascos de mermelada, cada uno con su cucharilla correspondiente; los huevos en las hueveras, el tarro de miel, la botella de zumo, la mantequilla, la llama romántica de la vela, el cestillo de mimbre con los bollos y cruasanes, el té humeante y oloroso, y el periódico del día doblado con esmero junto a su plato. Cada detalle hacía patente mi intención de causarle agrado; de la cual intención, tanto como del esfuerzo por llevarla a cabo, fácilmente podía ella inferir la certeza de que merecía ser agradada. De este modo le mostraba yo a diario mi reconocimiento a su laboriosidad, y aun tengo para mí que eso que llamo reconocimiento la complacía más que los desayunos regios con que la obsequiaba todas las mañanas.

Como en un ritual, Clara retiraba la tapa de la tetera, acercaba la nariz a la abertura para tomar con parsimonia de catadora exigente una inhalación de vapor y me preguntaba, movida por una desconfianza tan antigua como nuestra relación, cuántos minutos había permanecido el té dentro del agua. ¿Por qué seguirá formulándome después de tantos años la misma pregunta si sabe que no conozco otra respuesta que la única admisible? También en esta cuestión me cuido de ajustarme a su deseo. A veces, sin embargo, uno se distrae, olvida mirar el reloj y entonces los tres minutos previstos en el recetario del buen bebedor de té pueden alargarse a cinco o seis, lo que a fin de cuentas no tiene consecuencias, puesto que Clara no lo nota y mi respuesta a su pregunta es invariable. En Bremen, tras convencerse de que la preparación había sido la adecuada, gustaba de alargar los brazos hacia mí (quiero creer que agradecida, pero en cualquier caso sonriente), invitándome a introducir la cabeza entre ellos, si no es que me la agarraba a la manera como las mantis religiosas echan las zarpas a sus presas. Me premiaba entonces con un beso de sus labios tibios, y en no raras ocasiones con dos, y después, en el momento de apartarme, me arreaba un cachete más fuerte que débil, aunque afectuoso, para significarme que hasta allí llegaba el imperio del músculo varonil y no más, ratoncito.

Durante el desayuno, Clara me atestaba los oídos de pormenores relativos a su trabajo literario. A veces, llevada por las dudas y temores a que era por demás propensa, me leía pasajes recientes de su libro con el objeto no sólo de que se los comentara, sino para comprobar en mis cambios de expresión si producían el efecto deseado. Yo la escuchaba con una actitud de asentimiento continuo, tanto si la lectura era de mi agrado como si no; me apresuraba a llenar sus breves silencios de palabras lisonjeras, y con el mayor tacto posible le sugería mejoras y supresiones. Por lo común se mostraba pesimista con respecto a la calidad de su escritura. Se consideraba novelista y no escritora de relatos de viaje. Por esa razón no entendía el encargo de la editorial a menos que ella hubiera sido segunda o tercera elección. Juzgaba harto difícil cumplir el plazo de entrega a que se había comprometido por contrato. Y como remate de su desaliento, se soltaba con frases del tipo: «Estoy segura de que mi libro no gustará a nadie.» Poco a poco, sin embargo, con el dulzor de la miel, la mermelada y mis elogios, algunos tan gruesos que me veía obligado a razonarlos a fin de hacérselos creíbles, ella recobraba toda o parte de la confianza en su talento antes de volver a encerrarse en la habitación a escribir hasta la hora de la comida.

Dedicaba las tardes a callejear por Bremen, bien conmigo, bien sola, en busca de lugares, tipos y episodios de interés para su crónica del viaje por Alemania. Yo me ocupaba de cocinar, de hacer la compra y la limpieza, y con frecuencia, por no decir a diario, iba mandado por ella a reunir datos o a sacar fotografías en algún punto concreto de la ciudad. A ese fin teníamos un plano de Bremen desplegado sobre la mesa de la sala. Clara señalaba con el dedo los sitios adonde yo debía dirigirme. Me decía, por ejemplo: «Mira, ratón, aquí, en la entrada de la zona comercial, está ese grupo de esculturas que vimos el otro día, ¿te acuerdas?, la del pastor con los animales. ¿Te importaría ir allí ahora y contar los cerdos? Necesito saberlo cuanto antes.» O me enviaba con diligencias similares aún más lejos, a la estación, al parque, e incluso a la biblioteca de la Universidad, que quedaba en el quinto pino, aunque el desplazamiento hasta allí me resultaba menos fatigoso que otros más cortos, ya que podía efectuarse en tranvía.

Mayor incordio representaba para mí la ola de calor que se prolongó hasta bien entrada la segunda quincena de agosto. Me tocaba apechugar con el bochorno a pleno sol, yendo de aquí para allá en cumplimiento de los encargos que Clara me asignaba. Muchos nativos mostraban la tez rojiza, recubierta de un brillo levemente seboso, por cuanto es propio de ellos transpirar durante los ardores del verano la mucha mantequilla y quesos blandos que ingieren, así como congestionarse en vez de llegar a la morenez. En los jardines que bordean el foso de la ciudad se veía gente dormida sobre la hierba, a la sombra de los árboles de hojas lacias. Los insectos bullían a sus anchas. Me acuerdo de las moscas tercas, de las avispas sedientas que merodeaban por las terrazas de los bares y heladerías, de todos aquellos bichos indefinibles, salidos de no se sabe dónde, que se insolentaban con cuantos transeúntes se pusieran a su alcance. La tierra y el asfalto se cocían, transmitiendo al aire una consistencia pegajosa, de humedad ardiente, que dificultaba la respiración y obligaba a las glándulas sudoríparas a segregar líquido sin descanso. Algunos días los termómetros rebasaron los 34 ó 35 grados, temperaturas que en estas latitudes son muy malas de sufrir, que incluso se aguantan peor que 40 grados en regiones meridionales. La prensa sensacionalista comentaba el fenómeno en términos apocalípticos. Yo no compartía en absoluto aquel pesimismo desaforado; antes al contrario, consideraba un privilegio o, cuando menos, una gentileza del destino el que después de tantos millones de años de existencia de vida en la Tierra le tocara justamente a mi generación presenciar el fin del mundo. Se esperaba de un momento a otro el derretimiento de los hielos árticos, con la consiguiente inundación de la ciudad. Una edición de la *Bild Zeitung* pintó en su primera plana un cuadro terrorífico con olas de sesenta metros (o de cincuenta, ya no me acuerdo) que penetraban en la llanura de Baja Sajonia y causaban devastaciones inmensas hasta estrellarse contra los montes del Harz, distantes más de doscientos kilómetros de la costa actual. A mí me tomaba a veces una viva sensación de despedida mientras caminaba por las calles de Bremen chupando mi helado de stracciatella, y me figuraba que los bancos de arenques no tardarían en atravesar la Marktplatz, frecuentada por personas ociosas, ignorantes de la hecatombe que estaba a punto de sorprenderlas con ropa ligera, gafas de sol y sandalias. Ya veía los soportales del Ayuntamiento convertidos en refugio de alimañas marinas; veía el rosetón de la catedral cuajado de cangrejos; veía la estatua de Rolando cubierta por colonias de actinias y mejillones, y veía a Clara encerrada en el piso de su tía, escribiendo con la persiana bajada un nuevo capítulo de su libro sin enterarse de la tragedia.

Tengo capricho de escribir a continuación una lista de encargos y favores que hice para ella por esos días. No puedo enumerarlos todos porque ello supondría una tarea larga y tediosa por demás; pero sí algunos que por motivos diversos me dejaron huella en el recuerdo. Allá voy.

Una tarde, de las primeras de nuestra estancia en Bremen, tomamos la merienda en un local decorado con espejos y sofás, llamado Tölke, en el que, además de lo habitual, servían, como en los cafés de Viena, *mélange*, tarta Sacher y consumiciones por el estilo. El Tölke estaba en una pequeña casa de fachada blanca a la que llegamos atravesando el laberinto de callejuelas del barrio de Schnoor. En realidad buscábamos una tetería que habíamos visitado dos o tres años atrás. Después de un buen rato de búsqueda inútil, dimos casualmente con el Tölke y allí nos metimos. Nada más ocupar nuestros asientos, a Clara le vinieron ganas de tomar notas sobre el mobiliario y adornos del local, y sobre un señor de patillas blancas y gesto fúnebre que leía el periódico sentado en un rincón. Ella me lo señaló con disimulo.

A mí, al pronto, me pareció un tipo vulgar; pero a Clara, por no sé qué razones que no atinaba a explicarme, le resultaba sobremanera enigmático. «Si te fijas un poco», me susurró, «te darás cuenta de que a veces aparta la vista del periódico para observar la entrada. Quizá esté esperando a su amante.» No soy inclinado a novelerías, conque me permití dudar de la validez de aquella conjetura. Clara, como de costumbre cuando carece de pruebas y argumentos, trató de limitar mis posibilidades expresivas: «No grites, que te va a oír.» Cambié de voz por complacerla, pero no de parecer. «Con semejante cara de inquilino de ataúd», repliqué, «me extrañaría que tuviera una amante.» «¡Y tú qué sabes!» A todo esto, la señora escritora, la profesional que aspira a vivir en el futuro de los beneficios de sus libros, se percató de que no había traído ni su cuaderno de notas ni su bolígrafo. Me acarició, mala señal, el dorso de la mano, diciendo en tono de súplica melosa: «Ratoncito», y como al parecer me reputa de hombre dócil, no añadió más sino que por favor me diera prisa. Ir al piso y volver me costó obra de veinte minutos. Llegué al Tölke empapado en sudor. Para entonces el tipo fúnebre había desaparecido. Clara me recibió con unos ojos grandes de entusiasmo. «Al poco de irte le ha sonado el móvil. Desde aquí no he podido entender lo que hablaba. La conversación ha durado quince segundos como mucho. Después ha pedido la cuenta y se ha marchado. Seguro que a la vuelta de la esquina lo estaba esperando la amiga. ¡Como si no conociera yo a los hombres!» Encima de la mesa, junto a su taza, se veía un bolígrafo y una hoja de papel con anotaciones. Se los había facilitado durante mi ausencia la camarera.

Otro día, saliendo de aquel mismo barrio, nos paramos junto al escaparate de una librería. Clara miraba el género; yo, la calle, la gente, los tranvías blancos. En esto, me pidió que entrase a averiguar si había algún libro suyo en los anaqueles del establecimiento. Calculé el número de pasos necesarios para cumplir el encargo. Me salieron a bulto no más de diez, de los cuales sólo dos nos separaban de la puerta. Sin mala intención le pregunté por qué no entraba ella. Se ofendió. «¿Estás loco? ¿No te das cuenta de que podrían reconocerme?» Al pronto no la comprendí. ¿Cómo la iba a comprender si durante todos los años de nuestro matrimonio nunca la había visto expuesta a los inconvenientes de la celebridad? Me costaba creer que hubiera estado ejerciendo de famosa a mis espaldas. Todo lo más evita, siempre que puede, ciertas zonas concurridas de Wilhelmshaven; pero no porque tenga motivos para temer el asedio de admiradores, periodistas pegajosos o paparazzis, sino debido al desagrado que siente cada vez que se topa por la calle con personas vinculadas a su colegio. En tales ocasiones se oculta por maestra, no por escritora. «¿Qué hay de malo en que te reconozcan?», le pregunté. Contestó que sufriría ataques crónicos de vergüenza si llegaba a oídos de críticos y compañeros de letras la noticia de que la habían pillado haciendo recuento de sus obras en una librería; que aquello era rebajarse a la altura de los mercachifles; que de aquel modo se ofrecía como diana de burlas y parodias; que no deseaba estropear su biografía con una mancha tan fea y que ya bastaba de explicaciones, ¿o es que se me había olvidado la promesa de ayudarla durante el viaje? Me dirigí a la estantería donde se alineaba por orden alfabético un surtido mediano de novelas. Antes de llegar fui interceptado por una dependienta joven, de solicitud tan extremada que pensé venía a atracarme. Convencido de sus amables intenciones, le di los buenos días y a continuación expuse mi interés por la escritora cuyo apellido pronuncié adaptándolo con la mayor exactitud posible a la fonética alemana. «¿Cómo ha dicho?» Para facilitar la comunicación, estuve a punto de revelarle en voz baja la verdad: «Mire, se trata de mi mujer, que firma sus obras con el apellido de casada y es esa que está en la calle haciendo como que mira los libros del escaparate. ¿La ve?» Parados los dos delante de la estantería, opté por deletrear el apellido de la escritora. «¿De qué país procede?», me preguntó. A este punto no me pareció mal que se azorase un poco. «Es de Wilhelmshaven», contesté mirándola directamente a las pupilas. La seguí hasta una mesa donde había un ordenador. En sus labios juveniles se dibujó una leve contracción de sorpresa cuando descubrió en la pantalla el nombre que ella nunca había oído. Me leyó los títulos de Clara entonces disponibles en el mercado: los de las dos novelas, el de comentarios al libro de fotografías y el del relato fantástico para niños con el que obtuvo el premio aquel de Colonia. Se ofreció a agenciarme cualquiera de ellos, si bien no creía posible que se los enviaran antes de dos o tres días. Repuse que esa misma tarde salía de viaje para Nueva York. En realidad, pensaba decir Hamburgo por no parecer presuntuoso; pero a media mentira, no sé por qué, cambié de idea, quizá para impresionar a la dependienta, aunque lo cierto es que no se inmutó. Luego me percaté de que la naturalidad de su expresión me había complacido más que si se le hubiera demudado la cara por efecto de una mueca admirativa. Me vi reflejado en pequeño dentro de sus ojos tranquilos, y no pude menos de sentirme, por espacio de dos segundos deliciosos, un hombre de vida interesante que va y viene por el planeta como otros por el salón de su casa, con capacidad económica para emprender viajes reservados a bolsillos potentes. Comprendí que tanto como por tierra, mar o aire se puede viajar a través de la credulidad del prójimo, con la ventaja, en este último caso, de que uno llega antes a todos los sitios y ni siquiera necesita subvenir al pasaje, razón por la cual es un medio de transporte que yo empleo con frecuencia. De aquellas reflexiones me sacó la dependienta al tenderme un trozo de papel donde había tenido la deferencia de anotar las señas de una librería al parecer mejor abastecida. Agradecí su amabilidad y me marché. En la calle me esperaban las cejas murrias de Clara. Dedujo de mi tardanza en salir que no había libros suyos en aquel establecimiento. Conozco su forma de reaccionar en determinadas situaciones de desencanto: simula no sentirse afectada; incluso bromea, se ríe, exhibe una felicidad gárrula y postiza, hasta que de pronto, pasados diez, quince, veinte minutos, se enfada o rompe a llorar por una menudencia ajena por completo al verdadero motivo de su desazón. Echamos a caminar calle arriba, hacia la catedral. Tuve que admitir que no había encontrado ningún libro suyo. Me pareció entrever en sus ojos un brillo dulce que me suplicaba: «Miénteme.» Y entonces, como soy de mío propenso a complacer, le conté con sonriente cachaza que hacía cosa de dos días la dependienta había vendido un ejemplar de *Bajo las glicinas*. «¿Te ha dicho a quién?», me interrumpió. «Se lo he preguntado porque sabía que te iba a interesar. Lo compró una chica con pinta de estudiante.» Clara suspiró resignada: «Sólo me leen mujeres.» «Pues por lo visto están esperando a que les manden más ejemplares. No he pedido ninguno porque, como comprenderás, no soy la persona más indicada para comprar tus libros.» Cometí el error de mostrarle el papel que me había proporcionado la dependienta, error que trajo como consecuencia el que renunciáramos al plan de paseo para dirigirnos sin demora a la librería en cuestión, en la que también hube de entrar solo. En cambio, nos llegamos juntos a las respectivas secciones de libros de los grandes almacenes Karstadt y Kaufhof, por parecerle a Clara que en la aglomeración de aquellos lugares estaría libre de ser reconocida. Salió decepcionada y la siguiente vez prefirió esperarme de nuevo en la calle, tal vez por haber advertido que cuando entrábamos juntos empeoraban sensiblemente los resultados de la indagación. Al atardecer, mientras yo preparaba la cena, Clara espigó en el libro de páginas amarillas direcciones de librerías de Bremen. A algunas no fui porque quedaban demasiado lejos, eran días de calor y yo no abrigaba la menor duda acerca de la inutilidad del empeño. Así y todo, visité varias, en ninguna de las cuales encontré un solo libro suyo, cosa que por no desalentarla jamás le dije. Para ponerla contenta, cierta tarde le llevé un ejemplar de su primera novela, que tomé prestado en la Biblioteca Municipal. Se alegró mucho. Por la noche, sin embargo, en la cama, me reprendió: «Ratón», dijo no sin una punta de severidad, «¿no se te ha ocurrido pensar que mientras tú tengas el libro nadie lo podrá leer? Mañana temprano vas y lo devuelves, ¿sí?»

En otra ocasión me pidió que sacara fotografías desde una de las torres de St. Petri. Pagué un euro por subir 265 peldaños. No los conté. Ni aunque me lo hubiera propuesto me habría alcanzado el resuello para llevar la cuenta. Leí el dato, por no decir la advertencia, en un letrero fijado a la pared, junto a la puerta de acceso, y como me hallaba dentro de un templo me pareció un deber de cortesía creer en algo. Desde la torre se abarcaba un extenso panorama. Se distinguían con nitidez las ventanas de nuestro piso. La masa compacta de edificios se expandía hasta el horizonte, aunque por algunos lados asomaba, muy lejos, una franja estrecha, verde, de llanura. El pasaje dedicado a los tejados de Bremen, que Clara incluyó en el primer capítulo de su libro, no es más que la descripción pormenorizada de una de tantas fotografías sacadas por mí desde la torre de la catedral. Citaré como botón de muestra la frase de la página 8, que, traducida a mi idioma, dice: «Al fin de las tortuosas y empinadas escaleras que no nos importó subir, puesto que llevábamos largo tiempo anhelando el gozo visual a que conducen, llegamos a la cima del centro histórico de Bremen, donde la mirada se extravía embelesada por sobre la ciudad que se acurruca a nuestros pies a la manera de un animal inmenso de casas tranquilas en espera de alzarse, de echar a correr y retozar a una orden de su amo.» Durante el desayuno en que me leyó el fragmento, le recordé que ella no había subido jamás a esa torre. Me replicó diciendo que lo que en la vida corriente de las personas no pasa de ser mentira, para la literatura es un fruto natural de la imaginación, sin la cual los escritores difícilmente podrían ejercer su oficio. ¿O acaso pensaba yo, cegado por mi falta de experiencia literaria, que para escribir una novela policiaca había que cometer previamente un asesinato? «Subiste a la torre por mí», dijo, «y eso basta.» «Sí», le contesté, «pero no sentí el menor gozo ni creo que lo hubieras sentido tú tampoco por el viento desapacible que soplaba en aquella altura. Llegué empapado y el viento, que era fresco a pesar del día caluroso, me enfrió de golpe el sudor. Conque si de algo me maravillé fue de no haber caído enfermo allá arriba.» Me endilgó a continuación una de esas sentencias suyas con las que a veces me deja empequeñecido, anonadado y confuso para largo rato: «Te falta romanticismo, ratón, y así ¿cómo vas a reconocer la belleza cuando la tengas delante?» Después de aquello ya no me atreví a sugerirle que introdujera retoques en su frase larga y llena de vueltas como las escaleras de la torre de St. Petri.

A menudo me enviaba en busca de información histórica a la Biblioteca Municipal, o a la de la Universidad si en la primera no había encontrado lo que necesitaba o si creía conveniente ampliar la investigación. «Ratoncito», me decía, «intenta conseguirme un libro con imágenes de los destrozos de la ciudad tras los ataques aéreos del 44.» O también: «¿Te importaría averiguar en qué año fue erigido el monumento a Rolando?» Pronto descubrí que algunas tareas de poca monta podían despacharse sin dificultades en un cibercafé que encontré por casualidad cerca de la oficina central de correos, lo que me dejaba tiempo libre para mirar a mis anchas en el televisor de un bar los finales de etapa del Tour de Francia. Esta distracción mía de las tardes ni se la revelé ni se la escondí a Clara, aunque más lo segundo que lo primero para que no pensara que me dedicaba a entretenerme mientras ella trabajaba. Me veía salir deprisa y contento a cumplir los cometidos que me encargaba, y por eso y porque además se los cumplía a su satisfacción, sin que yo tuviera que prescindir de mis pequeñas diversiones, vivimos, con pocas salvedades, en buena avenencia matrimonial todo el tiempo que estuvimos en Bremen.

De mis visitas a la Biblioteca Municipal de Bremen me acuerdo bien porque una tarde, a la salida, andando por la calle Am Wall rumbo al bar donde solía ver ciclismo, me quedé de pronto parado en medio de la acera como consecuencia de un momento blam. No fue el único de aquel año ni tan siquiera el más largo o el más intenso, y, sin embargo, será difícil que alguna vez lo olvide por cuanto hubo en él una circunstancia que me permitió ponerle nombre a ese fenómeno esporádico y delicioso de mi vida. Nunca antes de aquella tarde se me había ocurrido reducirlo a palabras, no sé si por mi torpeza en el manejo del idioma o por la insuficiencia del lenguaje humano para abordar asuntos sutiles que todavía no son historia ni costumbre, y en los cuales la mayoría de la gente no repara por no saberlos nombrar. Pero las cosas que tienen nombre ya existen o parece que existen más allá de uno mismo, de manera que por la portezuela del nombre podemos entrar en ellas y mal que bien explicarlas y describirlas. Así pues, yo acababa de reunir en la Biblioteca Municipal unos cuantos datos históricos sobre el arzobispo Adalberto (datos que después, como ocurría con frecuencia, Clara no empleó en su libro). Caminaba por Am Wall con tiempo de sobra para disfrutar de una de las etapas más duras y, por tanto, más interesantes del Tour, si bien en aquella época la famosa carrera la ganaba siempre el mismo. El cielo era azul; el calor, soportable; los pájaros cumplían el requisito lírico de cantar en las ramas de los árboles y la promesa de una jarra de cerveza con su penacho de espuma y su color de oro fresco esparcía dentro de mi boca la humedad que preludia el goce cercano. Me colmaba mientras bajaba la calle una sensación cada vez más grata, más viva, más profunda de no problemas, de no dolores, de no trabajo, de no remordimientos; en fin, de nada de cuanto produce inquietud y fatiga a las personas, ni de cuanto, por causar placer extremo, destruye la suavidad interior de los seres. Yo iba descuidado en mi sosiego. A mediodía había tenido un agradable almuerzo en casa con Clara frente a mí de buen humor, seguido de una digestión sin problemas. Luego, por las calles del centro, camino de la biblioteca, había saboreado dos bolas de stracciatella con cucurucho. Clara había hecho, además, una reserva de entradas para el concierto de esa noche en la sala Glocke. De pronto experimenté cinco o seis segundos de plenitud de bienestar. Durante el breve lapso hubo como un equilibrio dentro de mí y en las cosas que me rodeaban. Tuve la efímera certidumbre del instante perfecto en que la vida nos coloca ante lo mejor de sí, al par que, envuelto en las luces y sombras del verano, noté que mi cuerpo se llenaba de una deliciosa serenidad. Me detuve en seco para no salirme del pequeño círculo en cuyo centro yo estaba viviendo aquella experiencia singular. Aquel detenerse repentino yo no sé muy bien si atribuirlo a una decisión consciente mía o a una imposición del aire, que por medio de una extraña densidad me obligaba a permanecer inmóvil, preservando así el encanto del momento, que terminó tan súbitamente como había comenzado cuando, blam, una mujer joven, de piernas esbeltas, embutidas en medias de malla, cerró de un recio golpe la puerta del taxi del que acababa de apearse, parado en la calzada a pocos metros del lugar donde yo me encontraba.

7

Hasta agosto Clara no pudo terminar el capítulo sobre Bremen que figura al comienzo de su libro. A uno lo complacen la naturalidad y ligereza con que fluyen sus renglones bajo los ojos, como si hubieran sido escritos sin esfuerzo. La verdad es que le costaron lágrimas, sudor, noches mal dormidas y puede que otros pesares de los que, por haberla mortificado en la intimidad, no tengo conocimiento. Me coloco en su sitio y pienso que yo nunca intentaría cambiar un puesto seguro de funcionario de la enseñanza por un oficio que comporta tanta ansiedad y sufrimiento y frustración; que roba la calma y, si se mira bien, la libertad, y que conduce de ordinario a recompensas de poca monta. Quizá no entiendo los afanes de Clara porque, según ella dice, no soy artista. «Pero me gusta el arte», le digo. «Pero no te gusta sacrificarte, ratoncito», me retruca, «y sin sacrificio ni ambición no es posible crear una obra artística valiosa.» Hasta la fecha no le he contado que yo también escribo, aunque no soy escritor en el sentido en que ella concibe la tarea de escribir. Ni gozo ni sufro cuando en mis ratos libres converso conmigo por escrito, a veces, como en este instante, mientras se cuecen las legumbres sobre el fuego de la cocina. Redacto a mi aire recuerdos de nuestro viaje; pero cuando quiero me detengo y cuando quiero prosigo, sin que jamás me atosiguen la angustia o las responsabilidades, libre de críticos y lectores, de plazos y reglas, como no sea las que respeto sin darme cuenta o por capricho. Que me perdone la literatura si me río de ella.

Muy malos ratos pasó Clara la primera semana por ser entonces cuando menos la satisfacían los resultados de las incontables horas de ajetreo delante del ordenador. «Creía tener talento», la oí decir durante uno de sus habituales accesos de pesimismo matinal, «pero ya veo que no.» Me consta que en el transcurso de quince días borró dos versiones enteras del capítulo dedicado a Bremen. Más de treinta páginas desechadas precedieron al texto definitivo. De ellas eliminó veintitantas una mañana, movida de un arrebato histérico, y el resto tras sugerirle yo una noche, por levantarle el ánimo, que introdujera un personaje de compañía junto a la protagonista de su libro. El recurso permitiría en mi opinión que la viajera conversase, cambiara impresiones y dispusiera en todo momento de un punto de vista complementario del suyo, lo que contribuiría a hacer el relato más entretenido. ¿Acaso ella no viajaba acompañada por mí? Sentada en el borde de la cama, se volvió a mirarme como si fuera aquella la primera vez que me veía desde nuestra salida del pueblo. «Ya se nota que no tienes experiencia de escritor. ¿Crees que puedo resolver unas dificultades añadiendo otras nuevas? O sea que, según tú, el método para levantar una piedra pesada es colocar otra encima. Me pregunto para qué te pongo al corriente de mis problemas.» No hablamos más; pero a la mañana siguiente, inducida, según sospecho, por la desesperación, llevó a la práctica mi consejo y le fue tan bien que durante el desayuno me echó en cara que no le hubiera propuesto antes la idea. Tras lo cual me instó a que en el futuro procurase mantenerme informado de los progresos de su libro por si se daba el caso de que yo le pudiera aportar alguna ayuda. «Bueno, es que como no tengo experiencia de escritor», le dije, «quizá no sean fiables mis consejos.» «Si son fiables o no, ratoncito, déjamelo decidir a mí. Basta con que te limites a declarar de vez en cuando tu parecer.» Esto convenido, siguieron noches más reposadas para los dos, en algunas de las cuales no faltó ocasión de arrimar un poco los cuerpos antes de apagar la luz.

Clara había prometido invitarme a cenar el día en que acabase el capítulo de Bremen. Pensaba ella de esta forma celebrar aquel primer logro de su trabajo y agradecerme los muchos servicios que yo le había prestado. La cena sería también un acto simbólico de despedida de la ciudad, a la que ya habíamos por así escribir exprimido sus jugos literarios. Después de esperar un rato conseguimos dos asientos en el extremo de una mesa larga de madera, compartida por una clientela ruidosa, en el piso bajo del Schüttinger. Aprovechamos la cena para entablar deliberaciones sobre la siguiente etapa del viaje. No había lugares a los que debiésemos acudir por compromiso con la editorial. Nuestro plan preveía que decidiéramos el trayecto sobre la marcha, de acuerdo con las conveniencias y requerimientos del libro, lo que en la práctica equivalía a no tener un plan.

La primera idea que se nos ocurrió mientras cenábamos en el Schüttinger y yo disfrutaba la cerveza de sabor amargo que se elabora en la propia casa, fue trasladarnos en el curso de esa misma semana a Hamburgo, haciendo una parada intermedia que diera pie a alguna descripción o episodio campestre, pues Clara, entiendo yo que con buen juicio, quería evitar a toda costa que su relato del viaje se redujese a un paseo por los centros urbanos alemanes de mayor relevancia, cada vez más uniformizados por los usos comerciales de la época. La elección de Hamburgo nos parecía razonable por cuanto la ciudad está cerca de Bremen. No dedicarle al menos un capítulo del libro implicaba que la impresión personal de la autora sobre el norte de Alemania quedase incompleta. Clara adujo estas razones con una falta evidente de entusiasmo que yo interpreté como un ruego velado para que la disuadiera de llevar a cabo el propósito. «A Hamburgo vamos a ir de todas formas», dije con el convencimiento de pronunciar las palabras que ella deseaba oír. «Ahora bien, si quieres que te sea sincero, me parece imprudente meternos en una nueva aventura mientras persista la ola de calor. En fin, tú sabrás si con estas temperaturas te causa ilusión hacer limpieza en el piso de tía Hildegard, cargar el coche, echarte a la carretera, buscar habitación en un hotel económico de Hamburgo y andar a pleno sol por calles que apenas conocemos. ¿Son esos los sacrificios que hay que asumir para crear una obra valiosa?» «Esos y muchos más, ratón, sólo que en este caso no encuentro justificado el sufrimiento. ¿Qué propones?»

Estábamos seguros de que la vida confortable que llevábamos en Bremen no la íbamos a encontrar en ninguna otra parte. Le habíamos tomado gusto a la ciudad, sacábamos provecho de su oferta de espectáculos, visitábamos (Clara más que yo) sus museos. Un domingo hicimos esa excursión en barco hasta Bremerhaven sobre la que Clara cuenta maravillas en su libro. Los fines de semana nos acercábamos a los rastros, ya fuera el de los sábados frente a nuestro piso, en la otra orilla del río, o el de los domingos en una explanada que hay detrás de la estación. Paseábamos por delante de los puestos de antiguallas y cachivaches, animados no tanto por el deseo de hacer compras (aunque de vez en cuando nos encapricháramos con alguna baratija) como por recrearnos en la contemplación de las curiosas mercancías y gozar de la atmósfera peculiar que se respira de costumbre en esos sitios. A partir de la segunda semana de estancia en Bremen, superada aquella crisis de baja estima del principio, Clara entró en una fase de fertilidad literaria. Por esos días su trabajo progresaba a buen ritmo y ella podía concederse algunos ratos de expansión que a veces aprovechábamos para ir a bañarnos en la piscina que está al lado del campo de fútbol. Allí se acostumbró a escribir a mano mientras bebía refrescos y se soleaba encima de la toalla; también revisaba textos recientes o estudiaba anotaciones y las ordenaba en esquemas llenos de flechas y números, siempre ajena al bullicio de los bañistas, a las carreras de los críos importunos y a la visita de alguna que otra avispa, de manera que con frecuencia, sin dejar de solazarse, despachaba una gran parte de la tarea prevista para la mañana siguiente. En aquellos días apacibles, ella había logrado compaginar dos actividades que pesaban por igual en su balanza de intereses: escribir y broncearse. Se lo recordé en el Schüttinger a modo de remate de aquella no breve lista de felicidades enumeradas por mí con intención de que le empezara a doler la idea de tener que despedirse de ellas. Entonces levantó su vaso de agua mineral e hizo un ademán de brindis para darme a entender, sin necesidad de palabras, que estaba de acuerdo conmigo.

A propuesta mía decidimos terminar el mes de agosto en Bremen, tanto por las razones que he mencionado como por la que al final resultó la más determinante de todas, y es que vivir instalados en el piso de tía Hildegard nos dispensaba de pagar alojamiento. No había la menor duda de que en cuanto saliésemos de Bremen nuestros gastos aumentarían de manera considerable, y aunque disponíamos de fondos suficientes, teníamos formado propósito de no descuidar las cuentas en previsión de contratiempos costosos y porque, como yo le dije a Clara, quizá existiera el futuro después de nuestro viaje. A todo asentía ella, complacida del plato de pasta con verdura que había comido de cena. Sin embargo, al salir del Schüttinger por la puerta que da a la Böttcherstrasse, ya de noche, la acometieron nuevas dudas. Por nada del mundo podía permitirse un descanso en su trabajo. Ni hablar de vacaciones. «Recuerda que tengo un plazo de entrega, ratón, y que me gustaría avanzar lo más posible de aquí al invierno para estar luego tranquila.»

Pensábamos recogernos después de la cena; pero nada más salir a la Böttcherstrasse me atrajeron las luces de la Ständige Vertretung, que es una especie de taberna temática con las paredes cuajadas de retratos de políticos y gente señalada, y le aseguré a Clara que con el estímulo de una cerveza Kölsch se me ocurriría una estrategia beneficiosa para su libro que, al mismo tiempo, nos librase de meternos en grandes incomodidades y dispendios. Por supuesto que yo llevaba la estrategia en la cabeza, de donde aún no la había sacado creyendo que Clara la había deducido por su cuenta. Así y todo, esperé a la segunda Kölsch para exponérsela, y que conste que no solicité la consumición ni por señas ni de palabra, sino que por no tapar la boca del vaso vacío con el posavasos me la sirvieron, según costumbre que hay en esa taberna y en otras que con el mismo nombre hay repartidas por distintas ciudades del país. Pero a lo que iba. «Que hayas terminado de escribir sobre Bremen», dije, «no significa que tengamos que abandonar el piso gratuito. Hagamos de él nuestro cuartel general mientras sacas provecho literario del norte de Alemania. El plan es muy simple. Salimos de excursión de acuerdo con el itinerario elegido por la viajera de tu libro y su acompañante, tú exploras una zona determinada que esté a una distancia razonable, tomas notas y fotografías, volvemos a Bremen y escribes. ¿Que terminas un capítulo? Pues nada, salimos de nuevo a la carretera, cubres la siguiente etapa y al final a dormir otra vez en el piso de tu tía.» «¡Ah!», exclamó engolosinada con la idea, «como Goethe cuando subió al Vesubio.» «Exacto. Goethe subió al Vesubio y tú subes conmigo a una tapia o a un montón de estiércol, porque en el paisaje planchado de por aquí no me parece que exista una altura mayor. Y ahora no me digas que no merezco la tercera Kölsch.»

Al día siguiente, después de comer, emprendimos la primera de aquellas salidas con retorno que despertaban en Clara remordimientos de conciencia, pues no se correspondían con el camino lineal seguido por los protagonistas de su libro. Sin tiempo de sacar el automóvil del garaje subterráneo, empezó a dirigirse reproches. Por las calles de Bremen, rumbo a la autopista, entablamos una conversación que no recuerdo, claro está, literalmente, pero que vino a ser más o menos así: «¿Te ha dado de repente un ataque de realismo o qué?» Dije esto con el buen propósito de forzarla a sonreír, tarea no siempre fácil. «Peor aún», se defendió, «tengo la sensación de estar cometiendo un fraude con mis lectores.» «No te preocupes. Los lectores pagan para que les mientan. Y cuanto más hábil y más bella la mentira, más la aprecian. El único que conoce el secreto de tu libro soy yo, conque puedes estar tranquila porque de momento no abrigo intenciones de denunciarte a la policía.» «Muy gracioso. ¡Cuidado con ese ciclista!» «Yo creo que la sensación de fraude te viene porque escribes en primera persona. Tú misma te ilusionas con tus propios trucos. Por eso olvidas que no eres la viajera de tu libro, aunque hagas el mismo viaje.» «No sé, ratón, no sé. Ya te dije que quiero escribir una obra sincera. Por supuesto que inventaré episodios y detalles; pero los sentimientos han de ser míos por completo.» «Sí, como cuando relataste el ascenso gozoso a la torre de St. Petri. Extraña manera de practicar la sinceridad.» «No es lo mismo.» «Fruto natural de la imaginación llamaste a esa experiencia nunca por ti conocida. Creo que me están entrando ganas de denunciarte.» «Tú subiste en mi nombre a la torre y lo que desde allá arriba viste lo vi yo después en las fotos. Conque no me sierres los nervios y mejor concéntrate en el tráfico, que hoy no me he levantado con ganas de sufrir un accidente.»

Al rato enfilamos la autopista, de la que enseguida nos apartamos para tomar la carretera federal que lleva a Worpswede, destino de la excursión. Lo habíamos escogido por la mañana sobre el mapa por estar a poco más de veinte kilómetros de Bremen, ya dentro de Baja Sajonia, y por su antigua reputación de colonia de artistas, con sus salas de exposiciones, tiendas y cafés, de todo lo cual acaso podría obtenerse provecho literario. No nos dirigimos al lugar directamente, sino después de dar un rodeo por carreteras secundarias a fin de que la señora escritora, sentada a mi costado con su cuaderno de notas, se fuera formando una impresión visual del paisaje de la región. «Aquí se podría construir un aeropuerto en tres días con sólo asfaltar el campo.» «Ratón, te agradecería que me dispensaras de tus comentarios.» «Supongo que de vez en cuando pondrás algo chistoso en tu libro, ¿no? ¡Pobre del escritor que no haga sonreír a los lectores!» «Ratón.» «¿Qué?» «Me distraes.» Y eso que no hacíamos sino atravesar un tremedal uniforme, anterior al invento de las montañas, salpicado de bosquecillos de abedules, prados con vacas y granjas sueltas, aunque pocas con el tradicional tejado de cañizo, ya que, según le contó más tarde a Clara un lugareño, los propietarios se han pasado a la teja para evitar las altas tasas del seguro contra incendios. Cruzamos varios puentes, no sé si sobre ríos o canales. En uno de ellos detuve el automóvil por orden de la señora escritora, que se encandiló con un cuadro de barcas, agua rizada por el viento y juncos en la orilla. Lo mismo hube de hacer unos pocos kilómetros más adelante, al lado de una casa de entramado próxima a la carretera, delante de cuya entrada se veía, como de adorno, una pila de bloques de turba. Clara se apeó y, llena de entusiasmo, me trajo uno para que lo viera de cerca. «¿Te das cuenta, ratoncito? Turba auténtica. A esto le voy a dedicar mañana por la mañana un pasaje.» Quien haya leído su libro sabrá que cumplió la amenaza.

Ya una vez, hacía cosa de cinco o seis años, Clara había estado de excursión con sus alumnos en Worpswede. Guardaba un recuerdo impreciso del lugar; pero, refrescado con ayuda de un panel indicador que hay a la entrada del pueblo, fue suficiente para que los dos nos pudiéramos orientar sin dificultad. Habíamos dejado el coche allí cerca, a un lado de la carretera de acceso, y luego subimos andando por una pequeña cuesta hasta la calle donde se concentraban las principales atracciones. El nombre de la calle podría averiguarlo; pero no quiero descuidar las legumbres. Serían como las cuatro de la tarde cuando llegamos. En alguna iglesia, fuera del alcance de nuestra vista, repicaba una campana, detalle al parecer romántico que Clara se apresuró a anotar en su cuaderno. Hacía calor y el viento, que soplaba con bastante fuerza, provocaba un runrún continuo de ramas estremecidas. Abundaban los árboles añosos entre las casas de poca altura, diseminadas por la ladera de una colina que desmentía la idea de un país planchado. En el cielo se avistaban unos cuantos nubarrones de mala catadura, aunque sueltos y aún lejanos. La calle se veía transitada por grupos de gente con gafas de sol, gorras de colores agarradas con una mano para que no se volaran y los hombres, algunos de ellos, con el uniforme de excursionista alemán entrado en años: pantalón corto, calcetines de tonos claros y sandalias.

La señora escritora se fue directa a los escaparates. «Pensaba que habíamos venido a trabajar.» «¿Y qué crees que estoy haciendo, ratoncito? Lo primero de todo tengo que llenarme de la atmósfera de Worpswede, experimentar la sensación de estar aquí, mirar, oler, tocar...» «Y comprar.» La seguí hasta una galería estrecha que se adentraba en un edificio bajo con paredes de ladrillo. En su interior, a uno y otro lado, se alineaban tiendas de antigüedades, de recuerdos y objetos de artesanía, y otras más al fondo que no vi porque me quedé esperando en la calle mientras Clara desfilaba con calmosa curiosidad por delante de los escaparates y escribía de vez en cuando una nota en su cuaderno. De entre las numerosas personas que entraban y salían me llamó la atención una pareja de cierta edad. El hombre sostenía en sus brazos un conejo tallado en un cilindro de madera, como de unos cuarenta centímetros de largo, recubierto de una capa de barniz. Lo llevaba con no menos cuidado que si se tratara de un bebé, la cabeza picuda reposada sobre su hombro, lo que no dejaba de causar un efecto cómico. Ella, la boca entreabierta, mostró al pasar junto a mí unos dientes saltones, a juego con la talla. Clara se metió en una de las tiendas, y como transcurrieran los minutos y no volviese, por mover las piernas decidí andar un poco por la acera adelante sin intención de alejarme demasiado. El sol se ocultó de pronto tras el borde de una nube y durante unos instantes cayó sobre el pueblo una sombra de malos augurios. La casualidad me llevó hasta una tienda cercana de chocolate, que acaso se me anunció, sin que yo me diera cuenta, por el aroma. Una mesa que justo me llegaba a las rodillas ocupaba el centro del recinto. Fijé una mirada lamedora en las tabletas de chocolate artesanal repartidas por clases encima de ella, todas envueltas en papel celofán que las hacía doblemente apetitosas. Las había con almendras, con avellanas, con uvas pasas, y de distintos colores: verde, rosa, anaranjado, blanco, además del habitual y del oscuro cuyo sabor a un tiempo amargo y dulce es el que prefiero. Y lo cierto es que ya estaba decidido a dar trabajo al paladar cuando vi que, en la acera de enfrente, Clara tendía la mirada a todas partes, buscándome.

La acompañé por la calle adelante hasta un puesto de información, donde se proveyó de prospectos y de datos varios, y donde mantuvo una larga plática con una empleada de más o menos su edad que la puso al corriente de los lugares más interesantes de Worpswede. Clara se sintió por lo visto obligada a explicar que el motivo de su visita al pueblo no era exactamente turístico, sino que proyectaba escribir un libro, y ofreció algunos detalles sobre sus planes literarios y sobre su editor; con lo cual la empleada extremó de inmediato su solicitud y, por supuesto, su curiosidad, y comenzó a entreverar halagos y preguntas. Como cuando habla en público, a Clara se le achinaron los ojos, se le llenó de dientes blancos la sonrisa, se le puso la voz aguda y levemente nasal. De ese modo citó los títulos de sus obras publicadas hasta la fecha por si su interlocutora, que la escuchaba al borde del embeleso, los conocía. Percatándome de que ninguna de las dos mostraba inclinación a encontrar un término al diálogo, opté por salir a la calle a tomar el aire. Para entonces había en el cielo más nubes que claros. El calor seguía apretando, aunque quizá un poco menos que antes, cuando aún lucía el sol. Vi como a sesenta metros de distancia al tipo del conejo de madera y a la mujer de los dientes saltones franquear la puerta de una cafetería. Me alejé una docena de pasos hacia el lado donde la calle comenzaba a descender. Junto a la acera crecían unos brotes de acebo. Me tentó apoderarme de uno para nuestro jardín. Incluso hice una tentativa con el debido disimulo y comprobé que no había problema para arrancar aquellas plantas tiernas de cuajo; pero desistí pensando en los inconvenientes de cargar durante nuestro viaje por Alemania con una maceta.

Transcurrido un rato largo, Clara me llamó desde la entrada del puesto de información. «Ratoncito», me dijo cuando llegué a su lado, «tengo un encargo para ti, pero mejor metámonos en algún sitio donde no moleste el viento.» Entramos en una sala de exposiciones que estaba allí cerca, siempre en la misma calle cuyo nombre no recuerdo. La cuestión era que en aquel lugar había una muestra de fotografías sobre el accidente nuclear de Chernóbil, y Clara, siguiendo las recomendaciones de la empleada de la información, no quería perdérsela por nada del mundo. Deseaba, además, echar un vistazo a la colección de cuadros de no sé qué museo, así como visitar la casa de uno de aquellos artistas que se estableció en Worpswede a finales del siglo XIX. «Necesito por lo menos hora y media o dos horas, y luego, si te parece bien, nos juntamos en el coche. Hasta entonces tú podrías hacerme un favor en el cementerio.» «Ah, pues qué buena idea, porque precisamente estaba yo pensando en regalarte un par de tibias el día de tu cumpleaños.» Me replicó que el chiste era muy bueno, mucho más gracioso que la mayoría de los míos, pero que comprendiese que no tenía tiempo de troncharse de risa hasta que no hubiese acabado sus tareas. Puso en mi mano un croquis del cementerio de Worpswede que había dibujado para ella la empleada de la información. «Tú entras por aquí», hablaba con prisa, con entusiasmo, con una pasión que sólo es capaz de producirle el trabajo. «Esto es la iglesia. La bordeas por la izquierda. Sigues el camino que marca la flecha y en este punto está la tumba de Paula Modersohn-Becker.» «¿Y cómo desentierro el esqueleto? ¿Con las manos?» «Tú vas y sacas una docena de fotografías desde distintos ángulos. Me interesan las lápidas, los adornos si los hay y una estatua que tú no conoces, pero es bastante famosa. En fin, para qué te voy a explicar. Ve y fotografía la tumba.» «¿Eso es todo?» «En cinco minutos habrás terminado, ratoncito. Después puedes hacer lo que quieras hasta la hora de encontrarnos. Si a las siete no he llegado al coche, espérame, que ya iré.» «Me va a quedar tiempo de sobra para profanar tres o cuatro sepulturas.» «Bien, bien. Profana cuanto quieras; pero por favor no te olvides de las fotografías.»

Se quedó en la sala de exposiciones. Yo salí a la calle, y lo primero que hice, claro está, fue encaminarme a la tienda de chocolate, donde me coloqué delante de un mostrador cuajado de bombones de las clases más variadas. Pagué tres euros y pico por ocho piezas que elegí sufriendo las punzadas de la duda, pues sabía que cada elección comportaba la renuncia a otras sabrosas felicidades. El chocolatero me asesoraba según yo le iba preguntando. Se advertía en su amabilidad el hábito de tratar con clientes indecisos. Donde yo fijaba la mirada fijaba él, detrás del mostrador, la suya, listo a coger con sus pinzas metálicas el bombón por mí elegido, que después depositaba con cuidado en una pequeña bolsa de celofán.

De la tienda subí al cementerio a paso rápido para no dar tiempo a que el calor me derritiera el chocolate. Pasada la verja de la entrada, me encontré en un lugar recoleto, sembrado de lápidas sencillas, sin la ostentación de panteones y armatostes mortuorios que se estila en mi país. Un lugar donde la jardinería y los símbolos fúnebres se conjugaban con sobriedad, formando un paisaje propicio para el paseo, la mirada tranquila y tal vez la meditación a quien guste de ella, libre de los mármoles macabros que en otras partes encogen el corazón del visitante a cada paso. El camino principal llevaba después de breve trecho hasta una iglesia con paredes de ladrillo, que bordeé conforme a las indicaciones del croquis. No vi en el cementerio más personas que una mujer en actitud de recogimiento delante de una tumba un poco apartada. La mujer apretaba entre los tobillos una regadera como queriendo evitar que el viento se la arrebatase. Volcada en el suelo, a su costado, se veía una bicicleta. No recuerdo la hora exacta; pero calculo que sería entre las cinco y las cinco y media. Para entonces las sombras amenazadoras que se cernían sobre el pueblo parecían haber adelantado el atardecer. El cielo se había revestido de un gris oscuro en el que ya no era posible distinguir los contornos de las nubes, mientras que por la parte inferior, sobre las copas de los árboles, ardía una orla luminosa de un vivo color rosado. Sonó el rumor de un trueno distante cuando yo pasaba cerca de una fosa con pinta de haber sido remozada recientemente. Dos tablones cruzaban la abertura. Todo a su alrededor, sujeta a los extremos de cuatro barras, se extendía una cinta roja y blanca de plástico para que ningún espabilado, supongo, intentara llegarse a la otra vida sin cubrir los gastos de la funeraria. Los ladrillos y el mortero de las paredes mostraban la limpieza de lo nuevo. Una capa de cemento cubría el fondo. «No está mal», pensé. Y al punto, como si me hubiera partido en dos personas, respondí: «Está pero que muy bien.»

La tumba de Paula Modersohn-Becker se encontraba junto al seto que circunda el cementerio, tan escondida entre la vegetación que no la descubrí sino cuando la tuve delante. Varias lastras sin pulir, repartidas por la tierra, precedían a un muro de escasa altura, hecho de ladrillos en los que no poco se notaba la corrosión de los años. Adosada al descolorido paramento, se veía la lápida dedicada a la pintora, apenas legible por causa de la mugre y el liquen que la cubrían. El muro servía de soporte a una estatua de piedra gris que representaba a una mujer joven recostada sobre una losa, con un bebé cabezón sentado en su regazo. En aquellos momentos yo no sabía casi nada de Paula Modersohn-Becker, aún menos de las otras personas con cuyos restos mortales comparte sepultura. Una tarde de julio había visitado el museo a ella consagrado en la Böttcherstrasse de Bremen. Entré con la misma fuerza de voluntad con que entraría un ateo en un oficio religioso. Poco antes de poner los pies dentro del edificio, le propuse a Clara esperarla en la Ständige Vertretung, que está a dos pasos, leyendo el periódico mientras ella contemplaba los cuadros a su antojo. Me necesitaba a su lado, dijo, con el fin de contrastar sus opiniones con las mías. A lo cual repliqué que sentía la garganta demasiado seca para opinar. Clara insistió en que la acompañase; incluso prometió con voz mimosa invitarme a una Kölsch a la salida, ratoncito. Por no romper la costumbre, claudiqué. La visita al museo me dejó un recuerdo vago de paisajes con abedules y retratos de mujeres y niñas en estilo ingenuo. El calor y la sed, unidos a una afición más bien moderada por la pintura de Paula Modersohn-Becker, me impidieron prestar la atención que acaso su arte merezca. Fue a raíz de nuestra salida a Worpswede cuando Clara leyó su biografía. Durante tres o cuatro días, en el curso de sucesivos desayunos y veladas, me puso al corriente de los sucesos que se le figuraban más sobresalientes en la corta existencia de la pintora, así como del sentido de algunos detalles visibles en las fotografías que me mandó sacar en el cementerio, no sé, la verdad sea dicha, con qué propósito, puesto que no las usó para su libro.

De los costados del muro hasta el sendero arenoso por donde se accedía a la tumba se alargaban sendas hileras de plantas que debido a su forma y espesura formaban como dos paredes, de rododendros en un lado y de carrizos en el otro. Entre ellas y el muro quedaba un cuadrado protegido del viento, con las lastras antes mencionadas y una lápida que, según supe al poco tiempo, correspondía a la hija de Paula Modersohn-Becker. El espacio estaba despejado sin otra salvedad que una maceta con dalias marchitas. Antes de entrar en aquel cobijo tomé desde el sendero una fotografía de conjunto, a la que me pareció conveniente agregar dos o tres de los alrededores de la tumba. Hacía rato que me acuciaba la vejiga. Como no viese testigos ni un lugar apropiado a mi necesidad, acudí en socorro de las dalias, si bien sospecho que demasiado tarde para restituirles la perdida lozanía.

Hice a continuación propósito de atacar los bombones, temeroso de que el calor los derritiese. Al sacarlos de la mochila me agradó comprobar que, aunque blandos, seguían enteros. La mochila pude colgarla por una de sus correas en la mano de la mujer de piedra, inmóvil en el ademán de sujetar el borde de la camisa apartada del cuerpo. Nunca antes había visto yo tetas en un cementerio. Mirándolas de cerca introduje en la boca el primer bombón de la tarde, que era una concha blanca de caracol con motas marrones espolvoreadas sobre sus estrías. Lo escogí por ser el que estaba más arriba en la bolsa de celofán. Durante varios segundos lo mantuve pinzado entre los dientes, la lengua recogida a fin de demorar las sensaciones del gusto. Los incisivos entraron con suavidad en la cáscara que, por causa del calor, había perdido parte de su solidez quebradiza. La falta de crujido en el momento de morderla no me impidió percibir un resto último de su consistencia original. El bombón contenía media nuez bañada en crema de caramelo, de un dulzor bastante más profundo, denso y aromático que el de la envoltura de chocolate blanco. La lengua se aplicó a lavar la nuez, empujando lo blando hacia arriba para que se derritiese a la menor distancia posible del paladar, mientras el fruto seco era llevado no sé cómo, pues la boca no parece regirse de acuerdo con instrucciones del raciocinio, a zona de muelas. Consumido el chocolate, la media nuez intacta y limpia regresó a la pinza de los incisivos, que con rápidos mordiscos la redujeron a una mera papilla granujienta. La cual, profusamente insalivada, bajó en un amén al fondo de mi persona. Sobrevivieron cachos diminutos en los recovecos de la dentadura.

El segundo bombón, también con forma de concha, alternaba en su superficie brillante dos tonos marrones. Sobre el arco de sus estrías se reflejaba la luz cenicienta de la tarde, rota en visos que al menor movimiento se arrancaban a temblar con vida propia. Me habría entretenido un poco más en aquellas observaciones caprichosas en espera de que menguase dentro de la boca el sabor de la golosina precedente; pero noté que las yemas de mis dedos empezaban a hundirse en el chocolate y no hubo más remedio que apresurar el goce. Dejé que el bombón se deshiciera por sí solo encima de la lengua, sin la intervención destructiva de los dientes, y que el flujo viscoso extendiera su lento dulzor a todo lo largo de las papilas gustativas. Percibí en él un dejo menos azucarado y más confuso y dulciamargo que el del bombón primero, quizá por contener una cantidad mayor de cacao, además de una nota de no sé si canela o polvos de pinole, pero desde luego de licor, en el relleno de caramelo. Al fin quedó desnuda la media nuez, tímida y desamparada ante la doble fila de sus verdugos; cayó entre ellos sin resistirse y dudo, en vista de la rapidez con que fue ajusticiada, que tuviera tiempo de sentir dolor. Me habría venido bien un trago de agua para eliminar las migas tenaces; pero tuve que aguantarlas, con la boca llena de sed, durante algunos minutos.

Aproveché el lapso para tomar planos cortos de la estatua. De haber sido instalada en el año del fallecimiento de Paula Modersohn-Becker, pronto haría un siglo que el semblante de piedra permanecía levantado hacia el cielo, recibiendo en los ojos los rayos del sol, las gotas de la lluvia, la nieve del invierno, aquietadas las facciones en lo que yo interpreté erróneamente como una mueca de sensualidad. Y es que la expresión era desmayada y suspirante, yo ya me entiendo. Clara, que conocía el nombre del escultor, me sacó de mi engaño al día siguiente. Se trataba en realidad de una madre moribunda: un modo de recordar que la pintora había muerto, con poco más de treinta años, de sobreparto. Aquella decepcionante aclaración justificaba la presencia del crío sedente, cuya postura y desarrollo corporal a mí se me antojaban impropios de un recién nacido. El cincel del escultor le había puesto una esfera entre las manos. «No es una pelota, ratoncito. ¡Vaya dotes las tuyas de observador!» A este punto me enteré de que Paula Modersohn-Becker pintaba de costumbre figuras infantiles con naranjas, que la estatua había sido instalada casi doce años después de su muerte y que el escultor, andando el tiempo, abrazó el nazismo. No hay como estar casado con una profesora para adquirir ciencia sin esfuerzo, como no sea, claro está, el esfuerzo incesante que comporta de suyo el matrimonio.

Despachada la nueva tanda de fotografías, volví a mis bombones. Le tocó el turno a una trufa recubierta de coco rallado. Debido a esta circunstancia pude sostenerla entre los dedos sin pringarme. ¿De qué estaba compuesto su relleno? El chocolatero me había declarado los ingredientes de todos los bombones, la mitad de los cuales habían sido elegidos por mí precisamente por sus nombres sonoros, evocadores de delicias exóticas; pero mi memoria vacilaba, incapaz de asignar a cada uno sus ingredientes verdaderos. Una suave presión de la dentadura bastó para hender la pequeña bola que trascendía un aroma nunca antes percibido por mi olfato. No quise mirar el contenido por entretenerme en adivinarlo con la sola ayuda de la lengua. Una crema delicada desató en el interior de mi boca una ráfaga de dulzor intenso, cálido, de gollería un punto líquida a la manera como suelen serlo ciertas clases de miel. Sentí al tragarlo un agradable amargor que acrecentó mi sed. Siguió, ya con los truenos encima de Worpswede, un cuadrado de chocolate oscuro. En su plano superior empezaban a despegarse los trozos verdes de lo que parecía un pistacho desmenuzado. Dos rápidos lametones los mandaron a socorrer a las últimas virutas de coco, que, perdidas entre los dientes, no sabían orientarse en la dirección adecuada. Este cuarto bombón tenía un toque de acidez sobre un fondo apenas insinuado de canela y menta. Lo estuve volteando dentro de la boca de tal manera que en cada giro lo obligaba a pasar por debajo de la lengua. Lo notaba cada vez más pequeño, hasta que se fundió. Incluso transformado en líquido resultaba áspero en el paladar, con un regusto de especia fragante en su retirada. Mis glándulas salivares no daban abasto para restarle espesor. Semejaba un barro dulce con el que mal que bien me enjuagué la boca y la limpié de restos sólidos. Me causó tal efecto de sequedad que, para tragarlo, hube de levantar la cara hacia el roble que extendía sus ramas sobre la tumba.

Alejándome por el laberinto de senderos, encontré tras breve búsqueda, al borde del camino principal, un grifo con cuya agua, ignoro si potable, supuse que los visitantes del cementerio llenarían de costumbre sus cubos y regaderas. Me lavé la boca, pero no bebí. Reducida la sed, paliado el ardor dulzarrón que me raspaba la garganta, suprimidos los gustos y regustos del chocolate, deliciosos cada uno por sí, pero empalagosos y pesados cuando se acumulan sin medida, regresé a la tumba de Paula Modersohn-Becker, a cuya estatua había yo dejado en custodia la mochila con mis pertenencias. La mujer de la bicicleta ya no estaba donde yo la había visto al llegar. No se hallaba en el cementerio más alma viva que la mía. Como no soy proclive a experimentar terror ante fenómenos atmosféricos de apariencia tenebrosa, aunque estos se desencadenen en la proximidad de los muertos, me daban un poco de lástima la furia inútil del ventarrón y todo aquel despilfarro de fogonazos y retumbos en el cielo.

Saqué unas cuantas fotografías más, las últimas: del muro de ladrillos, de las lastras esparcidas por el suelo, de las plantas, del alto seto que circundaba el cementerio a manera de tapia, de la lápida de Tille, la hija de la pintora, que vivió más de noventa años, y de otras dos que se veían juntas a un costado del muro, en un hueco angosto que se abría al final de la hilera de los rododendros. (Sobre estas quiero escribir unas líneas, pero antes debo retirar la olla del fuego.) Sigo. Una, con la piedra desgastada, correspondía, según supe por Clara al día siguiente, a la primera esposa del marido de Paula Modersohn-Becker, que también fue pintor; la otra, de aspecto no tan antiguo, a la hija de ambos. Las lápidas estaban colocadas de tal modo que entre las dos formaban una especie de silla sin patas, tumbada la una en el suelo, erguida la otra justo detrás, en la posición oblicua de un respaldo reclinable. Y ahora seamos sinceros. Yo tenía las piernas fatigadas, faltaba hora y pico para reunirme con Clara, los embates del viento apenas se hacían notar en aquel rincón, los nubarrones se me figura a mí que estaban pasando de largo sin voluntad de descargar sus masas de agua violenta sobre el pueblo..., ¿qué persona con dos gramos de sensatez en la mollera no habría decidido como yo sentarse en la silla de piedra, con perdón de las difuntas, que mal se podían ofender, y entregarse en sosegado bienestar al disfrute de las cuatro piezas de chocolate que aún quedaban en la bolsa?

Así pues, guardada la cámara fotográfica en la mochila, acomodé las nalgas sobre el duro y fresco asiento, y a la sombra de aquel escondrijo acogedor introduje en la boca un pequeño cuadrado espolvoreado de una especie de harina verde azucarada, de la que acaso dependía el sabor a laurel que tenía el bombón. Roto el delgado recubrimiento, se expandió por mi boca un aroma intenso de relleno entre dulce y acibarado, en muy feliz armonía de condimentos, con un remate vegetal, seco, confitado, que de puro delicioso me puso al borde de un momento blam. Aquietado el tumulto de sabores, prevaleció en el paladar el de la esencia de laurel, como si hubiera permanecido escondido detrás de los otros al modo de un veneno traicionero que el comensal advierte cuando ya no hay salvación. Estuve dos o tres minutos abrazado a mis piernas, con la cara entre las rodillas, los ojos cerrados y la mente en blanco, absorto en el disfrute.

El siguiente bombón se llamaba «Venezuela con haba tonca». Fue uno de los primeros que elegí en la tienda de chocolate, cautivado por el nombre. Era de un tono claro, partido por tres bandas oscuras sobre una costra gruesa que aún se conservaba intacta a pesar de la tarde de bochorno. La roí con lentas, con calculadas dentelladas, para entrarle poco a poco en el gusto. Contenía una porción de chocolate negro, cremoso, de un dulzor elegante, nada agresivo, que la lengua húmeda podía desleír con leves roces, más de caricia que de ávida y vulgar chupada. Era un bombón de gran finura, sedoso en su empaque, casi un silencio de bombón, un bombón femenino, una miniatura de mujer hecha bombón en la boca, que entregó sus tules exquisitos y luego su cuerpo joven sin proferir un solo grito disonante, sin remilgos ni protestas, dejando en su retirada una estela vagarosa de perfume.

Me distrajo del goce un susurro que venía agrandándose por el aire. El viento se detuvo apenas un instante. Y de pronto las gotas de lluvia empezaron a levantar redondeles de arena en el sendero. Un primer pensamiento me sugirió correr a refugiarme en la iglesia. Pero ¿quién me aseguraba que no había de encontrar la puerta cerrada? Un súbito y blanco fulgor, en medio de una furiosa ráfaga de viento, encendió durante una fracción de segundo las lastras de la tumba. El estruendo fue de tal magnitud que me dejó anonadado. Llegué a pensar que la tierra se abría bajo mis pies, y por espacio de medio minuto se me puso como un pitido en los oídos. La lluvia, entretanto, arreció, desplomándose sobre el cementerio en masas de agua que se rompían con un rumor de líquido reventado. Me tapé la cabeza con la mochila y me encogí cuanto pude en mi asiento de piedra. Al rato de haberse desencadenado la tormenta, yo seguía seco, con la excepción de un hombro y de la punta de los zapatos. Las ramas del roble primero, la mata de rododendros después, actuaban como un filtro que restaba furor al agua y apenas permitía un goteo selectivo que se derramaba sin fuerza sobre mi mochila, al par que a mi costado el muro se encargaba de atajar las rachas oblicuas de aguacero.

Decidí aguantar en aquel precario pero, por el momento, seguro cobijo, a imitación de los pájaros que se acogen a la fronda en situaciones similares. Y con el improvisado paraguas que me oprimía la cabeza, hurtando mal que bien el cuerpo a la lluvia, me las apañé para extraer con la pinza de dos dedos el séptimo bombón de la tarde, el de menor tamaño de cuantos había comprado. Recuerdo que, al elegirlo en la tienda, atrajo mi atención un polvo amarillo que cubría su dorso casi por completo. La mayor parte se acumulaba ahora en el fondo de la bolsa de celofán, junto con las migas de otros bombones. Metí la pequeña pieza de color claro en la boca. Cerré los ojos. La lluvia sonaba. Capté, en el intervalo entre dos truenos, el sabor aromático de la albahaca, que yo nunca había probado en combinación con el cacao. Por debajo, línea continua, el contrapunto del azúcar en cantidad tolerable. La corteza requería masticación, por sentirse correosa en la lengua al modo de las pastillas de café que a duras penas se dejan derretir con la mera intervención de la saliva. Le hallé al relleno un gusto agradable, pero indefinible, acaso porque el paladar, embotado en los inicios del hartazgo, no era capaz de enviarme señales más precisas. Sin dilación tragué la pequeña plasta que con cada mordisco se adhería a los dientes como si tratara de ponerse a salvo aferrada a ellos, y abrí la boca de par en par a un chorro fino de agua que caía de un extremo del rododendro. Con esa agua, después de enjuagarme la dentadura, formé un escupitajo suficientemente grueso para impulsarlo por encima de los carrizos y hacerle creer al difunto de al lado que llovía chocolate.

A continuación deposité encima de la lengua, con solemne ademán, el último bombón de la tarde, en uno de cuyos lados se veía estampada varias veces, con amarilla y elegante caligrafía, la palabra *Vanille*. Era una pieza de un suave color marrón, cerca de pajizo, salvo en la base, que tenía una consistencia ligeramente más sólida y un tono más oscuro; una golosina con forma de baldosín, sin relleno, no del todo dócil a los dientes, aunque bastante menos rebelde que la anterior. Mezclaba vainilla y bourbon, sabores en parte encubiertos al cabo de unos cuantos lametones por una nota dominante de moca, si bien después de las ocho degustaciones yo no podía estar seguro de nada. Su delicada y esponjosa blandura lo hacía más apto para ser chupado con delectación que para comido a bocados. No de otro modo me dediqué a paladearlo, imperturbable a la tormenta, encogido en mi refugio goteante con paciencia flemática y pies mojados. Poco a poco formé con él un charco dulce debajo de la lengua y allí lo dejé estar largo rato, en la confianza de que la delicia alcanzase por sí sola el punto idóneo para suscitar un momento blam. Pero llovía a cántaros, la sed me apuraba, la inscripción de la lápida se me debía de haber grabado en la carne del trasero a juzgar por el picor; en una palabra, no pudo ser. Lejos de sentirme decepcionado, dirigí una despedida respetuosa al bombón en el instante de engullirlo. De paso le encomendé que transmitiera recuerdos de mi parte a sus compañeros. A tono con su distinción y con su buena embocadura, emprendió una discreta retirada, dulce sin empalagar, sin resabios, sin migas molestas entre los dientes: el desenlace perfecto para una colación de chocolate artesanal en un cementerio de pueblo, experiencia que no dudaría en recomendar a mi mejor amigo.

Termino por hoy, ya que tengo que poner la mesa. Obra de tres cuartos de hora estuve sentado en un banco de la iglesia esperando a que escampara. No vi a nadie en ese tiempo. Dios, en su propia casa, como de costumbre, no se me apareció. Salí del cementerio con el cielo sembrado de claros azules. Los charcos del camino y una mediana mojadura que no me incordiaba en exceso, puesto que hacía calor, eran los únicos vestigios de la tormenta reciente. En un café anejo a una galería de arte, a poca distancia de donde tenía estacionado el coche, me regalé con un vaso de medio litro de cerveza de trigo, fresca y espumosa, que bebí en largos tragos con los párpados caídos de placer. Me tentó meterme entre pecho y espalda una segunda cerveza; pero me contuve porque tenía que conducir. De nuevo en la calle, quizá haya quedado entre los vecinos de Worpswede memoria de un eructo formidable. Faltaba poco para las siete. Tomé asiento en el coche. Encendí la radio, la apagué. La volví a encender, la volví a apagar. Una pareja de cierta edad se montó en el coche parado al lado del mío. Reconocí los dientes saltones. El conejo de madera no lo vi. A lo mejor la pareja se había arrepentido de la compra. Sucede a menudo. Vuelves a la tienda y te devuelven el dinero; de ese modo, uno puede, temporalmente, pasear gratis un objeto determinado por las calles de una localidad. A las ocho y veinticinco llegó Clara abrazada a unos cuantos libros, prospectos, sobres con postales. Sentada a mi lado, trató de esconder su mala conciencia con un beso más largo de lo habitual y me pidió disculpas por la tardanza. «¿Qué tardanza?», ironicé. «¿No habíamos quedado a las nueve?» Sin duda por desenojarme introdujo la mano en una bolsa de plástico que traía consigo, y diciendo: «Mira, ratón, lo que te he comprado. Para que veas que me acuerdo de ti», extrajo una tableta de chocolate con su envoltorio de celofán y me la tendió. ¿Cómo explicarle? ¿Cómo decirle? «Si encuentro un cementerio por el trayecto», fue todo lo que se me ocurrió, «me pararé a comerla.» No entendió (ni podía) la broma. Después me mostró, entre otras cosas, orgullosa de su botín cultural, una historia biográfica de

Paula Modersohn-Becker, publicada por la editorial Rowohlt dentro de su popular colección de monografías. Había una imagen de la pintora en la cubierta. No pude resistir un comentario: «¡Cielo santo, qué fea! No se parece nada a la mujer de la estatua.» A Clara se le arrugó el entrecejo. Volvimos a Bremen sin dirigirnos la palabra.

8

A lo largo del paseo de Schlachte había música, artistas callejeros, tenderetes, puestos de comida y bebida; en fin, mucha animación a la caída de la tarde, y nosotros regresábamos al piso abriéndonos paso poco a poco entre la muchedumbre. La calle era una tentación; pero habíamos decidido retirarnos temprano porque pensábamos madrugar al día siguiente. A Clara, de ordinario comedida en sus expansiones, le entró de pronto deseo de degustar una copa de vino en una terraza próxima a un escenario dispuesto sobre un remolque techado, donde en aquellos momentos una banda de siete u ocho músicos interpretaba melodías de estilo Dixieland. Ni en sueños me puedo imaginar a Clara abandonándose sin freno a los vicios; a veces, sin embargo, sucumbe a pulsiones yo no sé si románticas, pero desde luego más fuertes que su voluntad, y una de ellas consiste en regalarse con unos tragos de vino cuando concurren a su alrededor cierto género de circunstancias. Pongo por caso que sea verano y la tarde, azul, y que la numerosa gente se divierta y goce a su lado y ella aspire también a una porción de felicidad colectiva. Entonces, de repente, resuelve entregarse a un acto tal vez simbólico que acaso estribe no tanto en sentir cómo pasan por la garganta unos cuantos sorbos de vino como en sostener, con ademán de persona distinguida, una copa a través de cuyo contenido, antepuesto a un ojo a manera de lente, se pueden ver cambiados los colores de la realidad. Una cosa sé seguro: Clara, de vinos, no entiende nada. Todos, selectos y vulgares, blancos y tintos, le agradan por igual. No siempre el olvido de sus precauciones, que le vedan algunas modalidades del placer, acarrea consecuencias negativas para su salud. Esta particularidad suya, perversamente, fomenta la repetición esporádica, pero fatal, del descuido, que tarde o temprano le cobra un tributo en forma de sufrimiento. Otras, en cambio, su imprudencia conduce por vía rápida al dolor. Así le ocurrió con ocasión de aquella fiesta estival en el paseo de Schlachte.

Su mala suerte, disfrazada de fortuna, determinó que al poco de llegar nosotros quedase una mesa libre en la terraza. Tomamos asiento al amparo de una sombrilla. El trompetista sesentón que hacía de vocero de la banda ensartaba ante el micrófono, entre una y otra pieza musical, chanzas que movían a risa al público. Las gaviotas volaban próximas a la orilla del río, en espera de que alguna mano generosa arrojase a la corriente un trozo de pan, de salchicha asada o de cualquiera de las fruslerías que se vendían en el paseo. El calor, severo en extremo durante la jornada, se había moderado a la hora del crepúsculo, hasta descender a una temperatura tolerable. En suma, se estaba la mar de bien en aquella terraza. Para cuando nos dimos cuenta habían transcurrido los minutos, y Clara, que no paraba de marcar el ritmo de la música con la punta del zapato, acababa de apurar su segundo Dornfelder. Llegamos al piso riendo. Apenas cenamos. Clara, las mejillas encendidas, las pupilas dilatadas, premiaba con risa franca todos mis chascarrillos, lo que ya empezó a preocuparme. Nada más acostarnos me plantó una pierna encima del vientre, señal no sujeta a acuerdo explícito, que significa: ratón, al ataque. Quizá ella lo piense con más poesía, pero el resultado es el mismo. Se conoce que el ejercicio sexual, sumado a los efectos del vino, le subió o le bajó la tensión. No lo sé a ciencia cierta, puesto que padece con regularidad ambos achaques, y además me dormí enseguida. El caso es que, según dijo al amanecer, pálida, ojerosa, con la flojedad facial característica de los agonizantes, había pasado la noche en blanco. Tras vomitar el Dornfelder, estuvo una hora de codos en la ventana mirando el río a oscuras, vanamente confiada en que el frescor de la madrugada le facilitase la respiración. Añadió, con ceño reprobatorio, que de principio a fin de la noche yo no había cesado de roncar.

Durante el desayuno, que transcurrió en silencio, Clara no quiso probar bocado. Se contentó con una taza de té acompañada de uno de esos analgésicos que ella suele calificar de suaves, lo que en su vocabulario particular equivale a inútiles. Entre sorbo y sorbo me clavaba unos ojos lánguidos, vacíos de esperanza, que parecían decirme: «Mira lo que me has hecho.» A este velado mensaje podía añadirse una velada advertencia: «No se te ocurra mortificarme con tus chistes.» Luego, mientras recogía la vajilla, sentí que gemía débilmente en el cuarto de baño. Antes que encararme con sus lágrimas preferí esperarla en el garaje subterráneo. No me marché por cobardía ni porque me fuera indiferente su malestar, sino por un problema que tenemos algunos varones en determinados momentos con el lenguaje. En una palabra, reconozco que me incomoda mi torpeza para transmitir consuelo. De niño, ni en casa ni en la escuela me enseñaron el arte de consolar. Una vez se hundió bajo mis pies el techo de una cabaña. Tendría yo no más de siete años. Llegué ante la puerta de nuestro piso, en el arrabal de la ciudad, con una rodilla ensangrentada, medio cegado por el agua de mis ojos. Mi padre me detuvo con un gesto de la mano. «Entrarás», me dijo, «cuando termines de llorar.» Y eso que mi padre, en comparación con el de cada uno de mis amigos, tiraba más bien a bondadoso. Mi madre está hecha de otra pasta. Es más comprensiva, pero aquel día, recuerdo, me mandó que tuviera cuidado de no gotear sangre sobre la alfombra «porque luego se quita muy mal». Todavía, cuando padezco una dolencia, por leve que sea, me pongo a malas conmigo como si ejerciera de mi propio padre. Si es Clara quien cae enferma, no se me pasa por la cabeza irritarme. Así y todo, casi nunca doy con la manera de aliviar sus penas y dolores, y con sus últimas fuerzas, a veces con un hilo de voz, me reprocha que no la tome en los brazos ni la mime con palabras afables. Llegados a este punto, es peor si lo intento, pues cree que mis muestras tardías de compasión no reposan en la sinceridad. Me reputa entonces de duro, de insensible, de hombre de piedra, y comportándose igual que si tuviera treinta años menos, llama tristemente a su madre, incluso ahora que ya está muerta. En fin, dejo estas divagaciones porque disto mucho de albergar conocimientos firmes en materia de psicología y porque además son otras las cosas que deseo recordar por escrito esta mañana.

Emprendimos la marcha hora y media después de lo que habíamos acordado de víspera. Estuve esperándola tanto tiempo en el automóvil que, para cuando vino, apenas me quedaba una esquina del periódico por leer. Traía un aspecto deplorable. El señor Kranz, con quien la vi cruzarse dentro del garaje, debió de pensar que el tirano del marido la habría puesto en aquella postración tras someterla a quién sabe qué suerte de malos tratos, conforme se podía inferir fácilmente del gesto dolorido, de los ojos lacrimosos, de los pasos inseguros de la pobre mujer. Sin darle tiempo a sentarse a mi lado, le propuse suspender el viaje. «En tu estado físico», le dije, «creo que te convendría guardar cama. De lo contrario, el día te va a resultar una tortura.» «El día me va a resultar una tortura lo mismo en un sitio que en otro.» Dicho esto con la sequedad que convenía a su desolación, sacó las gafas negras de la guantera, se las caló, y haciendo un breve aleteo con la mano, me apremió a encender el motor. Mientras atravesábamos el puente del Káiser Guillermo me pidió en susurros que condujera despacio. Conjeturó que, si lograba dormir por el camino, tal vez la pastilla de Tomapirin le hiciese efecto. Se acomodó a continuación en una postura como para echar una cabezada y ya no hablamos más hasta llegar a Hamburgo.

Fue idea suya que nos desviáramos a la autopista 7 para entrar en la ciudad por el túnel que discurre bajo el cauce del Elba. El día anterior, cuando trazamos juntos el plan de la excursión, con el mapa abierto encima de la mesa, yo ya le había explicado que el túnel formaba parte de una ruta para bordear Hamburgo. «Sale a una zona muy alejada del centro y, como mañana es día de labor, no me extrañaría que lo encontremos lleno de tráfico.» Ya una vez, hacía varios años, lo habíamos atravesado con ocasión de unas vacaciones de otoño que pasamos en la isla de Sylt; pero ahora era distinto, ahora ella quería fijarse bien, escribir notas, sacar fotografías. Llegó, en el colmo de la candidez (de una candidez inexplicable, pero en modo alguno inhabitual en las personas inteligentes), a sugerir que hiciésemos alto en el tramo más hondo del túnel, quince o veinte segundos, ratoncito, lo justo para que ella saliera a formarse una impresión del lugar; naturalmente, puntualizó como si fuera el nuncio de la sensatez en la Tierra, siempre y cuando no viniera ningún coche por detrás. Ignorante acaso de que un plano es una representación a escala reducida, colocó la yema de un dedo sobre un punto próximo a la salida del túnel y, más o menos en el tiempo que dura un par de pestañeos, la llevó por calles francas de obstáculos, no digamos ya de semáforos, y por encima de algún que otro tejado, hasta la zona que teníamos señalada como nuestro destino. El entusiasmo le aceleraba el habla, tiraba de sus cejas hacia arriba, la volvía niña, y aún faltaban unas cuantas horas para que arruinara su bienestar con las dos copas de Dornfelder. «No hay pérdida, ratón. Tomamos la salida 29 de la autopista, o mejor la 28. Sigues por esta calle larga, cuyo nombre debes llevar aprendido de memoria. Pasas el barrio de Altona por aquí, vas por este otro lado y enseguida llegamos a la plaza del Ayuntamiento.» «Donde las máximas autoridades de la ciudad vendrán a recibirnos con atuendo de gala y nos tendrán reservado un hueco para aparcar.» No hubo manera de convencerla. Y a la mañana siguiente, viéndola no sé si dormida, desmayada o moribunda a mi costado, me pareció una crueldad interrumpir su reposo, su inconsciencia o su agonía para proponerle, ya con las grúas del puerto al fondo, un cambio de ruta por el llamado puente de Köhlbrand, a fin de evitar la riolada de vehículos en que nos habíamos metido.

Hacia las diez y media de la mañana entramos en el túnel. Este se dividía, por la dirección que nosotros llevábamos, en dos secciones contiguas: una, la de la derecha, por donde vi que se metían los camiones, y otra, que fue la que yo enfilé pensando que sería la más rápida. Sí, sí. Nada más bajar la rampa de entrada topamos con un atasco. No hubo más remedio que parar. Clara se despertó presa de viva inquietud. «¿Ya estamos aquí?» Me tentó responderle que aquí es el sitio donde las personas están por fuerza desde su nacimiento; pero me contuve por consideración a su estado de ánimo, que en aquellos instantes tal vez no fuera el más idóneo para aguantar cuchufletas. «¿Por qué no me has despertado? ¿Has comprobado el número del cuentakilómetros para calcular la longitud del túnel?» «No sabía que debiera hacerlo.» Le sobrevino una especie de ansiedad, como si el éxito de la excursión, incluso el de su proyecto literario, dependiera exclusivamente de aquel detalle. Deduje de la energía con que se revolvió en el asiento que ya no le dolía la cabeza o le dolía poco. Lo corroboraban sus muecas vivaces y sus ojos enfadados. La pena que había sentido por ella desde primera hora de la mañana se esfumó no bien la oí atribuirme, mediante ciertos eufemismos no demasiado sagaces, falta de decisión y lentitud de reflejos. Le repliqué con el orgullo herido: «¿Para qué tengo que mirar el cuentakilómetros si había un letrero a la entrada donde ponía lo que mide el túnel? ¿O es mi obligación desconfiar de las señales de carretera?» En medio de su gesto alelado asomó una sonrisa llena de culpa. «¿Y qué ponía?» Estábamos atrapados en una larga fila de coches quietos. Le dije: «Lo que ponía es uno de tantos secretos que me llevaré a la tumba.» Se le dulcificó la voz: «Vamos, ratón. No seas malo.» «Ponía 3,1 kilómetros.» La vi anotar la cifra en el cuaderno abierto sobre sus muslos. «Y si es mentira, ¿qué? Los críticos descubrirán el error y se burlarán de ti.» No dijo nada, pero detrás de la anotación, entre paréntesis, escribió la palabra «asegurarme».

Avanzábamos un trecho corto. Parábamos. Transcurría un minuto. Transcurría otro. Volvíamos a avanzar. Nueve, diez metros. Clara tomaba notas en silencio. Para distraerme me dediqué a contemplar su mano blanca, de dedos delgados y tiernos que sostenían el bolígrafo con delicadeza. Nunca he enfurecido a mi mujer hasta el punto de que ella tuviera que sacudirme una bofetada. Si no fuera por el riesgo de sentar un precedente probaría a exasperarla, eligiendo para ello un día en que el experimento no interfiriese de manera demasiado negativa en su trabajo. O en su salud, porque Clara tiende de suyo a somatizar los problemas, las inquietudes, las pesadillas, y a convertirlos en algún tipo de dolor. Pero imaginemos que, debido a una serie de circunstancias favorables, pierde los nervios justo cuando una de mis mejillas acaba de tomar, a poca distancia de su mano, un asombroso parecido con el parche de un tambor. Obtenida la bofetada, me apresuraría a desenojar a Clara. Con dicho fin le mostraría un papel donde yo hubiese redactado previamente una declaración acerca del sentido de mi propósito, rematada, claro está, con una solicitud de disculpas, una frase de agradecimiento y una fórmula de despedida lo más amorosa posible. En previsión de que ella hiciera trizas el papel, yo llevaría una o dos copias en el bolsillo. Otro procedimiento no se me ocurría para conocer el daño que es capaz de inferir una mano tan suave, tan menuda; una mano hecha para cortar rosas en el jardín o corregir cuadernos de colegiales. Se me figuraba que se le rompería igual que una pieza fina de cristal, en trozos innumerables, si la empleaba para arrearme un golpe con todas sus fuerzas. No habría dicho lo mismo de niño sobre la mano descomunal de mi padre, con aquellos pulpejos callosos que tenía y aquel cuajarón negro que se le puso debajo de una uña a raíz de un accidente laboral. Mi padre cascaba nueces apretándolas entre los dedos. ¡Y qué dedos! Gruesos, aporretados, pilosos. Por suerte no era un hombre propenso a la violencia. Nunca me pegó. Yo creo que no lo hacía por temor a matarme. O a que le riñera mi madre por haber salpicado con mis jugos corporales la pared.

Cada vez que Clara apartaba la mano del cuaderno, como tiene la letra grande y nítida, me resultaba fácil distinguir desde mi asiento cuanto escribía: «paredes de azulejo, lámparas amarillas, flechas luminosas en el techo.» Comprobé que la radio funcionaba dentro del túnel. Llamé a Clara la atención sobre dicho detalle. Lo anotó. Le dije que, a pesar de llevar las ventanillas cerradas, por alguna rendija entraba tufo a humo en el coche. También lo anotó. No le dije que sentía unas ganas crecientes de orinar por si también lo anotaba. «Sospecho que no paras de tomar notas porque en el fondo desconfías de ti misma.» Respondió sin concederme el honor de su mirada: «Te aburres, ¿verdad? Y como tu cerebro no es capaz de proporcionarte reflexiones entretenidas, intentas matar el aburrimiento metiéndote conmigo. Este atasco, que seguramente te saca de quicio, a mí me viene de maravilla. Me da un tema y me permite observar a mis anchas el interior del túnel. Porque si pasamos por aquí a gran velocidad, ¿cómo quieres que me fije en nada? Yo ni desconfío ni dejo de desconfiar en mí. Simplemente mi trabajo me obliga a reunir cientos de datos. Puede que algunos no me hagan falta. O puede que sí, nunca se sabe. Puede que los necesite urgentemente en el momento menos pensado, dentro de un mes, a lo mejor dentro de un año. Y por eso me viene bien guardarlos escritos en un cuaderno. Yo creo que ni siquiera hay que ser escritor para entender una cosa tan elemental.» «Ya me doy cuenta de que se te ha pasado el dolor de cabeza.» «No, ni mucho menos. El dolor continúa. Si no me lo hubieras recordado, a lo mejor lo habría podido olvidar durante un rato. Te estoy muy agradecida, ¿sabes?»

Hacia la mitad del túnel, los coches parados delante del nuestro aceleraron. La carretera de doble carril quedó de pronto despejada. Ni se había producido un accidente, como yo supuse en un primer momento, ni había obras, un vehículo averiado que entorpeciese el paso, una rueda tirada en la calzada, el típico ciclista suicida... Nada. Recuerdo haber leído hace años en el periódico que los célebres atascos dentro del túnel bajo el Elba constituyen una de las atracciones más misteriosas de Hamburgo. Seducen a curiosos impenitentes que los frecuentan en cuanto las emisoras de radio anuncian que se ha formado uno. Todavía siguen sin averiguar cómo se producen. Al parecer no faltan quienes, una vez alcanzado el final, vuelven por el lado contrario para reincorporarse a la caravana de coches. Dichos atascos rebaten el axioma que niega la existencia de efectos sin causa. Yo al menos no vi que nada ni nadie motivara el que hubimos de soportar nosotros. Más de veinte minutos tardamos en recorrer los poco más de tres kilómetros bajo tierra. Y nuestros problemas de la jornada no habían hecho sino empezar.

En cuanto llegamos a cielo abierto, me percaté de que no podíamos acceder a la primera salida de la autopista, que era el punto inicial de una ruta urbana que yo llevaba grabada en la memoria. Nos lo impedía la mediana. Tomé la segunda salida y fuimos a parar a una calle de doble sentido, más bien estrecha pero con mucho tráfico. Dudé entre dos soluciones indistintas: pedirle a Clara que me guiase o extraviarme por mi cuenta. No bromeo. Incluso cuando goza de salud, sus indicaciones o llegan tarde o son imprecisas, contradictorias, vacilantes, de una utilidad escasa a menos que el objetivo consista en llegar por ventura a cualquier sitio que no sea el acordado. Calculé que con la lentitud impuesta por el dolor de cabeza, unida a la suya natural en estos casos, le costaría su buen minuto y medio encontrar las gafas de lectura, desplegar correctamente el complicado plano de Falk, tender la mirada a todas partes en busca de un letrero con el nombre de una calle que luego sería incapaz de ubicar en el plano, todo ello mientras conduzco sin rumbo por una ciudad desconocida, con el consabido pelma, cabrón, gilipollas, que me sigue de cerca y no para de soltarme bocinazos. Casi me subí a una acera para dejarlo pasar. Desde el interior de un Porsche con matrícula de Hamburgo, un tipo trajeado como un presidente me mostró el dedo medio. No le respondí con idéntico gesto por que no viera mi reloj de pulsera, de menor tamaño, brillo y calidad que el suyo. A cambio, le tiré una andanada de insultos que, si he de ser sincero, no me procuró la íntima satisfacción a que aspiraba, ya que el idioma alemán, en comparación con el mío, es de poca potencia injuriosa. Por lo común, en alemán, para ofender a un semejante debemos vincularlo con la suciedad: con el agujero del culo preferentemente, también con la mierda, con un saco repleto de inmundicias... En mi país, tales afrentas no creo que conserven ninguna vigencia fuera de las guarderías infantiles. No me pasó inadvertido un detalle. Los insultos que me tomé la molestia de dirigir al tipo del Porsche me obligaron a mover los labios de la misma manera como los había movido él para transmitirme no sé qué mensaje que, claro está, de coche a coche no pude entender. «¿Con quién hablas?», me preguntó Clara desde su dolor y amodorramiento, la cabeza medio derribada sobre un hombro. «Me da la impresión de que la gente de esta ciudad es bastante comunicativa», le respondí sin deseos de entrar en mayores explicaciones.

Detuve el coche en una gasolinera a fin de estudiar con calma el plano de Hamburgo. Clara aprovechó la parada para regar con su vómito un seto de bojes que se alargaba por delante de una pared. «Estoy fatal», dijo después que se hubo acomodado de nuevo en su asiento. Le propuse volver a Bremen. Suspiró. La fatigosa expulsión de una bocanada no me pareció respuesta suficiente, conque insistí: «Volvemos, ¿sí o no?» Me mandó, con una sacudida del pañuelo de papel que sostenía en la mano, que pusiera el motor en marcha. «Intenta llegar al centro y luego llévame a un sitio donde pueda tomar una pastilla de las fuertes. Es mi última esperanza. Si falla, volveremos a casa.» El cielo estaba encapotado; pero a través de las nubes se podía distinguir el borroso círculo del sol. Yo me valí de aquel punto de referencia para conducir por calles que llevaban hacia el Este. Clara lloraba en silencio a mi costado. Al cabo de un rato avisté una señal que indicaba el camino hacia la estación central de ferrocarril. Se lo dije a Clara, deseoso de complacerla con una noticia positiva. «Vete despacio», respondió. «No quiero que me vea nadie con este aspecto.» Siguiendo las señales llegamos a las cercanías de la estación. Vi una torre de aparcamiento adosada a los grandes almacenes Saturn de ordenadores y aparatos electrodomésticos, y allá me metí sin vacilar pues urgía que Clara tomase su medicamento. En busca de un hueco libre, tuve que subir seis pisos por una rampa en espiral.

Solos dentro del ascensor, Clara apoyó la frente en mi pecho. «¿Por qué a mí? ¿Qué he hecho yo?», les preguntó en tono desolado a los botones de mi camisa. Aunque no es devota, se conoce que aún conserva, de las prácticas religiosas de su niñez, la tendencia a asociar el dolor con el castigo; de ahí que no se desdeñe de interpelar a Dios cuando la mortifica un sufrimiento. Apenado, le acaricié la nuca. «No te apartes de mí en todo el día», me susurró, «por si me desmayo.» Al olor de sus cabellos se había añadido un ingrediente anómalo que rompía su encanto habitual, una tibieza como de almohada de enfermo, un vaho mórbido, invisible, originado en una lenta cocción bajo el cuero cabelludo, que acaso fuera el olor de la jaqueca. El ascensor tenía su parada inferior en la segunda planta de los grandes almacenes y luego, a través de estos, se alcanzaba la calle. Fuera nos esperaba otro día de bochorno. Estábamos tan resignados al calor que raras veces lo mencionábamos en nuestras conversaciones. Caminábamos despacio, yo con la mochila repleta de utensilios, los míos y los de Clara, y el incómodo plano de Falk en las manos; ella apoyándose en mi brazo, con la vista gacha, hasta que al llegar a la Mönckebergstrasse empezó a interesarse por los escaparates. De pronto dijo: «Espérame aquí», y soltándose de mi brazo, se metió en una tienda de té, de la que salió a los dos o tres minutos con un pequeño paquete. «Me lo merezco», dijo, y agarrada de nuevo a mi brazo, seguimos por la Mönckebergstrasse abajo hasta la plaza del Ayuntamiento.

Enseguida divisamos una farmacia en una bocacalle próxima. La farmacéutica, no bien hubo escuchado el motivo de nuestra visita, propuso a Clara que pasase a la rebotica a tumbarse en un sofá. Clara declinó el ofrecimiento. Le trajeron una silla. No tuvo fuerzas para rechazarla. Con un débil susurro agradeció el vaso de agua que había pedido para acompañar su pastilla de Formigran. Llevábamos la pequeña caja azul en un bolsillo de la mochila. Me costó alrededor de veinte segundos encontrarla y Clara soltó un suspiro de impaciencia. Me parecía inconcebible que no hubiera querido descansar un rato en el sofá. ¡Cuántas veces la habré oído afirmar que le conviene permanecer acostada a fin de que la medicina obre antes y mejor su efecto! Para mí que se sentía avergonzada pensando que abusaba de la hospitalidad de la farmacéutica al recibir sus atenciones sin luego dejar una ganancia en la caja del establecimiento, aunque fuese de poca cuantía. Ingerido el analgésico, compró una bolsa de caramelos contra la tos como podía haber comprado una muleta o un carrete de esparadrapo. Rehusó enfrentar mi mirada, de lo cual deduje que era consciente de su comportamiento absurdo. Un arranque de solidaridad me llevó a secundarla en la estrategia. Y así, en el momento de pagar los caramelos, fingí interesarme por una laca contra los hongos en las uñas de los pies, anunciada por un letrero que estaba encima del mostrador. La farmacéutica me proporcionó información detallada acerca del novedoso tratamiento. Al final me dio un prospecto en cuyas páginas interiores había unas imágenes de pies que quitaban el apetito. Ya en la calle, lo tiré sin demora a una papelera y acto seguido, por adelantarme a la previsible pregunta de Clara, declaré que yo no tenía hongos como ella tampoco tos. Creo que no me escuchaba. Había en sus ojos una fijeza turbia de persona que está pero no está, al par que una palidez extrema se extendía por todo su semblante. Balbució que deseaba sentarse en algún sitio a esperar que la pastilla de Formigran surtiese efecto. Me tuve que morder la lengua para no recordarle el sofá de la farmacia. La sujeté por un hombro y poco a poco, espantando con la punta del calzado las palomas que se interponían en el camino, atravesamos la plaza del Ayuntamiento hasta llegar a unos soportales encalados, al otro lado del canal, donde tomamos asiento en la terraza de un café. Lo que nos sucedió de allí en adelante hasta acabar el día lo dejo para mañana, pues ya noto la mano cansada de tanto escribir.

9

Sospecho que Clara consideraba ofensivo que yo saborease en su presencia un trozo de tarta de nueces con sus distintas capas superpuestas, su envoltura de mazapán y su capuchón de nata, así como una taza de café de la que ascendían unos hilos de vapor aromático, mientras ella, sentada frente a mí, inclinaba la cabeza llena de dolor sobre un desamparado, triste, solitario vaso de agua mineral, pedido no más que por guardar las apariencias. Los párpados caídos, el cuerpo inmóvil en una postura de encogimiento que hacía volver la mirada a más de un transeúnte, me echó de pronto en cara que de víspera le hubiera permitido beber las dos copas de Dornfelder. ¿Qué ganaba con responderle? Por los huecos de la barandilla vi una pareja de cisnes que pasó deslizándose con su empaque de costumbre sobre las aguas quietas, de un tono oscuro, casi negro, que contribuía a realzar la blancura de sus plumas. Había una muchedumbre de ellos en aquel tramo corto de canal que, impedido de fluir por causa de un sistema de esclusas, semejaba un estanque. Yo esperaba de un momento a otro mi castigo. «Ratón», dijo Clara con voz aún no severa, pero ya bastante firme, «ve a sacar unas fotografías de la fachada del Ayuntamiento, del lago y de todo lo que juzgues interesante. No te preocupes por tu tarta, que yo te la guardo.» Dije, al tiempo que me levantaba de la silla, mostrándole un dedo amenazador a mi taza: «Café, te prohíbo enfriarte», y cámara en mano, libre de la pesada mochila, me dirigí hacia el Alster Interior, que estaba allí junto. Transcurridos diez minutos, volví. Al primer vistazo noté que la media nuez incrustada en el capuchón de nata había desaparecido. Ostensiblemente me puse a buscarla con la mirada por las columnas y el techo de los soportales. Al trozo de tarta le faltaba asimismo una esquina. Juraría, además, que antes de ausentarme había yo dejado la cucharilla encima del platillo sobre el cual reposaba la taza, y no sobre el del trozo de tarta. Ocurren en Hamburgo fenómenos singulares que escapan a toda explicación racional. No se lo quise revelar a Clara por no alarmarla. Su vaso de agua seguía intacto. «¿Qué?», le pregunté, «¿ya estás mejor?» Ella es una avezada desviadora de los temas de conversación. «No se te habrá olvidado fotografiar los cisnes, ¿verdad?» «Por supuesto que no. ¡Cómo me iba yo a olvidar de algo tan importante!» «Pide la cuenta mientras voy al servicio.» Entró en el café con pasos que permitían concebir esperanzas sobre la acción curativa del Formigran. En cuanto estuve solo a la mesa, saqué la cámara y a toda velocidad hice varias fotografías de los cisnes.

Hasta la hora de la comida nos dedicamos a recorrer el barrio céntrico de Neustadt, explorando sus pasajes comerciales, relucientes de lujo, de letreros abigarrados y cristales impolutos. Visitamos diversas tiendas de alta costura, así como comercios de artículos selectos con sus respectivos vigilantes de traje y corbata junto a la entrada, una boutique de ropa de diseño, una perfumería y no sé cuántos establecimientos más, en todos los cuales Clara se las ingeniaba con mayor o menor fortuna para envolver a los dependientes en diálogos encaminados a sonsacarles información para su proyecto literario. A menudo yo me quedaba fuera por causa de la mochila, que es, tras el sacrilegio indumentario de las sandalias, la cosa peor vista y menos aceptada en medio de aquella pompa comercial reservada a las clases pudientes. En una tienda de utensilios de escritorio me impidieron entrar con ella. La señora escritora me consoló susurrándome a la oreja: «No te preocupes, ratoncito. Te vengaré en mi libro.» En adelante, para evitar escenas desagradables, acordamos que yo esperase en la calle a que ella saliera a dictarme sus impresiones, de las cuales tomaba nota cabal en su cuaderno, pues Clara no se sentía aún con fuerzas para asumir la tarea. En dichos lapsos, yo debía fotografiar las fachadas, el mobiliario urbano, el gentío. Recuerdo una vieja mendiga en la ABC-Strasse, sentada en el suelo con un vaso de plástico en las manos. Lo tendía, gacha la mirada, hacia los transeúntes. Por los bordes del pañuelo que cubría su cabeza asomaban algunos mechones blancos. Se conoce que la presencia de la pobreza mermaba el fulgor de un escaparate cercano, dentro del cual se alineaban varios maniquíes vestidos con prendas de lencería. El contraste no podía ser más grotesco. La casualidad quiso que yo llegara a tiempo de fotografiar a la mujer en el instante en que era despachada con no malas maneras, pero tampoco con buenas, por un caballero y una dama que con ese fin habían salido de la tienda. Clara me agradeció más que ninguna otra esa fotografía que le permitió ejercer la crítica social en uno de sus capítulos dedicados a Hamburgo. En cuanto a mí, nada me agradó tanto en el barrio de Neustadt como el sillón de una librería de dos pisos donde pude al fin descansar las piernas, mientras la señora escritora se afanaba buscando su nombre por los anaqueles.

Solicitamos sendas ensaladas bajo el toldo de una especie de pontón atracado al muro del canal y convertido en terraza flotante. Clara, que apenas probó bocado, recobró su habitual locuacidad durante la comida. Yo estaba menos atento a sus palabras que a vaciar mi plato y luego el suyo; pero así y todo he retenido en la memoria algunas frases de su monólogo. «Lo que mi cuerpo hace conmigo es una crueldad», fue una de ellas, de fácil recordación por ser de las más repetidas de su repertorio de lamentos. Otras: «Piensa que tienes que conducir por la tarde. Si pides una segunda cerveza, volveré a Bremen en tren.» «O sea, que quieres seguir viviendo», le dije de broma. No respondió. En cuatro o cinco ocasiones hube de soltar el tenedor para tomar nota de ocurrencias que le venían de repente y que temía olvidar si yo no las ponía enseguida por escrito. En todas sin excepción establecía un vínculo entre el dolor físico y la literatura. Me confesó que aquellos pensamientos no eran para su libro sobre el viaje; en todo caso, añadió, para una posible novela que tal vez escribiese en el futuro, donde los atribuiría a un personaje, ya que no le parecía bien descargar en los lectores sus problemas personales en bruto, sin el debido tratamiento que los convirtiera en arte. Tan pronto como yo abría el cuaderno, se apresuraba a pedirme, recelosa de que se lo manchase, que lo apartara por favor de mi plato. Tenía ella desde que introdujo el primer espárrago en la boca dos pequeños lamparones en la pechera de la blusa. Pensé que la excursión a Hamburgo le estaba deparando demasiadas molestias y no le dije nada.

Yendo más tarde por la calle, me reveló que persistía en su cabeza un dolor sordo, escondido a medias bajo una sensación continua de mareo. Abrigaba un mal presentimiento. Insistió, contra mi parecer, en que lleváramos hasta el final el plan del día, costase lo que costase. Al cabo de un rato llegamos a la iglesia de St. Michaelis, desde lo alto de cuya torre, el famoso Míchel, teníamos previsto tomar fotografías panorámicas de la ciudad. Pagamos tres euros de entrada cada uno, y tras subir varios tramos de escalera, desembocamos en un rellano donde una larga cola de personas esperaba turno para entrar en el ascensor. De vez en cuando algunos temerarios sueltos o en grupo se aventuraban por los más de cuatrocientos peldaños de subida. Clara tomó asiento en un banco adosado a la pared. Mantenía los ojos cerrados, como si se hubiera quedado traspuesta, y de rato en rato los entreabría apenas un instante para cerciorarse de mi posición en la cola. Una de esas veces se percató de que una niña la estaba escrutando de cerca con curiosidad. Entonces se esforzó por arrancarles a sus facciones apáticas una insinuación de sonrisa. Decidido a ayudarla, saqué sus gafas de sol del fondo de la mochila y, no bien estuve a su lado, se las mostré. Hizo un gesto de asentimiento. Con ellas puestas ya no resultaba tan llamativa la evidencia de su dolor.

Poco a poco fui dando pasos hasta formar parte de las diez personas a quienes correspondía embarcarse en el siguiente viaje del ascensor. Tuve que lanzar a Clara un pequeño silbido de llamada, dos notas que nos sirven para comunicarnos de forma discreta en determinadas situaciones. Con esfuerzo visible se abrió camino entre la gente hasta llegar a mi costado. Poco después, nos apretamos junto con ocho desconocidos en el ascensor, que era un prisma octogonal de paredes metálicas, acompañado en su movimiento por unos ruidos tan extraños como preocupantes. Clara apoyó la cabeza en mi pecho. «Apunta en el cuaderno todo lo que quieras», me susurró, «y por hoy ya te puedes olvidar de mí.» Hasta llegar arriba le estuve acariciando la nuca.

En lo alto del Míchel, una brisa constante hacía soportable el bochorno. Calculo que poco menos de un centenar de personas contemplaba, por entre los barrotes de protección, el vasto paisaje urbano hasta sus confines. Hacia el sur, la línea del horizonte se esfumaba bajo una masa confusa de niebla refulgente que hería los ojos; en el lado contrario, más allá de la mancha gris del Alster Exterior, podía distinguirse con nitidez una remota franja de vegetación, ya en los límites del estado federado de Schleswig-Holstein. Y puesto que nadie leerá jamás estos recuerdos míos, no veo por qué atenerme en mi soledad a normas de buena conducta que me impidan elogiar sin tapujos mis dotes de fotógrafo. Clara se había sentado en una angosta escalera de caracol que ascendía, en el centro de la torre, hacia el techo, si bien el paso estaba cortado por medio de una cancela. Al poco de nuestra llegada, sonaron sobre nuestras cabezas las campanadas de las dos de la tarde. En cosa de diez minutos logré sacar una serie magnífica de fotografías. Se me ocurrió poner por obra un truco. Después que apretaba el disparador, me movía cosa de un metro en el sentido de las agujas del reloj; entonces, sin cambiar el ángulo ni la disposición de la cámara, sacaba la siguiente foto, y así, menos cuando se interponía una columna, hasta que hube completado una vuelta entera. Clara, con la cabeza entre las manos, no se enteró. Tampoco supo un día después, en Bremen, que llevé el chip a revelar. En el piso de tía Hildegard confeccioné con cartulinas un cilindro a cuya parte interior había fijado previamente, una al lado de la otra, solapando sus bordes, las fotografías que hice en el Míchel. De este modo compuse una vista completa de la ciudad de Hamburgo tal como la percibiría un observador que caminara en redondo por lo alto de la torre. La parte del río, por ejemplo, con los barcos, los muelles erizados de grúas, me quedó sensacional. Salió Clara de su habitación de trabajo y le pedí que metiera la cabeza dentro del tubo. «Ratón, llevo cuatro horas y media trabajando sin descanso. ¿Tú crees que tengo ganas de juegos?» Se vino a partido cuando le dije: «Lo que te perdiste el otro día por culpa de la jaqueca lo puedes ver ahora aquí dentro.» Fue un momento estelar de nuestro matrimonio, que ella, pasado el tiempo, aún recuerda agradecida. Sus lectores nunca sabrán que para redactar el apartado de su libro que se titula *Hamburgo desde las alturas,* la señora escritora trabajó con la cabeza dentro del cilindro y el ordenador portátil encima de sus muslos. Cuando la vi en aquella facha me vinieron tentaciones de pedir ayuda a un centro psiquiátrico; pero luego, considerando que el armatoste era obra mía, desistí por temor a que me achacasen la misma chifladura.

Descendimos del Míchel por caminos diferentes. Clara entró en el ascensor, si es que a eso se le puede llamar camino, y yo, de acuerdo con sus instrucciones, bajé tomando notas por la escalera interminable. En el instante de separarnos, Clara presentaba síntomas patentes de aturdimiento. Se tambaleaba al andar, tenía una expresión alelada y faltó poco para que se desplomara cuando la solté. No es por mofarme de su malestar, pero me da que si yo hubiera preguntado en voz alta a la gente que pululaba en la torre quién tomaba a mi mujer por borracha, se habrían levantado varias docenas de brazos.

Por una puerta enrejada se accedía al primer tramo de escalera. Yo esperaba encontrar recodos tenebrosos, sillares centenarios, hornacinas con telarañas y calaveras; pero al parecer la iglesia de St. Michaelis profesa una afición inveterada a los incendios y en todos los pisos saltaba a la vista, a pesar del polvo, la roña y la delgada luz que se colaba por las ventanas, las labores no antiguas de reconstrucción. Los peldaños, sin ir más lejos, eran de metal, feos a más no poder, con una superficie granulada como de andamio de albañiles. Y también metálicas eran las vigas y barras verdes que atravesaban, ignoro en muchos casos con qué función, el espacio cubierto de penumbra de los sucesivos recintos. De vez en cuando me cruzaba con personas de semblantes congestionados que subían jadeando las empinadas escaleras. Unas cuantas me preguntaron si aún faltaba mucho para llegar al final. Mi primera respuesta fue sincera. Luego pensé: ¿qué gusto sacan todos estos en sufrir por propia voluntad? Y para distraerme y porque me acordaba de mi mujer, la pobre, que llevaba largo rato aguantando un dolor involuntario, di en responder con patrañas a los que me preguntaban, alargando o acortando a capricho la distancia que los separaba de la punta de la torre. Me crucé a todo esto, poco antes de llegar al piso donde colgaban varias campanas, con un grupo de seis o siete chicas. Dos de ellas vestían falda corta. Me detuve en un descansillo para dejar pasar aquel rebaño de regocijo y juventud. Terminaron todas ellas de subir el tramo y, al enfilar el siguiente, les vi a las dos faldicortas unos muslos tersos y lozanos entre los cuales, en ambos casos, durante menos de un segundo, asomaron sendos fragmentos de tela blanca. Juzgué que se trataba de un dato interesante, pero de difícil encaje en el universo intelectual de Clara, así que me abstuve de anotarlo. Por respeto a su dolor tampoco tomé nota de una frase entre las muchas que, debidas a manos anónimas, podían leerse en las paredes cercanas a la escalera. Golpeó mi atención por estar escrita en la lengua de mi país: «¡Qué vida tan deliciosa!» Me limité a copiar en el cuaderno las explicaciones repartidas por diversos carteles informativos, referentes al mecanismo del reloj, al trompetista que dos veces por día sopla sucesivamente su instrumento hacia los cuatro puntos cardinales, al peso e historia de las campanas y a algunas bagatelas más que no recuerdo. Abajo, Clara me pidió que bajase un momento a la cripta a fotografiar la lápida mortuoria de Carl Philipp Emanuel Bach.

Salimos al calorazo de la calle. Cerca de allí, en el costado de la iglesia, había un puesto de bebidas. Llevé un botellín de agua mineral a Clara, del que apenas tomó un sorbo para empujar su segunda pastilla de Formigran del día. Se acostó sobre un pretil, con un muslo mío por almohada, y me dijo que si al cabo de media hora no le había remitido el dolor volveríamos a Bremen. «¿Y por qué no volvemos ya?» «Media hora, ratón. Es todo lo que te pido.» Le estuve acariciando con la mayor delicadeza de que soy capaz la frente, las sienes, el caballete de la nariz, y yo creo que se durmió. Por matar el rato me dediqué a observar la fauna humana que entraba en la iglesia o salía de ella. Nunca me canso de estudiar fisonomías y atuendos. La gente constituye desde los años de mi infancia una de mis más seguras diversiones. No dudo que muchos transeúntes se volverían atrás con el fin de desaparecer cuanto antes de mi vista si supieran los pensamientos que me inspiran, las historias disparatadas y con frecuencia monstruosas que les atribuyo, los calificativos que aplico sin compasión a sus rasgos anatómicos. Menos mal, me digo a veces, que nadie puede ver lo que pienso.

Llevábamos cerca de cuarenta minutos en el pretil cuando Clara hizo amago de incorporarse. La tuve que ayudar. «No me preguntes cómo estoy», dijo con una voz pequeña que parecía salirle por las fosas nasales. El desarreglo del peinado, una mejilla completamente roja, la blusa llena de arrugas y empapada de sudor, entiendo que si en aquellos momentos le hubiera puesto un espejo delante, Clara habría soltado un alarido. «¿Por qué me miras así? Debo de tener un aspecto horrible. Sólo falta que venga por aquí alguno de mis alumnos.» A modo de consuelo estuve en un tris de decirle que a los jóvenes de hoy día les gustan las películas de zombis; pero guardé la boca movido de pronto por la sospecha de que Clara, con tanto como llevaba sufrido aquel día, podría fácilmente malinterpretar mi ocurrencia. Lo que sí hice fue proponerle que o bien tomáramos un taxi para llegarnos al aparcamiento, o bien me esperase sentada en un banco de la iglesia mientras yo iba en busca del coche. «Llévame al puerto», dijo con una rotundidad y una calma y un no sé qué de trágico y duro en los labios, como de suicida en el momento de tomar su última decisión, que me quedé paralizado. «Continuamos con el plan», prosiguió al tiempo que se agarraba a mi brazo. «Y ya lo sabes, no me hagas ninguna pregunta sobre mi estado físico hasta mañana por la mañana.»

Por calles estrechas que recorrimos sin necesidad de consultar el plano, bajamos hasta el paseo que discurre por el borde del río. Yo, ahora mismo, salvo los Landungsbrücken de St. Pauli, no recuerdo nombres de lugares portuarios ni de viejos barcos famosos abiertos al público, en los que incluso puede reservarse un camarote donde pernoctar en tan romántica como previsible incomodidad, ya que los susodichos barcos funcionan lo mismo de museo que de hotel, o al menos esa es la información que yo tengo. Guardo por supuesto en la memoria el panorama, agradable a la mirada, que se despliega ante el visitante cuando este accede a la zona del puerto cerrada al tráfico. Sin su paisaje fluvial la ciudad de Hamburgo perdería tres cuartos de su encanto. Porque, no es por insultar a sus habitantes, pero el resto de la ciudad, a excepción tal vez de los lagos, es cosa que, aunque no está mal, se ve muy parecida en todas partes donde la oferta de bienes de consumo determina las costumbres de la población. Nada me dicen tampoco sus villas suntuosas repartidas por aquí y por allá para disfrute exclusivo de sus dueños. Nada sus tiendas de lujo donde un mochilero cargado a la espalda con los trastos de una escritora recibe la misma consideración que una rata venida de la cloaca. (Esto es fuerte, pero así me ha salido y así lo dejo.) En cambio, aún me complace el recuerdo de aquellos muelles próximos al paseo, con sus filas de balandras, sus lanchas de recreo y sus yates cuyo disfrute, ciertamente, también me está vedado; pero de los que al menos no me separa una verja con puntas de lanza, seguida de un pulcro jardín vigilado por un dóberman de dentadura espeluznante.

Tras los embarcaderos se extendía el Elba, ancho, sereno, teñido de un gris barroso que copiaba el de la tarde cada vez más nublada. O, por mejor decir, uno de los cauces en que se parte el río antes de llegar a la ciudad. No era yo el único que se sentía cautivado por aquella grandeza del río. Clara no cesaba de instarme a sacar fotografías. De trecho en trecho encontrábamos hombres de cara jovial que anunciaban en voz alta excursiones por el río. Algunos vestían a la usanza marinera, con la camisa blanca de botones dorados, el pantalón azul y la gorra típica, y todos o casi todos voceaban al paso de los transeúntes su particular repertorio de agudezas. Entramos en una embarcación que estaba a punto de salir y que por sus dimensiones y aspecto sólido (en comparación con unas lanchas de poco fiar que la señora escritora había descartado unos minutos antes) parecía prometer una travesía libre de vaivenes. Pagados diez euros por cabeza, subimos por una escalera empinada a la cubierta superior y allí nos acomodamos a una mesa próxima a la borda. Como el barco se hallase repleto de gente, hubimos de compartir la mesa con un señor y una señora que yo creo que eran matrimonio, pues a pesar de haber llegado juntos no se dirigieron la palabra en ningún momento. *Concordia* se llamaba el barco. El nombre me lo ha traído a la memoria el recuerdo de una chanza que dije después de la excursión a propósito de nuestros fortuitos acompañantes. Antes de zarpar vino la camarera con su libreta y un bolígrafo, y ellos no pidieron nada. A mí me ardía la sed en la garganta; pedí cerveza y Clara, que tampoco quiso beber, se apresuró a precisar que sin alcohol, de donde los otros debieron de inferir en lo hondo de su silencio que nosotros también formábamos una pareja matrimonial.

Desde la mesa de al lado nos llegaba el olor de un cigarrillo. Veíamos el cigarrillo pinzado entre dos dedos delgados, con las uñas pintadas de rojo chillón. Y junto a los dedos se derramaban, a lo largo de una espalda esbelta, unos largos tirabuzones rubios. La mujer con quien compartíamos mesa le dio un pequeño toque en la paletilla a la joven fumadora. Esta, gafas negras, labios del color de sus uñas, reviró la cabeza con una especie de sacudida de alarma. Una mueca desdeñosa torció su semblante cuando se supo amonestada, y aun se me hace a mí que faltó poco para que se soltara con una contestación descomedida; pero considerando acaso que su oponente no era digna de sus palabras, optó por volver en silencio a su postura anterior y cambiar de mano el cigarrillo. Anoté, no sin desengaño, en el cuaderno de Clara: «Casi pelea de hembras a bordo.» Sentí deseo de rogarles a las dos mujeres que se enzarzaran por favor en una agria disputa. Después de haber apoquinado diez euros en taquilla, ¿no me asistía el derecho de exigir un poco de espectáculo? Sonó mientras tanto la sirena. El barco se puso en movimiento lanzando sobre la masa de viajeros una ráfaga de humazo maloliente. La joven fumadora fijó una mirada de refilón en nuestra mesa, como para decir: «¿Y esto no os molesta, gazmoños de mierda?» o alguna lindeza por el estilo. La chica era guapa, hay que reconocerlo. Incluso con los rasgos atirantados por la mala leche conservaba íntegra su belleza juvenil; lo cual tiene mérito, pues muy pocos mortales, que yo sepa, son capaces de armonizar la ira con el encanto. En cierto modo, su atractivo físico le había dado la razón en la fallida disputa, razón basada en una posible justicia estética. Si en lugar de ella hubiera sido una gorda bizca y greñuda la fumadora, entonces la molestia causada por sus humos habría presentado un cariz de agresión intolerable, en cuyo caso yo mismo me habría sentido obligado a intervenir en el asunto.

Clara apenas se percató de la escena. Había murmurado al oler el humo del cigarrillo: «¡Qué desfachatez!» Acto seguido, recostó la mejilla sobre mi hombro, dispuesta a dar el paseo en barco con los ojos cerrados, y desentendiéndose del mundo y sus habitantes, me hizo prometer que durante la excursión me dedicaría a sacar fotografías y a anotar pormenores de interés en su cuaderno. «Cuantos más, mejor. Piensa que ahora eres mis ojos y eres mis manos.» «Menos mal que no soy tu cabeza», pensé. El barco tomó la dirección de la corriente. Navegaba sin bandazos por las aguas tranquilas. Un guía sentado en el centro de la cubierta daba explicaciones por un micrófono. «Segundo puerto de contenedores de Europa, después del de Rotterdam.» «¿Apunto ese dato?» «Apunta lo que quieras, ratón, con tal que me dejes descansar.» Adelantamos a un buque construido y decorado a imitación de aquellos antiguos de vapor que recorrían el Misisipi, semejantes a casas blancas con azotea, balcones corridos y una noria de propulsión a popa. El guía aprovechó la ocasión para mofarse del anacrónico armatoste. La gente reía de buena gana sus chirigotas. «No tengan miedo. Disponemos de tres salvavidas: uno para el capitán, otro para mí y el tercero para una dama de mi elección.» «¿También tengo que apuntar bobadas?» Clara no me contestó. Se me figura que estaría dirigiendo plegarias en voz baja a su última pastilla de Formigran. Tan sólo cuando me fue servida la cerveza sin alcohol noté que su cabeza se erguía levemente; pero enseguida, hecha la comprobación, retornó a su reposo.

Frente al Mercado de Pescado, el guía bromeó a costa de ciertas «damas del gremio horizontal» que todos los anocheceres andan despacio por aquella zona para consumar deprisa el negocio con el cual se sustentan. Avistamos un edificio de nueva planta y forma insólita, destinado a oficinas que se podían adquirir «por sólo quince euros...», dijo el guía, guardando a continuación silencio durante dos o tres segundos para completar con sorna: «el centímetro cuadrado. No se pierdan la oportunidad.» Dejamos asimismo atrás una franja estrecha de playa poco concurrida en la mediatarde nublada, y luego ya viramos hacia la orilla opuesta, donde empieza un laberinto de dársenas, terminales de carga, diques y canales. Venía a lo lejos, por mitad del cauce, procedente del mar, un carguero enorme precedido por la silueta diminuta de un remolcador. Yo escribía y fotografiaba sin tiempo de deleitarme en el paisaje. «Nuestras gaviotas son conocidas en el mundo entero por su extremada gentileza. Sin necesidad de que nadie se lo ruegue, acostumbran depositar discretamente en solapas y pecheras su tarjeta de visita.» De vez en cuando el guía hacía una pausa en sus guasas para entreverar alguna que otra manifestación de orgullo local. Y así, ponderó la limpieza de las aguas del Elba, la gran variedad de peces que habita en ellas y el número de puentes de Hamburgo, que para sí quisieran Ámsterdam o Venecia. A cada instante, el *Concordia* pasaba cerca de alguna cosa que era o la mayor de Europa, o la primera o segunda del mundo. Sobre los muelles se apretaban contenedores de todos los colores, en pilas de cuatro, cinco y ya no recuerdo si más pisos. Se oía a veces el retumbo metálico que producen al ser colocados los unos encima de los otros en las bodegas y cubiertas de los barcos, en cuyos cascos, como por lo demás en las paredes de numerosos contenedores, abundaban los rótulos alusivos a la China. Un marinero de rasgos orientales nos saludó con la mano desde una ventana. Me causó, así de pronto, una viva sensación de soledad. Luego supimos por el guía que las tripulaciones no suelen bajar a tierra, por cuanto todas las operaciones de carga y descarga han de realizarse con la mayor celeridad a fin de reducir los gastos exorbitantes que supone mantener la nave fondeada en el puerto. ¿Fueron cuarenta mil euros por día lo que dijo? Ya no me acuerdo. El caso es que son ahora las prostitutas las que acuden a los catres de los marineros y no al revés. Acodados en una barandilla, cerca de un depósito de chatarra, vimos a dos trabajadores portuarios en actitud abiertamente ociosa, con casco y mono. «Como ven», dijo el guía, «el uno descansa y el otro le ayuda.» Fue aquel, no sé por qué, de todos sus chistes el único que me hizo gracia. «¿De qué te ríes?», me preguntó Clara sin romper la quietud de su somnolencia. En realidad, no me había reído más allá de un ligero temblor en los hombros; pero, así y todo, ella lo notó. «Creo que me ha sentado mal la cerveza. Empiezo a encontrar graciosa cualquier majadería. Sinceramente, tenía que haber pedido una con alcohol.»

A este punto, Clara se fue retrepando con esfuerzo hasta instalarse sin apoyos en su silla. Tendió una mirada lenta en derredor y al cielo y a las aguas remansadas como sorprendida de comprobar que el mundo continuaba existiendo al término de su agónico letargo, y luego me preguntó al oído si tenía idea de cuánto faltaba para el final de la excursión. «Se me está haciendo un poco larga», dijo. «Si quieres voy a donde el piloto y le pido que acelere.» Nuestros mudos acompañantes, que por lo visto estaban a la escucha de lo que hablábamos, insinuaron una sonrisa simultánea, interrumpida de golpe cuando se miraron el uno al otro. El *Concordia* acababa de enfilar un canal que desembocaba en el cauce del que habíamos partido. Al fondo se avistaban las puntas de Hamburgo: el Míchel donde habíamos estado a primera hora de la tarde, la aguja negra de esa iglesia en ruinas cuyo nombre no me viene ahora a la memoria, alguna otra torre con su cubierta revestida de cardenillo. A nuestra derecha (¿eso es babor o estribor?, nunca me aclaro y ganas de salir de la cocina en busca del diccionario no tengo), se alzaban unos depósitos de mercancías. «Ahí dentro», bromeó el guía, «es justamente donde se almacenan los plátanos y donde los curvan a mano de uno en uno.» Sonaron algunas risas en las mesas más próximas. «¿Has anotado eso, ratón?» Pensando, no sin cierta incredulidad, que a los vulgares y polvorientos depósitos se les pudiera sacar provecho literario, apunté hacia ellos con la cámara fotográfica. Clara me los tapaba en parte con su cabeza. Entendió mal mi propósito. «No se te ocurra fotografiarme con este aspecto.» Apretaba los dientes al hablar, señal inequívoca de que su estado físico había mejorado lo suficiente como para permitirle pequeños accesos de enfado. «¿Te importaría apartarte? Estás delante del objetivo.» Obedeció con prontitud, como le gustaba a mi padre que mi hermano y yo lo obedeciéramos. Tomada la fotografía, busqué los ojos del señor sentado frente a mí con pensamiento de hacerle un gesto confidencial de varón a varón; pero él no quiso mirarme. En consecuencia desaprovechó la ocasión de ejercitarse en una técnica sencilla y útil sobre la manera de manejar a una esposa. Allá él.

El *Concordia* atracó en el mismo lugar de los Landungsbrücken donde una hora antes habíamos embarcado. «No olviden a los niños. En casa aún tengo dos de la última vez.» Los viajeros aplaudieron de buena gana el último chiste de la travesía. El guía agradeció «el ruido amable». Nos levantamos. Clara intercambió algunas palabras de circunstancias con la señora que había compartido nuestra mesa. Yo miré al señor por si le parecía oportuno despedirse de mí; él me miró probablemente con la misma intención, no nos dijimos nada y nunca más nos hemos vuelto a ver. Me quedé solo a la mesa metiendo con cuidado en la mochila el cuaderno y la cámara. «Venga», dijo Clara, que ya se había incorporado a la fila de los que salían. Abajo, en un costado de la pasarela, había una gorra de marinero en cuyo interior vi brillar un puñado de monedas. Pasé sin detenerme. «¿Has dado propina?» A mí, más que una lección de urbanidad, lo que me apetecía en aquellos momentos era una jarra de cerveza fresca. Me defendí: «Pensaba que ya habrías dado tú.» «¿Yo?» «Has pasado primero junto a la gorra.» «Ratón, no seas así. Vuelve y echa una moneda.» Pregunté si en su opinión bastarían cincuenta céntimos. «No sé. Tú pon un euro, pero si ves que la gente ha echado menos, entonces tú también.» «¿En qué quedamos, euros o céntimos?» «Bueno, déjalo. Total, ya ha salido todo el mundo.» Y sin dar nada nos llegamos, cogidos del brazo, a la parada del metro.

Recorridas varias estaciones, caímos (caí yo) en la cuenta de que viajábamos en la dirección equivocada. Tuvimos que dar la vuelta. «Otro problema», se lamentaba Clara por el camino. «Creo que tengo una cuenta pendiente con esta ciudad. Nadie puede entender lo que he sufrido durante todo el día. Y no te vayas a creer que... Pero, en fin, al menos no me siento tan mal como antes de la última pastilla. Me resarciré trabajando. Puedes creerme, ratón. Seré fuerte y escribiré sobre Hamburgo las mejores páginas, las páginas más intensas y delicadas que hayan salido jamás de mis manos. ¿Me crees capaz?» Yo iba atento a los letreros de las distintas estaciones, con muy pocas ganas de que volviéramos a perdernos. Comprobé con ayuda del plano que íbamos bien. Ya no faltaba mucho para llegar a la estación central de ferrocarril. «Dime que lo conseguiré. Dímelo, ratoncito.» La complací y agregué: «Nos tenemos que bajar en la siguiente parada.» «O sea, que no crees que lo conseguiré.» «Naturalmente que lo conseguirás.» «Que conseguiré qué»: «Pues eso que has dicho.» «Todavía está por inventar el primer hombre que sepa escuchar a una mujer.» «¿Cómo dices?», le pregunté por seguirle el juego. Caía una fina lluvia en la calle, aunque lo raro en Hamburgo, según dicen, es que no llueva. Subimos al segundo piso de los grandes almacenes Saturn, donde se hallaba la máquina para pagar el aparcamiento. Introduje la ficha en la ranura. Habíamos estado algo más de ocho horas en Hamburgo. Cuando apareció en la pantalla la cifra que debíamos abonar, se me escapó una exclamación de protesta. «Ratón, te lo ruego. No me montes un escándalo delante de la gente. Paga y vámonos. Yo lo único que deseo es que este día horrible se acabe cuanto antes.» Le pedí que denunciara aquel abuso en su libro; pero se conoce que también está por inventar la primera mujer que sepa escuchar a un hombre.

10

No sin sorpresa comprobé que estaba solo en la cama. Me costaba creer que Clara se hubiese levantado a su hora de costumbre, con fuerzas y ánimo para ponerse a escribir. Me la imaginaba encogida en su tristeza delante de una taza de té, al término de una noche de insomnio, sufriendo aún las secuelas de la penosa excursión de la víspera. Era cosa segura que en cuanto me viese haría una demostración de derrumbe emocional. Para exponerme lo más tarde posible a sus lágrimas y quejas, seguí, abierta la ventana de par en par, un rato largo contemplando las nubes desde la cama. Hacia las ocho y media, me levanté con idea de ir en busca de bollos tiernos y del deleite que me procuraba todas las mañanas la falta gramatical del turco. Al cruzar el pasillo me percaté de que había luz en la habitación de trabajo de Clara. Con la oreja pegada a la puerta percibí aquel ruido característico de sus dedos cuando pulsan el teclado del ordenador. ¿Estaría redactando a toda velocidad el testamento? Abrí la puerta con sigilo para evitarle a la señora escritora un sobresalto. La vi sentada a la mesa del rincón, la espalda curva, la nariz a poco más de un palmo de la pantalla, afanándose en su proyecto como cualquier otro día. Le anuncié mi presencia mediante un leve carraspeo. «¿Qué?», le pregunté, «¿cómo va esa agonía?» Me contestó sin mirarme: «Esto marcha, ratón.» Me tuve que tragar las frases de consuelo que llevaba preparadas. ¡Con lo que me había esmerado en discurrirlas! «Ni siquiera necesito las notas que escribiste. Con el recuerdo de los sonidos urbanos, de algunas formas que entreví cuando la jaqueca me dejaba abrir un poco los ojos y de mis sensaciones olfativas durante la jornada tengo suficiente para llenar una o dos páginas sobre Hamburgo. ¿Qué te parece? Por cierto, ha llamado tía Hildegard. ¡A las siete de la mañana! No ha podido dormir en toda la noche. Que si teme quedarse ciega, que si se siente sola. Necesitaba lloriquearme un rato al oído, ¿sabes? No le he mencionado los dolores que tuve ayer. Tampoco creo que le interesen. Para levantarle el ánimo he prometido que le harás un favor, ¿eh, ratoncito?» «¿Qué favor? Clara, eso que dices apesta horriblemente a trabajo.» En el arco malicioso de su sonrisa leía yo la confirmación de mis peores augurios. «Mejor te lo cuento durante el desayuno.» «¿Por qué no me lo cuentas ahora?» «Con el estómago vacío no lo resistirías. Es demasiado brutal, pero lo tienes que hacer, ¿eh, dulce ratón? No olvides que nos ahorramos muchos gastos viviendo en este piso.»

Salí a la calle con pensamiento de tomar mi dosis matinal de felicidad antes de enfrentarme a los inminentes incordios que el destino, con la colaboración activa de Clara, me tenía reservados. Se conoce que aquel era uno de esos días que parecen señalarlo a uno con dedo autoritario y decirle: «Eh, tú, encárgate de estas desgracias, ocúpate de esos contratiempos, llévate aquellas decepciones.» Para empezar, el turco del quiosco me falló. Por primera vez desde que acudía a comprarle el periódico no cometió la falta gramatical de costumbre. Es verdad que en ocasiones anteriores tuve que sonsacársela mediante trampas dialécticas en las que él, hombre expansivo, caía fácilmente. Esta vez, sin embargo, debido al descenso perceptible de la temperatura fue imposible inducirlo a formular su comentario habitual acerca del calor. ¿Habría descubierto el cachondeo velado que me traía a su costa todas las mañanas? Habló, sí, con muy mala pronunciación de las nubes (¡qué me importaban a mí las nubes!), cometiendo otra falta gramatical no menos grave que aquella que tanto me gustaba, pero ya no era lo mismo. Defraudado, me planteé la posibilidad de comprar en adelante el periódico en la panadería a menos que se reavivase la ola de calor. A mi llegada al piso me encontré con que Clara había puesto la mesa y cocido los huevos, tareas de mi incumbencia. Me estaba esperando con el té a punto y la vela encendida. «¿Se puede saber en qué lío me has metido?», le pregunté sin rodeos.

En pocas palabras, llevábamos algo más de un mes alojados en el piso de tía Hildegard, disfrutando de un alojamiento que, además de ser confortable y estar situado en una zona próxima al centro de Bremen, nos salía gratis. Clara había expresado repetidamente su voluntad de tener un gesto de gratitud con nuestra benefactora. Una de las veces, como me pareciese advertir en su forma de hablar una leve vibración de remordimiento, alegué que en mi país resulta de lo más común que unas personas se aprovechen de otras, sobre todo dentro de las familias. Recibí la contestación habitual: que no estábamos en mi país. Hice el ademán de quien se lava las manos a fin de darle a entender a Clara que me desentendía del asunto, no sin recordarle que el menda había cumplido por adelantado con su parte del agradecimiento cuando arregló la cañería en la casa de Duhnen, mientras que ella, la sobrina querida, continuaba sin saldar su deuda. En aquellos instantes no me percaté de mi imprudencia. Acababa de orientar las reflexiones de Clara en una dirección harto desfavorable para mí. La tía se habría de sentir más que recompensada si le comunicábamos el arreglo de algún desperfecto que hubiésemos encontrado en el piso. De este modo, según la lógica de Clara, demostraríamos que nos preocupábamos por la buena conservación de la vivienda, al mismo tiempo que la propietaria, libre de remunerar los servicios de un obrero manual, se ahorraría un buen puñado de euros. «Con los que podrá comprar», añadí yo, «muchos frascos y fruta para mermelada, sólo que se te ha olvidado un pequeño detalle. Y es que en este piso por desgracia no hay desperfectos. Una lástima, porque, la verdad, ardo en deseos de desperdiciar unas horas de mi vida manejando herramientas que no tengo aquí. Incluso estoy dispuesto a romper cualquier cosa para poder arreglarla acto seguido. ¿Le pego ocho martillazos a la nevera?»

Amiga de ducharse a diario, Clara encontró en el cuarto de baño lo que buscaba. En el papel de la pared, por encima del límite superior del alicatado, así como en un ángulo del techo, se veían unas grietas sin importancia que con toda probabilidad databan de los primeros tiempos de la vivienda, cuando las paredes recién construidas aún no se habían secado del todo. Así se lo dije a Clara, que, entretenida en gozar de su inquietud, no me hizo el menor caso. Acababa de descubrir que justo encima de la cabina de la ducha había dos o tres corros negros. Fui a mirar. Eran tan pequeños que nos costó encontrarlos. Clara no dudó en atribuirlos a la acción de unos hongos nocivos. ¿Quién le aseguraba que no eran la causa de las dificultades respiratorias que había padecido últimamente? En su opinión había que tomar medidas sin demora para evitar una plaga que, en el peor de los casos, podría conducir a la demolición del edificio. Me quedé mirando el fondo de sus ojos alarmados y, después de unos segundos de silencio, le dije: «Bueno, no te preocupes. En Alemania estas cosas se suelen hacer bien. Antes de demoler las casas dejan salir a la gente de ellas.» Luego vino aquella mañana en que tía Hildegard llamó temprano. Los timbrazos del teléfono, que yo no oí, pillaron a Clara recién salida de la ducha. Imagino que en aquel instante tenía presentes en el pensamiento las grietas y manchas del empapelado, y que por hacerse la buena le propuso a su tía que yo, o sea, para que no quepan dudas, yo, que jamás realicé aprendizaje profesional ninguno, renovara el papel del cuarto de baño. La vieja, naturalmente, encantada. Incluso se ofreció a sufragar los gastos de material, a lo que Clara se negó en redondo, aduciendo que ya era hora de que nosotros correspondiéramos a su generosidad.

Esa misma mañana arranqué el papel viejo. No es que ansiara empezar cuanto antes el odioso trabajo. Digamos que mi entusiasmo por la tarea se hallaba en fase glacial no distante del cero absoluto. Simplemente probé por curiosidad a levantar con dos dedos un cabo del papel. Me costó como cinco minutos dejar las paredes peladas. Ahora sí que no había vuelta atrás. Quieras que no acababa de dar el visto bueno a la faena. En cuanto al papel, era de fibra gruesa, granuloso, y estaba cubierto por una capa de pintura blanca. Se desprendía con tanta facilidad que, salvo en una zona próxima a la lámpara del techo, no hizo falta humedecerlo. En uno de los rincones quedó a la vista un boquete por el que casi me cabía el puño. ¿Tendría la vieja escondido allí algún tesoro? ¿Un calcetín repleto de monedas anteriores al euro? ¿Sus recetas secretas de mermelada? No fue aquel, por cierto, el único vestigio de chapuza albañilesca que topé. El enlucido revelaba que los peones, por incompetencia propia o por trapacería del maestro de obras, se habían propasado al agregar arena a la mezcla. Me da que habría podido abrirse en poco tiempo un ventanuco a la calle rascando con la uña. Al final, cuando solté la lámpara con un destornillador prestado por el señor Kranz, me cayó en la cabeza una esquirla de argamasa, seguida de una lluvia de arenilla que me dejó momentáneamente ciego. No había más remedio que tapar los agujeros con escayola. Calculando por lo bajo, me esperaban cerca de tres horas de ajetreo sin remuneración en el maldito cuarto de baño.

Por la tarde fuimos Clara y yo a comprar papel de la misma clase. Delante del dependiente me porfió que un rollo era poco. Me encogí de hombros: «Bien, compra una docena; pero yo te aseguro que con uno hay suficiente.» Vencí, compramos uno. ¿Y pintura? Clara se acordó de que en el sótano de nuestra casa guardábamos un cubo lleno hasta más de la mitad que nos había sobrado de cuando, por el mes de abril, empapelamos la cocina. «¿Y quién lo trae?», le pregunté. Carezco de la facultad de verme el ceño sin ayuda de un espejo; pero juraría que en aquellos momentos lo tenía hosco. «Ratón», me dijo en un tono maternal bastante irritante, y yo miré con sonrisa de circunstancias al dependiente para significarle que mi mujer me llama así porque me adora, «de todos modos necesitas la mesa de empapelar y los otros utensilios y la escalera de mano.» Repliqué: «Pero mañana quieres que te lleve a Hamburgo.» «Pero hasta las seis o las siete de la tarde tenemos tiempo.» El dependiente nos observaba con gesto impasible fijando sus ojos en el semblante de quien tomaba la palabra, al modo del espectador que sigue el vaivén de la pelota en un campo de tenis. ¿Por qué no me echaba una mano, movido de un natural impulso de solidaridad varonil? ¿No veía que uno de los suyos estaba en apuros? En la calle le dije a Clara: «No me ha gustado el dependiente.» «Hablaba poco, ¿verdad?» «Tenía ese aire típico de los traidores, ¿no te has fijado?» «Si no te explicas mejor...» «Son sensaciones masculinas. Dudo que las puedas entender.»

El sábado, después del desayuno, me puse en camino hacia el pueblo, no sin antes pasar a recoger las fotos con las que confeccioné aquel cilindro panorámico que describí ayer. En el tramo de autopista que bordea Oldenburgo había volcado un camión de transporte de animales. Un coche de policía con luces azules cortaba el paso al tráfico por el único carril que quedaba libre. Atrapado en el atasco, me sumé a un corrillo de curiosos que se complacía en mirar desde el arcén cómo los bomberos retiraban cerdos muertos de la calzada. Todos sonreíamos a las cuchufletas de un bávaro de cara violácea. No es que el hombre hiciera gala de un ingenio irresistible, porque en el fondo no paraba de soltar necedades; pero hay que reconocer que el acento con que las pronunciaba, delator de su procedencia, unido a la extrema congestión de sus facciones y a un bigote blanco de guías retorcidas en voluta, volvían graciosa cualquier sosería que dijese. Al conductor del camión se lo llevaron en helicóptero. Ventajas de pertenecer a la especie humana.

Total, que llamé al timbre de la señora Kalthoff con tres cuartos de hora de retraso. Nada más verme se excusó por no haber tenido tiempo de segar la hierba de nuestro jardín. Se conoce que le pesaba como si nos hubiera ocasionado un gran perjuicio. Procuré tranquilizarla recordándole la razón de mi visita, aun cuando ya se la habíamos anunciado de víspera por teléfono para que no creyese que yo me presentaba en funciones de inspector. Acurrucado bajo la mesa del salón,

Goethe me miró con ojos aburridos. Tenía Clara interés en que yo le contase a mi vuelta a Bremen cómo me había recibido el perro. Vaticinó que me plantaría las patas delanteras en el pantalón y me pondría perdido de lametones. Lo cierto es que a mi llegada, *Goethe* ni siquiera se movió. Tuve que agacharme a su lado para acercarle al hocico la chuchería comestible que le había traído de parte de Clara. La olisqueó con ostensible desconfianza. Ante mi insistencia, la prendió desganadamente entre los dientes; un segundo después, la dejó caer sobre la alfombra. Yo, en cambio, acepté de buena gana un plato de lentejas con trozos de salchicha cocida que me ofreció la señora Kalthoff. De postre me sacó tarta hecha por ella misma con frambuesas de su huerto. Se la alabé en tales términos que me regaló todo lo que quedaba. Tras la comida, llevé a *Goethe* a pasear en cumplimiento de una solicitud que me había dirigido repetidamente Clara por la mañana. Yo pensaba conducir al animal por el camino de costumbre, quizá a paso vivo porque el atasco de la autopista me había robado bastante tiempo; pero yendo luego por la calle vi al perro tan perezoso y desfallecido que en la primera esquina di marcha atrás y lo llevé de vuelta a la señora Kalthoff. Esta me entregó, en el momento de despedirme, un paquete de cartas que ya tenía listo para enviárnoslo por correo a Bremen, y me pidió que por favor no segara la hierba de mi jardín, que ya lo iba a hacer ella a las tres de la tarde, cuando terminasen las dos horas libres de ruidos impuestas por la ley. A *Goethe* le hice adiós con la mano. Me correspondió desde debajo de la mesa mediante unos desangelados meneos de la cola. Algo es algo.

En contra del temor que me habían infundido las disculpas de la señora Kalthoff, encontré nuestro jardín en un estado aceptable. Se notaban aquí y allá, en detalles sin importancia, pequeños descuidos; pero con eso y todo no me causó descontento lo que vi. En los rosales colgaban algunas hojas amarillas, salpicadas de manchas oscuras, consecuencia tal vez de una infestación de hongos de la cual no podíamos achacar la culpa a nadie, puesto que el problema ya existía antes que nosotros hubiéramos emprendido el viaje. Debajo de los manzanos, el césped, crecido en exceso, se hallaba sembrado de manzanas podridas en las que picaban las avispas y se daban su lento banquete las babosas. El resto del jardín complacía la mirada. Mediante el riego abundante, la señora Kalthoff había logrado impedir los efectos dañinos de la ola de calor. Así lo demostraban por todas partes la intensidad del verde y las flores numerosas. El rincón de los gladiolos era una maravilla, aun cuando ya empezaba a declinar su tiempo de esplendor. Los girasoles alineados en el arriate, delante de la cerca, habían alcanzado alturas inusuales. En sus flores se apretaban las pipas que los pájaros pronto arrancarían a picotazos hasta dejarlas peladas. Cumpliendo los deseos de Clara, que yo llevaba anotados en un trozo de papel, corté un vistoso girasol, unos tallos de romero y media docena de rosas blancas; envolví en un trapo de cocina unas cuantas flores de heliotropo, cuya fragancia era, según Clara, de todas las del jardín la que por esos días viajeros ella añoraba con más fuerza; y llené por último, aunque no figuraba en la lista de encargos, un cestillo de manzanas, tarea que me ocupó una cantidad considerable de minutos, ya que no era fácil encontrar en el árbol fruta sin gusano.

Fui a continuación en busca de los trastos de empapelar y pintar que guardábamos dentro del cobertizo. Nada más abrir la pesada puerta de tablones, me hirió en el olfato una vaharada nauseabunda. Boca y nariz tapadas, me costó largo rato descubrir la causa del hedor. Había dos ratas muertas debajo de una balumba de cachivaches. Podría ahora entretenerme haciendo una descripción pormenorizada de sus cuerpos corrompidos, rezumantes de una grasa espesa que había dejado sendas manchas negruzcas en el suelo; pero creo que será preferible abstenerme dado el riesgo de que el café con leche y el cruasán que estoy paladeando mientras escribo estas líneas se me indigesten. Como comprobase que no quedaban cápsulas de raticida dentro del tubo de plástico, metí en él, con cuidado de no tocarlas, unas cuantas antes de marcharme. En casa estaba todo en orden. Aproveché para echar una cabezada en el sofá, arrullado por el tictaqueo monótono de nuestro reloj de pared, al que levanté las pesas para que volviera a funcionar. Apenas hube cerrado los ojos, sonaron doce campanadas. De medianoche, por supuesto. O de Nochevieja, si me da la gana. A fin de cuentas soy el dueño del reloj; por tanto, también me pertenece su tiempo. (La frase despide un tufillo a petulancia, pero qué más da puesto que nadie me lee.) Me despertó el teléfono. «¡Ratón, cuánto has tardado en ponerte! ¿Qué estabas haciendo?» Me pidió que le llevara a Bremen ciertas prendas de vestir, su diccionario visual y el libro con las nuevas normas ortográficas de la lengua alemana, que por aquella época eran una fuente continua de polémica en los medios de comunicación y que no pocos escritores y docentes se resistían a aceptar. «¿Vas a tardar mucho, ratón? Ya me han confirmado la reserva en el hotel, así que he pensado que me gustaría llegar a

Hamburgo antes de lo que acordamos, si no tienes inconveniente.» Le respondí que no se preocupara, que enseguida me pondría en camino. «¿Y *Goethe*? Se habrá alegrado cuando te ha visto.» «Una gozada de perro. El lenguaje humano es insuficiente para describir el recibimiento que me ha hecho. Todo lo que te diga es poco.» Antes de montarme en el coche, ojeé el paquete de cartas por si había alguna para mí. Reconocí en un sobre la letra de mi hermano, no sin sorpresa pues hacía cosa de dos o tres años que no me escribía. Tras comunicarme que contaba con recursos económicos para fundar una editorial, me preguntaba si yo estaría dispuesto a traducir libros alemanes para él. No especificaba qué clase de libros. Tampoco hacía mención de unos posibles honorarios.

Hacia las siete de la tarde, bajamos con el coche al garaje subterráneo del hotel. No recuerdo si ya he escrito que era sábado. Esta vez hicimos las cosas bien. No fue difícil. Bastó con que las hiciéramos según mi criterio. Clara adoptó la sabia decisión de no padecer jaqueca ni inmiscuirse en la elección de la ruta. Antes de partir me aseguré de que no le dolía la cabeza. «De lo contrario», dije con una severidad que me produjo una descarga de satisfacción, «tendrás que buscarte otro chófer.» Le pedí después en el mismo tono que me señalara sobre el plano de Hamburgo el punto exacto al que debía dirigirme. «No por dónde, sino adónde», insistí para que no hubiera lugar a malentendidos. «El resto corre de mi cuenta.» Tan impostado era mi rigor como su docilidad. Concluidos los preparativos del viaje y mientras se cepillaba los dientes, me dijo desde el umbral del cuarto de baño, con la boca atiborrada de pasta: «Ratoncito, hoy te veo poderoso, decidido, con personalidad.» También en sus escritos prodiga las ristras de epítetos. «Así me gustas. ¿Podrías bajarme la maleta al coche? Enseguida te sigo.»

Había hoteles más baratos en Hamburgo; pero ella escogió el Ibis por su proximidad a la estación central de ferrocarril. Desde la ventana de la habitación, abierta a un patio trasero, se veía la parte alta del edificio de la Hamburger Kunsthalle, donde se albergaba no recuerdo ahora qué colección de pintura que ella pensaba visitar al día siguiente. Tampoco quedaba lejos del hotel la Literaturhaus, que ocupa una blanca y hermosa mansión de estilo inglés junto a la orilla del Alster Exterior. El plan dominical de Clara preveía un paseo por el borde del lago con punto de llegada en la cafetería de la Literaturhaus. Años atrás, Clara había ofrecido en uno de sus salones su primera lectura pública fuera de Wilhelmshaven, ante dieciocho personas (sin contarme a mí), lo cual habría podido ser peor. La señora escritora estrenó aquel día un vestido de color sangre que obraba en mis pupilas el efecto de una incisión sin anestesia. Se lo dije. Atareada en repetir en voz alta las palabras de salutación al público, que tiene por costumbre llevar aprendidas de memoria aunque luego hace como que las repentiza delante del micrófono, no captó mi indirecta. «Me quieres poner más nerviosa de lo que estoy, ¿verdad?» Se expresaba con una especie de mueca dramática. «Piensa que dentro de treinta minutos leeré un texto mío entre las mismas paredes y bajo el mismo techo donde antes lo hicieron Günter Grass, Umberto Eco, la Oates y tantos otros escritores consagrados. Puede que apoye el trasero en la misma silla sobre la que ellos apoyaron el suyo. ¿Te das cuenta de lo que eso significa para mí? Dentro de poco iré al encuentro de uno de los momentos estelares de mi carrera literaria, así que haz un esfuerzo, ratón, sobrehumano si hace falta, para no estropeármelo con tus bromas.» El vestido rojo le costó más de lo que le dieron por leer. Nunca volvió a ponérselo. Cuando se vio disfrazada con él en unas fotos que yo le había hecho a ruego suyo en las escaleras de la entrada y dentro de la librería de la Literaturhaus, no pudo menos de exclamar: «¡Dios mío, qué bochorno!» Me reprochó que no le hubiera advertido a tiempo que había ido vestida como un papagayo. También me acuerdo de que al término de la lectura mis aplausos sonaron con tal intensidad que algunos asistentes se volvieron a mirarme. En la punta de la lengua me ardían cinco palabras: «Sí, yo soy el marido.» Con gusto me habría arrodillado delante de todos ellos. «Por caridad, aplaudan con más fuerza porque luego me toca a mí cargar con su melancolía.» Durante la cena en el comedor de la Literaturhaus se le notaba contenta. Le cayó como de costumbre una gota de salsa en el vestido. La mancha semejaba un pezón; pero no le dije nada a fin de evitar que se le subiese a la cara el color del vestido. Volvimos los dos solos andando al hotel bajo una luna llena que se repetía en las aguas lisas del lago. A pesar de haber oscurecido, cada dos por tres pasaba por nuestro lado algún hombre, alguna mujer, haciendo aerobismo con chándal y auriculares. Clara se enorgullecía de haber firmado por primera vez en su vida ejemplares a personas desconocidas y no, como hasta entonces, a compañeros del colegio, vecinos y familiares. No habían sido muchas, seis, todas mujeres; pero para Clara la novedad suponía un comienzo esperanzador. «¿Has contado la gente que había?»

«Veintisiete conmigo.» «Pues yo, desde la mesa, sólo he visto dieciocho sillas ocupadas.» «Es que a los lados de la tarima, detrás de los altavoces, había unos espectadores de pie. Desde tu posición no creo que pudieras verlos.»

Deambular con calma ante los cuadros de la Kunsthalle o degustar un capuchino en la Literaturhaus no constituían el motivo principal de su reserva de una habitación de hotel en Hamburgo para una noche. A las cinco de la madrugada se abre al público los domingos el Mercado de Pescado, cerca del río, y allí quería estar ella desde el comienzo con su cuaderno de notas y su cámara fotográfica. Conocíamos el Mercado por una visita que efectuamos meses antes de contraer matrimonio. Uno de tantos amigos de la Universidad, a quien revelamos nuestro propósito de presenciar el sábado siguiente por la noche un espectáculo musical en Hamburgo, nos lo recomendó como sitio pintoresco. Pernoctamos en una pensión económica del barrio de Ohlsdorf, a escasa distancia del cementerio, con ducha colectiva al fondo del pasillo, y por la mañana, a las siete y media sobre poco más o menos, tomamos el metro que nos dejó cerca del Mercado de Pescado. Numerosa gente se había congregado en el lugar a pesar de la lluvia y de un viento sobremanera desapacible que soplaba a ratos. Antes de llegar ya se oían las voces de los vendedores. Apretados entre cuerpos y paraguas, anduvimos de puesto en puesto complaciéndonos en las agudezas y burlas del rollizo Bananen-Willi (al que, por cierto, más de una vez habíamos visto vender plátanos en Gotinga), de un tipo con delantal blanco y mucho salero que pregonaba a grito limpio anguilas ahumadas y de tantos otros mercaderes que competían entre sí por atraer clientes a fuerza de ingenio verbal.

De todo ello estábamos informados por nuestro amigo, de manera que, nada más apearnos del metro, le dije a Clara: «Nadie en este mundo es capaz de hacerme reír si no quiero. Ya lo vas a ver.» Llegamos poco después al Mercado, y allí junto a la entrada había aquel día un remolque de camión dentro del cual un señor aquejado de estrabismo y con acento holandés vendía edredones, almohadas, fundas para ropa de cama y esas cosas. Y sucedió que nada más detenernos delante de él, por una simpleza que dijo se me soltó la carcajada. Seguimos andando y no tardé ni medio minuto en volverme a reír, espoleado por el recuerdo de los ojos torcidos del holandés. Clara me tiró de la manga, avergonzada: «¿No decías hace un momento que no hay quien te haga reír si no quieres?» A lo que respondí durante el segundo de compostura que a duras penas logré imponerme: «Es que sí quiero.» En aquellos instantes sentía dentro de mí un calor de felicidad. Me procuraba tanto gusto reír bajo la lluvia, junto a mi novia de cabellos rubios y en aquella ciudad de río ancho, que llegué a pensar que me caería de un momento a otro al suelo sin sentido. Y luego, dentro de la lonja, nos cruzamos con una señora de ojos no muy derechos y yo susurré: «Mira, una holandesa.» Entonces Clara se contagió de mi alegría y se tuvo que abrazar a mí en medio del gentío, tapándome la boca con su mano para que me callase, pues temía que si se le extremaba la risa le ocurriese lo que le suele ocurrir en tales ocasiones: que se le desgobierna la vejiga, lo cual, como le dije la primera vez que me confesó aquella peculiaridad de su persona, no es el problema mayor que podría causarle el cuerpo.

Hasta la hora de marcharnos no se nos borró la sonrisa de la boca. Recuerdo que poco antes del cierre, cuando en la mayoría de los puestos empezaban a ofrecer las mercancías a precios irrisorios, nos acercamos paseando al atracadero de Altona, donde se podía comprar pescado directamente en los barcos. Un pescadero dadivoso de cejas blancas, tocado con gorra marinera, nos lanzó una platija que le dejó a Clara, incapaz de atraparla en el aire, un corro de humedad en la gabardina. El pescadero, a modo de disculpa, se apresuró a tendernos una bolsa de plástico llena de pescado. Cuando nos quedamos solos, estuvimos deliberando si la tiraríamos a una papelera o si obsequiaríamos con ella al primer mendigo que encontrásemos. Yo propuse, de broma, comernos los peces crudos. Al final optamos por regalárselos a los dueños de la pensión, que los aceptaron encantados, aunque sin satisfacer nuestra esperanza de obtener a cambio una rebaja en el precio del alojamiento. Clara relató el episodio de la platija volante como si hubiera acontecido durante el viaje sobre el que versa su libro.

Una vez instalada en el hotel, acordamos dirigirnos, por una ruta que nos marcó la recepcionista sobre un plano de la ciudad, a la Ständige Vertretung, junto a uno de los canales que conectan el Alster con el Elba. Me complació encontrar en el menú un plato llamado «cielo y tierra», que yo conocía por haberlo saboreado más de una vez en la filial de Bremen. El cual consiste en varios trozos de morcilla frita, acompañados de cebolla, puré de patatas y compota de manzana. Deja un regusto duradero, es lo malo que tiene. Cabe la posibilidad de aplacarlo con un riego generoso de cerveza Kölsch; pero el recurso me está vedado cuando más tarde tengo que conducir y Clara me vigila. Tras la cena desanduvimos el camino hacia el hotel, que es un buen trecho, con una parada para tomar helado en la terraza del Arkaden Café, donde tan mal se había sentido la señora escritora días atrás. Empezaba a oscurecer, la noche venía templada, limpia de nubes, y allí abajo, repartidos sobre el agua, estaban los cisnes. Hacia las diez de la noche nos despedimos ella y yo en el garaje del hotel. Por desgracia, aún salían de mi boca las agrias emanaciones del «cielo y tierra», lo que me parece a mí que apartó a Clara de invitarme a probar durante unos cuantos minutos el colchón de su cama. «Vete ya, ratoncito. Te conviene estar mañana descansado. La tía se pondrá contenta si empapelas bien el cuarto de baño. Y tú ya sabes que cuando está contenta es muy agradecida. ¿Irás a recogerme a la estación?» Le metí una mano por el escote de la blusa. «¿Has oído hablar de violaciones dentro del matrimonio?» «Ratón», dijo sin inmutarse, «¿y tú has oído hablar de garajes vigilados con cámaras de vídeo?» La solté como si aquel pecho suyo caliente estuviera electrificado. Tras el beso de despedida, sugerí que con toda seguridad me tenía envidia porque mientras ella debía dedicar el domingo a tareas penosas como visitar lugares de interés cultural y turístico, y comer y desayunar a la carta, yo me lo estaría pasando bomba pegando tiras de papel en el techo de un cuarto de baño. La dejé sonriente y me marché... ¿Adónde? A Bremen desde luego que no. La respuesta, mañana. Por hoy ya he escrito suficiente.

11

Era una noche estrellada, de olores tibios, de aceras con faroles solitarios como los que gustaba de evocar el escritor Wolfgang Borchert en aquellos cuentos y poemas sobre Hamburgo que nos hacía analizar la profesora del curso de alemán en Gotinga. Una noche idónea para tomarse en serio la pesca con caña a orillas del Elba o para cometer por las buenas un asesinato. Pero como no soy pescador ni asesino, o al menos no se me ha presentado la necesidad de serlo hasta la fecha, y como tampoco me apetecía aquella noche de sábado meterme a comer palomitas de maíz en un cine ni bombones en un cementerio, decidí entregarme al impulso de ver vulvas desconocidas, sin despreciar otros componentes de la figura femenina de importancia ginecológica menor. Tan pronto como hube salido del garaje subterráneo del hotel, me di a trazar un plan, estimulado por un cosquilleo placentero detrás de las orejas. Este síntoma, ahora que lo pienso, se ha ido haciendo cada vez más raro en mí. Sólo lo experimento cuando me acomete una viva sensación de libertad. Y aquella noche, en Hamburgo, el cosquilleo era tan intenso que me aturdía. Consideré, incluso, según bajaba por la calle, la posibilidad de pegar un acelerón y arrojarme con el coche a las aguas del Alster, en modo alguno por cansancio de la vida; antes al contrario, por hacer un uso alegre y sin restricciones de aquella capacidad absoluta de decisión que me exaltaba, si bien al final no me suicidé por no mojarme.

Yo sabía por indicios basados en la experiencia que para contemplar vulvas al natural no queda otro remedio que acudir a donde hay mujeres desnudas, y por esta razón conducía atento a los letreros de las calles por si se hallaba alguno provisto de la correspondiente flecha direccional que dijese: VULVAS 1 km, o algo por el estilo. A este respecto, Hamburgo me parece una ciudad de señalización deficiente. Sea como fuere, opté por seguir las indicaciones viales que llevaban al barrio de St. Pauli, donde goza de larga tradición la muestra y alquiler de aparatos genitales femeninos. Quiero aclarar que mi impulso no era de naturaleza sexual. Y que conste (que me conste a mí, ¿a quién, si no?), que no me estoy confesando; simplemente profeso fe en la exactitud. Mi impulso obedecía a motivaciones antropológicas, aunque no del todo, la verdad sea dicha. O sea que el referido impulso (elemental, qué duda cabe) formaba parte de una antigua inclinación mía por conocer a las personas de cerca, inclinación que en mi caso data de épocas anteriores a la pubertad, cuando apenas cumplidos los cinco años entraba de madrugada en la habitación de mi hermana, que solía dormir en camisón y con nada debajo, y sin que me sintiera le hacía un examen ocular del bajo vientre, alumbrando el objeto de mis observaciones con un bolígrafo-linterna que ella guardaba dentro de un cestillo donde se amontonaban sus trebejos escolares. El bolígrafo-linterna daba poca luz. Así y todo, yo me tenía que conformar con aquel pequeño redondel fosforescente, ya que si pulsaba el botón de la lámpara de la mesilla sonaba un clic que podía despertar a mi hermana. De este modo descubrí que ella tenía una raja en carne viva entre las piernas que olía un poco como a pescado corrompido; pero luego me enteré de que eso no había que llevarlo a que lo cosieran en el hospital como me cosieron a mí una vez una brecha en la rodilla, no sé si me explico.

En cuanto hube perdido de vista a Clara, tomé la dirección de la Reeperbahn y demás alrededores del pecado de pago. Con impulso o sin impulso, pensaba ir allí de todas formas, pues era sábado, tenía unos cuantos billetes en la cartera y estaba solo. Anduve buscando aparcamiento largo rato por el laberinto de calles que separan el puerto de la Reeperbahn. A punto de cambiar de zona, encontré en el borde de una plazoleta sitio libre para tres o cuatro coches. Aquello parecía cosa de espejismo. Tras cerciorarme de que no había señales que prohibiesen aparcar, orillé el coche. Entonces vi a un grupo de jóvenes, sentados los unos en un banco, tirados los otros sobre la hierba, en número de hasta veinte, los más de ellos vestidos con indumentaria negra. El resplandor del alumbrado público arrancaba brillos de cadenas, púas y otros ornamentos metálicos en los cueros rebeldes. Al jabardo antiestético le bastaba su presencia para anular los valores morales de la sociedad burguesa en un círculo de por lo menos cincuenta metros de radio. He aparcado dentro de la utopía, pensé para mí, pero no contéis con mi colaboración, chavales, porque a partir de cierta edad se hace muy mala figura aparentando representar una amenaza contra el orden público. Pasados los treinta, encender hogueras revolucionarias es puro conservadurismo. Es una pobre y ridícula pretensión de persistir en afanes juveniles cuando ya se anuncian la alopecia, la pérdida de las muelas, el mal hemorroidal y otros achaques que determinarán el rumbo cotidiano de nuestra vida en adelante. De los treinta para arriba, se haya hecho o no la cosecha de frutos ideológicos, es hora de despejar el terreno para que lo labre a su manera la siguiente generación. Los fabricantes de televisores y sofás saben mucho de esto.

Así pensando, acertó a pasar por delante de mi coche, en dirección al grupo, un joven alto y flaco con cresta de iroqués que ya me gustaría. Imaginé por un instante que era hijo mío, y que yo bajaba la ventanilla y le decía en un tono propio de familiares bien avenidos: «¿Qué, Johannes, a disfrutar de la noche?» «Sí, papá. Voy a sentarme en la hierba con unos amigos.» «Espero que no hayas olvidado cenar tu yogur.» «No, papá. Nunca lo olvido.» El joven llevaba cogida de la mano a una chica de falda corta y medias negras salpicadas de desgarrones que dejaban al descubierto corros de carne pálida. Tenía ella la mitad de la cabeza rapada y la otra mitad cubierta de mechones no sé si rojos o anaranjados, además de una especie de carlanca en el cuello guarnecida de pinchos metálicos. Yo intuí de pronto que aquella juventud arracimada bajo uno de los faroles de la plazoleta, junto a botellas de cerveza y perros de rabo enhiesto y mirada penetrante, era la razón de tanto aparcamiento libre. Esta sospecha me disuadió de apagar el motor. El coche parecía suplicarme por medio de su idioma de ruidos y vibraciones que no lo abandonara a merced de aquella pandilla antisistema. «Tranquilo», le respondí en el momento de meter la marcha atrás. Estuve alrededor de un cuarto de hora dando vueltas por las calles de St. Pauli hasta que por fin, justo detrás del hotel Hafen Hamburg, vi que un coche salía y me apresuré a ocupar su sitio.

Poco después, a mi llegada a la Davidstrasse, una ambulancia se alejaba en dirección a la Reeperbahn dejando un rastro de aullidos en la calle abarrotada. Desde la acera, un borracho que empuñaba una botella le hizo un corte de mangas al pasar. Luego pegó un trago y se reía. Ante la terraza de un bar turco se dispersaba una aglomeración de testigos de no se sabe qué suceso reciente. Me tentó preguntar; pero nunca he sido partidario de que me cuenten las películas. Además, me bastó ver una silla volcada y oír la palabra «cuchillo» a unos tipos que estaban cambiando impresiones en medio de la calle para formarme una historia completa en la cabeza. Más allá, junto a la barrera roja de la Herbertstrasse, me abordó una alquiladora de su vagina. «¿Quieres follar?» Necesité dos o tres segundos para comprender que detrás de sus modales impetuosos no se escondía la intención de atracarme. En el mismo tono de su voz áspera, demasiado grave para salida de una garganta de mujer, podía haberme dicho: «Dame la cartera o te mato.» Aún me costó un segundo más percatarme de que una especie de costra oscura que le subía de la espalda, cubriéndole un hombro y parte del cuello, era un dragón tatuado. Estuve a dos dedos de manifestarle de la manera más respetuosa posible mis dudas acerca de la justeza y propiedad de su pregunta. No me decidía a proponerle un debate en torno a ciertos matices lingüísticos por respeto a su horario de trabajo, de igual forma que tampoco me habría gustado a mí que ella viniera a mi casa a relatarme una de sus felaciones remuneradas mientras pelo cebollas o corto la hierba del jardín. De haber tenido lugar la discusión aquella noche, ante la entrada de la Herbertstrasse (discusión acaso provechosa para ambas partes), yo habría basado mis argumentos en la tesis de que su pregunta no se podía responder con un rotundo sí o no debido a su vaguedad. Para empezar, es insólita la hipótesis de que un varón en su sano juicio, e incluso en su sana falta de juicio, no quiera derramar dentro de un canal adecuado el contenido de su bolsa testicular. Señora prostituta, yo no inventé la naturaleza, no me mire usted así. Que yo recuerde, jamás estampé mi firma al pie de un código moral, aun cuando ni siquiera necesito para convivir en buena armonía con mis semejantes el prudente temor a los castigos estipulados por las leyes humanas y divinas. Preguntarme si quiero follar es como preguntarme si quiero respirar. Entiéndame, por favor. Hay funciones vitales que a duras penas se dejan gobernar racionalmente. Lo mismo que aspiro aire, sudo, produzco saliva, eyaculo, y no me fuerce usted, se lo ruego, a mencionar en plena vía pública todas y cada una de mis secreciones. Usted, señora prostituta, con todos mis respetos, debió preguntarme si quiero follar con usted, o contigo, en el caso de que se estile en St. Pauli el tuteo. ¿Me comprende?

Por desgracia no llegó a consumarse un coloquio de estas características. Con ostensible impaciencia, la alquiladora de su vagina le dio una calada a su cigarrillo. Le calculé no más de veinticinco años y, por la delgadez rugosa del cuello, su cara macilenta y otras señales de su flaca figura, una dilatada carrera de adicciones. En sus pupilas ardía una dureza escrutadora, acentuada por los gruesos cercos de rímel. Miraba directo al fondo de mis ojos como si hurgara dentro de ellos en busca de mis intenciones y pensamientos. Supongo que desde el primer instante me había incluido en una determinada categoría de varones, tal vez en una propicia a su negocio: la de los pusilánimes, los sumisos, los ingenuos que se pliegan a desembolsar lo que sea a cambio de un coito veloz sobre una sábana nauseabunda donde acecha la enfermedad venérea. Pero le salí por donde barrunto que menos se esperaba, pues le dije con frialdad profesional: «Cobro cincuenta euros, extras aparte. Anal no hago.» No me pasó inadvertida una leve contracción de desconcierto en sus labios repintados. Conjeturo que no lograba establecer una relación lógica entre mi pachorra y la idea que se había formado de mí. Me preguntó, sin duda para cerciorarse: «¿Yo te tengo que pagar a ti?» Era todo lo contrario de corpulenta; pero de joven aprendí que hay que tener mucho cuidado con la ponzoña femenina. A dos metros de distancia, su inmediata compañera de la fila nos observaba con el rabillo del ojo, mientras jugaba o hacía que jugaba con el teléfono móvil. Recelé que existía en aquel puterío alineado en la acera una comunicación, un sistema de defensa y ataque reforzado por un grupo de rufianes escondidos dentro de los automóviles o detrás de las ventanas, listos a intervenir. Aguantando la sonrisa, encajé los insultos de la hembra malhumorada. Lo de siempre: agujero del culo, cerdo de mierda. Unas leves salpicaduras verbales en la noche. A la lengua me vino preguntarle con fingida seriedad si había cenado su yogur de todos los días; pero para entonces ya me había dado ella la espalda con su dragón aparatoso sobre una de las paletillas, e impulsiva y descocada se había atravesado en el camino a un cincuentón.

Decidí continuar mis investigaciones antropológicas en la Herbertstrasse, que estaba allí junto. Acotada en sus extremos por sendas barreras metálicas, la célebre callejuela, con una largura de sesenta o setenta metros, semeja un patio de vecindad. Soy consciente de la inexactitud del dato y lo lamento. ¿Qué me costaba haber llevado aquella noche a St. Pauli una cinta métrica? Con la ayuda desinteresada de alguna prostituta o de algún putero amable que me hubieran sujetado la punta de la cinta mientras yo la extendía sobre los adoquines, podía haber medido la Herbertstrasse de un lado a otro. Admito que, como investigador, a veces cometo fallos. Volviendo al asunto de las barreras, hace poco leí que la idea de instalarlas data de los tiempos del nazismo. Al final, como se sabe, los nazis perdieron todas las batallas. Hay que reconocer, sin embargo, en honor de las prostitutas, que fueron ellas las primeras en infligirles una derrota en toda la línea. A mi juicio, los libros de historia no omitirían este detalle si durante la conferencia de Yalta y después durante la de Potsdam, ellas hubieran merecido participar con una representación propia en la ronda de los vencedores. Yo sigo echando en falta en las fotos oficiales la presencia de una mujer con escote generoso y zapatos de tacón de aguja entre Roosevelt, Churchill y Stalin, o entre este último, Truman y el británico ese cuyo nombre nunca logro recordar. Es un hecho probado que los nazis prohibieron sin éxito el alquiler de vaginas dentro de las fronteras del Tercer Reich. La medida no prosperó quizá porque los responsables de llevarla a la práctica no pusieron en el empeño la convicción suficiente. En St. Pauli, a fin de guardar las apariencias, encerraron a las alquiladoras de su vagina en una calle y luego ellos mismos iban a follárselas con la tranquilidad de saberse ocultos tras las barreras, disimulando el fracaso de su acción represiva tras el argumento socorrido de que el pueblo alemán, en lucha sin cuartel contra el bolchevismo, el judaísmo y las democracias corruptas, necesitaba sus esparcimientos.

Como hoy dispongo de mucho tiempo para redactar mis recuerdos del viaje con Clara, pues ella se ha ido a Wilhelmshaven a pasar el día con su padre, voy a dedicar los renglones que hagan falta a un detalle de las barreras de la Herbertstrasse. Es la ventaja de no escribir para un público, que uno puede explayarse en pequeñeces sin riesgo de ser tachado de pelma. En realidad, ahora que lo pienso, sólo me acuerdo de la barrera que da a la Davidstrasse, la única que he cruzado hasta la fecha; pero es probable que para la cuestión sobre la que quiero tratar aquí la otra barrera también sirviese. No abrigo intenciones de volver al lugar, así que me conformaré con los datos que se digne aportarme la..., ¿cómo se llama?, la memoria. Después de aquella conversación sustanciosa con la alquiladora de su vagina que tuvo la deferencia de interesarse por mis apetitos sexuales (algo que no me ocurre todos los días, y menos en el pueblo donde vivo), enderecé mis pasos hacia la entrada de la Herbertstrasse. A los costados de la barrera pueden leerse sendos letreros, en inglés el uno, en alemán el otro, que prohíben el acceso a la calle a los varones menores de dieciocho años y, para estupefacción mía, a las mujeres. Al pronto la frase me hirió por su falta de sentido. Aún no se me había borrado en la cabeza la pregunta imprecisa que acababa de dirigirme la alquiladora de su vagina, sin duda disculpable puesto que no está prevista una formación académica para el correcto desempeño del oficio puteril, y ya me tenía que enfrentar a un nuevo caso de mal empleo del idioma, imputable en esta ocasión a la negligencia de funcionarios municipales. Me explico. Nada más lejos de mis propósitos y de mi gusto que ejercer de policía lingüístico. Me trae al pairo la pureza de los idiomas, empezando por el mío materno, que ya sólo practico en la soledad de mis escritos, y siguiendo por el alemán, tan contaminado hoy día de anglicismos que no sé para qué di el rodeo inútil de estudiarlo si para entenderme con los alemanes podía haber tomado el atajo del inglés. Pero a mí lo que me irrita es que me lancen un mensaje ambiguo como se le lanza a un perro un palo para que corra detrás y lo agarre, como diciéndome: hala, vete y descifra; un mensaje que uno ha de recomponer y ajustar y hasta completar en su mente de forma que se entienda como se habría entendido a la primera si quien lo formuló se hubiera tomado la molestia de expresarse con precisión. Este reproche no va dirigido contra personas concretas a menos, claro está, que desempeñen un cargo o tengan ciertas responsabilidades públicas. La gente, que hable como quiera. Mi padre, sin ir más lejos, persistió toda su vida en una actitud cercana a la renuncia del lenguaje, lo que no le impedía ser exacto en su expresión. Pondré un ejemplo breve para acabar este inciso. Sentado a la mesa, durante la cena, mi padre de pronto exclamaba en tono de suspiro y con dientes apretados: «¡Dios!» Sólo eso: «¡Dios!» Pues bien, se le entendía a la perfección. Le bastaba una palabra acompañada de un gesto para decir: me duele otra vez la maldita columna vertebral, estoy cansado, la sopa esta de los cojones tiene demasiada sal y por la paz de casa que a nadie se le ocurra llevarme la contraria.

A lo que iba. ¿Qué espera encontrar un hombre en la Herbertstrasse de Hamburgo? Parado en medio del gentío, juzgué innecesario hacer una encuesta para llegar sin la menor duda a la obviedad de que cuantos acuden al sitio buscan justamente lo que prohíben los letreros de la entrada, o sea, mujeres. Dicha prohibición, salvo en el caso de los menores de edad, es al parecer una argucia encaminada a confundir a las curiosas, las perseguidoras de maridos rijosos y demás entorpecedoras del trabajo, para ahuyentarlas. El tránsito al interior de la calle no está vigilado por el típico fortachón de discoteca encargado de seleccionar a los clientes. Entra quien quiere. Se cuenta, eso sí, que las alquiladoras de su vagina domiciliadas en la Herbertstrasse acostumbran reaccionar con modos bruscos contra los mirones, lanzándoles preservativos llenos de agua, lo cual a mí no me sucedió por más que en ningún momento oculté el carácter científico de mi visita. Tan científico que a punto estuve de suspender la investigación y marcharme a Bremen, despechado por el uso equívoco del idioma en los letreros de la barrera. Me quedé con deseos de volver otro día provisto de un pincel y un bote de pintura, y acabar con la ambigüedad de la frase escribiendo al final de ella con mi mejor caligrafía:

> Prohibida la entrada
> a los menores de 18 años
> y a las mujeres
> *no prostitutas.*

Entré. Allá estaban las alquiladoras de su vagina exhibiendo cabeza, tronco y extremidades en paños menores, cada una dentro de un escaparate iluminado según corresponde a las mercancías en venta, sentadas algunas de ellas en un taburete. Mi primera impresión fue, no obstante, la de haberme metido en un recinto de acuarios destinados a la crianza y conservación de sirenas. Pasas y te sonríen o te llaman con una leve sacudida de la cabeza, con un mohín seductor, con unos rápidos y juguetones meneos del dedo índice, si no es que abren la ventana y ordenan resueltamente que te acerques. A mí una, casi al fondo de la calle, me dijo: «Ven aquí.» Se me aceleró el corazón pensando que era Clara, la única persona que suele hablarme de ese modo. Me preguntó: «Hombre joven, ¿tienes ganas?» Por tercera vez en cuestión de cinco minutos hube de soportar una violenta acometida de escrúpulos lingüísticos. Ganas ¿de qué? Esta moradora de escaparate se distinguía de las demás por el atuendo. Las otras ostentaban bikinis, lencería de encaje, telas exiguas de vivos colores bajo las que se traslucían las últimas reservas anatómicas negadas a su desnudez. Ella, por el contrario, estaba vestida toda de cuero negro, muy tapada, con una chaquetilla que se cerraba sobre el pecho mediante cordones. Las botas de caña alta le llegaban hasta las rodillas. El pelo, liso y oscuro, lo llevaba severamente ajustado a la cabeza, recogido por detrás en una larga cola de caballo. Inferí de su catadura que era una de esas que cobran por arrear fustazos, oficio cómodo que yo ejercería sin percibir emolumentos con unas cuantas personas de las que no me olvido. Por el contrario, deleitarse en el dolor propio, en los insultos y las humillaciones no es cosa que a mí me atraiga. Le dije a la del escaparate que, sintiéndolo de veras, no podía acompañarla a su cuarto porque había venido en busca de Vanessa y le pregunté si sabía dónde estaba. «Ni idea», respondió. «La única Vanessa que conozco no ha trabajado nunca aquí.» La simulación me divertía lo suficiente como para prolongarla un poco más. «Lleva la melena como tú. Es rusa.» Ella negaba seriamente con la cabeza. «Hombre joven, somos más de doscientas en la Herbertstrasse. ¿Crees que conozco a todas? Mira en la parte de atrás. Y si no encuentras a tu Vanessa, aquí me tienes. Yo no sé qué os pasa a los tíos, que estáis todos muy apagados esta noche.» Sin haber gastado aún un céntimo me estaba divirtiendo de lo lindo. «Bueno, bueno», dije adoptando expresión de apocado, «voy a mirar y a lo mejor vuelvo.»

Salí. En la acera izquierda de la Davidstrasse hasta el Burger King de la esquina se alineaban, de espaldas a la fachada, más de veinte alquiladoras de su vagina. Una tras otra cerraban el paso e interpelaban a los contados varones que se aventuraban a deambular por delante de ellas. Mostraban en su busca de clientes una especie de agresividad desesperada, como de depredadores hambrientos, que hacía que muchas personas prefiriesen caminar por el otro lado de la calle. Yo también, para no exponerme a la parla insolente de aquel hembraje desvergonzado, me pasé a la acera derecha, que bajaba, franca del ruidoso puterío, hasta el edificio de la policía. Tomé el camino de la Reeperbahn, la que llaman «milla del pecado», metido en una riolada apacible de transeúntes. Desde enfrente nos gritaban: «¡Venid aquí, cobardes!» Centelleaban a izquierda y derecha los anuncios luminosos. Las terrazas de los bares estaban llenas de gente. Se veían colas para entrar en los distintos espectáculos. Me detuve un instante a observar a un tipo andrajoso, de más o menos mi edad, que no paraba de dar vueltas con pasos tambaleantes en torno a unas bicicletas apoyadas contra un farol. Movía la cabeza adelante y atrás sin levantar la vista del suelo, mientras murmuraba para sí, aunque no tan bajo que no pudiera entendérsele a varios metros de distancia: «¿Por qué?» No se le oía pronunciar otras palabras. Al término de cada pregunta guardaba por espacio de tres o cuatro segundos un silencio entreverado de refunfuños, antes de repetir en tono invariable: «¿Por qué?» Un grupo de turistas atendía a las explicaciones de un guía ante la puerta de un local de estriptis. Agucé el oído al pasar: «... estructuras mafiosas, aunque ustedes no lo perciban.» En otro sitio había como seis o siete individuos sentados en el suelo, cerca de la pared, entre desperdicios, escupitajos y botellas. En sus semblantes inflados, de mirada extraviada y expresión bobalicona, se advertían los estragos del alcohol. De pie en el borde del revoltillo, una mujer increpaba a uno de los beodos. «A casa no vuelvas.» Me agradó sobremanera que por fin una boca se dignara articular un mensaje claro y exacto esa noche. Luego entré en uno de tantos sex-shops con la esperanza de hallar algún regalo para Clara, que cumple años en septiembre. Conforme manoseaba el género me fui persuadiendo de la conveniencia de regalarle una tetera. ¿Cómo reaccionaría ella si, por ejemplo, le regalara un pene artificial, envuelto, por supuesto, en papel de colores y con un lazo primoroso? El problema que se me planteaba no era tanto que me lo tirase a la cabeza como que lo aceptara. Me avergoncé de sentir celos de un artilugio de látex con superficie venosa y regulador de velocidad en la base, y salí a la calle sin haber comprado nada. Más abajo me crucé con un travestí que sonrió, exagerando sus contoneos, a las burlas y silbidos de una cuadrilla de ingleses que bebían cerveza en la terraza de un bar. Los llamó por lo bajo (yo estaba cerca) «agujeros del culo». De los ingleses me acuerdo bien porque media hora más tarde me los volví a encontrar.

A todo esto, doblé hacia la bocacalle que llaman Grosse Freiheit. Al primer vistazo me pareció que el lugar reunía condiciones favorables para una investigación como la que yo deseaba llevar a cabo. No sabría describir dichas condiciones. ¿Me dejaba llevar por una de esas corazonadas de explorador que escarba al azar en el fondo arenoso de un río y saca, en efecto, una pepita de oro? Un instinto, una voz interior, un ángel de la ciencia, me susurró que en alguno de los locales de baile erótico que se sucedían a lo largo de la Grosse Freiheit había vulvas de excelente calidad. Otras veces me dedico a examinar mentones o narices, y despacho la tarea en la vía pública, sin gastar dinero, y termino antes. La observación de entrepiernas femeninas, por causas que no precisan aclaración, acarrea de costumbre ciertas dificultades de método, de ahí que la practique con menor frecuencia. De ahí también que me haya habituado a no desperdiciar las pocas ocasiones que se presentan. Mientras avanzaba por el centro de la Grosse Freiheit, bajo los letreros encendidos que se extienden entre una y otra fachada, me confería ánimos la certeza de hallarme cerca del objetivo. A la puerta de cada local había uno o más señores trajeados que trataban de convencer a los transeúntes para que pasasen a ver el correspondiente espectáculo. A quienes prestaban oídos a su reclamo les pintaban maravillas que podían descubrirse sólo con atravesar la puerta por ellos custodiada. La suspicacia me aconsejaba que caminase a prudente distancia de las aceras. Y, mientras tanto, sonaba una voz dentro de mí que me decía: «Ten cuidado con lo que gastas, olvídate de espectáculos y diversiones, tú has venido a trabajar.» La calle era corta. No tardé en llegar al último tramo, donde se interrumpían de golpe las luces abigarradas y cambiantes. A mano izquierda, envuelta en la penumbra, se perfilaba la silueta de una iglesia. «Dudo que ahí dentro haya vulvas», pensé. Sin el menor deseo de comprobarlo, di marcha atrás con la celeridad de quien se retira del borde de un abismo pavoroso.

Sucedió que, cuando volvía sobre mis pasos, me percaté de que hacia la mitad de la Grosse Freiheit, a la altura de una pequeña taberna, varias personas se disponían a desocupar una de las mesas largas colocadas en la acera. Sin dudarlo me acerqué al sitio y, en cuanto fue posible, tomé asiento en el costado próximo a la pared. Desde allí se podía escudriñar la calle estupendamente mientras me refrescaba la boca, a la que continuaban subiéndome vaharadas del «cielo y tierra», cenado en la Ständige Vertretung. Otras personas vinieron enseguida a sentarse a la mesa y yo pensé para mí que aguzando el oído y con un poco de suerte me sería dado extraer de sus pláticas algún dato de interés sobre los distintos locales de la Grosse Freiheit. Pedí una cerveza de trigo, que me fue servida en un vaso de medio litro, más ancho por arriba que en la base. La cerveza, fresca, con su capuchón de espuma, sabía a gloria. De pronto, olvidado de mí y de todo, chasqué sin darme cuenta, de puro gusto, la lengua, y el ruido goloso les hizo gracia a dos hombres de alrededor de treinta años que estaban sentados uno a mi lado y el otro enfrente. Después de unas chanzas de circunstancias, entrechocamos los vasos y con total naturalidad entablamos conversación. A las pocas palabras constaté que eran tan cordiales como buenos conocedores de la zona. Por ellos supe que en Safari, el local más cercano a donde nos encontrábamos, se fornicaba sobre el escenario. No me acuerdo bien si dijeron que la entrada costaba cinco euros; tan poco, en cualquier caso, que me vino de repente una especie de vértigo temblón a las piernas. El extraño y agradable estremecimiento me duró lo que tardaron ellos en añadir que en Safari un vaso de agua mineral costaba veinticinco euros, más o menos el valor de tres litros y medio de la deliciosa cerveza que yo estaba paladeando. No bien hube hecho el cálculo, el perfil luminoso del elefante anunciador de Safari se apagó para mí. «La trampa», dijo uno de mis acompañantes, «por llamarla de algún modo, puesto que quien entra en un sitio de esos debería saber de antemano lo que le espera, está en las consumiciones.» Y a continuación me refirieron el truco de la botella de champán de ciento veinte euros o más que te sacan en no recuerdo qué tugurios de la Reeperbahn, pedida por una chica que imprudentemente permitiste que se sentara a tu lado. La botella la pagas, vaya que sí, a menos que esa noche sientas anhelos de pernoctar en la unidad de vigilancia intensiva de algún hospital. Incluso disponen de cajero automático en un cuarto escusado por si careces de dinero suficiente en efectivo. «¿Tratáis de asustarme?», bromeé, y ellos se echaron a reír como quitando importancia al panorama de violencia que acababan de dibujarme.

Manifestaron su preferencia por la Dollhouse, ante cuya puerta se veía en aquel instante una aglomeración de gente que guardaba turno para entrar. Me hablaron del ambiente festivo, tipo discoteca, que reinaba en su interior; de mujeres que practicaban danzas eróticas dentro de jaulas; de no sé qué dólares de plexiglás, a euro y pico la pieza, que los visitantes prenden en los tangas de las bailarinas o se los pegan a la carne después de chuparlos para que se adhieran mejor; del lema del local: ver sin tocar; de la perfección quirúrgica de los cuerpos; de esto y lo otro, y ya casi me habían convencido cuando el que estaba a mi izquierda dijo una cosa que acabó de golpe con mis ganas de meterme en la Dollhouse. Y era que por lo visto las bailarinas, al despojarse del último trozo de tela, acostumbran cubrirse sus partes pudendas con la mano. Al punto caí en la cuenta de que semejante fraude suponía para mis observaciones antropológicas un obstáculo insalvable. Y comoquiera que les había cobrado confianza a los dos desconocidos, les revelé sin disimulos, aunque celando un poco la voz, lo que había venido a buscar en la Grosse Freiheit. «En ese caso tendrás que ir al bar de Susi», me respondió uno de ellos sin vacilar. El tabernero estaba recogiendo botellas y vasos vacíos por las mesas. Le preguntaron: «Donde Susi las chicas se quitan todo, ¿verdad?» Un tipo gordo, con un cogote carnoso y rosado como un bloque de jamón cocido, se adelantó a responder desde la mesa vecina: «Todo menos los zapatos», y los que estaban con él soltaron a un tiempo la carcajada.

«En el bar de Susi», me dijo uno de mis acompañantes, «cobran fuerte, veintisiete o veintiocho euros, no estoy seguro, pero a cambio tienes derecho a dos bebidas.» «A una, que yo sepa», le contradijo de inmediato el otro. No me causaba ilusión que mis planes privados se convirtieran en tema de debate público. Conque apuré de un trago el resto de la cerveza y, tras despedirme de mis dos amables interlocutores, los dejé discutiendo en buena avenencia sobre si los clientes del Susi recibían una o dos bebidas por el precio de la entrada. «Pronto lo voy a averiguar», me dije para mí.

El Susis Show Bar se encontraba al principio de la Grosse Freiheit, haciendo esquina a la Reeperbahn. Ostentaba sobre la fachada un letrero luminoso en el cual la silueta de una mujer con una pierna levantada junto al dibujo de una barra vertical de baile erótico sustituía a la i del nombre. Ante los escalones de la entrada, un señor de entre cincuenta y sesenta años, vestido con elegancia, se esforzaba por atraer clientela. Me acerqué a él lo suficiente para que me dirigiese la palabra. Comprobé con agrado que usaba un tono de voz amigable. Le hice saber que traía información de buena fuente acerca de lo que costaba una visita a su local, y cuando acto seguido le revelé la suma máxima que estaba dispuesto a desembolsar, se le aflojaron las facciones en una especie de mueca asombrada y dolorida. Consideraba excesivas dos consumiciones a cambio de veintiocho euros. Y como si temiera irritarme se apresuró a añadir, con unos modales exquisitos de persona avezada al trato cortés, que me daría por treinta un aguardiente y una cerveza. Oyéndolo hablar con tanta suavidad sentí una punzada de placer. He tenido como todo el mundo experiencias de muy distintas clases, algunas infrecuentes; pero jamás en mi vida me había enredado en un regateo de aquella naturaleza, regateo que, de haber dependido de mí, habría prolongado con gusto hasta la medianoche. Me tocaba el turno de palabra y dije que descartaba las bebidas alcohólicas porque más tarde tenía que conducir. Callé de golpe, sorprendido, casi avergonzado, por la verdad rotunda de mi afirmación. ¿Qué hago aquí, pensé, contándole confidencias al portero de un local de estriptis? Se me figura que el señor entendió que mi silencio repentino equivalía a un ultimátum. El caso es que, movido por el ostensible propósito de complacerme, me plantó una mano sobre el hombro y, haciendo un gesto afable, fijó la oferta en veinticinco euros y una Coca-Cola. Antes de expresarle mi conformidad eché una mirada a mi reloj de pulsera. No es que me interesara saber la hora.

Ni siquiera pude distinguir las agujas por falta de luz. Pero no ignoro que el ademán ayuda a establecer de forma instantánea una desigualdad jerárquica entre los conversadores. Quien mira el reloj se supone que tiene por delante una tarea, un compromiso, otras posibilidades de acción, mientras que al oponente le corresponde, mal que le pese, el papel del pelma, del solicitante, del que retiene y estorba. Advertí que el señor se inquietaba, temeroso tal vez de que se le escapase el cliente. Al punto trató de engolosinarme con el número lésbico que, según reveló, dos chicas preciosas estaban interpretando en aquellos momentos sobre el escenario del Susis. Me entraron tentaciones de darle un abrazo. Aceptada una nueva oferta de veintitrés euros, lo seguí hasta el interior del local por entre unas cortinas que velaban el vano de la puerta. Él mismo me sirvió con solicitud la Coca-Cola que yo determiné tomar a sorbos pequeños y pausados, muy pausados, con el fin de que la bebida me durase el mayor tiempo posible.

A la izquierda, según se entraba, había un espacio de medianas dimensiones donde estaba situado el mostrador. Desde allí gobernaba una señora de estatura baja, abultada pechera y edad como la del encargado de la puerta. A mí se me figura que esta señora con modales inconfundibles de propietaria, de jefa, de matriarca, era la Susi que daba nombre al establecimiento. Nunca lo sabré con certeza ni me importa. A mi llegada percibí un revuelo de indicaciones y órdenes a su alrededor, pronto comprobé que por causa del comportamiento de ciertos clientes sobre los que me ocuparé en otro pasaje. Yo me dirigí sin demora a la derecha. Allí se abría un recinto saturado de penumbra rojiza en cuyo centro, subida a una plataforma, una chica bailaba y se desnudaba al compás de la música. Dicha plataforma cumplía la función de escenario. Debido a su forma y su perímetro se asemejaba a los círculos de lanzamiento de peso en los campos de atletismo. La diferencia estribaba, por un lado, en que tenía un suelo giratorio, detalle que me pasó inadvertido en un primer momento, y por otro en que las sucesivas bailarinas la empleaban como base, no para arrojar desde ella bolas metálicas de cuatro kilos, sino, con la blanda y graciosa fuerza de sus brazos esbeltos, bragas y sostenes, especialidad hasta cierto punto deportiva con pocas posibilidades, bien lo sé, de alcanzar alguna vez el rango olímpico. En torno al reducido escenario se extendía un cerco de escabeles forrados, como por lo demás el mobiliario entero del local, de raso carmesí. Seguían dos largos bancos con respaldo, paralelos y en curva como de hemiciclo, en el posterior de los cuales tomé asiento junto a una escalera de pocos peldaños que los dividía. El escenario me quedaba a una distancia como de tres o cuatro metros. En la pared izquierda colgaba un espejo de gran tamaño, flanqueado por sendas hileras de bombillas blancas. A la derecha del escenario, en un rincón, un hombre joven se encargaba de hacer sonar la música con ayuda de un ordenador, de accionar los focos, pedir por el micrófono un fuerte aplauso para la bailarina que hubiese terminado su actuación y presentar a la siguiente. Al fondo se veían varias filas cortas de asientos, a cuyo costado discurría el pasillo que llevaba a los retretes. Imagino que se me habrán olvidado numerosos detalles; pero aun así creo que el interior del Susis Show Bar se asemejaba bastante a como yo lo he descrito. Una imagen fotográfica me habría sacado de dudas y permitido ahorrarme esta prolija descripción.

Al principio me agradó encontrarme en la compañía de quince o veinte individuos esparcidos por los asientos. Pensé que al amparo de la manada varonil mi presencia apenas llamaría la atención, como así ocurrió durante un rato. Todos los escabeles alrededor de la pequeña pista de baile estaban ocupados, mientras que por las filas de bancos se repartía el resto de los circunstantes, las chicas en paños menores de cháchara risueña con unos y otros, lo que parece constituir una costumbre del bar Susi. Libé con la punta de la lengua una primera gota de cola. Segundos después, la bailarina de turno se despojó, mientras culebreaba con las piernas, del tanga y en medio de un repentino juego de luces cegadoras abandonó el escenario a tal velocidad que no pude verle la vulva. «Aquí hay que estar más concentrado que en una trinchera», dije para mí. De nuevo tomé una cantidad de cola que habría cabido sin dificultad en la trompa de una mariposa. Me daba la impresión de que la bailarina había salido de una forma poco natural del escenario. Vamos, que había huido. Algo pasaba, yo no sabía aún qué, que perturbaba y rompía la ilusión erótica que uno espera encontrar en una atmósfera semejante. No llevaba ni un minuto sentado cuando comprobé que mis conjeturas no andaban descaminadas.

En la prolongación de mi banco, más allá de los peldaños, un tipo con una vaga apariencia de ser humano embutió de pronto la cabeza en una champanera vuelta del revés. La gracia fue celebrada con carcajadas y aspavientos por dos ejemplares de la misma especie que estaban a su lado. Uno de ellos no dudó en ponerse de pie y arrearle una tanda de sacudiones a la champanera. Un tercer tipo, haciendo bocina con las manos, les dijo alguna bobada desde el extremo opuesto del local que movió a risa a los más cercanos. En aquel instante advertí que reinaba en el público un ambiente de complicidad en la travesura. Los de aquí hablaban a voces con los de allá, de donde se colegía que formaban un grupo de amigotes. Apartando la vista de la bailarina para fijarme mejor en ellos, caí en la cuenta de que se expresaban en inglés. Hasta entonces la música me había impedido percatarme de aquel detalle. Reconocí a continuación las facciones de uno que no paraba de armar bulla y comportarse de una manera particularmente infantil en su asiento junto al escenario, y entonces supe que aquella gente eran los ingleses que media hora antes le habían rechiflado al travestí por la calle. Los ingleses estaban, valga la redundancia, borrachos. Por el efecto que obraba en ellos el alcohol ingerido se les podía clasificar en dos categorías claramente definidas: la de los zafios y gritones que no paraban de agitarse, y la de los amodorrados que ni siquiera en la proximidad de una hermosa y grácil muchacha desnuda eran capaces de abrir por entero los párpados. Me resultaba punto menos que imposible prestar atención a los cuerpos que se alternaban en el círculo giratorio, en torno al cual media docena de niños de treinta y tantos años no cesaba de hacer el gamberro. Este agachaba la cabeza para mirarle a la bailarina el nacimiento de los muslos, aquel formaba con sus manos unos pechos voluminosos en el aire, el de más allá contribuía al pitorreo general con cualquier otra ocurrencia impertinente, y no era raro que algunos dieran la espalda al espectáculo para entablar conversación y reírse y brindar con sus botellas de cerveza. Uno tuvo a mi espalda una pendencia con quien llevaba el mando del local, a la que se oyó decir en un tono por demás severo: «*You have to pay here.*» El inglés se resistía, hasta que intervino, conciliador, un compatriota. Saldó aquel la deuda; otro eructó cerca de mí; otros se pusieron a cantar a coro y, pasado un rato, la tropa vocinglera abandonó el local.

El barullo que armaban los ingleses mientras arrastraban los pies hacia la salida forzó a parar el espectáculo. Yo aproveché la ocasión para llegarme al servicio, donde solté aguas dentro de un mingitorio con forma de boca abierta. Cuando volvía por el pasillo comenzó una nueva actuación. Cogí mi vaso de cola y bajé a sentarme en el banco delantero, como a dos metros del rincón de la música. En torno al escenario, el cerco de escabeles se hallaba ahora vacío. Enfilando la mirada a través de las piernas de la bailarina, yo podía ver mi cara reflejada en el espejo de enfrente. Es fácil acordarse con exactitud del número de espectadores que a la marcha de los ingleses quedaron en el local: contándome a mí, tres. Los otros dos estaban sentados cerca del pasillo, en bancos separados. Calculo que cada uno de ellos me doblaba la edad. Aparte de los años, los hermanaba el cráneo poco poblado de cabellos, las arrugas faciales y la chispa de melancolía que brillaba en sus ojos rancios cuando arrimaban la mirada a los ágiles y juveniles cuerpos femeninos, aunque he de reconocer que esto último a lo mejor me lo estoy inventando sin darme cuenta. Uno de ellos, vestido con una chaqueta gris de punto, se acercó al escenario. No distinguí si calzaba zapatillas de casa; pero tampoco me habría extrañado que así fuera. La precipitación saltarina de sus pasos delataba que acababa de triunfar en él un rapto de coraje. A la luz intermitente de los focos azuleó un billete de veinte euros pinzado entre dos dedos descarnados. La bailarina entendió al instante la intención del viejo, y parando de mover las caderas, estiró hacia delante la goma del tanga para que él introdujera, con ademán de abuelo verde, su donativo en el cepillo improvisado. «Ya tiene», me dije, «algo de lo que fanfarronear mañana en el comedor de la residencia de ancianos.» A este punto, vino a sentarse a mi costado una de las bailarinas, a lo cual se me hace a mí que estaban todas ellas obligadas por contrato. Como no soy amigo de sueños imposibles y además temiese que la simpatía y las piernas de la chica fueran parte de un truco con que moverme a solicitar alguna consumición cara, le dije, igual que un rato antes a una compañera suya, que por favor no se lo tomase a mal pero que prefería estar solo. Ella aseguró, sin perder la sonrisa, e incluso agrandándola, que lo comprendía, y al tiempo de levantarse me dio una palmada amistosa en la rodilla, como diciendo: buen chico, o: por fin un tío sensato, o: ya era hora de que me librara de aguantar a otro pelma con aliento de alcohol (o, aún peor, de «cielo y tierra»), tras lo cual ya nadie más vino a hacerme compañía.

Al rato, terminada una nueva repetición de la pantomima lésbica, subió al escenario la bailarina que se había sentado un momento a mi lado. Fue anunciada con un nombre supongo que artístico, Tania o Angelique o cualquier otro por el estilo. Como no sea del nombre, me acuerdo bien de ella porque siempre que se encaraba a mí sonreía o me mandaba alguna señal insinuadora de su cuerpo, mientras que cuando el suelo giratorio la llevaba hacia la parte de los carcamales, con perdón, bailaba mirándose en la luna del espejo, como si actuara para sí, y esto mismo noté que habían hecho antes otras bailarinas a fin tal vez de abstraerse de la presencia desagradable de los ingleses. Comenzó su actuación sacudiendo un enérgico latigazo al aire con su melena castaña, que se le derramaba en largos y suaves rizos sobre los hombros. Me irritó un saludo guasón que le envió por el micrófono el encargado de la música, hasta el extremo de que me entraron tentaciones de explicarle, a él o a su patrona, que el erotismo, la poesía y, en general, las manifestaciones que entrañan alguna clase de fervor sufren mucho bajo la acción trivializadora de la risa, y no será que yo afirme esto porque no me guste reír. Por supuesto que me gusta reír. Quizá sea reír lo que más me gusta en la vida. Incluso en el tramo final de mi agonía me gustaría tener el valor de soltar una última carcajada antes de morirme. Pero, cuidado. A veces también me gusta abrigar otras sensaciones menos ruidosas, pero igual de exaltantes. Experimentar, por ejemplo, la embriaguez del arrobo. Sentir la cálida y solemne intensidad del placer lento. Dejarme arrastrar en una sala de cine o en el asiento de un teatro por una emoción lacrimosa. Cerrar los ojos en un momento de intimidad compartida. Contemplar en silencio un cuadro hermoso, un paisaje hermoso, un cuerpo hermoso.

Por suerte la actuación prosiguió sin graves perturbaciones. La chica (¿veintidós, veintitrés años?) me clavó desde la superior altura del escenario una de esas miradas penetrantes de mujer que pueden significar cualquier cosa menos indiferencia. «Estoy bailando, me voy a desnudar y tú estás ahí.» Así pensando, saqué a toda prisa la punta de la lengua del vaso de cola, ya no tan fresca como al principio, para señalarle a la bailarina, mediante un leve movimiento de cabeza, que había captado y me había complacido el mensaje de sus ojos, aun cuando yo no sabía poco ni mucho en qué consistía dicho mensaje. Por primera vez desde mi llegada al local tuve el convencimiento de que por fin se daban en él las condiciones adecuadas para una observación satisfactoria, serena, científica. El único elemento negativo lo constituía el juego de luces rojas y azules que difuminaban algunos detalles anatómicos de la bailarina. Le hice al tipo de la música el gesto de hincarme los dedos índice y corazón en los ojos y comprendió. Alzando el pulgar, le agradecí que hubiera consentido en encender un par de focos blancos sobre el escenario. Al punto la bailarina ganó en presencia, en expresión, en feminidad, y fue jaleada y aplaudida por sus compañeras. Todo en ella era juventud esbelta aún no dañada por la lija del tiempo. Tenía unos rasgos dulces, plenos de gracia y simpatía.

Y yo podría estar aquí hasta mañana echándole páginas y páginas de requiebros sin cansarme, y no sólo debido a la circunstancia casual de haber sido obsequiada por la naturaleza con un físico agraciado, sino también y sobre todo por la desenvoltura, la ligereza, el garbo seductor con que evolucionaba encima de la pequeña plataforma. No se apreciaba en ella la menor apariencia de frialdad rutinaria. Sus labios tomaban a cada instante la forma arqueada de una alegría sincera. Al entreabrirlos asomaba la preciosa luz de su dentadura. Movía los párpados con delicadeza natural. Sus ojos eran risueños y, otras veces, soñadores, perdidos en un paisaje, en una visión, en una realidad vedada a las demás personas allí presentes. Su cara apenas maquillada estaba limpia de aquella mueca de fingida voluptuosidad que había mostrado en su actuación anterior, cuando la rodeaba la manada inglesa.

Advertí que yo mismo me había convertido en un problema para el desarrollo aceptable de mis observaciones. La admiración me arrastraba hacia los linderos del pujo erótico, con la merma consiguiente de la actividad racional. No sé a otros, pero a mí me resulta difícil entregarme a tareas no estrictamente manuales si tengo una erección. Urgía un rápido remedio. A falta de mejor antídoto, traté de sustraerme a los impulsos de la lascivia tomando de un solo trago una larga dosis de cola, completada mediante varios chupetones a un pedazo de hielo que flotaba dentro del vaso. Quizá unas cucharadas de sopa de sobre habrían sido más efectivas. No digamos una ración de champiñones fritos de víspera. Estas ridículas fantasías y el frío del hielo me devolvieron la lucidez. Recobrado el sentido de la realidad, enderecé el torso decidido a mirar sin sentir, no sé si me explico. A mirar con ojos objetivos, impasibles, deshumanizados. La táctica se reveló acertada. Vi sin conmoverme (igual que veo ahora, mientras escribo, el tostador o la cafetera) cómo se repartía el resplandor de los focos por los miembros ligeramente bronceados de la bailarina, aquietándose en los bordes carnosos o salpicando de claridad nerviosa las articulaciones que, por ser las responsables de los movimientos del baile, quedaban más expuestas a los efectos de la luz. La bailarina había entrado con sólo su atuendo de lencería en el escenario, cubiertas las tetas juveniles, altas, enhiestas sin rellenos tramposos, por un sujetador de escote bajo de color negro, provisto de una orla de puntilla plateada y un lazo también de hilo de plata en el centro. El tanga, del mismo color, con faldilla de pliegues sobrepuesta, se reducía por detrás a una tira que dejaba las nalgas al aire. Llevaba ella, además, unos zapatos de tacón prendidos con tiras que subían arrollándose en espiral hasta un poco más allá de los tobillos, y en torno al fino cuello una gargantilla de perlas.

Se conoce que la naturaleza, que produce tantos monstruos, se había esmerado en la creación de aquel cuerpo femenino. Además de unas formas anatómicas bien moldeadas, que se compadecían unas con otras hasta completar un ser humano de inusual belleza, lo había dotado de una vitalidad pletórica de encanto. Dicha vitalidad se manifestaba de la manera más elegante posible en las distintas figuras y pasos del baile, en los blandos y caprichosos contoneos, en los giros y oscilaciones, en el mostrar y esconder, en las sacudidas de su melena rizada, en las poses estatuarias. La recuerdo ahora, cuando aún no se había despojado de la primera de sus prendas, parada un segundo delante de mí, la barbilla alzada de modo que el cuello rodeado de perlas parecía alargarse en actitud de ofrecimiento. Mantenía la boca entreabierta, que es, según cuándo y cómo, la vulva de la cara por donde las mujeres a veces nos dicen más de lo que hablan. Una mano la tenía apoyada en la cadera; la otra, de uñas largas pintadas de blanco, se abría sobre un muslo, como agarrándolo con fuerza no se sabe por qué razón, mientras el fino y curvo pulgar rozaba y señalaba la zona genital, sí señor, la rozaba y la señalaba, esto último tal vez como al descuido, lo que no evita que yo lo notara como habría notado un estornudo o cualquier otra acción ostensible del cuerpo, que aunque puede que para algunas cosas yo sea tonto o ciego, para las que de verdad me importan, no.

Empezada la segunda de las dos piezas musicales que solía abarcar cada una de las actuaciones, la bailarina, separados los pies, dobló el talle hacia delante, al tiempo que se llevaba las manos a la espalda. En un visto y no visto, manteniendo la postura, soltó el cierre del sujetador y, al erguir de un rápido impulso el cuerpo, se apresuró a apretar contra el pecho la prenda que ya caía. Dio una vuelta completa al escenario interpretando aquel fingido pudor, y estaba tan bien aderezada la comedia que hasta parecía que por cubrirse ella las menudas tetas no le era posible adaptar sus pasos al ritmo de la música. Pensé por un momento que se disponía a concederles a los viejos el honor de enseñárselas antes que a mí. No me habría molestado en absoluto. En serio. Incluso estaba dispuesto a manifestar de modo patente mi conformidad. Soy de los que, cuando viajan en el transporte público, no vacilan en ceder su asiento a las embarazadas, las madres con bebé y las personas mayores o con muletas. La bailarina optó por una solución salomónica, y fue que se arrancó del cuerpo el sujetador al encarar el pasillo que conducía a los servicios, en un punto del escenario donde, por mostrársenos su busto de perfil, yo le podía ver una teta y los de enfrente la otra. No soltó el sujetador con un gesto indolente de la mano como hacían sus compañeras y como había hecho ella en su actuación anterior, rodeada de ingleses, sino que lo arrojó fuera del círculo giratorio con ademán resuelto, a la manera de quien se desprende de un objeto fastidioso. Estuve a punto de sumarme a los aplausos y yujus de sus compañeras.

Constaté: tetas, dos, una a la izquierda y otra a la derecha. Me abstengo de incurrir en la incontinencia metafórica, vicio ajeno a mi temperamento. Eran dos tetas y no dos limones ni dos peras bamboleantes. Lozanas eran y no venosas ni grandes, sino más de chica que de señora portadora de leche materna. Tetas como las que se ven hoy en la pantalla del cine, en las revistas, en los anuncios de la televisión. Uno ya no se toma la molestia de excitarse a la vista de dos prominencias carnosas coronadas por una nudosidad rosada o marrón. Las tetas como que ya no forman parte de la desnudez femenina. A fuerza de romper tabúes hemos llegado en Europa a un grado de familiaridad con los componentes externos del cuerpo humano que los despoja de todo atisbo de magia. Uno ve tranquilamente tetas, codos, pescuezos; luego ve faroles, trenes, caballos, y sigue su camino sin perder la calma y el mundo no cesa de rotar. A mí se me figura que en la época actual, dentro de la zona democrática europea, para ver carne íntima de mujer hay que asomar la mirada por encima del hombro del ginecólogo. Es como si la desnudez fuera un lago que se hubiese ido desecando hasta reducirse a un resto último en el recoveco genital. A este paso los curiosos terminarán arremolinándose en torno a las mesas de operaciones a fin de experimentar, delante de un ovillo de vísceras, aquella antigua sensación asociada a lo prohibido, lo pecaminoso, lo secreto, que atormentaba o hacía las delicias de nuestros antepasados. Sea como fuere, yo no había ido al bar de Susi a inspeccionar tetas. Admito, eso sí, que habría sido una descortesía no apreciarlas ahora que me eran ofrecidas a la vista, tanto más si se considera que la bailarina, cuando estuvo de cara frente a mí, levantó los brazos con el propósito evidente de ostentarlas, detalle a todas luces amable al que juzgué oportuno corresponder mediante un gesto caballeroso de reconocimiento. En fin, un leve cabeceo, tampoco voy a exagerar.

Sus manos, que hacía apenas un instante jugaban a extraviarse entre los rizos de la melena, rodearon con suavidad de caricia el delgado cuello y se escondieron durante unos segundos detrás de la nuca antes de bajar resbalando por los costados del torso, como dibujándolos en toda su curva extensión. Que no se me olvide escribir que para entonces se le había puesto a la bailarina esa mueca de suspiro hacia dentro que hacen las personas cuando les están curando una herida y sienten escozores, yo ya me entiendo. La mueca obraba un efecto afeador, lo que para una mujer joven, hermosa y, además, simpática supone un fenómeno pasajero sin mayores consecuencias. El afeamiento y demudación de la cara era, según recelo, una astucia del oficio mediante la cual ella nos daba a entender a los viejos y a mí que en el interior de su cuerpo hervía verdaderamente la lujuria; que, poseída de una violenta sensualidad, ya no podía ocuparse de las apariencias, ni atender a los aspectos coreográficos de su trabajo, ni evitar aquellos jeribeques de hembra encelada. El menoscabo de las cualidades profesionales de su actuación, debido a un exceso de franqueza en la pasión sensual, estaba bien fingido y ella tenía las axilas rasuradas.

Después de serpear hacia el centro del vientre, sus manos se pararon enlazadas debajo del ombligo, formando un inquieto conciliábulo de uñas y dedos. Un giro brusco de ambas muñecas orientó los pulgares, ahora estirados, hacia el borde superior de la faldilla del tanga, como si hubieran sido elegidos por votación entre camaradas para el cumplimiento de una misión de merodeo. Se habían enganchado a la goma de sujeción cuando la bailarina me dio la espalda. Entonces hube de resignarme a perderlos de vista, si bien por poco tiempo, pues me percaté de que si ladeaba la cabeza podía observarlos a mi gusto en el espejo de enfrente. De paso vi mi cara y me saludé. Es que me caigo bien. Sonaba por los altavoces un tema instrumental adecuado para la ocasión, con un piano dominante acompañado sin estridencias por un bajo y una batería percutida con escobillas. Los suaves compases envolvían el espectáculo en una atmósfera de armoniosa y placentera intimidad. Todo ello me pareció que se iba al traste cuando de repente se encendieron los focos rojos. Lancé, alarmado, una mirada al tipo de la música; pero él, entretenido con sus teclas y botones, no se dio por enterado. La claridad roja hacía el efecto de una pátina sobre la piel de la bailarina. Por fortuna, debido a su escasa intensidad, era neutralizada fácilmente por los focos blancos, de forma que ahora ella, recubierta de un color inverosímil, exhibía su belleza dentro de una campana de resplandor.

La bailarina impuso a sus nalgas un vaivén rítmico del que resultaba un curioso juego de luces. Mientras la nalga que alcanzaba la posición más elevada durante el balanceo parecía encenderse, en la redondez y lisura de la otra se atenuaba ligeramente la claridad, y así de manera alternativa como si jugaran a pasarse entre ellas un fino reverbero. Quedó luego rota aquella intermitencia de carnes alumbradas no bien la bailarina, separados los pies, se detuvo para inclinar el cuerpo hacia delante. Entonces asomó en el arranque de ambos muslos la franja de tela negra con orlas plateadas que cubría la desembocadura del conducto digestivo y el recoveco genital. Sé de lo que escribo; yo me hallaba detrás, a metro y medio de distancia. Al erguirse de nuevo, la bailarina deshizo la vuelta que estaba ejecutando sobre el escenario, lo que bien pudieron tomar los viejos por desaire. Así y todo, no se levantaron de su asiento para protestar ni falta que les hacía. ¿Acaso, por espacio de un minuto, no me había tenido yo que conformar con la fachada posterior de la bailarina? No puedo certificar si ella me miraba y sonreía puesto que el interés de mis ojos estaba puesto en la acción de sus pulgares, los cuales se apartaban por dentro del tanga hacia los costados del bajo vientre y enseguida volvían a juntarse en el centro, dejando ver como quien no quiere la cosa, en el curso de sus idas y venidas, las puntas del pubis. Una cadera se desplazó de pronto hacia un lado. A fin de contrarrestar la descompensación del cuerpo, la pierna opuesta se desplazó hacia el otro. A este punto todo sucedió tan deprisa que por poco un pestañeo me roba aquel momento estelar del espectáculo. Abiertas las piernas, la bailarina, de un rápido tirón, se despojó del tanga al mismo tiempo que se apagaba uno de los focos blancos. Dudo que el tipo de la música, de haber continuado los ingleses en el local, se hubiera atrevido a tanto. Voló el tanga por los aires con su faldilla. Quedaba, menos mal, el otro foco. Y ahí estaba, partiendo en dos el oscuro triángulo de vello, la rasgadura vertical que de pequeño, mirándosela a hurtadillas a mi hermana, yo creía que se les practicaba cruelmente a las niñas al nacer separándoles las piernas con violencia, motivo por el que me alegraba de ser varón. No pude menos de felicitarme entre mí por el excelente desenlace de mis observaciones. ¿Sería esta satisfacción sosegada lo que experimentaba aquel viejo amigo mío, ornitólogo en su tiempo libre, que subía a los montes, arriesgaba la vida en los despeñaderos y se gastaba un dineral en viajes sin otra finalidad que atrapar en los oculares de sus prismáticos el vuelo fugaz de cierto pájaro, de cierta rapaz, de no sé qué córvidos por él buscados con paciencia inquebrantable? Yo me reía a veces de él como los otros, y soltaba la carcajada cuando, congregados a su alrededor en rueda de socarrones, le preguntábamos si también iba a ver pollos en las granjas avícolas o cuando alguno tiraba por encima de su cabeza una pajarita de papel, confeccionada de forma chapucera con la servilleta de un bar, y le decía: «Mira, mira cómo vuela el avestruz.» Él soportaba nuestra risa sin irritarse, incluso con gesto risueño, sabiendo quizá que siempre salía victorioso de las burlas. Al final nos miraba con aquellos ojos suyos que irradiaban bondad y decía en un tono dulce de voz, como excusándose: «Es que cuando encuentro el ave que busco soy feliz.» ¿Qué le podíamos replicar? ¿Que se equivocaba? ¿Que en realidad era muy desgraciado? Uno cualquiera le daba una palmada campechana en representación de los demás, como para significarle que nos habíamos reído de él sin malicia, y enseguida abordábamos el inagotable tema del fútbol o, si era verano, el del ciclismo.

En el Susis me acordé de aquel amigo (al que no veo desde hace más de quince años) porque yo también, en cierto modo, había encontrado el pájaro que buscaba, con pelos en vez de plumas. Me complacía delante de la mujer desnuda la certeza del objetivo alcanzado. Por un instante experimenté unos leves indicios de momento blam, que por razones diversas no prosperaron. Enumeraré las principales: los focos rojos, que me sacaban de quicio; la visión desalentadora de la vejez en los asientos de enfrente; la bebida tibia; en fin, el pago por entrar allí de veintitrés euros procedentes de los fondos previstos para los gastos del viaje, dispendio que me causaba un no intenso pero continuo picor en la conciencia. La bailarina, sin más indumentaria que los zapatos de tacón y la gargantilla de perlas, prolongó su actuación por espacio de medio minuto. Para entonces, la tensión erótica y el encanto y promesa del desvestirse paulatino se habían esfumado, pues es ley natural de los horizontes que, cuando uno los alcanza, desaparezcan. Privada de la posibilidad de ocultarse, la vulva iba de un lado para otro tal vez como los pájaros de mi amigo, que, obligados a abandonar sus nidos recónditos en los densos ramajes o en la tierras escarpadas, yerran sin rumbo por el aire, mostrándose muchos de ellos a la luz del día en su desamparada fealdad. Y digo que iba porque juzgo inapropiado afirmar que las vulvas bailen, por más que, dada su blanda consistencia, es verdad que un poco se abren y se tuercen, se estiran y se encogen, y hasta parece que no fueran indiferentes al ritmo de la música cuando las extremidades vecinas les transmiten una parte de sus movimientos. Pero ni siquiera estoy seguro de ello y tampoco conozco a nadie que me pudiera sacar de dudas.

Y termino, pues noto que se me duerme la mano de tanto escribir; además, pasa de media tarde y barrunto que la señora escritora estará al llegar. Otra bailarina se había encaramado al escenario. La había visto yo actuar con anterioridad en dos ocasiones: una, sola, y otra interpretando a dúo con una compañera la pantomima lésbica. La música había cambiado; pero la forma un tanto maquinal que tenía ella de mover los brazos y las caderas, adelantando el busto hacia el público, era la misma. Distraído, dirigí la mirada a los viejos, tan formales, tan pacíficos en sus asientos. ¿En qué pensarían, si es que pensaban? De pronto me golpeó la idea de que quizá habían entrado los dos en el bar de Susi siendo todavía jóvenes y habían envejecido en el transcurso de una o dos horas a fuerza de contemplar números repetitivos de estriptis. Toqué mi frente. Por suerte aún no estaba marchita ni atravesada de arrugas. Miré el reloj. Aún no había terminado el día, aún me quedaba tiempo, aún podía salvarme de la vejez prematura. Deposité el vaso, con un resto de bebida, en el suelo y salí a la calle. Nada más doblar hacia la Reeperbahn, me crucé con tres señoras más bien gruesas, de cinturas anchas, de caras fofas, de edad cercana a los sesenta, y todas, por añadidura, vestidas. Acostumbrados los ojos a los cuerpos desnudos de mujeres jóvenes, ¿quién no comprenderá que me quedase mirando embobado a las tres señoras? ¿No será que la gente normal constituye el auténtico espectáculo de la vida? ¡Y qué gafas anticuadas llevaba la una! ¡Y qué baja era la otra! Más adelante vi al tipo que daba vueltas en torno a las bicicletas apoyadas contra el farol, preguntando por qué, por qué, por qué. Subí luego la Davidstrasse por la acera libre de puterío, y allá, en una taberna mugrienta, tomé a morro una cerveza Astra cuyo sabor amargo me vino bien para sacarme del paladar el regusto dulzón de la Coca-Cola. Llegué al piso de Bremen pasada la una de la noche. Mientras me cepillaba los dientes comprendí que con la mente atestada de nalgas, tetas y vulvas no me iba a ser posible conciliar el sueño. Detuve la mirada en el techo del cuarto de baño, calculándole una superficie de unos seis metros cuadrados. En el pasillo se apretaban los utensilios de pintar y empapelar. Les pregunté: «¿Qué, muchachos, tenéis ganas de moveros?» Como ninguno respondiese que no, me entregué sin demora a la tarea procurando hacer el menor ruido posible. Antes de la aurora el techo estaba empapelado y pintado. Me metí en la cama con una grata sensación de paz y es probable que me durmiera enseguida. Recuerdo que soñé con mi amigo ornitólogo. Al día siguiente me desacosté a eso de las tres o tres y media de la tarde.

12

Al comenzar septiembre comunicamos a tía Hildegard nuestra intención de reanudar el viaje sin pérdida de tiempo. Yo escuchaba desde la cocina, masticando un cruasán, lo que le decía Clara por teléfono. «El piso nos gusta mucho. Ahora bien, comprende que nos queda un largo camino por delante.» La vieja es flexible como una lápida, oye mal y entiende peor. Se notaba en la voz de Clara la tensa parsimonia que adopta cuando le cuesta esfuerzo no perder la paciencia. «Las vistas al río son magníficas; pero ha llegado el momento de instalarnos en otro lugar. Mi libro así me lo exige.» Yo le había dado esa mañana al turco del quiosco una nueva oportunidad. «¿Qué libro va a ser?» La última. Y no la había aprovechado. «Ya te conté que estoy escribiendo un libro sobre un viaje.» Hasta la siguiente ola de calor, dentro de un año o dos o más, no se le ocurriría la falta gramatical que hacía de él, al menos por espacio de unos segundos, un hombre adorable. «¿Vacaciones? No, no, el año entero.» Para entonces yo estaría lejos de Bremen. «¿Y crees que escribir un libro no es trabajo?» Se acabaron nuestras pláticas diarias acerca del tiempo. La vida tiene ese pequeño inconveniente: que pasa y termina. «¿Te llevamos las llaves a Cuxhaven o prefieres que se las dejemos al señor Kranz?» Luego supe que la tía había contestado que no hacía falta, que de todos modos debía venir a Bremen a arreglar unos asuntos. Anunció su visita para el día siguiente. Muy pronto por la mañana subí del sótano la alfombra, las esteras y los otros cachivaches retirados al poco de nuestra llegada al piso. Esta vez el traslado no resultó tan penoso ya que el ascensor funcionaba. A primera hora de la tarde, tía Hildegard llegó a Bremen en tren, y tomó el tranvía porque le duele pagar un taxi, aunque ella afirmara otra cosa, y nos trajo de obsequio dos frascos de mermelada. Clara y yo sosteníamos un frasco cada uno mientras aguantábamos las tediosas explicaciones sobre el proceso de elaboración del susodicho producto. Lancé a Clara una mirada apremiante para que cortara sin demora la cháchara insufrible. Obedeciendo mis instrucciones oculares, ella le preguntó de sopetón a su tía si había tenido un buen viaje. Cinco minutos antes le había dirigido la misma pregunta. La vieja no comprendió a la primera y eso bastó para que perdiese el hilo de la charla. Levantando de repente la mirada hacia lo alto de la pared, me elogió por lo bien que había empapelado el vestíbulo. Si aquello le daba alegría no entiendo por qué Clara se la estropeó diciéndole que yo había hecho mi obra en el cuarto de baño. ¿No es más humano permitir que las personas disfruten en paz de su satisfacción aun cuando esta se asiente en ilusiones o patrañas? La tía no tuvo más remedio que ir a examinar mi trabajo. Tras la ridícula situación en que la había puesto su sobrina, la pobre ¿qué juicio iba a emitir? Estoy seguro de que, por escapar del trance, hasta le habría parecido bien que yo hubiese cubierto el techo del cuarto de baño con hojas de periódico. Por suerte su mala vista le impidió percatarse de que en varios lugares las tiras de papel no casaban con la debida perfección. Seamos sensatos. ¿En qué cabeza cabe que se puedan esperar resultados óptimos si uno trabaja bajo los efectos psicológicos originados por la observación de un número inusual de entrepiernas femeninas? Quizá la vieja albergase en el interior de su menudo cuerpo unos miligramos de comprensión para aceptar la excusa; Clara, en cambio, allí presente, no. Conque opté por callarme, resignado a que la una repitiera la misma crítica negativa que días antes la otra. Clara le explicaba el mal estado en que habíamos encontrado el anterior papel. La tía, que escuchaba con gestos de asentimiento, miraba hacia arriba sin ver, y espero que también sin oler, ya que un rato antes, yo... (pero de esto no voy a escribir, pues noto que me salgo del tema). En una palabra, no tuve necesidad de justificar mis fallos. La superficie, la nube, la mancha blanca que tía Hildegard debía de columbrar por encima de su cabeza la dejó tan contenta que, una hora después, continuaba aprovechando los remansos de la conversación para volver a asegurar que empapelo y pinto mejor que los profesionales. Los cuales, según dijo, escriben facturas abusivas, jamás cumplen los plazos convenidos y siempre dejan a su marcha un rastro de suciedad. Necesitaría un día entero para contar los desaguisados que habían cometido algunos obreros manuales en sus casas de alquiler y en su piso de Cuxhaven. Clara terció irónica, señalándome con la punta de la barbilla: «Pues ya sabes. Cuando tengas un arreglo pendiente, llama a este.»

Por la noche, tía Hildegard nos invitó a cenar en un restaurante del barrio de Schnoor. A nuestra llegada no había ningún sitio libre. El que mandaba allí, como conocía a la vieja, dispuso que nos trajeran de no sé dónde una mesa. La mesa era más bien un velador con espacio para los platos de dos comensales y la inevitable vela en el centro. Aunque apretados (y yo con la punta dura de una hoja de filodendro clavada en el cogote), pudimos cenar sin mayores contratiempos. Más tarde, en la cama, le manifesté a Clara el poco entusiasmo que me producía la idea de una prolongada convivencia con su tía debajo del mismo techo. «No hables tan alto, ratón, que te va a oír.» En susurros le dije que aquel no era el momento idóneo para desviar la conversación. Sin concederle turno de réplica, desplegué sobre nuestras piernas el mapa de Alemania. Propuse, o quizá exigí (ahora no me acuerdo), que a la mañana siguiente, sin esperar el desayuno, nos pusiéramos en camino con rumbo a cualquier destino. «¿Odias a tía Hildegard o qué?» «Todo lo contrario. La amo y por eso quiero perderla de vista, para que un trato demasiado estrecho con ella no destruya el amor que le profeso.» «No olvides lo mucho que nos ha ayudado.» «También podríamos ponernos máscaras», dije, «llevar a la tía al sótano en silencio para que no reconozca nuestras voces, mantenerla atada con cadenas a la lavadora durante cuatro días y después hacer como que por casualidad hemos descubierto que estaba allí y la liberamos.» «Eres malo, ¿sabes? A veces pienso que sueltas esas cosas brutales en serio.» Me enteré a continuación de que mi plan de huida no se podía llevar a cabo porque Clara y la vieja habían acordado ir de compras al centro de la ciudad. Recelando que tramaran utilizarme como mozo de cuerda, me apresuré a decir que yo no las acompañaba. «Ni nosotras queremos que nos acompañe un hombre capaz de encadenar familiares a una lavadora.» «Pido perdón. La lavadora podría sufrir daños.»

Salieron tía y sobrina del piso a las once de la mañana. Volvieron cargadas de bolsas y paquetes a las seis de la tarde. Oculto tras los visillos, las vi atravesar el puente de peatones. Postulo la igualdad de derechos y oportunidades entre hombres y mujeres, y viceversa; por tanto, no bajé al encuentro de ellas, si bien, cuando les abrí la puerta, tuve uno de mis típicos rasgos galantes: «¿Por qué no me habéis llamado por teléfono para que fuera a traeros los bultos?» Clara me retrucó con malicia sonriente: «No queríamos que estuvieras cansado cuando prepares la cena.» Reunidos después en la sala, insistió en enseñarme lo que le había comprado su tía: un chaquetón, dos pantalones, un pijama, zapatos de invierno, un cuaderno moleskine y no sé qué más, a la vista de todo lo cual las dos me instaban a expresar mi opinión, que era, como no podía ser de otro modo estando la vieja delante, positiva; aunque el chaquetón de mangas raglán y el pijama amarillo, con una fila de lentejuelas sobre la pechera, me dolieron en los ojos más que mirar al sol con lupa. En cuanto estuvimos solos en la habitación, le dije a Clara lo que pensaba. Y concluí, señalando con desdén el horrendo pijama: «Avísame, por favor, cuando trames ponértelo. Esa noche dormiré en la cocina o a la intemperie si no hay más remedio.» «Ratón, ¿te crees que a mí me gusta? ¡Si supieras a qué extremos llega la tozudez de tía Hildegard! El pijama le ha costado bastante dinero y el chaquetón no digamos. Pero es que ¡se ha empeñado tanto en comprarlos! ¿Qué podía hacer yo? ¿Enfadarme con ella?» Clara me reveló con voz de misterio que por la tarde, en el Café Knigge, mientras tomaban té y comían tarta, la tía le había dado, arrastrándolo sobre el mantel, un sobre con cinco mil euros. «Como regalo anticipado de cumpleaños y para que no pases apuros», le había dicho, «pero por favor no se lo cuentes a nadie.» «¿Tampoco a mí?» «A ti, sí, ratón. No seas bobo.»

Nada más cenar, la perspectiva de una velada sin televisor, aguantando el repertorio de quejas de tía Hildegard, nos indujo a Clara y a mí a acostarnos antes de lo acostumbrado. Nos sentamos en la cama con las espaldas recostadas en las respectivas almohadas. Aún no había cerrado la noche. Ninguno de los dos tenía sueño. Yo olfateaba con disimulo el aire de la habitación en busca de esas moléculas que, según leí una vez en la revista *GEO,* desprenden las mujeres cuando están en celo. «Hablando de pijamas, el tuyo no me parece una maravilla.» Me miré el punto donde ella hurgaba con la uña. Asomaba, en efecto, un buen pedazo de hombro por la costura desgarrada. «Perdona, pero si lo dices por este agujero, te recuerdo que me lo hiciste tú.» Al poco rato, en medio del silencio del piso, sonó el borboteo del agua del retrete. «Tu tía acaba de cagar.» «Está en su casa.» «Me produce repugnancia poner mis nalgas donde ella ha puesto las suyas. Vete a saber si tiene diarrea y nos contagia alguna enfermedad. ¿Te importaría ir a comprobar si ha pasado la escobilla?» «¿Y por qué no vas tú si tanto te interesa saberlo?» «¡Clara, por Dios, que es tu tía!» En lugar de mandarme moléculas a la nariz, la señora escritora ojeaba las páginas de su cuaderno de anotaciones. Era un cuaderno en octavo, de tapas duras, ilustradas con una imagen de conchas de caracol; un cuaderno ideal, por su tamaño reducido, para llevarlo en el bolso y usarlo en lugares públicos sin llamar demasiado la atención, pero insuficiente a todas luces para guardar una cantidad numerosa de datos. De ahí que ella hubiera decidido comprarse el moleskine de tapas negras que le había pagado la vieja. Le quitó el envoltorio de plástico y después la faja anaranjada donde podía leerse: «El legendario cuaderno de notas de Hemingway, Picasso y Chatwin.» «¡Qué raro! Falta tu nombre.» «Tú ríete, ratoncito, pero algún día me llegará el éxito y entonces hablaremos.» Tanto el moleskine como el de los caracoles tenían hojas de papel pautado. Los dos se cerraban mediante una cinta elástica. A mí me gustaba más el pequeño. «Pienso utilizar los dos. Uno para cuando tenga que apuntar rápidamente algo y el negro para las cuestiones pendientes y los datos que seguramente me harán falta en el futuro. Y a propósito de futuro, dulce ratoncito, ¿tú podrías hacerme un favor? ¿Ves este asterisco?» Acercó a mis ojos una página del cuaderno de los caracoles. «Pues bien, voy a poner esta marca al principio de todas las notas que necesito que me copies en el moleskine mañana o pasado, cuando tengas tiempo.» «De acuerdo, pero te costará tres coitos. Vivimos en la era del trabajo remunerativo, muñeca. ¿Aún no te has enterado?» «Ratón, estoy hablando en serio.» «Y yo también. No vas a empezar con regateos, ¿eh? ¿Cuándo tienes previsto pagarme el primer plazo?»

Adopté a continuación un lenguaje menos comercial, entreverado de matices acústicos que indujeran al objeto de mi deseo a suponer la existencia de un alma dolorida en mi interior; un alma, un espíritu, un trasto inmaterial digno de lástima que se perecía por conseguirle unos instantes de placer a su envoltorio físico. La tentativa fracasó debido a que la señora escritora no apartaba la atención de los asuntos relacionados con su libro. «Podríamos dirigirnos a algún pueblo de la costa, o incluso llegarnos hasta la isla de Rügen, bien pasando por Lübeck, bien dando un rodeo por las landas de Luneburgo. ¿Qué harías tú, ratón?» «¿Yo? Lo que tú mandes. Si quieres conduzco hasta Varsovia.» Concebí la idea de ir a la cocina en busca del delantal, ya que tengo comprobado que, con él puesto, automáticamente atraigo la ternura y simpatía de Clara. También le gusto cuando sujeto con una mano el mango de la fregona y con la otra el asa de un cubo lleno de agua; pero meterme en la cama con aquellos adminículos comportaba dificultades que harían peligrar el logro de mis fines. No se me oculta que otros prefieren ablandar el hielo femenino por medio de regalos, ramos de flores y esas cosas. A mí, considerando el lugar y la hora, sólo me quedaba el recurso del delantal, que tampoco es desdeñable. Produce risa en un primer momento, pero luego da pena. Y en la pena cifraba yo mis últimas esperanzas de incitar a la esposa al piadoso préstamo de su cuerpo para un desfogue que yo procuraría que fuera breve con objeto de causarle a ella la menor molestia posible. No obstante, me disuadió de acercarme a la cocina la presencia de tía Hildegard en la vivienda. Yo temblaba sólo de imaginar lo que pensaría de mí si me viera volver a la cama vestido con un pijama roto y un delantal de cuadros. ¿Creería tal vez que acostarse con aquella facha era una práctica habitual entre los habitantes de mi país? ¿Acaso el día en que fuimos presentados no me preguntó de manos a boca si donde yo había nacido también hay restaurantes? No niego que me profese aprecio, como afirma Clara; así y todo, sospecho que a pesar de los años transcurridos ella continúa atribuyéndome, tal vez sin darse cuenta, unas puntas y ribetes de cavernícola.

Total, que permanecí en la cama, tanto por el motivo a que acabo de aludir como porque las negociaciones encaminadas a obtener un beneficio sexual tomaron de improviso un cariz favorable a mis intereses. La luna parada en el cuadrado de la ventana añadía una nota romántica a la escena matrimonial. Clara es particularmente sensible a ese tipo de detalles. Un pájaro que se limpia las alas en el alféizar, los copos de nieve que se pegan a los vidrios, la mencionada luna sobre los tejados; en fin, un elemento decorativo de dichas características basta a veces para que la señora escritora comience a soñar despierta, a sentirse a gusto, a reclamar caricias. Dejando los cuadernos sobre la mesilla, se acurrucó a mi costado con la cabeza encima de mi pecho, y colocando una pierna sobre las mías, añoró nuestras noches amorosas de Gotinga, «¿te acuerdas, ratoncito?», cuando compartíamos dormitorio en un piso de alquiler y en los días invernales, por ahorrar calefacción, nos acostábamos temprano sobre un colchón tendido en el suelo. Al igual que entonces, la mano de Clara empezó a explorar la zona de mi cuerpo que más me gusta que me exploren. Vi a la débil luz del flexo que había cerrado los párpados, quizá para persuadirse de estar abrazada al joven que fui, lo cual es una forma de infidelidad, aunque perdonable. Ya estaba ella más que dispuesta para un acoplamiento cuando ocurrió una acción frecuente en las películas malas: sonó el teléfono. Permanecimos inmóviles unos instantes, sin deshacer el abrazo. Se oyeron de pronto, al otro lado de la pared, los bisbiseos de la vieja y un poco después los nudillos de su mano al llamar a la puerta de nuestra habitación. «Clara, Clara», susurró desde el pasillo, «tu padre pregunta si te has olvidado de felicitar a Kevin por su cumpleaños. Dice también que Gudrun está ofendida.» Clara saltó de la cama, hablando consigo misma fuera de sí: «Mi reloj. ¿Dónde he puesto el reloj? Las nueve y diez. Aún estoy a tiempo.» Y sin parar de murmurar, salió a toda prisa de la habitación, y yo me quedé a solas y le indiqué por señas a la luna que ya podía marcharse de la ventana porque me parecía a mí que esa noche no me iban a hacer falta sus servicios. Volvió Clara al cabo de un largo rato. Se dejó caer como un bloque de pesadumbre en la cama. «Olvídate del mar, ratón. Se me ha pasado por completo el cumpleaños del chico. Me he inventado que queremos darle el regalo mañana en propia mano.» «Sí, pero tu hermana vive en Hannóver y, que yo sepa, Hannóver dista muchos kilómetros de la costa. ¿O han cambiado de sitio la ciudad?» «Le he hablado a Gudrun de mi proyecto. Me ha ofrecido su piso. Serán unos días, ratón. Por el camino le compraremos un regalo al chico. Piensa en algo que le guste, haz el favor. Yo ahora no puedo pensar.» Apagó la luz. La luna había desaparecido de la ventana. El morado profundo del cielo empezaba a cubrirse de oscuridad nocturna. Acostados en silencio uno junto a otro, supe por su manera entrecortada de respirar que Clara estaba llorando. No le dije nada porque yo en esas situaciones no sé qué decir. La atraje hacia mí y ella, dócilmente, se dejó envolver en mi abrazo. Me llenó el pecho de lágrimas. Luego nos dormimos.

13

Gudrun vivía por entonces en el 294 de la Podbielskistrasse. Yo nunca le he tomado a mal que reprochase una vez a su hermana la decisión de casarse con un extranjero. Ni siquiera nos conocíamos personalmente cuando, en el curso de una cena familiar a la que no asistí, dijo aquellas palabras que Clara no olvida ni acaso, en el fondo de su corazón, perdona. En presencia de sus padres se permitió algunas chanzas hirientes acerca de la previsible duración de nuestro recién anunciado matrimonio. Mis suegros callaban, convencidos acaso de que la hija mayor no andaba descaminada en sus conjeturas. Por aquellos días, Clara aún no había terminado sus estudios; yo era un becario de veintitrés años, sin perspectivas laborales, sin permiso de trabajo ni de residencia más allá del tiempo que durasen mis actividades universitarias, pero con unos rizos largos y oscuros que, según insinuaron en cierta ocasión mis futuros parientes alemanes, debían de haber sorbido el seso a Clara, rubia convencional, de melena lisa hasta los hombros, como Gudrun.

En la forma y color del cabello empieza y se acaba el parecido de las dos hermanas. Clara tiene un rostro agraciado, por más que practique el hábito femenino de negarlo ante el espejo, mientras que Gudrun, con todos mis respetos, se acerca a la descripción que dedica Goethe a su hermana Cornelia en *Poesía y verdad*. Ni siquiera cuando sonríe se atenúa, como sucede de ordinario en las fisonomías infortunadas, la fealdad de su rostro hinchado de ojos vulgares, barbilla puntiaguda, carrillos gomosos y boca sin labios, ya que entonces asoma una dentadura postiza semejante a una fila de teclas de plástico. Si tuviera más confianza con ella le recomendaría que expresase sus satisfacciones y alegrías en modo solamente verbal. La primera vez que la vi no pude menos de decirle a Clara no bien estuvimos solos: «Te preferiría desdentada, mojándome de saliva cuando me hablaras de cerca, a que te dejases empedrar la boca como tu hermana.» Ya desde pequeñas, Gudrun pasaba por ser la hija juiciosa, y Clara la díscola y voluble. Hasta el nacimiento de Kevin, a Gudrun le había bastado emplear los recursos de la sensatez para que la vida le mostrase su cara más risueña. Mujer de aspiraciones apacibles y burguesas, se había casado de blanco con Ingo en la St.-Stephanus-Kirche de Schortens, la ciudad de donde procedía el novio. En fotos la he visto bailando con su suegro durante la fiesta de boda. Regaló, según reza el dicho, dos hijos al marido. Logró un buen puesto de trabajo en la sección de contabilidad de la fábrica de galletas Bahlsen. Por verano los cuatro viajaban a sitios como Mallorca o Creta, incluso una vez a Disneylandia en Florida, y por Navidades instalaban el abeto con las bolas y los espumillones en la sala de estar. Asistían regularmente a los oficios religiosos, tenían los hijos bautizados, votaban a la CDU.

Clara, dos años más joven, está hecha con otros materiales. Todavía me acuerdo de cuando su difunta madre le reprochaba medio en broma, medio en serio, los disgustos y decepciones que en épocas pasadas había causado a la familia. A la buena mujer no se le había ocurrido pensar que quizá una razón escondida motivaba la conducta con que su hija menor perturbaba la paz hogareña incluso antes de su ingreso en la pubertad. Y una razón había, en efecto, para su desapego, su rebeldía, sus ataques de furia, su invencible tozudez. Mientras que Gudrun fue lo que suele llamarse un fruto deseado, Clara nació a consecuencia de un coito mal interrumpido. La espina de no creerse suficientemente querida por sus progenitores jamás ha cesado de dolerle. Hoy día aún sigue atribuyendo su predisposición a la jaqueca a las tentativas de aborto con que su madre trató de impedir su nacimiento. Por otro lado, cuesta comprender el propósito por el que una madre revela intimidades tan penosas a una niña de ocho o nueve años. Clara lo interpreta como una forma de castigo. La conclusión lógica era que todo habría resultado más fácil sin su presencia. Mi suegro, ingenuamente, acostumbraba declarar que le habría gustado tener un hijo varón. Y luego estaban los agravios comparativos. Si Gudrun traía buenas notas escolares (y siempre las traía), se extendía por la casa un aire de celebración y de orgullo; si las traía Clara (que propendía a resultados mediocres), un gesto de alivio acompañaba a las palabras de felicitación. Estos recuerdos de familia se los he oído referir a Clara en incontables ocasiones. «No tuve buena infancia, ratón. Crecí convencida de ser un estorbo, como cuando no podíamos tomar el barco de Helgoland, visitar el mercado navideño o ir a cualquier parte porque a mí me dolía la cabeza. Y entraba mi madre en mi cuarto y me preguntaba en la oscuridad, junto a la cama: ¿te duele de verdad? No sé si me entiendes. Mis padres eran buenos; pero yo tenía en todo momento la impresión de que algo fallaba, de que cuando me veían llegar se les borraba de repente la sonrisa.»

Su padre, que es una de las personas más pacíficas que ha pisado la faz de la Tierra, había adquirido el compromiso de recompensar mediante una moneda de dos marcos los sobresalientes y los dictados con cero faltas. De este modo, Gudrun llenaba con rapidez la hucha y Clara, a quien se supone que la fortuna de su hermana debía servir de acicate, se encerraba en el cuarto de baño a llorar recomida de envidia. Repitió el séptimo curso por despecho, dedicado todo su talento a coleccionar cuatros y cincos en los exámenes. Durante la adolescencia, mi suegro tuvo que salir de noche varias veces a buscarla por los bares y discotecas de Wilhelmshaven, y en una ocasión pasó varios días con amigos en la isla de Wangerooge sin avisar a la familia. Terminó el bachillerato con un vergonzoso 3,3 de nota media (Gudrun con un glorioso 1,7). A los diecinueve años, entró de aprendiza en la filial del Commerzbank de Varel, de donde un buen día, lejos de haber culminado su formación profesional, se despidió alegando que había decidido recorrer mundo. Por el mismo motivo rompió su relación con un chico que la adoraba. Para desesperación de su familia vivió sin apenas dinero cinco meses en Nueva Zelanda, alojada en el galpón de una hacienda de viticultores, a poca distancia de la bahía de Hawke, con el cuerpo moteado de manchas rojizas que le producían un picor insoportable, con continuas diarreas y con unos ataques de migraña que no le quedaba más remedio que soportar en toda su crudeza por falta de medicamentos. Nada de ello impidió que guardara un grato recuerdo de la aventura. Perfeccionó su inglés, dejó el tabaco, descubrió las posibilidades creativas de la soledad escribiendo versos y redactó un diario de cuya reelaboración posterior resultaría una primera novela nunca publicada. Una mañana, con el sol a punto de levantarse sobre la raya del horizonte, determinó darle a su vida una orientación positiva, la que fuera, pero positiva. Con los pies dentro del mar, se dijo: «Ahora ya sé quién soy y lo que quiero. Es hora de volver.» A su regreso, emprendió estudios universitarios en Gotinga. Sus padres temieron que se tratara de otra de sus ocurrencias pasajeras. Le prestaron, no obstante, apoyo económico en la esperanza de que no se instalase hasta el final de sus días en el otro extremo del mundo. En Gotinga se lió con un estudiante extranjero que se ejercitaba en el aprendizaje del idioma alemán y con el cual, un martes lluvioso, contrajo matrimonio en el Ayuntamiento de la ciudad, rodeada de media docena de conocidos que actuaron como testigos y lanzadores de arroz, sin fiesta de boda, sin parientes, sin luna de miel, con una jaqueca que la obligó a dirigirse por el camino más corto desde la pizzería donde estaba celebrando el acontecimiento a la cama. Han transcurrido dieciséis años desde entonces y aquí continuamos, juntos en una casa de pueblo con jardín, la Clarita y el menda ya despojado de sus rizos, sin que jamás en todo este lapso se nos haya pasado por la cabeza la idea de colocar en la sala un árbol de Navidad ni tan siquiera una corona de Adviento. ¿Será ese el secreto de nuestra relación duradera?

Vuelvo a Gudrun, que es en realidad de quien había hecho propósito de acordarme por escrito esta mañana. Tardó tiempo en comprender que yo no representaba un peligro para Clara. Transcurrieron los años; nuestro divorcio inevitable no se había consumado y su joven hermana no solamente seguía viva, sin huesos rotos ni ojos morados, sino que hasta se permitía darme órdenes en presencia de sus familiares, una vejación que desata en mí un placer supremo con tal que la sufran otros. Gudrun se fue acostumbrando a sonreírme. No me atrevería a afirmar lo mismo ni lo contrario en el caso de Ingo, frisio de dos metros de altura, tan lento de cara como de pensamientos, con quien en cierta ocasión, antes de perderlo de vista para siempre, sostuve un diálogo que recuerdo en sus términos exactos tanto por su brevedad como por ser el único que mantuve con él a solas en toda mi vida. Tras aparcar los respectivos coches (el suyo, por supuesto, más grande y potente que el nuestro), habíamos coincidido de forma casual ante la casa de mis suegros, donde el resto de los parientes nos esperaba para comer. Ingo, como más versado en el idioma local, fue el primero en tomar la palabra. «Hola», dijo. Era hombre lacónico, pero certero en la expresión. Se le entendía sin problemas. «Hola», repetí. «¿Cómo te va?» «Bien, ¿y a ti?» «Bien.» Al cabo de seis o siete segundos de silencio, añadió: «¡Cuánta lluvia!» «Sí.» Me tentó preguntarle si era el autor del manual con que empecé a aprender alemán algunos años antes, por cuanto en una de sus primeras páginas figuraba un diálogo casi idéntico al nuestro; pero me mordí la lengua por temor a que se nos enfriara la comida mientras él discurría una respuesta. En cambio, Gudrun y yo hablábamos algo más en el curso de nuestros esporádicos encuentros familiares, y llegó por fin un día en que abandonamos la ceremonia de estrecharnos la mano en el momento de los saludos y yo pasé, tras consultar el asunto en privado con Clara, a besar sin grandes efusiones, pero con naturalidad, sus blandas y carnosas mejillas.

Por la época de nuestro viaje, si hubiera escrito una lista de conocidos míos acosados por la mala suerte, el nombre de Gudrun habría ocupado por derecho propio el primer lugar. Y, desde luego, vivir en la Podbi, como se conoce entre los hannoveranos a esa transitada y ruidosa calle, la más larga por lo visto de la ciudad, es uno de los numerosos infortunios que le había tocado soportar a la pobre mujer. Clara no paró de hablarme de Gudrun durante el trayecto por la autopista que lleva a Hannóver. La larga rivalidad mantenida por las dos hermanas durante la infancia y la adolescencia se había transmutado en un hondo sentimiento de pena de la más joven hacia la mayor. «Ya sabes, ratón, la vida te quita por un lado lo que te da por el otro.» Puestos a filosofar dentro del coche, a ciento cuarenta kilómetros por hora, sentencié: «Sí, y al final te lo quita todo.» Agregué que hablaba en serio. El tema, no lo ignoro, es delicado. «Bueno, pero cuando estemos en su piso espero que no empieces con tus chistes y juegos de palabras. Anda, ratón, prométeme que sabrás comportarte.» «Lo prometo si tú me prometes que no te pondrás a mandarme (haz esto, haz lo otro) delante de tus parientes.» «¿Me consideras una persona autoritaria?» «¿Y tú a mí un humorista?» «Ya sé dónde te escuece, ratón. Pero te juro que reanudaremos nuestro viaje dentro de dos o tres días, a lo sumo dentro de una semana.» «O de un mes», dije, presintiendo que llegaría octubre y seguiríamos en Hannóver, como así ocurrió.

Mientras viajábamos por la autopista nos vinieron al recuerdo aquellas peregrinaciones que mis suegros, los padres y hermanos de Ingo, amigos de Schortens y de Wilhelmshaven, nosotros y más raramente tía Hildegard emprendíamos de vez en cuando para cumplir el rito de contemplar de cerca la felicidad de mis cuñados. «Clara», protestaba yo cuando vivíamos en Gotinga, «no salimos de paseo porque tienes que preparar tus exámenes y ahora me vienes con esto.» «Ay, ratoncito, te doy la razón; pero, si no los visitamos, ellos y el resto de los familiares pensarán que nos corroe la envidia. Estudiaré en el tren.» Cada cierto tiempo, a Gudrun y a Ingo les sucedía un hecho venturoso. No quiero decir que periódicamente les tocase la lotería o que protagonizaran proezas a intervalos regulares. En realidad eran personas dedicadas por entero al cultivo de la rutina. Las novedades y los riesgos les producían una desconfianza innata. Lo experimenté en mis propias carnes. Empezaron a aceptarme a partir de la tercera o cuarta vez que me vieron, no tanto por mis cualidades, si es que poseo alguna, o por mi temperamento, sino porque para entonces ya se habían familiarizado un poco con mi presencia.

De vez en cuando alcanzaban lo que suele llamarse un logro en la vida. Estos logros se conoce que afianzaban su convencimiento de vivir conforme a una estrategia modélica. De ahí que, aunque fueran ellos los beneficiarios directos, no los considerasen un asunto exclusivamente privado. Regía en el clan familiar una ley tácita, nunca por nadie promulgada pero no por ello menos vigente, según la cual no bastaba con felicitarlos por carta o por teléfono; había que acudir a Hannóver a una hora determinada de cierto día y congregarse en torno a su felicidad hogareña con un obsequio apropiado para la ocasión. Asistíamos sonrientes, jocosos, elogiadores, a los sucesivos acontecimientos. Gudrun ha obtenido un ascenso en la central de Bahlsen; todos a Hannóver y mi suegra rebosante de júbilo, pues nació en aquella ciudad y estaba persuadida de que los éxitos de la hija mayor la compensaban de sus infortunios infantiles en tiempos de la guerra. Gudrun ha dado a luz a una niña; todos a Hannóver a proferir expresiones de admiración junto a la cuna de Jennifer, de quien su abuelo paterno dijo, sin que misteriosamente su declaración desencadenara una llorera colectiva, que el bebé se parecía a la madre. Gudrun e Ingo se han comprado un piso cerca del canal («con un crédito del banco, ¿eh?, no os vayáis a pensar», decían como para justificar el vino espumoso de baja calidad y los fiambres baratos que nos sacaban de costumbre); todos a Hannóver a masticar mortadela y pepinillos de frasco mientras veíamos desde el balcón el paso lento de las barcazas. Gudrun ha dado a luz a un niño; todos a Hannóver a conocer a Kevin, el nuevo rey de la casa, y a escuchar las cómicas desavenencias de los dos abuelos sobre la cuestión de las semejanzas, en lugar de celebrar, como resultaba aconsejable, que el bebé no hubiera salido a la madre. Y el niño, qué fuerte, qué guapo, qué rubio. Y transcurrieron dos, tres años sin que nos diéramos cuenta de la escasez de noticias relativas a la felicidad conyugal de Gudrun e Ingo, porque tampoco vivíamos pendientes de ellos (que, por cierto, o se olvidaron de felicitar o felicitaron con retraso a Clara cuando acabó los estudios o cuando superó con nota excepcional el periodo preceptivo de prácticas docentes y obtuvo con rapidez un puesto de profesora en Wilhelmshaven), hasta que un día supimos por mi suegra que algo no iba bien con el muchacho. Al principio sus padres creyeron que un problema de oído no descubierto a tiempo por la pediatra era la razón de sus dificultades en el aprendizaje del habla. Un especialista constató que en los oídos de Kevin no había ninguna lesión. Cuando Gudrun le dijo que su hija mayor, a la edad que por entonces tenía el niño, ya cantaba y hablaba y retozaba sin parar, el médico le respondió en tono campechano que el desarrollo psíquico y corporal difiere de unos a otros, que ya se sabe que por regla general los varones se toman más tiempo para crecer, que un Einstein no se hace en dos días y que, bueno, señora, hay personas tranquilas y calladas que, sin embargo, estudian en la Universidad, etcétera. A Gudrun la intuición materna le sugería otra cosa. Aconsejada por una compañera del trabajo, probó con un logopeda. Más tarde con otro pediatra, de todo lo cual Clara y yo no sabíamos nada, hasta que en el curso de una visita dominical a mis suegros en Wilhelmshaven sonó en voz baja, aunque no había nadie a la mesa que pudiera ofenderse, la palabra que explicaba la extraña conducta del niño. Kevin padecía autismo. Recuerdo la expresión dolorida de mi suegra al decir: «Están desolados.» El diagnóstico fue corregido posteriormente, cuando el niño ingresó en el colegio. Ahora se decía que estaba aquejado de síndrome de Asperger, agravado por una severa limitación en su potencial intelectivo.

A partir de entonces, aquellas celebraciones que congregaban a toda la familia se hicieron infrecuentes. ¿Se avergonzaban mis cuñados de su hijo? Durante varios años sólo nos juntamos por Navidad en casa de mis suegros; ocasionalmente con motivo de alguna cita ineludible. Gudrun dio explicaciones a Clara por teléfono con el fin probable de poner a Kevin a resguardo de preguntas y pesquisas, en cualquier caso para que resultara superfluo conversar sobre el problema cada vez que nos viéramos. Nos acostumbramos a hablar con el niño en un tono de suave cordialidad y a hacer como si nada en él nos produjese extrañeza. En sus labios infantiles y en sus ojos esquivos se dibujaba una sonrisa blanda. Daba la impresión de que se estuviera divirtiendo por alguna causa que nadie sino él conocía. Luego comprobamos que su cara no era capaz de formar otro gesto. Veíamos venir a Kevin por la acera, solo, chupando un helado, y traía la misma sonrisa y la misma mirada de ayer, de anteayer, de siempre. Pese a su retraimiento, se podía mantener con él diálogos breves y rudimentarios de pregunta y respuesta que servían para quitar patetismo a las reuniones familiares. Por su cuenta rara vez hablaba; pero si uno acertaba a tocar una de las pocas cuestiones que le interesaban hasta la obsesión, era posible que se despachase de pronto con varias frases no mal hiladas.

Entre uno y otro encuentro solían transcurrir largas temporadas durante las cuales nos llegaban noticias espaciadas, siempre adversas, de ellos. Mi suegra era quien nos ponía al corriente de las desgracias de su hija mayor: «El niño les hace la vida imposible.» Pasaba un tiempo: «Jennifer recibe ayuda de un psicólogo.» Pasaba otro: «Gudrun ha dejado el trabajo para dedicarse a los hijos.» Y así continuó el goteo de contratiempos y desventuras a lo largo de los años: El matrimonio se rompe. Gudrun sospecha que hay otra mujer en la vida de Ingo. No pueden sostener el crédito de la vivienda. Gudrun ha alquilado una vivienda en la Podbielskistrasse. La calle no es un paraíso; pero el alquiler es barato y su oficina y el colegio de los niños quedan cerca. Ingo ya no vive en Hannóver. Ingo le pasa a Gudrun la pensión que estipula la ley. Ha quebrado la empresa de Ingo. Gudrun ha vuelto a Bahlsen, a un puesto de inferior categoría que el que ocupaba antes; pero ella no se desanima. Y un domingo de enero de aquel año en que Clara y yo emprendimos nuestro viaje por Alemania: «Mañana me instalaré en el piso de Gudrun. He prometido echarle una mano. La pobre está con el agua al cuello. Y los fines de semana volveré a Wilhelmshaven. A este», por mi suegro, «le dejaré comida en el congelador.» Fue la última vez que vimos a mi suegra con vida.

14

Primero pulsamos unas cuantas veces el timbre del portal. Después, aprovechando la salida de un vecino, subimos al piso y llamamos repetidamente a la puerta. A Clara, yo no sé si por efecto de la extrañeza o de la decepción, se le estaba torciendo el gesto de un modo inquietante. Sabíamos que Gudrun no volvería del trabajo antes de las cuatro de la tarde; pero confiábamos, conforme a lo que habíamos acordado con ella por teléfono, en que uno de sus hijos estuviera en casa a la una, hora probable de nuestra llegada. Consumimos las últimas provisiones de esperanza mirando fijamente el ventanuco de la puerta. Tras el vidrio esmerilado no se advertían señales que delatasen la presencia de alguno de nuestros sobrinos en la vivienda. Cada timbrazo implicaba una carcajada con que la puerta hacía burla de mí por haber acarreado hasta el tercer piso dos pesadas maletas en vano. Acerqué la cara al ventanuco para decir remedando el estilo conminatorio de la policía: «Abre, Kevin, sabemos que estás ahí.» Clara me arreó un tirón del brazo. Durante un momento tuve las manos listas por si había que atrapar sus globos oculares antes que se estrellaran contra el suelo, pensando en que de tanta furia estaban a punto de salir disparados de sus cuencas. «Te van a oír los vecinos.» Le susurré, sereno, conciliador: «Ten paciencia. El chaval seguro que abre en cuanto haya terminado de masturbarse.» Y entonces Clara, en vez de premiar como habría hecho cualquier persona en su sano juicio con una sonrisa, con un ligero arqueamiento de los labios, con una mueca benévola, lo que en mi modesto entender era un chiste gracioso, y no porque se me hubiera ocurrido a mí, bajó a toda velocidad a la calle, dejando un rastro de pisadas coléricas sobre los escalones de madera. Aquello sí que merecía el calificativo de escandaloso. Solo en el descansillo, sentí que mis peores augurios se confirmaban. Si ya teníamos problemas antes de ver a nuestros parientes, ¿en qué pozos de infortunio caeríamos cuando estuviéramos con ellos?

Alcancé a Clara en la calle. «Aquí no quiero esperar», dijo con ceño melancólico, de espaldas al sitio donde a principios de año había muerto su madre. Se acercaba, además, un tranvía con su carga de malos recuerdos. Rápidamente convinimos en que yo llevara las maletas al coche y luego diéramos, para hacer tiempo y alejarnos del fatídico lugar, un paseo por los alrededores. Nos reunimos en un tramo de la Podbi flanqueado de tiendas de automóviles. Andando sin prisa nos dirigimos hacia el puente de Noltemeyer, que es al mismo tiempo, en su parte central, parada de tranvías, y sin llegar a atravesarlo descendimos por una rampa de adoquines hasta un sendero que se extendía a todo lo largo de la orilla del canal. Clara se soltó a monologar en tono lúgubre no bien perdimos de vista la calle. No me parece que me tuviera más en cuenta que a su sombra. Hice una prueba: me rezagué unos pasos y ella, sin detenerse ni volver la mirada, siguió hablando como si nada. Me es imposible transcribir con exactitud cuanto dijo porque dijo mucho y no es la mía memoria de novelista; pero recuerdo que, en lo sustancial, se expresó más o menos de este modo: «Ni una línea pienso escribir sobre Hannóver. No odio la ciudad. Eso, no. Sin embargo, en cuanto la nombro me viene al pensamiento el ataúd de mi madre. Después de lo que pasó me siento incapaz, no ya de ser feliz, sino tan siquiera de sentirme cómoda o tranquila en un sitio que para mí contiene una especie de maldición. Antes me parecía la típica ciudad gris, de rasgos convencionales, que por mucho que se esfuerce jamás tendrá encanto. Pronuncias el nombre de Múnich, de Berlín, de Dresde, de Hamburgo; pronuncias a continuación el de Hannóver y suena como si a un arpa le hubieran aflojado una cuerda. Liri liri... ¡pom! No ha transcurrido ni media hora desde nuestra llegada y ya noto que me falta el aire, que sólo con mirar los tejados de las casas se me llenan los ojos de lágrimas.»

El cielo azul se reflejaba en las aguas apacibles del canal. Unos cuantos patos adormilados flotaban cerca de los carrizos de la orilla. Enfrente se alzaba la silueta de un molino de grandes aspas blancas y paredes recubiertas con placas de pizarra. Al vernos llegar, los mirlos saltarines se apartaban del sendero, al que volvían tan pronto como habíamos pasado nosotros adelante. Aquí y allá, grupos de estorninos y algún que otro cuervo solitario picoteaban entre la hierba del talud, y yo, por mucho que habría preferido hallarme aquella mañana en alguna región limpia de parientes, no podía menos de rendirme a las delicias del paisaje. «Celebraremos el cumpleaños de Kevin y, en cuanto veamos que no es descortesía despedirse, nos marcharemos. Serán dos, tres días, como mucho hasta el domingo. Aprovecharé para releer lo que llevo escrito, para introducir algunas correcciones y para meditar. Cuando reanude el trabajo, relataré mi salida de Hamburgo en dirección este, y nadie sabrá, porque a nadie le debe interesar, si durante el viaje estuve o no estuve en un sitio llamado Hannóver.»

Al cabo de un rato, tras cruzar otro puente, emprendimos el camino de vuelta hacia la Podbi. En algún momento del paseo dejé de prestar atención a las quejas de Clara para abismarme en mis impresiones y recuerdos asociados a la ciudad. Un amor pasajero, meramente fornicatorio, al poco de afincarme en Alemania, cuando aún no había conocido a Clara, me llevó a Hannóver en las postrimerías de un otoño. La chica estudiaba Medicina en Gotinga. Sus padres poseían una villa en una zona selecta, próxima al zoo. Ella tenía previsto visitarlos y me preguntó si me apetecía acompañarla. La villa y el jardín que la rodeaba, con unos árboles enormes, sólo pude verlos desde la calle, a través de los barrotes de la verja. Cuando nos bajamos del tren, la chica, Marianne, me contó que había conseguido que un amigo suyo me cediera su habitación en un piso del barrio de Linden, coincidiendo con una estancia de él en el extranjero. Y allá, entre tabiques mugrientos, empapelados de carteles y pasquines de extrema izquierda, seguimos mi amiga y yo sudando nuestros amores por espacio de cinco o seis atardeceres.

Había por aquella época dos Alemanias, y Hannóver, a causa de un azar histórico, estaba situada cerca del borde de una de ellas, que era lo mismo que decir en el confín del mundo occidental o mundo libre, según el convencimiento general de entonces. Más allá se alzaba el silencio impenetrable del llamado «telón de acero», que reproducía a lo largo de anchas tierras boscosas el designio de unos lápices victoriosos sobre un mapa. Sin el ajetreo ni el mestizaje cultural propio de las ciudades de paso; sin la vitalidad, en suma, de los lugares fronterizos (a pesar de hallarse cerca de una frontera y ser la capital de un estado federado), Hannóver conllevaba con resignación su destino de fin de trayecto. Hannóver era todavía en la década de los ochenta, antes de la Reunificación alemana, el nombre de una vía muerta.

Como de costumbre cada vez que llego a una ciudad para mí desconocida, me tentó perderme por las calles en compañía de mis reflexiones. Mi compañera de esparcimientos sexuales consideraba innecesario presentarme a su familia. Así pues, desde la mañana hasta la caída de la tarde, cuando nos reuníamos para hacer rechinar los muelles del camastro, yo dedicaba las largas horas de soledad al ejercicio barato del paseo. Me animaba el propósito común de verificar con ayuda de las fachadas, de los monumentos y los detalles ornamentales antiguos, el mayor o menor prestigio histórico del lugar. Enseguida comprobé que por entonces el rostro de Hannóver carecía de edad. En vano busqué vestigios de otras épocas. Hallé, sí, a costa de esfuerzo caminante, media docena de ruinas dispersas, cuidadas con pulcritud y consagradas al recuerdo y escarmiento de las generaciones venideras: apenas unas paredes sin techo, cada una con su correspondiente placa explicativa y sus vigas y maderos de apuntalamiento, y todas ellas sin excepción circundadas por la fealdad arquitectónica de los años cincuenta y sesenta del siglo XX. Los bombardeos aéreos de los aliados, en el transcurso de la Segunda Guerra Mundial, arrasaron la ciudad. Hannóver semejaba en la primavera de 1945 una escombrera. Sobrevivió el topónimo, un número trágicamente escaso de fachadas venerables y una población famélica de viudas y solteras dispuestas a juntar los ladrillos desparramados por el suelo y emprender sin demora las tareas de reconstrucción. Hay en el vestíbulo del Ayuntamiento una exposición permanente de maquetas para que el visitante se estremezca viendo lo que la ciudad fue y ya nunca más será. Durante varias décadas Hannóver contó tan sólo, para alimentar unas pocas llamas de orgullo local, con una explanada donde se ubica su vasta y conocida feria de muestras, y con la fama honrosa de hablar el genuino alto alemán. Sufre Hannóver sin sobresaltos otras desventuras lentas y perdurables, como la desventura de hallarse lejos de las montañas, de los ríos anchos y del ancho mar. Dicen algunos, mostrando a manera de prueba conchas fosilizadas, que en periodos geológicos anteriores la llanura sobre la cual se asienta la ciudad fue fondo oceánico. Lo cierto es que hoy no les queda a los hannoveranos más consuelo acuático que los paseos en barca de alquiler por un lago de discretas proporciones, el Maschsee, de pronunciación difícil para la boca extranjera. Es un lago artificial, obra del nazismo, que puso a excavar con palas y picos un hoyo a cientos de ciudadanos varones con la idea de falsear la tasa del paro.

De aquel furor actualmente sólo queda, por fortuna, la altanería agresiva de los cisnes.

Hannóver cambió de golpe a consecuencia de la Reunificación. Por de pronto dejó de estar en el borde. De la noche a la mañana, como quien dice, le fue restituida la posición geográfica central que tuvo antaño. He leído que a raíz de la Exposición Universal del año 2000 se llenó de novedad y audacia arquitectónica, y que ya no es raro que la mirada del paseante encuentre incentivos para detenerse a observar con gusto y atención. La modernidad no le ha robado a Hannóver sus dimensiones humanas. Las calles, hoy por hoy, rebosan de seres humanos de todas las apariencias y colores. Allá se alinean unas cuantas verdulerías regentadas por turcos de bigote espeso, una pelirroja canta en ruso en una esquina, un turbante cruza la calle, cuatro o cinco indios de los Andes tocan sus instrumentos autóctonos junto a la entrada de unos grandes almacenes. Hannóver retoza hoy como un niño, como una ciudad-niño renacida de unas cenizas que no quiere recordar, que ya no la tiznan, que se llevó (esperemos que para siempre) el viento incesante de la Historia.

En torno a las dos menos cuarto volvimos a llamar al timbre del portal. Me mortificaba una sensación de vacío interior, conocida mundialmente con el nombre de hambre. Cometí la típica imprudencia de mostrarme sincero. «Pues entra ahí», replicó Clara de mal humor, señalando el escaparate cercano de una panadería, «y cómprate un bollo.» «Preferiría un filete a la plancha con patatas y champiñones fritos, salsa de mostaza y una copa de vino. Bueno, dos.» En realidad hablaba solo, pues no bien hube pronunciado la palabra «filete», Clara me dio ostensiblemente la espalda. Se me hace a mí que pulsó de nuevo el botón del timbre con la misma saña con que le habría gustado hundirme el dedo en un ojo. La oí renegar: «Sólo piensas en ti.» El hambre, esa forma extrema del egoísmo, según Clara, me llenó de hormonas pendencieras los vasos sanguíneos, de modo que, pasadas las dos y cuarto de la tarde, Jennifer nos sorprendió enzarzados en una discusión delante del portal de su casa. Tras apoyar la bicicleta contra la pared, la muchacha nos tendió la mano sin decir palabra. Clara tuvo que hacer hueco a una sonrisa de circunstancias en medio de su gesto acalorado. Es mala fingidora. En su semblante se produjo un vaivén de facciones tan inverosímil, tan ridículo, que por poco se me escapa una carcajada cuando estreché la mano de su sobrina.

No habíamos visto a Jennifer desde el entierro de mi suegra. En obra de ocho meses había engordado tanto que al pronto no la reconocí. Su cara siempre delgada, en la que se marcaban los pómulos y las mandíbulas, presentaba una hinchazón carnosa que había vuelto los labios hacia el interior de la boca y reducido el repertorio de gestos a un rasgo fofo, esférico, apenas expresivo. Me duele escribir esto, pero yo no inventé la realidad. Y real es que donde antes había una garganta, no ya de porcelana, porque tampoco quiero incurrir en exageraciones de poeta (en cualquier caso fina, bonita, bien torneada), había ahora un papo de cuidado. Aún me impresionaron más las perneras de sus pantalones, embutidas de muslos y pantorrillas hasta casi reventar. Una lástima. Cuando la vi apearse de la bicicleta con la pesadez propia de los gordos, me pregunté: «¿Será ella?» Y sospecho que Clara, a juzgar por el pasmo mal disimulado de su mirada, estaba formulándose idéntica pregunta. El exceso de maquillaje empeoraba, por añadidura, el aspecto de la muchacha. Una capa pastosa ocultaba la tersura natural de su frente y sus mejillas. La palidez del cutis se acentuaba por contraste con la sombra negra de ojos. Se había puesto, además, tal cantidad de rímel que los pelillos de las pestañas, pegados unos con otros, tenían el grosor de fideos. Y remataba aquella fealdad, que, conociendo el carácter difícil de Jennifer, acaso obedeciera al propósito de oponerse a los gustos y criterios de su madre, el pelo corto, teñido de un rubio casi blanco, con unas cuantas mechas rojas a los costados. Llevaba, en fin, una perforación en una aleta de la nariz, acabada en una pequeña bola de níquel, y otra similar, como comprobamos más tarde, en la lengua. Por encima de su hombro, cuando dejó que yo le sostuviera un instante su mano laxa, no más efusiva que la de un muñeco de trapo, vislumbré en las pupilas de Clara un ruego para que me abstuviese de irritar a la muchacha con alguna cuchufleta.

Jennifer nos precedió en silencio por la escalera. En silencio abrió la puerta del piso. Dejó las deportivas tiradas en el suelo, junto a una pila de zapatos revueltos, y a nosotros solos en el recibidor antes de meterse en su dormitorio, del que no habría de salir hasta la llegada de su madre, dos horas después. Me causó una viva impresión de infelicidad; pero no dije nada. Me limité a cumplir con Clara ese rito, que tanto me repugna, de quitarse los zapatos al entrar en casa ajena. Nuestras zapatillas estaban con el resto del equipaje en el maletero del coche, así que no hubo más remedio que pisar el suelo de linóleo, yo en calcetines y Clara, que había venido con zapatos abiertos de verano, descalza. A los pocos pasos, comprobé que se me había adherido pelusa a los calcetines. Se los mostré a Clara. ¡Qué tiempos aquellos en los que su hermana, durante las reuniones familiares, presumía de limpieza, de orden y de leerles todas las noches a sus hijos, antes de apagar la luz, un fragmento de la Biblia! Porque también nos ponía su religiosidad como ejemplo de vida ordenada con premio seguro en el más allá. Clara se miró las plantas de los pies. Las tenía ligeramente ennegrecidas. Sin necesidad de ponernos de acuerdo nos calzamos. Clara se vino a mí y me estampó un beso serio en los labios. Amigos otra vez. Pero no me fío. Conque le agarré un pecho sin más ni más y, como no se resistiese, me convencí de que era auténtica la reconciliación. Luego me dijo por lo bajo: «Ratón, cuando nos hayamos ido y estemos lejos de Hannóver harás todos los comentarios que te plazcan; pero hasta entonces, ni uno. ¿Me lo prometes?» Acerqué la boca a su oreja para decirle: «Me está viniendo a la nariz un aroma como de pan caliente.»

El rastro del olor nos llevó a la cocina. Dentro del horno se estaba dorando una pizza *funghi* de la marca Dr. Oetker. Quienquiera que la hubiera puesto allí había dejado la caja y el envoltorio de plástico encima de la mesa. Vi que el mando de la temperatura marcaba noventa grados. Con esa intensidad de calor ni dentro de una hora estaría la pizza lista. «Ratoncito, creo que ya puedes bajar al coche y subir el regalo de cumpleaños. Y de paso podrías traer las maletas.» Cuando regresé, Kevin estaba sentado a la mesa, masticando pedazos medio crudos de pizza con la cara inclinada sobre el plato. Lo saludé y él, como de costumbre, no me miró. Yo no sé cómo se las arregla para conocernos puesto que nunca nos mira a la cara. Quizá nos identifique por la voz. «Tengo mucha hambre», le dije. «¿Me das un trozo de pizza?» Contestó que no mediante una sacudida enérgica de la cabeza. «Yo pensaba que éramos amigos.» En vano esperé una respuesta, un gesto, una señal de que me hubiera entendido. «Te compro la mitad por dos euros.» Repitió la sacudida de cabeza. «Por tres.» A su espalda, Clara me hizo señas para que me callase. Permanecimos ella y yo un buen rato de pie sin decir palabra, mirando cómo la pizza desaparecía poco a poco dentro de la boca de Kevin. Cuando terminó de comer, lo felicitamos por su cumpleaños sin darle la mano ni abrazarlo, pues nos tienen dicho que no le gusta que lo toquen. Clara le tendió un sobre con cincuenta euros y una postal donde por la mañana habíamos escrito una frase cariñosa. Yo desplegué ante el muchacho, convencido de que reaccionaría positivamente, una bufanda del Wérder Bremen. «¿Te gusta?» Se encogió de hombros. Al rato tomó el dinero y, sin despegar la barbilla del pecho, se marchó a su habitación.

La penuria de alimentos que encontré en el interior de la nevera trajo a mi memoria los relatos testimoniales, oídos en tantas ocasiones a mis suegros y con menor frecuencia a tía Hildegard, acerca de los tiempos duros de la posguerra en Alemania. «Tengo la impresión», dije, «de que no has puesto a tu hermana al corriente de nuestra costumbre, tal vez reprobable, de cenar a diario.» En uno de los cajones destinados a guardar la verdura yacía una coliflor aprisionada en estrecha y apática soledad. Dentro del otro dormitaban dos zanahorias rugosas, sucias de barro seco, en compañía de nueve o diez coles de Bruselas amarillentas. Vi sobre una balda un trozo de queso de brie al que había sido fijado mediante un mondadientes un cuadrado de papel en el que podía leerse un aviso escrito con bolígrafo: «Propiedad de Jennifer.» La nevera contenía poco más: una fuente de patatas cocidas, un frasco en el que apenas quedaba un dedo de mermelada de fresa, una caja casi vacía de leche; en total, media docena de víveres de aspecto poco tentador a pesar del hambre que me corroía. Llamé la atención de Clara sobre el queso con propietario. «No quiero problemas», dijo ella, «así que mejor no toques nada.» Sugerí que o bien saliéramos en busca de unos vales de racionamiento, o bien preparáramos con las rebanadas de pan de molde que se veían al lado de la cafetera, dentro de una bolsa de plástico, unos bocadillos de coliflor cruda y patatas frías con kétchup, porque un frasco de kétchup también había en la nevera, con la fecha de caducidad, eso sí, cumplida. En mi parecer, esta circunstancia no debía representar para nosotros ningún inconveniente, «puesto que tampoco hemos venido a este piso a disfrutar», dije a modo de conclusión. «Ratoncito, créeme que te entiendo, pero me es imposible ayudarte. En lugar de serrar mis nervios con tus cínicas palabras, dime, ¿por qué no bajas a la calle y buscas un sitio donde te puedas atiborrar de comida?» Transcurrida media hora, se apoderó de mí la fuerza misteriosa que impelía a los moradores de aquella vivienda a aislarse en recintos cerrados. A espaldas de Clara rapiñé un plátano de cáscara negruzca, de dos que había en un frutero próximo a la repisa de la ventana, y con la excusa de cierto apuro corporal, me retiré a comerlo a escondidas en el cuarto de baño. Tenía tanta hambre que mi estómago succionó los pedazos a medio masticar, eximiéndolos del trámite de sacarles gusto. Arrojé la cáscara al fondo del inodoro y apreté el pulsador de la cisterna. El chorro de agua siguió su camino sin llevarse la cáscara. Repetí la operación dos y tres veces, hasta que a fuerza de empujar el desperdicio con el mango de una fregona logré finalmente que desapareciera en el sifón.

A media tarde llegó al piso una cesta con alimentos. En un segundo instante advertí que al lado de la cesta venía una persona. Gudrun nos besó en la mejilla no sin ciertos aspavientos afectuosos que me parecieron nuevos en ella. Luego de lanzar una fugaz mirada a nuestros pies, aprobó que no nos hubiéramos descalzado puesto que, «sintiéndolo mucho, ya sabéis lo estresada que vivo», no había tenido tiempo de fregar los suelos. Me sorprendió gratamente su trato horizontal, de tú a tú, exento de la fría distancia y de los formalismos propios de quien se siente superior a los demás, motivo por el que esta mujer me resultaba tan antipática en tiempos anteriores. Se conoce que a fuerza de disgustos se había vuelto sincera y natural, algo impensable por los días en que la conocí, y que ya no experimentaba el menor impulso por aparentar una felicidad que no tenía. Sin que hubiera transcurrido un minuto desde su llegada, comenzó a hablar mal del padre de sus hijos. Consideraba a Ingo un cobarde que «había huido de sus responsabilidades familiares dejándola a ella sola con todos los problemas». Acto seguido, aplicó a los seres humanos de sexo masculino unos apelativos no precisamente halagüeños, de los cuales me exoneró con una sonrisa de su boca sin labios tan pronto como se hubo percatado de mi presencia. «No te quejarás, ¿eh, Clara?, del marido que Dios te ha dado.» «Bueno, en líneas generales mi dulce ratón se porta bien conmigo.» A este punto, Clara me arreó una palmada suave en el cogote cuyo significado, aparte de la broma indolora que entrañaba el golpecito, podía cifrarse en el aserto: «no te hagas ilusiones, muchacho», u otro por el estilo. Intervine: «¿Me dejáis que diga una cosa?» Clara me espetó: «Este es un diálogo entre mujeres, por si no te habías fijado.» «Hermana, no seas así. Deja que hable.» Y entonces le pregunté a Gudrun, señalando la cesta, si por casualidad no tendría para mí una galleta, una ciruela o cualquier otra fruslería con que engañar el hambre. Intenté, por no parecer descomedido, justificar mi petición; pero las protestas de Clara me impidieron decir siquiera una palabra. Supimos que a las siete de la tarde estaba previsto celebrar el cumpleaños de Kevin en un restaurante italiano situado al final de la Podbi, según se va hacia el centro de la ciudad. «Ratón, no me digas que no puedes esperar poco más de dos horas.» Así y todo, Gudrun fue partidaria de que su hambriento cuñado se aliviase con unas rebanadas de pan de centeno y algo de queso y salchichón que ella acababa de comprar en el supermercado. Y se puso a servirme y agasajarme ante la mirada cada vez más ceñuda de Clara, que me sacudió otro cogotazo, este ya tirando a recio, cuando las dos mujeres salieron de la cocina.

La modesta colación me supo a gloria. La miga esponjosa y aún tibia del pan conservaba intacto su aroma de cochura reciente. Un crujido seco, delicado, sonaba dentro de mi boca cada vez que yo mordía la corteza. Y no sólo el paladar, el cuerpo entero con su revoltillo de órganos recibía alborozado los bolos alimenticios que iban cayendo en el estómago. Los primeros bocados habían sido forzosamente bestiales, destinados a aplacar una necesidad que me acuciaba desde hacía largas horas; pero una vez que a partir del tercero o cuarto conseguí mantener a raya la voracidad, comencé a arrancar con los dientes trozos más pequeños de comida y a sentir viva satisfacción masticándolos sin ansia. Procuraba no saciarme demasiado deprisa para que no careciera de sabor mi victoria sobre el hambre. Nunca he creído que la felicidad resida en el hartazgo. Prefiero con mucho las buenas sensaciones que se obtienen luego de haber superado un dolor, o al dejar atrás un apremio, o al saberse a salvo de fatigas y molestias, de forma que hoy por hoy la salud física y el bienestar mental son la única utopía que reconozco.

Mientras merendaba en agradable ausencia de mujeres, me distraje ojeando un periódico del día anterior que encontré por casualidad sobre una de las sillas de la cocina. Me detuve en una entrevista con el alcalde de Hannóver, cuyo nombre no recuerdo. Era un socialdemócrata de cabeza monda y sonrisa de abuelo bonachón, que llevaba por entonces treinta y un años en el cargo, y aún habría de durar en el puesto, si no me equivoco, algunos más. Se oía a Gudrun discutir a voces con su hija detrás de una puerta cerrada. La hija no gritaba menos que la madre y yo bebí un sorbo de agua para empujar el último bocado de pan con salchichón. Entró Clara con sigilo en la cocina. Se abalanzó como un ave de presa sobre la segunda mitad de mi frugal merienda. De un zarpazo se apoderó del pan con queso y, para cuando me di la vuelta, ya le había dado tres mordiscos feroces, indignos de una ciudadana con estudios universitarios, responsabilidades pedagógicas y aspiraciones de escritora. Sólo habría faltado que me reprendiese porque la loncha no estaba untada de mantequilla, como a ella le gusta. «Ratón, me mareo de hambre.» Le reproché en tono de padre estricto que me dirigiese la palabra con la boca llena. «Perdona», y como para recobrar la categoría de ser civilizado, perdida en apenas un segundo de insania animal, me devolvió el pan y el queso con las marcas inconfundibles de sus dentelladas. Le pregunté si Gudrun y Jennifer padecían alguna dolencia del oído. «Discuten por el reparto de las habitaciones. Gudrun nos cede su cama y ella pasará la noche con Jennifer. A la muchacha le ha entrado un ataque de rabia al enterarse. Pretende dormir en casa de una amiga mientras estemos nosotros aquí.» «¿Y no le has dicho, para su tranquilidad, que mañana temprano nos iremos?» «Bueno, ratón, todavía no está muy claro cuándo nos iremos. Además», se volvió a mirar hacia el vano de la puerta para asegurarse de que nadie la escuchaba, «Gudrun me ha contado al oído que seguramente lo que enfada a Jennifer es otra cosa. Celos. Ya sabes: su hermano tiene cumpleaños, esas cosas. Quizá debíamos haberle traído a la muchacha algún presente.» «¿Otra bufanda del Wérder Bremen?» «Está de un genio terrible. Dice que luego no va a venir al restaurante.»

Supe a continuación que había otro problema. «Ratoncito, ¿tú podrías ayudar a Kevin a hacer los deberes del colegio? Solo no es capaz de hacerlos, y Gudrun, que lo ayuda todos los días, ya ves el lío que tiene. Conociendo al muchacho no me puedo imaginar que le hayan asignado una tarea difícil. Dice Gudrun que hay que procurar que haga el trabajo por su cuenta; pero si no puede o se desconcentra, entonces le echas una mano. Mientras, yo colgaré nuestra ropa en el armario y prepararé la habitación para esta noche.» La boca llena de pan, indiqué por medio de una seña que primero deseaba terminar de comer, a lo que ella, al tiempo que salía de la cocina, respondió: «Bueno, pero no tardes porque ya sabes que a las siete nos espera la cena.» Me comí el otro plátano negro aprovechando que había quedado oculto en el frutero debajo de un montón de manzanas y nadie me veía. Aplacada el hambre, me arrollé al cuello la bufanda que Kevin había dejado abandonada sobre el respaldo de una silla y me dirigí a su habitación. Por un momento dudé en llamar con los nudillos a la puerta. Luego pensé que aquello sería añadir más ruido a las voces que daban Gudrun y Jennifer, apenas amortiguadas por las paredes, y que el muchacho acaso haría una interpretación equivocada de mis golpes contra la madera, de modo que para simplificar las cosas entré sin pedir permiso.

Al punto comprendí el desacierto que habíamos cometido al regalar a Kevin una bufanda del Wérder Bremen. Objetos con motivos del Hannóver 96 adornaban en abundancia la habitación. Al recuerdo me vienen la colcha, la almohada, una estera, la pantalla de una lámpara sobre la mesilla, carteles con fotografías y dibujos, una camiseta con el nombre de Altin Lala, un banderín y, por supuesto, una bufanda extendida sobre el marco de la puerta. Él estaba en la cama, mirando despatarrado un programa de televisión. «Kevin», le dije, «a ti te gusta el Hannóver 96, ¿verdad?» Hizo un gesto afirmativo sin apartar los ojos del televisor. Por darle gusto me quité la bufanda que le habíamos traído de regalo. Yo sabía que él me veía aunque mirase hacia otra parte. Seguro de ello, arrojé la bufanda por la puerta abierta al pasillo, y dije: «Wérder de mierda», por más que el Wérder era, es y probablemente será siempre mi equipo favorito de la Bundesliga. El muchacho esbozó una de esas leves sonrisas que se le quedan congeladas en los labios durante horas. Le propuse a continuación que hiciéramos juntos los deberes. El problema era que no me sabía decir en qué consistían estos. Ni yo al principio con toda mi buena voluntad, ni después su madre, ni por último Clara, que se caló a tal efecto las gafas de correctora de exámenes y cuadernos, logramos descifrar sus anotaciones relativas a las tareas que debía realizar para el día siguiente. No hubo más remedio que llamar por teléfono a la maestra. Aclarada la cuestión, propuse a Kevin, no bien nos hubimos quedado los dos solos, que despacháramos cuanto antes el trabajo para que luego pudiéramos echar una partida de fútbol de un videojuego que estaba allí a la vista. En total, eran cinco ejercicios de quebrados. «¿Tú sabes hacer esto?», le pregunté. Se encogió de hombros. Durante unos instantes observé sus facciones impasibles, su mirada gacha, su sonrisa impenetrable, un grano rojo que le había brotado en la barbilla. «A ver, dame la pluma y tú ve instalando el juego.» Íbamos empate a dos cuando se abrió la puerta de golpe. Gudrun manifestó su asombro por lo rápido que habíamos terminado la tarea. No había día, según dijo, en que no pasara una o dos horas ayudando a su hijo. Oí por detrás de ella la voz de Clara: «Mi ratón, cuando se lo propone, es un buen ayudante.» Agregué, con idea de neutralizar cualquier posible suspicacia, que los hombres tenemos nuestros propios modos de comunicarnos. Nada más decirlo sentí que un dedo de Kevin me pinchaba en el brazo. Por un momento creí que el muchacho secundaba mis palabras. Al volver la cabeza, me dijo con su voz grave y monótona: «3-2.» En la pantalla del televisor, los jugadores de su equipo se lanzaban unos encima de otros, formando una pila jubilosa. «Kevin, di la verdad. ¿No me habrás metido el gol en fuera de juego?» Y él negó la inculpación meneando la cabeza enérgicamente, incapaz de entender la ironía.

15

Clara me arrancó ayer la promesa de darle una mano de pintura a la glorieta, así que hoy no dispongo de mucho tiempo para escribir. Contaré de modo escueto algunos recuerdos. Los primeros días en el piso de mi cuñada fueron inaguantables. Las discusiones continuas entre la madre y la hija, la incomodidad del piso, el ruido de la calle, los problemas de todo tipo, me pusieron al borde de emprender el camino de vuelta al pueblo y permanecer allí, en placentera soledad con *Goethe,* mi televisor y mis plantas, hasta que me comunicase Clara la hora, el minuto, el segundo exacto de proseguir el viaje. Pero ella necesitaba el coche a fin de llevar a cabo excursiones por la región, en la inteligencia de vivir anécdotas y conocer tipos y lugares útiles para su libro. Por la noche, nada más acostarnos, y por la mañana, mientras oíamos las voces chirriantes de nuestros parientes al otro lado del tabique, me pedía paciencia en susurros con una pierna apoyada sobre mi vientre.

Las tres primeras noches dormimos apretados en la estrecha cama de Gudrun, lo cual entrañaba ciertas ventajas eróticas por cuanto a nuestros respectivos cuerpos no les quedaba más remedio que juntarse para no caer al suelo. No hubo un solo amanecer en que Gudrun, antes de salir para el trabajo, no llamase a la puerta y entrara en la habitación en busca de alguna cosa que, según decía, había olvidado sacar de víspera. Aunque nos pillaba tapados, juzgo improbable que una mujer de su edad y su experiencia no se barruntase que su hermana y yo estábamos conectados o a punto de conectarnos bajo la manta. La primera vez supuse que se trataba de una casualidad; la segunda, también, por más que ya empezaron a picarme las sospechas; a la tercera no tuve duda de que había curiosidad y propósito en sus apariciones matinales, durante las cuales, por añadidura, no paraba de hablar con una naturalidad a todas luces postiza que nos estropeaba el encanto del momento. Clara, aunque poco propensa a las bromas, me dijo al oído en una de aquellas ocasiones: «Temerá que le rompamos el somier.» Yo juré que si nada cambiaba en el plazo de veinticuatro horas, me montaría en el primer tren que partiese con rumbo a Wilhelmshaven. Por supuesto que nada cambió; pero así y todo me quedé en Hannóver porque estaba lloviendo. Bueno, por eso y porque me daba pereza escoger con trabajosa precaución las frases que justificasen mi marcha repentina.

La mañana del quinto día ocurrió un incidente a partir del cual empezó a mejorar la convivencia entre los moradores del piso. Como era sábado, Gudrun se hallaba libre de obligaciones laborales y Jennifer de las suyas escolares, no así Kevin, que por los tiempos de nuestra visita acudía al colegio Waldorf de Bothfeld, donde estaba integrado en la *clase pequeña* correspondiente al séptimo curso. Dicho eufemismo sirve para designar los grupos (reducidos, como su nombre indica) de alumnos aquejados por alguna suerte de deficiencia. En el Waldorf se impartían por las mañanas, en sábados alternos, algunas horas de enseñanza, no recuerdo cuántas ni tampoco el dato es importante para lo que me propongo referir. Por lo visto la acumulación de cierta cantidad de horas extraordinarias daba derecho a una semana de vacaciones invernales. A lo mejor todo esto es inexacto, pero qué más da. Sea como fuere, el muchacho sacó aquel día su bicicleta del sótano y se marchó a la escuela solo como de costumbre, ya que se consideraba lo bastante mayor para que nadie lo acompañase. A Kevin le costaba orientarse por la ciudad salvo que conociese el trayecto de memoria. Transcurridos cinco, quizá diez minutos, desde que nos había dirigido un adiós apenas musitado, volvió al piso. Yo estaba tomando el desayuno con Gudrun y Clara en la cocina cuando oímos el ruido de la cerradura. Gudrun se levantó de un salto. «¿Por qué vienes tan pronto?», preguntó en el recibidor, ya fuera de nuestra vista. Con voz engolada, declamatoria, Kevin le respondió:

O schaurig ist's übers Moor zu gehn
Wenn es wimmelt vom Heiderauche.

¡Oh, qué horrible es andar sobre la ciénaga
cuando humean las matas por doquier!

Por poco se me escapa una risotada, convencido de que el muchacho se mofaba de su madre con una salida cínica, llena de veneno inteligente. Me contuve, sin embargo, al ver la mueca de asombro de Clara. Profesora de lengua alemana, amante de los clásicos, se apresuró a susurrarme desde el otro lado de la mesa: «Annette von Droste-Hülshoff», de quien yo jamás había leído un verso, pero cuya efigie no puedo desconocer puesto que adornaba los antiguos billetes verdes de veinte marcos.

Kevin había tomado su camino de todos los días por la Podbi adelante. Al llegar al cruce del hospital, donde debía doblar a la izquierda, se encontró con que la policía había cortado la carretera y también el carril de bicicletas por causa de un accidente. Cuando al poco rato la señora escritora se acercó con su cámara de fotos al lugar, había dos coches abollados y una moto caída sobre los raíles del tranvía; había dos ambulancias, luces azules, sanitarios, un atasco que se alargaba hasta el puente de Noltemeyer y, claro está, los inevitables corros de curiosos. (Una descripción de la escena, que ella situó en Berlín, encabezada sin mayores explicaciones por los dos versos de Droste-Hülshoff, figura en el capítulo vigésimo cuarto de su libro.) Al ver aquello, el muchacho, en lugar de atravesar la calle por el cruce anterior, se volvió a casa. Mediante una cita literaria trató de explicar a su madre lo sucedido. Al pronto me quedé tieso de perplejidad; pero luego supe que a menudo, con la idea de hacerse entender, Kevin empleaba versos aprendidos de memoria en el colegio, o frases sacadas de libros y películas infantiles, de pequeñas obras de teatro representadas con su modesta participación en el aula-gimnasio del Waldorf, o estrofas de canciones, o fragmentos de rezos. Interpretó que le habían arrebatado el camino, su camino, el único admitido por su lógica peculiar, sin que le pasara por la cabeza la idea de desviarse por otras calles de la zona. Yo me ofrecí a acompañarlo con tal que se me indicara una posible ruta y me fuese prestada una bicicleta. Gudrun puso la suya a mi disposición. Después, con ayuda de un sencillo croquis, me mostró la manera de esquivar el lugar del accidente. Así y todo, declaró que no estaba convencida de que Kevin aceptara mi compañía. Se lo preguntó. El muchacho no movió un músculo de la cara. Entonces se lo pregunté yo y, con patente satisfacción, respondió que sí.

Aunque nos dimos prisa, llegamos al colegio con veinte minutos de retraso respecto a la hora prevista para el comienzo de la clase. La profesora, una mujer corpulenta de unos cuarenta años, nos abrió la puerta. Al verme al lado de su alumno adoptó una expresión entre risueña y sorprendida, si bien sospecho que más de lo primero que de lo segundo, como si una rápida mirada le hubiese bastado para identificarme. Le preguntó, no obstante, a Kevin, con suavidad pedagógica, quién lo acompañaba. El muchacho no titubeó en responder que yo era tío Ratón. Sin duda había oído esos días a Clara aplicarme repetidamente el apelativo. Quizá por simpatía, por simple imitación o por alguna otra causa que a mí se me escapa, lo prefirió en adelante a mi nombre verdadero. Los ojos azules de la profesora se achinaron con malicia. «¿Así se llama usted?» El pequeño recinto trascendía a madera. En un rincón cercano a la puerta se veía una cabeza de gran tamaño, tallada en piedra sin pulir. Detrás de la profesora se había formado bullicio de colegiales libres de vigilancia. Miré a Kevin. El muchacho tenía la vista clavada en la parte inferior de mi cara. De pronto me estalló como un calor de afecto hacia él en el centro del pecho. «Ratón es mi nombre. Me alegro de conocerla a usted», y así diciendo tendí la mano a la profesora, que ella estrechó sin dejar de sonreír. Pronunció a continuación su nombre, que, por supuesto, no retuve, y tras dejar entrar a Kevin en el aula, cerró la puerta, dejándome a solas con la escultura monstruosa de ojos vacíos y nariz enorme.

Más o menos a esa hora, en el piso, Gudrun abandonó su orgullo de los días anteriores y accedió a que Clara le sufragase un lavavajillas nuevo. Casi quinientos euros costó el aparato, sacados del sobre de tía Hildegard. El que había en el piso era un armatoste ruidoso del cual lo mejor que puede decirse es que dejaba los vasos cubiertos de unas manchas blancas repugnantes. Para acabar de revolvernos el estómago, Gudrun nos reveló que años atrás, cuando su matrimonio con Ingo aún no se había roto, durante una temporada Kevin le tomó gusto a orinar dentro del lavavajillas; sabido lo cual, se afianzó en nosotros el deseo urgente de reemplazarlo. Clara se esforzó por que su propósito no pareciese un acto de caridad. De víspera, en la cama, yo le había sugerido que la siguiente vez hiciera la propuesta de modo que no entrañase una humillación para su hermana. No asistí a la escena; pero, según supe más tarde, Gudrun no tuvo inconveniente en plegarse al argumento de que la generosidad de Clara se correspondía con la suya propia al proporcionarnos alojamiento gratuito. A Gudrun la ayudó a superar los recelos que por lo visto albergaba contra nosotros la viva impresión que le había causado la simpatía que me profesaba su hijo. «Algo así», llegó a decir, «no ha sucedido nunca ni con su padre ni con nadie.»

El nuevo lavavajillas lo trajeron una mañana mientras Gudrun estaba en su oficina. Clara no se apartó un momento del instalador, a quien sometió a un asedio de preguntas acerca de los componentes y el manejo del aparato. La vi después estampar su firma al pie de la factura con la esmerada caligrafía que solía emplear en las dedicatorias de sus libros. Cuando nos quedamos solos, le dije: «Un gran triunfo para ti, ¿verdad?» Primero fingió que no me entendía, y aun trató de desviar la conversación; pero le hice saber que la sinceridad era el único medio de librarse de mi acoso. «De acuerdo, ratoncito. Pero no es un triunfo contra mi hermana. Es una satisfacción por haber llevado a cabo una acción buena que mejorará un poco la vida de mis familiares.» Para elegir el aparato, Clara fue a la tienda con Gudrun y Jennifer. Por la tarde se llevó a su sobrina al centro de la ciudad. Allí le compró ropa y cosméticos, comieron tarta, charlaron mucho y parece que congeniaron, de tal forma que al anochecer, cuando volvieron las dos al piso, por primera vez desde nuestra llegada Jennifer mostraba un semblante relajado, incluso alegre.

Pasé la tarde en compañía del muchacho más hogareño que he conocido en mi vida, jugando los dos en la habitación sin apenas dirigirnos la palabra; pero, así y todo, compenetrados. (Mañana, si nada se tuerce, escribiré con más detalle sobre él.) A fin de que nos quedara el mayor tiempo posible para el juego le hice los deberes, ya que él, aunque hasta cierto punto dominaba los rudimentos de la aritmética (leía, en cambio, muy mal), trabajaba con mucha lentitud. Resueltos por mí los problemas en hojas sueltas, él copió en su cuaderno el desarrollo de las operaciones y los resultados, así como algunas figuras geométricas que por capricho había yo dibujado en los márgenes. Todo ello le costó largo rato, pues a menudo se entretenía formando filas de lápices de colores sobre el escritorio. De atardecida vimos en televisión el resumen de los partidos de fútbol de la jornada, en la cual, para rematar los acontecimientos venturosos del día, el Hannóver 96 ganó contra todo pronóstico en Berlín 2 a 3, después de ir perdiendo 2-0. Kevin y yo celebramos la victoria mirándonos sonrientes a la cara durante dos o tres segundos. El Wérder Bremen, que aquella temporada acabaría campeón, ganó con aprietos su partido. Yo hice como que el resultado me dejaba indiferente.

Cenamos en buena avenencia los cinco juntos sendas pizzas de la marca Dr. Oetker; las cuales constituían, según se deduce de la cantidad y frecuencia con que eran consumidas, el alimento básico en aquel hogar. Y se pusieron las dos mujeres y la muchacha a llamarme de broma tío Ratón, pues estaban las tres al tanto de que así me llamaba Kevin, y aunque en el fondo no paraban de serrarme los nervios, me sometí con buena cara a la burla siquiera por disfrutar de la novedad de una cena sin gritos ni discusiones. Sucedió una cosa que hizo reír a todas, y es que de pronto Kevin, sin por qué ni cómo (y desde luego sin malicia, porque el muchacho era más inofensivo que una margarita), cogió un pedazo de mi pizza y lo mordió. Ya iba Gudrun a cometer el acostumbrado error de chillarle cuando se tuvo que tragar la regañina al ver que yo alargaba mi mano para apoderarme de un pedazo de la pizza con champiñones de Kevin, que por supuesto no se inmutó como tampoco me había inmutado yo cuando él mordió la mía. Filosofaron ellas en tono de mofa acerca de la presunta naturaleza primitiva de los varones, sin que ni Kevin ni yo meneáramos una pestaña para confirmar o refutar las trivialidades con que aquellas hembras parlanchinas nos ridiculizaban, Kevin porque probablemente no las entendía, y yo porque no las quería entender. Lo cierto es que no me causaban el menor rasguño las pullas femeniles por más que yo fuese el blanco de ellas. Contagiado tal vez de la alegría general, se me ocurrió, en parte por complacer a mi sobrina y en parte por el afecto que me inspiraba Kevin, proponer que se me permitiera dormir sobre el viejo sofá desplegable de la habitación del muchacho. Gudrun preguntó a su hijo si le gustaba la idea. Este, por toda respuesta, introdujo con sus dedos pringosos un bloque de pizza en la boca. Se lo pregunté yo y contestó, con la cara gacha, dando unos violentos manotazos de júbilo. Acto seguido, Gudrun y Clara convinieron en dormir juntas como ya habían hecho, según contaron, alguna vez de niñas en la casa familiar de Wilhelmshaven. A Jennifer se le abrió una grieta sonriente en medio del espeso maquillaje cuando supo que volvía a tener su habitación para ella sola. De aquel sábado en adelante, hasta el día, ya entrado octubre, en que nos fuimos con pena de Hannóver, reinó en el piso una atmósfera de concordia, sin otra salvedad que las esporádicas disensiones por minucias entre la madre y la hija, personas de fuertes caracteres, además de contrapuestos. No obstante, tengo para mí que la presencia de Clara y la mía en el piso ayudaba no poco a serenar los ánimos de sus moradores, y ahora mismo no recuerdo que se produjera durante el mes que estuvimos con ellos una sola disputa como aquellas, salpicadas de gritos, insultos y portazos, que menudearon al principio de nuestra estancia.

Hacia el final de la cena, caí de pronto en la cuenta de que dormir separado de Clara acabaría con la racha estupenda de actividad fornicatoria que manteníamos últimamente. A este punto, advirtieron las dos hermanas mi ceño caviloso y, picadas por la curiosidad, pusieron por obra una tentativa de hurgar en mis pensamientos. Yo me apresuré a desviar su atención diciéndoles lo primero que me vino a la boca, esto es, que me parecía sentir un dolor en el vientre. «Serán aires», terció Clara con retintín sentencioso, y Gudrun añadió, enrojecido de alegría el feo semblante: «Pues en mi cocina no los sueltes.» Las dos mujeres y mi sobrina rompieron a un tiempo a reír, mostrando empastes y lenguas rosadas como longanizas. Volví, impertérrito, la mirada hacia Kevin nada más que por perder de vista el cuadro simiesco, y aun se me hace que mi circunspección fomentaba el regocijo del hembraje irrespetuoso. El muchacho masticaba pizza con expresión ausente. Los demás ya habíamos terminado de cenar; pero él seguía inclinado sobre su plato, dale que te pego a la mandíbula, como si rumiara. A todo esto, se percató de que su vaso no contenía ni una gota de bebida; agarró entonces sin más el mío, mediado de limonada, y, con la mayor naturalidad, lo vació de un trago. Durante largo rato me siguieron punzando en los oídos las carcajadas de las tres locas.

16

Solíamos encerrarnos durante horas en la habitación para jugar con dos futbolistas de plástico, una portería del mismo material y una pelota que por su tamaño, su color ligeramente traslúcido, su forma poliédrica y el tintineo que emitía al rodar sobre el tablero de la mesa semejaba un cristal de azúcar cande. A la figura del chutador le salía por la parte alta de la cabeza un alambre provisto de un remate similar a un pomo diminuto, el cual, cuando era apretado con la yema del dedo, accionaba una de las piernas, con tanta fuerza, si se quería, que se podía mandar la pelota hasta la otra punta de la habitación. El portero, de brazos estirados por encima de la cabeza, se inclinaba a izquierda y derecha mediante un manubrio ajustado a sus tobillos. El manubrio disponía de una varilla lo suficientemente larga como para que pasase por un orificio hecho con ese fin en la red de plástico de la portería. El chutador llevaba pintado un atuendo amarillo; el portero, uno verde, con el añadido de una gorra de idéntico color. Las dos figuras coincidían en la pintura negra de los respectivos pantalones cortos. Sus caras de muñecos carecían de expresión, como también las nuestras durante la mayor parte del tiempo que duraba el juego.

Al principio, Kevin y yo intercambiábamos las posiciones de rato en rato, hasta que me percaté de que el muchacho disfrutaba más lanzando los penaltis. En ningún momento me expresó sus preferencias; pero yo caí en la cuenta de que cuando manejaba la figura amarilla podía suceder que su cara se demudase por efecto de breves arrebatos de júbilo, mientras que su interés por el juego decaía a ojos vistas cuando le tocaba jugar de portero. Yo, en cambio, me aburría con el chutador, pues era sumamente fácil meterle goles al muchacho. Ni siquiera cuando le anunciaba el momento preciso en que la pelota saldría impulsada hacia la portería reaccionaba él con prontitud. Muchas veces ni siquiera reaccionaba. Tampoco le sobraba maña a la hora de chutar; pero por lo menos cabía la posibilidad de que consiguiera de vez en cuando, por chiripa, un disparo certero. No era infrecuente que como consecuencia de un golpe recio al pomo enviara la pelota por encima de la portería. En varias ocasiones logré atraparla con la boca. Fingía entonces que me la había tragado y, llevándome la mano a los fondillos del pantalón, hacía como que me la sacaba del trasero. A Kevin, que no tenía la capacidad de vislumbrar significados detrás de las apariencias, aquello se le figuraba lo más normal del mundo. Ni sonreía ni daba muestras de entender la broma cuando yo ponía la pelota recién extraída de mis intestinos en la palma de su mano.

Tardé varios días en hallar explicación a una particularidad suya que no cesaba de intrigarme. Había observado en él la costumbre de parar los ojos en la portería como si el sencillo juguete lo subyugara. Esto lo llevaba de ordinario a desentenderse de la pelota. A menudo ni siquiera la colocaba en línea con el pie del chutador. Su falta de puntería perjudicaba sobremanera el desarrollo del juego. Sin embargo, el fracaso continuo no parecía que obrase ningún efecto en su impenetrable serenidad. Cada dos por tres tenía que recoger la pelota del suelo, incluso de debajo de la cama, «porque, claro», le decía yo, «no pensarás que tío Ratón está como para agacharse, a sus años». A fin de que tirase mejor los penaltis, intenté repetidamente convencerlo de la importancia de prever la trayectoria de la pelota. Eso sí, nunca le hablaba en tono de amonestación. Me abstenía asimismo de abrumarlo con instrucciones y advertencias a la manera de su madre, que tenía el mal hábito de ponerlo nervioso; antes bien, me esforzaba por persuadirlo con palabras afables, jamás contaminadas de reproches. Por regla general, Kevin me hacía caso; pero sin que hubiera transcurrido medio minuto ya estaba escrutando de nuevo, con pupilas pasmadas, la portería de plástico. Es muy difícil enmendar el comportamiento instintivo de las personas, de cualquier persona, sufra o no sufra alguna disfunción cerebral. Así que en último extremo opté por dejar al muchacho en paz, recurso que, si no servía para solucionar sus problemas, tampoco los empeoraba.

Alguna que otra vez, por suerte o porque yo inclinara aposta el portero hacia la parte indebida, Kevin me metía un gol. Lo felicitaba y él se quedaba impertérrito, quieta la mirada en la portería como si esperase que esta se transformase en algo, o diera un brinco por sí sola, o explotara, o yo qué sé. Fue así como deduje que las rachas de alegría que experimentaba en el transcurso del juego no guardaban relación con el logro de los goles. De pronto se estremecía, el semblante contraído, las manos aleteantes, al par que profería un grave uuuuuuh cuyo sentido yo no alcanzaba a descifrar, aunque sospechaba que alguno tendría. Pasados unos cuantos segundos, Kevin regresaba a la apatía, a la pesadez de los párpados, al rictus inamovible de sus labios adolescentes, sin que fuera posible advertir en sus facciones de nuevo sosegadas un mínimo indicio de su entusiasmo reciente.

Una tarde determiné prestar más atención al muchacho que al juego. Para entonces habíamos dejado de contar los tantos, si es que él los contó alguna vez. En varias ocasiones, sin razón ninguna aparente, cambié la portería de sitio: un poco más adelante, un poco más atrás, a un lado, a otro. En todas ellas, la mirada de Kevin siguió los movimientos de mi mano con una rapidez felina, tanto más rara cuanto que él era de suyo lento de reflejos. Descubrí en el curso de mis observaciones que sus esporádicos paroxismos de felicidad se producían siempre que la pelota daba contra un poste o contra el larguero de la portería. Con infatigable perseverancia buscaba él dicho lance del juego durante las largas horas que pasábamos los dos manejando nuestras respectivas figuras de plástico. Todo lo demás era ajeno a su esperanza, de lo cual infiero que para mi sobrino los goles también representaban fallos.

Con el auxilio del azar desentrañé al cabo de un tiempo el sentido de aquellas úes esporádicas que el muchacho emitía con evidente placer. En realidad, superada la extrañeza del principio, yo había desistido de poner por obra mayores averiguaciones, cegado por la convicción de que no había nada que averiguar. El tosco ruido se me figuraba un aditamento irracional de su alegría, lo mismo que la contracción de la cara, las muecas con que figuraba en silencio la risa o los manotazos frenéticos en el aire, gestos y acciones que fácilmente escapan al control del raciocinio, conforme a la tendencia general de la especie humana a dejar traslucir, en cuanto le sobreviene una sacudida de felicidad, el mono que lleva dentro. No fue en la habitación donde caí en la cuenta de que el muchacho jugaba a los penaltis desde la perspectiva del público. A mí jamás se me habría ocurrido dudar de que, si mi portero lograba impedir un gol, el mérito era completamente mío. Kevin, en cambio, no se identificaba con su futbolista de plástico, hasta el punto de que una de tantas tardes, cuando le pregunté cómo se llamaba el chutador y, a modo de ayuda, le sugerí el nombre de varios jugadores del Hannóver 96, no me supo responder. Aún no me había percatado de que el muchacho estaba persuadido de ser un espectador del juego en que él mismo tomaba parte. En fin, supongo que a un experto en psicología que leyera estas líneas habría que administrarle una fuerte dosis de calmantes para que se le pasara la risa. Sea como fuere, yo ya me entiendo y con eso basta.

Que mi sobrino ejercía de público cuando jugábamos a los penaltis sobre la mesa de su habitación lo descubrí en la grada del campo de fútbol, adonde fuimos los dos un sábado, ya entrada la segunda quincena de septiembre, a presenciar el partido de la Bundesliga entre el Hannóver 96 y el Borussia Moenchengladbach. Yo había obtenido el acuerdo de Clara para adquirir con el peculio de nuestro viaje dos entradas que daban derecho a sendos asientos en uno de los lugares más cómodos del estadio, entonces en obras. De esta forma pretendíamos compensar el regalo inadecuado de cumpleaños que habíamos traído de Bremen; aunque, por consejo de Gudrun, decidimos ahorrarle a Kevin explicaciones que pudieran perturbar la calma sonriente con que acogió la idea de ver jugar en vivo a «los rojos», nombre con que comúnmente se conoce en la prensa local a los jugadores del Hannóver 96. Pero, en fin, a lo que voy es que, durante el partido, mi brazo y el de Kevin estaban en contacto constante, de manera que yo podía percibir una como dejadez y falta de tensión en su cuerpo, corroborada por la inexpresividad de su semblante. Cuando saltaron los jugadores al campo, le di un codazo suave con la idea de establecer una complicidad en la emoción y le dije: «Bien, ¿verdad?» Me respondió sin apartar la vista de sus rodillas: «Sí.» Luego me percaté de que seguía las evoluciones del juego con el rabillo del ojo. ¿Lo intimidaría verse rodeado por una ruidosa muchedumbre? Formé propósito de abandonar el estadio al menor indicio de que el muchacho estuviera sufriendo. Para sondar su estado de ánimo, cada cinco o seis minutos le preguntaba: «¿Todo bien?» Y él respondía que sí en un tono invariable en el que no era posible discernir ni pena ni alegría.

A todo esto, se produjo sobre el césped una primera jugada de peligro, atajada con apuros por el portero visitante. Miles de bocas prorrumpieron a un tiempo en un clamor colectivo. Restablecida la calma, oigo a mi costado una voz apenas audible que murmura: «Uuuuuuuh.» Pienso ahora que de no haberme sido familiar aquel sonido tampoco le habría prestado atención. Me volví a mirar a Kevin y empecé a comprender. Al rato tronó en todo el estadio un grito unánime de protesta a causa de una falta no castigada por el árbitro. Nuevamente el muchacho, con el retraso de un eco, respondió a su manera. Y cuando, transcurrido poco más de un cuarto de hora, el número 9 de «los rojos» consiguió el primer gol de la tarde y el público estalló en un trueno formidable de júbilo, no tuve duda de que mi sobrino añadiría al jolgorio general su pequeño murmullo demorado. «Bien, ¿verdad?» «Sí.»

Al día siguiente, yo no deseaba otra cosa sino que la pelota poliédrica diera en un poste o en el larguero. Y cuando, después de un sinfín de ocasiones fallidas, así ocurrió, me las ingenié para emitir a la vez que mi sobrino aquel remedo gutural de clamor: «Uuuuuuh.» Durante apenas un tercio de segundo me noté deliciosa y brutalmente devuelto a la infancia. Un ramalazo de euforia atravesó cada uno de mis órganos. Estuve a punto de soltar un grito de alborozo; pero al fin el adulto que soy, o que no tengo más remedio que ser, cerró el paso en la garganta a toda voz estentórea que pudiera asustar a mi sobrino y atraer mujeres alarmadas al umbral de la habitación. En adelante menudearon nuestros úes simultáneos. Por lo visto alentaban en Kevin la impresión de que el lanzamiento de penaltis transcurría en presencia de público, circunstancia que lo llevaba, creo yo, a disfrutar aún más del juego y de mi compañía. Clara, que una mañana, durante el desayuno, me reprochó que últimamente le prestaba poca atención, bromeaba a veces sobre la posibilidad de que, de tanto jugar con las figuritas, como ella desdeñosamente las llamaba, me estuviese volviendo loco. Una tarde tuvo la desfachatez de preguntarme con sorna, cuando de vuelta del servicio me crucé con ella por el pasillo, si se me había empezado a contagiar el autismo. A la boca me acudió una respuesta tranquilizadora; pero, irritado por su sonrisa, bajé la mirada y, sin decir una palabra, con gesto petrificado, enderecé hacia la habitación de Kevin.

A diario trataban las dos hermanas de sonsacarme lo que ellas consideraban el secreto de mi buena relación con el muchacho, y en especial Gudrun me producía no poca molestia por su desagradable costumbre de adoptar un tono patético cuando abordaba los asuntos relacionados con su hijo. «Yo no sé qué hago bien», les respondía, «salvo evitar a toda costa que se excite.» Clara se aferraba a la tesis de que yo cumplía sin darme cuenta, a ojos del muchacho, un papel positivo de padre. Se supone que por esta razón mi sobrino me aceptaba a su lado, aunque en la práctica me faltase «una formación pedagógica idónea para cumplir con garantías de éxito dicho papel». Gudrun se apresuraba a secundar la opinión de Clara y, acto seguido, se entregaba a una de sus pasiones predilectas, que era hablarnos de Ingo con un odio mortal mezclado de repugnancia.

Kevin, a sus trece años, tenía un temperamento dócil tras el cual despuntaba una tendencia a irritarse que, con el tiempo, se ha ido agravando hasta desembocar, según palabras de Clara, «en la difícil situación de ahora». Por aquellos días de nuestro viaje por Alemania, comprobé que la convivencia con él se simplificaba e incluso se volvía agradable si uno se limitaba a proporcionarle satisfacciones, que es en el fondo lo que me gustaría que el prójimo hiciera conmigo. En consecuencia me abstenía de reñirle, de imponerle mi voluntad, de darle órdenes o llenarle la cabeza de quejas y reproches a la manera de su madre. Y no es que yo lo tratara conforme a un plan didáctico. Simplemente me divertía jugando con él y esto parece que suscitaba en el muchacho una sensación de camaradería y bienestar. A mí se me figura que nos unía una afición parecida por los gozos tranquilos. Ni Clara ni Gudrun estaban en lo cierto al suponer que yo jugaba con los futbolistas de plástico por ganarme la confianza y quizá el afecto del muchacho. Yo no jugaba movido por ninguna compasión paternalista. Yo jugaba porque me gustaba el juego. El de los futbolistas de plástico y otros. Y me gustaban mucho, de manera que todos los días, a primera hora de la tarde, la mirada se me iba de continuo al reloj en espera de que llegase mi sobrino. Pasábamos muchas horas juntos, bien avenidos a pesar de que apenas nos dirigíamos la palabra. Nuestras pláticas, de pregunta-respuesta por lo regular, eran interrupciones breves de largos intervalos de silencio. A mí no me incomodaba estar callado y a mi sobrino, a juzgar por la serenidad constante de su cara, tampoco. Creo que él sentía un aborrecimiento instintivo por las novedades y los cambios. Lo sacaba de quicio que alguien alterase la colocación de sus pertenencias, de ahí que a todos nos pareciese milagroso que me permitiera pernoctar en su habitación. Un día le desordené sin mala fe una fila de diez o doce dados, todos con la cara de los cinco puntos hacia arriba. Él se apresuró a rehacerla, presa de vivo desasosiego. Tomé buena nota del caso a fin de no cometer el mismo error en el futuro.

Imitar ciertos rasgos de la conducta de Kevin, así como compartir sus manías, también facilitaba nuestra convivencia. Con dicho propósito evitaba en lo posible mirarlo fijamente a los ojos. Durante el mes que estuve en su casa me acostumbré a hablarle como él me hablaba a mí, mirando al suelo o mirándole de refilón la boca o el pecho. A menudo lo veía ponerse rígido, ruborizarse y estirar el cuello en señal de rechazo cuando, al entrar en el piso, de vuelta del colegio, su madre y su tía se lanzaban a besarlo en la mejilla. A mí la escena me soliviantaba por cuanto era evidente que el muchacho rehuía el contacto físico. Gudrun estaba persuadida de que aquellas muestras artificiales (y, en mi opinión, violentas) de ternura, echadas después a perder con su impaciencia y su propensión al rapapolvo, fomentaban la autoestima en su hijo. «Ya sé», decía para defenderse de mis objeciones, «que no le gusta que lo toquen; pero es muy importante que se sienta aceptado.» Yo ni lo abrazaba al llegar ni le tendía la mano para que la estrechase. En silencio nos retirábamos los dos a su habitación, donde, cerrada la puerta, se respiraba un aire apacible, franco de voces femeninas. Allí despachábamos las tareas escolares en un pispás, pues casi siempre las hacía yo, y luego, sin mayores dilaciones, nos entregábamos a nuestro juego favorito, que ya no consistía tanto en el lanzamiento reiterado de penaltis como en suscitar el mayor número posible de ocasiones de proferir a dúo nuestras úes. Cada vez que surgía un motivo de celebración, le tomé gusto a presentarle a Kevin la palma de la mano por si le apetecía chocarla suavemente con su puño, tal como había visto una mañana que lo saludaban unos muchachos de su edad en la explanada del colegio. Adoptamos sin necesidad de llegar a un acuerdo ese rito camaraderil al que él se prestaba de buen grado, fuera porque no le resultaba novedoso, fuera porque llevarlo a cabo dependía de su propia decisión.

Las noches..., ay, aquellas noches mal dormidas, tendido sobre el incómodo sofá en cuya largura insuficiente no había sitio para mis pies. Me basta traerlas de nuevo a la memoria para sentirme mortalmente cansado. Kevin dormía poco; pero yo me cuidaba de no entrometerme en sus vigilias nocturnas, plenas de ruidos, murmullos y actividad. Con los ojos nublados de fatiga lo veía levantarse de la cama a horas indispuestas y encender las lámparas y el televisor, o dar vueltas en torno a un cojín depositado en el suelo mientras mascullaba sonidos ininteligibles y aleteaba con ambas manos en una larga cadencia de deleite. Lo suyo no tenía nada que ver con los paseos maquinales de los sonámbulos. Se le notaba, antes bien, despierto, además de complacido en su ajetreo. Por alguna particularidad de su metabolismo podía arreglárselas con tres o cuatro horas diarias de sueño, aunque de vez en cuando, los fines de semana sobre todo, dormía sus seis o siete horas sin despertarme. Cabía también la posibilidad (y en este punto acaso deba dar la razón a Clara) de que mis ronquidos desvelasen al muchacho, de forma que, abiertos los ojos, él ya no quisiera permanecer en la cama. Caminaba entonces alrededor del cojín; iba a la cocina por hielo que arrancaba de las paredes del congelador y chupaba como si fuera una golosina; enredaba en los cajones; susurraba «uuuuuuuh» si me veía despierto para invitarme a jugar a los penaltis, o ponía la cinta de vídeo de *El libro de la selva*, rebobinándola una y otra vez con el fin de disfrutar de una secuencia musical que por lo visto era la única que le interesaba. Algunas noches me sentaba a su lado, a los pies de la cama. Mirábamos cinco, seis, siete veces el mismo tramo de película, compartiendo en ocasiones unos trozos de hielo, y en un momento determinado yo le decía: «Prepárate a rebobinar, que enseguida acaba la canción.» Él apuntaba con el mando a distancia hacia el televisor y contestaba: «Sí.» Por lo general, sin embargo, yo prefería fingirme dormido con la cara vuelta hacia el tabique y lo dejaba hacer a su antojo, pues sabía que por la mañana, vacío el piso de parientes, me sería posible recuperar las horas perdidas de sueño, aunque no siempre. Clara aprovechaba para recorrer la ciudad o llegarse a los pueblos de los alrededores en busca de estímulos literarios. Al ver mis ojeras se daba cuenta de que el cansancio no me permitía acompañarla. Yo esperaba aquel momento delicioso en que sus pasos por las escaleras me confirmaran que me había quedado solo en el piso. Entonces me echaba a dormir a pierna suelta hasta las doce o la una en la cama de Kevin, sobre la colcha con el emblema del Hannóver 96, y de este modo conllevaba mal que bien las noches mortificantes junto a mi sobrino.

Un sábado de aquel mes de septiembre lo acompañé en una excursión por el río Böhme de la que guardo un recuerdo entrañable. No pienso privarme del gozo de evocar con abundancia de detalles las impresiones de aquella aventura estupenda, ya que hoy tengo bastante tiempo para llenar páginas. Clara ha ido a visitar con sus alumnos el parque ornitológico de Walsrode y dudo que vuelva antes de las siete o las ocho de la tarde. La comida de mediodía está hecha. Y en cuanto a la glorieta, no creo que me lleve más de treinta minutos darle un retoque de pintura. Por Gudrun supimos que el padre de un condiscípulo de Kevin, socio al parecer de un club de remo de los muchos que existen en Alemania, había puesto a disposición de los alumnos un remolque con canoas, no sé cuántas, pero suficientes para los catorce alumnos que integraban la clase, a los cuales había que añadir los acompañantes adultos y la maestra. Gudrun nos contó que el año anterior se había hallado presente en una excursión similar. Tanto ella como Kevin se lo habían pasado de maravilla. Sin embargo, nos confesó bajando la voz para que su hijo no se enterase, esta vez se notaba falta de fuerzas y ánimo para empuñar el remo y terminar el día atormentada por las agujetas. En sus palabras vislumbré una velada invitación a que alguno de nosotros ocupase su lugar. Me vi en pensamiento remando por un río de las landas de Luneburgo y la idea me agradó, conque me ofrecí a sentarme con Kevin el sábado siguiente en la canoa. «Pues no te puedes imaginar el favor que me harías», dijo Gudrun visiblemente complacida, «porque en ese caso podría ir de compras a Celle con Clara y con Jennifer, lo que en el fondo me apetece más.» Llamamos al muchacho para cerciorarnos de que no se tomaría a mal el cambio de acompañante. Al entrar en la cocina, Kevin, sin mirarme a la cara, aceptó chocar con su puño la palma de mi mano. A continuación, tal como yo había previsto y las demás esperaban, respondió sin vacilar que prefería a tío Ratón en la canoa.

La víspera de la excursión le hice a mi sobrino una jugarreta de la que por fortuna ni él ni ninguno de mis parientes se dio cuenta. Como practico desde la infancia el hábito de hurgar en cajones ajenos, apenas necesité de un breve registro para encontrar el frasco con los somníferos de Gudrun. Le había oído referir a ella en repetidas ocasiones que sin sus pastillas estaba condenada a pasar las noches en blanco. En un momento en que nadie me observaba, fui directo a su mesilla y allí estaban. Guardé una en una caja de caramelos mentolados. Más tarde, a la hora de acostarme, me metí un caramelo en la boca delante de Kevin. Le pregunté si quería uno. El muchacho adora el azúcar. Cautivado por la falsa golosina, depositó el somnífero sobre su lengua, dispuesto a saborearlo, y tras unos rápidos lametones que al parecer no le causaron extrañeza, se lo tragó. «¿Quieres otro?» Esta vez le tendí un caramelo auténtico. Él lo chupó e ingirió sin menear un párpado, como si no hubiera notado diferencia ninguna con el anterior. Esa noche dormimos bien.

El sábado amaneció con nubes. Después del desayuno metimos en una mochila provisiones, bebida y ropa de repuesto; esta última dentro de bolsas de plástico por recomendación insistente de Clara, experta en la predicción de infortunios. Aún no habían dado las nueve de la mañana cuando Kevin y yo nos incorporamos en el patio del colegio Waldorf al grupo de participantes en la excursión. Reconocí de lejos la silueta fornida de la maestra. Con anterioridad nos habíamos saludado unas pocas veces en que la fatiga matinal no me había impedido ir en bicicleta con Kevin hasta una especie de cabaña de madera donde se albergaba el aula. El colegio constaba de varias construcciones de aquel tipo. Se agrupaban en bloques de dos o tres módulos separados por caminos de tierra y espacios de hierba, lo que daba al conjunto el aire acogedor de un pueblo de artesanos. Pero a lo que iba. Me dirigí en línea recta hacia la maestra. Las otras personas formaban un racimo de caras nuevas para mí. Desde que me había apeado del coche, en la plazuela del aparcamiento, no me quitaban los ojos de encima. Estoy acostumbrado. ¡Llevo tantos años tratando de integrarme en la sociedad alemana! En el momento de estrecharnos la mano la maestra me atribuyó, con entonación interrogante, el apellido de mi sobrino, y como yo no hiciese el menor ademán de corregirla, volvió a atribuírmelo cuando acto seguido me presentó a los circunstantes. Me pareció, sin embargo, entrever la sombra de una pregunta maliciosa en el arco de sus labios risueños: «¿O prefiere usted que lo llamemos señor Ratón?» Con todos mis respetos, cabía una tercera posibilidad: declarar al corrillo de desconocidos mi nombre verdadero; pero comprendí que, de todas las opciones disponibles, aquella última era la que comportaba el mayor engorro. Habría dejado a la maestra en entredicho. Yo mismo me habría obligado a explicar con pormenores biográficos el origen de mi apellido, con lo cual lo habría hecho de fijo más exótico para aquellas personas que, ni aun proponiéndoselo de veras, hubieran acertado a pronunciarlo correctamente. Para evitar incordios determiné callarme. Hasta el final de la excursión fui el señor Hoppe. Por supuesto que a ninguno de los presentes se le habría pasado por la cabeza confundirme con Ingo. El trato estrecho entre los padres de los alumnos del Waldorf mantiene a unos y otros al corriente de las respectivas vicisitudes familiares. «No hay secretos», nos dijo una noche Gudrun. «Es como una secta; pero mi hijo está allí en buenas manos, libre del estigma de acudir a un colegio para deficientes.» Así y todo, me presenté como tío de Kevin, nada más que por persuadirme a mí mismo de que mi presencia entre aquella docena larga de extraños estaba justificada. Uno me preguntó si Gudrun se encontraba enferma. «No, no», respondí esforzándome por esconder mi turbación, «es que le ha surgido un compromiso inesperado.» Las torpes palabras con que yo había intentado zanjar la cuestión no hicieron sino alentar la curiosidad de quienes me escuchaban.

Al punto me llegó una nueva pregunta desde un costado: «La señora Hoppe ¿tiene que ir hoy sábado a la oficina?» Ni siquiera pude distinguir a la persona que me había hablado, ya que, sin tiempo de volver la mirada, una voz diferente, en tono inconfundible de burla, reclamó mi atención desde la otra parte. «Quizá los chinos han hecho una oferta de compra y no hay más remedio que dedicar todo el fin de semana a producir galletas. Estas cosas, hoy día, suceden a menudo.» Se me ocurrió llevar la conversación a un terreno donde quedara neutralizada de antemano cualquier tentativa de comprobar otro día, cerca de Gudrun, la veracidad de mis afirmaciones. Con dicho fin inventé una breve y vulgar historia referente a un contrato de venta de propiedades rurales, para el cual la hermana de la señora Hoppe, mi esposa, había pedido a esta asesoramiento. Alguien se apresuró a mencionar un asunto privado de características similares. Entonces vi que el tema de conversación, convertido en un nimbo pegajoso, se le había quedado al hombre adherido en torno a la cabeza. Y para que no se desprendiese de él fácilmente le formulé una pregunta que, aunque de poca monta, lo estimuló a seguir explayándose de buen grado en sus trivialidades.

Llegada la hora de ponernos en camino, aún faltaban varias personas y hubo que esperar. En esto, uno que llevaba sandalias y calcetines grises alabó sin que viniera a cuento lo bien que yo hablaba el idioma alemán. Otros, a su lado, lo corroboraron. Estuve a pique de decirles que ellos también lo hablaban bien. El de las sandalias me preguntó por mi país de procedencia. Pensé para mí: «Si merezco que me llamen Hoppe y no paro de dar muestras de respeto a la gramática alemana, ¿dónde está el problema?» Clara sostiene que, aunque pronuncio las palabras, tomadas de una en una, como cualquier nativo de Baja Sajonia, se nota que vengo de fuera por la forma de modular las frases. El acento, tanto como la fisonomía, me delata. También, según dice, me aparto de la norma porque empleo con frecuencia locuciones y términos inusuales, sacados de los libros clásicos que leí de joven. Nuestra vecina, la señora Kalthoff, dijo una vez que había asistido en Wilhelmshaven a la representación de una obra de teatro de Friedrich Schiller y que algunas expresiones declamadas sobre el escenario le habían recordado mi manera de hablar. Como hay confianza, le pregunté si lo decía por elogiarme y contestó que sí.

Ocultando el fastidio que me produce airear mis datos personales en presencia de desconocidos, revelé a la piña de aborígenes el nombre del país donde nací. Al punto se dibujó en las facciones del de las sandalias una mezcla de sorpresa y decepción. Quizá había esperado otra respuesta; no sé, una que además de confirmar sus premoniciones lo pillase armado de tópicos con que dar un remate humorístico a mis palabras. Por la cabeza me cruzó la idea de atribuirme un abuelo llamado, por ejemplo, Klaus Hoppe, el cual fue un nazi cruel que logró escapar al extranjero en vísperas de la capitulación; pero vi a Kevin con otros muchachos de su edad allí cerca, imaginé el ceño que habría puesto Clara si me hubiese oído soltar semejante patraña y me callé. Se pasa uno la vida callando por discreción, por cobardía, por diplomacia. Alguien trató de establecer un vínculo de apariencia cultural entre mis compatriotas y el deporte del remo, lo que dio pie al de las sandalias a preguntarme por los ríos de mi país. Me tentó responderle que, a diferencia de los ríos de Alemania, todos ellos de impecable factura, admirados por su buena calidad en el mundo entero, los de mi país suben del mar a los montes debido a la corrupción de nuestros gobernantes. Al final respondí cuatro vaguedades que inspiraron al de las sandalias un juego de palabras sin gracia, lo que no impidió que algunos de los presentes prorrumpieran en carcajadas.

Al poco rato se acercó un individuo de entre cuarenta y cincuenta años, de quien más tarde supe que era profesor en el colegio. Detuvo su nariz vinosa junto al grupo de excursionistas, y con una sonrisa maligna en la que se traslucía una especie de placer diabólico, nos espetó que, sintiéndolo mucho, por aquella época del año estaba prohibido andar en canoa por el río Böhme. Nos quedamos todos callados, mirándonos con ostensible perplejidad. Y el que nos había dado tan funesta noticia siguió su camino y se volvió a los pocos pasos para añadir con retintín: «Además, va a llover.» Aún se volvió otras dos veces antes de perderse de vista, mostrándonos en cada una de ellas el avieso y amarillo marfil de su sonrisa. «¿Es tonto o qué?», preguntó una voz susurrante a mi espalda. Y la maestra, después de poner los ojos en blanco, nos tranquilizó diciendo que no era verdad que en septiembre hubiese prohibición de navegar por el Böhme, al menos no por el tramo previsto en nuestro plan de la excursión.

La caravana se puso en marcha con más de treinta minutos de retraso, pasadas las nueve y media de la mañana. Algo antes habían salido la furgoneta con las canoas y un primer grupo repartido en dos espaciosos monovolúmenes. Había acuerdo de reunirnos en un aparcamiento de Bad Fallingbostel. Desde allí seríamos trasladados en los susodichos vehículos hasta el punto de partida de la excursión, en las afueras de un pueblo, río arriba, llamado Dorfmark. Ya encendido el motor, no tuve inconveniente en acceder a que se montaran con nosotros dos muchachas del curso de Kevin y el padre de una de ellas, un tipo de más o menos mis años que hablaba con inusual velocidad. Ciertas consonantes las pronunciaba adelantando los labios a la manera de los chimpancés, motivo por el cual le cobré simpatía. En realidad, desde que lo vi acercarse me pareció que tenía estampa de primate. La separación de los hombros, acentuada por la baja estatura; las espaldas cargadas y los dorsos velludos de sus manos eran la garantía incuestionable de su alcurnia simiesca. Necesité obra de un minuto para empezar a hallarles sentido a los chorros de su parla. Hasta entonces apenas le entendí otra cosa que no fuera la palabra «mierda», que expelía por la boca con bastante frecuencia, debido a lo cual llegué a pensar en un primer momento que se tratase de una particularidad sonora de su respiración. Él y su hija fueron los últimos en acudir por la mañana a la cita en el Waldorf. Y sentado a mi derecha, mientras se revolvía en el asiento como si fuera la primera vez en su vida que se colocaba un cinturón de seguridad, no paraba de quejarse: «Para mí que en el papel de mi hija ponía las nueve y media. ¡Vaya mierda de organización!» Supongo que se refería a la nota que cada alumno había llevado a su casa, en la que la maestra había escrito claramente las nueve de la mañana, junto con una petición expresa de puntualidad.

Se presentó a mí con el nombre de Hans Peter, aunque los amigos, según agregó con jovial campechanía, lo llamaban Furzi, abreviatura al parecer afectuosa de Furzkanone (o cañón de pedos, que diríamos en mi lengua materna). No sin malicia le pregunté en el más serio y correcto de los tonos cómo quería que yo lo llamase durante el viaje. De inmediato volvió la cabeza hacia su hija. «Rebecca, dile aquí al colega cómo me llamo.» Y una voz adolescente respondió por detrás de mí sin el menor asomo de burla: «Furzi.» A continuación, Furzi le dirigió la misma pregunta a Kevin, sentado en silencio junto a las dos muchachas. Me dije: «No te va a funcionar la jugada, chimpancé. A mi sobrino no es tan fácil adiestrarlo.» Y en esto oigo que Kevin pronuncia impertérrito el ridículo sobrenombre. Furzi me miró con gesto de triunfo, como retándome a que le exigiera más pruebas. No hay duda de que se sentía orgulloso del apelativo. «¿Qué hago?», pensé. «¿Lo saco a patadas del coche o le compro una docena de plátanos en el primer supermercado que vea por el camino?» Luego, al tiempo que me estrechaba la mano sin importarle poco ni mucho que yo estuviera conduciendo, me ofreció el tuteo. Y dijo con descomedimiento de amigote: «¿Eres el nuevo de Gudrun?» «No, somos cuñados.» «Pues yo a mi actual compañera la conocí por Internet. Y la madre de mi hija... Rebecca, tu madre ¿todavía anda con el que cuida majaretas en el manicomio de Ilten?» «No, ahora tiene otro. Un tío asqueroso que nos deja la ducha llena de pelos.»

Recorridas varias calles, Furzi se despojó del gorro de lana con que había mantenido cubierta hasta entonces la cabeza. Apareció a mi vista una cicatriz con aspecto de tajo que le cruzaba en diagonal la nuca pelada. Se podían distinguir, aún nítidas, las huellas de los puntos de sutura en los bordes de una larga costra de color rojo oscuro. «Este pobre desgraciado», pensé, «¿será el primer ser humano que sobrevive a la guillotina?» No me dio tiempo de preguntarle. «Siniestro total», se apresuró a explicar. «Cuando me enseñaron las fotos del coche, me costó creer que no me hubiese muerto dentro de aquel montón de chatarra. Ahora no me queda más remedio que desplazarme en el tranvía de mierda. Otro coche no me puedo comprar, ni siquiera uno de segunda mano. Primero debo poner mis finanzas en orden y, segundo, el médico me ha prohibido conducir hasta que se me acaben los mareos de mierda.» Me relató el accidente con toda suerte de crudos pormenores, moviendo las manos como si aún sujetara el volante. «Y el camionero, un polaco de mierda cargado con todo lo que esa gente suele apandar en Alemania, que por algo dice el refrán: *Heute gestohlen, morgen in Polen* (Hoy robado, mañana en Polonia), ¿lo conoces?, pues el tío vendría medio dormido, porque además ninguno de ellos respeta los descansos obligatorios... Bueno, pues ya vi por el espejo retrovisor que no frenaba, que no frenaba... y no frenó. Me desperté dos días después en un hospital de Bielefeld con la cabeza vendada como una momia.» Habíamos enfilado una carretera por la que se salía de Hannóver. Obligado a detenerme ante un semáforo, perdí de vista el coche azul en que viajaba la maestra. «Oye, ¿tú no serás por casualidad polaco? Quiero decir que yo, en principio, no tengo nada contra los polacos ni contra nadie, a ver si me entiendes.» «Tranquilo, Furzi, que yo nunca he puesto un pie en Polonia.» «Es que como te veo caviloso he pensado que a lo mejor estás molesto por algo que he dicho.» «Lo que pasa es que tengo miedo de perderme.» Con gesto de alivio, Furzi me dijo que no me preocupase, que él conocía el camino. Siguiendo sus instrucciones, entramos en la autopista tras recorrer lo que se supone que era un atajo, y, nada más llegar a la altura del aeropuerto, vi que se le desplomaba la cabeza sobre el pecho, como fulminado por una apoplejía. En realidad se había quedado dormido, mostrando hacia mí la ofrenda de su herida repelente. En el asiento trasero cuchicheaban y de vez en cuando soltaban una risita las dos muchachas. Kevin permanecía sumido en su impenetrable mutismo de costumbre. Una señal indicadora de los kilómetros que faltaban para llegar a Bremen y Hamburgo me permitió cerciorarme de que circulábamos por la ruta correcta. Poco antes de tomar la autopista 7 en dirección norte, avisté a unos trescientos metros por delante de mí el coche del de las sandalias. A prudente distancia lo seguí hasta el aparcamiento de Bad Fallingbostel, adonde llegamos en torno a las diez y veinte. No había un resquicio azul en el cielo; pero la temperatura era agradable, no soplaba una mota de viento ni parecía que fuera a llover.

Nos trasladamos a Dorfmark en el monovolumen conducido por la madre de un alumno. Sentado en el asiento del copiloto, Furzi se pasó los seis o siete kilómetros del trayecto contándole a la mujer, y de paso a los demás ocupantes del vehículo, la historia de su cicatriz «de mierda». Deseoso de mantenerme lo más alejado posible de él, yo me había acomodado detrás del todo con Kevin, y desde allí, por las sonrisas y comentarios de los otros viajeros, pude advertir que ninguno de los presentes se tomaba en serio a Furzi. Algunos le faltaron abiertamente al respeto: «Furzi, mentiroso, seguro que conducías borracho como siempre.» Y otro, aún más desconsiderado: «Para mí que esa herida te la hizo el camionero polaco cuando estabas inconsciente. ¿No notaste cómo te cortaba la cabeza de un hachazo para robar tu extraordinario cerebro? ¿Tú qué piensas, Rebecca?» Y la muchacha, desde el asiento anterior al nuestro: «¿Yo? Furzi no ha tenido nunca cerebro. ¿Cómo se lo iban a robar?» Y todos nos echamos a reír. «Rebecca, no es posible expresarse con mayor precisión», dijo uno de los presentes, y ninguno se rió con tanta fuerza de la salida de la muchacha como su propio padre.

El grupo completo se reunió a las afueras de Dorfmark, en un prado por cuyo borde discurría una curva del río Böhme. Sus aguas limpias, menguadas por el severo estiaje, se remansaban como olvidadas de fluir en aquel tramo inicial de la excursión. Largos mechones de hierba colgaban en las orillas, distantes una de otra no más de ocho o nueve metros. A nuestra llegada, ya habían sido descargadas las canoas, que eran de dos y tres plazas. Se hallaban repartidas por la tierra, listas para ser depositadas en el río. Los alumnos, remo en mano, se las estaban disputando a gritos que delataban su condición de remeros novicios, portadores del barullo urbano. Intervino la maestra para poner orden. Y un padre voluntarioso, por secundarla, lanzó unos truenos disciplinarios con la voz, a consecuencia de los cuales huyeron los últimos pájaros que quedaban en el idílico paraje.

A tiempo de echar al agua la primera canoa por una pequeña rampa que terminaba en una plataforma de madera, el de las sandalias se arrancó a decretar que los alumnos y sus respectivos parientes ocuparan embarcaciones distintas, a fin, dijo, «de que fomentemos la convivencia entre unos y otros.» La iniciativa fue aceptada por aclamación. Furzi se apresuró a dar ejemplo: «Venga, Rebecca, márchate de mi lado.» La perspectiva de pasar unas cuantas horas de aventura fluvial en la estrecha compañía de personas desconocidas, de tener que intercambiar una cantidad ingente de trivialidades con ellas, de que me cayera encima un tostón como Furzi, o un pesquisidor de mi vida privada, o un infectado de prejuicios contra los extranjeros, cuando no un par de muchachos gritones y revoltosos, me colmó de inquietud. Con ojos suplicantes busqué a la maestra en el apretado círculo de excursionistas para que me eximiese de lo que se me figuraba una imposición brutal, por mucho que la hubiese untado de pedagogía y buenas intenciones un hombre con sandalias. Pero la maestra, como se hallase algo apartada, conversando al amparo de un arbusto con la mujer que nos había traído de Bad Fallingbostel, no se podía percatar de mi angustia. «Tú espérame aquí», le susurré a Kevin. Ya se deslizaban para entonces río abajo las primeras canoas tripuladas. Con cada una que se alejaba disminuía la bullanga en el prado, y el aire, la tierra, los árboles, recobraban poco a poco su natural placidez. Dando un rodeo para no exponerme a que me hablaran, me llegué con disimulo a la maestra, y sin importarme la presencia de la otra mujer, de quien sabía que había venido allí a conducir gente de un pueblo a otro y no a remar, le dije que yo no participaba en la excursión como padre de un alumno y que, por tanto, no le veía sentido a montarme en una canoa distinta de la de mi sobrino. «Créame, señora...» (ahora no me acuerdo de su nombre, pero sí del vivo desasosiego que me embargaba cuando le dirigí la palabra), «son muy pocas las ocasiones que he tenido hasta la fecha de compartir unas horas de asueto con Kevin.»

La maestra comprendió muy bien las razones de mi alarma y así me lo manifestó con un gesto amistoso, imitado por la mujer que la acompañaba. Me dijo en tono confidencial: «No se preocupe, señor Hoppe. Usted deje que todas estas personas se vayan marchando.» Conforme a su recomendación, permanecí al lado de las dos mujeres, escondido más o menos detrás de ellas, sin interferir en la conversación que habían entablado sobre asuntos del colegio. Transcurrido un cuarto de hora, cuando el de las sandalias y Furzi y la mayoría de los adultos y adolescentes andaban maltratando el río a paladas y alborotando los animales del campo con sus voces, le hice una seña a Kevin para que me siguiera hasta la plataforma de embarque, donde sin ninguna dificultad nos montamos los dos solos, él delante, yo detrás, en una de las últimas canoas.

Iba para largos años que no empuñaba un remo. Cuando vivía en mi país natal, a menudo salía a pescar con amigos en aguas marinas próximas a la costa. Navegábamos en el bote de mi hermano, provisto de motor; a veces en barcas de otra gente, impulsadas por remos largos y pesados, de una pala y no de pala doble como los que nos habían sido proporcionados a Kevin y a mí, más cortos y livianos y, por tanto, de fácil manejo en cauces de poca hondura. No es la de remar una habilidad que uno olvide con el tiempo, aunque tengo que reconocer, ahora que nadie me lee, que al principio de la excursión la falta de práctica me llevó a cometer unos cuantos fallos seguidos. Y tengo por el menos insignificante de ellos el que, recorridos obra de veinte metros, no atiné a contrarrestar con la debida prontitud las paladas repentinamente enérgicas de mi sobrino, de forma que, al salir del primer recodo, dimos con la punta de la canoa contra el ribazo. No nos enzarzamos en una ruidosa discusión a la manera de otros que nos precedían, sino que hundiendo el extremo del remo en la arena del fondo, sin decir esta boca es mía tiré de la canoa hacia el interior de la corriente, la enderecé sin mayores problemas y santas pascuas. Llevaba yo el firme propósito de no abrumar a Kevin con instrucciones. Me parecía preferible que el muchacho disfrutase a su aire mientras yo guiaba desde el asiento trasero la canoa, aun cuando, incapaces de acompasar nuestros esfuerzos, avanzáramos muchas veces en zigzag por la mansa corriente.

Dejamos Dorfmark atrás. Tras remar cosa de un kilómetro en la cercanía inevitable de otros excursionistas, la canoa se adentró en un paisaje de espesuras y rincones solitarios donde se agolpaban las sombras y donde, con un poco de suerte, no se percibían huellas de la acción humana. Los árboles tendían sus ramas por encima de nuestras cabezas, formando aquí y allá un techo de hojas verdes sobre la superficie del agua, oscureciéndola. A veces, cuando doblaban la curva los que nos precedían, y los que venían detrás aún no habían alcanzado nuestro tramo, Kevin y yo nos quedábamos un rato solos en medio de aquel recogimiento y verdor espléndido de la naturaleza, apenas rasguñado por el canto de las aves, el leve chasquido de los remos al hendir el agua, tal vez el ruido pasajero de un motor en la distancia que nos recordaba la fragilidad y poca duración de los paraísos terrenales. A ratos yo dejaba de remar y permanecía unos segundos suspenso mientras, contenida la respiración tras llenarme los pulmones de aire aromático, tanteaba las posibilidades de experimentar un momento blam. Pero nada, no había manera de notar el atisbo de un indicio, por más que a mi alrededor parecían darse las condiciones idóneas. Sentado delante de mí, Kevin no decía una palabra. Me bastaba, pues, cerrar los párpados para persuadirme de que viajaba solo en la canoa. Por desgracia, el demasiado ajetreo que tenía de vez en cuando mi sobrino con el remo, al menos hasta que, transcurrida media hora de excursión, se le empezó a acumular la fatiga en los brazos, le hacía como quien dice muescas a mi bienestar. No se lo eché en cara al muchacho. Era evidente que se divertía rompiendo la superficie lisa del río. Se conoce que lo fascinaban los salpicones, la espuma, las ondas y remolinos causados por sus golpes. Quién podría saberlo con certeza sino él; pero de que gozaba mirando cómo se hundía de continuo el remo en la corriente no abrigo ninguna duda. No había más que verlo reír con sus violentas sacudidas de hombros y murmurar para sí sonidos que desde mi posición yo no alcanzaba a comprender.

Admito que cometería una mezquindad si descargara ahora mi frustración sobre el pobre Kevin. ¿Qué culpa tenía él de haber logrado a su modo lo que yo buscaba al mío inútilmente? A simple vista, el lugar invitaba a la contemplación y al ejercicio sereno del pensamiento; el río en sí no entrañaba peligro alguno; yo estaba libre de dolores y preocupaciones. Y, sin embargo, los elementos externos y el núcleo de la persona no eran capaces de consumar una fusión armónica. ¿Por qué? Pues porque, para empezar, no había soledad en aquellas soledades. Una fila desordenada de canoas se apretaba a lo largo del primer kilómetro de excursión. Menos mal que luego se fue alargando y uno podía al fin hacerse el ánimo de no pertenecer a la gárrula columna de burgueses flotantes. Al principio se produjo una serie de incidentes a cuál más ridículo, hasta el punto de que, en un instante determinado, paré una mirada severa en la vegetación y dije para mí: «Naturaleza, ¿qué necesidad tenías de crear una especie tan estúpida?»

En mi memoria aparece de repente la figura de un señor de unos sesenta años, tentando aún cerca de Dorfmark, con la postura de un buscador de pepitas de oro, el fondo del río. Vestía bermudas que dejaban al descubierto un par de pantorrillas esqueléticas. No considero a nadie culpable de su fealdad a menos que la exhiba. Venas como lombrices le cruzaban al hombre las piernas, y esto que escribo ya sé que es aproximadamente lo contrario de la belleza poética, pero yo no inventé la realidad ni redacto mis recuerdos, como Clara sus ficciones, para halagar con pericia artística el gusto ajeno; antes bien, movido de un deseo muy fuerte que tengo de usar las palabras con entera libertad. Al lado del señor, sentada en la tierra arenosa del ribazo junto a un kayak de dos plazas, estaba una señora que, a juzgar por la hosquedad de las cejas, era sin duda su mujer. No pertenecían al grupo del Waldorf. Oí a unos que pasaban por su lado ofrecerles ayuda. Yo, sin saber en qué consistía su problema, también se la ofrecí. Me enteré entonces de que al hombre se le habían caído las gafas dentro del agua. Los dos me sonrieron, juraría que él sinceramente agradecido y ella por disimular la vergüenza y el enfado. Apenas los hube dejado atrás, la mujer empezó a renegar: «Helmut, ¿tendrías la amabilidad de explicarme por qué eres tan torpe?»

Un poco más adelante, a la salida de una curva, topamos con un atasco de canoas, todas de nuestro grupo, cruzadas en la corriente de modo que cerraban el paso a los que veníamos detrás. Varios alumnos trataban de mojar a la hija de Furzi y a otra alumna. Estas contraatacaban con ímpetu no menor entre risas y voces estridentes, lanzando paladas de agua a diestro y siniestro. Atrapado en el centro de la batalla, se oía a Furzi repetir su palabra favorita, mientras otros adultos ordenaban sin éxito a los adolescentes que dejasen de salpicar. Uno de estos adultos y el muchacho que lo acompañaba retrocedieron con intención de ponerse a salvo de la mojadura colectiva. Se formó entonces un pasillo al costado de las canoas. Al punto hundí el remo con fuerza para impulsar la nuestra hacia el hueco que nos permitiría sortear aquel obstáculo vocinglero. La maniobra no pasó inadvertida. «¡Kevin se escapa!» Apenas un segundo después del grito voló en nuestra dirección una copiosa rociada. Dentro de lo que cabe tuvimos suerte. Unos cuantos corros húmedos motearon la camisa de Kevin. El muchacho no se inmutó. A mí no me alcanzaron más allá de media docena de goterones. El resto de la metralla acuática pasó de largo por encima de nuestras cabezas. Antes que se produjese un nuevo ataque dejamos el tumulto a nuestra espalda, aunque a los pocos minutos nos adelantaron tres o cuatro canoas, entre ellas la de Furzi. Sus ocupantes estaban disputando una regata. Los más rápidos se acercaron a nosotros dando voces para que nos quitáramos de en medio. Me pareció que adultos y menores se esforzaban con idénticos bríos infantiles. Iban todos bastante mojados y algunos jadeaban al compás de las paladas.

Aún quedaba mucho trecho de río por recorrer y convenía dosificar las energías. Conque le sugerí a Kevin que remáramos a nuestro aire. No otra cosa hacíamos todo el rato, sumido cada cual en sus pensamientos. «Tiene razón tu tía Clara», le dije al cabo de un largo silencio. «Me estás contagiando el autismo.» No respondió. Es probable que ni siquiera me hubiese escuchado. De pronto, la canoa entró en una chorrera donde el agua rizada nos arrastró por espacio de quince o veinte metros sin necesidad de que nosotros empleáramos los remos. Al fondo, el caudal volvía a remansarse a la sombra de una hilera de abedules. Dentro de la penumbra resaltaba un cerco de claridad partido por una raya oscura que, desde la distancia, semejaba el rictus grotesco de una cara sin facciones. Era la cicatriz en la nuca de Furzi. Allí estaba él pegando gritos a sus dos jóvenes acompañantes, los tres de pie en el río, con el agua hasta las corvas, gesticulantes y calados a más no poder. Se les había volcado la canoa y, mientras le daban la vuelta para vaciarla de agua, se echaban los tres la culpa mutuamente. Poco antes que llegáramos a su lado, volvieron a embarcarse y, remando con todas sus fuerzas como con intención de proseguir la regata, desaparecieron en un santiamén de nuestra vista.

Llevaríamos alrededor de una hora de excursión cuando nos adentramos en una zona de pinos altos. Iba para largo rato que había renunciado a experimentar el momento blam al que ingenuamente me había creído destinado esa mañana, no sé por qué, quizá por la abundancia de vegetación y por el río de aguas cristalinas y esas cosas. Comprendí que yo mismo, en el supuesto de que hubiera existido dicha posibilidad, la debía de haber malogrado al tratar de forzarla. En cierto sentido, los momentos blam se parecen a las pompas de jabón. Si uno deja que se posen por su cuenta en la palma de la mano, no es imposible que aguanten intactas durante varios segundos; pero si intentamos atraparlas en el aire reventarán de seguro. Aunque ya no estábamos obligados a compartir la belleza del paisaje con gente ruidosa, era inútil esperar que el día me obsequiara con una ráfaga, un soplo, un toque de culminación, pues notaba, a causa de la fatiga y de la postura prolongada, un ligero dolor punzante en los muslos, que es donde había dicho de víspera mi cuñada que más se sienten las agujetas cuando no se tiene la costumbre de remar.

A todo esto, empezó a crecer sobre nuestras cabezas, más allá de las copas de los pinos, un rumor similar a un siseo que, en breve tiempo, nos envolvió como si de buenas a primeras el aire se hubiese saturado de materia acústica. Entre los troncos se avistaba un maizal con su gama de verdes empalidecidos tras una cortina sutil de vapor. Se había desatado un aguacero del que, por ahora, nos protegía el denso ramaje. Le dije a Kevin: «Vamos más despacio. Con suerte parará de llover antes que hayamos salido de los pinos.» Pero se acabaron los árboles y delante de nosotros la superficie del río se estremecía formando un violento hervidero bajo el azote del chaparrón. Me tentó proponerle a mi sobrino que bajáramos a tierra. Si la cosa se ponía mal, podríamos dar la vuelta a la canoa y usarla como tejado. Compondríamos un cuadro ridículo; pero no teníamos por qué dejarnos ver. Deseché la idea al divisar hacia la mitad del tramo, como a unos ochenta metros de donde nos encontrábamos, un puente con pretil de tablas que unía los extremos de un camino rural. Varados en la orilla, entre piedras musgosas, esperamos unos cuantos minutos a que la lluvia perdiera intensidad. En ese tiempo pasaron junto a nosotros varias canoas, no todas del grupo del Waldorf. Observé de pronto que el agua del río, en campo abierto, recobraba su lisura. Aquella fue la señal para mandar a mi sobrino que remara con toda su alma. Y el muchacho, que por entonces (hoy, según tengo entendido, ya no) era tan dócil como un perro doméstico, se puso a dar unas paladas descompasadas pero no del todo inútiles, de forma que logramos guarecernos bajo el puente momentos antes que descargase el siguiente aguacero. Llegaban canoas sueltas con gente empapada. Algunos nos saludaban, ocurrentes y bromistas, con su gota pegada a la punta de la nariz. Y seguían de largo, ya que la mojadura les hacía superfluo el cobijo. Llegó también la canoa donde iba la maestra con una muchacha y la madre, supongo, de algún alumno. «¿Le tiene usted miedo a la lluvia, señor Hoppe?» «Por supuesto», respondí. Y, con su sorna habitual, la maestra me replicó cuando se hallaba otra vez a la intemperie: «Le recuerdo que está usted en Alemania. Si espera a que salga el sol, puede que tenga que celebrar la Navidad debajo de ese puente.» Oí a las tres, mientras se alejaban río abajo, soltar unas risas que el potente chisporroteo de la lluvia apagó enseguida. Kevin y yo continuamos esperando la Navidad cosa de veinte minutos, que fue el tiempo que tardaron los nubarrones en aliviarse de su contenido. Para entonces ya había pasado de largo todo el grupo del Waldorf. Nosotros éramos, pues, los últimos. Aprovechamos el descanso para comer un bocadillo y tomar unos tragos de la bebida que guardábamos en la mochila. Luego, razonablemente secos, proseguimos la excursión con toda tranquilidad.

Poco a poco las aves se aventuraron también fuera de sus refugios. A orillas del Böhme, el paisaje se explayaba como recién lavado. Su verdor goteante se punteaba de brillos atemperados por el gris compacto del cielo. La temperatura era agradable. Calculo que habría que añadir dos o tres grados a los veintiuno que el locutor radiofónico había anunciado en las noticias de las diez de la mañana. Ni delante ni detrás de nosotros se veía canoa ninguna. Con la excepción del canto esporádico de los pájaros, sólo se oía el gorgoteo de nuestros remos al romper el cristal del agua. En algún instante percibí el ruido, reducido a rumor, del tráfico, ya que la autopista no debía de estar lejos, al otro lado tal vez del muro de árboles. Remando en silencio llegamos a un tramo en cuya margen izquierda se abría un pastizal. El cauce se hundía en el terreno hasta formar una angostura por donde la corriente, encajonada entre los dos ribazos, fluía con mayor rapidez. Hacia la mitad del tramo, un árbol caído se alargaba de una orilla a otra. Maniobré con el propósito de acercarnos de costado al tronco y evitar así que mi sobrino se lastimase. La corriente nos empujaba hacia el árbol, pero apoyando contra este los remos conseguimos frenar suavemente la canoa y mantenernos luego separados de él como a medio metro de distancia. Le pedí a Kevin que se tumbara de espaldas. Le costó comprender. Al fin hizo lo que yo le había pedido y de ese modo pasó el cuerpo por debajo del tronco, que ahora se interponía entre los dos. No tardé en comprobar que mi idea había sido un desacierto. Ignoro si porque al otro lado del obstáculo la corriente era más fuerte o porque el muchacho se puso a remar en cuanto vio el camino libre, el caso es que la canoa dio una arrancada que me pilló desprevenido. Mi pecho actuó de freno involuntario al chocar contra el tronco. Me tumbé de espaldas a imitación de mi sobrino, sin tiempo, por desgracia, de reparar en el detalle nada desdeñable de que el muchacho era más menudo, más esbelto y más flexible que yo. Mi cuello quedó aprisionado entre la canoa y la corteza áspera del tronco. Abomino, quién sabe si por fallos en mi educación, los accidentes ridículos, comidilla del hospital, motivo de chunga en los quirófanos, donde el equipo de cirujanos se monda de risa aprovechando que el patoso duerme bajo los efectos de la anestesia. Perecer haciendo el numerito: no me puedo imaginar una pesadilla peor. Pero a lo que iba. Me dispuse a lanzarle un grito a Kevin para que dejase de remar. Temí, sin embargo, que no me entendiera y lo asustase mi voz e hiciese lo contrario de lo que convenía. Conque opté por impulsar la canoa hacia atrás con la pala del remo apoyada en el tronco. No bien me hube liberado de la postura angustiosa, insté a Kevin a que saltara a tierra. Antes de desembarcar, arrojó su remo al campo con el fin de desprenderse de un peso inútil, lo cual me pareció una manera francamente adecuada de obedecerme. Yo retrocedí con la canoa hasta sacarla por completo de debajo del tronco. A continuación, los dos juntos la arrastramos sin dificultad hasta lo alto del ribazo, donde se veía el suelo lodoso cuajado de las pisadas de cuantos nos habían precedido.

Las huellas llevaban de nuevo a la orilla bordeando las raíces desenterradas del árbol caído. De pronto Kevin echó a caminar hacia una vaca de color blanco turbio que rumiaba con ojos soñolientos como a unos treinta metros de donde nos encontrábamos. Había otras seis de aspecto parecido desperdigadas sobre la hierba; pero aquella que había despertado la atención de Kevin era la que estaba más próxima al río. Pensé: «Intentará tocarla con la típica fascinación de los niños de ciudad poco habituados a los animales, y durante la cena se lo contará lleno de emoción a su madre, a su hermana y a su tía.» Aproveché entretanto para soltar aguas menores al abrigo de unos matorrales. Al volver a campo abierto, vi a Kevin parado junto a la vaca en actitud como de besarla en el costado. O quizá, pensé, la estaba olisqueando, ya que estas criaturas con autismo, con síndrome de Asperger o con lo que sea que tenga el muchacho, pues nunca ha llegado a mis oídos un dictamen firme al respecto, encuentran placer en las cosas y las acciones más insospechadas. La vaca movía despacio la mandíbula, indiferente a la presencia de mi sobrino, cuya llegada no la había inmutado más que si se le hubiese posado una mosca en el lomo. De vez en cuando arreaba un débil fustazo al aire con la cola. Después volvía a quedarse quieta como una masa de abulia, de resignación y mansedumbre en medio del prado. No dio la menor muestra de inquietud cuando me acerqué a ella pisando la hierba mojada y alta para acordar con Kevin el regreso al río. Tenía las patas embarradas; el pelambre, en cambio, limpio a fuerza de exponerlo a los chaparrones; el morro embadurnado de babas verdosas y una placa de identificación clavada en una de las orejas.

Debo reconocer que en un primer momento la hermosa planta del animal también me cautivó, y no será porque haya pocos como él (aunque del mismo color no he visto ninguno hasta la fecha) en el pueblo donde vivo. A los que no frecuentamos los establos, ¿cuándo nos surge la ocasión de acariciar a nuestro gusto una vaca? Una vaca entera, inmóvil y mansueta como una estatua. Entretenido en pasarle la mano por la panza, no presté atención a lo que hacía Kevin a mi lado, y sólo después de revirar la cara con intención de explicarle el problema que crearíamos al grupo de excursionistas si llegábamos con mucha tardanza a Bad Fallingbostel, me fijé en que el muchacho estaba dando chupadas al pelo de la vaca con la lengua lenta, los ojos cerrados y un gesto de serena y ostensible delectación en el semblante. Yo creo que ni siquiera se había percatado de mi llegada. Guardé silencio para no asustarlo; en parte, también, porque supuse que si le dirigía la palabra lo sacaría bruscamente de su felicidad. Me cercioré de que no había gente por los alrededores antes de acercar la nariz al pelambre del animal. ¿Qué sentiría mi sobrino al chuparlo? Inhalé el olor tibio y húmedo que se desprendía del costillar de la vaca. No era un olor fragante, tampoco fétido. Acerqué a continuación la nariz al cuello. «Aquí», dije entre mí, «hay sin duda una posibilidad de placer; pero no logro dar con ella. Acaso esté reservada a los autistas, qué injusticia.» Poco después mi mirada se cruzó con la de Kevin. «Bonito animal, ¿eh?» «Sí.» No me pude aguantar las ganas de preguntarle: «¿A qué sabe?» No vaciló: «A blanco.» Volví de nuevo los ojos hacia el río. Junto al árbol caído estaba, solitaria, nuestra canoa. Ni se oían voces ni se veía gente. «Supongo que le dejarás probar un poco a tío Ratón.» El muchacho asintió con la cabeza.

La modestia me obliga a confesar que carezco de experiencia en materia de chupamiento de ganado vacuno. Ignoro si hay que avergonzarse de ello. En mi disculpa alegaré que los planes de enseñanza de mi país natal no consideran necesario transmitir a los niños dicha clase de habilidades. Yo, lo único que he chupado asiduamente desde que me establecí en Alemania, son los helados de stracciatella, que por regla general me son servidos sin pelos. Alguna vez (antes más que ahora) había ejercitado la lengua en el rincón rubio de mi mujer; pero no es lo mismo, por más que al tacto de la lengua haya una notable semejanza, no así en cuanto al gusto. Sin proclamarme especialista en nada, sobre esta última cuestión no albergo hoy día la menor duda. En lo que respecta a la higiene, me agradó comprobar que los aguaceros de aquella mañana habían lavado a la vaca, al menos en las zonas corporales seleccionadas para nuestra actividad lingual. No obstante, existía un motivo de inquietud para mí, y era que, con la boca ya cerca del animal, me acordé de haber leído en algún libro o en alguna revista que cierta clase de moscas aova de costumbre en el pelambre de las vacas para que cuando estas traten de aliviarse los picores con su lengua de lija se traguen los huevos y los incuben a su pesar en el interior de su largo y tortuoso aparato digestivo. Temí, en consecuencia, regresar a Hannóver con los intestinos cargados de lombrices, lo cual me planteaba un dilema, ya que por otra parte no deseaba hacerle a mi sobrino el feo de rechazar su convite. Decidí poner por obra el propósito tomando, eso sí, precauciones. Y la mayor de todas fue que raspé con la uña el sitio de la vaca que elegí para chupar, cerca del cuello, donde más terso y lustroso se veía el pelambre. A continuación adelanté con cuidado la punta de la lengua hasta notar la aspereza de los pelos. No percibí sabor ninguno. Apenas la cascarilla de la decepción entre los dientes. Me volví hacia Kevin para mostrarle un gesto de reproche. De nuevo lo sorprendí disfrutando a lengua plena, con una golosinería reconcentrada y minuciosa que me enterneció. «¡Muchacho, qué suerte la tuya!», pensé. Entonces me atreví a más, contenido el aliento para que el olor del animal mojado no engañase al paladar, y noté que por el dorso de la lengua se extendía una sensación caliente de cerdas duras y lisas, ásperas al tacto cuando las chupaba de abajo arriba; más suaves, aunque todavía duras, cuando las chupé en la dirección contraria. Mi sobrino ahí, yo aquí, estuvimos los dos varios minutos dando lengüetazos en silencio, sin más testigos, quiero creer, que las seis vacas repartidas por el prado, estáticas de asombro y quizá de envidia. «Tenías razón», le dije a Kevin. «Esta vaca sabe a blanco. Yo aprovecharía para ir a chupar aquellas otras; pero te juro que estoy saciado. Créeme que no puedo más. Así que me vuelvo a la canoa.» Y él me siguió callado, con la barbilla goteante de saliva.

Una última peripecia y paro de escribir, pues me barrunto que la señora profesora estará al llegar. Perdida de vista la vaca, llevábamos Kevin y yo obra de quince minutos remando solos por el río cuando divisamos un cámping situado sobre una explanada de hierba, a mano derecha del Böhme. A punto de dejarlo atrás, oímos que nos llamaban por nuestros nombres unas voces desde una terraza bajo cuyo techo se había reunido el grupo entero del Waldorf para cambiarse de ropa, reponer fuerzas y almorzar. Dos muchachos nos ayudaron a subir la canoa al sitio donde se apretaban todas las demás. Mientras caminábamos por el sendero que conducía a la terraza, me pareció que algunas caras traslucían seriedad. ¿Se habrían enfadado nuestros compañeros de excursión con Kevin y conmigo por haberlos obligado a esperar? Resultó que Furzi había sufrido un mareo cuando remaba y lo habían tenido que subir en volandas hasta el cámping. A mi llegada estaba tendido sobre uno de los bancos, arropado con varios anoraks. Me interesé por su estado. Se encontraba mejor, pero aún temblaba. Lo noté pálido y bastante decaído. Luego supe que de un momento a otro vendría la mujer del monovolumen a llevárselo junto con su hija Rebecca. Pidió él, entretanto, que lo ayudaran a sentarse en el banco. Al verme, dijo poniendo labios de chimpancé: «Qué mierda, Hoppe. Tendrás que volver a Hannóver sin mí.» Podía haberme callado; pero se conoce que también se me había contagiado el poco respeto que todos le profesaban. Le contesté (no recuerdo ahora las palabras exactas) algo así como que me daba lástima quedarme sin su compañía. Junto a la pared del fondo, se me hace que a la maestra le sonreía la mirada.

17

¿A mí qué me importaba el escritor Arno Schmidt? ¿Qué me importa a mí en realidad la vida privada de ningún escritor? Un día, mucho antes de emprender nuestro viaje por Alemania, le dije a Clara que los escritores no son más que las cáscaras desechables de sus obras. Le faltó tiempo para personalizar la afirmación: «O sea, que tú me consideras una cáscara.» Estábamos en la cocina de casa, un domingo, ella con delantal, cortando rodajas de remolacha cocida. Si me desdije no fue por miedo al cuchillo que empuñaba, sino porque juzgué la fuerza de mis argumentos inferior a la del aroma que desprendía desde el horno la fuente de ñoquis bañados en salsa de tomate sobre los que se iba dorando poco a poco una costra de mozarela espolvoreada con orégano y pan rallado. Prefería los ñoquis de Clara a tener razón; pero en el fondo de mí nunca dejé ni dejaré de pensar que, publicado un libro, su autor sobra. El autor es cáscara, residuo, pegote. Clara, en cambio, rinde culto a los escritores célebres. Visita sus tumbas, lee sus biografías, se encandila en presencia de objetos que les pertenecieron: una hoja manuscrita, una pluma estilográfica, un sombrero... Bártulos, en mi opinión, que no afectan al valor literario de los libros. «Pues me apasionan, ¿qué quieres que te diga?» «¿Te apasionarías también por las heces de un clásico? Pongamos que por un excremento conservado en formol de Bertolt Brecht, con garantías notariales de que no se trata de una falsificación.» «Bueno, ratoncito», respondió con esa indolencia enfática que es un truco de profesores de colegio para mantener el tipo ante las provocaciones y groserías de los alumnos, «no me urge conservar en casa una pieza de esas características. No sabría dónde colocarla. ¿En la vitrina de la sala? Me imagino, además, que la tendríamos que asegurar contra robos, lo cual supone gastos. De todas formas juzgo plausible que eso que has mencionado se pusiera a la venta en subasta pública. ¿O es que John Lennon no vendió de igual modo su pelo?» Yo esperaba que rematase el discurso lanzándome como de costumbre alguna puntada. No me equivoqué: «A fin de estimular a los licitadores, debería ofrecérseles por fuerza las cacas de un artista importante. Porque ¿no pensarás que nadie va a mostrar interés por las tuyas, eh ratoncito, mi niño irónico? Por cierto, últimamente olvidas bajar la tapa del inodoro. ¿Acaso porque abrigas ilusiones de que se conozca en la comarca tu producción de futuras antigüedades?»

No me sentía con ánimos para visitar la casa de Arno Schmidt. Había que ir hasta Bargfeld, una aldea perdida en el extremo sur de las landas de Luneburgo donde por espacio de dos décadas aquel escritor que nunca sucumbió a la debilidad de sonreír profesó la severa disciplina de creerse genial. Desde la Podbielskistrasse subía hasta el piso el estrépito habitual de los días laborables. Era un lunes de excavadoras, martillos neumáticos y tráfico incesante. Yo acababa de tenderme sobre la cama de mi sobrino después de una noche en la que apenas había podido pegar ojo. Hacia las dos de la madrugada me hirió en las pupilas la luz de la lámpara. Borrosamente vi a Kevin dar vueltas en el centro de la habitación mientras aleteaba con las manos y emitía un monótono y enigmático zumbido. Luego, no sé cuándo, lo oí paladear con lengua sonora pedazos de hielo. A la cuatro y cuarto encendió el televisor para mirar durante veinte minutos la misma secuencia musical de *El libro de la selva.* Los rayos de la mañana me sorprendieron muerto de cansancio. Aún me duraban las agujetas de la excursión en canoa y Clara me taladraba los tímpanos con sus ruegos desde el umbral. Ni siquiera la sentí marcharse. A su regreso por la tarde supe que se había extraviado más allá de Celle. A mí no me lo contó (conmigo no quería hablar), sino a su hermana y a Jennifer en la cocina, y yo, entornada la puerta, la oía referir sus peripecias tan torpes como anodinas desde la habitación de mi sobrino. Confesó que le había costado percatarse de que conducía en la dirección equivocada. ¿No se le ocurrió sacar el mapa detallado de la región que guardábamos en la guantera? Quizá no logró desplegarlo. O lo sostuvo del revés mientras le echaba una ojeada. Entre nosotros me tengo, sin embargo, prohibidos los chistes acerca de mujeres y mapas, ya que en el caso de Clara no son chistes. Finalmente la señora escritora, la del cerebro avezado a la creación de imágenes, símbolos, metáforas, concibió la fabulosa idea de detenerse a preguntar. Un labrador le declaró que había rebasado en quince kilómetros el desvío a Bargfeld. Así pues, debía retroceder y luego, en un pueblo llamado Eldingen, doblar a la derecha. Eso hizo la pobre, si bien la mala fortuna le deparó dos carreteras que tuercen a la derecha y dos o tres a la izquierda dentro de Eldingen. ¿Quién sería el maldito bromista que las puso allí? Aunque ella acertó con el lado correcto, tomó por descontado la ruta que no debía, de manera que después de atravesar un bello paisaje de bosques, brezales y ciénagas, se encontró de repente en el pueblo aquel donde años atrás perecieron alrededor de cien personas por causa del famoso accidente ferroviario. Vuelta a Eldingen y vuelta a preguntar. Para entonces los vecinos tenían que sentirse familiarizados con el semblante de aquella conductora que en el transcurso de la mañana había entrado tres veces en el pueblo, procedente en todas ellas de rumbos distintos. No me extrañaría que las ventanas hubiesen empezado a poblarse de muecas suspicaces. Un lugareño parco en palabras se limitó a estirar el brazo. Mirando hacia donde señalaba su dedo, Clara comprobó (¿pediría prestada una cinta métrica?) que había detenido el coche a diez metros del letrero indicativo de su destino. Se tarda de Hannóver a Bargfeld, vamos a escribir que a velocidad de excursionista y considerando los semáforos del trayecto, las limitaciones de velocidad y que hay que meterse en Celle, tres cuartos de hora, minuto arriba, minuto abajo. A ella le costó entre idas, venidas y paradas, cerca de hora y media. Y eso no es todo. En Bargfeld se topó con que la casa donde se albergan las oficinas de la Fundación Arno Schmidt estaba cerrada. En vano pulsó el timbre, en vano preguntó a un vecino. Así y todo, algo positivo había de sacar del arduo viaje, y fue que anotó en su moleskine un número de teléfono que figuraba en una placa fijada en la pared, a un costado de la entrada. Emprendió el camino de vuelta a Hannóver con un comienzo de dolor de cabeza. Yendo por la carretera federal 3, a la salida de Celle, se cruzó con el flas de un control de radar. La señora Kalthoff nos remitió la carta semanas después: quince euros. Y aún tuvo Clara la desfachatez de atribuirme delante de Gudrun y Jennifer la serie entera de contratiempos que, en su opinión, se habrían podido evitar si yo la hubiese acompañado.

Con ayuda del número de teléfono que había anotado en su cuaderno logró comunicarse aquella misma tarde con una tal señora Fischer, de la Fundación Arno Schmidt. La señora Fischer, no bien se hubo enterado de quién era Clara y de los propósitos que la movían, se ofreció con mucha amabilidad a mostrarle la casa del escritor dos días después, a las once y media de la mañana. «Y si no quieres venir, no vengas», me espetó Clara de víspera en presencia de nuestros parientes, todavía despechada. «Ya me doy cuenta de que para ti es más importante quedarte en la cama que tener una experiencia cultural.» Cuestión esta, escrita sea la verdad, en la que no le faltaba razón, por cuanto era dudoso que la cultura pudiera devolverme el reposo que mi cuerpo necesitaba casi todas las mañanas. Ahora bien, barrunté que ella no pretendía tanto aclararles a su hermana y su sobrina facetas ocultas de mi personalidad como humillarme delante de ellas, por lo que, picado en mi amor propio, decidí responderle armado de cinismo que primero debía estudiar mi plan de la jornada. Me volví entonces a Kevin, que estaba cenando a mi lado, y le dije: «Mañana tenemos uuuuuuuh, ¿verdad?» El muchacho asintió. «Lo lamento, Clara, pero me espera un duro compromiso deportivo mañana por la tarde que me obligará a descansar hasta por lo menos la hora de la comida.» Ese día, en cuanto nuestros parientes se hubieron puesto en camino hacia sus respectivas ocupaciones, Clara irrumpió en la habitación donde yo trataba de recobrarme de otra noche mal dormida. «Dime a la cara que no vienes conmigo a Bargfeld.» No me hizo falta fingir que su desafío me había despertado bruscamente. Me tentó reprocharle que no me hubiese dado los buenos días; pero tampoco se me ocultaba que cada segundo de conversación equivalía a un segundo robado a mi descanso, así que me limité a contestar con voz serena, pero tajante, sin dignarme volver la mirada hacia ella: «No voy.» A mis espaldas se hizo un tenso silencio; pero yo sabía que ella no se retiraría del umbral hasta haber encontrado el modo de que yo me sintiera a disgusto conmigo mismo. «Eres experto en destruirme, por si no lo sabías.» Esto dicho, guardó otra vez silencio como a la espera de que sus palabras obraran algún efecto en mí. Cerrados los ojos, pensé: «No te des la vuelta, no la mires. Debe aprender que, una vez que has tomado una decisión, nada ni nadie te hará retroceder.» De pronto dijo: «Me largo al coche, de donde no pienso moverme hasta que hayas venido. Y si he de pasar ahí el día entero, lo pasaré. Y si me entra una jaqueca será por culpa de tu maldad. Y si la señora Fischer nos aguarda en balde, también.» Oí poco después cerrarse con un golpe ofendido la puerta de casa.

Adrede me vestí con lentitud, lo que no dejaba de ser una forma de salvar un fragmento de dignidad en la derrota. Ni me extravié, ni caí en la trampa de los radares, ni tardé en llegar a Bargfeld más de la cuenta. «¡Qué tonto soy!», pensé cuando estábamos a la vista del pueblo. Podía haber fingido que me equivocaba al interpretar el mapa de carreteras y haber llevado a Clara a un sitio tan absurdamente distante del que buscábamos como para considerar inútil la prosecución del viaje y emprender sin demora el regreso a Hannóver. Por el trayecto no dije una palabra. La razón: mi mente se hallaba demasiado atareada cubriéndome de insultos. La señora escritora dijo un par de trivialidades sobre el tiempo y sobre su estado de salud en actitud conciliatoria. Me entraron por un oído y me salieron por el otro, y ella no insistió. Delante de la luz roja de un semáforo, en la larga recta de acceso a Celle, hice como que me quedaba dormido con la barbilla pegada al pecho, igual que le había tomado un sueño repentino a Furzi a mi lado el sábado anterior. Lancé un ronquido inverosímil para llamar la atención de Clara, quien, ciega a la pantomima o simulando que se la tragaba, porque boba no es, me arreó una sacudida en el brazo. Con párpados soñolientos me miré la manga como para comprobar si me la había roto o ensuciado. Acordándome de Furzi, me tuve que morder la lengua para no preguntarle a Clara si consta en alguna biografía que también Arno Schmidt se tirase pedos. Al final no se lo pregunté por no suscitar una conversación de apariencia jocosa que podría exponerme a hacer las paces en condiciones harto desfavorables para mí, puesto que ya no habría convenio posible que me devolviese de inmediato a la cama. Ante el siguiente semáforo repetí la comedia. Por pura provocación aguanté con la cabeza derribada hasta que se encendió la luz verde. Clara no hizo nada; pero el conductor que venía detrás pegó tal bocinazo que me sobresalté como si de veras estuviese dormido.

En Bargfeld, Clara me indicó el lugar donde debía detener el coche, junto a la cerca de tablas que protegía la entrada de la Fundación Arno Schmidt. La casa, de una planta, con la fachada de ladrillo cubierta de hiedra, estaba casi al final de una calle ligeramente descendente. «Pon otra cara, haz el favor.» «No tengo otra», refunfuñé, y me volví a observar con desprecio los árboles, los grajos saltarines, las fachadas rústicas y, en suma, aquel lugar con olor a bosta que nada significaba para mí. El pueblo se conoce que se encuentra dentro de los límites de un parque natural. Me daba igual. A mí lo único que de veras me importaba en aquellos momentos era que Clara se metiera cuanto antes con su moleskine y su sonrisa de circunstancias en la casa del difunto escritor y yo pudiera echar una cabezada dentro del coche, que buena falta me hacía. Cruzados los brazos sobre el pecho, cerré los ojos dispuesto a dormir. De pronto me llegó al olfato la vaharada de un perfume sobradamente conocido. A continuación noté el roce de dos labios tibios en mi mejilla y enseguida una voz melosa que murmuraba junto a mi oreja: «Ratoncito.» Solté para mis adentros una ristra de palabrotas en lengua materna. Otra batalla conyugal perdida. Prefiero mil veces disputar con varones. Uno sabe a qué atenerse y la táctica es sencilla: gana el que sacude más fuerte, sea de obra o de palabra. Pero con una mujer que te besa y te arrulla ternezas al oído, ¿qué estrategia se puede adoptar? ¿Besarla con más fuerza? Como ella se había arrodillado sobre el asiento, por la pechera colgante de la blusa asomaba el sujetador. Llevé la mano a sus honduras mamarias pensando en que, ofendida por el indelicado toqueteo, me dejaría solo en el coche. «Nos pueden ver», se limitó a decir en un desagradable tonillo de triunfo. «Clara», repliqué sin dejar de sobarle los pechos, «estoy planeando violarte delante de la Fundación del tipo ese, Günter Grass o como se llame. ¿Te parece bien?» «Ratón, si me pareciera bien ya no sería una violación.» «Crees que bromeo, ¿verdad?» «Lo único que creo es que pasa de y veinticinco y la señora Fischer nos estará esperando.» «Te estará esperando a ti.» «A los dos, ratón, puesto que no tengo la menor intención de entrar sola en la casa.» Le manoseé por última vez los pechos suaves y calientes antes de apearme con unos deseos irresistibles de pegarle fuego a la casa de Arno Schmidt y al pueblo entero. Con lo bien que habría estado yo en la cama...

Me enfada enfadarme. Nada me enfada tanto como estar enfadado. Si me enfado, entonces me tengo que desenfadar dos veces y eso también me enfada. De ordinario los enfados me vienen en racimo. Procuro esquivar el primero, que es el que arrastra a todos los demás. Si permito que se acumulen, luego cuesta mucho trabajo deshacerme de ellos. Me conozco lo bastante para afirmar sin sombra de vacilación que no propendo a los gritos, las amenazas ni, en general, a los raptos de ira, en parte por mi manera de ser, en parte también por las dificultades que entraña el acalorarse en una lengua aprendida de adulto. A mí los enfados más bien me aquietan. Esta inclinación mía (que acaso me venga de la infancia, ya que en la casa familiar el único que tenía la prerrogativa de manifestar cólera era mi padre) no ha hecho sino agudizarse desde que vivo en Alemania. Como consecuencia, mi comportamiento social sufre una grave pérdida de calidad; quiero decir que en caso de enfado me doy a exasperar al prójimo mediante una técnica basada en el simulacro de la calma, aunque por dentro de mi cuerpo bulla un volcán. Una muestra de esto que refiero es lo que me pasó aquella mañana en Bargfeld. El mal humor me recomía cuando salí del coche con las mismas ganas que un reo de muerte de subir al cadalso. Me acerqué siguiendo los pasos de Clara a la puerta de la Fundación Arno Schmidt, tan rendido de fatiga, tan muerto de sueño, que hasta parpadear me producía dolor. Apenas pisé el primero de los cuatro o cinco escalones que conducían a la entrada, Clara me chistó para que guardase la compostura. A este punto caí en la cuenta de que iba silbando el tema musical de *El libro de la selva* con el que mi sobrino había estado deleitándose a las tantas de la madrugada. «Din don», dijo el timbre. «Te apuesto cinco euros a que la señora Fischer es gorda y papuda.» «¡Por favor, ratón!» Acababa de lograr que Clara se asustase y esa fue mi primera experiencia agradable de la jornada. Lo confieso: me poseía en aquel instante un afán de gozos malignos.

Abrió la puerta un señor cercano a los setenta, con camisa floreada, cadena al cuello, cabellera inusualmente negra y abundosa para su edad, y en la tez un tueste intenso como de solario. En el momento de estrecharnos la mano declaró su nombre. Yo creo que con idéntica expresión podría haber agitado la insignia de una orden honorífica delante de nuestras narices. No añadió más. En su nombre se encerraba al parecer la prueba concluyente de su valía. Yo, por supuesto, no recuerdo cómo se llamaba. Me costaría, sin embargo, poco averiguarlo; pero me temo que hoy no me he levantado con ganas de ponerme a enredar en la biblioteca de Clara. Me consta, porque ella me la enseñó días después de nuestra visita a Bargfeld, que una foto del tipo, de cuando era joven, figura en una página de la biografía de Arno Schmidt incluida en la colección monográfica de Rowohlt Verlag. Era, según creo, experto en el mencionado, además de escritor y traductor. ¿Para qué recitar la lista seguramente prolija de sus méritos ante dos extraños si el nombre por sí solo tal vez lo decía todo? Clara, bien por corresponderle, bien por levantarse hasta su altura, declaró asimismo su nombre, y lo adornó a manera de rúbrica con esa palabra que no sabe sacarse de la boca sin solemnidad: «Escritora.» Acto seguido se volvió hacia mí y, señalándome con el dedo, dijo: «Mi marido», del mismo modo que podía haber dicho: «Mi chófer» o «el que me fricciona los pies por las noches cuando miro la televisión.» Me sentí tan humillado que casi me arranco a imitar los gañidos de un cachorro. En apenas un segundo se me habían disipado los síntomas de la fatiga.

Terminadas las presentaciones, seguimos a Caratostada a través de la única planta del edificio hasta la parte trasera, donde había una terraza lindante con el jardín. Allí, un señor encorbatado, metido en edad, con calva reluciente, perilla y bigote canosos, ocupaba una silla a la sombra de un seto. «La señora Fischer es un hombre», le susurré a Clara, que se volvió a mirarme con ojos a un tiempo aterrados y reprobadores. En la terraza me consagré a detestar las pamemas con que la naturaleza trataba de halagar mis sentidos como si yo fuera el típico forastero ignorante que se contenta con cuatro guilindujes. Todo me causaba irritación: el sol en la cara, el aire campestre sin olor a humo de automóviles, el aborrecible piar de los pájaros que desató en mí un fuerte deseo de ser obsequiado por Navidad con un arma de caza, las mariposas de colores cursis que revoloteaban a escasa altura del suelo, lo que alimentó mis esperanzas de poder pisar unas cuantas en el curso de la mañana. Absorto en mi odio deleitoso, no presté atención a Caratostada cuando pronunció el nombre del calvo. En cambio, oí a este agregar que era el traductor de las obras de Arno Schmidt a la lengua inglesa de América. Nos saludó en postura sedente, haciendo una leve inclinación de cabeza al estilo de los grandes personajes históricos, tal vez porque le impedía levantarse un mazo de hojas de formato DIN A3 que tenía apoyado sobre las musleras, si no es que consideró superfluo disimular que nos había tomado por especímenes de una cultura inferior. A su lado, encima de otra silla, reposaba un volumen de parecidas dimensiones impreso a tres columnas, las laterales más estrechas que la central. Caratostada estaba ayudando al calvo a descifrar el mamotreto de Arno Schmidt. Podíamos haberlos incordiado sin piedad; pero Clara prefirió que nos apartáramos a un extremo de la terraza a esperar la llegada de la señora Fischer. Oí al calvo preguntar: «¿Debo escribir *árbol?»*, y a Caratostada responder después de un breve titubeo: «Déjeme mirar. Pues sí, ponga usted *árbol.»*

Transcurridos no más de cinco minutos, salió a la terraza una mujer de buena planta, edad mediana y figura esbelta, que enristró hacia nosotros con ruido de tacones sobre las baldosas, ofreciéndonos disculpas por habernos obligado a esperar. Vestía un traje de chaqueta gris, sencillo pero elegante, que le daba, junto con la melena lisa hasta medio cuello y las gafas ovaladas y sin montura, un toque de distinción intelectual. Clara se apresuró a quitarle importancia a lo que reputó de «pequeño retraso.» Sin necesidad de inmiscuirme en la conversación, me las ingenié para anular el efecto de sus palabras. Con tal propósito cometí la descortesía de echar una mirada fugaz a mi reloj de pulsera. El ademán contenía un reproche demasiado ostensible como para que a la señora Fischer le pasara inadvertido. Al punto adoptó un gesto de preocupación que embelleció aún más los rasgos de por sí atractivos de su cara, y en un tono de dolida gentileza declaró que acababa de llegar a Bargfeld procedente de no sé qué pueblo. «Excusas», estuve tentado de decirle, molesto porque no fuera ni gorda ni papuda. A Clara le faltó poco para que su sonrisa le rasgase la boca hasta los lóbulos de las orejas, con el peligro consiguiente de tragarse los zarcillos. Las dos mujeres se estrecharon la mano al estilo ceremonioso del país. Yo, antes de verme nuevamente degradado al rango de marido, decidí presentarme por mi cuenta. Me lancé a continuación a estamparle dos besos a la señora Fischer, que no tuvo posibilidad ninguna de esquivar la acometida. Hube de estirarme ya que ella era un par de centímetros más alta que yo. Así y todo, la alcancé de lleno en las dos mejillas. La señora Fischer no se resistió poco ni mucho a mi ímpetu efusivo; antes al contrario, entreabrió los labios pintados de rojo para mostrar, en forma de dientes blancos, su risueña aquiescencia, más o menos como solían plegarse los vecinos de nuestro pueblo, entre resignados y complacidos, a que *Goethe* les chupase la mano cuando los reconocía por la calle. Olía de maravilla la señora Fischer y Clara, ojos desconcertados, sonrisa desangelada, trataba por todos los medios de aparentar naturalidad.

De la terraza nos dirigimos por un borde del jardín a la que fue la casa original de Arno Schmidt. Se parecía a las casas de los cuentos tradicionales para niños conforme quedaron grabadas en mi fantasía: pequeñas y de madera. Pequeña quiere decir en este caso muy pequeña, no sé si me explico. Una casita, una cabaña rodeada de árboles, con las paredes cubiertas de tablas verticales pintadas de gris. El tejado, a dos aguas, con chimenea en mitad del caballete, tenía sobre la entrada una prolongación que daba sombra a un porche de dimensiones reducidas. La señora Fischer, que para entonces se había convertido en Susanne, abrió la puerta y nos invitó a pasar. Ya andaba Clara negociando una visita a la casa en compañía de sus alumnos. Me cuesta entenderla. Por un lado afirma que su mayor deseo en la vida es librarse para siempre de su profesión, causa de jaquecas, noches de insomnio y estrés; por otro, a la menor oportunidad se lanza a trazar con entusiasmo proyectos pedagógicos para el futuro. «Nos visitan con frecuencia de los colegios», explicó Susanne. «Pedimos que nos avisen con tiempo y nos comuniquen el número de personas que integran el grupo.» Estuve a dos dedos de advertirle que no se trataba de personas, sino de alumnos de entre catorce y dieciséis años; pero me mordí la lengua para evitar que Clara, en cuanto estuviéramos solos, me reprendiese por haberme metido en un asunto que no era de mi incumbencia.

Entramos en un recibidor donde colgaban una cazadora de cuero de Arno Schmidt y otras prendas suyas que he olvidado. Tal vez un bastón, no estoy seguro. El interior de la casa, todo de madera, abundaba en recovecos, en espacios angostos llenos de penumbra, lo que por un momento suscitó en mí la impresión de hallarme en la bodega de un barco antiguo. Se notaba en el aire estadizo una saturación de olor caliente a viejo maderamen y a libros viejos que se apretaban sobre las baldas repartidas por todos lados. Distinguí al pasar algunos lomos: Karl May, clásicos alemanes, algo de literatura en lengua inglesa. Ni rastro de autores alemanes contemporáneos del difunto dueño, aunque tampoco sometí su biblioteca a una inspección minuciosa. Había un piso superior donde se conoce que durante los últimos años del difícil matrimonio hizo vida aparte la esposa-secretaria-subalterna del escritor adusto. Clara me leyó días después un pasaje del relato biográfico de Arno Schmidt que contenía algunas revelaciones conyugales. «¡Lo que tuvo que aguantar la pobre mujer!», dije en son de caballero solidario, sensible, todo comprensión hacia el sexo femenino, y ella me replicó disparándome una mirada que me traspasó como un balazo: «¡A quién se lo cuentas, ratoncito!» Pues bien, al piso ese que he mencionado conducía una escalera empinada. Clara introdujo la cabeza por el vano de la trampilla. Yo preferí quedarme abajo en la esperanza de que Susanne, que vestía una falda gris a juego con la chaqueta (y, no sé si de propósito, con las paredes exteriores de la casa), se dignase precederme, lo que me habría permitido trabar un conocimiento más profundo de su persona. No subió; yo, tampoco.

Entramos los tres en la cocina, un cubículo no más espacioso que el trastero de nuestra casa. Se me ocurrió la idea de solicitarle a Susanne una taza de café; pero caí en la cuenta de que la despensa, los aparatos, el grifo, el agua misma, si la había, eran piezas de museo. Sobre la repisa de la fregadera podían verse utensilios de limpieza, cosas vulgares elevadas a la condición de reliquias; y en la pared, junto a la ventana, un calendario de taco, de esto me acuerdo bien, con fecha del 31 de mayo de 1979, que fue cuando a Arno Schmidt le sobrevino el derrame cerebral que habría de eximirlo de este mundo al que tan poca estima profesaba. Lo siguiente que vimos fue el rincón, al fondo de la casa, donde el escritor se consagró durante los últimos veintiún años de su vida a la elaboración en serie de obras cada vez más abstrusas. Largas filas de libros encuadernados en cuero ocultaban las paredes. Se veía sobre el escritorio, muda para siempre, la máquina de escribir, en una de cuyas teclas quizá perdure todavía, sin que nadie lo sepa, una huella digital del que me mira cuando me miro en el espejo. Diferentes objetos personales del escritor se esparcían en engañoso desorden, libres de polvo, por el ancho tablero de madera rojiza. Recuerdo un termómetro de dudosa aplicación literaria, y un recipiente de cerámica que contenía rotuladores y lapiceros, y un par de gafas con grandes lentes y monturas gruesas al lado de un aparato de radio, y una lupa abandonada junto a la máquina de escribir como si el escritor la hubiera usado apenas unos minutos antes. Todo eso había y más que no recuerdo. De pronto le sonó a Susanne el móvil en un bolsillo de la chaqueta. Interrumpió entonces las explicaciones que Clara seguía con gesto de pasmo complacido, para atender a la llamada. Lo hizo volviéndonos la espalda discretamente. Yo aproveché la ocasión para calarme unas gafas que estaban depositadas junto a la máquina de escribir. El Arno debía de ser un cegato de cuidado. El interior de la casa quedó sumido en una especie de claroscuro dentro del cual las estanterías, los muebles, los adornos, diluidas sus aristas, entremezclados sus colores, formaban un retorcimiento de sombras vagas que parecían incrustarse las unas en las otras. Algo se movía, no obstante, delante de mí. Unos contornos indefinibles se estiraban y encogían, se abrían y cerraban con silenciosa vehemencia. Quizá, pienso ahora, nos hablen así los muertos, gesticulantes e histéricos, desde el reverso del mundo sin que nosotros podamos oírlos. Columbré un ojo palpitante, mechas rubias que parecían atrapadas en un bloque de hielo, un agujero con labios. Al empujar las gafas nariz abajo, vi por encima de la montura que Clara me apremiaba mediante muecas frenéticas a que restituyera el objeto sagrado a su lugar. Meneé la cabeza en señal reprobatoria a fin de afearle su llamativo comportamiento. Como le dije más tarde en el coche, ¿quién que de verdad venere la figura de Arno Schmidt no pagaría dinero por hacer lo que yo hice; por experimentar una viva sensación de cercanía con respecto al genio; por ver la realidad, siquiera durante cuatro o cinco segundos, como él la vio? Además, no era cierto, como ella dijo, que Susanne Fischer me hubiera sorprendido con las gafas puestas. Y si me sorprendió, ¿qué? ¿Acaso las rompí? Me las puse y santas pascuas. «Eres injusta», le reproché por el camino de vuelta a Hannóver. «Me sacas de la cama para que comparta contigo una experiencia cultural. Muy bien. Empiezo a mostrar interés, me pongo en acción, tomo una iniciativa y ¿qué haces tú? Echarme la bronca.»

El episodio de las gafas no fue el único motivo de su enfado. Hubo varios más. En su opinión, que no ha variado desde entonces, la mañana de Bargfeld me comporté como un niño. ¿Acaso ella se señaló como persona razonable con su arrobo romántico? Porque no me va a negar que se sentía igual que una niña ingenua y feliz andando entre los cachivaches del misántropo y escuchando boquiabierta pormenores de su vida privada. Me pregunto de qué sirve saber que el tipo era cardiópata o que acostumbraba atiborrarse de fármacos y alcohol. Tengo para mí que Clara no se percató del riesgo que corren las personas felices de volverse superficiales. Un día, recordando aquello, se lo insinué. Replicó: «Estoy en mi derecho de ser trivial. No creo que con ello haga daño a nadie.» Habíamos salido al porche de la casa de Arno Schmidt. Susanne se disponía a echar la llave. En esto, Clara dijo o a Clara se le escapó: «El pueblo donde vivo no es mucho más grande que este.» Dije o a mí se me escapó: «¿Te estás poniendo a la altura de Arno Schmidt?» Las dos mujeres acogieron con semblante alegre mi indirecta. Sin embargo, la sonrisa de Clara traslucía una sutil tirantez, imperceptible quizá para personas ajenas a nuestro matrimonio, pero no para mí, que al punto adiviné la rabia sorda que se escondía detrás de sus labios.

Nos dirigimos a una casa que estaba allí junto, construida con materiales menos inflamables. Arno Schmidt la había hecho edificar en las postrimerías de su vida con la ayuda económica de un mecenas. El escritor buscaba al parecer un depósito seguro para sus libros, temeroso de que un incendio los destruyera en la casa original. Mientras Clara profería exclamaciones de admiración ante un fajo de folios manuscritos, pulsé, rin rin, el timbre de un tándem que se encontraba apoyado contra una especie de cómoda alargada donde se conservaban cartas, borradores y esas cosas. La dos mujeres apartaron a un tiempo la mirada del valioso documento para fijarla en mí, con una sonrisa de indulgencia la una, con unos ojos que habrían puesto en fuga a un tigre la otra. «Suena bien», constaté en un tono neutro que juzgué el más idóneo para demostrarle a la señora escritora que la admiración no está reñida con el aplomo.

Volvimos al aire libre. La conversación de Clara y Susanne iba tomando un aire cordial de despedida. «Ha sido muy interesante.» «Me alegraré de enseñar la casa a colegiales de Wilhelmshaven.» Desde el extremo opuesto del jardín nos llegaban las voces en sordina de Caratostada y el traductor calvo, atareados detrás del seto. Siguiendo los pasos de Susanne nos detuvimos los tres delante de una piedra gris sin desbastar, hundida en el césped hasta más o menos la mitad de su volumen. Debido a su superficie casi plana y a su tamaño pensé al primer vistazo que se trataría de un asiento natural, demasiado bajo para mi gusto, donde supuse que el escritor se acomodaría en los días de buen tiempo a contemplar los atardeceres rurales con orla dorada. Al lado había un rincón en sombra formado por un semicírculo de enebros. Me entraron de pronto tentaciones de subirme a la piedra. Deduje que ganando treinta centímetros de altura, podría otear la vasta extensión de hierba que se explayaba más allá de los enebros, hasta una línea verde oscuro de bosque que hacía de horizonte al final del paisaje. Me contuve cuando oí a nuestra guía decir con un temblor de gravedad en la voz: «Aquí está enterrado.» La idea de que había estado a punto de encaramarme a una piedra funeraria me causó un escalofrío gozoso. Pocas dudas debían de quedarle para entonces a Clara acerca del error grandísimo que había cometido al sacarme aquel día de la cama. Se volvió de inmediato hacia mí en un intento desesperado por evitar lo inevitable; pero ya era tarde, ya mi boca había empezado a hablar, ya estaba yo diciendo en el mismo tono con que minutos antes había elogiado el timbre del tándem: «Nosotros también enterramos en el jardín un perro que teníamos.» Se me figura que aquellas palabras indujeron a Susanne a creer que yo no la había comprendido. Seria, puntualizó: «Aquí está enterrada la urna con las cenizas de Arno Schmidt.» A nosotros, en cambio, no se nos ocurrió incinerar a *Schiller.* Recuerdo que lo enterré al pie de los rododendros a la una de la noche para eludir la posible denuncia de algún testigo. Así y todo, me pareció oportuno no cansar a Susanne Fischer con detalles de nuestra historia vecinal. Clara, que no es mujer abrazadora ni en público ni en privado, se vino hacia la parte de la piedra donde yo estaba y, rápidamente cariñosa, posó una mano sobre mi hombro. Simulando luego que me acariciaba el cogote mientras exhibía unos conocimientos insospechados en materia de enebros, me arreó tal pellizco que yo creo que se le tuvo que quedar algún cacho de mi carne entre las uñas.

18

Hay un bosque dentro de la ciudad de Hannóver, no lejos de la Podbielskistrasse, con muchos caminos que se entrecruzan, gran cantidad de hayas y unos caracoles gordos, de concha blanca, como no los vi nunca en mi país. El bosque se llama Eilenriede y con esto basta de prosa turística, pues lo que yo quería referir ahora es que fui allí el mismo día de la excursión a Bargfeld, a primera hora de la tarde. Determiné marcharme del piso en cuanto supe que a Kevin le habían surgido ciertas obligaciones escolares que le impedían quedarse a jugar a los penaltis; pero también y acaso con más razón porque me fastidiaba la idea de pasarme las horas escondiéndome del silencio ofendido y de los ojos duros de Clara.

Llegué al bosque. Al poco de adentrarme en el laberinto de senderos encontré un banco de madera a la sombra de los árboles. Había en aquel sitio tranquilidad, buena temperatura y un cantar de pájaros urbanos más de mi gusto que por la mañana los píos de la pajarería rural. Hice del banco cama, apoyado el cogote sobre las palmas de las manos, y sin tiempo de contar los corros de cielo azul que se veían a través de la fronda me quedé dormido. Si fuera escritor de novelas y relatos inventaría en este punto que me sobrevino un sueño de esos que dicen apasionantes. Lo cierto es que no soñé. Durante los tres cuartos de hora en que estuve ausente de mí y del mundo, algo pude recobrarme del cansancio que llevaba acumulado. De buena gana habría seguido durmiendo hasta la caída de la tarde; pero me despertó una mujer joven con indumentaria deportiva y auriculares en las orejas que pasó por mi lado practicando el aerobismo. Punteaban su carrera unos jadeos rítmicos tan femeninos, tan delicados y dulces en su sonido, que me dejaron el pensamiento ocupado en fantasías deleitosas. No pude menos de añadirle un tronco nuevo al bosque y con eso acabé de desvelarme.

Hacia las dos de la tarde había salido del piso sin decirle a Clara adónde iba. De refilón la vi sentada en la cocina, con la cabeza envuelta en una aureola de enfado. Ni siquiera me despedí. Es esta una táctica de guerra conyugal que me suele dar buen resultado, lo uno porque evito las contiendas verbales en que me brego peor que ella; lo otro porque abandonar el campo de batalla, aunque sea una actuación a mi juicio fácilmente interpretable, suscita en Clara desconcierto, inquietud, dudas y también miedos derivados de una sensación de soledad que le toma en tales ocasiones. Además, alejándome de su presencia doy a entender que yo soy el agraviado, el muy agraviado, el profundamente herido. Entonces su cerebro se convierte en una olla de malos augurios. Le parece que he llevado a pasear mis penas viriles por los suburbios donde podría caer en manos de una banda criminal; me ve correr al aeropuerto y subir al primer avión que despegue con rumbo a mi país; me cree capaz de tirarme, en un impulso de varón despechado, a las ruedas del tranvía; me imagina borracho, agredido por una horda de nazis, esposado por la policía o, lo peor de todo, sonriente de satisfacción en brazos de otra mujer. La debilita la soledad. A mí me vence su conversación doliente y lacrimosa.

Una vez despierto, decidí retrasar la vuelta al piso a fin de que Clara ignorase hasta el último momento si podría contar conmigo para asistir de atardecida a la ópera, conforme teníamos previsto desde hacía una semana. Sabía, porque la conozco bien, que no se marcharía a disfrutar sola del espectáculo. Más propio de su carácter era que arrojase ante mí y nuestros parientes, con mueca trágica, las costosas entradas al cubo de la basura. Yo confiaba en ganar tiempo para aclararme algunos puntos oscuros de nuestra discordia, pues es lo cierto que durante la siesta reciente se me habían olvidado las causas de mi enfado y otras que se me iban ocurriendo a fuerza de fatigar el pensamiento me parecían indignas de una persona de mi edad. Es este un defecto mío: que a veces me indispongo con Clara y, pasadas unas horas, me da trabajo recordar por qué. Presentarme ante ella de buen temple después de haber descansado sobre un banco del bosque comportaba un elemento de provocación que podría revelarse negativo para mis intereses, yo ya me entiendo. Aún peor, era abrirme como un costal a los reproches innumerables que sin duda ella me habría ido preparando a lo largo de la tarde, así como a otros que le vendrían a la boca en cuanto se percatara de mi tranquilidad y aspecto saludable. Por todo lo cual resolví llegar al piso con el tiempo justo de acicalarme para la ópera y consumar mientras tanto la reconciliación.

Andando sin saber muy bien por dónde, llegué hasta el muro que linda con el aparcamiento del zoo. Me habría complacido mojar en cerveza fresca mis cavilaciones; pero, como no se ofreciese a la vista bar ninguno, emprendí el regreso metido en la riolada de ciclistas, patinadores y personas con perro o perros con persona que recorrían en uno y otro sentido un camino asfaltado junto a la carretera que atraviesa el bosque. En cuanto di un paso en dirección al piso empezaron a escarabajearme los remordimientos. La idea de no haber hecho las paces con Clara antes de su cumpleaños, dos días más tarde, cobró de pronto en mí la forma de una enconada escocedura. No soy aficionado a insultarme; pero en aquellos momentos no me quedó más remedio que tratarme con dureza. Me dirigí sin voz los mayores denuestos ante la presencia, para mí equiparable a una acusación, de una pareja, chico y chica, que se cruzó conmigo patinando con las manos enlazadas y dejando a su paso una estela de sonrisas juveniles y buena avenencia. Te juro, Clara, que en aquellos momentos te habría llevado de nuevo a Bargfeld, me habría tomado en serio la visita a la casa de Arno Schmidt y te habría satisfecho hasta el más estúpido de tus caprichos. Así pensando, tendí la mirada en rededor, hacia la naturaleza de cuya hermosura y armonía me sentía de pronto excluido. El cielo azul, la arboleda que habría podido trasladarse intacta al paraíso, el viento suave que mecía las ramas superiores, la tarde poblada de gente apacible, alguna que otra mariposa solitaria entre los matorrales..., yo (al respecto no abrigaba la menor duda) no los merecía. Dos ciclistas que en breve intervalo pulsaron el timbre para que me hiciese a un lado afianzaron en mí aquella convicción de ser un intruso en el paisaje. Tras el sueño reparador encima del banco me había ganado la conciencia de mi ruindad. Gracias a que poseo un talante pacífico, pues faltó un pelo para aplicarme una punición corporal en medio del camino. En vez de eso avivé el paso dispuesto a llegarme cuanto antes al piso y pedirle perdón a mi mujer, de rodillas si fuera necesario.

Llego ahora, en el hilo de mis recuerdos, al episodio aquel de difícil olvido para mí que conozco como la escena de la ventana, al que voy a referirme con los detalles imprescindibles puesto que ya me lo he contado muchas veces en el curso de mis soliloquios. Eran algo más de las cinco de la tarde cuando entré en el piso. La ópera empezaba a las siete y media. No hallé ni en la cocina ni en las habitaciones a la destinataria de mi arrepentimiento y sí una nota anónima en el pasillo, sobre la consola del teléfono, que decía: «Si no vienes venderé la entrada.» Le di la vuelta al trozo de papel por si en el otro lado ponía: «Un beso, ratoncito» u otra terneza semejante, pero no. Años atrás, en Wilhelmshaven, asistí con Clara a una representación de *La flauta mágica,* y como aquella tarde no le faltaron a mi cena dos dientes crudos de ajo, una chica de nariz susceptible que estaba sentada a mi derecha, tras el descanso fue a acomodarse en otro sitio, posiblemente en desacuerdo con mis emanaciones, pues parece ser que el olor de ciertos alimentos trasciende por los poros de la piel. Desde entonces practico, no sin el apremio de Clara, el hábito de asearme antes de acudir a los espectáculos públicos. Con dicho propósito, aunque no había ingerido durante el día ninguna cosa pestilente, pero había estado expuesto al olor de la bosta por la mañana, me metí en la ducha. Antes hube de retirar del filtro del desagüe un burujo de pelos procedentes de la cabeza de Jennifer, como podía deducirse con facilidad de su color. Corrida la cortina traslúcida para evitar que el suelo de baldosas se encharcase, apenas había empezado a enjabonarme cuando se abrió la puerta, que carecía de pestillo (por lo que desde el principio de nuestra estancia en Hannóver me acostumbré a despachar mis necesidades mayores en ausencia de nuestros parientes), y la voz de Gudrun, con un timbre agudo de sorpresa, dijo: «Ah, ¿estás tú ahí? Perdona.»

Tiendo a creer que la repetición anula la casualidad. Y aquella era la tercera o cuarta vez que mi cuñada entraba de sopetón en el cuarto de baño estando yo desnudo bajo la ducha. Ni a Clara ni a mí nos había pasado inadvertido que últimamente parecía erotizada. Quizá tardamos unos días en darnos cuenta de aquella particularidad suya debido a que su falta de atractivo físico apenas variaba con el maquillaje. Una mañana oímos a Jennifer echarle en cara que hubiera usado sin permiso su barra de labios. Y, en efecto, Gudrun se los pintaba incluso a la vuelta del trabajo. Reparamos también en que se ponía colorete en las mejillas y un cerco de sombra alrededor de los ojos, cosa que antes no hacía, al menos no de una manera tan llamativa. En más de una ocasión la vimos andar por el piso en paños menores, con sus pechos abultados y su muslos rugosos de celulitis. Aquello, en principio, no nos causaba extrañeza puesto que ella estaba en su casa, donde reinaba una gran confianza entre todos nosotros, y además, según le dije a Clara, más se me antojaban su comportamiento y su figura apropiados para ahuyentar que para seducir. Jennifer, por cierto, no le quedaba a la zaga en desparpajo. A menudo se dirigía de su habitación al cuarto de baño o viceversa mostrando sin pudor un bamboleo de carnes pálidas; pero, a diferencia de su madre, no incurría en la coquetería de volverse a comprobar si la mirábamos. ¿Y qué decir de Kevin? El muchacho ignoraba por completo la vergüenza corporal.

Tras la ducha, Gudrun y yo coincidimos obra de cinco minutos junto a una de las ventanas del piso que se abrían a la Podbielskistrasse. A un lado del marco colgaba un espejo ante el que yo trataba de anudarme la corbata. Por complacer a Clara había resuelto acudir a la ópera vestido de traje. El nudo se me resistía, bien porque me faltase práctica, pues llevaba largo tiempo sin disfrazarme de elegante; bien porque, fallida la primera tentativa, me empeñara en rehacer el nudo sin soltarlo del todo. Gudrun, que se había asomado a la puerta para preguntarme por el paradero de su hermana, advirtió que lo tenía torcido y vino sin demora a retocármelo. Mientras enredaba en mi garganta, por evitar la fijeza de sus pupilas cercanas volví las mías hacia la calle y las paré en un punto que para mí era un punto cualquiera: el brillo de los raíles, la gorra de un peatón, acaso un cartel publicitario. Pero Gudrun no lo debió de entender así y, mirando en la misma o parecida dirección que yo, dijo de repente con la voz rota por un pujo de llanto: «Ahí, ahí es donde murió mi madre.»

Al instante advertí que una sima negra se abría ante mis pies. Sé que incurro en una metáfora, pero ¿cómo expresar con mayor precisión la certeza de que me hallaba en el borde de un grandísimo peligro? No ignoraba dónde ni en qué circunstancias había perdido mi suegra la vida a principios de año. Con esto no pretendo afirmar que conociera el punto exacto de la calle donde fue atropellada por el tranvía. Puedo, sin embargo, suponer que la desgracia aconteció dentro del espacio que yo abarcaba en aquellos momentos con la vista, pues me constaba que Gudrun había presenciado el accidente desde la ventana, quizá no desde aquella misma ventana sino desde la de la habitación contigua. La diferencia debía de ser muy pequeña. En Bremen, cuando tomamos la decisión de viajar a Hannóver, Clara y yo convinimos en no mencionar el asunto en el piso de nuestros parientes. Luego oí a las dos hermanas hablar dos o tres veces con naturalidad de su madre, omitiendo, eso sí, toda referencia a su trágico final, como si existiera entre ellas el acuerdo tácito de no tocar un tema tan extremadamente doloroso para ambas.

La voz del instinto me susurró a la oreja que mi cuñada deseaba a toda costa derramar lágrimas en mi presencia, y para ello la tristeza asociada al recuerdo de su madre le venía pintiparada. Llorar es una forma como otra cualquiera de desnudarse. No hace falta una dilatada convivencia con mujeres para aprender que con frecuencia las lágrimas femeninas entrañan un mensaje cifrado. Lo percibí enseguida en Gudrun. Algo muy distinto de la pena convencional brillaba en la quietud de sus ojos. Algo que, sin saber yo nombrarlo, ya había empezado a obrar efecto en mí. De forma instantánea se había establecido entre los dos, al margen de mi voluntad, una atmósfera íntima que todavía me produce repeluznos cuando la evoco. Me sentía directamente conminado a mostrarme con ella compasivo, cariñoso, en fin, humano, para que no me reputase en adelante de individuo sin entrañas. ¿Qué hacer? Un simple ademán de afecto por mi parte podría suscitar en ella ilusiones indebidas y llevarme a mí a dar el paso fatal que me separaba de la sima. Un fogonazo de lucidez me puso sobre aviso: «¡Cuidado! Esta mujer divorciada necesita urgentemente un pene y tú tienes uno y, además, recién lavado.» Me aferré al tema de la madre muerta por juzgarlo adecuado para enfriar la lascivia. «Iba con Kevin, ¿no?» Gudrun sabía de sobra que yo estaba al tanto de los pormenores del accidente. Ella misma nos los había referido el día del entierro. En repetidas ocasiones la oímos manifestar el temor de que a su hijo le hubiese quedado un trauma. Estando con ella junto a la ventana, se me ocurrió llevar la conversación por aquel derrotero. Se me figuraba que trayendo familiares a colación me sentiría menos solo delante de mi cuñada. «El muchacho», respondió, «lo superó bastante bien. Yo, en cambio, no me quito la imagen de encima. Rara es la noche en que no vea a mi madre desaparecer con su abrigo negro debajo del tranvía.» Venciendo una fuerte repulsión, le aparté con el nudillo del índice una lágrima que le bajaba rodando por una de las mejillas. Tan pronto como hubo notado el contacto se arrancó a abrazarme. Permanecí rígido por temor a que me manchara de pintalabios la camisa. De sus cabellos rubios que me rozaron un instante se desprendía un olor indefinible, que, sin ser especialmente agresivo para el olfato, me desagradó. Le dediqué unas palabras de consuelo tan falsas y empalagosas que debió de sospechar que se las decía por mofarme, de manera que al oírlas se separó de mí y reculó un paso como sacudida por una violenta desconfianza. Durante varios segundos escrutó mis facciones con sus ojos todavía vidriados por las lágrimas, y poco a poco su boca fue dibujando una sonrisa melancólica antes de poner fin al episodio de la ventana con una frase que me dejó anonadado: «No me olvido de suplicarle a Dios para que hagas feliz a mi hermana.» Tras lo cual se metió en su habitación y, hasta el día en que nos marchamos de Hannóver, ya no volvió a entrar en el cuarto de baño mientras me duchaba.

Vi a Clara antes que ella a mí, quieta entre la gente que subía la escalinata de la ópera. De lejos me produjo una impresión de mujer desamparada con su ridículo bolso nuevo del que pocos días antes había dicho sentirse orgullosa, la espalda rígida y los pies emparejados a la manera de una empleada formal en espera de instrucciones. Viva imagen de la decencia. Personita recta, inmóvil, a juego con las estatuas alineadas sobre la cornisa de la entrada salvo por el detalle del bolso blanco y cursi. Me paré a observarla enternecido desde la acera de enfrente. Comprobó la hora en su reloj de pulsera, juraría que insegura de que yo acudiera a la cita. En aquellos momentos ni con el auxilio de un microscopio me habría sido dado distinguir dentro de mí los límites entre la compasión y el amor. Enristré hacia ella fingiendo de broma que no me percataba de su presencia. «Primero la haré sonreír aunque se resista y después, con ademanes de señor galante, acordes con la elegancia de mi atuendo, le pediré disculpas.» Tal era la táctica en apariencia infalible que habría de conducirnos a la reconciliación. Sin necesidad de levantar la mirada adiviné que me estaba sometiendo a un examen riguroso de la ropa. Debió de aprobarla puesto que, cuando estuve a tiro de sus palabras, no dedicó ningún comentario a mi aspecto. A menos de un metro de ella, aguantando la risa, hice como que no la veía. Luego, tras rozarle un hombro, pasé de largo. Por la espalda me llegó una ráfaga severa de lenguaje: «Espero que no hayas comido ajo.» No era lo que comúnmente se entiende por saludo; pero al menos sirvió para librarme del trance incómodo de hablar primero. Iba por el tercer o cuarto escalón cuando volví la cabeza. «Ah, ¿estás ahí abajo? No te había visto.» ¡Cómo la afeaba el rencor! En aquel instante me habría sido más fácil arrancarles una sonrisa a las losas de la plaza. «¿Adónde vas?», me preguntó con dientes apretados. «¿Crees que te dejarán pasar sin entrada?» Se vino directamente a mí. Pensé que después de todo no me iba a negar un beso, a mí, al marido de tantos años; pero se limitó a acercar la cara al cuello de mi chaqueta para olfatearme. Aquello me resultó a tal punto ofensivo que hube de morderme la lengua para no sucumbir a la tentación de decirle a la cara lo que opinaba de su bolso. Recuerdo que me palpé los bolsillos en busca de un bolígrafo, pues no se me ocultaba la utilidad de tomar nota de la humillación que Clara acababa de inferirme. Se me figuraba que habría de transcurrir largo tiempo antes que volviéramos a dirigirnos la palabra. Corría yo, en consecuencia, el riesgo de que para entonces se me hubiese olvidado la causa de mi nuevo encono, lo cual entendí que podría evitarse si la llevaba escrita en un trozo de papel. La falta de bolígrafo despertó en mí la sensación de encontrarme desarmado. Con frecuencia incurro en el error de acudir sin pertrechos a las guerras matrimoniales. De ahí tal vez que las pierda todas o casi todas.

El amor que le había ido cobrando a Clara en el curso de la tarde, avivado, cuando la encontré esperándome ante el edificio de la ópera, por una suerte de pena mezclada con ternura, se me rompió de golpe como se rompen en el aire las pompas de jabón. No ignoro que este tipo de comparaciones son bobadas de literatos; pero en mi descargo alegaré que esta mañana noto más torpe que de costumbre, que ya es decir, la mano con que escribo. Pues bien, como una pompa de jabón: así lo dejo porque así lo siento. Clara me inspiraba en aquel instante una rabia cercana al odio. No es que me hubiera causado alegría que se cayese rodando por la escalinata y se partiese un hueso de la pierna (pongamos el fémur, que es de curación complicada, según tengo entendido). No, eso no; pero por ahí, por ahí, yo sé lo que me digo. Barrunto, además, que mi estado de salud no debía de estar expuesto a peligros menores en su pensamiento.

La siguiente escaramuza le procuró una victoria pasajera. En lugar de repartir las entradas, alargó la suya y la mía juntas a la chica de la puerta. Con tal ardid me rebajó al rango de acompañante, colocándome a ojos de quienquiera que nos mirase en una ostensible posición de dependencia. Pasó ella primero al foyer abarrotado de gente emperifollada, aunque con excepciones, y el acólito, el escolta, en fin, el sujeto de categoría inferior que yo representaba para ella, detrás. Habría tomado también nota de esta segunda humillación de haber tenido un bolígrafo a mano. No lo tenía, así que me hube de contentar con una pequeña venganza. Y fue que se me olvidó aposta adquirir un programa, cometido que la costumbre me asigna cuando asistimos a espectáculos semejantes. Me las arreglé para que ella no lo advirtiera sino después que hubiéramos tomado asiento en nuestras respectivas butacas, hacia la parte central de la séptima fila, para acceder a la cual no hubo más remedio que obligar a ponerse de pie a los espectadores interpuestos en el estrecho pasillo. Clara dirigió una mirada fugaz a mis manos vacías; pero, como no nos hablábamos, es presumible que se le atascasen en la garganta las quejas y los reproches. Con todo, algo dijo entre dientes, poca cosa, mero runrún que ni poniendo atención me habría sido posible entender.

Instantes después salió en busca de un programa, repitiendo el ritual de disculpas y agradecimientos ante las personas que por su culpa debieron levantarse otra vez de sus asientos. Durante su ausencia sonó el timbre del último aviso. La idea de que, cerradas las puertas del patio de butacas, hubiera de esperar fuera hasta el descanso me produjo una descarga de placer cosquilleante. Adoro las derrotas que ella se inflige a sí misma sin que yo intervenga. En tales ocasiones ni siquiera puede achacarme crueldad o decirme que no cree merecer el trato que le doy. Sin embargo, volvió a tiempo con su programa, su bolso blanco y una expresión entre risueña y avergonzada de persona consciente de que con sus idas y venidas no para de molestar. Vi que algunos de los que tuvieron que levantarse de nuevo le hacían a su paso comentarios de apariencia jocosa, nacidos seguramente de la confianza que se va estableciendo poco a poco entre las personas que se encuentran a menudo. Vi, no obstante, señales ostensivas de irritación en los semblantes de una pareja de espectadores jóvenes, y sobre todo por parte de la chica, que cuando vio acercarse a Clara puso los ojos en blanco. De nuevo en su asiento, Clara se caló las gafas de lectura y se puso a ojear el programa. No pasó de las primeras líneas ya que de pronto se apagaron casi todas las lámparas. Transcurridos unos pocos segundos, el director de la orquesta asomó la cabeza por el borde del foso para agradecer los aplausos de bienvenida.

Por comentarios leídos en la prensa sabíamos de antemano que habíamos pagado para asistir a una representación no sé si audaz o desenfadada, pero en cualquier caso inusual, de *La Traviata,* incluso escandalosa en opinión de alguna gente entre la que no me cuento. Calixto Bieito, el director de escena, arrastraba fama de provocador. Según nuestras noticias, no era aquella la primera vez que sometía una ópera de Verdi a sus peculiares criterios estéticos. Por lo visto se había atrevido también con Mozart. Leímos que sus escenificaciones desataban de costumbre indignación y protestas ruidosas, lo cual me daba a mí grandes esperanzas de divertirme a expensas del público. Alzado el telón al término de la obertura, como viese a la cantante rusa que hacía de Violeta vestida con escasez de paño y lencería propia de alquiladora de su vagina, me repanchigué en el asiento dispuesto a disfrutar de los encantos anatómicos del personaje principal, aunque me pareciese que para el tipo de espectáculo que se nos ofrecía la música de Verdi molestase un poco. A fin de no perder detalle me desentendí desde un comienzo del panel cercano al techo donde se iluminaba la traducción simultánea de la partitura. Conservo en la memoria unas cuantas escenas risibles, de una comicidad que acaso no se correspondía exactamente con la prevista por el director de escena. Por ejemplo, una de erotismo explícito entre la rusa y el padre barítono de Alfredo, cantando los dos durante un coito ramplón con una intensidad y mímica melodramáticas que produjo en el público una carcajada general y algún que otro abucheo. A este punto la mirada de Clara se cruzó brevemente con la mía, como insinuando que lo que hacían los actores sobre el escenario no sería posible entre nosotros de allí a quién sabe cuántos meses, por no decir años. En sus pupilas se adensaba una dureza de veredicto condenatorio. Para que comprendiera que no me intimidaba, me dieron ganas de espetarle: «Pues sí, me gusta el cuerpo de la rusa, a disposición de quien lo pague.» «Primero tendrías que aprender a cantar», pensé que replicaba. «Emigraré a otras camas.» «Y harás bien, porque la mía, donde yo gobierno, será para ti desde hoy un desierto inhóspito.» «Bah, la masturbación me salvará de tu rigor.» «Pues mastúrbate, venga, dale.» «¿Ahora y aquí, delante de la gente?», tras lo cual preferí guardar silencio porque tanta conversación imaginaria me distraía de las contorsiones sensuales que la rusa estaba ejecutando en torno a una barra vertical.

El director de escena había fundido a Flora, amiga de Violeta en el libreto original, y a su criada Annina en un solo personaje, buen truco para ahorrarse un sueldo, y a la figura resultante la había hecho lesbiana con funciones de proxeneta de su señora. Clara no ocultaba el desagrado que sentía por la tosca sexualización del espectáculo. A mí me daban pena los actores, obligados a lucir sus dotes vocales en actitudes y posturas ridículas. Y también me daba pena, mucha pena, Verdi, aunque nunca llegué a conocerlo personalmente. Al público no lo irritaba tanto la exhibición de carne femenina sobre el escenario ni la acción repetida de montarse los cuerpos de los actores unos encima de otros como los cambios gratuitos y las constantes modificaciones e injerencias en el argumento de la obra, que para algunos espectadores resultaron de todo punto inaceptables cuando, vencida Violeta por la tuberculosis, Calixto Bieito dispuso que la tal Flora-Annina y Alfredo se diesen el piro alegremente a Río de Janeiro. Se oyeron entonces silbidos y nuevos abucheos en el patio de butacas y por los palcos. Sonó, confundida en el barullo, la musiquilla de un teléfono móvil y enseguida vimos a la luz proveniente del foyer que una hilera de personas abandonaba la sala antes de tiempo.

Para Clara y para mí aquella singular versión de *La Traviata* tuvo consecuencias favorables. Por este motivo me pareció lo más correcto darle las gracias al director de escena aplaudiendo de buena gana al término del espectáculo, que si vamos a escribir la verdad no me agradó. Y era que de vez en cuando, a disgusto con algunas escenas de tono subido, Clara me lanzaba miradas fugaces como tratando de sondar mi parecer, y en una de esas, no me acuerdo si de veras o de burla, le imité la mueca reprobatoria, por donde se me hace a mí que empezó a encauzarse nuestra reconciliación. Ya en el descanso se dejó invitar a un rosco de pan con granos de sal gorda que llaman Brezel, y cada uno comió el suyo en silencio. Más tarde, durante la escena del baile en el palacio de Flora, un corista vestido al uso de los toreros españoles paseó de un lado para otro del escenario un enorme pene de goma. Entonces Clara y yo nos miramos y sonreímos, y yo columbré de repente una como suavidad afectuosa en sus facciones y una alegría triste o una tristeza alegre en sus ojos, aunque todo esto podían ser figuraciones mías. En cualquier caso le acaricié inadvertidamente una mano que tenía abandonada tal vez con ese propósito sobre el brazo del asiento; acto seguido, apoyó la cabeza sobre mi hombro y, de la manera más rápida y natural que pueda imaginarse, sin mediación de palabras volvió la concordia entre nosotros. Estuvimos largo tiempo amartelados y yo al borde de dormirme. Mientras sonaba el preludio musical del tercer acto, Clara me desveló para preguntarme en voz baja, casi metiendo sus labios en mi oreja, si aún la quería. Me apresuré a responder afirmativamente y añadí: «Lo que pasa es que a veces soy estúpido.» «¿Qué has dicho, ratoncito?» Hembra avispada, recelo que se fingía teniente para prolongar el gusto de oír que me insultaba. «Que soy estúpido», repetí. «Tienes razón», sentenció con gesto triunfal, retrepándose en el asiento como si le hubiera tomado de pronto un vivo interés por la función.

19

De la ópera nos dirigimos, primero en tranvía y luego andando, a una taberna llamada Plümecke, donde ya habíamos estado una vez. La descubrimos al comienzo de nuestra estancia en Hannóver por un artículo elogioso del periódico y nos había dejado un grato recuerdo a pesar del mal aire que se respiraba en su interior. Aún no había sido aprobada la ley que prohíbe fumar en locales de esa índole. A mí, como le dije a Clara, me parecía un despilfarro que algunos prendiesen cigarrillos cuando les bastaba, para conseguir el mismo efecto, dar caladas al humazo que flotaba delante de sus caras. Se encargaban del servicio varias mujeres algo metidas en edad, dicharacheras y bromistas, que tuteaban por principio a los clientes. Entre estos escaseaban los menores de treinta años. Apenas traspuesta la cortina de la entrada, uno sentía como si hubiese retrocedido de golpe unas cuantas décadas en el tiempo. La taberna conservaba la decoración de épocas pasadas, con sus sillas de madera maciza, sus mesas de grupo desprovistas de mantel, los cuadros y carteles de viejo estilo y las lámparas de hierro forjado colgadas por medio de cadenas del techo marrón. Todo lo contrario de un local refinado, elegante, moderno, y sin embargo, o quizá por ello, estaba siempre de bote en bote. No sonaba música en el Plümecke ni creo yo que el oído más fino la hubiera percibido entre las voces. Por causa de la bulla, a menudo, si no era juntando las caras o hablando alto, resultaba difícil conversar.

En el Plümecke había además cocina, con una oferta de platos sencillos y económicos característicos de la gastronomía popular del país. Los repartía por las mesas una señora de pelo corto peinado por arriba a lo erizo. Al igual que sus compañeras, se daba maña para alegrar las caras de los clientes con agudezas y juegos verbales. Cenar en el Plümecke tenía una especie de encanto hogareño que a Clara le gustaba mucho porque le traía a la memoria escenas de su infancia en la casa familiar y a mí también porque me quitaba el hambre. En cuanto a las bromas de las camareras, me viene ahora al recuerdo una de la cual fui víctima la primera vez que visitamos el local. Nos había tocado compartir mesa con un grupo bullicioso pero amable, que nos dio la bienvenida a la mesa. En el Plümecke, enseguida que ocupabas un asiento, cualquiera te dirigía la palabra o te animaba a un entrechoque cordial de jarras y de vasos. Llegó una camarera, anotó el pedido de Clara, volvió la mirada hacia mí. Previendo que debido a la confusión de risas y voces no me entendiese, o me entendiese mal y me sirviera en consecuencia lo que no deseaba, al solicitarle un filete ruso copié, para allanar posibles deficiencias expresivas, la forma de la pieza juntando en el aire los índices y los pulgares por sus yemas respectivas. Normal, ¿no? Entonces la camarera, al tiempo que anotaba el pedido, me preguntó, con sorna de la que no me enteré sino más tarde, cuando Clara me explicó las partes del lance que me habían pasado inadvertidas, si quería un filete oval. No la entendí; pero, por ahorrar explicaciones, me mostré conforme. Clara me dijo después que no había intervenido porque pensaba que era yo quien bromeaba. Al cabo de cinco o diez minutos, trajo la señora de la cocina un plato en cada mano y, con una potencia de voz de la que yo no la habría creído capaz a sus años, preguntó mirando a todos y a ninguno para quién era el filete oval. Los achispados y joviales ocupantes de nuestra mesa se echaron a reír. Uno de ellos, por exprimirle más jugo a la burla, pidió una salchicha cúbica. Hasta dio las dimensiones exactas en centímetros, con lo cual arreciaron las carcajadas a nuestro lado. Y yo, por disimular, añadí las mías, aunque eran postizas. Cosas que pasan.

Como la primera vez, tuvimos que esperar varios minutos de pie junto a una vitrina con trofeos deportivos, cerca de la barra, a que la camarera nos anunciase que había sitio libre en una mesa para nosotros. Ni la gran cantidad de clientes que se reúne a diario en el Plümecke (salvo los fines de semana, cuando la taberna permanece cerrada) ni los días transcurridos desde nuestra visita anterior impidieron que la camarera me reconociese. No lo desveló hasta el instante en que le comunicamos nuestra intención de cenar. Dijo entonces, con la mayor naturalidad del mundo, que no estaba segura, pero le parecía haber oído a la cocinera que aquella noche los filetes rusos eran especialmente ovales. Tuve la gentileza de sonreír a la chanza. No quise, sin embargo, correr el riesgo de perpetuarme en la memoria del

Plümecke como el tipo tocado del ala que se alimentaba de comida geométrica, conque me apresuré a solicitar una salchicha al curry con patatas fritas y mayonesa, que en el fondo no era lo que me apetecía. En realidad me daba lo mismo matar el hambre con una cosa o con otra. Desde el insuficiente y tenso almuerzo de mediodía sólo me había metido en el estómago el Brezel de la ópera.

Aquella noche, en el Plümecke, Clara y yo convinimos en que iba siendo hora de fijar una fecha para la reanudación de nuestro viaje. En varias ocasiones me acarició el cogote con sus dedos melancólicos, y por primera vez en largos días buscó mis labios con los suyos, sin importarle (justo a ella, que tira a recatada) la presencia de docenas de ojos a nuestro alrededor. Había en su voz una nota de afecto mustio. Dijo con palabras similares a estas: «Ratón, es demasiado tiempo sin añadir una página nueva a mi libro. La revisión de lo escrito tampoco avanza como había imaginado. Me es imposible concentrarme en casa de mi hermana, con los problemas que hay ahí y el timbre del teléfono que suena a todas horas y la incomodidad, tú ya me entiendes. Y lo peor de todo, lo que me destroza, es que hemos empezado a enfadarnos tú y yo, y a discutir por nimiedades en los pocos momentos en que nos vemos a solas, y eso hay que evitarlo a todo trance, ratoncito. Recuerda cuántas veces prometimos no caer en el error de acabar como esos matrimonios que viven en estado permanente de guerra. Nunca olvidaré los gritos de los vecinos antes de divorciarse. Por no aguantarlos nos privábamos de salir al jardín. También me acuerdo de mis padres, obsesionados como niños en llevarse la contraria. A mí esa clase de convivencia me entristece. ¿Estás de acuerdo conmigo?» La pregunta me sorprendió con la boca llena de alimento. Respondí mediante una sacudida afirmativa de la cabeza y Clara continuó en el mismo tono doliente durante largo rato, olvidada de su rollito de primavera y de su vaso de agua mineral del que iban desapareciendo poco a poco las burbujas.

Acompañé la cena con dos vasos de cerveza de trigo, de medio litro cada uno como manda la costumbre. Pedí un tercero de postre porque me gusta mucho mear. Cuando tomaba los primeros tragos, el capuchón de espuma me cosquilleaba en la punta de la nariz. Al tiempo que me servía para empujar la comida, la cerveza colmaba mi boca de un frescor turbio, espeso y un poco dulce, donde persistía un dejo agradable de cereal cocido. De mi cuerpo se había esfumado todo rastro de sueño. Ni el hambre ni la sed me apuraban. En aquel instante vivir dentro de mí significaba olvidarse en la quietud de una pura e indolente saciedad. Cerrados los ojos (Clara no caía en la cuenta de que monologaba), traté de hacer un recuento de sensaciones físicas. Nada. No notaba nada salvo la satisfacción de creerme convertido en un ser incorpóreo, franco de necesidades, de dolores y molestias. Hacía calor y había demasiado humo y demasiado ruido en el Plümecke para que me sobreviniera un momento blam; pero así y todo me complacía estar allí junto a mi mujer cariñosa, que se afanaba en la descripción y análisis de sus tribulaciones, y entre desconocidos de mejillas enrojecidas por el alcohol y la felicidad. «Ratoncito, ¿en qué estás pensando?» Me percaté a este punto, como quien, despierto de golpe, no tiene más remedio que adquirir conciencia de la realidad circundante, de que el granuja de mi cerebro no había cesado de entretenerse pasándose imágenes eróticas mientras yo masticaba y engullía. En una palabra, se me había metido en la cabeza la cantante rusa. Con turbadora nitidez la veía ofrecérseme como recipiente de mi esperma, entonando arias de Verdi con los pechos desnudos y en posturas excitantes. «Noto por aquí abajo», contesté así sin más, llevándome una mano a las honduras ventrales, «una pulsión sexual.» Clara tendió la mirada a los lados para cerciorarse de que nadie nos escuchaba. Se le habían agrandado de súbito las pupilas. «Eso es justamente lo que trataba de decirte.» «¿Cómo? ¿Tú también quieres follar?» «No.» «Ah, ¿no?» «Sí, no. Ratón, deja que te explique.» La vejiga tiraba de mí otra vez hacia el retrete. Al levantarme de la silla busqué en vano con la mirada a la cantante rusa por las mesas del Plümecke. «¿Adónde vas?» Acerqué la boca a su oído para responderle con la debida discreción: «Me urge masturbarme. Pero no te preocupes, que vuelvo enseguida.»

Lo que me quería explicar era que en su opinión, como apenas habíamos tenido momentos de intimidad desde nuestra llegada a Hannóver, vivíamos distantes el uno del otro, susceptibles, desconfiados, insatisfechos, echándonos mutuamente la culpa de aquel distanciamiento impuesto por las circunstancias, a las cuales achacaba ella también la falta de cordialidad y comunicación que nos desunía. Confesó que por las noches añoraba mis ronquidos. Me tentó corresponder a su halago contestándole que estaba dispuesto a grabárselos en una cinta magnetofónica. En lugar de eso declaré que lo que yo más añoraba por las noches era dormir. «Ratoncito, tenemos que hacer algo. Por ejemplo, decir adiós a esta ciudad.» «No sin antes preparar a nuestros parientes para la despedida. De lo contrario pensarán que corremos a ponernos a salvo de ellos, lo cual es verdad.» Decidimos de común acuerdo abandonar Hannóver pasados no más de siete días, tiempo que juzgamos suficiente para no dar la impresión de que nos escapábamos del piso de mi cuñada y para que Clara pudiese invitarnos a todos a una ronda de pasteles en el Holländische Kakao-Stube el sábado posterior al día de su cumpleaños. Acepté la idea sin ocultar que iba a dolerme la separación de mi sobrino a causa del apego que le había tomado. Lo mismo dijo ella sentir hacia su sobrina, con la que había convivido estrechamente durante las últimas semanas.

Libre de conducir el coche, pedí una cuarta cerveza porque me parecía imperdonable dejar sin solemnizar la recobrada armonía entre nosotros. Luego, medio en broma, medio en serio, se me ocurrió proponer que nos marcháramos Clara y yo solos, en el día de su cumpleaños, a la ciudad donde nos conocimos y casamos, de manera que pudiéramos compartir unas horas de intimidad fuera del campo de acción de nuestros parientes. Inventé un título para la excursión. Mi dedo índice lo escribió en el humo que nos envolvía: *Una jornada amorosa.* Con repentino entusiasmo Clara consideró que Gotinga era el sitio idóneo para reanudar su relato del viaje. Se conoce que yo no me había explicado bien. ¿Cómo íbamos a estar los dos solos si viajaba con nosotros la literatura? Temiendo que durante la referida jornada estuviera ella más pendiente del moleskine que de revivir conmigo, en los escenarios prístinos, los tiempos iniciales de nuestro amor, le recordé que, si no me había informado mal, el último plan de su libro preveía que nos dirigiéramos desde Bremen por Hamburgo a alguna localidad de la costa báltica. Establecida dicha ruta, no hacía falta consultar un mapa para percatarse de que Gotinga quedaba a trasmano. Las facciones de Clara se revistieron de súbita vivacidad cuando dijo que una escritora de su experiencia ya encontraría recursos para hacer verosímil el desvío. Podría, por ejemplo, introducir alguna mención en los capítulos precedentes y colocar las páginas dedicadas a Gotinga entre las posteriores a la visita a Berlín. «Ahora sí que eres bueno conmigo, ratoncito», añadió exultante. Supongo que de premio por haber sugerido la idea de la excursión me dio un beso en la boca, de una intensidad a la que no me tiene acostumbrado. Remató la pasional acometida con un cachete afectuoso y unas palabras bastante almibaradas que, nada más dichas, se apresuró a anotar en el revés del posavasos por si se terciaba alguna vez sacarles provecho literario. Después, tratando de agradarme, balbució una frase en mi idioma materno, por descontado incorrecta, aunque no hasta el extremo de que la destruida gramática y la pronunciación defectuosa impidiesen entrever en los sonidos más o menos significantes un destello de cariño. A continuación, ya perdido todo control sobre sus actos, alzó la mano para solicitar, en son de celebración, otro vaso de agua mineral, el segundo de la noche. «¿No crees que estás bebiendo en exceso?», la reprendí.

Hacia las once, junto al portal 294 de la Podbi, mientras Clara buscaba a la luz mortecina de una lámpara la llave en su bolso cursi, le pregunté alarmado si ya pensaba recogerse. «Una vez en el piso», le dije, «no podremos... Supongo que me entiendes. Por suerte he descubierto esta tarde un bosque cerca de aquí.» «Ratón, mañana. El cuerpo me pide ahora descanso.» «Se me hace que antes eras más romántica. Siempre te gustaron los paisajes nocturnos, la penumbra, el viento en las ramas, esas cosas nórdicas.» «Créeme, no puedo más.» «No tendrás que hacer el menor esfuerzo. Yo me encargo de todo.» «Daba por seguro que te habías masturbado en el retrete del Plümecke y que por hoy ya estabas satisfecho y tranquilo.» «Apenas necesitamos unos minutos para llegar al bosque. Móntate en mi espalda. Te llevo y te traigo. O si prefieres acabar enseguida nos apretamos dentro de algún contenedor de basura. Hay muchos en esta calle.» «Mañana, ratoncito, cuando nuestros parientes se hayan ido. Te lo prometo.» Y entramos, y subimos, y ante la puerta me dio un beso en la mejilla como de madre a hijo, y la vivienda se hallaba a oscuras y en silencio, con un olor penetrante de fritanga, y cada cual fue a acostarse a una habitación distinta, yo con la rusa, ella con su libro, y pasada, muy pasada, la medianoche, Kevin encendió el televisor y movía los brazos al compás de la música de su vídeo favorito, y esa noche soñé que lo mataba.

Amaneció. A la señora escritora le dolía la cabeza. Sentado en el borde de la cama, le dediqué unas frases de consuelo tanto por si le aportaban algún alivio como para que más tarde no sucumbiera a la tentación de endosarme fama de hombre sin entrañas. Eso sí, acto seguido, juzgando propicia la ocasión, le recordé su promesa de la víspera. No la recordaba y hube de refrescarle la memoria. Como replicase que no estaba de humor para bromas, le pregunté seriamente si se había propuesto hacer de mí un mendigo de coitos. Con voz lastimera me rogó que le preparase una taza de té. En el momento de colocarla sobre la mesilla, quiso saber como de costumbre si había mantenido el saquito tres minutos a remojo en agua caliente. «De ser cierta tu agonía», le dije, «no tendrías fuerzas para preguntármelo.» De ahí a poco se le arrasaron los ojos en lágrimas. No quería que yo la viese llorar. Hundida la cabeza en la almohada, empezó a gemir. «¿Por qué a mí?», balbucía acaso delirante. Mientras le acariciaba un hombro traté de calcular la cifra aproximada de orgasmos que se producen a diario en el planeta. ¿Cuántos camiones cisterna podrían llenarse con el esperma derramado por los hombres en el curso de veinticuatro horas? Lo único que tuve claro era que una vez más faltaría a la gran balsa de secreciones mi modesta contribución. No obstante, se me encendió un lucero de esperanza cuando Clara me pidió que le buscara el paquete de Formigran. No recordaba, dijo, dónde lo había puesto. Miré por todas partes: en el bolso cursi, en el armario, incluso en cajones atiborrados de pertenencias de su hermana. En vista de que no aparecía, me ofrecí a llegarme sin demora a una farmacia. Media hora después tomó su pastilla con agua. Deseaba estar sola y a oscuras. Yo me tumbé sobre la cama de mi sobrino a esperar que le hiciera efecto la medicina, el oído atento por si sonaban señales halagüeñas desde el tálamo. Sin otra actividad que mirar el techo, imaginé que caminaba con mi pequeña plasta varonil en la palma de la mano hacia una fila de camiones cisterna aparcados a las puertas de una fábrica. Un tipo, que venía en dirección contraria limpiándose las manos con una servilleta de papel, me instó a que me diese prisa porque ya habían empezado a cerrar las bocas de carga de los camiones. El convoy estaba a punto de ponerse en movimiento. Eché a correr a la máxima potencia de mis piernas. Llevaba una mano cerrada, aunque no tan fuertemente que pudiera ocasionarle algún daño al delicado contenido. Y ocupada la mente en estas fantasías, de las cuales no recuerdo el desenlace, me sobrevino un sueño profundo. Cuando desperté, más allá del mediodía, Jennifer había vuelto del colegio y conversaba animadamente con Clara, sentadas las dos a la mesa de la cocina. Por lo visto, la señora escritora también había dormido, una hora u hora y media, y con la ayuda del reposo y la pastilla había logrado vencer el dolor. Me preguntó con sonriente malicia: «¿Dónde estabas, ratoncito? Me has dejado muy sola esta mañana.» No sé por qué mi sobrina también sonreía. Entre las dos parecían formar una alianza de gustos y opiniones. Las miré fríamente. Les dije: «Mientras dormía he tenido que resolver un negocio con unos camioneros.» Tía y sobrina coincidieron en conjeturar que los sueños masculinos requieren poca evolución intelectual. A los varones, según ellas (fundándose tal vez en firmes aunque para mí, hasta entonces, insospechados conocimientos), les gusta desde niños soñar con hazañas deportivas, coches de carreras y esas cosas. «Bueno», admití sin perder el aplomo, «en mi caso no eran más que unos transportistas de productos lácteos.»

Poco más puedo añadir a lo escrito hoy, ya que dentro de un rato nos espera a Clara y a mí un encuentro en casa de los Ostermann, donde habrá aburridas patatas asadas en el horno, aburridas diapositivas, gente aburrida del pueblo y aburrida conversación. Así que para terminar el presente tramo de recuerdos contaré que la mañana aquella, aprovechando que yo dormía, Clara se dedicó a organizar por su cuenta la excursión del día siguiente. «Gracias por consultarme.» «Ratoncito, bien sabes que cumplo años y no creo yo que en un día tan especial me irás a negar nada, ¿eh?» Había conseguido localizar por teléfono a Irmgard, su vieja amiga de estudios, a quien no veía desde hacía largo tiempo. Me soltó una copiosa descarga de información biográfica mientras yo trataba de engañar el hambre con unas galletas escandinavas untadas en café. Irmgard tenía marido, un hijo de siete años y casa propia en las proximidades del Ayuntamiento Nuevo. «¿No se te habrá ocurrido citarte con ella el día en que queríamos estar tú y yo solos?» «Espera que te cuente.» En pocas palabras, por la mañana viajaríamos en coche a Gotinga. Clara había reservado por teléfono una mesa para dos personas en el restaurante italiano de la Groner Strasse donde comimos con los amigos el día de nuestra boda. Luego podríamos callejear sin más rumbo que el que nos señalase a cada momento la nostalgia. A las seis de la tarde pulsaríamos el timbre de Irmgard, en cuya casa nos darían de cenar y pasaríamos la noche. Apenas hube entreabierto los labios, Clara aceleró la producción de lenguaje a fin de que yo no me pudiera expresar. «No me cortes», dijo, «que aún no he terminado. Ahora viene lo mejor. Sí, sí, ratoncito. Tú dormías a pierna suelta, soñando con camioneros, mientras yo llamaba por teléfono y hacía gestiones.» Resulta que la señora escritora había concertado para dos días después, a primera hora de la tarde, una visita guiada al interior de una mina próxima a la ciudad de Góslar. Irmgard, Góslar, una mina: se me figuraba que me había metido en un sueño más disparatado que el de los camiones cisterna. «A decir verdad», prosiguió con unos ojos grandes de entusiasmo, «yo tenía capricho de entrar en la misma mina que visitó Heinrich Heine en 1824; pero me ha sido imposible resolver el asunto por teléfono. Al final me he decidido por la de Góslar, abierta a los turistas.» Esperando acostada a que le hiciese efecto la pastilla de Formigran, le había venido la idea de revivir el viaje de Heine por los pueblos y montes del Harz en lugar de volver de Gotinga a Hannóver en poco más de una hora por la autopista. «¿Y para qué tanto rodeo?» «De seguro que encontraré inspiración para mi libro.» Le objeté que el poeta había hecho su viaje andando. «¿No pretenderás...?» Lancé un suspiro de alivio cuando supe que nos desplazaríamos en coche y nos apearíamos, ella con el moleskine, yo con la cámara fotográfica, en los sitios relevantes mencionados por Heine, donde permaneceríamos el tiempo justo de formarnos una impresión, tomar notas y fotografías, y tentar al destino para que nos deparase alguna que otra anécdota de posible aplicación literaria. Dicho lo cual, Clara me tendió su manoseado ejemplar del *Viaje al Harz* con ruego de que lo leyera cuanto antes porque ella tenía previsto repasarlo por la noche. Me excusé recordándole que lo había leído en una ocasión y que mal que bien me acordaba de su contenido. «Pues yo lo he leído muchas más, incluso lo traté hace cinco o seis años con los alumnos en el colegio y, sin embargo, lo pienso releer esta noche. Ratón, sabes que tus puntos de vista suponen una ayuda para mí. ¿Me prometes que leerás el libro antes de la cena?» «Ah, pero ¿desde cuándo crees tú en promesas.» «Cúmpleme esta y yo te cumpliré la otra, ya lo verás, mañana mismo.» Agarré el libro con las mismas ganas con que me habría puesto a zurcir los calcetines pestilentes de un peón caminero y me marché al bosque de Eilenriede a leerlo. Menos mal que la obrita no llega a ochenta páginas.

20

Se estaba bien a las once de la mañana, con cielo azul, en la terraza de la cafetería Colosseum. Me había despedido poco antes de Clara, a quien dejé en los grandes almacenes Karstadt buscando un regalo para Irmgard y su marido y otro para su hijo, cuyo nombre no recordaba. Temía ella por esta razón hacer el ridículo en el momento de los saludos. No conocíamos al niño ni en fotografía. Durante el viaje por autopista pasamos largo rato desgranando nombres de varón, en la esperanza de que la casualidad revelase a Clara el que le había mencionado Irmgard el día anterior por teléfono. Clara creía vagamente que el nombre del niño empezaba por K. Propuse una solución sensata: llamarlo al principio simplemente K, como si se tratara del personaje de Kafka. Agregué que la ocurrencia, a mi juicio inocua, tal vez ayudaría a crear una atmósfera de confianza. Y para que nuestros anfitriones comprobasen que actuábamos sin mala fe, Clara y yo nos llamaríamos asimismo el uno al otro por nuestras iniciales. «Los escritores», le dije, «estáis obligados a cometer de vez en cuando alguna extravagancia.» «La única obligación que tenemos los escritores es la de escribir bien.» «Escribir bien y estar un poco locos. Porque si mostráis que sois personas normales, que coméis y cagáis como todo el mundo, ¿quién os va a admirar? De seguro que tu amiga habrá oído hablar de tus libros. Quizá esté ahora estudiando gramática por miedo a no expresarse con la debida corrección en tu presencia. Aprovecha sin miramientos tu superioridad.» «Ratón.» «Qué.» «Cállate.»

A la altura de Hildesheim, Clara mudó de suposición. Ahora se inclinaba por un nombre cuya primera letra fuera una M. Luego, como le tomase de pronto el barrunto de que con dicha letra empezaba el nombre del marido, a quien tampoco conocíamos, volvió a la K; más tarde probamos con el alfabeto entero y por último, a menos de veinte kilómetros de Gotinga, convinimos en que el método de enumerar nombres a la ventura jamás conduciría al resultado apetecido. Dentro de Karstadt me preguntó con qué se podía contentar a un niño de siete años. «Quizá con un buen puro. Yo, a esa edad, ya había probado el tabaco.» Me lanzó una de sus miradas capaces de perforar la pared de un búnker. «Pues entonces, ¿para qué me preguntas? Regálale algo útil. Por ejemplo, un nombre fácil de memorizar.» En la planta baja, cerca de donde conversábamos, había una pirámide de balones. «¿Le compramos uno? A casi todos los niños les gusta el fútbol.» «¿Te has cerciorado de que el hijo de tu amiga no padece alguna minusvalía? Imagínate que anda en una silla de ruedas y aparecemos tú y yo con un baloncito de colores.» «Odio estos compromisos.» Y es verdad que los odia, como la mayoría de sus compatriotas; los cuales, sin embargo, preferirían que les arrancasen un ojo a dejar sin corresponder un favor, una invitación, un regalo.

No hubo más remedio que posponer el comienzo de nuestra jornada de amor y nostalgia hasta que hubiésemos resuelto el asunto engorroso de los presentes que habríamos de entregar a nuestra llegada a casa de Irmgard. Y comoquiera que a Clara se le figurase que conmigo a su costado le resultaría difícil, por no decir imposible, mantener la calma, acordamos librarnos el uno del otro y reunirnos al cabo de tres cuartos de hora en la Marktplatz. Para allí me encaminé, las manos en los bolsillos, con la despreocupación de las almas que han alcanzado la inmortalidad. La terraza del Colosseum se veía llena de gente. Me resigné a pasar de largo; pero en esto, a dos o tres metros de mí, quedó libre un velador bajo el toldo amarillo, como si la persona que hasta entonces lo había ocupado hubiese estado esperando mi llegada para cedérmelo. Era una delicia encontrarse en aquella terraza desde la que se abarcaba con la vista toda la plaza, exento de dolores, de inquietudes, de la condena bíblica de afanarse a diario en tareas desagradables para obtener el sustento; antes bien, disfrutando en paz con uno mismo de un capuchino que me fue servido con una sonrisa, una frase en italiano y una galleta de obsequio. Para redondear el instante deleitoso, por primera vez desde hacía varios días no me mortificaba el cansancio. De víspera había tenido la prudencia de convidar a mi sobrino a dos somníferos. El muchacho los ingirió con el alegre candor de costumbre. Estoy seguro de que hasta los personajes de *El libro de la selva* me lo agradecieron.

Delante de mí se abría la plaza, de uno de cuyos costados arranca (o termina, según se mire) la Weender Strasse, que es por así escribir la columna vertebral de Gotinga, ya peatonalizada por los días en que, joven, melenudo y becario, vine a la ciudad con intención de estudiar la lengua alemana durante un plazo de seis meses. Transcurrido el cual, ni pude ni quise soltarme de los brazos de Clara y aquí sigo tantos años después, lejos de la familia, en la que falta para siempre el padre, y de los amigos con quienes ya no sabría de qué hablar como no fuera de los tiempos idos; casado y sin licenciatura, ni porvenir profesional, ni juventud, ni nada de melena, que todo lo sacrifiqué por mi dulce y literaria esposa. Y lo peor es que ni siquiera estoy arrepentido.

Malditas las ganas que tengo de hacer recuento en estas páginas de los pormenores arquitectónicos del lugar. Nada me resulta tan insoportable como la explicación de piedras y fachadas. Que si el gótico, que si el románico... Me conformaré con acordarme de que, para agrado mío, apenas encontré cambiada la Marktplatz de Gotinga. No vi en ella mayor novedad que la de algunos comercios pertenecientes a poderosas cadenas, cuyas filiales se extienden por todos lados a costa de los modestos negocios familiares que antaño ayudaban a distinguir una ciudad de otra. Nueva me resultó asimismo una estatua broncínea del cheposo Lichtenberg, parado con una bola en la mano junto a la esquina del Ayuntamiento Antiguo. Al pronto lo confundí con un payaso, un saltimbanqui, un personaje de carnaval; pero no, era Lichtenberg. El resto de la plaza me pareció igual que cuando yo la conocí. No me habría sorprendido ver llegar de pronto al predicador corpulento de pelo rojizo que los sábados por la mañana solía apostarse en la embocadura de la Weender Strasse y con voz estentórea dirigía a la multitud indiferente sus alabanzas a Jesucristo. Yo gustaba de sentarme en un banco cercano, donde por espacio de diez o quince minutos permanecía atento a la perorata tronante de la cual no entendía sino palabras sueltas. De este modo aprovechaba las prédicas del apóstol pelirrojo para ejercitarme en el idioma alemán. Las declinaciones, los tres géneros del sustantivo, el complicado régimen preposicional, la conjugación de ciertos verbos, toda aquella maquinaria verbal para cuyo aprendizaje se me figura necesario disponer de un segundo cerebro, había llegado a convertirse en una obsesión que no me daba tregua de día ni de noche. Me adentraba en los innumerables recovecos de la gramática; memorizaba versos, frases y listas de palabras; salía tras arduas sesiones de estudio a la calle, convencido de haber hecho grandes progresos durante las últimas horas, y... en la primera conversación trivial, con una farmacéutica, con el vendedor de periódicos o con Marianne en los prolegómenos de un nuevo revolcón fornicatorio, se me quedaba la lengua bloqueada. Algunas veces metía la pata bochornosamente. En aquella misma Marktplatz, un día, espoleado por Clara para que me soltase a hablar, le pedí a una verdulera medio kilo de iglesias. Delante y detrás de mí, a mi izquierda y a mi derecha, resonó una andanada de risas que todavía me sigue avergonzando en el recuerdo. Clara me reveló más tarde, cuando nos alejamos del lugar, la razón de aquel jolgorio en el que ella también había participado. Caí en la cuenta de que había confundido dos palabras consecutivas del vocabulario que por entonces estaba tratando de aprender, *Kirche* y *Kirsche* (iglesia y cereza, respectivamente), similares en su pronunciación, y en adelante ya nunca más volví a escribir listas de palabras por orden alfabético. Como este caso me sucedieron otros. Entraba, por ejemplo, en la panadería de la Goetheallee arrugado de inseguridad; al hacer mi pedido, no era improbable que la panadera interpretase mal mis balbuceos y me sirviera lo que yo no deseaba, o que, sin disimular su impaciencia, señalara con dedo desdeñoso uno de tantos productos repartidos por los estantes y los cestos, y yo me apresurase a decir que sí para acabar de inmediato con la incómoda situación. El resultado era que cada dos por tres volvía al piso con panes y bollos que nunca se me había pasado por la cabeza comprar y con una punzante sensación de derrota. En fin, estas menudencias biográficas de cuando aún estaba lejos de dominar el alemán me las he contado en muchas ocasiones, así que hoy no siento mayor necesidad de ocuparme de ellas.

Entretenido en observar el ganado, como llama a la gente común de Gotinga Heinrich Heine en su *Viaje al Harz,* le pedí al camarero un segundo capuchino. Había, en efecto, un rebaño de personas mayores, pastoreadas por el consabido explicador de monumentos, en torno a la fuente que corona con su precioso dosel de forja la linda y negra figura de la Gänseliesel. Yo no podía oír las palabras del cicerone a causa de la distancia; pero las imaginaba parecidas a las que usó en su día nuestra profesora del curso intensivo de alemán (durante una clase que consistió en un paseo con los alumnos por el centro de Gotinga) para referirnos unos cuantos detalles acerca de aquella guapa muchacha de bronce: que si constituye el emblema de la ciudad; que si la original está a resguardo de los vándalos en un museo; que si, como ya sabrán ustedes, es tradición prohibida por la ley, pero no penada, que los recién doctorados suban a estamparle un beso en la cara, así como a obsequiarla con un ramo de flores; que si a consecuencia de dicho hábito la pequeña Gänseliesel es la chica más besada de la ciudad (o del mundo, ya no recuerdo); en fin, migajas de cultura local que los visitantes escuchan con gusto a pesar de haberlas tal vez leído antes en las guías turísticas que llevan bajo el brazo.

Las vías públicas de Gotinga abundan en estatuas consagradas a varones de toga, a sabios y próceres ya secos desde hace largo tiempo en sus sepulcros. A ellas se han añadido, desde que Clara y yo abandonamos la ciudad, cierto número de piezas modernas que ganan mucho cuando se les da la espalda. Toda esa masa adusta de piedra y metal, ni aun juntándola en un montón, lograría ensombrecer el sencillo encanto de la Gänseliesel, figura de raigambre popular que ya al primer vistazo despierta en el observador una simpatía irresistible. Yo, que no entiendo de escultura, ni acaso de nada, pero que sé a ciencia cierta lo que me gusta y lo que no, la tengo por una de las representaciones humanas más afortunadas que se hayan hecho. La recuerdo descalza sobre el pedestal, la melena recogida, la cabeza inclinada hacia delante como para evitar que los transeúntes la miren directamente a los ojos. ¿Cuál es la razón de su recato? ¿Acaso la avergüence, a su corta edad, sentirse expuesta a las miradas de cuantos transitan por la plaza? Muestra el vientre de la muchacha, bajo la ropa humilde, una hinchazón sospechosa. La Gänseliesel, qué duda cabe, es inocente. La naturaleza habrá cometido su parte de la fechoría. Lo demás se lo imputo yo a alguno de esos doctores nuevos de la Georg-August Universität que la besan y la abrazan y la manosean como si fuera un juguete, sin que ella pueda resistirse. No hay más que ver, en prueba de su inocencia, con cuánta naturalidad, con qué serenas y cándidas facciones, ignora que una manga de su camisa se ha deslizado hacia abajo, dejando un hombro juvenil al descubierto. Pero más que este o el otro detalle de su cuerpo menudo o de su atuendo de pastora, lo que da gracia y a la vez nombre a la figura son los tres gansos que lleva a los prados de extramuros, dos en una cesta prendida al brazo y uno más grande, cogido sin miramientos por las alas. Del pico de cada ganso brota un chorro que, antes de hundirse con blando chapoteo en el agua remansada del pilón, se deshace en una línea de gotas relucientes. (Será mejor que termine aquí el párrafo, pues noto que me estoy dejando arrastrar por debilidades literarias de las que me creía inmune.)

Me acordé en la terraza del Colosseum de cuando la profesora contó que la Gänseliesel no puede impedir que la besen porque tiene las manos ocupadas. Al decir esto mostró las palmas de las suyas como para advertirnos que no lo intentáramos. Yo pensé entre mí que su falta de atractivo la protegía de sobra. En aquel tiempo mis conocimientos de idioma alemán, aunque aumentaban de día en día, aún no alcanzaban para entender plenamente sus explicaciones; sin embargo, lo de la indefensión de la muchacha de los gansos lo entendí muy bien. A hora avanzada de la noche, salí acompañado de un togolés con quien había hecho buenas migas durante el curso de alemán, de un bar estudiantil llamado Havanna Moon. El bar, que ya no existe, estaba en la Rote Strasse, cerca de su confluencia con la Marktplatz. Nos adentramos los dos en la oscuridad con las narices calientes y ligeras dificultades para enderezar los pasos. Íbamos de retirada, él a su piso de alquiler, que quedaba en el quinto pino, por la Groner Landstrasse hacia arriba, más allá del cementerio; yo al colchón de Clara, donde dormía y me apareaba con ella a diario desde que se me había terminado el plazo de la beca. El togolés hablaba como propios tres o cuatro idiomas, y chapurreaba el mío con una gracia que me mataba de risa, dijera lo que dijese. Me contó que era el mayor de catorce hermanos; que su padre, ministro del gobierno de Togo, esperaba de él que algún día lo sucediera en el cargo. Al togolés no le gustaba nada la idea. Soñaba con afincarse en Alemania y beber todos los días una botella de Jägermeister. Riendo bajamos por la Rote Strasse, entretenidos igual que niños en formar figuras con el vaho de nuestros alientos. Y en esto vi que nos encontrábamos en el mismo lugar que por la mañana con la profesora, junto a la fuente de la Gänseliesel. La plaza estaba desierta. Los adoquines se veían mojados, por más que no me constase que hubiera llovido; pero ya se sabe que en Gotinga impera de costumbre la humedad. Una niebla fina flotaba en la luz de las farolas. La hora tardía, las ventanas apagadas, las calles silenciosas, todo a nuestro alrededor parecía incitarnos a mi amigo y a mí a una última diversión previa a la despedida. Los dos rebosábamos de salud y juventud, estábamos exentos de obligaciones laborales y habíamos bebido en el Havanna Moon, y antes en otros locales, una cantidad inmoderada de cerveza (yo sin mezcla de Jägermeister, demasiado dulce para mi gusto), costeada en su mayor parte por el futuro ministro de Togo. Conque, en resumidas cuentas, el togolés, que era elástico y nervioso, más negro que dos noches superpuestas, se encaramó de un salto a la paredilla del pilón. Allá arriba, medio confundido con la oscuridad, demostró que sabía imitar con mucho donaire la voz, las expresiones habituales y la rigidez facial de nuestra profesora. Simulando la manera de hablar de ella, se invitó a sí mismo a «tener sexo» con la Gänseliesel. Al principio fingió que la timidez lo atenazaba; pero luego, vencido por la insistencia de la voz imitada, dio las gracias como en las escenas cotidianas que practicábamos en clase y se lanzó a poner en práctica un sinfín de monerías a cuál más lasciva por delante y por detrás de la estatua. Yo, desde abajo, temía no poco por él pensando en que si una patrulla de la policía o un grupo de ciudadanos iracundos pillaban a un negro abusando del emblema de Gotinga, se lo harían pagar caro. Terminada la pantomima, me llamó a su lado hablándome al modo de la profesora. Y, como era en extremo generoso, no vaciló en hacerme sitio en el pedestal resbaladizo y estrecho. Mal que bien, agarrándome a la barra y los adornos salientes del dosel, y después al cuello del ganso más grande, logré subir y besar los fríos labios de bronce. Para entonces el togolés había desaparecido extrañamente de mi costado. Detuve la mirada en la densa oscuridad que llenaba el pilón. Primero vislumbré el blanco de sus ojos, después sus dientes blancos y por último lo vi a él entero echando maldiciones en un idioma para mí desconocido, mientras se erguía completamente empapado.

A mi llegada al piso, Clara dormía bajo la manta rellena de plumas. Le susurré una declaración de amor a la oreja; pero no reaccionó hasta que le dije en son de broma que le había sido infiel con una chica guapa. Se incorporó bruscamente en el colchón colocado sobre el suelo y, en un tono imperioso al que aún no me tenía acostumbrado, me mandó encender la lámpara del escritorio. Suponía o quería suponer que yo me había equivocado. «¿Infiel?», trató de cerciorarse. «¿Sabes lo que dices?» Su alarma me causó perplejidad. La atribuí en un primer momento a una posible falta de imaginación. Nunca le había visto una mueca igual durante las dos semanas que llevábamos viviendo como pareja. «Idea hombre de Togo.» «Ratón, no te entiendo; pero creo que me vas a hacer llorar.» Las puñeteras palabras no me venían a la boca con la deseada rapidez. «Hombre negro, ¿entiendes tú yo digo? Y yo.» «¿Eres homosexual? ¿Te has acostado con un negro?» Ahora el que no estaba seguro de entender era yo. Tampoco me daba cuenta en aquel instante de lo difícil que resulta ser chistoso en un idioma que no se domina. Convencido de que Clara rompería a reír en cuanto supiese lo que había pasado, volví a contar el episodio desde el comienzo. Se conoce que mi marcado acento extranjero, mis más que graves errores lingüísticos y una elección a buen seguro inadecuada de las palabras le impedían entenderme. O quizá sí me entendía, pero se negaba a dar crédito a lo que estaba oyendo. Acudieron entretanto a sus ojos las primeras lágrimas que yo le veía derramar. Pronunciando despacio cada sílaba y sonriendo a fin de resaltar la intención jocosa de mi relato, le dije que «yo besado a Gänseliesel, por eso yo infiel a ti». Por fin captó. «¡Qué historia tan interesante!», dijo entre irónica y aliviada, enjugándose las lágrimas con el dorso de la mano, y prosiguió: «¿Qué pasa con el negro de Togo?» «El negro mucho sexo con Gänseliesel.» «El negro y tú, los dos.» «No, yo un beso solamente.» Dicho lo cual, fijó en mí una larga y escrutadora mirada, como si tratara de leerme los pensamientos en el fondo de mis pupilas, y estuvo mirándome así, sin hablar, el entrecejo fruncido, la boca severa, durante varios segundos, hasta que sacudiendo de pronto en el aire un dedo admonitorio me reprendió: «Nunca, grábatelo. Nunca. Ni siquiera con una estatua.» Eso lo entendí bien. Lo que no me quedó tan claro fue lo que dijo después, ya con la lámpara apagada; aunque me di prisa en ir al retrete a consultar el diccionario.

21

Llegó a la terraza del Colosseum orgullosa de los regalos que había comprado. Venía por la calle tan ciega de satisfacción que estuvo a punto de llevarse por delante la estatua de Lichtenberg. «¿Qué haces, ratoncito?» No creo exagerar si escribo que le respondí en un alemán irreprochable: «Mientras efectuaba la acción gozosa de esperarte, me he dedicado a contemplar desde aquí escenas de los viejos tiempos.» Clara me premió con una sonrisa indulgente. «Te aplaudiré en otro momento», dijo, «ahora tengo algo que enseñarte.» Llevaba dos bolsas de Karstadt. De una de ellas sacó un balón. «Le gustará a K», dije a la manera de quien jamás en su vida hubiese experimentado un instante de duda. De la otra sacó un plato grande de cerámica envuelto en papel. «Esto le gustará a M.» «No sabía con exactitud qué regalarles. Al final me he decidido por un plato de 30 euros. Lo pueden usar como fuente o colgarlo en la pared.» «Por supuesto. Seguro que hay paredes en su casa.» «Y en cuanto al balón, he estado pensando que si el niño padeciera la minusvalía que tú has dicho, Irmgard me la habría comunicado por teléfono.» «No te preocupes. Era sólo una suposición. Y, además, qué importa. Si el pequeño K anda en silla de ruedas puede entretenerse acariciando el balón o mirando cómo lo patean los niños de su vecindario. Eso es lo que yo haría en su lugar.» «Me parecería un gesto poco amistoso que no nos tuvieran informados, ¿no crees?» «Sí, sería imperdonable.» «Escúchame, ratón. Te doy mi consentimiento para que sueltes durante las próximas horas miles de chistes y mordacidades. Es mi única esperanza de que se te agote el repertorio antes de entrar en casa de Irmgard.» Se volvió hacia el camarero para solicitarle una consumición. «Y ahora cuéntame. ¿Por qué estás ofendido?» «¿De dónde sacas tú que estoy ofendido? No me ofende en absoluto que hayas llegado con veinte minutos de retraso, entre otras razones porque ya me lo esperaba. He aprovechado el tiempo para hacerme adicto a las galletas de obsequio que sirven con los capuchinos. No me duele nada, nadie me ha faltado al respeto, luce el sol y en esta terraza se está divinamente.» «Pues yo entreveo amargura detrás de tu sarcasmo.» Amargura no era la palabra justa. Quizá decepción. Sí, eso, decepción que, al ver a Clara agitar en el aire las bolsas de la compra, se me había revelado como punzada en los músculos de la región pectoral. Clara no podía saber que su llegada me había privado de un momento blam. ¿Cómo explicarle en pocas y comprensibles palabras un fenómeno tan complejo a pesar de su escasa duración? ¿Cómo definirle la plenitud de suavidad que había empezado a embargarme cuando descubrí que la línea recta que separaba la sombra proyectada en el suelo por el toldo amarillo del Colosseum y la zona expuesta al sol, en su avance paulatino se había acercado a pocos milímetros de la punta de mis zapatos? Apenas era cuestión de segundos que la línea los rozase. La sola idea de la luz lenta en relación conmigo me cautivó. Pero es que, además, la certidumbre sobre la armonía de la imagen que iba a resultar de la conjugación de aquellos elementos (la sombra clara, las piedras iluminadas, los zapatos lustrosos) me producía un gozo no perturbado por un ansia violenta ni por cualesquiera otras sensaciones animalizantes. Claro que yo podía haber forzado la imagen adelantando la vira que bordeaba el extremo de mis zapatos hasta el límite de contacto entre la luz y la sombra; pero entonces el azar me habría dejado sin la recompensa del instante perfecto, y la quietud placentera y cuantas delicias imprevisibles hubieran podido derivarse del cumplimiento de mi expectativa se habrían malogrado por culpa de mi impaciencia. Al final, el gozo que traté de preservar fijando la mirada en mis zapatos me lo destruyó Clara con su llegada, aunque sin mala fe. ¿Cómo explicarle las consecuencias nefastas de su alegre aparición, del crujir de las bolsas de plástico, del ridículo golpe en la rodilla que se dio contra la casaca de bronce de Lichtenberg? Así que me limité a recordarle que llevábamos hora y media en Gotinga y aún no habíamos empezado el recorrido por los lugares que vieron nacer nuestro amor. Esto último lo dije con un estremecimiento de sinceridad. Quiero a Clara, lo cual no empece para que de vez en cuando me entren tentaciones de cortarla en rodajas, con un cuchillo desafilado para que le duela más. Me besó. Su cuerpo desprendía ese olor que tiene la propiedad de hacerme desear para ella los mayores bienes que pueda depararle la vida a un ser humano, de paso que me induce a tomarle gusto a la sumisión. «Mantén la calma, ratoncito. Sólo me queda un asunto pendiente. Una nimiedad, te lo juro. Y después nada ni nadie perturbará nuestro paseo romántico.» «O sea, más compras.» «Tardaré un minuto. Después, hasta las seis de la tarde, nos dedicaremos al día amoroso que has planeado.» «Un momento, un momento», protesté. «Hasta las seis, de acuerdo, pero con un añadido nocturno en la cama de por lo menos un cuarto de hora. ¿No estarás tramando olvidar la promesa que me hiciste?»

Convinimos en que yo iría al aparcamiento a guardar los regalos en el maletero del coche. Mientras tanto, ella se encargaría de comprarle a Irmgard un ejemplar de su última novela. Me pidió que le buscase en el bolso blanco la lista de dedicatorias. El bolso, vacío de las pertenencias indispensables, lo había dejado en el coche al saber que yo lo detestaba. Se lo tuve que decir, no hubo más remedio, por la mañana en el piso de Gudrun, cuando vi que se proponía acudir con la prenda abominable a la jornada amorosa. «Si crees que me sienta tan mal, ¿por qué no me lo dijiste anteayer en la ópera?» No tuve compasión: «Pues porque estábamos enfadados y a mí me daba gusto ver el ridículo que hacías con ese artilugio cursi colgado del brazo. Una vez que te miré de lejos me pareció que llevabas una rata disecada. Confieso que me invadió una felicidad maligna, pero a fin de cuentas felicidad.» Cuestionó mi aptitud para juzgar accesorios de moda. Incluso formó bando de opinión con su hermana y su sobrina; pero no le sirvió de nada. Para entonces ya era imparable la acción corrosiva que la palabra «cursi» había empezado a ejercer sobre sus pensamientos. Una hora después continuaba dándole vueltas al asunto: «Ratón, no entiendo cómo no te puede gustar.» A nuestra llegada a Gotinga se conoce que sintió el bolso como maldito y mancillado, y tuvo la sensatez de no sacarlo del coche. Justificó la decisión diciendo que el blanco no pegaba con los colores de su ropa. «Podríamos comprar uno más elegante», le dije. «Te lo mereces. No olvides que hoy es tu cumpleaños.» «Ya veremos.» En el bolso encontré el cuadrado de papel con las dedicatorias. «Ojalá este libro te haga soñar» y frases por el estilo. Siempre que interviene en un acto público Clara acostumbra disimular el papel junto al vaso de agua, el soporte del micrófono, un florero si lo hay o detrás de cualquier objeto apropiado para la ocasión, y a la hora de la firma de ejemplares copia de él como los alumnos tramposos durante los exámenes. Retoca y pule las frases con frecuencia, y cada no sé cuánto tiempo discurre una serie nueva, a veces directamente inspirada en lo que le escriben a ella los compañeros de letras en sus libros. Lleva, además, un registro de dedicatorias con la idea de saber cuáles ha empleado con quién entre sus conocidos y eludir de esta manera el riesgo de repetirse.

Tal como habíamos acordado fui a reunirme con ella en la librería Deuerlich. La librería presentaba un aspecto más moderno que por la época en que yo la frecuenté. Subí en el ascensor, bajé por las escaleras, incluso me llegué a un pequeño sótano acondicionado para sección de libros de saldo, y no hallé rastro de la señora escritora en ninguna parte. Tras varios minutos de búsqueda, la divisé desde una de las ventanas del piso superior. Estaba sentada en el banco que rodea el pedestal de una escultura de bronce que se alza en la intersección de la Weender y la Prinzenstrasse, lugar conocido como el Ombligo de Gotinga. La escultura representa a un hombre y una mujer metidos en edad (al menos él), que simulan ejecutar un movimiento de baile; pero a mí no me engañan. Ya en los tiempos de estudiante comprendí que eran la típica pareja matrimonial enzarzada en una agria pelea, con el hijo aferrado a las piernas de ambos en una tentativa angustiosa por evitar que el forcejeo conduzca a un previsible desenlace criminal. Nunca sabré si el hombre y la mujer se están encajando el uno al otro la máscara que cada cual sostiene en la mano o si acaban de arrancárselas mutuamente, sea lo primero para perder de vista la verdadera y odiada cara del cónyuge, sea lo segundo para lograr por medio de la violencia el propósito contrario. Considerada desde una perspectiva estética, la estatua no encierra mayor atractivo que el de una hilera de coliflores encima de una mesa de planchar. Reconozco, con todo, su utilidad: como se ve de lejos contribuye a que el Ombligo sea un buen lugar para citarse. Yo la menciono en este escrito por la simple razón de que, acomodada a la sombra de las figuras grotescas, también a Clara parecía haberle sido arrebatada su expresión alegre de hacía unos minutos o bien cubierta su alegría con la mueca mustia que le demudaba ahora el semblante.

Me costaba imaginar que mi breve ausencia la hubiese puesto en un estado tal de pesadumbre. Consideré más plausible la hipótesis de una jaqueca. No era insólito que un dolor se cebara en ella de forma repentina. De confirmarse mis negros augurios, me tendría que hacer el ánimo de que el final de la jornada amorosa le había ganado la delantera a su comienzo. «¿Qué te pasa?» «¿A mí? Nada. ¿Qué me va a pasar? Te estaba esperando, eso es todo.» Señalé hacia arriba:

«Llevaba un rato observándote desde aquella ventana. A mi lado había dos tipos apostando a cuál de tus ojos derramaría la primera lágrima.» «Bueno, no lo puedo evitar. Quizá soy una histérica. Mientras ibas al aparcamiento he entrado en tres librerías. En ninguna de las tres tenían un solo libro mío. ¿Comprendes, ratón? Ni uno. Me podrían conseguir ejemplares, pero no antes de mañana. En Deuerlich incluso le he tenido que deletrear mi apellido a la dependienta. Estas cosas me deprimen, no lo puedo remediar.» Se me ocurrieron un par de bromas estupendas al respecto, pero me las tragué. Una voz interior me susurraba que aquel no era un buen momento para jocosidades. A modo de consuelo le dije a Clara que a mi juicio los libreros del centro anteponían el interés comercial a la difusión de la cultura. Para comprobarlo no había más que dirigir la mirada a las ventanas, convertidas en escaparates, de la librería que teníamos allí junto. Todas ellas se hallaban reservadas a productos de moda con los que el dueño tenía asegurado su negocio. Conjeturé que por esta razón, en la librería de la Universidad, aunque pequeña, habría posibilidades de encontrar un libro de las características del suyo. Se le iluminaron los ojos. ¡Y yo que pensaba que no me estaba escuchando! «Vamos», dijo levantándose de golpe.

No bien echamos a andar me cogió la mano. «Ratoncito, aquí empieza nuestro gran día dedicado al amor.» «Yo ya estoy impaciente por que acabe.» Se paró en seco. «Otra de tus bromas, supongo.» «Lo he dicho pensando en el coito con que remataremos la jornada en casa de tu amiga. En la cama si nos ofrecen una. Si no, en el suelo, debajo del armario, donde sea. La espera se me está haciendo insoportable. Nos revolcaremos igual que dos cerdos lascivos, ¿a que sí? Esta noche, salvo los sordos, no va a dormir nadie en Gotinga por culpa de tus gemidos de placer, ya lo verás.» Reanudamos la marcha. «Los hombres y el acto sexual. ¿Es que no tenéis otro pensamiento en la cabeza?» «No creas que somos tan primitivos ni tan simples como nos pintan. También tenemos el fútbol.» El tema de conversación le había ayudado a recobrar el ánimo. «Claro», dijo, «y la cerveza y meteros el dedo en la nariz cuando vais en coche.» Le di la razón. Eso siempre la pone contenta. Pero lo cierto es que a la vista de su cara sonriente empecé a preocuparme, convencido de que en la librería de la Universidad la esperaba otro chasco.

La Weender Strasse se veía concurrida como de costumbre en horas de comercio. La gente manoseaba las mercancías expuestas delante de numerosos escaparates. En la plazoleta arbolada que precede a la torre de la Jakobikirche, nos detuvimos a escuchar los últimos compases de una melodía melancólica, interpretada con instrumentos de viento por un grupo de músicos callejeros. En la funda de la trompeta deposité una moneda de cincuenta céntimos y enseguida una segunda, después que Clara me hubiese tildado en voz baja de tacaño. Hasta el final de la calle no paró de sermonearme acerca de lo mal que a su juicio se remunera el talento artístico en el mundo. Supuse que también se refería a su talento, motivo por el cual entendí que me convenía aprobar sus quejas. Dejamos a un lado el paseo que discurre por lo que fueron las murallas de la antigua Gotinga. La riolada creciente de juventud y bicicletas en una y otra dirección anunciaba la cercanía del recinto universitario, o por lo menos de su parte mayor, puesto que las instalaciones de la Georg-August están diseminadas por toda la ciudad. Ya sobresalía al fondo el perfil de la Torre Azul, llamada con este nombre por el color de los vidrios de sus ventanas. Fue allí, en una habitación de ahora no recuerdo qué piso, convertida en aula provisional, donde recibí mis primeras clases de lengua alemana. Al togolés lo conocí más tarde, durante el curso intensivo que congregaba a diario a alumnos de distintas procedencias en otro módulo de la Universidad. Entre ellos se encontraba un paisano mío de aspecto frágil y carácter apocado, hijo, por lo que pude averiguar, de familia con posibles. Cierta mañana, al término de la clase, me pidió con claros indicios de alarma que por favor lo acompañara a un rincón. Cuando estuvo seguro de que nadie podía oírnos, me confesó que se sentía angustiado, y agregó: «El idioma alemán es más difícil de lo que pensaba. ¿Cómo le explico a mi padre que soy incapaz de aprenderlo?» Acto seguido me rogó en unos términos sobremanera patéticos que redactara en su nombre una carta dirigida a su padre exponiéndole lo más razonadamente posible su renuncia a proseguir estudios en Alemania, sin olvidarme de mencionar el viento frío que azotaba a Gotinga por esos días. Debería asimismo añadir en párrafo aparte una disculpa por los gastos ocasionados. Le pregunté por qué no llamaba por teléfono a su padre y le explicaba sin rodeos la situación. «¿Estás loco?», me replicó con los ojos desorbitados de un demente. Al poco tiempo le entregué la carta mecanografiada. La leyó en mi presencia y, visiblemente conmovido, me dio un abrazo. Yo guardo un recuerdo borroso de lo que escribí. En cambio, no se me ha olvidado que despaché la tarea partiéndome de risa y que a mi paisano le pareció bien mandarle el texto a su terrible padre sin tocar coma ni punto. Al cabo de una semana vino a darme las gracias y a despedirse. «¡Eureka! Me vuelvo a casa. ¿Tú te quedas?» «Me lo tengo que pensar», le respondí. «Si te quedas, te compadezco», fue lo último que le oí decir antes de perderlo de vista para siempre.

Clara y yo caminamos cogidos de la mano entre edificios en cuyo aspecto exterior no se apreciaba cambio ninguno, tan familiares a la vista que costaba creer que lleváramos una docena de años sin verlos. La única excepción era la biblioteca, terminada de construir cuando ya no vivíamos en Gotinga. Me dolió que la hubiesen levantado sobre la parte de la explanada donde probé los labios de Clara por primera vez. Fue este uno de los episodios más gustosos de mi juventud, razón de sobra para que no falte en la suma escrita de mis recuerdos. Una mañana nos encontramos ella y yo por casualidad en el camino del campus. A los bordes de dicho camino se alargaban sendas hileras de cerezos jóvenes. Después de un intercambio de saludos y sonrisas, ella me dio a entender que tenía intención de sentarse en la hierba con sus libros. Comoquiera que lográsemos establecer una comunicación bastante fluida a pesar de mis limitados conocimientos de la lengua alemana, por no interrumpir el diálogo decidí acompañarla unos metros hasta el lugar donde se le antojara sentarse a leer y luego despedirme. ¿Despedirme? Sí, sí. Lejos estaba yo de prever lo que ocurriría entre nosotros un cuarto de hora más tarde; aún más lejos de imaginar que acababa de adentrarme en un largo futuro de convivencia con aquella chica rubia y miope a la que había conocido hacía apenas dos semanas, en el curso de una pequeña fiesta celebrada por un compañero mío de piso en su habitación. Durante la velada no hablé con ella salvo las dos o tres palabras de circunstancias que se dicen sin pensar en el momento de las presentaciones. Ninguna cualidad suya me llamó especialmente la atención. Tampoco pertenecía ella a esa clase de muchachas que gustan de atraer miradas y despertar deseos. No retuve su nombre ni seguramente ella el mío, aunque nunca se sabe. Iba para un mes o mes y medio que Marianne y yo habíamos puesto fin a nuestra relación gimnástica con la misma abrupta naturalidad con que la habíamos comenzado. Marianne era una persona expeditiva. Tras la última fornicación, aún desnuda, me escribió en una hoja de papel: *Danke für die Orgasmen. Komm bitte nicht wieder. Hast du verstanden?* (Gracias por los orgasmos. Por favor, no vengas más. ¿Has entendido?) Entendí a la primera, nos dimos la mano como buenos camaradas del placer que habíamos sido, y a los dos o tres días nos cruzamos en la estación sin dirigirnos la palabra. Pasé una temporada de soledad, dedicado principalmente a contar los días que me faltaban para volver a mi país. De vez en cuando me juntaba con el togolés fuera de las horas lectivas; pero, por lo general, me encontraba bastante solo y por eso, y por no aguantar la música ni el regocijo ajeno en la habitación contigua, me agregué a la fiesta de mi compañero de piso. En las semanas posteriores me topé lo menos cinco veces con la rubia de las gafas: en el comedor universitario, en un sótano convertido en taberna que estaba pegado al Junges Theater y en sitios similares, ella siempre en compañía de otros estudiantes, salvo una vez que la encontré en la librería Deuerlich y hablamos, y supe que nuestros respectivos pisos de alquiler estaban cerca el uno del otro, y, ya puestos a contarlo todo, me invitó a un helado. Ese día me sonrió y me miraba y esas cosas, aunque ella siempre lo ha negado. «No pretenderás», dice cada vez que surge el tema, «que hablara contigo mirando al suelo. ¿O es así como se relacionan los hombres y las mujeres de tu país?»

La mañana de nuestro encuentro fortuito en el campus, como consecuencia de mis dificultades en el uso de la lengua alemana se produjo entre los dos un malentendido que habría de resultar determinante en nuestras vidas. Ocurrió, en pocas palabras, del siguiente modo. Clara y yo en la hierba, de palique, sonrientes, sobre todo ella, que años más tarde afirmó que yo podía haber hecho en corto tiempo una fortuna hablando en público: tan divertidas debían de ser por lo visto las faltas gramaticales que cometí. «Las cometí adrede», le repliqué una vez, «porque estaba prendado del arco de tus labios cuando sonreías.» En un momento dado intenté decir una frase ingeniosa acerca del amor con ayuda de mi diccionario, sin el cual yo por entonces no iba a ninguna parte. Confieso que quise lucirme y al mismo tiempo mover a risa a la rubia de las gafas. Cuando pasamos junto a la entrada de la biblioteca, Clara aún se acordaba: «Mira, ratoncito, donde ahora está este edificio me declaraste tu amor. Tuviste una actuación encantadora, pero conseguí entenderte.» Nunca me apretó la necesidad de contarle que mi intención no fue decirle lo que ella interpretó que le dije. Sólo pretendí hacer un juego de palabras, sin sospechar que en mi idioma la cuchufleta en cuestión no tiene el mismo sentido que en alemán. Total, que ella entendió lo que entendió y yo, como me percatase de que se sonrojaba, temí haberla ofendido con alguna inconveniencia. Incluso le pedí perdón. A Clara se le agrandaron las pupilas, de pronto entrecerró los párpados con dulzura y desmayo, y sin darme tiempo a ofrecerle explicaciones, aplastó su boca contra la mía, poniendo en el beso tales bríos amorosos que por un momento pensé si sería costumbre local succionar las enamoradas la dentadura y la lengua y aun los alimentos alojados en el estómago de sus amantes. De allí nos fuimos a su colchón y el resto es matrimonio.

Un poco más allá de la biblioteca, a mano izquierda, la plaza de los Siete de Gotinga se nos ofreció a la vista con idéntica apariencia que cuando solíamos atravesarla bien para llegarnos al cementerio de San Bartolomé, al otro lado de la calle, donde nos gustaba fotografiarnos junto a las tumbas centenarias, bien porque nos servía de atajo para ir a un salón de juegos que había entonces, ahora no lo sé, en la Weender Landstrasse, durante una temporada en que una máquina tragaperras con bichos corretones y otra con un hombre que tenía que escalar, agarrándose a las repisas de las ventanas, la fachada de un rascacielos, nos nublaron a los dos el entendimiento. Llegamos por último al edificio bajo de las oficinas y el comedor universitario, la llamada Mensa, en la que por menos de dos marcos de la época mataba uno el hambre. Flotaba en el aire un aroma tentador de carne frita y sopa de verdura. De buena gana habría comprado yo un tique y hecho cola con una bandeja delante del mostrador donde varias personas vestidas de blanco servían la comida; pero teníamos reservada una mesa en el restaurante. Clara entró en la librería. Por no asistir a la escena de su segura decepción preferí confundirme en la muchedumbre de cuerpos esbeltos, juveniles, colmados de futuro, de sueños y expectativas, y me entretuve ojeando el sinfín de notas fijadas al panel de anuncios. Alguien vendía una cama con colchón por ochenta y tantos euros. Se necesitaba un baterista para grupo musical. Se buscaban nuevos inquilinos para pisos de estudiantes. Se ofrecían clases privadas de japonés, cursos de baile, sesiones de yoga. En aquel panel y en otro que había junto a la entrada de la Torre Azul me anuncié yo también, al poco de afincarme en Gotinga, como profesor con la esperanza de mejorar mi maltrecha economía. No me arredró el simple detalle de no tener la menor experiencia en tareas docentes. Mi ineptitud, en todo caso, sería un problema de los alumnos, no mío. Y además, ¿qué se perdía con probar? Cada vez que iba a comer a la Mensa comprobaba si mis notas manuscritas seguían en los paneles. De vez en cuando las cambiaba de sitio porque había idiotas que me las tapaban con sus papeles, hasta que al término de dos o tres semanas las olvidé, convencido del fracaso de mi tentativa. Sin embargo, una tarde llegó al piso una chica tímida que hablaba mirándose las manos. Juzgué que mi cama revuelta, mis ropa interior puesta a secar en cuerdas que tendía de una pared a otra y, en fin, el estado general y el aire estadizo de mi habitación no ayudaban a crear una atmósfera favorable al aprendizaje, conque invité a la chica a acomodarse en una silla de la cocina. Le enseñé a presentarse en mi idioma, así como un par de fórmulas de saludo y despedida. Se marchó sin pagarme; pero como habíamos quedado citados para una segunda clase, no me preocupé. Nunca más la vi.

De pronto, un dedo alegre, juguetón, atrevido, me pinchó en una paletilla. Hacía largo tiempo que las pupilas de Clara no irradiaban en mi presencia un fulgor de felicidad tan intenso. «Ratoncito, ¿a que no lo adivinas?» Para complacerla fingí que no me daba cuenta de que escondía un objeto detrás de la espalda. «Has tenido una idea genial al proponer que viniéramos a la Uni. A mí no se me habría ocurrido jamás. Ya sé que no soy una escritora famosa, pero existo.» Acercó los labios a mi oído para repetir en susurros: «Existo.» «No puede ser.» «Te lo juro.» «Sólo te creeré si me lo demuestras.» Imitando el ademán de un ilusionista, puso ante mi cara un ejemplar de sus comentarios al libro de fotografías. La felicité por aquella certidumbre que tenía acerca de su existencia; pero, absorta en su entusiasmo, me parece que no se enteró. «Y ¿sabes qué?» Nada más enseñármelo había yo advertido que al libro le faltaba la sobrecubierta. «Como su estado no es perfecto me lo han vendido a mitad de precio.» Tiró de mi cabeza hacia la suya con amorosa vehemencia y me besó. «Guarda fuerzas», le dije, «para el coito de esta noche.» Sorda a mis palabras, prosiguió con su eufórico monólogo: «En el restaurante le escribiré una dedicatoria a Irmgard y en Karstadt compraré papel de regalo para envolver el libro. Mi dulce ratoncito, qué bien que has recordado que aquí hay una librería. A veces yo no sé qué haría sin ti.»

Tomamos el camino de vuelta a la ciudad. En lugar de adentrarnos en la zona de peatones, como todavía faltara un buen rato hasta la hora en que debíamos ocupar mesa en el restaurante, nos acercamos por el paseo de la muralla hasta la Obere-Maschstrasse, estación ineludible de nuestro día consagrado a la nostalgia. Fue allí, en el número 18, donde Clara y yo vivimos por primera vez bajo un mismo techo. La víspera de emprender el viaje de regreso a mi país, a punto de cerrar la maleta y con los billetes de tren y de avión encima del escritorio, aún me atormentaba la duda de si separarme para siempre de aquella chica alemana que tanto me gustaba o si aceptar el ofrecimiento suyo de instalarme en su modesta habitación de alquiler. Pensé en pedir consejo a mi amigo de Togo; pero luego, recapacitando, caí en la cuenta de que nada bueno podrían depararme las recomendaciones de un chico cuya aspiración principal en la vida, por no escribir la única, consistía en beber a diario la mayor cantidad posible de Jägermeister.

Cuando salí del piso de Clara ya había anochecido. Vagué solo por las calles del centro de Gotinga embargado por una aguda sensación de despedida. No se me iba de la cabeza la imagen de Clara desnuda sobre el colchón, los pies pequeños, el pubis rubio, el cuerpo vencido por la dulce fatiga que sigue al placer consumado. Y la veía una y otra vez en mis pensamientos echarme besos con la mano, segura de que al día siguiente comeríamos, como de costumbre, juntos en la Mensa y después iríamos a jugar a las máquinas tragaperras o a sacarnos fotografías en el cementerio de San Bartolomé. No me atreví a afrontar la previsible escena con lágrimas, con promesas mutuas de cumplimiento imposible, con esas mentiras bondadosas y tristes que se dicen de ordinario los amantes para negar la certeza del adiós definitivo.

Supongo que era y soy el típico cobarde. Había pasado seis meses deliciosos en Gotinga, donde además de conocer a personas estupendas, había disfrutado de una libertad sin restricciones y derramado esperma en abundancia. ¿Cómo prolongar aquella vida regalada sin un permiso de residencia, sin otro de trabajo, sin fuente alguna de ingresos? A vueltas con mis cavilaciones, entré en una taberna de la Prinzenstrasse. Con dinero que mi padre me había enviado para el viaje resolví costearme mi última jarra de cerveza en aquel local donde la servían con un punto de sabor como yo no lo había probado nunca en mi país. Me senté a una mesa que estaba en un rincón cubierto de penumbra dorada y rompí el posavasos en trozos numerosos, pues se me había ocurrido utilizarlos para tomar la decisión que indefectiblemente determinaría el rumbo de mi vida a partir de las ocho de la mañana siguiente, hora prevista para la salida de mi tren. La idea era simple. Cada trozo del posavasos equivaldría a una razón para irme a mi país o para quedarme en Alemania. Los primeros los colocaría a la izquierda de la jarra, sobre el tablero barnizado; los segundos, a la derecha. Y empecé: la familia que había hecho un sacrificio económico por mí y me esperaba, los amigos a quienes echaba de menos, mis estudios pendientes, la comodidad de comunicarse sin dificultades lingüísticas con el prójimo, el clima más agradable, la variedad gastronómica, los montes que rodean mi ciudad, el mar cercano. En fin, el caso es que, pasados dos o tres minutos, había un montoncito de papeles a la izquierda de la jarra y solamente dos a la derecha: uno por Clara y otro por la cerveza. Conque la decisión estaba tomada. Adiós Gotinga para siempre o como decía una canción popular de entonces: *Alles hat ein Ende, nur die Wurst hat zwei* (Todo tiene un final, sólo la longaniza tiene dos). No había la menor duda de que Clara merecía una explicación. En cuanto llegase a mi país le escribiría una postal; con remite o sin él, ya me lo pensaría en su debido momento.

Dormí mal durante la que se supone que había de ser mi última noche en Alemania. Se me figuraba que tanto la decisión tomada como la que había descartado implicaban similares penas y remordimientos, y mientras escrutaba la oscuridad de la habitación con ojos insomnes, lamenté vivamente no ser un yo repartido en dos destinos corporales. Amaneció. Le di un abrazo a mi compañero de piso, vestido con un ridículo pijama de payasos estampados, y recorrí con mi maleta de ruedas chirriantes la calle donde había residido desde mi llegada a Gotinga. Al poco rato enfilé la Goetheallee, por la que apenas transitaba gente a aquellas horas. La neblina se apretaba sobre el cauce del canal. Al cielo, sin embargo, lo coloreaba un azul precioso, nítido, sin la menor mancha de nubes. Caminé un breve trecho antes de detenerme. Al fondo, en línea recta, a unos cuatrocientos metros de distancia sobre poco más o menos, estaba la estación de ferrocarril; a mi derecha, la Obere-Maschstrasse. Allí el tren, aquí Clara. ¡Qué lástima no ser dos personas! A este punto inhalé tanto aire matinal como pude albergar en los pulmones y lo retuve hasta ponerme en los bordes de la asfixia. Después, sin haberme recuperado del apuro respiratorio que yo mismo me había provocado, reanudé la marcha, y cuando el tren partió, supongo que a su hora, yo dormía abrazado a Clara en su colchón.

Al 18 de la Obere-Maschstrasse se accedía por un entrante en la fachada. Lo flanqueaban el escaparate y un ventanal del taller de bicicletas Pedalritter. Sobre ellos y, por tanto, sobre aquel espacio angosto que los separaba, se extendía un letrero doble con el nombre del establecimiento, lo que afianzaba la impresión de que quienes entraban en la casa o salían de ella pasaban por fuerza a través del taller, cuya puerta se hallaba en un costado del entrante. La del portal la encontramos abierta de par en par, como ocurría a menudo por los tiempos en que vivíamos en aquel edificio que por fuera tenía una apariencia limpia y acogedora, y por dentro era de una humildad cercana a la miseria. No sé con exactitud cuánto le pagaba Clara al casero gordo y colorado del que yo me escondía para evitar que me cobrase a mí también una cuota de alquiler; pero el pago, estoy seguro, no excedía los doscientos marcos mensuales. En el corredor nada había cambiado desde los tiempos en que íbamos y veníamos por él a diario: las paredes blancas y desconchadas; el suelo ajedrezado cuyos colores originales costaba reconocer bajo la capa de mugre y polvo que los cubría; al fondo, cajas de cartón apiladas a la diabla, una bicicleta y un tonel para la basura ante la puerta que daba al jardín. ¿Jardín? La palabra es demasiado idealizadora. Lo exacto sería escribir parcela, eso es, una parcela de unos doce metros cuadrados lindante con otras mejor cuidadas. Tenía una cerca de alambre roñoso y arbustos y maleza hasta los que apenas llegaba la luz del sol, ya que por encima de ellos desplegaba sus tupidas ramas un cerezo de gran altura, del que por lo demás nadie se ocupaba. Sus frutos los picoteaban a finales de la primavera los mirlos y los estorninos, estos últimos agrupados con frecuencia en voraces turbamultas. Los estorninos armaban tal chillería que no nos dejaban dormir por la mañana ni a Clara durante el día concentrarse en sus estudios. Una tarde salí a la ventana a decirles que se fueran. Nada más asomarme, la pajarería alzó el vuelo con un zumbido infernal de alas batidas. Clara afeó mi acción, pues por lo visto sentía agrado en la visita de las aves. Tras pedirles disculpas les rogué que volvieran y, en efecto, antes que hubiera transcurrido un minuto ya estaban todas trinando y estremeciéndose nuevamente en las ramas del cerezo. A veces se agregaba alguna que otra paloma.

No eran los pájaros por cierto los únicos animales que nos visitaban. Un estudiante de la vecindad poseía un gato de hermosa planta que gustaba de meterse en las viviendas, donde no le faltaban quienes lo obsequiasen con caricias y gollerías. De vez en cuando entraba furtivamente en nuestra habitación con el primer azul del amanecer. Antes de verlo o de sentirlo, anunciaba su presencia la leve insinuación de un poco de aire fresco venido desde fuera. Lo sabíamos próximo y fingíamos dormir para inducirlo a delatarse con ruido que jamás hacía. En algún rincón aguardaba el final de nuestro juego. Al rato de llamarlo aparecía con cautela debajo de la silla, sin mirarnos, como si por allí anduviera casualmente, escondiendo por propia conveniencia su don salvaje tras la elegante mansedumbre de su especie. Evocación de tigre a la distancia justa de ser acariciado o acariciarse por sí mismo, se acercaba amistoso al borde del colchón, sorteando la balumba de trastos que constituían su selva. Nuestras cálidas manos lo tocaban, y él, entrecerrando los ojos, sumido en su modorra placentera, emitía ronroneos de agradecimiento. A mí me complacía verlo gozar inmóvil y confiado la versión felina de lo que hoy denomino momentos blam. En la memoria guardo su pelambre rojizo, su cabeza grande y su rabo enhiesto. Con gusto, pensaba entonces, y lo sigo pensando ahora, le habría cambiado mi lenguaje por el privilegio de echarle una mirada a la vida con sus ojos.

Del fondo oscuro, por la puerta al parecer entornada, nos llegaron rumores de coloquio. Al punto noté que una vieja precaución renacía dentro de mí, llevándome a subir con el mayor sigilo posible los empinados escalones de madera que, desde un costado del corredor, conducían al primer piso. Por los tiempos en que me instalé en su habitación, Clara me hizo prometer que procuraría por todos los medios ocultarme de la vista del casero. Con escasas salvedades, la tarea no me resultó difícil debido a que el hombre pasaba largas temporadas sin aparecer por el edificio. También porque enfrente de nuestro piso había una llamada *Mitfahrzentrale*, que era una oficina donde se facilitaban contactos entre conductores de coches privados y aspirantes a viajar por poco dinero; de ahí que, los días laborables, fuese habitual toparse con gente desconocida por las escaleras. Me tenía Clara asimismo instruido para que si el casero me echaba el alto y dirigía alguna pregunta suspicaz, yo me diese a conocer como simple visitante. Nunca me sucedió que hubiera de justificarme ante él; pero, así y todo, hasta el día en que abandonamos la ciudad viví de extranjis en el modesto piso de la Obere-Maschstrasse.

Para llegar a él había que cruzar un pasadizo con sendos ventanucos a los lados, sobrepuesto al corredor de la planta baja. Era esta una curiosa construcción que partía en dos secciones un patio interior donde los cachivaches allí arrumbados se enmohecían y oxidaban a la intemperie. A la derecha, aún en el pasadizo, estaba el retrete con el espacio justo para el inodoro. Se cerraba por dentro mediante un pestillo. Carecía de lavabo. A menudo lo usaban clientes de la *Mitfahrzentrale,* en su mayoría estudiantes, y podía ocurrir que lo encontráramos ocupado en el apogeo de nuestro apuro. Descubrí por entonces que no existe límite para la capacidad humana de producir hedor. Al cabo de un tiempo decidimos ponerle un candado a la puerta. Y un día un ano anónimo nos dejó delante de ella, en medio del paso, el regalo más repulsivo que pueda imaginarse. Clara, en su indignación, propuso llamar a la policía. «Buena idea», le dije. «Alemania es una nación organizada. Seguro que hay en Gotinga un comisario especializado en cagadas ilegales.» Me tocó retirar con papel de periódico el cuerpo del delito y no hubo más.

Nos detuvimos al final del pasadizo, delante de la blanca y despintada puerta contra la que se apoyaba un saco de basura reciclable. Al cuarterón de arriba había sido fijada una hoja de papel con un dibujo de trazo infantil. Era evidente que el viejo albergue de nuestra pasión amorosa estaba habitado. Me tentó llamar a la puerta, pero Clara se opuso tajantemente. Turbado por la añoranza, se me debió de olvidar por un momento que para muchos ciudadanos alemanes las visitas de improviso implican un incordio que, según la susceptibilidad de los involuntarios anfitriones, puede fácilmente alcanzar el rango de ofensa e incluso el de agresión. Se conoce que no les gusta ser sorprendidos en el desaliño, el desorden o la limpieza deficiente que para no pocos de ellos forman parte inseparable de su vida doméstica, aunque de puertas afuera se hagan los elegantes. Recuerdo a este respecto que una vez aparecimos sin avisar en casa de los Ostermann, no más que para hablar con ellos de un asunto trivial de vecinos, y la mujer, Elisabeth, apenas supo de nuestra llegada corrió a adecentarse en el cuarto de baño; mi madre, en cambio, abría la puerta a cualquiera con la cabeza llena de rulos. Pero a lo que iba. Mientras Clara sacaba fotografías del pasadizo, tuve que conformarme con cerrar los ojos e imaginar que la puerta del piso se abría de repente, y me era dado volver a los viejos tiempos y al lugar donde viví cuatro años maravillosos, dedicados por entero a amar y a ser amado. Tras la puerta había un minúsculo recibidor por el que se accedía a los tres únicos recintos de la vivienda. A la derecha estaba la cocina, de proporciones regulares, con ventana al patio interior y, al lado, el fregadero, donde lo mismo lavaba yo los cacharros que me lavaba (Clara solía ir a ducharse a la piscina) la cabeza, los sobacos y lo que hubiera que lavarse. La puerta del centro daba a la habitación de nuestras sucesivas compañeras de piso, chicas todas ellas de nuestra edad que, en cuanto encontraban un alojamiento mejor, se marchaban. Y a la izquierda estaba nuestra habitación, que disponía de un trastero estrecho, sin ventana, con una tabla ancha sobre dos bastidores junto a la que yo estudiaba alemán. Durante el día, a fin de tener más espacio, apoyábamos el colchón contra la pared. Vivíamos con muy pocos muebles. Yo guardaba mi ropa en cajas de cartón, más tarde en un baúl desvencijado que adquirimos en el mercadillo dominical por veinte marcos. Mal que bien, parche aquí, clavo allá, conseguí recomponerlo, aunque tan feamente que por no ofender la mirada lo tapábamos con una sábana. Clara metía sus cosas en una cómoda que aún conservamos, y sus prendas mayores, como también algunas de las mías, en un ropero de no más de un metro de ancho, consistente en una armazón envuelta en una cubierta de hule que se abría por medio de cremalleras. Vivíamos los dos en despreocupada y alegre modestia. Ella tenía algunos ahorros de cuando había trabajado en el banco. Sus padres le costeaban el alquiler a escondidas de Gudrun. En cuanto a los míos, se tomaron a mal que no hubiera vuelto a casa ni reanudado mis estudios. Con el tiempo y la mediación conciliadora de mi hermana se desenfadaron y, por que no me muriera de hambre, me giraban una pequeña y compasiva cantidad al mes.

A la hora prevista ocupamos nuestra mesa reservada en el *ristorante* Mamma Mia, en la Groner Strasse, donde un día similar al de hoy, de lluvia y ventarrón, invitamos a comer a los siete amigos (los Siete de Gotinga les decíamos) que asistieron a nuestra boda en el Ayuntamiento Nuevo. Yo había abrigado hasta entonces la certidumbre de que jamás me casaría y Clara, feminista ardiente, no digamos; pero se conoce que en los momentos cruciales de la vida, cuando hasta el último pelanas toma o deja de tomar las decisiones que llevarán su futuro por aquel y no por este camino hasta el cementerio de aquí y no el de allá, uno actúa como si estuviera predestinado a cumplir un guión. Me denegaban el permiso de residencia porque no tenía el de trabajo. Fui a solicitar este y me lo denegaron porque me faltaba el anterior. Clara, que hablaba por mí en las oficinas, se las ingenió para tocar alguna cuerda sensible de la segunda funcionaria a la que visitamos, de modo que la buena señora, adoptando de repente un tono confidencial, nos dijo con estas o parecidas palabras desde el otro lado de la mesa: «Si ustedes quieren de verdad vivir juntos en Alemania les sugiero que contraigan matrimonio.» Y nos miró con pena, como diciendo: «Ya sé que es duro; pero lo toman o lo dejan porque no hay otra solución.» Nos casamos un martes de tiempo desapacible en el que, por todo lujo, me permití estrenar un jersey de rayas. A Clara le dolía tanto la cabeza que a primera hora de la tarde se tuvo que acostar.

Mientras esperábamos la comida, Clara envolvió en papel de colores el libro que pensaba regalar a Irmgard, en el cual había escrito previamente, con letra primorosa, nutrida de ringorrangos, una dedicatoria que le ayudé a elegir entre la docena larga que figuraba en el cuadrado de papel. Pidió una pizza *ortolana* y una botella de medio litro de agua San Pellegrino, lo mismo que tomó y vomitó el día de nuestra boda. Desoyendo los requerimientos de la nostalgia, yo pedí lo que me reclamaron la sed y el hambre. No reconocimos al camarero que nos atendió ni al que sacaba brillo a la vajilla con un paño tras la barra del fondo. En el local, por el contrario, no se apreciaba cambio ninguno. La disposición de las mesas, iluminadas por sendas lámparas de campana; los manteles blancos, las servilletas, los adornos de las paredes; en fin, todo, hasta las plantas de interior, parecía haber escapado a la acción del tiempo. Advertí, sin embargo, una novedad que me produjo un pinchazo de decepción. Y fue que, solicitada la cuenta, esperé en vano la copichuela de amaretto con que solía obsequiarse a los clientes en los viejos tiempos. El caso es que como a Clara siempre le han sentado mal las bebidas alcohólicas, yo daba cuenta de las dos raciones de licor cada vez que una llegada de dinero nos permitía comer o cenar en el Mamma Mia. Me faltaba, cuando salimos del restaurante, aquel agradable sabor en la boca. Lo iba lamentando por la calle y ella me atajó sin miramientos: «Pues si tanto te gusta, vuelve y pídete una copa.» Me resarcí tomándome un aguardiente de pera en un bar que había frente a la tienda adonde ella entró a probarse zapatos. Insistió después en que la acompañase a buscar un bolso. Me tuvo caminando a su lado cosa de hora y media hasta que finalmente se decidió por uno marrón de cuero, con hebillas doradas y dos tiras por si a la portadora le apetecía colgárselo a la espalda. Le gustaba, era el día de su cumpleaños, me dolían las piernas: no dudé en darle el visto bueno.

En torno a las cuatro de la tarde tomamos asiento a una mesa del primer piso de la cafetería Cron & Lanz, junto a uno de los ventanales que dan a la Weender Strasse. El establecimiento tiene justa fama por su repostería. Y más les vale a quienes vivan en la estrechez no detenerse delante de sus escaparates porque se les cuajarán los ojos de frustración. Mis suegros se deshacían en elogios por las tartas y los bombones y las galletas y los frascos de confitura y el chocolate artesanal de Cron & Lanz. Siempre que venían a visitarnos nos invitaban a café y pastel en aquel establecimiento que para ellos, que conocieron las privaciones de la posguerra, era una especie de sucursal en la Tierra de la gloria divina. La víspera del viaje, por teléfono, solían recordarnos que querían ir allí sin falta, como temerosos de que interfiriéramos en sus planes. Y al final de la visita se volvían los dos a Wilhelmshaven felices como niños con su provisión empaquetada de golosinas. «Me parece a mí», le decía yo a Clara, «que lo que trae a tus padres a Gotinga no es vernos a nosotros sino comer en Cron & Lanz.» Y ella me daba la razón.

Permanecimos en la cafetería una hora larga. Nada más entrar habíamos pedido, como es costumbre, en la planta baja una porción de tarta cada uno. Arriba pedimos las bebidas. Se estaba demasiado bien en aquel salón de aspecto señorial como para moverse del sitio una vez terminadas las consumiciones. Los dedos entrelazados por encima de la mesa, hicimos un balance positivo de nuestros dieciséis años de matrimonio. ¿Te acuerdas de esto, te acuerdas de lo otro? «Yo creo», dije, «que el día de nuestra boda, el funcionario que nos casó ya tenía preparados en alguno de los cajones de su escritorio los papeles de nuestro divorcio. Ponte en su lugar. A un lado, tú, una estudiante alemana en los comienzos de su carrera; al otro, yo, un extranjero con un jersey de rayas y una melena de rizos hasta los hombros, sin otra fuente de ingresos que la caridad de su familia, sin permiso de residencia, y al que para colmo hubo que asignar una traductora, aunque lo esencial del asunto lo entendí. Nadie habría dado un penique por la unión de una pareja tan desigual y, sin embargo, aquí seguimos, juntos, bien avenidos y mejor alimentados. Gracias a personas como nosotros existe el amor en el mundo, no lo olvides.» «Huyuyuy, ratoncito, no sabía que fueras tan romántico.» «Estas maravillas retóricas me las inspira la promesa de un coito cuando llegue la noche. Tampoco olvides eso, ¿eh?»

22

Lo primero que me viene a la memoria es que nos dimos prisa para no llegar tarde y luego permanecimos durante más de quince minutos dentro del coche parado frente a la casa de nuestros anfitriones, pues Clara no quería que llamáramos a la puerta de estos ni con adelanto, por no pillarlos atareados en preparativos, ni con retraso, por no incurrir nosotros en descortesía, sino a la hora exacta que las dos mujeres habían acordado de víspera por teléfono. La calle donde Irmgard vivía con su marido y su hijo de siete años estaba próxima al Ayuntamiento Nuevo, en una zona, fuera del casco antiguo, de gente acomodada, con árboles en las aceras y aparcamientos reservados a los vecinos poseedores de cierta cédula, conforme indicaban de trecho en trecho las señales de tráfico. M, el marido de Irmgard, que en realidad se llamaba Wolf-Dieter, retiró su coche de un espacio cubierto de hierba y cerrado por una cancela junto a la entrada de la casa, para hacer sitio al nuestro. En aquel momento no pude estimar en su justa medida aquella muestra de gentileza por cuanto aún no sabíamos que él era un hombre de trato seco. Esto último empezó a manifestarse no bien entramos en el recibidor, donde nos dijo señalando unas hojas de periódico extendidas sobre el suelo: «Ahí ponemos los zapatos.» Comprendimos sin perder la sonrisa que nos estaba instando a descalzarnos.

La escena de los saludos y entrega de regalos se vio deslucida como consecuencia de la disputa que a nuestra llegada mantenían Irmgard y su hijo. K agarró el balón con mueca hosca, como si le hubiéramos endilgado un cesto lleno de piedras para que lo subiera al desván. Aún seguía de mal humor dos horas después, cuando, llegada la hora de acostarse, lo perdimos de vista. Obligado por su madre, agradeció nuestro regalo usando una cantidad exigua de lenguaje. K se llamaba Pascal. Nada más verlo adiviné que pertenecía a ese género actual de niños que antaño, cuando en los hogares se practicaba el hábito de abofetear a los hijos, no existía.

Prefiero acordarme del padre, del adusto Wolf-Dieter, un hombre de más o menos mis años a quien, de haber sido amigo mío, no habría vacilado en darle algunos consejos sobre la manera de mover los músculos de la cara para formar sonrisas. Un tipo curioso, infradotado para la convivencia, fascinante como espécimen humano. Al principio pensé que nos despreciaba. Poco a poco me fui dando cuenta de que su mirada dura, el arco severo de sus cejas, las comisuras desdeñosas de sus labios, componían la expresión natural de su semblante. Si nos despreciaba lo disimulaba bien tras el gesto inmutable de desprecio, que quizá encerraba otros sentidos (no sé, asco, hastío, suspicacia) cifrables en el mensaje: «Estáis aquí por culpa de mi mujer.» Me habría gustado ponerle un espejo delante de la cara para salir de dudas. ¿Se miraría a sí mismo como nos miraba a los demás? No poco me hechizaba su voz pastosa, de timbre nasal, grave, monótona, cansina. Difícilmente habría podido imaginarme ninguna otra más idónea para expresar las soserías que él decía, por regla general en tono sentencioso. Hablaba poco pero con el empaque de quien está persuadido de decir mucho, a pesar de que no decía nada interesante. ¿Qué dijo? Ya no lo recuerdo, y eso que cada vez que profería unas palabras los demás guardábamos un instante de silencio, apiadados tal vez del suplicio que padecían el salero, la elocuencia, la ironía, en la boca de aquel hombre. Tenía la barba rala y despeinada, larga aquí, corta allá; la nariz, respingona como la de su hijo, aunque con pelillos negros en la punta que a este le faltaban; ojos turbios, inexpresivos, de pescado en descomposición, y cabellera entrecana que aún conservaba el espesor de la juventud. Por su casa se desplazaba sin otro calzado que unos gruesos calcetines de lana. Los calcetines eran de color amarillo con rayas azules. A mí me resultaba imposible no bajar cada dos por tres hacia ellos la mirada, preguntándome si se los habría puesto forzado por alguna suerte de penitencia. Sospecho que no era mala persona. Hierático, distante, sin gracia, eso sí, pero no malo. Clara y yo estábamos de acuerdo en que arrastraba una antipatía congénita, de la cual él debía de ser la víctima principal por no poder alejarse de sí mismo.

Me acuerdo de un episodio en la sala de estar, a los diez o quince minutos de nuestra llegada. Nadie que no conociera a Clara tan bien como yo habría advertido, tras la calma aparente de sus facciones, el profundo malestar que la fea acción de Wolf-Dieter le produjo. Así me lo hizo ella saber en voz baja en cuanto nos quedamos un momento a solas. Entramos descalzos en la sala, que tenía un mirador con vistas al jardín. Fuimos invitados a tomar asiento en un sofá de mimbre sobre el que se repartían varios cojines descoloridos. Frente a nosotros, en la pared, campeaba un póster de gran tamaño que mostraba a Joschka Fischer, joven, sin canas y todavía delgado, jurando en zapatillas deportivas blancas y pantalones vaqueros, allá por mil novecientos ochenta y tantos, su cargo de ministro de Medio Ambiente y Energía en el gobierno federal de Hessen. El póster estaba dedicado con tinta negra de rotulador («A mi amigo Wolf-Dieter») por quien a la sazón dirigía en Berlín el Ministerio de Asuntos Exteriores. La curiosidad me llevó a interesarme por la imagen. Wolf-Dieter estiró el cuello, creo yo que con aire de suficiencia, aunque con él uno nunca estaba seguro, y respondió en tono opaco, como si le causara un esfuerzo excesivo articular las palabras: «Conocí a Joschka en el 93.» Y eso fue cuanto dio de sí el tema de conversación, pues nuestro anfitrión no añadió nada más de su parte y a mí no me vinieron nuevas preguntas a la boca. Me limité a decir: «Interesante.» Y Clara, a mi lado, corroboró por cortesía.

El episodio a que me refiero sucedió poco después. Frente a nosotros estaba sentado Wolf-Dieter en un sillón de mimbre a juego con el sofá. Nos separaba una mesa baja sobre la que Irmgard había depositado una bandeja con tazas, una tetera y un cuenco de azúcar cande. No se nos preguntó si deseábamos otra bebida. Tal vez nuestros anfitriones estaban al corriente de que a Clara le gusta el té y a mí me gusta todo. Wolf-Dieter se apresuró a explicar: «Es té de cultivo biodinámico.» Me tentó replicarle que yo lo prefiero con la fecha de caducidad vencida y, a ser posible, cultivado en plantaciones próximas a centrales nucleares; pero me callé porque le había dado a Clara mi palabra de no descolgarme con bromas ni chascarrillos durante la visita. En esto sonaron al fondo de la casa alaridos infantiles. Volviéndose a Wolf-Dieter, Irmgard dijo que el niño se negaba a hacer los deberes del colegio. Luego miró a Clara y añadió: «Estamos pensando en llevarlo a un psicólogo. La profesora nos ha recomendado uno con fama de competente. Creemos que Pascal es demasiado listo para su edad; pero en el colegio no lo atienden como él necesita y entonces se aburre, no está quieto, se pelea con sus compañeros.» Preguntó a su marido si no podía ir él a echarle una mano al niño.

«A mí no me hace caso», dijo este con indolencia mientras llenaba su taza antes que las de sus huéspedes. El caso es que Irmgard se encerró un rato largo con su hijo y nosotros nos quedamos tomando el té en compañía de Wolf-Dieter. Encima de la silla de Irmgard estaba ahora el libro de Clara con su cordial dedicatoria, ya despojado del papel de regalo. «¿Es este tu libro?», preguntó Wolf-Dieter al tiempo que empezaba a hojearlo sin detener la mirada en ninguna página. Se me hace a mí que con idéntica frialdad podía haber examinado las hojas de una lechuga. «Bonito», sentenció y, sin mayores comentarios, abandonó el libro encima de la mesa. Segundos después advertimos que lo usaba como base para su taza e incluso para la cucharilla que había chupado después de dar vueltas con ella al té. No me pasaron inadvertidos los esfuerzos de Clara por ocultar su estupefacción. Dije entre mí con la mirada fija en el Joschka Fischer de la pared: «Mataré a tu amigo de una biocuchillada como a mi mujer le duela la cabeza por su culpa y yo me quede sin coito esta noche.»

A punto de dar las ocho, K fue conducido en pijama a nuestra presencia con el fin de que nos diera las buenas noches. Parado ante nosotros, miraba al suelo a la manera de un reo que no se doblegase a la humillación pública sino por la fuerza ejercida contra él por sus verdugos. A causa de su postura corporal, con los brazos caídos sobre el vientre, creí por un momento que tenía las manos atadas. Estaba descalzo. Se conoce que en aquella casa había costumbre de ahorrar en calzado. Irmgard recordó al niño que le habíamos regalado un balón. El muchacho, sin levantar la cara, se encogió de hombros. Clara intervino pedagógica y afectuosa: «Seguro que estás cansado, ¿verdad, Pascal? Te deseamos de todo corazón que duermas bien.» K refunfuñó lanzando una mirada agresiva a su madre: «Quiero dormir en mi habitación.» «Ya te hemos explicado...» A este punto Wolf-Dieter remedó desde el vano de la puerta la voz de Dios, solemne, serena, empañada como por un eco sordo de iglesia: «Pascal, sé razonable.» El niño no cedía y hubo que negociar. Durante una fracción de segundo en que su mirada se cruzó con la mía aproveché para decirle con los ojos: «Tonto del culo, no sabes la suerte que tienes de no ser mi hijo.» Y proseguí, aunque ya no me miraba: «Mañana, cuando recuperes tu habitación, percibirás en el aire un olor nauseabundo a cuerpos que han sudado fornicando, a esperma y gases intestinales. Yo que tú me compraría otro colchón.» Sin apenas abrir la boca, K logró un acuerdo ventajoso. Se le permitía media hora suplementaria de lámpara encendida a cambio de acostarse en el acto. Redondeó su victoria marchándose sin despedirse. Al llegar a la puerta dio un empujón a su padre. Le hago yo de niño lo mismo al mío y en el mejor de los casos me habría quedado tetrapléjico.

Empezaba a oscurecer cuando fuimos a cenar a la cocina. Allí nuestras caras se revistieron de palidez anémica a la luz de una lámpara con dos bombillas de bajo consumo. Irmgard, detalle romántico, colocó una vela en el centro de la mesa. Iluminadas por el resplandor de la llama, nuestras facciones se volvieron amarillas. Semejábamos cuatro enfermos de ictericia, uno de ellos con los síntomas extendidos hasta las barbas. Solté una jocosidad inspirada en el color de nuestra piel. Me animaba el propósito benévolo, posiblemente inalcanzable, de mover a risa a nuestros anfitriones. Clara, con el debido disimulo, me arreó un pisotón. Irmgard conjeturó que la vela no era de mi agrado y, en consecuencia, se ofreció a retirarla. Le dije que me gustaba mucho, simplemente me había llamado la atención el efecto de la luz sobre nuestras facciones. Se miraron los unos a los otros en medio de un silencio embarazoso, como sorprendidos de verificar que sin la menor duda los cuatro formábamos un círculo de caras amarillas. Fue Clara la que reanudó la conversación por la vía de afirmar que yo era muy sensible a las impresiones estéticas. Aquello me sonó a madre en actitud de disculpar delante de extraños las anomalías de su hijo. «Mi hermano también es así», dijo Wolf-Dieter masticando un cacho de pan integral a pesar de que aún no había sido anunciado el comienzo de la cena. Y añadió con retintín de menosprecio: «Diseña muebles y esas cosas.» Clara: «Ah, un artista.» E Irmgard, de pie junto a la cocina eléctrica, con una cacerola en las manos: «Sí, pero ¿sabes tú cuántos árboles se talan cada día en Brasil?»

Nos sirvieron para comenzar un tazón de sopa de tomate con una cucharada de nata y una hoja de albahaca encima. En el líquido quizá no suficientemente espeso podía percibirse un punto agradable de agriedad que compensaba la falta de sal. No me atreví a usar el salero a fin de que nuestros anfitriones no interpretaran mi acción como una crítica negativa a la comida. La cena me estaba resultando bastante sabrosa hasta que Wolf-Dieter me la volvió antipática cuando dijo, sin que viniera poco ni mucho a cuento, que los tomates de la sopa también procedían de cultivo biodinámico. Irmgard se apresuró a buscar en la bolsa de la basura reciclable el sobre que había contenido los polvos soperos y lo acercó a la mesa con manifiesta intención de que lo admiráramos. Yo expresé mi admiración mediante adjetivos halagadores de una insinceridad impecable, e incluso lo sostuve unos instantes en la mano para poder contarles algún día a los amigos, no sin orgullo, que en cierta ocasión yo había tocado un sobre de sopa instantánea de tomate. «¡Qué más quisieras! En algún sueño lo tocaste.» «Os lo juro, fue en Gotinga, en casa de unos conocidos.» Devolví con cuidado el valioso desperdicio a Irmgard, que sin pérdida de tiempo lo puso a buen recaudo en el saco de la basura. Para entonces Clara ya tenía una biomancha roja en la pechera de su blusa.

Siguió una ensalada de collejas, achicoria roja, cubos de pan tostado, aguacate y no sé qué más con salsa zaziki y tierrilla en abundancia por no haber sido bien lavado alguno de los ingredientes. Recibimos información pormenorizada de cada uno de ellos mientras masticábamos. A Wolf-Dieter le salió un pequeño bicho en su ración y lo exhibió pegado a la yema de un dedo como prueba de que los alimentos no habían sido tratados con pesticida. A este punto empecé a temer que un exceso de comida sana pusiera en peligro mi salud. Estuve pensando si tal vez en el coche tendríamos algún antídoto. Me apetecía una buena dosis de conservantes y colorantes. Vino luego el plato estelar de la noche, consistente en una lasaña al horno con su capa dorada de queso, de aspecto inmejorable, todo hay que escribirlo, y en el fondo gambas añadidas a la carne picada, de lo cual me enteré cuando Clara solicitó mi ayuda mediante una suave patada en el tobillo. Alarma: alimento indeseado. Sin mediar palabra, sin tan siquiera mirarnos el uno al otro, sino como pareja veterana que se compenetra a la perfección, pusimos por obra el plan habitual de emergencia. Ella apartaba las gambas que detesta, que excitan sus nervios y le producen náuseas, hacia el borde del plato más próximo a mí y yo las iba trasladando, con rápido y cauteloso tenedor, de su plato a mi boca sin que lo notaran nuestros anfitriones, entretenidos en alabar la cena que ellos mismos habían preparado.

A Irmgard, que estaba sentada frente a mí, yo la conocía someramente. De tiempo en tiempo, cuando residíamos en Gotinga, la encontrábamos Clara y yo por la calle o en el interior de algún establecimiento, y nos parábamos a charlar un rato con ella. Las dos mujeres aprovechaban para ponerse al día de sus respectivas novedades biográficas, siempre en un clima de cordialidad y franqueza que a menudo comportaba la revelación de problemas, enfermedades u otros infortunios. Y, sin embargo, mediaba entre ambas una especie de prevención, algo sutil, membranoso, apenas perceptible, fundado tal vez en el tácito acuerdo de que su buena avenencia sólo podía perdurar mientras las dos no mantuviesen un trato constante. De ahí, pienso ahora, que en el curso de aquellos encuentros fortuitos ninguna formulara jamás el deseo de concertar una cita con la otra. Se besaban al saludarse, se besaban al despedirse; pero luego transcurrían semanas y hasta meses sin que se volvieran a encontrar. Antes de mi llegada a Gotinga, Clara e Irmgard vivieron una temporada bajo un mismo techo con otros estudiantes, uno de los cuales, escrito sea de paso, aún cumple condena en la cárcel por delito de colaboración con banda terrorista. Irmgard tenía fotografías de los miembros más destacados de la Fracción del Ejército Rojo en las paredes de su habitación. Esto lo sé por Clara, que un día, en ausencia de su amiga, entró a cogerle prestada la grapadora y descubrió una caja con cartuchos de bala en un cajón del escritorio. Semana y media después, Clara ya estaba viviendo con otra chica en el piso de la Obere-Maschstrasse.

Recuerdo que la víspera de nuestra boda Irmgard vino a decirnos que no podía asistir a la ceremonia ni a la comida. Mencionó cierto motivo familiar que nosotros aceptamos sin mayores indagaciones. Nos regaló una sartén de dos asas y nos deseó suerte. A nosotros nos quedó la sospecha de que no quería implicarse en lo que, según su manera de pensar, debía de consistir en un acto de sumisión al sistema burgués. Irmgard militaba por entonces en la extrema izquierda, lo que no fue óbice para que años más tarde diera el mismo paso que nosotros, se rodeara de comodidades y trabajase, por el tiempo de nuestra visita, en un oficina de la Delegación de Hacienda. Según Clara, la circunstancia de que yo no tuviese nacionalidad alemana determinó que Irmgard no le retirase el saludo a raíz de nuestro matrimonio, por considerar seguramente que casándose con un extranjero de mi condición contribuía a subvertir el orden social. Una amiga común de ambas, Ingrid Berg (luego cambió de apellido), también estudiante, se casó dos o tres meses más tarde que nosotros, de blanco, por el rito católico y con un chico de familia adinerada en un pueblo próximo a la frontera con Holanda. Nos invitó y fuimos, y durante el banquete, en un local de mucho postín, nos contó que Irmgard había rechazado por teléfono su invitación con una frase lapidaria: «Nos separan mundos.»

La mayor parte del tiempo que duró la cena me dediqué a observarla. ¿Qué otra cosa podía hacer? Ella estaba justo enfrente de mí, fija en su posición como el cuadro de un museo, aunque gesticulara, moviera las manos, parpadease y todo eso, yo ya me entiendo. Escrutar su semblante me resultaba harto más entretenido que atender a las consabidas explicaciones de Clara acerca del colegio, nuestro viaje, su libro... Además, le tomé miedo a intervenir en la conversación. Aún no habíamos terminado de comer la ensalada y Clara ya me había arreado tres pisotones. No hay derecho. El último de los tres me pareció un acto de pura crueldad. Yo estaba alabando las collejas sin declarar que las encontraba terrosas, además de reblandecidas por el exceso de salsa zaziki. Clara, de cintura para arriba inmóvil, se las ingenió para encontrar mi pie bajo la mesa. El caso es que yo lo tenía un tanto apartado en previsión de nuevos ataques; pero ella logró pisármelo sin la menor delicadeza aun cuando saltaba a la vista que mis elogios eran del agrado de nuestros anfitriones. Al día siguiente le pedí cuentas. Supe entonces que no me había hundido el zancajo en el empeine porque yo hubiese dicho alguna inconveniencia, sino porque la señora escritora, habituada a trabajar con adolescentes, juzgó reprobable que su marido hablara masticando. «¿Empleas las mismas medidas disciplinarias con tus alumnos?» No me contestó. El tema no le interesaba y, además, según dijo, no quería amargarse la excursión al Harz recordando lo sucedido el día anterior.

A Irmgard, con los años, se le habían borrado de la cara los vestigios de aquella severidad angulosa que tenía cuando yo la conocí. Era entonces una chica extremadamente delgada, nunca sonriente, a quien el fervor ideológico inducía a simplificar al máximo el arreglo personal, así como a ejercer sin descanso la acusación y la crítica, y a vivir en un estado de cabreo incesante. En algún momento, cuando nosotros ya no vivíamos en Gotinga, cambió la revolución proletaria por el ecologismo, la bionutrición y las campañas contra la energía nuclear. Se afilió a los Verdes, ignoro si antes o después de conocer a Wolf-Dieter, que llegaría a desempeñar cargos de rango menor en el partido. Al comienzo, empujada por la inercia de su fanatismo juvenil, había secundado las tesis combativas de los *fundis*. Poco a poco se le apaciguó el ánimo y terminó, como tantos otros del mismo linaje, abrazando la estrategia pragmática de los *realos,* con su admirado Joschka Fischer a la cabeza, para hacer de los Verdes un partido de centro y unirse a los socialdemócratas en el gobierno de la República Federal.

Ahí estaba (esposa, madre, oficinista al servicio del Estado, cocinera, votante de un partido en el poder) sentada a un metro de mí, metiendo a ritmo rápido comida en la boca por la que de vez en cuando asomaban dos filas de dientes desiguales. Sus facciones, no hermosas pero saludables, presentaban un aspecto carnoso. Tenía las mejillas grandes, firmes, rosadas (algo menos, claro está, a la luz de la vela); los labios, gruesos, y en los párpados superiores una hinchazón que le ocultaba parte de los ojos. Sonreía poco aunque más que antaño, quizá por no mostrar la deformación de sus dientes, y desde luego mucho más que su pétreo marido. La pérdida de la juventud le había dulcificado la expresión. Tan sólo cuando asomaban al diálogo asuntos de contenido político o relacionados con la protección del medioambiente se le tensaba de pronto el gesto. Entonces se removía en la silla, se arrancaba a opinar con aire de orador impulsivo, el habla se le aceleraba y, por espacio de unos cuantos segundos, volvía a relucir en sus ojos azules aquel destello apasionado de los viejos tiempos. En lo que no había cambiado era en la falta de acicalamiento. Calzaba unos escarpines de lana gruesa, embutidos en sandalias blancas. Con eso creo que está todo escrito acerca del gusto que ponía en el vestir.

Y ya me voy acercando al desastre. Acabada la cena, Clara y yo ofrecimos nuestra ayuda para recoger y fregar. Sinceramente esperaba que nuestros anfitriones, obligados por las normas elementales de la cortesía, rechazasen el ofrecimiento; pero se conoce que albergo nociones insuficientes en materia de conducta humana. Por una cuestión de principios no había lavavajillas en aquella casa. El colega Wolf-Dieter farfulló que tenía que retirarse a su habitación a trabajar. Irmgard se apresuró a disculparlo: «El trabajo en la editorial se parece al tuyo en el colegio, Clara. No se termina ni cuando llega uno a casa.» Clara se mostró comprensiva y, en el fondo, halagada. Se adueñó del tema de conversación (estrés, exámenes, correcciones) a fin de deleitarse en su quejumbre predilecta; pero apenas pudo disfrutar de la compasión de sí misma, ya que Wolf-Dieter, unigestual, parsimonioso, nasalizante, la interrumpió para decirle a su mujer: «Recuerda que Pascal tiene mañana clase de taekuondo.» Nos dejó sin despedirse. Debía de estar influido por los modales de su hijo.

Entre los tres despachamos la tarea en cosa de diez minutos. Luego las dos mujeres, tisanas y una fuente de uva por medio, entablaron coloquio sentadas a la mesa. Yo salí a buscar los bártulos que habríamos de necesitar durante la noche. De vuelta con ellos, Irmgard me acompañó hasta la habitación donde estaba previsto que pernoctáramos. No era otra sino la de K, amueblada al estilo infantil, con carteles de colores en las paredes, juguetes aquí y allá, material escolar sobre la mesa y, en fin, todo limpio y en orden. Supe por Irmgard que la cama del niño había sido retirada. Me tentó decirle que consideraba un acierto que también hubiera sido retirado el niño. El resto del mobiliario no estorbaba. En el suelo se veía un colchón con ropa de cama, listo para su uso. Me quedé mirándolo emocionado, pues me recordaba aquel, quizá un poco más grande, sobre el que nos ajetreábamos Clara y yo en nuestra habitación de la Obere-Maschstrasse. Irmgard me sacó de mi fugaz ensimismamiento al preguntarme si me parecía que allí podríamos dormir. Ocultando a duras penas mi entusiasmo, le di una respuesta afirmativa. Por no pecar de indiscreto, me guardé de revelarle que el reposo no constituía exactamente la actividad principal a la cual proyectábamos entregarnos mi mujer y yo encima de aquel colchón, si bien tampoco debía descartarse la posibilidad de que a partir de un momento determinado lo empleáramos asimismo para conciliar el sueño. Coloqué mi mochila y la maleta de Clara junto a la pared empapelada con dibujos de girasoles, elegidos acaso para familiarizar a K con el emblema del partido. A todo esto, vi a Irmgard abandonar la habitación cargada con una jaula. Dentro correteaban asustados dos conejillos de Indias. «Me los llevo afuera», dijo. «Estos a veces hacen ruido y os pueden molestar.» En aquel instante no pensé nada malo. De pie junto al escenario donde una o dos horas más tarde se supone que Clara y yo consumaríamos el desenlace sensual de nuestra jornada amorosa, era comprensible y hasta excusable que mi mente estuviese ocupada en gozosas expectativas. Tan pronto como me hube quedado solo, saqué un condón del paquete. Tras estudiar diversos escondites, lo puse con su envoltorio rosado en un bolsillo lateral de la mochila, de tal manera que pudiera alcanzarlo a tientas sin necesidad de desasirme de la hembra, ni encender la lámpara, ni andarme con trajines y maniobras en la oscuridad que rompieran el encanto del momento. Terminados los preparativos amatorios, me dirigí a la cocina. Yendo por el pasillo en penumbra oí un disparo como en sordina tras una puerta por cuyas rendijas salía luz. Apliqué el oído a la madera. El fragmento de una melodía me indujo a desechar mi primera hipótesis, la de que Wolf-Dieter acababa de suicidarse con una pistola provista de atenuador de sonido. Me percaté de que nuestro esquivo anfitrión estaba mirando un telefilme. Por el agujero de la cerradura distinguí dos calcetines amarillos con rayas azules apoyados en lo que, a los reflejos cambiantes del televisor, tanto parecía un escabel como una mesa baja. Ojo, no le reprocho a Wolf-Dieter que se hubiera desentendido de los huéspedes. Sería injusto por mi parte no reconocer que su ausencia era la manera más adecuada de agasajarnos.

Abordaré a continuación, sin más dilaciones, el asunto del desastroso final de la jornada de amor y nostalgia, y ese será el último recuerdo que hoy redacte. Aún no eran las diez de la noche cuando Clara y yo nos recogimos a la habitación que se nos había asignado. Nos despedimos de Irmgard en el pasillo tras explicarle que deseábamos acostarnos pronto para estar al día siguiente descansados y emprender sin tardanza nuestra proyectada excursión al Harz. A los pocos minutos de habernos encerrado en la habitación, Clara profirió una queja con voz entrecortada. «No sé», dijo, «qué me pasa, pero me pasa algo.» Yo llevaba tanto rato reteniendo chirigotas dentro de la boca que no me pude contener: «¡Por fin llegó la hora del gozo supremo! Pero, tranquila, porque hasta cuando me animalizo, como ahora, soy un caballero y te dejaré escoger la postura. A ver, dime, ¿quieres encima o debajo?» Clara hurgaba en su maleta con ceño fruncido. «¿Buscas un condón? No hace falta. Ya me he ocupado yo del asunto.» Mi broma la dejó por completo indiferente. «Ratón, ¿podrías traerme del coche mi espray de salbutamol?» «Sí, pero qué lástima, oye, el coche está en la calle y yo ya me he puesto el pijama.» «Por favor.» Me pareció percibir una leve vibración patética en su ruego. No protesté. Soy de esa clase de varones que se acomoda a la docilidad ante la inminencia del placer físico.

Me encontré con que la puerta de la casa había sido cerrada con llave. Tuve que llamar a la de nuestros anfitriones. Por encima del hombro de Irmgard vi a Wolf-Dieter mirando el televisor, repanchigado en una butaca. Fui al coche, lo registré a conciencia, pues me daba el aire de que había empezado a formarse un vínculo entre mi anhelado orgasmo y el salbutamol. No encontré el espray y volví a la casa. Clara se había sentado en el colchón con la espalda apoyada contra los girasoles de la pared. Boqueaba. «¿No te estarás masturbando, eh? Al menos podías esperar.» Fue mi última broma de la noche. Que le trajera agua. No quise molestar de nuevo a nuestros anfitriones. La casa entera se hallaba a oscuras y en silencio. En la cocina llené un vaso con agua del grifo. Mejor que la de botella, según presumen los habitantes de Gotinga. Pero ni la mejor agua del mundo cura la disnea. Después de beber, a Clara le entraron arcadas. «Me veo en el hospital», balbuceó con susurro estertoroso cuando por fin pudo hablar. Se me figuraba harto difícil que consumáramos en aquellas condiciones el coito prometido. Otra cosa sería si yo dominase la técnica de follar con una mujer que se está ahogando; pero nadie me la enseñó ni yo he sabido nunca cómo ni dónde aprenderla. Así pensando, propuse orear la habitación. Clara se mostró de acuerdo. No olvidaré las ramas del tejo que se alargaban hacia el hueco de la ventana como si intentaran tirar de mí hacia fuera. No se oían ruidos en la calle. El barrio era tranquilo. El frescor de la noche me obligó a ponerme más ropa. Clara solicitó mi ayuda para arrimarse a la ventana. Le eché una manta por los hombros y la sostuve con una mano por debajo de la axila para que no se cayera. Más que respirar parecía que estuviera comiendo aire a bocados. Para entonces ya no teníamos duda en achacar a los conejillos de Indias el origen de aquella desmedida reacción alérgica. Nos dieron las once, las doce. Sin demasiada convicción hice un intento por dormir. Ella seguía tratando de liberar sus vías respiratorias con la cara hundida entre las ramas del tejo. «Ratón», dijo. Y no añadió nada más hasta pasados varios minutos: «Hay que hacer algo.» Me acerqué a su costado. Codo con codo, en silencio, tratábamos de mirar la noche a través de las ramas tupidas. Le acaricié la nuca con ánimo de darle un poco de consuelo. Le bajaban las lágrimas por las mejillas. Me disgusta verla llorar. «Vístete», le dije. ¿Le ordené? Me causó preocupación la prontitud de su obediencia. Yo también me vestí y, sin perder tiempo, recogí nuestras pertenencias. No estoy seguro, pero calculo que serían las doce y media pasadas cuando llamé a la puerta de nuestros anfitriones, primero con nudillos medrosos, después con un recio manotazo. En determinadas situaciones me saca de quicio la lentitud de las personas. Se asomó Wolf-Dieter, soñoliento, atolondrado, vestido con un pijama que al primer vistazo confundí con el mono de un mecánico. Tuve un momento de torpeza lingüística y él no me entendió. Enseguida vino Irmgard. Reinicié la explicación. Irmgard fue comprensiva y amable. Se encargó de nuestro equipaje mientras yo ayudaba a Clara a salir de la casa.

En el momento de poner en marcha el motor no tenía la menor idea de adónde dirigirme. Clara estaba demasiado ocupada con su agonía como para responder preguntas, así que por mi cuenta decidí que lo más urgente era alejarnos de aquel lugar de pesadilla; después ya veríamos. No bien dejamos atrás el barrio donde vivía Irmgard, Clara, jadeante, me pidió que detuviese el coche en el borde de una calle desierta porque se quería apear. Desde mi asiento la veía ir y venir a la luz de un farol, por un corto trayecto de acera, mientras hacía movimientos de brazos para ayudarse a respirar con normalidad. Volvió bastante recuperada al cabo de largo rato. Al oír que abría la puerta del coche me desperté. «¿Qué hacemos?» Tardó en contestar. Respiraba sin apenas dificultad, los ojos cerrados, el gesto sereno. «Lo que quieras con tal que me lleves a un sitio donde no haya animales.» Le dije que en mi opinión había tres opciones. La primera de ellas, ir a un hospital, la rechazó de plano. La segunda, también: volver a Hannóver y sacar a Gudrun de la cama un par de horas antes que tuviera que levantarse para acudir a su jornada laboral. Esta opción comportaba, además, que volviéramos por la mañana a Gotinga a fin de ser fieles a la ruta de Heine, a menos que renunciáramos a la excursión. «Y la tercera posibilidad», me interrumpió, «supongo que será volver a casa de Irmgard y morirme de un ataque de asma. Ratón, no estoy con humor para bromas.» «Yo había pensado en algo distinto.» «¿En qué?» «Bah, olvídalo. Seguro que no te iba a gustar.» Insistió en saberlo. Le dije que le comunicaría mi propuesta a cambio de un beso. Tras besarme como me gusta que me bese, confesó que estaba agradecida por toda la ayuda que había recibido de mí durante la noche. Le propuse que nos llegáramos a un hotel de Gotinga donde pudiéramos dormir en condiciones salubres, y ducharnos por la mañana, y desayunar tan anchos sin que nadie nos aleccionara acerca de la procedencia y composición de los alimentos... A este punto me arrebató la palabra para proseguir ella con entusiasmo la retahíla de ventajas que supondría alojarnos en un hotel. De ahí a poco enfilé la Weender Landstrasse, ya metidos en el camino de Heinrich Heine, con la esperanza de encontrar lo que buscábamos y, si no, llegarnos hasta el siguiente pueblo o hasta Northeim si hacía falta. No tuvimos que recorrer mucho trecho, ya que de pronto, a la salida de la ciudad, a mano izquierda de la carretera, divisamos el letrero luminoso del Astoria Göttingen, un hotel de tres estrellas, económico y confortable como enseguida comprobamos. Sin dudarlo un instante entramos a solicitar una habitación. Minutos más tarde yacíamos abrazados en una cama mullida, donde estuve esperando a oscuras que Clara colocase una de sus piernas encima de mi vientre. No la colocó y luego, no sé cuándo, me quedé dormido.

23

Dejando a un lado el detalle de que no era muy temprano cuando salimos de Gotinga, me atrevo a afirmar que el primer minuto del viaje, mientras cruzábamos con nuestros bultos respectivos el aparcamiento del hotel, fue idéntico al primero de Heinrich Heine en 1824. En ambos casos cada cual empleó sus piernas como medio de locomoción; en ambos era septiembre y la mañana, fresca. También a nuestros oídos llegaron los trinos matinales, aunque sospecho que el tráfico en la carretera cercana no nos permitió escuchar sino una parte reducida del concierto. El cielo, disipada la neblina del amanecer, también estaba despejado y, por encima de todo, también nos embargaba al salir de Gotinga una viva sensación de alivio. Clara y yo constatamos complacidos aquella no corta serie de coincidencias que por supuesto se acabaron en cuanto nos hubimos acomodado dentro del coche. Ella se apresuró a ponerlas por escrito en una página de su moleskine. Había en su manera de arrastrar la punta del bolígrafo sobre el papel una especie de solicitud ansiosa de la cual deduje que nos esperaba un día literario. Yo lo recuerdo ahora, sentado a la mesa de la cocina, mientras veo caer la lluvia tras los vidrios de la ventana, y a pesar de que la literatura no es una de mis fuentes principales de entusiasmo, como uno de los más agradables de nuestro viaje por Alemania. Y es que además empezó con buenos augurios. La señora escritora no mostraba síntomas de disnea. Los dos habíamos dormido sin problemas, desayunado bien y fornicado mejor. Antes de abandonar la habitación nos habíamos duchado juntos, riendo y jugando con el agua como dos niños. Luego nos secamos el uno al otro y, aún desnudos, intercambiamos ciertas ternezas que prefiero no reproducir aquí por cuanto hay cosas que incluso contándoselas uno a sí mismo en la intimidad causan sonrojo, yo sé lo que me digo. En pocas palabras y para terminar el primer párrafo de hoy, los dos estábamos descansados y alegres, no nos apretaba la prisa y teníamos por delante una jornada entera de excursión para llenarla con actividades placenteras.

Emprendida la marcha, comprendimos que las coincidencias entre nuestro viaje en coche y el de Heine a pie se habrían de limitar, con las salvedades decorativas arriba mencionadas, al nombre de los lugares. Para empezar, la carretera derivó al cabo de pocos kilómetros en autovía, entre la autopista 7, visible a escasa distancia, y una hilera de colinas boscosas a la derecha. Le dije a Clara: «Si todo el camino es así, calculo que nos bastarán tres horas para recorrer el trayecto que a Heine le costó varios días.» Ella admitió que la falta de aventuras redundaría en perjuicio de su libro. Espoleada por este pensamiento, determinó que retrocediéramos por la ancha y bien asfaltada ruta hasta un pueblo llamado Nörten-Hardenberg, que habíamos dejado atrás. Del pueblo no recuerdo sino el puente sobre las vías del ferrocarril y la calle principal flanqueada de casas de poca altura, con fachadas de distintos colores, algunas de entramado, y todas o casi todas agradables a la vista. Llegando cerca de una iglesia, a Clara se le antojó apearse del coche y cruzar la larga calle andando, en la esperanza, según dijo, de que el azar se mostrara generoso con ella y le procurase alguna peripecia. A fin de ahorrarse la vuelta al coche dispuso que yo la esperara al final de la calle, donde esta se prolonga en la carretera federal que conduce a Northeim. Yo así lo hice con mucho deseo de servir y dar gusto a la mujer que por la mañana me había regalado un orgasmo de primera categoría.

Transcurridos diez, doce minutos, la vi venir en el espejo retrovisor a paso lento. Tendía la mirada a un lado y otro de la calle como si hiciera recuento de faroles, de letreros, de yo no sé qué. Esa manera apasionada de escudriñar el mobiliario urbano se me figura a mí que es propia de forasteros. De trecho en trecho apuntaba con la cámara fotográfica a un escaparate, una ventana, un hastial; también, acaso siguiendo mis recomendaciones, a los peatones, pues yo le había dicho muchas veces que lo más interesante de los sitios, lo que les confiere personalidad propia y los convierte en escenario de posibles episodios, es la gente. Las fotografías no sólo la ayudaban a llenar los huecos inevitables de la memoria; con frecuencia encontraba inspiración en ellas. Hay en su libro pasajes enteros que son descripción y comentario de fotos hechas durante el viaje. Ese que elige siempre que la invitan a leer en público, el de la anciana a la que dos jóvenes ayudan a levantarse de la silla de ruedas junto a la entrada principal de los almacenes KaDeWe, se le ocurrió gracias a una fotografía que el menda hizo durante uno de sus paseos solitarios por Berlín.

Escasos metros antes de llegar al coche, Clara dirigió la palabra a una señora que llevaba un caniche blanco sujeto por el cuello a una correa. La señora acababa de pasar cerca de mí hablando con el perro, que no le respondía pero levantaba la mirada hacia ella en actitud de comprender todo lo que se le decía. Clara y la señora conversaban paradas como dos estatuas en la acera. En el espejo retrovisor parecía que estuvieran examinándose los respectivos semblantes sin decirse nada. Tengo comprobado que los ciudadanos alemanes gesticulan poco cuando dialogan, tal vez porque su idioma, adecuado para la expresión precisa de los conceptos, no necesita apenas del complemento gestual ni de los ademanes sin los cuales los usuarios de otros idiomas serían incapaces de establecer una comunicación suficiente. Es verdad que a veces el nativo alemán mueve un poco la cabeza cuando habla, por lo común a manera de refuerzo del sentido afirmativo o negativo del enunciado, y que a ello puede añadir movimientos esporádicos de las manos, no sé si por influjo de otras culturas o para significar a sus interlocutores que no abriga la intención de quedarse dormido durante el acto del habla. En mi país, sin embargo, la modulación de la voz, la mímica, el ir y venir de las manos, determinan con no menos fuerza que las palabras el significado de cada mensaje. Y así, yo puedo cubrir de apóstrofes a mi mejor amigo y obtener de él a cambio una sonrisa, incluso un abrazo fraternal, pues no ignora, porque se lo declaran sin tapujos mi voz y mis facciones, que lo he injuriado con cariño, como sólo merecen ser injuriadas las personas a las que se ama de veras. Aquello mismo expresado con palabras equivalentes en idioma alemán acarrearía el final súbito de nuestra amistad, si no algo peor.

«¿Por qué os mirabais tan de cerca la del perro y tú?» «Le he preguntado qué hay de interesante en Nörten-Hardenberg. Me ha dicho que a principios de verano se celebra un torneo de hípica. Es la primera noticia que tengo al respecto y, la verdad, me siento con pocos ánimos de escribir sobre jinetes y caballos. Yendo por la calle no he encontrado nada aprovechable para mi libro. He tomado, eso sí, una veintena de fotografías porque conociéndome como me conozco estoy segura de que el día que me ponga a relatar esta parte del viaje se me habrá olvidado todo lo que vi.» Le mostré la página del *Viaje al*

Harz donde Heine dedica un párrafo al lugar. «Supongo», dije después de leer en voz alta dos o tres frases, «que por fidelidad al texto habrás comido pan con mantequilla en alguna fonda.» «Ratoncito», respondió con estas o parecidas palabras, «hemos desayunado hace un rato. Si, como afirmas, se tarda tres horas en recorrer el camino que a Heine le costó varios días y en ese espacio corto de tiempo he de meter en el estómago la misma cantidad de alimentos que él ingirió durante su viaje, al final tendrás que alquilar una grúa para trasladarme. ¿Crees que no conozco el sabor de las rebanadas de pan con mantequilla? Además, ya te he explicado que no aspiro a repetir las experiencias viajeras de un escritor del siglo XIX, entre otras razones porque eso es imposible. Me limitaré a poner por obra un juego literario que yo creía fácil de entender, pero ya veo que no. O sea, nos detendremos en las mismas poblaciones que Heine sin que me importe poco ni mucho que su aspecto haya cambiado después de tantos años, y otro día, con lo que veamos y nos ocurra, intentaré escribir un buen capítulo. Ahora ya puedes arrancar el coche y llevarme al siguiente lugar.»

Al cabo de diez o doce minutos llegamos al aparcamiento subterráneo del City Center de Northeim. Poco después me sucedió el primero de una serie de incidentes triviales que habría de acarrearme consecuencias ingratas durante buena parte del mes de octubre. Hoy sólo me voy a contar el origen del asunto al que me referiré con detalle en su debido momento. Fue así. Subíamos por las escaleras que conducían a la planta baja del centro comercial. Yo no sé cómo ni dónde pisé que se me arrancó de cuajo el talón de un mocasín. Quizá la pieza estaba medio suelta y bastó un golpe ni siquiera fuerte contra el borde de algún peldaño para que terminara de desprenderse. Clara juzgó que no merecía la pena gastar dinero en el arreglo de unos zapatos viejos. Los miré con lástima, traspasado por una mustia sensación de despedida. Y no es que yo mantenga una relación pasional o enfermiza con los objetos; pero, caramba, aquellos zapatos y yo habíamos compartido muchas experiencias. Aunque cómodos, estaban raídos y el hecho incontestable era que acababan de morir. «¿Les escribirás un réquiem en tu libro?» «Escucha, ratoncito. Siento por tus mocasines más o menos la misma estima que tú por mi bolso blanco.» Sin haber alcanzado aún la calle, entramos en un establecimiento donde por un precio razonable adquirimos un par de zapatillas deportivas de diferentes tonos azules. La cajera se encargó del sepelio de los mocasines. Salimos después a una plaza que había al lado del City Center, en cuyo centro borbollaba un surtidor. Recuerdo asimismo un montículo revestido de adoquines por el que correteaban los niños. Y, aquí y allá, árboles que ya mostraban las primeras señales del otoño. Clara insistió en alabar mis zapatillas recién estrenadas. En su opinión, me daban un aire informal que me rejuvenecía. Yo esto no lo pude desmentir ni corroborar. Lo único que tenía por cierto era que mis pies habrían de someterse a un periodo de adaptación antes de sentirse cómodos dentro de su nueva funda.

De aquella plaza pasamos a una calle ancha por la que se repartían algunos puestos de venta ambulante. Nos detuvimos ante la mesa de un rubicundo apicultor. A la vista de sus mejillas voluminosas me tentó preguntarle si se le había atorado una manzana dentro de la boca. Tras recibir profusas explicaciones, Clara le compró un frasco de miel caracterizada por estas y las otras propiedades. Yo advertí sin ayuda de ningún experto que también se caracterizaba por los seis euros y pico que costó. Unos pasos más allá, en la parcela correspondiente a un puesto de flores, reposaba sobre el adoquinado media docena de calabazas anaranjadas, hermosas, brillantes a la luz de la mañana. Melancolía. Por culpa del viaje (del que, escrito ahora que nadie me lee, yo había empezado a hartarme), ese año no podríamos cocinar nuestras acostumbradas sopas de calabaza. Conservadas en porciones dentro del congelador, las solemos saborear durante los meses oscuros de otoño e invierno. No había duda de que las iba a echar en falta. «Propongo que renunciemos por un tiempo al viaje, o definitivamente, según, y regresemos sin tardanza a casa a preparar dos o tres ollas de sopa.» A mí las burlas me son útiles para contener los embates de la tristeza. «Por mí, ratoncito, te puedes volver a casa cuando te apetezca; haces la sopa, si es que sabes hacerla sin mi ayuda, y luego te reúnes o no conmigo dondequiera que esté, eso lo dejo a tu decisión. Pero, claro, el coche no te lo puedes llevar.» Mujer encantadora.

La calle subía en ligera pendiente hasta otra peatonal de cuyo nombre jamás podré olvidarme por la sencilla razón de que nunca lo he sabido. Banderolas de colores colgaban de cuerdas extendidas a varios metros de altura entre las dos hileras de fachadas, así como varias pancartas anunciadoras de festivales y mercados. La calle se me hace a mí que era de las principales de la ciudad. Se veía, en cualquier caso, bastante concurrida. El mismo sol de 1824 calentaba nuestras cabezas. «Desengáñate», le dije a Clara, «porque es la única cosa que no ha cambiado desde que la vieron los ojos de Heinrich Heine.» Anotó la ocurrencia en el moleskine. Tras premiármela mediante un leve cachete de agradecimiento, dijo: «Prefiero oírte pronunciar frases poéticas a que me sierres los nervios con la cantilena de que ya te quieres volver al pueblo.»

Entramos a curiosear en una tienda de libros antiguos y cachivaches de segunda mano, y luego, cerca de allí, en una librería donde compramos un folleto con ilustraciones de Northeim. Clara aprovechó para complacerse en su decepción favorita: verificar que en el establecimiento no había un solo título suyo a la venta y que a la librera no le sonaba el nombre de la autora. Mientras paseábamos calle adelante, ella, en los tramos comprendidos entre escaparates, cuando su atención se liberaba momentáneamente del brillo de las mercancías, se dedicaba a apretar el disparador de la cámara fotográfica, fascinada al parecer por la variedad y número de las ventanas. A poca distancia de la terraza de una heladería, un organillero con chistera y esmoquin daba vueltas al manubrio de su instrumento. Tenía el hombre edad, bigote blanco y ojos sonrientes de abuelo bonachón. Gustaba de saludar a los transeúntes con reverencias ceremoniosas, quitándose el sombrero tanto si aquellos depositaban una moneda en el platillo como si no. «Apunta eso», le dije a Clara. «Un organillero adorna bien los pasajes descriptivos de un libro de viajes. Además, tiene la ventaja de que lo puedes colocar en cualquier ciudad.» De ahí a poco avistamos al fondo de una calleja transversal a cuyo costado se alzaba una casona imponente, con pinta de palacio o convento restaurado, una segunda entrada al City Center. Acordamos, no obstante, alargar el camino hacia el garaje subterráneo volviendo sobre nuestros pasos, a fin de darle al azar mayor ocasión de procurarnos alguna anécdota.

Sobre este asunto de la realidad entendida como despensa de temas para la literatura sostuve con la señora escritora una suave disputa en un confortable local, situado en aquella calle donde yo había sentido una punzada de melancolía a la vista de las calabazas. El local, mencionado por Clara en su libro (como también la disputa, en la que da trato de zoquete al personaje que reproduce mis opiniones), se llamaba Elke's Cafe am Markt. Dos o tres sombrillas de gran tamaño resguardaban la terraza. A nosotros nos habría complacido acomodarnos al aire libre; pero como se hallaran a nuestra llegada todas las mesas ocupadas, no tuvimos más remedio que buscar asiento en el interior. Entramos en un recinto donde se encontraba la barra. A mano derecha había otro no demasiado espacioso; pero, así y todo, preferible por cuanto nos parecía más recogido. Ocupamos mesa junto a un ventanal en cuya base, a lo largo de la tabla inferior del marco, casi a ras de suelo, se alineaba una caprichosa colección de molinillos de café. A Clara le faltó tiempo para arrancarse a sacar fotografías sin pedir permiso a la camarera. Incluso se escondió detrás de una columna para asegurarse la impunidad. Le susurré desde la mesa un reproche en son de mofa. Su gesto sonriente habría bastado para que el juez más benévolo la declarase culpable. Fingí que me escandalizaba. Me instó a callar con un dedo autoritario sobre los labios. Se sentía singularmente atraída por una vitrina adosada a una de las paredes, sobre cuyas baldas se repartían numerosas piezas de cerámica; también por una hornacina que servía de albergue a tres filas de teteras y algún que otro ornamento de porcelana. En esto, se acercó una camarera preguntando si me atendían. Señalé hacia la columna para significarle que no me encontraba solo. Clara se apresuró a ocultar el instrumento de su fechoría. De poco le sirvió la maniobra. Con flema engolada, paladeando una a una las sílabas de mi delación, puse de manifiesto los deseos fervientes de mi esposa por hacer uso de la cámara fotográfica dentro del local, a cuya decoración y ambiente me referí en términos por demás elogiosos. La camarera accedió con grandes aspavientos de cortesía. Incluso sugirió, contagiada tal vez de mi lenguaje subido, la posibilidad de venir a atendernos más tarde a fin de no causarnos molestias. Las mejillas de Clara no daban abasto para segregar rubor. Con labios apretados sonreía a la camarera, al tiempo que intentaba abrasarme furtivamente con la mirada. Al fin no le quedó otro remedio que convencerse del buen resultado de mi intervención. Sin perder un segundo, después de solicitar un vaso de *latte macchiato,* se marchó a fotografiar con ostensible complacencia muebles, figuras y vajilla. Yo, que me vi solo a la mesa, aproveché para pedir a escondidas una copa de helado con whisky. Hablando entre dientes le supliqué a la camarera que por favor me guardara el secreto. Al pronto me miró extrañada. «Es que tengo que conducir, ¿sabe usted?» La camarera hizo un gesto de complicidad antes de susurrar que no me preocupase, que lo comprendía. «Si lo sé me caso con usted», pensé entre mí.

Mientras tomábamos las consumiciones, Clara experimentó uno de sus accesos habituales de pesimismo. Sostuvo que ninguno de los lugares que habíamos visitado en el curso de la mañana le había proporcionado un suceso digno de figurar en las páginas de su libro. «¿Y qué pasa con el organillero?» «Ratón, si digo lo que digo será por algo.» Abrigaba el convencimiento de que los seres humanos, a fuerza de inventar y progresar, habían sometido a la realidad a un proceso riguroso de simplificación. A mí, por el contrario, me parecía que los simples éramos nosotros, los componentes del género humano, en tanto que la realidad circundante seguía siendo tan compleja como siempre. La civilización, en todo caso, no había hecho sino sembrarla de objetos, algunos bastante útiles. «Sí, como el coche. A Heine le costó medio día llegar a esta ciudad. A nosotros tres cuartos de hora, y eso porque hemos parado en el pueblo anterior. Compara lo que vio él por el camino con lo que hemos visto nosotros; el tiempo que tuvo para reflexionar sobre lo que veía y olía y escuchaba, y el que hemos tenido nosotros. ¿Crees de verdad que hemos visto alguna cosa con detenimiento? Yo no pienso que las personas actuales seamos más tontas ni más vacuas que las de antaño. Es que no tenemos dónde ejercitar nuestro talento. Dime, ¿con qué novedades, con qué misterios, con qué maravillas, hemos topado tú y yo esta mañana? ¿Metemos en esas categorías la señales de tráfico? A mí, ratón, más bien me parece que no hemos topado con nada que merezca un esfuerzo intelectual.» Conjeturé que a Heinrich Heine las señales de tráfico no le habrían causado indiferencia. Clara insinuó que me estaba saliendo del tema. En su opinión, el artista se alimenta de la realidad como el lactante del pecho materno. No le cabía duda de que en la época de Heine el pecho estaba lleno y ahora vacío, de lo cual infirió que un escritor del pasado tendría hoy las mismas dificultades que ella para extraer jugo literario de la realidad. «El viaje de Heine sería en nuestros tiempos mero senderismo. Una aventura artificial con la circunstancia agravante de que al término de cada etapa Heine encontraría siempre los mismos comercios de las grandes cadenas, las sucursales bancarias de costumbre, la típica heladería italiana, idénticos letreros publicitarios y, por supuesto, gente de aspecto indistinto.» Con la debida precaución, a fin de no ofenderla, le pregunté si me permitía un reparo. Me daría su conformidad, dijo, con tal que no me tomase el asunto a broma. Hecha la promesa, declaré que a mi juicio ella mantenía una actitud por demás pasiva con respecto a su fuente de inspiración. «La realidad está ahí», señalé con la barbilla hacia el ventanal «y tú aquí esperando sentada a que comience el espectáculo.» «Bueno, y eso ¿qué tiene de malo?» «Pues que, en lo que afecta a tu libro, no existe más espectáculo ni más realidad que tu destreza con el lenguaje y tu punto de vista. De ti depende transformar una señal de tráfico en motivo de unas líneas apasionantes. ¿Cómo? Supongo que inventando tu propia realidad.» «Vamos, ratón, come tu helado y no me des lecciones en disciplinas sobre las que no ignoras que dispongo de mayores conocimientos. ¿Acaso has olvidado en qué consiste el encargo de mi editor? ¿Crees que no hay diferencia entre escribir una crónica sobre un acontecimiento de relevancia histórica o escribirla sobre un artilugio clavado en el borde de la carretera? ¡Ay, ratón, esto no es tan sencillo como tú imaginas! No sabes de lo que te libras por no ser escritor.» «Sigo sin entender», le dije, «para qué saliste de casa si, como afirmas, en todas partes encuentras lo mismo. Con haber visitado dos o tres pueblos de los alrededores habrías tenido material suficiente para tu libro.» «No sufras por mí, dulce ratoncito. Algo haré, que para eso me van a pagar. Pero no estoy dispuesta a considerarme culpable si los críticos me reprochan que soy la autora de un relato insustancial.» «La culpa será de la realidad.» «Naturalmente. También puede ocurrir que me ahorre un sinfín de problemas si luego nos estrellamos contra el poste de una señal de tráfico y me mato porque has conducido bajo los efectos del alcohol. ¿O piensas que no huelo desde aquí el tufo a coñac de tu helado?»

Como de costumbre cada vez que intercambiamos pareceres sobre cuestiones ajenas a mi competencia, no me apretaba la necesidad de imponer criterio alguno. El desacuerdo habría tenido un cariz diferente si la conversación hubiera versado sobre ciencias de las cuales yo ejerzo de especialista y ella de profana. Me refiero principalmente a la jardinería y el deporte, aunque hay otras. Para salvaguardar la concordia matrimonial tenemos un acuerdo tácito. Clara me cede la última palabra en los asuntos relativos a las especialidades de mi incumbencia mientras que yo se la cedo a ella en los que son de su dominio, como la literatura, los temas pedagógicos o los pechos vacíos o llenos de la realidad. En resumidas cuentas, no bien me hube percatado de que sus pupilas empezaban a tomar un grado furioso de dilatación, hice como que me rendía a la fuerza persuasiva de sus argumentos. Me movía, claro está, el santo propósito de provocar en ella el cosquilleo de satisfacción con que a veces la ayudo a vencer sus tristezas matinales. Clara dejó en su libro testimonio de aquel triunfo intelectual sobre mí en el Elke's Cafe am Markt de Northeim. No obstante, a mi modesto entender, incurrió en el error (que nunca creí oportuno señalarle) de atribuir al personaje en mí inspirado una falta, al parecer congénita, de habilidad en la expresión filosófica, acentuada aquella mañana por el consumo inmoderado de vodka. Por cierto, primero escribió «coñac», conforme a la errónea información que le había proporcionado su olfato; pero durante los retoques finales a la obra eliminó la palabra al descubrir que le creaba una rima interna. Escrúpulos artísticos. Lo que yo me pregunto es: ¿en qué consiste el mérito de ganarle la partida dialéctica a un borrachingas atolondrado?

Y termino el tramo de recuerdos de hoy ya que dentro de veinte minutos (no tengo ni pizca de ganas) iré a podarle los rosales a la señora Kalthoff. Llueve, pero se lo prometí; y después Clara vendrá del colegio y por si acaso es mejor que no me pille escribiendo. Sucedió un episodio en el Elke's Cafe del que me quiero acordar esta mañana. Justo enfrente de mí se veía un pupitre adosado a la pared, entre la vitrina a la que me he referido antes y un espejo de cuerpo entero. Sobre el tablero del pupitre reposaba un libro de huéspedes, alumbrado por una lámpara de tres tulipas. Me entró capricho de echarle una ojeada mientras Clara, que como consecuencia de la biocena en casa de Irmgard estaba un poco suelta, buscaba alivio físico en el servicio. El libro era bastante voluminoso, pero no grueso, con tapas de un material que si no era tafilete lo parecía. En la primera página hallé un trozo de papel pegado con cinta adhesiva en el que ponía: «Por favor no escriban aquí»; en la segunda, un poema que no me detuve a leer; en la siguiente, otra cosa, y luego nada más. No bien advirtió la camarera mi interés por el libro, enderezó hacia mí tan derechamente que pensé: «Esta viene a prohibirme que manosee los valiosos ornamentos del local.» En lugar de amonestarme me invitó a escribir en el libro. Al tiempo que correspondía a su sonrisa decliné el ofrecimiento. Ella insistió. Entonces, por librarme del acoso de su gentileza, se me ocurrió traspasar la tarea a Clara, y con ese fin le dije a la camarera que mi esposa era escritora, que se llamaba tal y cual y había publicado esto y lo otro. Incapaz de ponerle freno a mi repentina locuacidad, añadí que a mi esposa le agradaría sobremanera que se le pidiese escribir unas líneas en el libro, lo cual sin la menor duda contribuiría a levantarle el ánimo, pues últimamente había pasado por momentos difíciles, etcétera. La buena disposición de la camarera me eximió de seguir vaciándome de intimidades. Dijo ella sin vacilar que por supuesto, que no faltaba más, que su profesión consistía en dar gusto a los clientes. Y también se mostró comprensiva cuando a continuación le rogué que para preservar el efecto de la amable solicitud ocultase a mi esposa que la idea había partido de mí. Llegó Clara al poco rato. Pedimos la cuenta. Fijé la mirada en los ojos de la camarera. Entendió. Volviéndose a Clara, le preguntó de manos a boca si era la escritora tal, que lo había hablado con su compañera de la barra y las dos creían haberla reconocido. A Clara se le paró en el semblante una mueca de asombro. Superado el golpe inicial de extrañeza, preguntó: «¿Ha leído usted algo mío?» A lo cual la camarera respondió mencionando con cachaza digna de delitos mayores uno de los títulos que yo le había revelado. En aquel momento pensé que no de otra manera, con embustes piadosos, con sonrisas postizas, se debe de tratar a los enfermos mentales en los centros psiquiátricos. Clara accedió, solícita y ruborizada, a dejar su testimonio caligráfico en el libro de huéspedes. Por medio de una seña imperiosa me llamó a su lado. «Ratón», hablaba en voz baja, mordiendo las palabras, «¿crees que soy tonta o qué? Me has metido en un lío tremendo.» «¿Quién? ¿Yo?» «Ahora conocen mi nombre y yo no sé qué puñetas escribir aquí.» «Pero ¿no eres escritora? Pues si eres escritora escribe algo, lo mismo que si fueras cantante cantarías o si fueras futbolista le darías unas pataditas al balón.» «No hables tan alto, que te van a oír.» Le vino una idea después que yo le hubiese recomendado repasar la lista de dedicatorias. Comenzó a escribir, por lo visto se le avivó el ingenio y no se detuvo hasta llenar más de media página. Noté que con cada renglón que escribía se le iba ensanchando la sonrisa. Al final, ufana, risueña, victoriosa, estrechó la mano de las tres camareras que acudieron a despedirla y salió a la calle completamente olvidada de mí. No la alcancé hasta llegar a la esquina. Para entonces se le había borrado de la cara el gesto alegre. «El día que necesite un representante», me dijo, «te lo comunicaré para que rellenes el impreso de solicitud del puesto.» Por la espalda, sin que me viera, remedé su mímica severa y eso es todo por hoy. Me marcho a podar rosales.

24

No creo que haya ni veinticinco kilómetros entre Northeim y Osterode. La ruta discurre al principio por terreno llano. Atravesamos diversos pueblos. Podría, a imitación de la señora escritora, averiguar sus nombres con ayuda del mapa de carreteras que está en la sala; pero no me apetece levantarme. Recuerdo los campos de cultivo que se extendían hasta el horizonte, algunos de los cuales, por haberse ya cumplido los días de cosecha, mostraban la tierra desnuda. Más adelante se sucedían los hayedos y los abetales, y las cuestas. En algunos tramos las ramas se alargaban por encima de la carretera formando techos oscuros. La señora escritora me asignó la tarea de comentar cuanto veíamos por si le pasaba inadvertido algún detalle relevante o por si se me ocurrían ideas que ella pudiera usar en su libro. «Mira, dos cuervos.» Y ella anotaba sin falta en el moleskine: «Hay cuervos.» «Mira, un tractor.» Y lo mismo. Después de unos cuantos kilómetros de subida empezamos de pronto a descender. Tras doblar una de tantas curvas, llegamos a una rotonda y enseguida vimos las casas de la zona baja de Osterode. Es este un pueblo laberíntico con fachadas blancas, tejados rojos y abundantes miradores y buhardillas. Enfilamos una calle en cuesta donde había sitios libres, además de gratuitos, para aparcar; conque acordamos apearnos allí aunque no sabíamos dónde nos encontrábamos.

Anduvimos un breve trecho hasta llegar a un cruce desde el que se divisaba la aguja revestida de cardenillo de una iglesia. A los dos nos pareció que por aquella parte debía de estar el centro del pueblo y así fue. Bajando por calles sinuosas entramos en una plaza donde había un grupo escultórico que simulaba un revoltillo de menhires. Varios bancos se repartían alrededor de aquellas piedras de gran tamaño, a la sombra de unos robles. En uno de dichos bancos se apretaba una pandilla de chavales. Clara enristró hacia ellos con tal celeridad que pensé: «¿Serán alumnos suyos que, para no ser descubiertos, hacen novillos a más de doscientos kilómetros de Wilhelmshaven?» De cerca comprobé que rebasaban la edad escolar. También comprobé que no estaban ociosos como se me había figurado a primera vista; antes bien empeñados en trasegar a sus estómagos el contenido de una caja de botellas de medio litro de cerveza. La caja depositada a sus pies los congregaba como un fuego de campamento. Pocos metros más allá, acomodada en la terraza de una cafetería-panadería, había gente que acaso nos podía haber dado igualmente razón del objeto principal de nuestra visita: las ruinas del castillo de Osterode. Clara, en quien a veces la inteligencia no está reñida con la candidez, prefirió preguntar a los chavales. Quizá la impulsó el deseo de combatir su nostalgia de las aulas obsequiándose con un sucedáneo de escena pedagógica, o simplemente, como disponíamos de una cantidad limitada de tiempo, se lanzó a preguntar a los primeros lugareños que encontró, segura de que ningún habitante de Osterode mayor de tres años desconocería lo que buscábamos.

No sin inquietud vi desaparecer su femenina y frágil figura en un círculo de torsos fornidos. Me tranquilicé, sin embargo, al observar la amabilidad juguetona de los chavales, que daba a sus caras un aire de simpatía. Uno de ellos señaló resueltamente hacia una de las salidas de la plaza. Otro, secundando el ademán, añadió con voz agradable, sosegada, que debíamos caminar hasta la estación de ferrocarril, allí torcer a la derecha y, pasados quinientos metros, veríamos el famoso castillo. «Seiscientos», corrigió a su lado un gordo jovial. Sentí un pinchazo de vergüenza por haber desconfiado de los chavales. Clara les dio las gracias, yo también, y sin tardanza enderezamos nuestros pasos en la dirección por ellos indicada. A punto de salir de la plaza, como me picase la curiosidad, volví la cabeza. Al instante los chavales, puestos otra vez de pie, reanudaron la algarabía de la despedida. «Oye, Clara, ¿a ti te parece normal que a unos adultos de veintitantos años les cause semejante alegría explicar a dos forasteros dónde están las ruinas de un castillo?» «Ratoncito, hoy día los jóvenes son adictos a la risa. Se ríen de cualquier cosa. Rechazan por instinto la solemnidad; pero en el fondo de ellos late un buen corazón. Trabajo con adolescentes, sé muy bien de lo que hablo.» Poco rato después se sintió confirmada en su certidumbre cuando reconocimos al fondo de una calle el edificio de la estación. «¿Te das cuenta? Se reían, se guaseaban, pero el hecho incontestable es que nos han ayudado y eso es para mí lo único que importa. Allá abajo tenemos que torcer a la derecha, como nos han dicho. Puede que ya entonces veamos las ruinas que visitó Heine.» No de otro modo lo hicimos, alargamos nuestros pasos hasta el final del pueblo y nos encontramos de pronto parados delante de un bosque. «¿Sabes una cosa, Clara? No pretendo dármelas de experto en arquitectura medieval; pero juraría que quien mandó construir el castillo de Osterode no era muy espabilado. ¿A quién se le ocurriría levantarlo en la parte baja del pueblo? Habría bastado un solo hombre para pegar fuego al castillo desde aquella colina con sus flechas incendiarias. Incluso sentado en una silla habría podido causar estragos. Una construcción de defensa de la época de las catapultas y las flechas o está en una elevación o no se entiende. Créeme, ahora soy yo quien sabe de lo que habla.» Clara, sin decir una palabra, acaso sin escucharme, tendía la mirada en rededor, buscando afanosamente en medio de aquellas soledades arboladas algo parecido al perfil de un viejo muro con almenas. Vi acercarse en bicicleta a un señor de unos sesenta años. Del modo más amable me interpuse en su camino. «Buscamos el castillo de Osterode y nos han mandado para aquí.» Se le arrugó el entrecejo. «¿Quién los ha mandado para aquí?» Se lo dije. Se apeó de la bicicleta. Sospecho que le resultábamos demasiado ridículos como para desperdiciar la ocasión de divertirse a nuestra costa. Me pareció entrever que ahogaba un pujo de risa. Sonriendo de oreja a oreja nos comunicó que habíamos sido víctimas de un posible embuste. Las ruinas del castillo estaban, como yo había supuesto, en la parte alta de Osterode. Debíamos ir en la dirección contraria a la que nos habían indicado los chavales, atravesar un puente y entrar, cerca de una pequeña iglesia, en el cementerio. Dimos las gracias al ciclista por la información. Antes de marcharse reveló que las ruinas no se hallaban en condiciones de recibir visitantes; que no era fácil acceder a ellas y que en caso de accidente la autoridad municipal no se haría responsable. Apenas nos hubimos quedado a solas, me volví con gesto risueño a Clara. «Ratón, te lo advierto. Es mejor que no digas nada.»

A la entrada de la plaza, Clara se encaprichó con unas muñecas en forma de bruja del Harz expuestas en un escaparate. Compró una de tamaño mediano que aún cuelga en la pared de su despacho, con falda de cuadros, sombrero, bufanda amarilla y un solitario diente en la boca. Cada vez que la miro se me enciende dentro del pecho un rescoldo. Atribuyo a la bruja cierta similitud facial con Gudrun;

pero esa no es razón para tenerle la manía que le tengo. La razón es otra. Al final de aquella semana, mientras cargaba el coche con la ropa de verano y los trastos que Clara me había encargado llevar a casa en vísperas de abandonar Hannóver, oí un chasquido dentro del maletero; levanté una maleta que pesaría sus veinte kilos o más, y comprobé que la escoba de la bruja se había partido. Nada más llegar al pueblo intenté arreglarla. La poca cola de carpintero que había en el frasco estaba reseca. La señora Kalthoff me prestó la suya. Logré unir con dificultad las dos partes del palo; pero, así y todo, era evidente el estropicio. En mi cabeza resonaba la advertencia que varias veces me había dirigido Clara por la mañana, durante el desayuno y en la Podbielskistrasse cuando nos despedimos: «Que no se te rompa nada.» A Kevin, que se animó a acompañarme al pueblo, le oculté mi inquietud, y hasta lo puse a mirar la televisión mientras yo arreglaba, escondido en la caseta del jardín, la maldita escoba, para que después el muchacho no se fuera de la lengua en el piso de mi cuñada. Por la tarde regresamos a Hannóver con la ropa y el calzado de los días frescos en el maletero del coche. Clara me preguntó si todas nuestras pertenencias habían llegado intactas. Mentí. Hasta el final de nuestro viaje por Alemania no descubrió el infortunado arreglo que no dudó en calificar de chapuza. Cometí el error tradicional de no callarme. Por puntillo le dije que sus lágrimas eran de mujer infantil; que había en el mundo otros problemas por los que llorar con más fundamento moral que por una muñeca que, además, no me gustaba. Estuvimos dos días consecutivos (¿o fueron tres?) sin dirigirnos la palabra. Bueno, yo se la dirigí en una ocasión para ofrecerme a viajar hasta Osterode en busca de una muñeca idéntica o muy parecida; pero no me respondió, y como dos o tres horas más tarde televisaban un partido del Wérder Bremen, qué puñetas, no me dio la gana de repetir el ofrecimiento.

Pero a lo que iba. Desandando el camino, atravesamos la plaza nuevamente. Yo llevaba la bruja dentro de una bolsa de plástico. Clara así me lo había pedido porque deseaba seguir ocupándose del moleskine y de la cámara fotográfica. Como temía que la muñeca sufriese algún desperfecto, rechazó de plano mi sugerencia de transportarla en la mochila. A todo esto, según nos acercábamos al banco de los chavales, para poner a salvo nuestro orgullo me pareció bien hacer un poco de ostentación de la bolsa, ya que constituía la prueba de que nuestro paseo en la dirección equivocada no había sido del todo inútil. Cerca de ellos, Clara agitó en el aire un índice a modo de amonestación benévola, sonriendo como para indicarles que no les guardaba rencor. La chavalería bulliciosa se arrancó a señalar el uno hacia un lado, el otro hacia el opuesto, alguno incluso en vertical hacia el azul del cielo, proclamando todos a un tiempo en ruidosa y alegre mezcolanza de voces: «El castillo está por allí.» «No, el castillo está por allá.»

Nos adentramos en la calle que daba a la torre de la iglesia. Clara se paró a tomar fotografías de los muros pelados, en los que no destacaban más adornos que unas toscas cruces de hierro. En aquel instante salía del interior de la iglesia el canto de un coro acompañado por instrumentos de cuerda. Un cartel puesto en un bastidor anunciaba el concierto para una hora determinada de la tarde. La música era ligera, vivaz, con ondulaciones barrocas que formaban un fuerte contraste con la austeridad arquitectónica del edificio. No recuerdo ahora, aunque lo leí en el cartel, el nombre del compositor de aquella preciosa melodía que, interrumpida de repente, prosiguió tras breve pausa, de lo cual deduje que los reunidos en el templo estaban ensayando la pieza. Dejamos de oírla mientras permanecimos en una librería que estaba allí al lado. En la librería hicimos la verificación de costumbre con el resultado de siempre. Aprovechamos para cerciorarnos de que el ciclista nos había orientado en la dirección adecuada y Clara, a quien parece que el dinero quema las manos, adquirió por dieciséis euros un libro que contenía, además de ilustraciones, la consabida información turística sobre la localidad. Después echamos a andar por una calle adoquinada, con hermosas fachadas de entramado y muchos detalles curiosos tallados y pintados en ellas, y poco a poco, a medida que nos alejábamos de la iglesia, la música se fue apagando a nuestra espalda hasta que dejamos de oírla. Durante unos instantes noté que me apretaba una sensación de pérdida. Estoy seguro de que por idéntica causa, de haber sido un bebé dentro de mi cochecito, me habría puesto a berrear con todas mis fuerzas y nadie habría sabido por qué, mi madre desde luego que no.

Atravesamos un puente bajo el cual corría un riachuelo de estas y las otras características. Su caudal era tan escaso que toda persona que proyectara ahogarse en él debería introducir la cabeza en un hoyo previamente cavado dentro del cauce. A Clara esta observación le pareció indigna de figurar en su moleskine. Ella buscaba la poesía, no la risa. Le repliqué que Heine encontró la primera sin desdeñar la segunda. «Sí, ratoncito, pero las dos cosas no pueden alcanzarse a la vez. O ensalzas o ridiculizas. Y da la casualidad de que hoy me he levantado con el pie poético, no con el cómico, que es el primero con el que pisas tú el suelo todas las mañanas. Se diría que no tienes otro.» La fijeza de sus pupilas me disuadió de llevarle la contraria. ¿Qué necesidad tenía yo de discutir sobre evidencias cuando la misma calle que conducía al cementerio estaba sembrada de detalles que me daban la razón? Para empezar, en la acera de enfrente, haciendo esquina, había un establecimiento de perforaciones y tatuajes llamado Crazy Corner. Su decoración profusa se ajustaba a las convenciones internacionales del colorismo macabro. En uno de los escaparates, blanco, tranquilo, en posición de firmes, un esqueleto humano miraba hacia la calle con sus cuencas vacías. Salvo que el cementerio dispusiera de otras entradas, asunto sobre el que no estoy informado, a los osterodenses no les quedaba más remedio que toparse con el rictus de aquel simpático esqueleto cada vez que subieran a enterrar a sus difuntos, lo que a mí, escribo esto con sinceridad, como miembro posible de la comitiva de un duelo, aún menos como contenido de un ataúd, no me habría causado la menor irritación. Claro que yo sólo puedo hablar por mí.

Sigo. Unos metros más allá, junto a la puerta de una casa baja, descubrimos un buzón de aristas roñosas en cuya portezuela, sobre sendas placas, se podían leer los nombres de los inquilinos: D. Pilz (Seta) y A. Fuchs (Zorro). Buenos días, señora Seta. Buenos días, señor Zorro. O viceversa. A Clara, que me instó a callar, temerosa de que alguna persona de la vecindad pudiera oírme, aquellos apellidos no le parecían ni más ni menos irrisorios que, por ejemplo, el mío. Tampoco tuve suerte en mi tercer intento por hacerla sonreír. Entretenidos en la plática, ninguno de los dos se percató de que en una cancela que acabábamos de dejar atrás estaba la entrada al cementerio, semioculta por la vegetación. Caímos en la cuenta del descuido tras recorrer unos cuantos metros. Habíamos rebasado la pequeña iglesia mencionada por el ciclista y un poco más arriba divisamos la señal indicadora de un pueblo adosado a Osterode que se llama Freiheit (Libertad). Al tiempo que volvíamos sobre nuestros pasos, el nombre de aquel sitio me indujo a hacer un juego de palabras seguramente poco original, pero de ninguna manera tan soso como pretendía Clara, que lo tildó del peor chiste salido de mi boca desde que nos conocíamos. «Pues ya me gustaría a mí», le contesté nada más entrar en el cementerio, apuntando con la barbilla a la primera fila de lápidas, «que de vez en cuando me regalaras con algún chiste malo, muchacha, que eres más seria que todas esas tumbas juntas.» Se volvió hacia mí, felina, armada de pupilas cáusticas. En toda su vida no había tenido que soportar una calumnia semejante. A este punto se oyó una voz masculina: «Los poetas no sois más que unos profesionales de la tristeza.» Necesité obra de tres segundos para comprender que aquella frase, aquella opinión, aquella voz familiar que se había expresado por su cuenta y riesgo, sin pedirme permiso, eran mías, y no sin un ramalazo de orgullo comprobé que estaba completamente de acuerdo conmigo. Clara se puso en jarras. «¿Me consideras una profesional de la tristeza? ¡Tú a mí no me conoces!» Y a continuación, olvidada del lugar en que nos encontrábamos, soltó sin por qué ni cómo una risotada tan artificial, tan absurda, en fin, tan inverosímil y ridícula, que no la pude resistir sin que se me desatara un ataque de hilaridad. ¿Aquel gorgorito impostado era la prueba de mi error? Las carcajadas me salían a chorro. Veía las tumbas a mi alrededor, con sus inscripciones y sus motivos fúnebres cincelados en la piedra, y todavía me reía más. Clara se esforzaba por guardar la compostura, volviendo la cabeza a uno y otro lado como preocupada de que se propagase por todo Osterode el escándalo de nuestro comportamiento. Pero no había ni siquiera pájaros en aquella parte un tanto apartada del cementerio y yo sabía sin sombra de duda que ella no quería mirarme a la cara por miedo a contagiarse de la risa. Fue en vano. No bien sus ojos se detuvieron un instante en los míos, rompió a reír con tales convulsiones que se tuvo que agarrar a mi cuello para no caerse. En aquella postura pasamos un rato turbando como niños traviesos el reposo de los muertos. «Ratón, para ya, que me meo», dijo entre risueña y suplicante cuando se pudo sosegar un poco. «Me parece que estamos cometiendo un sacrilegio.» Resolví preguntarle seriamente si continuaba empeñada en la búsqueda de la poesía; pero no me fue posible articular palabra, ya que, barruntándose el peligro de una nueva jocosidad, se apresuró a taparme la boca con una mano, mientras decía: «Ratón, tú sí que eres un profesional. No sé de qué, pero un profesional, un auténtico profesional.»

Intercambiando bromas, subimos la cuesta que lleva al trozo de la torre del homenaje conocido con el nombre de Castillo Viejo de Osterode, al que Heinrich Heine no dedicó más de dos frases en su *Viaje al Harz*. Clara le dedica una página en su libro, no mal escrita por cierto, con la concisión y sobriedad que echo de menos en otros pasajes de su largo relato. Sobre lo que le sucedió allá arriba no refiere ni media palabra. El episodio contiene detalles que en un libro convencional destinado a lectores deban quizá omitirse con el fin de preservar el decoro o, en todo caso, lo que Clara denomina las «leyes elementales del buen gusto», virtudes ambas a las cuales no tengo necesidad de sujetarme en mis escritos privados. Por consiguiente, escribe, mano, lo que te dicte tu capricho.

Los matorrales que obstruían el acceso a las ruinas del castillo nos obligaron a dar un rodeo por la parte posterior, llegarnos a un sitio donde la colina formaba un pequeño rellano con tumbas y hierba, y desde allí abrirnos paso, uno delante del otro, por una senda angosta que avanzaba a través de zarzas y maleza. Comparto la impresión expresada por Heine en la crónica de su caminata. Se diría que en el transcurso de los siglos un cáncer ha ido corroyendo la torre poco a poco. Supongo que el aprovechamiento de escombros para nuevas construcciones en Osterode contribuiría a la desaparición del misterioso castillo. Sea como fuere, la labor destructora del tiempo aún perdura y a mí no me sorprendería leer cualquier día en el periódico la noticia del derrumbe definitivo del pedazo de muro que queda en pie.

Ante nosotros se alzaba el resto de una pared cilíndrica de delgadas hileras de piedras, seccionado de arriba abajo. Dicho resto estaba, además, partido hacia la mitad por una hendidura que separaba dos puntas chatas, una más alta que la otra, las dos provistas de sendos capuchones protectores de cemento o de algún material por el estilo. En la parte exterior había tres o cuatro huecos en el muro, demasiado reducidos para servir de troneras, aunque nunca se sabe; en la interior podía verse una cantidad mayor de cavidades de distintos tamaños, algunas de ellas con aspecto de ventanas cegadas. Comprobé que la argamasa se desprendía fácilmente raspándola con la uña. Tengo por seguro que en su composición entraba el yeso, de donde debía de venirle a la torre su claro color blanquecino, resplandeciente bajo el sol de la mañana. Aún más hermosas pienso yo que debían de brillar las célebres ruinas por la noche, a la luz de varios focos que vimos repartidos a su alrededor.

La senda llevaba a un espacio cubierto de hierbajos por el que se podía transitar sin dificultad. En torno se extendía un cerco tupido de árboles y matorrales por encima de los cuales sobresalía, a lo lejos, la aguja verdinosa de la iglesia. Había algunos desperdicios en el suelo, no muchos: unas cuantas chapas de botella incrustadas en la tierra, restos de una hoguera, el indefectible condón usado, tesoro de la futura arqueología. La soledad del lugar, la calma matutina, la cercanía excitante de la hembra, empezaron a ejercer en mí un influjo declaradamente voluptuoso. «¿Cómo vas de libido?», le pregunté a Clara. «Aquí no nos vería nadie.» Pero a la señora escritora la acometían en aquellos momentos apremios físicos de otra índole que yo, al principio, no acerté a identificar. Sus rasgos de pronto cárdenos, contraídos; en suma, grotescos, lo mismo traslucían dolor que placer. «¿No se habrá abandonado», pensé entre mí, «a un gozo repentino de naturaleza mística para el que tal vez no sea imprescindible la participación varonil?» Me suplicó con voz gimiente, la mirada desmayada y la boca entreabierta a la manera de una santa en trance, que la dejase sola. ¿Tendría también alergia a los muros medievales? No me atreví a emprender averiguaciones, impresionado por el ardor con que se abrazaba a sí misma. ¿Acaso como consecuencia de un desarreglo hormonal, agravado por una lentitud de reflejos que en ella es ingénita, le venía con tres horas de retraso el orgasmo que no le había producido nuestro coito en el hotel? Inquirí, respondió, supe: estaba sufriendo un retortijón de tripas. «¿O es que no lo ves?» Le aconsejé con la mejor de las intenciones una posible solución: «Yo en tu lugar cagaría.» Ordenó con gesto de disgusto que volviera al comienzo de la senda y vigilara. Quienes se tomen la molestia de leer su libro constatarán decepcionados que la autora les escatimó aquel caso suyo de biodiarrea al pie del Castillo Viejo de Osterode. Una lástima, por cuanto se me hace a mí que el episodio, referido con fidelidad a los hechos y una selección adecuada de pormenores, habría podido tener interés médico, además de literario. ¡Si la gente supiera el daño irreparable que el llamado buen gusto le ha hecho y le sigue haciendo al arte! Yo es que siempre me veo con apuros para aguantar la risa en los museos, salas de exposiciones y lugares semejantes. Pero, en fin, termino por hoy. Al cabo de un rato, salió Clara, saltarina, aliviada, sonriente, de entre las zarzas. «No habrás estado espiándome, ¿eh, ratoncito?, que te conozco.» Dolido por su desconfianza, le pregunté fríamente si se había lavado las manos.

25

Poco antes de entrar en Clausthal-Zellerfeld, que por los tiempos de Heine eran dos pueblos distintos, separados por una hondonada, nos detuvimos en el borde de la carretera para tomar fotografías del Brocken. Sé por Clara que esta es la mayor elevación de la sierra del Harz. Ignoro su altitud. Algo más de mil metros, en cualquier caso. Formaba en la distancia un horizonte largo, violáceo, con una ligera prominencia coronada por una antena, y eso es todo lo que recuerdo. Heine estuvo allá arriba. Tengo entendido que hay camino fácil hasta la cumbre; pero ni a la señora escritora ni a mí nos aprieta de costumbre el deseo de escalar montañas.

Clara, en una versión inicial de su libro, comparó el Brocken con la primera tarta de cumpleaños en la vida de un niño. Le confesé que, sintiéndolo mucho, no comprendía el símil. La antena equivalía a una vela. ¡Aaah...! No le oculté la extrañeza que me causaba hallar una audacia humorística en medio de un relato caracterizado por los tonos líricos. «O sea, que no te gusta.» «No es eso», mentí. «Ratoncito, te equivocas si piensas que tienes el monopolio de la chunga. A mí también se me ocurren de vez en cuando ideas graciosas.» Por la noche, las punzadas en la conciencia no me dejaban dormir. «¿Habré influido en ella negativamente?» A horas intempestivas le agarré un pie y se lo sacudí hasta despertarla. «No podré pegar ojo si no te digo la verdad, te duela o no.» «Pero, ratón, ¿qué te pasa, qué hora es, de qué me hablas?» «Tienes que suprimir la comparación del monte con la tarta. Es infantil, innecesaria, tan sosa que parece mía. Y te recuerdo que hay millones de niños desnutridos en el mundo.» Los dos a oscuras, su aliento acelerado me daba de lleno en la cara. «Perdóname», añadí, «pero no quiero ser cómplice de tus errores.» Prometió revisar el pasaje a primera hora de la mañana. Ya con el sol alto, salió al jardín. Después que yo la hubiera despertado no había podido dormir durante el resto de la noche. Tenía ojeras y se le estaba anunciando una jaqueca. Apagué el motor del cortasetos. «A mí me parece que la comparación es válida dentro de un contexto literario.» La conozco lo suficiente para advertir que hablaba sin convencimiento. «Quítala», le dije y, sin esperar su réplica, puse de nuevo en marcha el cortasetos. La quitó.

El hambre fue mi guía infalible por las calles de Clausthal-Zellerfeld. Sin necesidad de recurrir a la ayuda de extraños, tanto menos a la de una pandilla de adictos a la risa (y a la cerveza caliente), con sólo bajar una cuesta y subir otra fuimos a parar en línea recta al sitio que buscábamos. Pedí a Clara un elogio. Me estrechó la mano sin efusión, a la usanza del país. Faltaba poco para la una de la tarde cuando nos apeamos frente a una casa de fachada roja donde pasó su juventud Robert Koch, el de los bacilos. Esa fortuita erudición, en la que Clara se basó para introducir unas líneas sesudas en su libro, la encontramos escrita en el pedestal que sostenía un busto del famoso bacteriólogo y confirmada allí cerca por un cartel con forma de abeto, cuyo texto, repartido en tres o cuatro párrafos, la señora escritora pretendía copiar en el moleskine. Mi impaciencia, avivada por el hambre, le instó a fotografiar el cartel y ella así lo hizo.

Siguiendo el plan de la excursión nos dirigimos a un edificio también rojo que se alzaba al otro lado de la calle. Allí, en la Krone (hoy Goldene Krone, hotel y restaurante), comió, se alojó y dejó su firma en el libro de huéspedes Heinrich Heine años antes que un incendio destruyera la casa, reconstruida posteriormente en la forma actual. La fachada nos causó una grata impresión. Recuerdo las ventanas blancas; una corona grande, pintada de oro, en la parte superior, debajo del frontispicio, y el letrero, asimismo dorado, con el nombre del establecimiento encima de la entrada. Otros detalles los he olvidado. Luego de solicitar un prospecto a la recepcionista, pasamos al restaurante, que constaba de dos salones contiguos comunicados por medio de un vano. En el primero comían a nuestra llegada una mujer y un hombre de tal y cual edad, aspecto y condición, sentados junto a la ventana. Nosotros fuimos al del fondo, donde no había nadie. Se reveló infundada la premonición de Clara de no encontrar una mesa libre por no haberla reservado. Inicié una broma inofensiva al respecto; pero ella me dejó con la palabra en la boca, pues salió disparada hacia el servicio. Le dio tiempo, eso sí, de encargarme que averiguara en el librito de Heine lo que este había comido durante su visita al lugar. «Si queda algo en la despensa de lo que le sirvieron, puede que esté fosilizado.» Iba muy apurada. No creo que me oyese.

Los minutos que tardó en estar de vuelta me habrían alcanzado para leer la sección entera de deportes del *Wilhelmshavener Zeitung*. No le reproché la demora porque pudo más en mí la compasión que me infundía su palidez cadavérica. Yo había estado ojeando el menú durante su ausencia. Vi que contenía especialidades argentinas, españolas e italianas, además de unas cuantas propias del Harz. No hallé, por fortuna, rastro de un plato a la Heine. El asado de ternera con lombarda, pase, sobre todo habida cuenta del hambre que me corroía; pero ¡una sopa de perejil para empezar y un arenque ahumado de postre...! Le susurré a Clara que, en lo tocante a la comida, difícilmente la Goldene Krone satisfaría sus expectativas literarias. Respondió que poca importancia tenía eso para ella en vista de su lamentable estado físico. «¿Qué te sucede?» «Vamos, ratón, lo sabes de sobra.» Se contentaría con una infusión. Sin embargo, cuando el camarero nos trajo una escudilla de alioli y un cestillo con lonchas de pan a fin de aliviarnos la espera, ella le preguntó, tras identificarse como escritora, si cabía la posibilidad de que nos prepararan al menos el plato principal comido por Heine en 1824, y eso aunque no estuviese en el menú y pagando lo que fuera. A lo cual el joven camarero respondió que de tiempo en tiempo venía gente de letras con pretensiones parecidas, y que en algunos casos se habían publicado después crónicas poco amables y aún menos exactas sobre el restaurante. Citó el caso de una pareja de escritores de Berlín, coautores de un libro en el que uno de ellos había puesto en duda la calidad gastronómica del local. Dicho esto, se avino a trasladar nuestro deseo a la cocina y para allá se fue. «Pero, bueno, si no vas a probar bocado, ¿para qué le creas al pobre hombre tanta molestia?» Y entonces la señora escritora me explicó el plan que se le había ocurrido durante su reciente estancia en el servicio. Según el cual, mientras yo comiese ella iría anotando en el moleskine mis impresiones gustativas. «¿Y cómo sabrás lo que siente mi paladar?» «Ratoncito, porque tú vas a contármelo. Recuerda la ayuda que me prometiste antes de emprender el viaje.» A todo esto, se apoderó del pan que había en el cestillo, pues se le figuraba que, ingerido, la ayudaría a secarse por dentro. A mi pregunta de cómo se imaginaba ella que podría yo comer sin pan el alioli, respondió que haciendo cuchara con un dedo. Tras agradecerle la recomendación, hundí el pulgar en la salsa y lo chupé. «¿Te cuento ya lo que siento?» «No, espera a que te traigan la comida.»

Volvió el camarero de ahí a poco con la noticia de que quizá se nos podría complacer. Ya que el menú incluía un plato de ternera con atún, aros de cebolla y no recuerdo qué otros ingredientes, el cocinero se mostraba dispuesto a preparar tan sólo la carne y añadirle a continuación la lombarda, si bien esta debía ser por fuerza de frasco porque en natural no la tenían. El único problema era que su preparación tomaría el tiempo que costase traerla del supermercado y calentarla. Clara me miró con ojos interrogativos. Su indecisión me insufló el coraje suficiente para decir: «Yo no creo que Heinrich Heine hubiera comido jamás de frasco.» «Tampoco lo creo yo, señor», corroboró con media sonrisa el camarero. «Pues ya que la literatura no me lo prohíbe, elegiré la lucioperca frita, número 380», o el que fuese, que ahora no me acuerdo. Costumbre, por cierto, muy alemana esta de pedir los platos según el número que les corresponde en la lista del menú, lo que quieras que no facilita la comunicación, sobre todo cuando uno no domina el idioma. «¿Y de beber?» Soy poco dado a titubear en según qué asuntos: «Cerveza de trigo.» A Clara le faltó tiempo para entrometerse: «Sin alcohol, por favor. Mi marido tiene que conducir. Y para mí, una infusión de poleo.» «¿Nada de comer, señora?» Así como ella delató que yo conduciría, me vino la fuerte tentación de revelarle al camarero que ella llevaba todo el día con diarrea, y agregar: «Ha cagado en el castillo de Osterode, se lo juro, y no quiero saber en qué estado habrá dejado el servicio de señoras de este establecimiento. Le aconsejo que vaya a comprobarlo.» Me contuve pensando que, por motivos menores, se rompen muchos matrimonios.

Servida mi comida, la señora escritora empezó a picar de ella. Ahora una, después otra, arrambló con todas las patatas cocidas menos con una que me apresuré a poner a salvo en el interior de mi persona. Por justificarse afirmó que les sentarían bien a sus intestinos, lo mismo que hacía un rato el pan, y que las tomaba más por medicina que por alimento. También comió de lo demás un poco excepto del pescado, que rehúsa por no ser planta, de lo cual deduzco que si los peces crecieran en las huertas los comería con placer aunque supieran igual en la boca. Chupó las rodajas de limón y se quedó contenta, según dijo, por haberse abstenido de comer. La ventaja para mí era que, como ella probaba asimismo la comida, me dispensó de manifestarle las sensaciones que me producía cada bocado. Pensando en usarla para su libro, solicitó y le trajeron una copia del menú. Con demasiada frecuencia y amabilidad pegajosa, el camarero se acercaba a preguntarnos si todo estaba a nuestro gusto, haciendo muecas de alivio cuando le respondíamos que sí, como si lo acuciara el temor de hallar algún día echada por los suelos de la literatura la reputación de la Goldene Krone y a él descrito de modo que hasta su madre lo repudiaría de puro avergonzada. Pedimos la cuenta. El precio era razonable, tirando incluso a barato. Nos pusimos de acuerdo en redondear la suma total hasta dar casi tres euros de propina. Salimos después a la luz del día. Por matar el tiempo bajamos andando la calle, que parecía principal, hasta una iglesia de insólita apariencia, gris como los burros de mi tierra, las paredes exteriores todas de tablas horizontales y los tejados de láminas de plomo o de otro metal por el estilo. Intentamos verla por dentro; pero la puerta no quiso dejarnos entrar. De vuelta al coche, nos detuvimos a ruego mío en una cafetería, donde terminé de saciar el hambre con un pastel de ciruelas que me supo a gloria. «Ratón, no entiendo cómo puedes comer tanto. No hace ni veinte minutos que hemos salido del restaurante.» La besé en la mejilla. ¿Qué otra cosa podía hacer?

La carretera que lleva a Góslar, sinuosa, a trechos empinada, discurre casi todo el tiempo por parajes boscosos. Hace años era frecuente leer en los periódicos que la lluvia ácida corroía las píceas del Harz. El día de nuestra excursión yo las vi altas y lozanas, formando a los lados de la ruta enormes paredes verdes que se comían el paisaje. De cuando en cuando atravesábamos un claro. Surgía entonces a la vista una ladera cubierta de hierba, alguna que otra balsa adonde antaño iban a parar las aguas residuales de las minas, o, recortándose en el azul del cielo, las crestas lejanas de los montes. Pasamos junto a un control de radar. Me enorgullezco a veces, delante de Clara, de no haber sido pillado nunca hasta la fecha. «Es que los huelo a distancia», le digo, «¿tú no?» Cierta combinación de detalles me induce a levantar de inmediato el pie del acelerador: la señal limitadora de velocidad a partir de la cual empieza la infracción; después la curva, los arbustos o el pilar del puente que sirven para ocultar la trampa, y de pronto el vehículo con la ventanilla trasera vertical parado en el arcén. Hay otras variantes igualmente previsibles. Dentro del coche distinguí a un tipo (envidiable profesión) que leía el periódico. «Radar», le anuncié a Clara, que con su característica lentitud de reflejos tendió la mirada en la dirección errónea. «¿Dónde?», preguntó cuando ya lo habíamos rebasado. De casa al colegio y viceversa ha recibido tres o cuatro flasazos en los últimos años y quizá me quede corto. «Esto es desplumar a los humildes ciudadanos que van al trabajo. Yo no pago.» Transcurrido un tiempo, llega el sobre con la multa. En el impreso consta la foto probatoria, que para Clara supone la parte peor del castigo. Se queja entonces de que las obligaciones del colegio no le dejan tiempo para ir a la peluquería. Y paga.

Viniendo por la carretera de Clausthal-Zellerfeld resultó fácil encontrar las instalaciones mineras de Rammelsberg. No bien avistamos Góslar, una señal nos puso en el buen camino, librándonos del error de entrar con el coche por las serpeantes calles de la ciudad, donde con toda seguridad nos habríamos perdido. Dentro de una nave de grandes dimensiones nos sumamos a un grupo de personas con las que luego descendimos a las entrañas del monte. Mientras esperábamos la llegada del guía, Clara se retiró al servicio. Vino al poco rato con noticias alentadoras. Se conoce que el pan y las patatas cocidas de la Goldene Krone habían empezado a obrar en ella el ansiado efecto. Le di con la debida discreción mi enhorabuena. No pudimos conversar por extenso sobre el tema (para ella importante, para mí antes bien meteorológico) de sus deposiciones porque desde una puerta del fondo nos llamó un señor de unos setenta años, vestido de minero. Los cerca de veinte visitantes nos congregamos a su alrededor. Él se presentó como nuestro guía y, tras soltar en tono campechano un par de agudezas convencionales, nos pidió que lo siguiéramos hasta un recinto, donde por orden suya cada cual tomó de un cajón un casco amarillo de obras. Consideré oportuno examinar la limpieza del mío antes de colocármelo en la cabeza. Clara, que a veces también tiene sus asomos de malicia, adoptó un aire envarado, parsimonioso, pedagógico, yo ya me entiendo, para comunicarme las instrucciones de uso del referido adminículo, considerando que yo lo manoseaba porque me era desconocido. Le pedí que me sacase una fotografía con él puesto para mandársela a mis hermanos como prueba del tipo de vida que llevo en Alemania.

El guía nos enseñó la sala donde en tiempos pasados se cambiaban de ropa los mineros. Estos colocaban sus pertenencias en un dispositivo similar a una cesta de alambre, acoplado al extremo de una cadena de siete u ocho metros de longitud; tiraban de ella y, durante la jornada laboral, mantenían los bultos a buen recaudo cerca del techo. Vimos que las cadenas estaban aseguradas por la parte inferior mediante un candado, método sencillo, aunque no sé si eficaz, de facilitar la honradez entre los distintos turnos de trabajadores. Seguimos después al guía por un camino en cuesta hasta la boca de la mina, cerrada por una verja. El hombre había trabajado en aquellas honduras tenebrosas desde los doce años hasta el cierre de la explotación en mil novecientos ochenta y tantos. (Clara menciona la fecha exacta en su libro.) Nos fue refiriendo detalles de su vida privada, de la historia de la mina, de las condiciones de trabajo y de docenas de peripecias en el tono maquinal de quien repite todos los días varias veces la misma cantinela para turistas. Guardo cuidadosamente en el olvido casi todo lo que contó.

Las cuatro páginas y media que dedica Clara a la mina de Rammelsberg componen en mi opinión uno de los pasajes más afortunados de su libro. Combinan en un estilo sobrio, que debería prodigar más (pero no me hace caso), la exactitud de la descripciones y la amenidad de las escenas relatadas. Acabó la tarea en apenas treinta minutos; eso sí, después de haberse torturado durante toda la jornada con un sinfín de tentativas infructuosas. Sentada delante del ordenador, me confesó en un momento de la tarde en que me acerqué a llevarle una taza de té: «No me sale.» Estaba al borde de las lágrimas. Como en tantas ocasiones, lánguido el gesto, tembloroso el labio inferior, negó rotundamente que tuviera aptitudes literarias. Se veía condenada a ejercer la docencia hasta la jubilación. Quizá no la habían alimentado bien durante la infancia. Quizá las incontables jaquecas que había padecido a lo largo de su vida habían causado daños irreparables en su cerebro. La dejé vaciarse de amargura antes de administrarle una fuerte dosis de elogios. Eso siempre la reconforta. Le gusta, además, como a los perros, que le acaricien el cogote. Luego extendí los masajes al cuero cabelludo. Ella interrumpió de pronto su quejumbre para reconcentrarse en las sensaciones placenteras, hasta que, reparando en la taza que humeaba encima de la mesa, me preguntó con su desconfianza de costumbre si había mantenido el saquito de té tres minutos en el agua hirviente. Me lo preguntaría aunque nos encontráramos rodeados de llamas en el salón de una casa que estuviera ardiendo. «Mi dulce ratoncito, aunque te importa una mierda la literatura, ¿podrías decirle a tu pobre Clara qué harías en su lugar?» Debía de estar ciega de desesperación para pedirme ayuda en aquel asunto. «Creo que, en nombre de la sensatez, te convendría...» Me interrumpió: «Preferiría que hablases en tu nombre.» «Pues en mi nombre te sugiero que abandones de aquí hasta la hora de la cena los prejuicios artísticos, la perfección formal y demás quimeras que te causan sufrimiento, y redactes en hojas sueltas tus recuerdos relativos a la mina de Rammelsberg. Hazlo como si se tratara de una carta dirigida a una persona ajena a la literatura, con quien tuvieras un trato tan estrecho que no te haría falta prestar atención a las garambainas del estilo. Una carta rápida dirigida a tu padre, a mí, a tu hermana, qué más da. El caso es que te salga un texto fluido. Eso es lo que yo y mi prima la sensatez haríamos en tu lugar: improvisación absoluta, frases cortas, lengua llana. Y luego ya veríamos qué uso darle al resultado.» Se desasió bruscamente de mis dedos cariñosos. «Presentía que ibas a burlarte de mi problema. No sé para qué te cuento nada.» Le aseguré que hablaba en serio. Para demostrárselo me coloqué delante de ella con mi frente pensativa, mi mirada circunspecta, mi entrecejo arrugado. ¿Qué más se puede pedir? En modo alguno persuadida de mi sinceridad, me hizo saber que deseaba quedarse sola. Media hora después me llamó y, mirándome como si yo la hubiera ofendido, estampó unas cuantas páginas de letra menuda en la palma de mi mano, al par que con una sacudida altiva del cuello me soltó la chorrada esa de san Agustín que gusta de repetir en situaciones similares: *tolle, lege*. Al cabo de un cuarto de hora le comuniqué mi veredicto: «Sólo tienes que suprimir el saludo de la carta. El resto lo considero digno de figurar sin retoques en la versión definitiva. Supongo que me profesarás agradecimiento.» «¿Agradecimiento? ¿A ti? ¿Por qué?» «Bueno, no me negarás que el truco de la carta te lo he aconsejado yo. Ha sido mi idea, por si no te has dado cuenta.» «Perdona, ratoncito, pero mi principal fuente de inspiración, por no decir la única, ha sido el estar enfadada, y no contra ti ni contra nadie. Simplemente enfadada.» «Ah, pues si es por eso yo te podría ayudar mucho de ahora en adelante.» «¡Ni se te ocurra!»

Aprovecharé que no puede verme para traducir a mi lengua materna parte del pasaje (todo sería demasiado) en que relata aquella visita nuestra a la mina de Rammelsberg. Recelo que se inquietaría si al entrar en casa me sorprendiera con la nariz hundida en las hojas de su libro. Su perplejidad precedería seguramente a una serie de preguntas, las cuales, contestadas por mí sin la necesaria precaución, podrían inducirme a delatar mi entretenimiento secreto de todas las mañanas. Y eso sí que no. Los miércoles ella vuelve de trabajar antes que los otros días, así que, como son las once, no me queda mucho tiempo para poner por obra mi propósito. Bueno, aún me queda bastante, pero me he prometido acabar hoy la crónica de la excursión por la ruta de Heine, que se me está alargando en exceso. No puedo negar que me lo paso bien escribiéndola. Muy bien, incluso. No obstante, va siendo hora de ocuparme de las siguientes etapas del viaje, en las que nos sucedieron peripecias no menos dignas de recuerdo.

A propósito de recuerdos, constato al releer el pasaje referido que los de Clara difieren de los míos, sobre todo en el terreno de los pensamientos y las impresiones. Sin embargo, dejando a un lado la prosa cabreada del relato, consigo reconocerme sin dificultad en su memoria. Voy a traducir un trozo a vuelapluma, sin ayuda del diccionario, puesto que no estoy obligado a rendir cuentas a nadie. Como le escribí a mi hermano meses atrás, cuando le comuniqué que no podía aceptar su oferta de siete euros por página traducida por considerarla insuficiente, la del traductor es una tarea delicada y por demás trabajosa, como de cirujano del lenguaje, y en consecuencia difícil a menos que a uno le dé igual que se le desangre el paciente sobre la mesa de operaciones. La casualidad ha querido que yo no me levantase esta mañana con tiempo, energía ni paciencia para asumir tareas fatigosas en las que, por añadidura, esté implicada algún tipo de responsabilidad. Conque me callo y cedo la palabra a la señora escritora.

«Plata, cobre, plomo, cinc, algo de oro. Y por último, Patrimonio Cultural de la Humanidad. Esto es, madriguera de turistas.

»Las paredes son de color gris oscuro; las galerías, en algunos lugares, estrechas y no muy altas, lo que origina en el visitante una sensación oprimente. ¿Y esas manchas azules que hemos visto varias veces? Como el guía se desdeña de explicárnoslas, se lo pregunto. También mi compañero sospecha que al guía no le agrada que lo aparten de su discurso aprendido. ¿Acaso no ha dicho en el momento de presentarse que le preguntemos todo lo que queramos?

»"Vitriolo de cobre, señora", responde secamente, como si lo irritara que le pregunten por algo que ninguna persona adulta debiera ignorar.

»Considero una desgracia ejercer el oficio de minero por mucho que el guía se ufane de haber trabajado en la mina desde los doce años. Para compensar los enormes esfuerzos, el peligro, la insalubridad y todo eso, los mineros ¿se llevarían a sus casas, escondidos en los bolsillos de sus pantalones, pedazos del valioso mineral? Ganas no me faltan de preguntarlo.

»Todo no nos lo puede enseñar ni nosotros lo queremos ver. Si hemos de creer sus palabras, la explotación de los yacimientos metalíferos de Rammelsberg comenzó hace tres mil años. Mi compañero me pregunta al oído, con irónica suspicacia, si no sería hace dos mil novecientos noventa y nueve.

»Lo esencial del dato, supongo, es que nos permite inferir lo muy agujereada que debe de estar la montaña.

»A veces, en las partes de la pared cercanas a las lámparas, se advierten hebras verdes, muy finas, como de algas. ¿Es posible la nutrición clorofílica con sólo luz eléctrica? Me asombra comprobar la tenacidad con que la vida se abre paso hasta las más inhóspitas profundidades. "Si hay suerte", dice el guía, "veremos unas setas fibrosas de color blanco que reciben el nombre de *Bergmannsbart*" (barba de minero, en traducción literal).

»Cuenta después que un caballo fue el primer minero de Rammelsberg. Mientras el jinete andaba a la caza por la zona, el animal, atado a un árbol, removió el suelo con sus pezuñas. De este modo sacó a la luz el primer filón. El guía concluye el relato de la leyenda diciendo que, en buena lógica, a él se le puede considerar el último caballo de Rammelsberg.

»Dos o tres turistas le ríen la gracia. En el grupo hay una pareja de orientales. Los orientales parece que llevan una sonrisa pegada a la boca. En realidad, no se ríen. Mi compañero y yo tampoco. Si el guía hubiera proferido un relincho cuando ha contado lo del caballo a lo mejor habríamos soltado por educación una risa floja.

»Al último del grupo, el guía le ha endilgado una réplica de las antiguas lámparas de aceite llamadas *ranas.*»

Salto un par de párrafos.

«En un momento determinado, mi compañero se dirige amablemente a los orientales, que, como sospechábamos, no entienden alemán.»

Salto otro párrafo.

«Las galerías han sido acondicionadas para que los torpes» *(tollpatschigen,* no sé si traduzco bien) «gordos y aburguesados» *(spiessigen,* aquí también tengo mis dudas) «visitantes deambulen cómodamente por la mina. Tablas extendidas sobre el suelo evitan que se nos embarren los zapatos. A cada trecho hay una lámpara encendida y los distintos desniveles están comunicados mediante escaleras provistas de las correspondientes barandillas.

»A mi compañero no le extrañaría que en cualquier momento, al doblar un recodo, topásemos con un puesto de helados.

»Pasamos junto a una puerta misteriosa de madera con herrajes. No sabemos adónde da. Debe de ser viejísima.

»Mi compañero conjetura que detrás de ella quizá esté el puesto de los helados. Le gustaría saborear uno de limón.» (Dato erróneo o inventado: dije uno de stracciatella).

«Seguimos al guía como ovejas al pastor hasta una rueda gigantesca de madera. Hay unas cuantas en la mina que forman un sistema de drenaje. El guía aguarda a que se junte todo el rebaño turístico antes de apretar un botón. La rueda se pone a girar cada vez más deprisa. El agua resuena con chapoteo lúgubre en el espacioso y negro recinto. La rueda es fea y el rebaño hace fotografías, mi compañero también porque se lo he pedido yo.

»Un niño de unos ocho años levanta la mano como en el colegio para que el guía le conceda turno de palabra. Cuando este, haciéndose el simpático (al revés que conmigo un rato antes), le indica que puede hablar, pregunta si los mineros trabajaban a oscuras. Estoy lo suficientemente cerca del pequeño como para haber oído que su padre (supongo que es su padre, los dos tienen la misma nariz) le ha susurrado la pregunta. Así pues, la pregunta es del padre, pero la formula el hijo.

»Una lección impecable de cobardía varonil.

»Tras pedirnos silencio, el guía interrumpe la iluminación. Durante unos instantes no tenemos más luz que la llamita de la *rana*. El guía ruega al último del grupo que la sople. De pronto quedamos envueltos en una oscuridad total. Alguien respira fuerte cerca de mí. A tientas busco la mano de mi compañero. Siento un escalofrío pensando que acaso he cogido la de un extraño. Empiezo a estar arrepentida de haber venido.»

Siguiendo el plan que habíamos trazado, nuestra excursión por la ruta de Heine terminó en la ciudad de Góslar, que es una alhaja arquitectónica engastada a los pies del monte Rammelsberg, más o menos donde se tocan los bordes de la sierra del Harz y la vasta llanura de Baja Sajonia. Un conglomerado de torres, iglesias, palacios y casas centenarias, con mucha placa de pizarra en los tejados y paredes, entramados artísticos y toda clase de adornos insólitos, forma el casco antiguo de Góslar. La Unesco lo declaró, junto con las instalaciones mineras que acabábamos de visitar, Patrimonio Cultural de la Humanidad y no me sorprende. Un sitio de tales características no lo encuentra uno a diario en Alemania a menos que viva en él; tan hermoso, tan bien cuidado, tan lleno de historia sin dejar de ser habitable, que durante un rato supuse que caminábamos a través de un decorado de película. No son al parecer menores las preciosidades que encierra la ciudad en el interior de sus edificios. Yo sólo respondo de lo que vi. Y lo que vi me causó un grato asombro; también pena, pues las fachadas imponentes, algunas de construcción medieval, me traían al pensamiento la pérdida de bienes culturales de no menor importancia ni belleza en las ciudades alemanas asoladas por los bombardeos de la Segunda Guerra Mundial, sin olvidar, claro está, las consecuencias terribles para los ciudadanos inermes que las habitaban. A mi suegro este asunto todavía le punza en el alma, aunque hablando conmigo no lo rehúye. «Los alemanes destruimos tanto en otros lugares...», me dijo un día, como si a él, que aún no había cumplido los doce años cuando terminó la guerra, lo salpicara la culpa por los desmanes perpetrados en nombre de su nación; aún más, como si estuviera convencido de que la devastación sistemática de las ciudades alemanas, incluso cuando los ejércitos de Hitler habían sido derrotados en toda la línea, se debiera a un castigo merecido. Clara no paraba de hacerme señas a escondidas para que cambiase de conversación y me callé. Yo quería explicarle a mi suegro con calma las diferencias que encuentro entre un lance bélico y una matanza de inocentes cometida mediante máquinas de guerra. Con eso y todo, entiendo que hice bien en obedecer a Clara. ¿Qué podía yo explicarle de bombardeos a quien, además de haberlos padecido, perdió a su padre en el transcurso de uno de ellos?

Pero a lo que iba. Tras las páginas en que refiere nuestra visita a la mina, Clara relata un paseo por las calles de Góslar a la caída de la tarde. El episodio está bien resuelto, aunque para mi gusto peca de demasiado informativo en algunos pasajes. Al tratar de las estatuas que se alinean en la fachada de la Gildehaus, por ejemplo, en la pintoresca Marktplatz, Clara aprovecha datos e imágenes que espigó en Internet. Eso no tendría nada de reprobable si no fuera porque incurre en un tono impersonal, como de redactor de artículos de diccionario enciclopédico. La figura que a mí más gracia me hizo, por no decir la única que me hizo gracia, la del hombrecillo desnudo que expulsa una moneda por el ano, no la menciona. Llamé su atención al respecto. «Otros criterios, otras sensibilidades», me contestó. Que no hubiéramos puesto los pies dentro del Palacio del Emperador no impidió que dedicara media página al sarcófago de Enrique III, apodado el Negro, en cuyo interior, como yo descubrí para ella (pues a veces, muchas veces, la ayudo más de lo que cree), no reposan más restos mortales que el corazón del monarca y otras asaduras que aquí no vienen a cuento.

En Góslar tomamos docenas de fotografías. Mi favorita es una que muestra a la señora escritora agarrada a la picota que se conserva junto al edificio del Ayuntamiento. De ella guardo una copia provista de marco para mi uso personal. Una vez rogué a Clara que me permitiese colgarla sobre la cabecera de nuestra cama, completando la fila de retratos de los perros que hemos tenido hasta la fecha; pero la iniciativa, por razones que nunca me fueron aclaradas, no prosperó. Antes de volver a Hannóver, resueltos a imitar una última acción de Heinrich Heine, entramos en un local cercano a la Marktplatz, con trazas de restaurante, cafetería y taberna todo a un tiempo, llamado Die Butterhanne, donde se cocía no recuerdo qué clase de cerveza que Clara, por el motivo de costumbre, no me dejó probar. Me comprometí a manifestarle por extenso mis impresiones gustativas, lo que podría representar un dato de interés para su libro. Ni con argumento tan potente se dio a partido. Conque un poco por despecho, otro poco por juego, le pedí a la camarera un buñuelo descomunal como el que compartían tres personas en la mesa de al lado. Clara se apresuró a afirmar que yo no sería capaz de comérmelo entero. La camarera, sonriente, aseguró que de vez en cuando alguno lo conseguía. A este punto me vi en la disyuntiva de arrugarme delante de dos mujeres o afrontar el desafío. Clara hizo un ademán como que se despreocupaba del asunto. «Ratón, no cuentes conmigo. Sólo voy a tomar una bebida.» No me constaba que yo le hubiera pedido ayuda. Sin darme tiempo de abrir la boca, la camarera volvió a hurgar en mi orgullo de varón: «No atamos a la picota de la plaza a quien no lo termina. ¿Le traigo uno?» «Por descontado, el mayor que tenga.» Los había con dos tipos de relleno. Elegí el de nata con cerezas en almíbar mientras la señora escritora, sentada frente a mí, ponía los ojos en blanco. «Si me sigues provocando», le dije nada más irse la camarera, «pediré dos. No tengo diarrea. Me lo puedo permitir.» «Habla más bajo, haz el favor. La gente no tiene por qué enterarse de mis problemas.» «¿Cuánto te apuestas a que me como hasta la última miga del buñuelo?» «No necesito apostar, ratoncito, porque ya voy a estar bastante entretenida observando tu fracaso.»

De ahí a uno o dos minutos la camarera trajo las consumiciones. Sobre la mesa, a un palmo de mi pecho, depositó un plato con un bloque de masa frita de dimensiones similares a las de la cabeza cortada de Juan Bautista. Me vino antojo de procurarle a Clara una alegría. «Visto de cerca», le dije, «es más grande de lo que pensaba.» A la señora escritora se le rasgó el semblante por efecto de una súbita sonrisa. Es posible que, de no haberse topado con el obstáculo de las orejas, las comisuras de los labios se le hubieran juntado en el cogote. «Vamos, ratoncito, que no se diga. ¡Un hombre fuerte como tú!» Con el noble propósito de infundirme ánimo añadió que el desmesurado manjar era hueco. De ahí, supongo, su nombre, Windbeutel, que traducido a mi lengua daría algo así como «bolsa de viento». Objeté que la oquedad estaba embutida de nata y cerezas. Clara, una mano en la frente, sacudía la cabeza en ademán negativo, lo que se podía interpretar bien como un síntoma de sus dificultades para armarse de paciencia frente al adulto infantilizado, bien como una medida preparatoria para contener o al menos disimular la risotada inminente que ya le inflaba las mejillas. «O sea, que te das por vencido antes del primer bocado.» Una frase de esa naturaleza era lo que yo necesitaba para arrancarme a masticar.

A las pocas cucharadas de nata con cerezas comprobé que el Windbeutel no tenía la menor posibilidad de sobrevivir a mi apetito. Quizá al final me empalagase; pero resistencia tan débil difícilmente lograría impedir que lo estibara por completo en el estómago. Tragada la cuarta parte del relleno, seguro de mi victoria, ataqué con tenedor y cuchillo la masa frita. Advertí que, sumergida en el café con leche, encogía de tal manera que resultaba fácil engullirla. Esas mojaduras, que a menudo dan lugar a salpicones, disgustan a Clara. Las practico desde niño a imitación de mi difunto padre, hombre de boca lluviosa, si bien no es por aferrarme a una tradición familiar, sino por el gusto que me producen las referidas mojaduras por lo que soy contrario a renunciar a ellas, salvo en caso de grave peligro para la paz matrimonial. En Die Butterhanne me esforcé por que la señora escritora no las notara. No hizo falta extremar la cautela por cuanto ella permanecía la mayor parte del tiempo absorta en la lectura de una guía turística de Góslar que acababa de comprarse. De cuando en cuando levantaba la mirada hacia mí. Entonces yo hundía la cuchara en la nata; pero, tan pronto como ella volvía a dirigir su atención al libro, me apresuraba a mojar en el café un pedazo del Windbeutel. No obstante, como no es simple ni ciega, recelo que había deliberación en su descuido; aún más, que con el rabillo del ojo vigilaba los viajes de mi mano entre la taza y la boca, de forma que si refrenaba su afición a mejorar mis modales por medio de reprensiones, tal vez lo hacía para evitar que me negase a seguir comiendo el Windbeutel con el pretexto de haberme ella ofendido.

De pronto, mientras masticaba, me sucedió una cosa que no por trivial dejó de turbarme de un modo que no recuerdo haber experimentado desde mis apasionamientos amorosos de la adolescencia. Y es que reparé por azar en las manos de Clara, que son suaves y tiran a rojizas, de uñas ni largas ni cortas, pero bien cuidadas, más por higiene que por coquetería, como cuida de costumbre cuanto tiene que ver con su apariencia. Esas manos nunca han hecho daño a nadie, sino todo lo contrario. Que me lo pregunten a mí. Y yo he agarrado y sostenido en incontables ocasiones esas manos bondadosas, pese a lo cual me embargaba en Die Butterhanne una especie de fascinación, de sorpresa y ternura repentinas por ellas, como si jamás me hubiera parado a contemplarlas con detenimiento. Algo parecido sentí cuando fijé a continuación la mirada en su cara vuelta hacia el libro. Sus facciones resplandecían a la luz de una pequeña farola con tres globos que se alzaba al lado de nuestra mesa. Carezco de recursos lingüísticos para describir con exactitud el placer intenso que me causaba su expresión serena y abstraída; aunque no es este un asunto que me preocupe, puesto que no abrigo la menor intención de abrirle a nadie la caja de mis intimidades. Se me figuraba que veía por vez primera maravillas de las que uno no es del todo consciente por tenerlas a diario tan cerca: el rubio dorado de sus cabellos lisos, o la suave curvatura de su frente, o su cuello fino, de piel tersa, rodeado de una cadena de la cual colgaba una preciosa aguamarina. No pude menos de preguntarme, azuzado por una violenta emoción, quién era en verdad aquella mujer de sobra conocida y, sin embargo, recién descubierta, que compartía en silencio la mesa conmigo. ¿Qué había hecho yo para merecer su compañía, para nombrarme su esposo, para dormir las noches junto a su olorosa y cálida belleza? Escrutándola sin que lo advirtiera me vino una acometida tan fuerte de cariño que estuve a punto de darle un abrazo ante la muchedumbre de extraños que llenaba el local. En esto, Clara apartó los ojos del libro; tuvo como un repeluzno de asombro al verme y dijo: «¿Qué ocurre, ratoncito? ¿Ya no puedes más?» Bajé la mirada hacia el Windbeutel. Aún quedaban en el plato un buen trozo de masa frita embadurnado de nata y algunas cerezas sueltas. Comprendí entonces que sólo un varón sin entrañas se obstinaría en terminar el estúpido buñuelo. ¿Cómo se podía ser tan mezquino de disputarle una satisfacción a la propia mujer? Sin decir palabra, deposité los cubiertos a un costado del plato, y con la servilleta de papel cubrí los restos del Windbeutel en señal de rendición. A Clara le sonrieron los labios, los ojos, las sienes; todo le sonreía, hasta las arrugas del entrecejo y puede que hasta las partes móviles de su cuerpo ocultas bajo la ropa. Maternal, cariñosa, me arreó unos golpecitos consoladores en el dorso de la mano. Vencido me supe más simpático, más sociable, más digno de su afecto. Incluso la camarera me obsequió con una sonrisa en el instante de retirar el plato. Al anochecer, por el camino de vuelta a Hannóver, le dije a Clara: «¿Sabes lo que pienso? Que la jornada amorosa prevista para ayer la hemos vivido hoy.» Me respondió que había tenido el mismo pensamiento.

26

El último fin de semana que pasamos en Hannóver fue más o menos lo contrario de glorioso. El sábado por la tarde celebramos en familia el cumpleaños de Clara, conforme había prometido ella antes de emprender la excursión a Gotinga y los pueblos del Harz. Yo estaba en la cocina fregando pucheros mientras, a mis espaldas, las dos hermanas practicaban la emancipación de la mujer sentadas mano sobre mano a la mesa. Gudrun, como de costumbre, echaba pestes de Ingo. En medio de uno de sus vituperios vino Jennifer a inspeccionar la nevera. Al punto su madre le comunicó que tenía que acompañarnos a comer pasteles en el Holländische Kakao-Stube. Digo yo que si me condenaran injustamente traspasaría con gesto idéntico al de mi sobrina el umbral de mi celda carcelaria. En aquella época, la muchacha atravesaba por una fase de insatisfacción y enfado continuos, a consecuencia de los cuales consumía alimentos en abundancia. Se conoce que los trastornos de la pubertad, agravados tanto por la ausencia del padre como por las frecuentes disputas con la madre, excitaban su apetito. Cuando no comía, mascaba chicle. El caso era tener la dentadura ocupada salvo, imagino, por las noches en la cama; aunque, conociéndola, reúno elementos de juicio suficientes para sospechar que soñaba con festines. La obesidad generaba en ella frustración, y la frustración, obesidad. A fin de castigarse y de paso desagradar a su madre, zampaba sin freno. Lo normal es que no hubiera hecho ascos a los pasteles; pero, como pronto supimos, tenía otros planes. Debió de costarle un gran esfuerzo de voluntad contener su impulso habitual de rebelarse. ¿Cómo iba ella a desairar a su tía, que cada dos por tres la llevaba de compras, la trataba con infinito más tacto que su madre y esa misma mañana (aunque dudo si esto puede considerarse un favor) le había regalado el bolso blanco? La muchacha se hubo de contentar con poner mala cara. Su tía intentó eximirla del compromiso pastelero; pero Gudrun, inflexible, se opuso con argumentos sentenciosos encaminados a fomentar la armonía familiar. El brillo de una lágrima asomó en el fondo de la negra y espesa sombra de ojos de la muchacha. Buscando al parecer, en torno suyo, un abogado defensor, Jennifer fijó en mí la mirada. La apartó enseguida. ¿Qué ayuda podía recibir de un friegaplatos con delantal? Clara, experta en corazones adolescentes, terció para proponer con buen tino un remedio salomónico que hiciera compatibles la celebración de cumpleaños y la cita que Jennifer había concertado a media tarde con una amiga «bajo la cola», que es como se le dice popularmente en Hannóver a encontrarse a los pies de la estatua ecuestre del rey Ernesto Augusto, delante de la estación. Con esto se calmaron los ánimos y yo, como advirtiese que no habría escena melodramática, reanudé no sin cierta decepción la espumosa tarea. Total que, para satisfacer a la muchacha, tomamos los cinco, antes de lo inicialmente acordado, el tranvía que nos llevó al centro de la ciudad.

Voy a escribir un párrafo sobre el Holländische Kakao-Stube sin extenderme en la descripción porque prefiero dedicar la mañana a recuerdos menos turísticos. En resumen, a nuestra llegada el local estaba lleno de su público acostumbrado. Predominaban en torno a las mesas los veteranos de la existencia con sus cabezas o bien blancas, o bien peladas, y sus manos que, con parsimonia temblorosa, levantaban tazas humeantes a bocas que las recibían soplando. Que yo sepa, el Holländische Kakao-Stube es uno de los pocos lugares de Hannóver, junto con el Ayuntamiento Antiguo y unos cuantos edificios desperdigados, donde aún puede el visitante formarse una idea arquitectónica de tiempos pasados. De la ciudad anterior a la guerra se me hace a mí que no queda hoy día sino el nombre. No hay más que comparar las maquetas relativas a distintas épocas de Hannóver, expuestas en el recibidor del mencionado Ayuntamiento, para comprobarlo. A mí se me encogió el corazón cuando vi la que representa la ciudad destruida por los bombardeos, pero esa es otra historia. El Holländische Kakao-Stube, aunque reconstruido, conserva (espejos, suelo ajedrezado, lámparas doradas) un aire de café añejo. Ya era la tercera o cuarta vez que entrábamos allí. A Clara le gustaban la atmósfera, el mobiliario, la variada y sabrosa repostería, mientras que para mí su atractivo principal se cifraba exclusivamente en el último término de la enumeración. Jennifer se apresuró a decir, con un volumen de voz que disgustó a su madre y con la mueca desdeñosa que afloraba a menudo a su cara embadurnada de maquillaje, que el sitio no le parecía *cool*. Quizá influyó en su opinión la circunstancia de que hubiera tres monjas con hábito en torno a una mesa. Nos abrimos paso antes de nada hasta el mostrador tras cuyos vidrios se ofrecían a la vista docenas de gollerías de todas clases, entre tartas, pastas y pasteles, bajo una iluminación intensa que las hacía aún más apetecibles. Recibimos un papelito con el número que después serviría a la camarera para identificar nuestro pedido. Tuvimos, no obstante, que esperar un buen rato a que quedase libre una mesa.

Mientras tomaba mi café y mi trozo de Bismarcktorte con nata, me aconteció un episodio interior ya experimentado en otras ocasiones, sobre todo cuando era más joven. Se trata sin duda de una bobada, pero es mi bobada. Poco antes de tomar asiento había escrutado brevemente mi cara en un espejo de tres cuerpos que colgaba en la pared. No me tengo por gran cosa. No me tengo en realidad por nada. Todo lo que sé de mí es que viviré un número determinado de días, durante los cuales procuraré jugar mis bazas lo mejor posible en la partida de la vida, y luego adiós muy buenas. Mi imagen reflejada en el espejo me observó con evidente simpatía. No afirmo que le gustase. Puede que le cayese bien, puede que no y puede que en el fondo de su mirada amistosa se atisbase un destello de pena. Me percaté de dicha circunstancia porque de una manera impremeditada, pero perceptible, me hizo un gesto de aprobación, escribiría que incluso de ternura, aunque temo estar exagerando. Después de este suceso intrascendente para la historia de la humanidad como todos los que me han ocurrido hasta la fecha, me senté al lado de mi sobrino, con quien volví a chocar palmas por tercera o cuarta vez en el transcurso de la tarde. A Clara se le despertó la curiosidad. «¿Por qué sonríes?» Advertí que Gudrun mantenía el cuello estirado con la misma expectativa de una explicación, si bien, a diferencia de los flamencos del zoo de Hannóver, había en la piel de su frente arrugas suspicaces. Contesté la primera trivialidad que me vino a la boca. La razón de ello, si la memoria no me falla, es que no tenía deseos de mostrarme profundo. Además, había dormido mal la noche anterior. *El libro de la selva* y esas cosas. Las dos hermanas convinieron en tachar a los hombres de raros. «¿Tú eres raro?», le pregunté a Kevin. El muchacho no respondió. Bueno, quizá sí, a su manera, sin entender la broma, pero conservando la sonrisa al par que escudriñaba con ojos velados de mansedumbre el hueco que quedaba entre sus manos. Gudrun consideró que había llegado el momento de reanudar sus ataques verbales contra Ingo. Desde el viaje en tranvía no lo había vuelto a hacer, yo ya me estaba preocupando. Jennifer le exigió con ceño adusto que dejara en paz a su padre. Durante unos instantes me dediqué a observar su boca, por la que salían a gran velocidad reproches y protestas en tono agrio. Como la viese de costado podía distinguir con facilidad los vaivenes de la bola de níquel que llevaba sujeta a la lengua. Juzgué prudente apartar hacia el borde de la mesa mi bebida y mi trozo de tarta para que no les diese mal sabor el vocabulario de la muchacha. Ninguno se había percatado de la fascinación que el recipiente del azúcar había empezado a ejercer entretanto sobre Kevin. De no haber intervenido Clara lo habría vaciado entero dentro de su vaso de leche con polvo de cacao. A Gudrun se le humedecieron los ojos. «No aguanto más», dijo, madre heroica, esposa abandonada, esclava de sus hijos, no bien su hermana le arreó unas palmaditas de fraternal solidaridad en el antebrazo. Yo aproveché para pegarme con disimulo una pella de nata en el caballete de la nariz. La ocurrencia obligó a sonreír a las hembras malquistadas. Concluida la disputa, durante un rato mis cuatro acompañantes bebieron y comieron en silencio, y yo los miraba. Fue entonces cuando me sucedió aquello a que me he referido al comienzo del párrafo. De pronto sentí como una descarga de dicha y alivio por no ser ninguna de las personas que me rodeaban. Ser alguno de mis parientes, arrostrar sus destinos, tener sus rasgos faciales, vivir todos los días dentro de sus cuerpos, en el modesto piso de alquiler de la Podbielskistrasse, se me figuraba un infortunio de cuidado. Ser Clara suponía asimismo una serie de incomodidades, entre las que no pueden dejar de citarse sus frecuentes molestias físicas, su tendencia a la tristeza, el estrés laboral (sustituido durante las jornadas del viaje por el miedo al fracaso literario) y tal vez, en un apartado menor, o eso espero, la carga diaria de vivir conmigo. Así reflexionando, me fijé en la camarera con su uniforme azul y blanco, en el señor de enfrente con un codo enrojecido de psoriasis; en fin, en la gente cercana a nuestra mesa, y llegué a la conclusión de que por el momento no era mal partido seguir a buen recaudo dentro de mí, con todos los inconvenientes que con frecuencia me acarrea ser sin remedio quien soy. Recuerdo que, a vueltas con estos pensamientos, experimenté un minuto de deliciosa egolatría.

A horas avanzadas de la noche sonaron golpes de nudillo en la puerta de la habitación. «No hay derecho», dije entre mí. «¡Justo ahora que el chaval no me impide dormir!» Un susurro andaba llamándome en la oscuridad: «Ratón, ¿duermes?» Tras cuatro o cinco llamadas no atendidas, contesté que dormía profundamente. Me tentó preguntarle a Clara si un pujo irresistible de lujuria la arrastraba hacia mí. No es lo habitual; pero, como las mujeres al parecer no son raras, nunca se sabe. Deduje, sin embargo, por la vibración apremiante de sus murmullos, que aquel no era momento adecuado para bromas. Clara me instó a reunirme con ella en el pasillo. Mi espesa somnolencia sólo me permitió entender eso y la palabra «policía». Caminé tras sus pasos hasta la cocina, donde había luz. Vi a Gudrun sentada a la mesa en paños menores, gimoteante, patética, descalza. Estuve a punto de hacerle notar que tenía un dedo del pie en martillo; pero me callé suponiendo que ya lo sabría. El reloj marcaba las tres y veinte de la madrugada. Repito: no había derecho. «¿Has oído el teléfono?» Yo no había oído nada. Tan pronto como fui informado de lo ocurrido, me ofrecí a llevarlas en coche a condición de suspender mi viaje al pueblo con Kevin, previsto para la mañana. Con la secreta esperanza de que no fueran aceptados mis servicios, agregué que no me parecía prudente conducir muerto de sueño tantos kilómetros y con el muchacho al lado. Tamaña exhibición de sensatez por fuerza había de dar resultados positivos. Ya ellas, según dijeron, se disponían a salir hacia el hospital. «¿Estáis seguras? A mí no me importa llevaros.» Que no, que tranquilo, que sólo querían ponerme sobre aviso para que ni Kevin ni yo nos alarmásemos al amanecer si encontrábamos la casa vacía. «De todos modos, no te vayas», dijo Clara, «antes que yo haya vuelto.» A este punto, mi cuñada se arrancó a monologar en términos parecidos a estos: «Es con el dinero que su padre le da sin que yo sepa cuánto con el que la estúpida se compra el tabaco y se financia los cosméticos y la bebida y todas las porquerías que seguramente toma. Quizá Ingo piense que no me entero. De Kevin, en cambio, nunca se acuerda. Ahora el peor padre del mundo estará en la cama con la conciencia en paz, mientras que yo tengo que sacrificar mis horas de reposo, yo tengo que preocuparme y salir en busca de su hija. A mí es a quien llama la policía, no a él. ¡A mí! Yo también quiero dormir, ¿sabéis? Yo también quiero llevar una vida apacible. Hacedme caso, no tengáis hijos, disfrutad de la vida.» Al poco rato fueron las dos a vestirse y yo a la cama. Se conoce que enseguida me quedé dormido, pues no las sentí marchar.

Hacia las ocho de la mañana encontré a Clara en la cocina tomando té con ojos de haber llorado. «Despierta a Kevin», dijo. «Es mejor que os vayáis antes que esas hayan vuelto.» Señalando la tetera, me invitó a servirme una taza de té. «¿Lo has tenido tres minutos dentro del agua?» A mí también me gusta formular de vez en cuando preguntas rituales. «Ratón, por mucho que te esfuerces, hoy no conseguirás hacerme reír.» Mujer eficiente, a la vuelta del hospital se había acordado de comprar panecillos y cruasanes. Me refirió, mientras desayunábamos, detalles de las andanzas nocturnas de nuestra sobrina. No sólo Jennifer, también su amiga (no recuerdo el nombre) había sido ingresada en el hospital, y como por lo visto la otra era delgada y frágil el alcohol le había hecho peor efecto. «Intoxicación etílica.» Clara susurró el diagnóstico con tanto misterio que no pude menos de volverme hacia la puerta para comprobar si había alguien espiando nuestra conversación. No se me dan bien los aspavientos, pero me esforcé: «¡Por el amor de Dios! ¿Y Jennifer?» Clara, a quien sin duda apretaba el deseo de descargarse de la tensión acumulada durante la noche por el procedimiento de emitir una cantidad abundante de lenguaje, contestó más o menos de este modo: «Ah, esa es corpulenta y dura. Vomitó todo lo vomitable. En cualquier momento la tendremos aquí buscando comida en la nevera y discutiendo con Gudrun. No llegué a verla. Sí, en cambio, a los familiares de la otra, un señor de casi dos metros de altura y una mujer de rasgos vietnamitas o filipinos que no me llegaba al hombro, y no es que yo sea especialmente alta. En fin, un matrimonio de esos que hace un tiempo estaban de moda, ahora quizá menos. Él hablaba de mandar a juicio a los de la taberna donde sirven bebidas a un euro. ¡Qué manera de fomentar el alcoholismo juvenil! Pero no hay nada que hacer. Las bobas iban en un grupo con por lo menos dos chavales mayores de dieciocho años, que eran los encargados de pedir las consumiciones en la barra. Diga lo que diga Gudrun, el policía que les ha tomado los datos tiene razón. ¿Qué pintan dos niñas de quince años a las tres de la madrugada fuera de casa? El padre de la otra se ha puesto a vociferar y entonces el policía le ha dicho fríamente que tal vez la oficina de protección de menores esté interesada en comprobar si en la embriaguez de las dos adolescentes concurrían negligencia o consentimiento de los padres. Gudrun ha interpretado que quieren quitarle la tutela de la hija. Yo no la veía llorar así desde los tiempos de nuestra infancia.»

A las once ya estábamos Kevin y yo en el pueblo, luego de un viaje sin contratiempos por la autopista con poco tráfico, y sin apenas conversación salvo en las ocasiones esporádicas en que yo abordaba el tema del Hannóver 96. El muchacho se sabía de memoria los nombres de los jugadores que habían perdido de víspera, en su propio estadio, contra el Schalke 0-4. Cada quince o veinte minutos se los preguntaba; él los repetía con voz monótona, siempre en el mismo orden, dejando para el final el de los suplentes que entraron al campo durante la segunda parte. De este modo yo me hacía el ánimo de que nos dirigíamos la palabra. A nuestra llegada descargamos entre los dos el coche. «¿Me ayudas?», le pregunté. No dijo ni sí ni no, y me ayudó. Juntos cargamos a continuación las bolsas y maletas que Clara y yo habíamos dejado listas en julio, llenas de ropa y calzado para los días frescos. Me habría complacido dedicarle más tiempo al jardín; pero entre las tareas que me había asignado la señora escritora y el arreglo de la maldita escoba de la bruja se me fue toda la mañana. El césped me llegaba en algunos lugares hasta más arriba de los tobillos, si bien en este caso nada se habría podido hacer, puesto que era domingo y en nuestra vecindad se soportan mal los ruidos en días festivos y horas de reposo. Me contenté con arrancar los bulbos de los gladiolos, rastrillar aquí y allá, quitar cuatro hierbajos y poco más. Una pena. Como le dije a Clara una de aquellas tardes bochornosas del verano en Bremen, me habría gustado más nuestro viaje si hubiera podido llevar el jardín conmigo.

La señora Kalthoff nos invitó a comer. «Este chico es poco hablador.» No sé si lo dijo en son de afirmación o de pregunta; sea como fuere, no quise enredarme en explicaciones. «Kevin, dile a la señora Kalthoff qué jugadores del Hannóver 96 jugaron ayer.» Y el muchacho, con una voz sin inflexiones, en cada mano una croqueta, recitó de corrida los trece nombres. Nuestra anfitriona se deshizo en elogios y después me miró con disimulo como para darme a entender que había entendido lo que fuera que había que entender. Mientras recogía la mesa fui a la sala a echarle un vistazo al correo. A ruego nuestro ella solía vaciarnos regularmente el buzón, pese a lo cual, cuando llegué a casa, lo encontré atestado de prospectos y facturas. En el fajo de cartas que me entregó había una de mi hermano, la última que recibí de él antes que empezáramos a comunicarnos por medio del correo electrónico. Por primera vez mostraba voluntad de pagarme la traducción de libros alemanes. Aunque no especificaba cantidad ninguna, me agradó sobremanera que buscase un acuerdo conmigo sobre la base del trabajo remunerado. Así da gusto tener parientes.

Encontré a *Goethe* adormilado, mustio, indiferente, gordo. Me hizo un recibimiento impropio de un amigo. Ni corrió a plantarme las patas en las perneras de los pantalones como yo esperaba, ni me lamió las manos, ni meneó la cola en señal de saludo, ni tan siquiera (¿es esto mucho pedir?) se tomó la molestia de levantarse cuando me vio entrar en la sala. Antes al contrario, continuó acurrucado sobre su manta, mirándome con la misma emoción con que podía haber mirado una telaraña en la pared. Todo lo que hizo fue atiesar una oreja y agacharla aburridamente apenas me hubo reconocido. Seguro de procurarle una grata sorpresa, acerqué a su hocico las golosinas suculentas (así lo afirmaba el envoltorio, yo no las probé) con que Clara me pidió que lo obsequiase a mi llegada. *Goethe* las olisqueó sin el menor interés, encastillado en su terca apatía incluso después de revelarle que el paquete nos había costado cinco euros. En realidad costó un euro y noventa y nueve céntimos, pero él qué iba a saber. Pensando en que acaso no las aceptaba por modestia o por timidez, decidí introducirle a la fuerza una en la boca. Resignado, la sostuvo unos instantes pinzada entre los dientes. Nada más alejarme de su lado la dejó caer al suelo.

Tras la comida, Kevin colocó a *Goethe* sobre sus muslos. Formaban una pareja armónica, los dos inmóviles en el sillón, los dos callados, los dos con las pupilas enturbiadas de languidez. Seguían en la misma posición al cabo de media hora, cuando me desperté de la cabezada que no pude impedir. En susurros le pregunté a mi sobrino si por casualidad se me había oído roncar. El muchacho, que por lo visto me entendió mal, se arrancó a recitar nuevamente los nombres de los futbolistas. Esta vez no consentí que pasara de los defensas. Con voz más fuerte reiteré la pregunta. Por toda contestación se encogió de hombros. Yo no sé qué pensaría la señora Kalthoff viendo a su huésped dormido. Malhumorada desde luego no parecía puesto que me ofreció con sonriente amabilidad una taza de café. Quise saber si el veterinario le había recetado a *Goethe* las mismas pastillas que la vez anterior. Vaciló antes de contestar que no le había recetado nada. Entonces no tuve duda de que había olvidado llevarlo a la revisión periódica, de la misma manera que olvidaba vaciar de forma regular nuestro buzón o cortar el césped de nuestro jardín. Clara me tenía prohibido enfadarme con ella por cuanto su ayuda nos era de todo punto imprescindible. Decidí, en consecuencia, mientras tomábamos café, ahorrarle los reproches que me ardían en la punta de la lengua. A petición suya le expliqué, sin extenderme en pormenores, nuestro plan de viaje previsto para las próximas semanas. A no recuerdo qué hora de la tarde le di las gracias por su hospitalidad y le estreché la mano ante la puerta de su casa en señal de despedida, convencido de que ya no nos volveríamos a ver hasta pasada una larga temporada. El mismo pensamiento me vino a la cabeza cuando le dije adiós a *Goethe,* que estaba medio agazapado tras las piernas de la señora Kalthoff. A veces, no obstante, la vida interfiere en nuestros cálculos con lances inesperados, como ya me contaré otro día porque hoy no tengo tiempo.

Y termino. Últimamente iba a todas partes calzado con las zapatillas deportivas compradas en el City Center de Northeim, no tanto porque me resultaran cómodas, más bien para adaptarme a ellas, cosa que, por lo menos con la del pie izquierdo, no sucedía. En un costado de la planta de dicho pie, allí donde este hace su puente, una costura de la zapatilla me causaba a ratos un picor no especialmente intenso, pero molesto, en un punto donde a los pocos días se formó una roncha rojiza. Al principio no le di importancia. Después el abultamiento, el nudo, lo que fuera, tomó un aspecto indefinido. Lo mismo semejaba una ampolla que una verruga o dureza de perímetro similar al de un guisante, y como empezase a perder color, o así me lo parecía, consideré que el asunto no entrañaba gravedad. Tras despedirme de la señora Kalthoff volví con mi sobrino a casa. Kevin se quedó fuera registrando el jardín en busca de caracoles y babosas, con los que formó una fila sobre el velador de la glorieta, y yo entré a ducharme. De este modo, en vísperas de reanudar el viaje con Clara, no tendría que hacerlo en el piso de nuestros parientes, donde con frecuencia había que pedir turno antes de ocupar el cuarto de baño. A tiempo de secarme, ya limpio, apreté aquella cosa del pie aprovechando que el agua la había reblandecido. Las primeras veces apreté con cuidado; luego, como no sintiese dolor, con más fuerza, sin lograr por ello que reventase. Cogí entonces una de las chinchetas que usamos para clavar notas recordatorias en el panel de la cocina. Lo sé, lo sé. Siempre que evoco la imprudencia resuena el regaño de Clara en mi memoria. Aún me pregunto cómo pudo ocurrir que no me acordase de aplicar la punta a una llama. Si es lo que hago siempre en esas situaciones... Tres o cuatro pinchazos no sirvieron para sacarle a la roncha una gota de pus. Busqué la tintura de yodo. O sea que, en medio de mi necedad, dijera lo que dijera la señora escritora, no me faltaron indicios de sentido común. Pero, claro, la tintura no aparecía por ninguna parte y yo no vi en casa otro desinfectante que mi loción para después del afeitado, donde se supone que hay alcohol. El resto de la infortunada peripecia me lo contaré otro día. Lo último que voy a escribir esta mañana es que entre las cuatro y las cinco de la tarde llamé a Clara por teléfono para anunciarle el cumplimiento cabal de todas las tareas que me había asignado. Mentí: «Y no se me ha roto nada.» Tras comunicarle que en cuestión de un cuarto de hora tenía previsto abandonar el pueblo, le pregunté si quería que le llevase alguna cosa de la que se hubiese acordado durante mi ausencia. «Aún estás a tiempo. Piensa que vamos a pasar una buena temporada lejos de casa.» Se limitó a indicarme que no dejara ningún aparato eléctrico encendido. Por último me recomendó en tono lúgubre que no me diese prisa en volver a Hannóver. «Te puedes imaginar», dijo, «el ambiente que hay aquí. Lo mejor es que estéis de regreso para las nueve.» Esto acordado, nos despedimos, cerré la puerta con llave y me fui a cumplirle a Kevin la promesa de enseñarle barcos en el puerto de Wilhelmshaven.

27

El domingo por la noche me enteré de que hasta el miércoles siguiente no dispondríamos de alojamiento en la isla de Rügen. «¿Y ahora qué hacemos, ratoncito?» La antevíspera ella me había comunicado, al tiempo que alababa sus propias dotes organizativas, que tenía resuelto todo lo concerniente a la reanudación de nuestro viaje. Se percató, sin embargo, en el curso de una llamada telefónica, mientras estaba yo en el pueblo con mi sobrino, de que en punto a la fecha y hora de la entrega de las llaves había entendido mal a la mujer que nos alquiló la vivienda en Bergen o bien esta la había entendido mal a ella. Entonces, como a mí no se me ocurriese de pronto ninguna solución, Clara sugirió que prolongáramos nuestra estancia en Hannóver por espacio de dos días. Se acogía al argumento de que, si habíamos aguantado un mes en el piso de nuestros parientes, no era improbable que nos quedaran fuerzas para aguantar un poco más. Tengo para mí que se sentía obligada a actuar de mediadora entre su hermana y su sobrina, y que con la esperanza de que yo la librase de semejante sujeción formuló la propuesta del modo menos persuasivo posible. Le contesté que mis fuerzas se habían agotado el mismo día de nuestra llegada al piso de la Podbielskistrasse. Si no había más remedio que permanecer otros dos días más bajo el mismo techo que nuestros parientes, yo me iría a dormir al parque. No hay duda de que aquello era justamente lo que Clara estaba deseando escuchar de mí. Al instante acordamos emprender la marcha a primera hora de la mañana. Ya encontraríamos por el trayecto lugares convenientes donde pasar dos noches. Pensando en animarla vaticiné aventuras inciertas de indudable aprovechamiento literario. «A lo mejor pernoctamos en un castillo tenebroso», dijo ella con ojos grandes de entusiasmo. «Cualquier sitio será mejor que esta casa», le susurré al oído. El lunes me dio pena chocar palmas con Kevin por última vez; pero no hubo más remedio. Me despedí de Gudrun con un abrazo blando de los de guardar las formas. A Jennifer ni siquiera la vi.

Nada más entrar en la autopista, a la altura del aeropuerto, Clara me urgió a parar el coche en el arcén. Propensa a los vómitos, supuse que una jaqueca la empujaba a vaciar el estómago, pero no. Estuvo cosa de diez minutos derramando lágrimas con la cara vuelta hacia los árboles. Yo la miraba por el espejo retrovisor. En ese tiempo vi descender por encima de nosotros un avión y elevarse otro. Volaban tan bajos que pude reconocer sin dificultad la compañía aérea a que pertenecían. Le tomé gusto a observar el paso de los aviones; pero en esto Clara volvió al coche y continuamos el viaje en silencio. Al cabo de largo rato, más allá de Soltau, ella dijo con estas o parecidas palabras: «La pobre tonta perdió el bolso o se lo robaron.» «¿El blanco?», pregunté sin ironía, lo juro, nada más que por cerciorarme de si Clara me hablaba a mí o había iniciado un soliloquio a media voz. «El que tanto odiabas y no me explico por qué. Dentro llevaba la documentación, el móvil, el MP3 que le compré en Hameln y yo no sé cuántas cosas más de valor. Le he dicho que mantengo la invitación de visitarnos en el pueblo el próximo verano, sola o con una amiga; pero que le pongo como condición que cambie de comportamiento y mejore sus notas en el colegio. Mi hermana está destrozada. Dice que todos los días pasa por el sitio donde el tranvía atropelló a nuestra madre y que a veces le entran ganas de cruzar las vías sin mirar.» «¿Eso te ha dicho?» «Bueno, y de lo que habló ayer ni te cuento. Está muy agradecida contigo. Cree que has sido como un padre para Kevin, en su opinión el único digno de ese nombre que el muchacho ha tenido hasta la fecha. También cree que eres frío y distante con ella por lo que os pasó junto a la ventana.» Reduje de inmediato la velocidad. Aquello requería una explicación. Una cosa es hacer de padre en casa ajena y otra, muy distinta, de marido. Clara me atajó sin contemplaciones: «No necesitas justificarte puesto que estoy al tanto de tu inocencia. Por mucho que puedas criticar a mi hermana, difícilmente dirás cosas más duras que las que dijo ella ayer de sí misma. Mi hermana se siente sola, ratón. Hay que entenderla.» «Tu hermana necesita un hombre que le arranque la ropa a tirones y se la folle hasta la extenuación. Eso es lo que necesita tu hermana, ¿comprendes? Claro que, para alcanzar dicho objetivo, o provoca un apagón en la ciudad o seduce a un ciego. Mira, lo tenía que decir y lo he dicho.» «Bien, ratoncito, a mí no tienes que venirme con sutilezas. Puede que el chimpancé que habita dentro de ti tenga razón; pero por el momento preferiría que te concentraras en la carretera. Da la casualidad de que todavía quiero seguir viva, al menos hasta que haya terminado el libro.»

Serían como las diez y media de la mañana cuando llegamos a la ciudad de Lübeck. Cielo descubierto, temperatura agradable, etcétera. Me acerqué con el coche todo lo que pude al casco antiguo, que ahora se me aparece en el recuerdo como una colina rodeada de apacibles aguas fluviales, con un cúmulo de fachadas blancas y otras de ladrillo entre las cuales, a pesar de la última guerra, no escasean las construidas siglos antes por albañiles poco rigurosos en el empleo de la plomada. Aquí y allá sobresalían en el revoltillo de casas las agujas altas y verdes de varias iglesias, cada una con su nombre respectivo que presumiblemente sabrá quien no los ignore. Supongo que un escritor profesional adornaría la imagen con un par de buenas metáforas; pero yo, que ni tengo esa habilidad ni la ambiciono, me he levantado esta mañana con pocas ganas de literatura. El centro de Lübeck nos resultaba hasta cierto punto familiar por una visita anterior de apenas tres o cuatro horas, de eso hacía ya unos cuantos años. Por entonces Clara se había ido a Kiel a tratarse de sus jaquecas en una clínica especializada. Un domingo de invierno, por ruego suyo, fui a verla e hicimos una excursión a Lübeck: la Reina de la Hansa, cuna del mazapán, de los hermanos Mann y de tantas otras curiosidades y gentes célebres que en la actualidad sirven de reclamo a los turistas. Llegamos a la hora de la comida, anduvimos un rato por la Breite Strasse y por dos o tres calles adyacentes donde también había escaparates, y nos marchamos después de la obligada porción de tarta en la cafetería Niederegger. La breve estancia no sirvió para que conociéramos a fondo la ciudad. Sí, en cambio, para darnos cierto sentido de la orientación en el curso de nuestra segunda visita, que en principio tampoco debía durar más allá de unas horas; pero luego, como ocurre tantas veces, las cosas tomaron un rumbo imprevisto.

Cruzamos el Puente de las Muñecas con bastante tráfico. Por prudencia no me volví a mirarle las famosas nalgas de piedra a la estatua del dios Mercurio. Confieso, pues, que al entrar en la parte histórica de la ciudad incumplí la primera tarea de cualquier turista que se precie. En mi descargo alegaré que no se encuentra entre las aspiraciones principales de mi vida la de sufrir accidentes de carretera. ¿Será esta una peculiaridad de mi carácter? (Ah, pero, cómo, ¿tengo yo carácter?) Al final del puente, ya a la vista de la Puerta de Holsten, torcimos a la izquierda y, recorrido un trecho corto, nos apeamos en una explanada en la que se podía dejar el coche aparcado durante todo el día por sólo cinco euros. Allí junto se alzaba el edificio del Radisson Senator Hotel, moderno y quizá elegante. Consta de tres módulos dispuestos uno al lado del otro como barcos en espera de ser botados en el río Trave. La señora escritora cruzó la puerta giratoria del hotel a paso vivo debido a una urgencia que prefiero no especificar. Cuando volvió de vaciar el vientre (huy, se me ha escapado), solicitamos a la recepcionista un prospecto. Para entonces Clara había proferido media docena de frases entusiastas acerca del espacioso vestíbulo. Con disimulo enternecedor, puesto que a ninguno de los presentes le pudieron pasar inadvertidos los flases de su cámara, sacó unas cuantas fotografías del mobiliario. Estaba decidida a instalar en aquel hotel, durante las noches que hiciera falta, a los protagonistas de su libro, lo cual no cuesta dinero. Ventajas de ser una figura de ficción. En cuanto a nosotros, no bien tuvimos constancia de los precios nos convencimos de que a nuestra naturaleza de gente real le convenía encontrar un alojamiento más económico. Comprobadas las sumas exigidas, llegué a creer que las habitaciones estaban en venta. Cuando salí de mi engaño, le dije a Clara, llamando su atención sobre un punto del prospecto: «Mira, por trece euros podríamos dormir en el garaje. Ni siquiera tendremos que mentirles a nuestros amigos cuando presumamos delante de ellos de haber pasado una noche en el Radisson de Lübeck.»

Nos dirigimos al casco histórico a través de la Puerta de Holsten, emblema de la ciudad. ¿Quién que alguna vez manejó el dinero de antes no recuerda las dos torres picudas de ladrillo, con su frontón central, reproducidas en los billetes de cincuenta marcos? Está bien conservada. Enhorabuena. Nada más divisar la célebre construcción al fondo de un camino de tierra, le sugerí a Clara que tuviese la audacia de no mencionarla en su libro. Con la mejor de las intenciones traté de advertirle que incurriría en un tópico si los personajes de su relato entraban en el centro de Lübeck por aquel lugar tan previsible. Creo que no elegí el tono ni las palabras adecuadas. Sonriente, me replicó: «¿No eres tú el que con frecuencia aboga por el ejercicio libre de la palabra escrita? ¿Y ahora pretendes limitar mi libertad diciéndome lo que debo escribir y lo que no?» Celosa de su independencia, se apresuró a tomar notas en el moleskine. En vano busqué a nuestro alrededor detalles dignos de ser consignados por escrito con semejante rapidez. Alargué el cuello para cerciorarme de si en verdad escribía, pues me daba el olor de que se estaba burlando de mí con su flema provocadora y con su ostensible manera de no mirarme mientras se supone que se engolfaba en el trabajo o en comoquiera que se le llame a eso que a veces hace cierto género de escritores por la calle. «Ahora no me interrumpas», dijo al sentir mi aliento cerca de la oreja. Entendí que la ocasión era oportuna para entablar un cambio de impresiones conmigo mismo. Y así, de forma que ella no tuviese más remedio que oírme, me pregunté si no creía yo que la falta de originalidad y de ambición artística por fuerza la habría de llevar a escribir un pasaje más propio de una guía turística al uso que de una obra con relieve literario. No vacilé en mostrarme de acuerdo con mis palabras. Clara dejó de hacerse la sorda y dijo: «Ratoncito, tengo que dedicarle unas líneas a la Puerta de Holsten. Lo contrario equivaldría a relatar un viaje al Polo sin mencionar el hielo.» «¿Habrás anotado por lo menos que en conjunto son dos torres?» «Y si pongo tres, ¿no sería eso audaz, rompedor y vanguardista?» «Bueno, al menos te habrás fijado en que la torres están inclinadas, sobre todo la de la izquierda.» Llegamos entretanto a la boca del pasadizo por el que se atraviesa el monumento. Entre el arco de la entrada y la primera imposta puede leerse una inscripción en letras áureas que dice: *Concordia domi foris pax*. De buena fe la traduje a la lengua de los bárbaros. Clara me hizo saber que ya había entendido el mensaje por su cuenta. Y añadió: «Propongo que antes de pasar el túnel *(sic)* juremos cumplir la exhortación, y que en vez de serrarnos los nervios el uno al otro nos demos palabra de no discutir ni enfadarnos durante todo el tiempo que permanezcamos en esta ciudad.» Así convenido, le aseguré que jamás los ladrillos de Lübeck habían conocido a un hombre tan pacífico como yo. Y para empezar a demostrárselo le estampé un beso en medio de la sonrisa.

Llegamos luego a un puente desde el que se abarcaba con la vista un hermoso tramo del río. Nos detuvimos a fotografiar algunas embarcaciones. Clara me dio un abrazo sin por qué ni cómo, acometida al parecer de un ataque de afecto, y haciendo aldaba contra mi pecho con la yema del índice, dijo: «Pues para que lo sepas, ratoncito, a veces agradezco tus provocaciones y desafíos. Ya vas a ver tú la página impecable que escribiré sobre la Puerta de Holsten.» Lo cierto es que superó la prueba, en parte, creo yo, por consagrarle al conocido monumento las líneas justas, redactadas en tono mesurado, incluso austero, sin sombra de pretensiones líricas ni exceso de información erudita, y en parte también por una feliz ocurrencia que tuvo. Y fue que el día que redactó el párrafo se acordó de que al comienzo de la explanada, a cada lado de la escalera de donde arranca el camino, había dos leones metálicos de tamaño natural, uno de los cuales duerme y el otro mira con fijeza a su congénere. Sueña Clara en su libro que se ha sentado sobre el lomo del primero. Desde tan desusada perspectiva comienza a trazar la descripción. De pronto el león se despierta, se pone de pie y, tras estirar sus miembros de hierro colado y abrir la boca a impulsos de un bostezo, lleva con pasos tranquilos, soñolientos, a la mujer hasta el interior de la ciudad. Leído el pasaje, felicité a la señora escritora como siempre hago, pero esa vez con más razón.

Ya en la primera calle por la que subimos, dentro del casco histórico (Patrimonio Cultural de la Humanidad y esas cosas), mi hambre topó con un McDonald's del que salía un calor aromático, yo ya me entiendo, y aunque faltaba todavía bastante para la hora en que tomamos de costumbre la comida, me atreví a formular ante la puerta del establecimiento mi deseo de ingerir un tentempié. No soy buen visitante de iglesias y museos si no estoy bien alimentado. Clara, que aborrece el *fast food* y la decoración de plástico, rebatió mi razonamiento alegando que la parada supondría una pérdida de minutos valiosos para su trabajo de documentación literaria. A propósito de minutos, le recordé que por su culpa habíamos malgastado unos cuantos en el Radisson. Sí, pero aquello había sido una necesidad urgente. «Pues si vamos a eso», repliqué, «tanta necesidad tienen los cuerpos de sacar como de meter.» Que por favor hablase más bajo. Puse en duda, haciendo un ademán de sosiego, que yo hubiera hablado a gritos. Pues se estaba enterando toda la ciudad. «De acuerdo», dije, «renuncio a la hamburguesa con queso que sólo cuesta un euro y a la que ni siquiera hay que esperar porque ya la tienen preparada. Pero que conste que no me resigno al hambre por convicción, sino obligado por la promesa de paz que te he hecho. A partir de este momento puedes considerarme una víctima de la literatura y en especial de tu literatura.» Ah, no, no, no, de ninguna manera, ahora era ella la que insistía en que yo entrase en McDonald's y fuera feliz con mi «hamburguesa grasienta». Que no entro, que sí entras, y al final, como tiendo de mío a ceder, declaré que sólo entraba porque ella insistía y entré. Andando por la calle arriba, me cogió cinco o seis patatas fritas. Dijo por un costado de la boca, mientras masticaba por el otro, que para que se acabasen cuanto antes porque la ponía nerviosa verme comer.

Pocos minutos más tarde vivimos un hecho insólito. Quizá haya un ápice de verdad en la suposición de que no todo en la vida se reduce a física y química. Sea como fuere, no acostumbro creer en milagros excepto cuando se producen. El nuestro sucedió, en pocas palabras, del modo siguiente. Íbamos Clara y yo camino de la St. Marienkirche, pues la señora escritora se había empeñado en poner por obra la ritual niñería de acariciar el ratón de piedra. Cruzamos con dicho propósito la plaza pintoresca, orgullo de Lübeck, donde está el Ayuntamiento y donde no faltan algunos pegotes horrendos de arquitectura moderna. Por detrás del Ayuntamiento sobresalían, hasta una altura de vértigo, las torres puntiagudas de la iglesia. La iglesia es roja, con muros de ladrillo, con arbotantes de ladrillo, con todo de ladrillo. Me pregunto si fue construida para feligreses con alma de ladrillo. A la iglesia se llega a través de un pasaje corto y oscuro que hay en un rincón de la plaza. Allí dentro, oculta a la vista de los transeúntes salvo cuando estos la tienen delante, encontramos una librería de viejo. Clara se paró a mirar el género. Yo continué andando hasta el final del pasaje. No les tengo afición a los libros de segunda mano. Los libros son para mí como la ropa interior. Me disgustaría pensar que antes ha sido usada por otro. A veces estornudo encima de las páginas, a veces se me caen gotas de... En fin, no quiero perderme en conjeturas en torno a los percances que les ocurren a algunas personas mientras leen. Así reflexionando, me doy la vuelta y ¿qué veo? Veo vivas señas de Clara para que me acerque a su lado. Y más que señas parece como si jalara de una cuerda invisible con la que me llevase atado por el cuello. Me bastó presentir que quería enseñarme algo para que lo descubriera por mi cuenta tras el vidrio protector de una estantería adosada a la pared. Como a cinco pasos de distancia reconocí la ilustración de la cubierta. «Ratoncito, ¿sabes qué?» «¿Has encontrado un libro interesante?» «No he encontrado un libro. He encontrado el libro.» Adrede fijé mi atención en un punto ligeramente apartado del que ella señalaba. Me mostré sorprendido, lento de reflejos, atolondrado: «¿Te abandonas al entusiasmo por una *Historia de la literatura escandinava?* Nunca terminaré de conocerte.» «¡Qué malo eres! ¿Crees que no me he percatado de que ya lo has visto? Te he llamado porque necesito que me hagas un favor.» «¡Huy, tu libro!» Que entrara en la librería a comprarlo. «¿Quieres leer tu propio libro?» Perdió la paciencia, se le ofendió la voz, traté de aplacar sus malos espíritus mediante un conjuro de vigencia local: *Concordia domi foris pax.* «El librero», dijo, «podría reconocerme por la fotografía de la solapa.» «¿Y qué más da que te reconozca? Deberías ejercitarte un poco en la fama por si alguna vez te llega. De lo contrario no sabrás cómo comportarte el día en que, yendo por la calle, oigas que a izquierda y derecha la gente susurra tu nombre.» «Ratón, ¿tanto te cuesta entender que no quiero pedir mi libro?» Le recomendé que se pusiera las gafas de sol. No quiso escuchar más, sino que dándose la vuelta bruscamente entró en la librería con pasos resueltos. Medio minuto después la vi salir parlanchina y sonriente en compañía del librero, un señor mayor de pelo largo entrecano, barba rala y espaldas cargadas. Los dos pasaron por mi lado como si yo no existiera. Sacado el libro de la estantería, volvieron al establecimiento y yo detrás. Decidido a que se notara mi presencia, en el instante en que el librero introducía la novela de Clara en una bolsa de plástico le pregunté si la había leído y le parecía buena. A lo cual respondió él con grave aplomo que ya mi esposa se le había presentado como autora del libro. Me pareció que los dos me miraban deleitándose en la certeza de que de un momento a otro se me cubrirían las mejillas de rubor; pero no les quise dar el gusto.

Mientras nos acercábamos a la entrada de la iglesia, Clara descubrió en el interior del ejemplar una dedicatoria trazada con tinta de bolígrafo y buena letra: *Für L mein kleines Herz voller Liebe* (Para L mi pequeño corazón lleno de amor). No había más firma que una H sin rúbrica. Quizá me equivoque en las iniciales, pero del resto estoy seguro. La idea de que su libro hubiera contribuido, en la forma de un regalo, a iniciar o afianzar la relación amorosa entre dos personas emocionó a Clara. Al instante se puso a hacer cábalas sobre los nombres que se escondían detrás de aquellas iniciales, y de allí pasó a barajar posibilidades sobre la edad, el sexo y el carácter de quien había comprado el libro y de quien lo había recibido. Al hilo de sus románticas conjeturas, discurrió un argumento para un posible relato, e incluso para una novela, según dijo, y se apresuró a anotar la ocurrencia en el moleskine. «¿No te parece una historia atractiva?», me preguntó. Se conoce que asomaron a mis facciones indicios de una expresión poco digna de confianza, pues enseguida agregó: «Mejor no respondas.» Para entonces se me había llenado la boca de respuesta y apenas hube entreabierto los labios saltaron afuera las palabras por sí solas. Me oí decir que, en vista del lugar donde habíamos encontrado la novela, juzgaba probable que la pasión amorosa de L y H (o de H y L) se hubiese extinguido. «Apostaría a que él roncaba», añadí. Clara suspiró, los ojos en blanco, el libro otra vez en la bolsa. «Ya veo», dijo, «que nos espera una jornada difícil.» No me pareció oportuno confrontarla con la siguiente hipótesis: el destinatario del obsequio no había tenido más remedio que cortar el avance amoroso de su pretendiente después de leer aquel libro que le había desagradado.

Entramos en la St. Marienkirche a la zaga de un grupo de turistas, dispuestos a encontrar el ratón en su escondrijo. Es creencia popular que a quien lo toca le sonríe la suerte. Esto no sé yo si es cristiano; pero por lo visto atrae monederos, con lo cual aumentan las posibilidades de que la gente haga donativos o compre postales y recuerdos en el puesto de venta que hay nada más cruzar la entrada. Clara leyó en un folleto que quien no haya visto en su sitio al ratón de la St. Marienkirche no puede asegurar que estuvo verdaderamente en Lübeck. Esperábamos una búsqueda no exenta de dificultad. La iglesia, de tres naves, tiene un número de recovecos acorde con sus vastas dimensiones. Espoleado por un afán repentino de diversión, propuse que cada uno registrase el templo por su lado, ella por la derecha, yo por la izquierda o viceversa, y nos comunicáramos el resultado de nuestras pesquisas en algún punto de la otra nave lateral. La señora escritora replicó que no habíamos ido allí a jugar a los detectives. Por decisión suya nos mantuvimos próximos al grupo de turistas, ella de espaldas al guía, pero tan cerca de él como para poder trasladar al moleskine sus explicaciones mientras fingía contemplar ornamentos y detalles. Casi toda la información que vertió después en su libro acerca de la St. Marienkirche la obtuvo de aquel modo: lo de las campanas rotas en el suelo desde el ataque aéreo de 1942 que descargó una tormenta de fuego sobre la ciudad, lo del órgano, lo del reloj astronómico y, en fin, lo de las varias cosas que menciona en el capítulo correspondiente como si las hubiera descubierto por su cuenta.

A mí la St. Marienkirche de Lübeck, con sus pilares altos y sus techos decorados de plantas y pájaros en rojo y verde sobre fondo blanco, con el raudal de luz que entraba por sus grandes ventanales en ojiva y con otros adornos arquitectónicos de los que ahora no recuerdo sino que aquel día me parecieron bien, me agradó más por dentro que por fuera. En cuanto al ratón, nos bastó acompasar nuestros pasos a los del grupo de turistas para encontrarlo en el deambulatorio. Yo creo que, puestos a buscarlo con atención, lo habríamos encontrado sin ayuda, pues, aunque pequeño y un poco escondido, resalta por la mugre negra que lo recubre, debida al constante manoseo de la gente. Debajo de un vano enrejado había dos escenas en relieve de la vida de Cristo, esculpidas, me parece, en piedra arenisca y adosadas a la pared como a la altura del pecho de una persona. La de la izquierda representaba la Última Cena. Todo a su alrededor se extendía un marco labrado en la misma piedra, y en dicho marco, que tenía un color indefinido, entre blanco y gris, se apreciaba un manchurrón oscuro sobre el ángulo inferior izquierdo. Había que acercarse a menos de un metro para distinguir el ratón en lo más denso de aquella suciedad. El ratón mordisqueaba la raíz dicen que de un rosal, en cualquier caso de una planta cuyo tallo serpenteante ascendía a lo largo del marco de piedra. Que se trataba de un rosal lo leí en un libro dedicado a Lübeck; pero yo juraría que a la planta le colgaban bellotas. «Ratón, ¿no pretenderás hacerme creer que sabes más que el experto que ha escrito la guía?» Insinué la posibilidad de que el rosal subiera enroscado al tronco de un roble. «Ah, pues seguro que era como tú lo cuentas, ratón. Y detrás del roble, ahora me acuerdo, había una vaca de cuatrocientos cincuenta y ocho kilos que no se veía porque estaba el roble delante.» Eso me dijo. Durante un instante dudé entre el divorcio y la risa. El caso es que la cena estaba preparada, fuera llovía, así que me eché a reír y ella también, orgullosa de su chiste. Todo esto fue unos meses después de nuestra visita a Lübeck. En aquella ocasión esperamos a que los turistas reanudaran su recorrido para quedarnos solos junto al ratón. Clara lo acarició con delicadeza, incluso con ternura, como temerosa de malograr los efectos beneficiosos del rito si el animalillo se asustaba. En cambio, yo restregué sin miramientos contra la piedra áspera mis dedos pringosos del aceite de las patatas fritas, y aun comprobé con una uña la calidad y consistencia del material. La señora escritora auguró que el ratón se vengaría. Quién sabe si, por tomar venganza en mí, se salió aquella noche de la iglesia y, estando yo dormido en el hotel cercano, me arreó sin que yo lo notara un mordisco en la planta del pie. Quizá debí revelarle al médico esta hipótesis.

A la salida de la St. Marienkirche topamos con una figura de bronce. Representaba un diablo desnudo, de complexión no mayor que la de un niño, provisto de cuernos, rabo grueso y una insignificante prominencia viril entre los muslos. Se mesaba la barba sentado sobre un bloque de granito sin pulir y sonreía. La roca, de varios metros de longitud, estaba colocada junto al muro de la iglesia a manera de poyo. No era alta, pese a lo cual el diablo no llegaba con los pies al suelo. O, para ser más preciso, con el único pie que tenía y con una pezuña como de caballo en la que, de haber sabido lo que me ocurriría durante las semanas posteriores, no me habría costado vislumbrar un mal augurio. Detrás de la figura, al comienzo de la pared de ladrillos, sendos carteles en inglés y en alemán referían una leyenda de la que someramente recuerdo que un lugareño astuto, a quien no le pasó inadvertida la pezuña del forastero, persuadió a este a echar una mano a los albañiles con el engaño de que estaban edificando una taberna. Por lo visto el diablo no se percató de la jugarreta sino cuando faltaba poco para construir el remate de las dos torres. Impelido por un cabreo natural en tales circunstancias, trató de romper la iglesia golpeándola con el bloque de granito sobre el que ahora estaba acomodado; pero por no sé qué motivo no lo consiguió. En fin, que me tuve que sentar con él porque Clara se empeñó en sacarme unas cuantas fotos a su lado. Dijo que le causaba asombro nuestro parecido. Puse en duda que yo fuera incapaz de distinguir una iglesia de una taberna. En cuanto a las dimensiones de mi virilidad, juzgué innecesario aportar pruebas, aunque las tenía. A lo sumo al diablo y a mí nos hermanaba la sonrisa. Clara respondió que, en efecto, eso nos hermanaba; pero también lo malo que a veces soy con ella.

A este punto me dije entre mí que la señora escritora también tenía derecho a vivir momentos de placer a costa de mi vanidad herida como yo vivo los míos, cada vez que puedo, a costa de la suya. Me abstuve en consecuencia de atajar las ironías diabólicas que me dirigió mientras bordeábamos la St. Marienkirche. Antes al contrario, dejé, deleitándome en su malévola sonrisa, que alimentara la convicción de su victoria en sucesivas y encantadoras agresiones verbales. En esas estábamos cuando llegamos al otro lado de la iglesia, lindante con la Mengstrasse, donde se encuentra uno de los lugares que Clara había incluido, con el calificativo de ineludible, en su jornada de visitas. No tardamos en avistar la célebre fachada blanca de la Buddenbrookhaus, la única parte del edificio que respetaron las bombas del año 42. Yendo y viniendo días le fue añadida por detrás una casa de tres pisos, hoy consagrada a la memoria y endiosamiento de Thomas Mann y su copiosa parentela.

Entramos en la librería instalada en la planta baja. Pensé, por el respeto a los lugares sagrados que me inculcaron durante la infancia, quitarme el sombrero de copa. Advertí, no obstante, al llevarme la mano a la frente, que nunca he poseído dicha prenda. Al principio de las escaleras por las que se sube a la exposición, un cartel preguntaba a los visitantes, con ironía bondadosa, si se habían acordado de comprar una entrada. Limpio el recibidor de vigilantes y porteros, le propuse a Clara en voz baja hacernos los despistados. ¿Cómo extrañarse de que escasee la honradez en el mundo si mi mujer la acapara casi toda? En la librería, delante de la señora que atendía tras el mostrador, adoptó un lenguaje redicho, de sintaxis culebreante, de vocabulario selecto, presumo que sacado del recuerdo de sus lecturas de Thomas Mann. No abrigo duda de que si este hubiera sido poeta ella habría solicitado la información en verso, y si cantante de ópera, del modo que se deja imaginar, aunque los presentes nos hubiéramos tenido que arrojar al suelo. Le susurré al oído: «Intenta que te confirme si Thomas Mann era o no era sodomita.» Me lanzó de refilón una rociada de fuego ocular. *«Concordia domi»*, le recordé. La señora de la librería le explicó a la señora escritora que pagando un pequeño suplemento la entrada servía para acceder a otros museos y lugares de interés turístico de la ciudad. Citó algunos. Eran lo menos diez o doce, cantidad que me sugirió la idea de una conjura cultural. Preví horas ocupadas en el cultivo minucioso del hastío, con el cansancio inevitable en las piernas y el agarrotamiento cerebral que me entra cuando no me queda más remedio que fijar la atención en una serie larga de cachivaches del pasado, razón por la cual hace tiempo que me tienta el ingreso en alguna organización no gubernamental dedicada al fomento del olvido. Antes de aceptar la oferta, Clara me consultó con la mirada. No fue necesario que nos habláramos. «¿Dos?», le preguntó la señora del mostrador. «Una», dijo ella sin vacilar. Había interpretado correctamente el mensaje de súplica que me esforcé en transmitirle con los ojos.

Acordamos reunirnos delante de la Buddenbrookhaus al cabo de media hora. Apenas puse un pie en la calle, formé propósito de procurarme un gusto, no importaba cuál con tal que fuera intenso. Decidido a concederle una gracia al paladar, me llegué, cerca de allí, en la Breitestrasse, al Niederegger Arkadencafé, frontero de la famosa cafetería-pastelería de la cual supongo, dada la coincidencia de los nombres, que es filial. Encontré un asiento libre con vistas estupendas a la plaza. Por algo más de seis euros me tomé una gollería con helado de mazapán y cereza y con otros ingredientes a cuál más delicioso que, degustados con la máxima concentración, la mente en blanco, los ojos cerrados, la nariz próxima a la copa, de la que se desprendía un dulzor aromático, me arrastraron a los bordes de un momento blam. No habría cambiado mi felicidad gustativa por toda la literatura de Thomas y Heinrich Mann, aunque me la hubieran servido con nata encima de una bandeja.

A la hora convenida me senté en un bordillo del adoquinado desde el que podía observarse la entrada de la Buddenbrookhaus. Transcurrieron diez, trece, quince minutos, y como la señora escritora aún no hubiese salido, cansado de esperar me asomé al recibidor, me asomé a la librería, me asomé al arranque de la escalera, me asomé al primer piso, me asomé al segundo y al fin la encontré sentada delante de una pantalla, con auriculares, el gesto petrificado y las pupilas dilatadas de fascinación. «Tengo que venir alguna vez aquí con los alumnos», dijo cuando por fin se percató de mi presencia. La dejé mirando boquiabierta imágenes en blanco y negro, y me dirigí, con la esperanza dudosa de divertirme, al salón alhajado a la usanza burguesa de finales del siglo XIX, reproducido con fidelidad a la descripción que hace de él Thomas Mann en su novela. Los muebles estaban cubiertos con sábanas. Encima de la mesa había un teatrillo de juguete en cuyo escenario se repartían unas cuantas figuras móviles de cartón. Por cierto, cambié dos de ellas de sitio y el otro día me agradó comprobar en Internet que continúan donde yo las puse. A Clara le molestó pillarme sentado en una de las sillas. Alegué que, para empezar, nadie me había visto y añadí, aguantándome las ganas de reírme, que tal vez las sillas estaban protegidas por sábanas precisamente para que los visitantes pudieran tomar asiento en ellas, de manera que por un momento les fuera dado experimentar la sensación de pertenecer a la decadente familia de los Buddenbrook. Me ordenó levantarme de inmediato. Acto seguido volvió a fruncir el entrecejo porque apreté, din, una tecla del piano. Entonces cayó en la cuenta. «Oye, ratón, ¿tú has pagado entrada?» «¿Para qué voy a pagar nada si sólo he venido a buscarte?» Le entró de pronto miedo a que me pillaran al salir. No se imaginaba mayor bochorno que volver un día a la Buddenbrookhaus con sus alumnos y ser identificada delante de ellos como la mujer que en cierta ocasión vino en compañía de un tipo que entró sin pagar. A fin de ahorrarse tamaña vergüenza, pensó en entretener con alguna argucia a la señora de la librería mientras yo me deslizaba con disimulo hacia la calle. «Ahora que somos cómplices», le dije, «me gustas más.» Le di un beso rápido y luego salí de la casa con la misma facilidad con que había entrado en ella. «Ratón, no me vuelvas a hacer esto. Por tu culpa he tenido que comprar un libro que no me interesa.»

Echamos a andar por la Mengstrasse abajo en dirección al río, de vuelta a la Puerta de Holsten, donde se alberga un museo que Clara se había propuesto visitar antes del almuerzo. Estábamos en tratos sobre la manera de entretenerme mientras ella adquiría conocimientos relativos al pasado de la ciudad cuando a los pocos metros, en una esquina de la primera calle transversal, dimos casualmente con un pequeño hotel cuyo nombre olvidable me consta que no se corresponde con el que tiene ahora, ya que por lo visto el negocio ha cambiado de dueño. Es igual. Me conformaré con recordar que la situación del establecimiento, dentro del casco histórico de Lübeck, y su aspecto decoroso nos complacieron lo suficiente para entrar a preguntar. «Será caro», auguró Clara con ese pesimismo suyo que yo no sé si es una estrategia para amortiguar decepciones inminentes o simple renuencia a ser feliz. Un señor metido en años nos ofreció una habitación con vistas a las torres de la iglesia y a la fachada de la Buddenbrookhaus. Contagiado de su labia entusiástica, me tentó preguntarle si también se veían por las ventanas del hotel las cataratas del Niágara. Tras pintarnos un panorama por demás vistoso, llegamos al asunto esencial del que dependía nuestra decisión. Y, en efecto, el precio del alojamiento nos pareció tan aceptable que no dudamos en reservar una habitación para las dos noches que teníamos por delante antes de proseguir viaje a la isla de Rügen.

Mientras yo me encargaba de buscar nuestro equipaje, Clara acudió al siguiente museo de su lista, del cual volvió al cabo de una hora larga, dichosa de haber visto, entre otras cosas, la reproducción de una cámara de tormentos. Me describió con tales muestras de fervor los utensilios allí expuestos que recelé de pronto si no le estaría removiendo el instinto alguna pulsión libidinosa, y como soy de mío propenso a complacerla, porque considero, y se lo he dicho muchas veces, que su felicidad consiste en la mía y al revés, le pedí permiso para interrumpir su discurso y ofrecerme a torturarla un poco si tal era su capricho. Me replicó, impertérrita, que bastante ración de tortura recibía a diario con mis bromas. Y añadió a guisa de ultimátum: «¿Te cuento lo que he visto, sí o no?» Fui tonto, no me negué. Luego comprendí que me habría ahorrado una gran cantidad de museo si hubiera visitado con ella el museo. Durante la comida no habló de otra cosa. Habíamos ido a almorzar por recomendación del hotelero a la Schabbelhaus, antigua casa de comerciantes, en la Mengstrasse, ahora convertida en restaurante con cocina italiana. El tiempo transcurrido desde entonces no ha logrado hacerme olvidar lo que comí. De primero tomé sopa de tomate con una cucharada de nata, una hoja de albahaca y museo; después costillas asadas de cordero con guarnición y museo, todo ello regado con vino tinto y museo; de postre, un trozo de tiramisú con museo y, para terminar, un café expreso con más museo. Clara pastó sus vegetales de costumbre. Salió contenta del restaurante aun cuando la cuenta que nos trajeron no la podríamos pagar todos los días. Incluso escribió al salir una frase laudatoria en el libro de visitas. A mí la comida me dejó un regusto excesivo a museo.

No volvimos a vernos hasta la hora de la cena. Yo, antes de nada, me retiré al hotel a sacudirme de encima el cansancio que arrastraba después de tantas noches de mal dormir en la habitación de mi sobrino. La idea de que en cualquier momento me desvelaran los diálogos y canciones de *El libro de la selva* me obsesionó hasta el punto de impedirme reposar. Al despertarme me percaté de que había soñado durante hora y media con aquel suplicio. En realidad había dormido profundamente. Tras el descanso reparador, salí a cumplir de buena gana la tarea que la señora escritora me había encomendado. De acuerdo con sus instrucciones tomé fotografías desde lo alto de la torre de St. Petri, adonde por fortuna se sube en ascensor; en el laberinto de callejas próximas al río, en la zona peatonal y, en fin, en el interior de unos cuantos locales de renombre que encontré sin dificultad gracias a las señales que ella había trazado previamente sobre un plano. Al atardecer estuve esperándola en un rincón de la Schiffergesellschaft, antigua casa gremial convertida en taberna y restaurante. Es un sitio curioso, decorado con profusión de motivos marinos. Vigas de madera cruzaban el techo. De ellas pendían modelos reducidos de navíos de siglos pasados, junto a faroles melancólicos de muy variadas formas y colores. Había muchos más detalles decorativos sin duda dignos de recordación; pero no estoy yo ahora con ganas de hacer un inventario. Total, que decidí resarcirme de la espera pidiendo un vaso de cerveza cada diez minutos. Clara se retrasó obra de tres cuartos de hora. No sólo la recibí con una sonrisa en correspondencia con la suya, sino que me puse de pie para besarla y, de paso, demostrar a los posibles malpensados repartidos por el local que yo no era un hombre solitario que intentaba ahogar su amargura en alcohol, como acaso había creído más de uno empezando por el camarero. Clara se disculpó por la tardanza, mi dulce ratoncito, pero... ¡había tantas cosas interesantes que admirar en Lübeck! «Te daría mucha pena saber lo que te has perdido.» Caballeroso, paciente, comprensivo, le dije que si aún le quedaba algún museo o iglesia por visitar que los visitase sin pérdida de tiempo, que yo de allí no me movía aunque tuviera que esperarla hasta la medianoche.

Cenamos en buena avenencia una fruslería de fuerte sabor histórico, político, arquitectónico, cultural, y nos recogimos a hora temprana. Llevaba Clara, además de recuerdos, postales y folletos que le ayudé a transportar, un tubo de cartón cuyo contenido no quería revelarme hasta que hubiéramos llegado a la habitación del hotel, ya que al parecer era un objeto valioso que podía estropearse fácilmente si no se trataba con precaución. Mandándome cerrar los ojos, desenrolló encima de la cama una litografía que había comprado en la casa-museo de Günter Grass por 250 euros, firmada a lápiz por el autor. Aún cuelga protegida por un vidrio en un lugar preferente de nuestra sala. El dibujo representa un rodaballo de color almagre, y es el número 139 de una serie de 150. Cuando lo vi por vez primera, tan veraz, tan desnudo, tan cocinable, se me ocurrió que no quedaría mal en la pared de una pescadería; pero me tragué el chiste, impresionado por la expectación ansiosa con que Clara me escrutaba desde el otro lado de la cama, como implorándome una palabra, una tan sólo, ratoncito, de aprobación. En la Schiffergesellschaft me había dicho con ostensible remordimiento que había costeado el misterioso contenido del tubo con dinero del sobre de tía Hildegard. No vacilé en acariciarle el cogote como acarician de costumbre los amos a sus perros, con tan extremado como afable paternalismo al que ella no se opuso por la cuenta que le traía. Porque, claro, 250 euros nos rompían brutalmente el presupuesto diario. Así que en recompensa por su dulzura y humildad le dije que había hecho bien, y acto seguido indiqué al camarero por señas que me trajera otro vaso de cerveza.

Se me figura que fue durante aquella primera noche nuestra en Lübeck cuando el ratón de la St. Marienkirche se escapó de su marco de piedra y con pasos tan rápidos como sigilosos se llegó al hotel cercano a hincarme sus dientes vengativos. Lo cierto es que, aunque no noté dentellada alguna, a la mañana siguiente empezaron a molestarme los picores en la planta del pie izquierdo. Tras el desayuno, la señora escritora se marchó a visitar la casa del compositor Brahms, situada en algún lugar fuera del casco histórico, más lejos de lo que ella pensaba, por lo que vino tarde a la cita que habíamos concertado. Por dicha causa nos fue forzoso posponer para después del almuerzo la vuelta en barco por el río que teníamos prevista. A primera hora de la tarde, sin embargo, nos ocurrió en la terraza de la Wiener Caféhaus un incidente que le quitó a ella las ganas de emprender la excursión. Es el último episodio que me cuento hoy.

Habíamos comido por un precio razonable en un establecimiento de la cadena Nordsee, en la Breitestrasse, la señora escritora ensalada y arroz con salsa de remolacha pues el pescado no lo prueba. Y no es que pretenda alardear de buena memoria delante de mí; simplemente, cada vez que entramos en un Nordsee pide lo mismo. Tanto por hacer tiempo hasta la hora de embarcarnos como por disfrutar de la agradable temperatura y de la luz del sol, acordamos tomar un postre, calle arriba, en la terraza referida. Enfrente de nuestra mesa, como a cinco o seis metros, había yo no sé si un mendigo o vagabundo de pelo blanco sentado en el suelo, con la espalda recostada contra una columna de los soportales donde tienen su entrada principal los grandes almacenes Karstadt. Y escribo que no sé con exactitud lo que era porque ni se le veía escudilla donde juntar la limosna, ni cartel indicativo de su condición, ni mala ropa; antes al contrario, llevaba gafas como de haber pasado los ojos por las páginas de más de un libro, razón por la cual le susurré a Clara que, según mi sospecha, se trataba de un marido desquiciado. Ella me pidió que lo fotografiase por si acaso le inspiraba alguna idea para su libro. Nada más orientar la cámara hacia él, volvió la cara y me clavó una mirada no escribiría yo que hosca; más bien seria, desconfiada y, por encima de todo, penetrante. El tipo caló nuestra intención desde el principio. Se dedicaba a observar, indiferente, el flujo de peatones; pero en cuanto se percataba de que yo hacía un intento por sacarle una fotografía, zas, me clavaba los ojos agrandados por las lentes. Así en dos o tres ocasiones, sin que yo me atreviera en ninguna de ellas a llevar a término mi propósito por temor a que se enfadase.

Y estábamos entretenidos con este juego y bebiendo nuestros cafés *mélange,* de paso que compartíamos una copa de helado, cuando ocuparon la mesa vecina un hombre y una mujer de entre cincuenta y bastantes y sesenta y pocos años, el hombre tostado de solario, la mujer con la cara asfaltada de maquillaje, los labios inflados en algún taller de cirugía; la calandra, obra de ortodoncista, y rímel abundante alrededor de los faros. En otras palabras, tenía la señora un automóvil por semblante. Sólo le faltaba contaminar y, en efecto, no tardó ni medio minuto en encender un cigarrillo. Clara, sentada cerca de ella, tanto que sus espaldas casi se tocaban, recibía la parte mayor del humo. Empezó a sufrirlo con urbanidad, aunque era un humo evitable por cuanto nos venía del cigarrillo que la mujer-automóvil sostenía a la altura de su hombro con elegancia blanda, afectada, estúpida, etcétera. Temerosa de quemarse, Clara corrió algunos centímetros su silla hacia mí. La educación, el miedo al bochorno, refrenaban su impulso de protestar en voz alta. Durante un rato utilizó mis oídos como depósito de sus quejas. Al fin se atrevió a preguntarle en tono de ruego a la mujer-automóvil si por favor tendría la amabilidad de apartar el cigarrillo, y aun se tomó la molestia de razonar su petición. La mujer-automóvil le respondió con sequedad que vivíamos en un país libre y mantuvo la mano como hasta entonces.

Su descortesía me pareció reprobable sin más; no le di mayor importancia. Me consta que en el mundo acontecen a diario sucesos harto más preocupantes, de manera que al pronto interpreté el asunto del cigarrillo como uno de tantos inconvenientes de vivir en un planeta populoso. A mí el que me interesaba de verdad era el tipo de enfrente, que, ajeno a cuanto ocurría en derredor, se puso a pelar un plátano. Aún no había perdido la esperanza de fotografiarlo tan pronto como se descuidase. Sin embargo, por mucho que extremara la cautela no lograba impedir que cada dos por tres mis miradas fugaces y las suyas recelosas se encontraran, lo que me truncaba de continuo la maniobra. Clara seguía refunfuñando junto a mi oreja. No me enteraba del contenido de su runrún porque de quien yo estaba pendiente era del tipo sentado al pie de la columna. La señora escritora trataba de apartar de sí el humo a manotazos. De buena gana habríamos cambiado de mesa, pero no había ninguna libre. Harta de soportar la libertad de la mujer-automóvil, Clara me susurró al oído en tono imperioso que pidiese la cuenta. Juzgué conveniente comunicarle que nos quedaba por comer media copa de helado. Sin prestarme atención, tosió de forma demostrativa mientras abofeteaba el aire delante de su cara y protestaba con voz cada vez más audible. Ella misma le pidió por señas a la camarera que nos cobrase. Añadimos, a la usanza germánica, una cantidad al precio de las consumiciones para redondear. Antes de levantarme introduje en la boca a toda velocidad varias cucharadas de helado. Pensaba asimismo rescatar un grano de uva; pero el gesto ceñudo de Clara me disuadió.

A continuación guardé la cámara en la mochila. Había desistido de fotografiar al tipo sentado en el suelo, que, masticando un cacho de plátano, nos miraba de hito en hito. La señora escritora, de pie, se dirigió a la mujer-automóvil, sentada, en tono de reproche. Ignoro lo que le dijo y lo que esta le contestó. Lo único que sé a ciencia cierta es que el hombre tostado le lanzó a mi mujer, a mi Clara, a mi todo (aunque a veces me sierra los nervios), una réplica grosera. Al instante una descarga de ira me atravesó los músculos. Mis dientes yo no sé lo que mordían, mis manos yo no sé lo que apretaban, e impelido por un furor desapoderado que no me había vuelto a ofuscar desde la adolescencia, me arranqué hacia el miserable metiéndome por medio de las dos mujeres. A mi espalda sonó un gemido suplicante de Clara. Pero ya era tarde para volverme atrás. O él o yo. Esto las mujeres no lo entienden. No lo entenderán jamás. Otras hormonas, otros instintos. Se me hace que para ellas el desenlace de una disputa lo decide la pericia en el manejo de las palabras. ¿Será por eso que hablan y hablan, y arguyen y redarguyen, y pegan cortes y lanzan indirectas cuando discuten, confiadas en la eficacia del veneno verbal? A nosotros, sin embargo, ya de pequeños, en el parvulario y puede que antes, nuestra naturaleza masculina, elemental, testosterónica, nos simplifica las cosas inculcándonos la certidumbre de que la razón prefiere aliarse con quien tumba al otro. Le sacudes una en el morro y de forma instantánea el adversario comprende la utilidad de no llevarte la contraria.

Todo esto lo pienso en frío ahora. En aquel momento yo no pensaba nada, tan sólo que un canalla de cutis torrefacto le había faltado al respeto a mi esposa. Si me hubiera ofendido a mí, pues bueno, me hago el sordo o le devuelvo el insulto y le doy la espalda. Pero ¡decir lo que dijo a la mujer de mi vida, al objeto de mi afecto, a mi suministradora de orgasmos, a la dulce persona por la cual abandoné mi país y mi gente! Inutilizados mis muchos o pocos recursos racionales, en mi cerebro sólo funcionaba un poderoso e incontrolable mecanismo que presumo semejante al que gobierna las acciones de las fieras depredadoras cuando se arrojan sobre sus presas y les clavan los colmillos en la garganta y hunden y mojan sus hocicos en la sangre caliente, que sólo de escribir esto me están entrando ganas de bramar. Me contengo y sigo.

El hombre tostado se puso rápidamente de pie. Mirándolo dentro de los ojos, le espeté: «¿Tienes un problema o quieres tener uno?», y sin darle tiempo a responder, agrandándome de hombros y de pecho, torcido el costado del labio de arriba para mostrarle la aversión que me inspiraba, agregué: «Tú, agujero del culo.» Avanzó, airado, la barbilla levantada, un paso hacia mí. El choque parecía inevitable. Estábamos ya a la distancia de abrazarnos o comenzar el combate. Él era de estatura un poco más baja que la mía. En sus mejores años debió de ser un hombre fornido; pero desde entonces había transcurrido un lapso dilatado. Que no se me pusiera llorón por eso, ¿eh? También yo podía alegar mi ineptitud para las artes marciales. No había vuelto a pelearme con nadie desde mi época de colegial. A todo esto, la gente de la terraza y la que pasaba por la calle nos miraba abiertamente. Medrosa y avergonzada, Clara corrió a meterse en Karstadt. Tuve, cuando la vi alejarse, un momento de vacilación. Estaba exponiendo mi salud por ella. ¿Por qué, un segundo antes de irse, me pidió en tono de regaño que depusiera mi actitud?

El puño me colgaba de repente como un objeto pesado que no me perteneciera. Me di cuenta de que no deseaba usarlo. «¿Para qué puñetas me he metido en este aprieto?», pensé. Sólo quería que el tipo se arrugase. Por favor, arrúgate. ¿Cómo ponerle, si no, un fin honroso a la situación? De pronto, aleluya, el hombre tostado pestañeó. Un indicio como aquel era lo que yo esperaba. Faltó poco para que le diese las gracias. En vez de eso, le dije: «Cuidado, hombre viejo», y le volví la espalda con estudiada parsimonia, dueño de mis actos, mostrándole por medio de mi aplomo que me consideraba vencedor. No de otro modo debió de interpretarlo la mujer-automóvil, que se apartó con presteza para dejarme paso. Quizá, como a Clara, según supe luego, el miedo le había humedecido la lencería. Sin dignarme mirarla, la dejé con su hombre derrotado, valiente nada más que para afrentar a una mujer. El sentado en el suelo masticaba tan campante su plátano. Le dije al pasar: «¿Te ha gustado el espectáculo?» Con la cabeza gacha, respondió: *«Es ist mir scheissegal»*, expresión de difícil aprovechamiento poético que no se puede traducir literalmente a mi lengua materna. Daría algo así como «me importa tres cojones», «me da por el culo» u otra lindeza idiomática por el estilo.

Hallé a Clara en la planta baja de los almacenes Karstadt, examinando cejijunta relojes de pulsera. No sabía yo que los relojes le causaran mal humor. ¿O es que se estaba preocupando por mí? Seguro de darle una noticia reconfortante, le anuncié el desenlace de la disputa: «He ganado.» Hizo una mueca que me heló la sonrisa. Nunca antes se había sentido tan decepcionada conmigo. En su opinión, yo acababa de descender delante de numerosos testigos a los niveles más bajos de la naturaleza humana, allí donde falta poco para que termine el ser provisto de razón y moral, y comience la bestia salvaje. Ojalá ninguna persona conocida, ningún compañero de trabajo, ningún alumno, ay, sobre todo ningún alumno de visita en Lübeck hubiera presenciado la escena. ¡Qué bochorno! Apenas hube despegado unos milímetros los labios para expresarle la ligera sospecha de que exageraba, me atajó. Aún no había terminado de decirme lo que me tenía que decir. Usé uno de sus trucos: «No grites.» Por motivos que desconozco, el truco no obró el mismo efecto que cuando ella me lo aplica. «Hasta hoy había visto en ti», prosiguió, «a un hombre culto y tranquilo con quien mal que bien se puede, perdón, se podía convivir. Ahora me doy cuenta de que estoy casada con un pendenciero.» Había perdido las ganas de pasear en barco y de ir a ninguna parte, le estaba empezando una jaqueca, quería retirarse sin demora al hotel porque la acuciaba cierto problema; pero como suponía que el tostado y la mujer-automóvil, a los que se refirió con otros nombres, continuarían sentados en la terraza del café, prefirió subir a la planta de señoras. Esta decisión suya, al principio, no la entendí. Aseguró que por mi culpa se veía obligada a comprarse una braga. A mí me resultaba de todo punto imposible establecer un vínculo lógico entre lo que nos había pasado y la compra urgente de ropa interior, y así se lo reconocí. Entonces, tras afirmar que hay muchas cosas en la vida que jamás entenderé, me puso al corriente de su contratiempo. No sin esfuerzo resistí la tentación de reírme.

Clara se pasó la tarde afeando mi conducta en la terraza del Wiener Caféhaus y todavía, cuando le viene el recuerdo, me endilga la consabida frase de amonestación. Con frecuencia, *Concordia domi foris pax,* mencionaba mi promesa incumplida de la víspera. Y en varias ocasiones me preguntó, señalándome con dedo acusador, si aún me consideraba el hombre más pacífico que habían conocido los ladrillos de Lübeck. Durante la cena en un local económico cercano al río, volvió a sacar el tema, bien es verdad que con menos acritud y patetismo que hasta entonces. Me quejé. Llevaba varias horas reprendiéndome. «¡Si por lo menos admitieras que tengo razón!» «No te niego la razón. Me he comportado como un niño, como un bruto, como lo que tú quieras. Pero volvería a hacerlo una y mil veces. ¿Por qué? Pues porque mientras vivamos juntos no consentiré que nadie te ofenda ni te haga daño.» Guardamos un largo silencio, ella cavilosa, con la cara inclinada sobre un plato de verdura cocida; yo absorto en la degustación de mis arenques. «De todas formas», dijo de improviso, «creo que no has hecho bien.» Nos retiramos de anochecida al hotel después de callejear a la ventura por el centro de Lübeck. Nada más acostarnos, apagada la luz, me plantó una pierna encima del vientre.

28

Días atrás, le mandé a mi hermano por correo electrónico dos capítulos de estos recuerdos míos sin reparar en la imprudencia que cometí. Me pareció que estaba molesto a causa de mi negativa a traducir textos alemanes para su editorial. Mucho trabajo, poco dinero, ¿a quién le apetece construirse un ideal de vida a partir de semejantes premisas? Que no me preocupase, que lo comprendía. Sino que percibí entre líneas una vibración sutil de despecho que quizá me hubiera pasado inadvertida en otra persona, no así en un familiar junto al cual me crié. Como vivimos lejos el uno del otro, y como en caso de discordia la distancia dificultaría fatalmente la reconciliación, por resarcirlo del posible desaire y respondiendo a una pregunta suya acerca de mis hábitos y ocupaciones en Alemania (si ejerzo una profesión, si sigo metido todo el día en casa), le mandé de un modo por demás irreflexivo una treintena de páginas elegidas al azar. Me cegó la vanidad de no ser tildado de perezoso. Ahora podría darme de cabezadas contra la pared, pero ¿y si rompo la pared?

No preví las consecuencias de revelarle a mi hermano que con el propósito de que no se me oxidara la lengua materna, puesto que no hay nadie a mi lado que la hable, llevo un tiempo evocando por escrito el viaje aquel que hice con mi mujer por el norte de Alemania, sobre el cual él recibió de mí en su día alguna información. Le entró curiosidad y yo no recelé. Total, que leídos los capítulos con pupilas de editor, esta mañana me ha hecho saber que, aunque abunda en ellos la cháchara confidencial, los da por válidos. En líneas generales le han parecido divertidos, incluso se le ha soltado la carcajada en varias ocasiones durante la lectura, de donde deduzco yo que considera ridícula mi vida privada. Me pide más capítulos. ¿Quién ignora que la risa se vende bien? Mi hermano no descarta la posibilidad de hacerme una oferta lucrativa por los derechos de edición.

La duda se ha colado en mi casa igual que un mosquito sediento de sangre. Pero además de dudar me han entrado tentaciones fuertes de contarle a mi hermano que el último domingo (o lunes, qué más da; el caso es que la precisión confiera verosimilitud al dato), a causa de una niebla espesa confundí mis papeles con leña, cosa que me sorprende mucho puesto que nunca me había ocurrido con anterioridad, y de pronto, sin darme cuenta, les pegué fuego en la chimenea, qué lástima, etcétera. Ni escribo en papel, ni tenemos chimenea, ni la niebla acostumbra colarse en nuestra casa. Estos pormenores él nunca los conocerá a menos que los averiguase leyendo esta página; pero no la leerá porque de eso me encargo yo. Otra opción consistiría en comunicarle que por tales y cuales motivos he dejado de escribir. Como demostración podría mandarle una fotografía en la que se me viera sentado a la mesa con las manos en alto, en clara actitud de no estar escribiendo, e incluso, para eliminar cualquier atisbo de desconfianza, podría enseñárselas vendadas y contarle que se me quemaron mientras trataba en vano de rescatar para él mis papeles del fuego. También podría ahorrarme problemas dejando efectivamente de escribir. Ahora bien, si no lleno las mañanas y a menudo las tardes con la tarea hasta ayer grata de relatar mis recuerdos, entonces ¿qué hago? Los días invernales se suceden uniformes en estas latitudes, oscurece pronto, fuera hace frío y el jardín apenas me dará trabajo hasta la llegada de la primavera. Con frecuencia, a la señora profesora, debido a las numerosas reuniones de colegio con que se castiga de costumbre en Alemania a los de su oficio, no la veo sino al anochecer (lo cual, en honor a la verdad, no siempre entraña desventajas). Salvo la escritura diaria no conozco ningún remedio efectivo contra los cielos grises y el exceso de soledad. Conque, pase lo que pase, persistiré en mi distracción y, o bien suprimiré los pasajes comprometedores antes de enviarle a mi hermano otra ración de capítulos, o bien, en caso de fuerza mayor, emplearé el recurso drástico de malquistarme con él, objetivo que, dada su ingénita susceptibilidad, se conseguiría con tan sólo mentarle su gordura.

Yo, que me creía libre, he desplegado sobre la mesa un mapa de la isla de Rügen por miedo a nombrar erróneamente los lugares quc visitamos. Esta cuestión, hasta hoy, se me figuraba de segundo orden por cuanto no me apretaba la sensación de escribir para nadie. Dicha sensación me causa ahora incomodidad. Temo convertirme en lo que nunca quise ser, en un escritor, en un profesional del lenguaje, en un picapedrero del estilo. Si incurro en la literatura será por culpa de mi hermano, que además es gordo. Es muy gordo. (Ojo, borrar esto si, como me ha asegurado, la oferta de edición merece realmente calificarse de lucrativa.) A ver cómo me las arreglo.

Aquel año de nuestro viaje aún no había sido inaugurada la autopista que en la actualidad facilita y acorta el trayecto a la isla de Rügen. Tuvimos que atravesar de oeste a este todo Meclenburgo-Antepomerania por una carretera federal donde no era raro que circuláramos detrás de algún camión durante largo trecho. Cuando por fin, no sin peligro de chocar con los vehículos que venían en dirección contraria, lográbamos adelantarlo, nos teníamos que resignar a colocarnos detrás del siguiente. A esto se añade el que la carretera discurría por medio de algunas ciudades y muchos pueblos con sus semáforos, sus pasos de cebra, sus postes de radar, sus tractores, ciclistas y demás obstáculos que a cada instante nos obligaban a reducir la velocidad o a detenernos. Tampoco había sido construido por entonces el puente nuevo de Stralsund, de manera que para pasar de tierra firme a la otra parte no existía sino el viejo de los tiempos de la RDA, ante el cual nos topamos con un atasco de alivio. Autobuses abarrotados de ancianos se alineaban a lo largo de la carretera, en tal cantidad que por un momento creí presenciar una escena de deportación. Consumimos la mayor parte del día en el viaje. Y ya declinaba la tarde cuando, pasadas más de tres horas de retraso, saludamos a la señora de Bergen con quien Clara había apalabrado por teléfono el alquiler del piso.

Parte de nuestra demora se debió a una dificultad que nos surgió antes de Rostock, adonde decidimos no entrar a comer, como nos habría gustado, por falta de tiempo. Llegando a una población pequeña de cuyo nombre ni siquiera con ayuda del mapa logro acordarme, nos encontramos con que la policía había cortado la carretera. A la entrada del pueblo se agolpaba una muchedumbre de agentes antidisturbios. Desde el coche distinguimos una nutrida hilera de cascos, botas y uniformes verdes tan subidos de hombros, tan cuadrados de espaldas, que parecían inflados. Esta impresión la experimento de costumbre a la vista de los referidos agentes. Juraría que los llenan de aire como a neumáticos con la idea de procurarles una complexión intimidatoria, y que a la vuelta del servicio el funcionario correspondiente les retira un tapón oculto en alguna parte del uniforme a fin de devolverlos, psssss, a su tamaño natural.

Por ruego de la señora escritora, que venteando riesgos para la salud prefirió permanecer sentada dentro del coche, me aproximé con la cámara fotográfica en busca de materia literaria a la calle principal del pueblo. Mientras avanzaba junto a los otros vehículos parados fotografié una vaca que pastaba detrás de una cerca electrificada. Uno nunca sabe lo que puede o no puede servir a un escritor. Por el mismo motivo fotografié a corta distancia un fardo de heno. Veinte minutos después volví para comunicarle a Clara el resultado de mis observaciones. Por diversos indicios se me figuraba que acababa de presenciar una estampa típica de la zona. A mí al menos me pareció que los participantes en ella habían actuado de acuerdo con usos rituales más extendidos en los territorios de la antigua RDA (y acaso de toda la nación) de lo que algunos están dispuestos a reconocer. Trataré de explicarme mediante un testimonio sucinto. Tras entrar en el pueblo bordeando una granja, ya que el paso principal estaba cortado, me coloqué a la sombra de un tilo, en un rellano con varias lápidas antiguas que se alargaba al costado de una pequeña iglesia rural. Compartía observatorio con varios lugareños de edad avanzada. Debido a que el susodicho rellano se elevaba como medio metro por encima de la carretera, me resultaba fácil ver lo que sucedía allende el muro de corpulentas espaldas uniformadas. Al pie de cincuenta varones jóvenes, quizá más, pero no muchos más, encapuchados los unos, con las cabezas rapadas los otros, y tres o cuatro chicas fornidas entre ellos, venían cruzando el pueblo envueltos en policías. Los cuales, sin responder a ofensas ni provocaciones, los pastoreaban hacia sus medios de locomoción para que abandonasen de inmediato el lugar, ya que la marcha no debía de estar en completa conformidad con las leyes vigentes. La abundancia de gafas negras daba al mocerío escasamente silencioso la apariencia de una congregación de ciegos. Una aldeana de semblante rubicundo dijo cerca de mí: «Que los dejen tranquilos. No están haciendo nada malo.» Y uno que estaba a su lado secundó: «Peores son los comunistas.» La admiración que profeso desde antiguo a la cultura filosófica del pueblo alemán me disuadió de inmiscuirme en el espontáneo intercambio de juicios apodícticos. Pienso que nadie debería meter baza en un debate entre expertos sin tener bien abastecida la despensa intelectual. Sigo. Llegó la marcha a nuestra altura. A la cabeza, una chica de brazos musculosos y un rapado con guantes negros y nuca amondongada sostenían una pancarta donde podía leerse: LIBERTAD PARA TODOS LOS NACIONALES ENCARCELADOS. ¿Cuál era la razón de llevar semejante mensaje a un pueblo de doscientas o trescientas almas? ¿Habría en él una granja, un cobertizo, un pajar, habilitado para centro de reclusión de nacionales? Detrás de la pancarta venía la piña vociferante arrastrando las pesadas botas por los adoquines. Parecían enfadados. Determinadas ideologías obligan por lo visto a sus adeptos a poner mala cara. Los mozos proferían lemas al ritmo que prefijaba un gigante de dos metros provisto de megáfono. Alemania para los alemanes, la revolución es factible: ráfagas de certidumbres agresivas que turbaban el aire apacible del lugar, mezclándose con los cantos de los pájaros y un fuerte olor a purines. Dos mozos portaban sendas banderas de franjas horizontales: negra, blanca y roja, como la bandera del Yemen pero al revés. Hacia el final del grupo, uno al que irritó ver que yo tomaba fotografías, me mostró un puño del que despuntaba, enhiesto, el dedo medio, al tiempo que me llamaba «*Zecke*» (garrapata) por entre los cascos de dos policías. La señora rubicunda, hosco el entrecejo, me preguntó si yo trabajaba para la prensa. Le contesté lo primero que me vino a la boca, que sí, para la revista *Emma*. (Esto mi hermano no lo entenderá.) Dijo que a algunos periodistas habría que colgarlos y yo me volví al coche a contarle a Clara mi reciente aventura folclórico-cultural. Sin posibilidad de desviarnos ni de retroceder, aún tuvimos que esperar un largo rato a que la carretera quedase despejada.

Caía la tarde cuando llegamos a Bergen. La ciudad, actualmente de catorce mil habitantes (me he tomado la molestia de ir a la sala a comprobar el dato), por el tiempo de nuestro viaje supongo que algunos menos, carece de atractivo turístico. Clara la eligió por eso. Se le figuraba que allí los alojamientos serían más baratos que en las poblaciones pintorescas de la costa con sus playas, sus villas y paseos marítimos, cuestión esta en la que presumiblemente no le faltó razón. Eligió asimismo Bergen porque debido a su situación central se le antojaba un buen punto de partida para cualquier desplazamiento por la isla. Días atrás se había hecho enviar por correo a casa de su hermana un ejemplar del *Ostsee Anzeiger*, en cuya página de anuncios encontró un número de teléfono por medio del cual encontró el otro que le habría de permitir concertar, fiándose de las palabras de la dueña, un piso amueblado de tres habitaciones. Nos daba igual el tipo de vivienda en que hubiéramos de alojarnos durante las dos semanas siguientes con tal que estuviese en aceptables condiciones higiénicas y tuviera agua caliente, una cama y un techo sin goteras. Yo agregué a la lista de enseres exigibles un televisor. Entonces la señora escritora me hizo saber que no habíamos ido a Rügen de vacaciones. Quizá todo esto que escribo sea lo que mi hermano llama en tono despectivo «cháchara confidencial»; pero es justo lo que yo quiero contarme ahora, aunque seguramente, embutido en un libro, no despertaría el interés de nadie.

Para coronar el largo viaje con un último contratiempo, en una bifurcación que hay a la entrada de Bergen viniendo de donde nosotros veníamos, tomamos el ramal indebido. Clara sostenía un plano de la ciudad sacado de Internet. Pudiera ser que a aquellas horas la comunicación verbal entre nosotros estuviese seriamente perturbada a causa de nuestro cansancio. Para más inri, yo cometí el error de seguir al pie de la letra sus indicaciones. Nos perdimos. «Me he limitado a hacer lo que tú has dicho.» «Ratón, si pretendes echarme la culpa de...» «Yo no pretendo nada, sólo constato que...», etcétera. De ahí a poco se acabó la ciudad. Ante nosotros se extendía un paisaje ondulado que empezaba a tomar los colores del otoño. Los campos de cultivo, ya cosechados por aquellas fechas, se alternaban con oscuras arboledas, más oscuras para Clara que para mí, pues mal que le pesase las tenía que contemplar con ojos empañados. Y todo porque, detenidos en el borde de la carretera, en un golpe de impaciencia le arrebaté el plano con cierta brusquedad. ¿O la ofendió más que le dijera que pertenecía a ese género de personas acostumbradas a dormir en el suelo porque no aciertan a orientarse dentro de su habitación? No captó la parte jocosa del reproche, o quizá sí, porque tonta no es; ahora bien, como no se debía de gustar a sí misma sintiéndose culpable de nuestra situación, decidió derramar unas gotas de agua ocular para darme a entender que si nos habíamos perdido por su culpa, de su tristeza, sus lágrimas y su corazón deshecho yo era el único y malvado responsable. Dijo con voz entrecortada: «Eres malo.» Y yo me alarmé pensando que ella era capaz de descifrar los discursos secretos de mi mente.

La explicación de un viandante nos condujo de atardecida hasta el portal ante el cual nos esperaba la señora Klinkenberg, dueña del piso. Nos adentramos con el coche en un barrio de las afueras compuesto por bloques de viviendas de cuando los tiempos de la RDA. Los edificios, diseñados a regla, apenas se distinguían los unos de los otros salvo por el color de las fachadas. En el recuerdo me siguen pareciendo colmenas de grandes dimensiones abandonadas sobre un descampado. Todo en su hechura exterior (las esquinas rectas, la distribución regular de las ventanas, los remates planos) inducía a creer que el régimen comunista, en aplicación estricta de las teorías de Marx, o por orden de Moscú, había prohibido a los arquitectos al servicio de la clase proletaria la práctica capitalista de la línea curva.

Nos apeamos del coche sonriendo por compromiso, cada uno resuelto a borrar en su cara, con un poco de alegría postiza, las huellas de nuestra disputa reciente. La señora escritora ocultaba sus ojos enrojecidos detrás de unas gafas de sol. ¿Pensó que debía protegerlos de los rayos lunares? Aún no había salido la luna; pero ella, hermano, para tu información, puesto que no la conoces personalmente, es mujer precavida. A la señora Klinkenberg, cuando la saludamos, le noté la mano fría, viscosa, mojada, y no era invierno ni llovía. Con el debido recato restregué la palma en la parte posterior de mis pantalones, y más tarde, tras cerciorarme de que nadie me miraba, la acerqué a la nariz. Le calculé a la dueña del piso entre sesenta y setenta años. Luego supimos que tenía sesenta y cuatro. Hablaba a borbotones. Un turbo verbal con marcado acento del Este. A cada instante, en el chorro veloz de su parla, pronunciaba el vocablo «euros», que resonaba en mis oídos como un toque tenaz de campana, de esas campanas que repican de pronto por ahí cerca, punteando los rumores del día con su nervioso tintineo. Bla, bla, bla, euros. Bla, bla, bla, euros. La señora Klinkenberg tenía los talones amarillos, con durezas agrietadas, que se los vi bien vistos cuando subíamos detrás de ella por las escaleras. Calzaba unos zuecos de andar por casa bastante desgastados. Se los señalé con disimulo a Clara, que, sonriente, se apresuró a cruzar el dedo índice sobre sus labios a fin de hacerme callar, aunque yo no estaba hablando. A espaldas de la señora Klinkenberg, bla, bla, bla, euros, imité su manera oscilante de subir las escaleras. Su trasero grande me quedaba al par de la nariz. Con mímica exagerada yo fingía que sus gases intestinales me cortaban la respiración. Detrás de mí, la señora escritora hacía que no con la cabeza, instándome con muecas reprobatorias a reportarme; pero al llegar al segundo descansillo, derrotada por la versión más infantil de mi carácter, le surgieron graves problemas para aguantar la risa. Y con estas gansadas y regocijos silenciosos, sin necesidad de hacer las paces de palabra, nos reconciliamos.

Abierta la puerta de la vivienda, en el tercer piso, una vaharada de verdura cocida nos golpeó en el olfato. Acto seguido, un caniche juguetón que vestía un chaleco de rayas vino dando saltitos a olerme un pie. Le acaricié la cabeza, me chupó la mano. De fijo me habría arreado una dentellada, en un acto de solidaridad canina, si hubiera sabido que nosotros obligábamos a vivir en cueros a uno de su especie. Pero a lo que iba. ¿Por qué apestaba a guiso reciente la casa que habíamos alquilado? ¿Qué pintaban en el vestíbulo el plato con comida para el caniche, las prendas de abrigo en el perchero, los zapatos de señora sobre las baldas del armario empotrado? Advertí en las facciones de Clara la misma perplejidad que yo sentía. «Señora Klinkenberg», dijo endulzando la voz como temerosa de cometer una insolencia, «tal vez no me expliqué bien por teléfono. A mi marido y a mí nos gustaría disponer de un alojamiento en Rügen para los dos solos.» Porque, efectivamente, allí, en aquellos momentos, estaba viviendo alguien. La voz de Udo Jürgens cantando *Griechischer Wein* (vino griego) en un aparato de radio acabó de confirmar nuestros temores. La señora Klinkenberg explicó que aquel era su domicilio habitual. En vista de nuestra tardanza, dijo, sin que al parecer recordase que Clara la había llamado dos veces con el móvil para referirle las complicaciones del viaje, creyó que ya no vendríamos, como al parecer le había sucedido en cierta ocasión con otros inquilinos, y por eso no se había marchado aún de la vivienda. Cobraba una pensión que no le permitía vivir con holgura. La misma suerte, se lamentó, corrían miles de ciudadanos de la antigua RDA, «los pobres *Ossis*, los perdedores de la Reunificación». Para comprobarlo no teníamos sino bajar a la calle y preguntar al primero que pasara. Terminado el preámbulo de quejas, dijo que con el fin de obtener unos ingresos suplementarios, bla, bla, bla, euros, alquilaba su casa en cualquier época del año, de manera que cuando tenía huéspedes se instalaba en el piso de una vecina de la zona salvo que esta también lo hubiera alquilado. En tal caso se iba a vivir con su hijo y sus nietos en Putbus, a una docena de kilómetros de Bergen, y ello el tiempo que fuera necesario, aunque aquella solución le causaba incontables desazones, en parte porque los niños tenían que apretarse en una habitación para hacer sitio a *Oma* (yaya), lo que generaba continuas peleas entre ellos; en parte porque la señora Klinkenberg no se arreglaba con su nuera, a la que consideraba una persona fría y egoísta, tan desagradable por delante como por detrás, hasta el punto de que no le entraba en la cabeza que su Walter la hubiera encontrado alguna vez atractiva y bla, bla, bla, euros. En fin, que no nos preocupáramos, que en cuanto nos hubiera enseñado el piso, el estado actual de los contadores y todo lo referente al funcionamiento de los aparatos, se marcharía con *Honni,* que así se llamaba el caniche, y no nos molestaría más. Insistió en que la casa entera estaba a nuestra disposición, que comiéramos y bebiéramos de lo que halláramos en la despensa y en el frigorífico, que durmiéramos tranquilamente en su cama porque había puesto cobijas limpias. La señora Klinkenberg, en honor a la verdad, fue un hallazgo afortunado de Clara. Todos los años, por diciembre, nos manda por correo un frasco de dulce que hace ella misma con bayas de espino amarillo, y añade al paquete una postal en la que además de felicitarnos las Navidades y desear que entremos con un buen resbalón en el Año Nuevo, nos pide que la visitemos y nos manda saludos de *Honni,* que, según escribe de costumbre en la posdata, se acuerda mucho de nosotros.

29

Vuelvo a mi relato del viaje tras varios días de interrupción en espera de que Clara se curase de la gripe. Hoy por fin ha ido a trabajar. En los ratos libres que me dejaban las sesiones de consuelo, preparación de tés y dispensa de mimos, me he dedicado a discutir con mi hermano por correo electrónico. Había momentos en que me parecía estar porfiando con él como en los años de nuestra infancia, cuando nos gritábamos y zarandeábamos en la habitación compartida. El día en que se invente la bofetada digital seré uno de los primeros en instalármela. Al Gordo también le ha gustado la segunda remesa de recuerdos escritos, aunque percibo cierta tibieza en las alabanzas. Asegura que en cuanto se haya formado una opinión acerca del conjunto me hará una oferta. No me pide que se lo envíe, sino que de forma indirecta da a entender que aceptaría recibirlo. De paso, como insinuando que otros asuntos, supongo que más urgentes, ocupan sus energías y su tiempo, cuenta que va a salir de viaje. Me disgusta que se dirija a mí en tono de persona que se reserva la última palabra. ¿Acaso planea tratarme como a un subalterno? Le contesto con prosa desapasionada que no me aprieta la necesidad de publicar. «Chúpate esta», pienso para mí. En vez de suplicarme, me replica que me deje de tonterías, que si fuera listo podría ganar mucho dinero. Le digo que me repugna la idea de exponer en público mis intimidades y las de mi mujer a cambio de unos honorarios. Responde a vuelta de correo que lo entiende; ahora bien, si me repugna recibir dinero él estaría dispuesto a publicar mi libro sin pagármelo. Que me lo tome como un gesto fraternal, añade con su típico cinismo. Me dispongo a mandarlo a la mierda; pero en ese momento Clara me pide desde la cama, con voz lastimera, que suba la calefacción, que le haga un puré de patatas, que le lleve el termómetro, que le baje la calefacción, y cuando, después de unos minutos, me siento de nuevo delante del ordenador, me doy cuenta de que no abrigo el menor deseo de ponerme a malas con mi hermano.

Despliego como la última vez el mapa de Rügen sobre la mesa. Puesto que aún no pesa sobre mí la prohibición de meter incisos donde me dé la gana, tengo antojo de afirmar que el litoral de la isla, tan poco verosímil, parece diseñado por la fantasía de un niño. ¿Qué más? Echo un vistazo a las páginas del otro día porque se me ha olvidado lo que estaba relatándome y le pido por favor a la memoria que me traiga recuerdos. Criada leal, el primero que me trae es uno en que me veo, a la mañana siguiente de nuestra llegada a Bergen, dirigiéndome a un supermercado que nos recomendó de víspera la señora Klinkenberg, bla, bla, bla, euros, a poca distancia del piso. Me apresuré a comprar panecillos y otros ingredientes del desayuno con la esperanza de disponer de tiempo para buscar una farmacia por los alrededores. No vi ninguna. Pregunté a tres chicos con pinta de colegiales. Me dieron unas indicaciones tan confusas hablando todos a la vez, me mandaban tan lejos, les causaba tanta risa ayudarme, que me olí la broma habitual a costa del forastero ingenuo. Determiné en consecuencia esperar una ocasión propicia durante la jornada para llevar a cabo mi propósito a escondidas de Clara. En el supermercado compré una caja de tiritas. Algo es algo.

No creas, hermano, que no pensé en el botiquín del coche; pero, aparte de que el chisme ya tenía vencida la fecha de caducidad, lo guardábamos en el hueco donde va encajada la rueda de repuesto y aún no habíamos podido descargar todos los bultos. La presencia de Clara me impidió registrar a fondo el piso de la señora Klinkenberg. Así que antes de vaciar el maletero y emprender nuestra primera excursión por la isla se me ocurrió mojar la herida con agua de colonia, en la esperanza de que su parte de alcohol obrara el efecto de un desinfectante. Me coloqué hasta tres tiritas, una encima de otra, sobre la zona afectada, confiando en que la medida redujese las molestias cada vez mayores que sentía al pisar. Y con salud y buen humor fingidos me senté al volante y me fui con Clara por carreteras de sube y baja, flanqueadas de árboles y de cruces numerosas en recuerdo de las personas muertas al estrellarse contra ellos, al extremo norte de la isla, a un lugar con tres faros llamado Kap Arkona del que yo nunca había oído hablar. El nombre me sonaba en relación con aquel barco de pasajeros (el famoso *Cap Arcona)* hundido por la aviación británica días antes de la capitulación de Alemania. Leo en Google que entre las víctimas figuraban más de seis mil prisioneros del régimen nazi y eso es cuanto puedo y quiero escribir al respecto.

Desde Bergen se tarda poco en llegar a Kap Arkona. Aún se tardaría menos si la carretera no rodeara un fiordo que penetra hasta el corazón de la isla. A la entrada de un pueblo llamado Putgarten tuvimos que dejar el coche en un aparcamiento de pago, pues el tramo final de dos kilómetros estaba cerrado al tráfico de vehículos no autorizados. Se me hace a mí que los automovilistas constituyen una de las fuentes principales de ingresos para los municipios de Rügen. Se veían parquímetros por todas partes. Los vimos incluso en parajes naturales con suelo de arena y hierbajos, en descampados sin otros signos de civilización que los propios parquímetros y en rincones solitarios del bosque donde no podíamos menos de imaginar a los encargados de poner multas escondidos detrás de los árboles. Clara incluyó en su libro un irónico pasaje sobre dicho asunto.

Para subir a los faros de Kap Arkona disponíamos de tres medios de locomoción: un tren con neumáticos, carros donde cabían varias personas, tirados por caballos, y nuestros pies, de los cuales yo tenía uno inservible. La señora escritora rechazó mis dos propuestas. «Ratoncito, de verdad, tú que tanto te ríes de los turistas, ¿quieres montarte en esos ridículos juguetes?» Invoqué el primer argumento que me vino a la boca. Ella lo derribó con la proverbial indelicadeza de los que están exentos de dolor. Que dos kilómetros eran poca distancia, que a nuestra edad conviene evitar la vida sedentaria, que últimamente había notado en mí síntomas de pereza. Echamos a andar por la única calle del pueblo digna de tal nombre. Al principio recorrimos un tramo de adoquines cuyos cantos se me clavaban sin piedad en la herida. A los bordes del camino se sucedían los puestos de venta de antigüedades, pescado ahumado, artesanías, baratijas y otros productos por los que, tanto a la ida como a la vuelta, me interesé vivamente aunque no me interesaban nada, sólo que al pararme delante de los diversos tenderetes y casetas le procuraba descanso al pie. Abrigaba la certidumbre de que mi problema aumentaría en cuanto Clara lo conociese. Por dicha razón prefería sufrir en silencio. Salimos a campo abierto. Nos precedían y seguían otros paseantes cuya manera despreocupada de moverse despertaba en mí una mezcla de envidia y amargura. Me resultaba imposible no ver en ellos a unos exhibicionistas de su buena salud. Mi único consuelo era que el duro asfalto me hacía el efecto de una alfombra en comparación con los adoquines del pueblo. Al fondo, sobre una elevación, descollaban tras una hilera de árboles frondosos dos faros juntos, uno alto, delgado y cilíndrico; otro bajo, grueso y cuadrangular. A la derecha, solo en la linde de un haza, se veía otro más moderno que quizá alumbre por las noches o quizá no, porque lo cierto es que, preocupado por mi dolencia en el pie, no retuve en la memoria cuáles eran faros, cuáles museos y cuáles las dos cosas y puede que algunas otras más. La carretera avanzaba en soportable pendiente. Nos adelantó a velocidad turística el tren azul y blanco. Juraría que advertí en los vidrios y carrocería de sus cuatro vagones el lustre aparatoso de las ambulancias. Me habría ofendido menos una injuria que la felicidad sonriente de sus viajeros y algunas manos infantiles que se agitaron en el aire en señal de saludo. Varias veces traté de caminar por la hierba; pero Clara, que no entendía que me apartase de su conversación, me instó en todas las ocasiones a volver a su lado como quien llama a un perro. «Ratoncito, parece que cojeas.» «¿Quién, yo? Es que he pisado una piedra.» «¿Y por qué no vienes por la carretera como todo el mundo? Tengo la sensación de que voy hablando sola.»

Ni siquiera cuando llegamos al pie de los faros se divisaba el mar. En parte lo impedía un tupido bosquecillo que se descolgaba por el acantilado hasta muy cerca de las rocas donde batía con fuerza el agua. La razón principal, sin embargo, residía en una característica orográfica de la costa oriental y norte de Rügen. La menciono, hermano, porque no es de las que se ven todos los días. Por aquellos confines de la isla el terreno asciende desde el interior hacia el mar. No pienses que la línea costera está formada por una cadena montañosa. No es ese el caso. El punto más elevado de Rügen queda por debajo de los doscientos metros de altitud. Así pues, el caminante que se dirige a la costa va subiendo por una suave inclinación hacia el horizonte. Al mismo tiempo, el horizonte se acerca suavemente hacia él hasta que de manos a boca los dos se juntan en el borde de un precipicio desde el cual, por fin, se avista la planicie marina. La bajada hasta la orilla se efectúa con frecuencia por escaleras empinadas. La de Kap Arkona, de madera, con dos anchos rellanos intermedios donde el fatigado caminante puede tomar aire o dejar paso a turistas más rápidos, salva en línea recta un desnivel de cuarenta y tantos metros. Constaba de 198 peldaños, a no ser que la señora escritora, en cuyo libro figura el dato, errase el cómputo. Considerando que terminó una carrera universitaria, no hallo motivos para desconfiar de los resultados de su trabajo de campo, por más que enredando hace unos minutos en Google he comprobado que varias páginas webs coinciden en atribuirle 230 peldaños a la escalera de Kap Arkona, también llamada Escalera del Rey. ¿Qué sería de la carrera literaria de mi mujer si los críticos de la literatura alemana actual se enterasen de tamaña diferencia de cifras?

Exaltada por la hermosura del paisaje, Clara propuso que nos llegáramos sin demora a la orilla. En honor a la verdad, más bien la obligué a proponérmelo, pues mientras que ella, rauda, saltarina, rebosante de salud, se había apresurado a bajar unos cuantos peldaños, yo permanecía inmóvil en el borde superior, estudiando, como acaso estudien los viejos achacosos los riesgos de implicarse en un lance sexual, los pros y los contras de la ardua, peligrosa, acaso imposible tarea que se extendía delante de mí. «Ratoncito, ¿te da miedo una escalera?» No quise responderle. Empecé a bajar con la debida cautela, prestando atención exagerada a la espesura circundante a fin de justificar mi lentitud. Cada vez que tocaba pisar con el pie derecho, aventuraba un paso firme, dirigía la mirada al frente, me hacía el sano. En cambio, cuando tocaba pisar con el izquierdo, apoyaba tan sólo el talón encima de la huella, lo que me obligaba a renquear; me agarraba con fuerza al pasamanos, me sentía de súbito atraído por no recuerdo qué detalles de la arboleda. Clara, que bajaba delante de mí a una distancia cada vez mayor, ni siquiera cuando volvía la cabeza se daba cuenta de mi andar penoso, tan desigual que provocaba dos clases de sonido en los peldaños: toc, tec, toc, tec, según pisaba con un pie o con otro. Temí que en cualquier momento me adelantara una señora de noventa años o me tirase al suelo sin malicia un niño veloz. Entre mí me dije: «¡Qué grande, qué intenso, qué puro debe de ser mi amor por esta mujer! De otro modo no me explico que yo ahora me resigne al sufrimiento por no negarle un capricho.» La alcancé, toc, tec, al final de la escalera, en un rellano similar a un balcón desde el que se divisaba una amplia panorámica marina. De allí arrancaba hacia la izquierda, adosada al talud, una pasarela de tablas que, tras recorrer un trecho como de treinta metros, conducía a una playa de piedras en la que quedaban los restos de no sé qué instalación militar. La pasarela desembocaba en una nueva escalera. ¿Aclara esta circunstancia el misterio de los treinta y dos peldaños que faltaban en el cálculo de la señora escritora?

A mi llegada al mirador, Clara aspiraba con ostensible deleite la brisa fresca que le revolvía los cabellos y jugaba con los pliegues de su blusa. Iban y venían por nuestro lado otras personas con sus cámaras digitales, sus indumentarias de colores chillones y sus chistes sin gracia acerca de la longitud de la escalera, y en un momento en que nos quedamos solos, ella dijo, eufórica: «Estoy a punto de reventar de felicidad. ¿Tú, no?» Para librarme de su mirada inquisitiva no vacilé en contestarle lo que sin duda estaba esperando que contestase; pero se conoce que no me supe expresar con suficiente arrebato. Me aconsejó que en el futuro me ejercitara en el arte refinado de la contemplación, sin el cual, a su juicio, es imposible disfrutar de cierto bien escaso al que llaman «belleza». Me preguntó en el mismo tono impertinente si conocía el significado de dicha palabra. Nunca he conseguido comprender cómo pude resistir la tentación de arrancarle la sonrisa de la cara, como si fuera un trozo de esparadrapo, y arrojarla a las olas.

El regreso me resultó un suplicio más tolerable de lo que había temido. Apoyando sobre cada peldaño la mitad anterior de los pies, evitaba pisar con el punto donde sentía las punzadas. Esta técnica de subir escaleras, que en realidad es la habitual a menos que uno camine de espaldas, no me ahorraba del todo el dolor, pero sí la cojera. Incluso alcancé antes que Clara la explanada del promontorio, lo cual me permitió esperarla sentado en un banco. Llegó con la lengua fuera. «He contado», dijo con la voz entrecortada por la fatiga, «ciento noventa y ocho peldaños. ¿Tú también?» «Exactamente los mismos», mentí sin faltar acaso a la verdad. Al iniciar la subida le había prometido contarlos; pero lo cierto es, hermano, que por razones que se dejan fácilmente adivinar no me había levantado yo aquel día con ánimo de emprender trabajillos de agrimensura.

Convinimos en acortar el tiempo de la visita inspeccionando las torres por separado. Ella, como más cansada, se adjudicó la pequeña de ladrillos rojos. Quizá, por un reparo pudoroso, no quiso meter su cuerpo femenino en la otra después que yo la hubiese comparado con un pene enhiesto. «La luz es el semen que se derrama en la oscuridad, ya que los faros, por si no lo sabías, generalmente se excitan de noche. Tú entenderás mucho de belleza; pero yo entiendo más que tú de esto otro.» Me mandó callar, temerosa de que alguien pudiera oírme. No sabía yo que la gente de su país se pudiera escandalizar a causa de una simple y previsible metáfora, ideada por un desconocido delante de un par de faros. Mi inocente réplica produjo en el interior de su organismo una descarga de hormonas teorizantes. Al ver que se sentaba a mi lado, comprendí que se disponía a darme una lección no breve. Me alegré de veras, no tanto por la posibilidad de adquirir conocimientos en una disciplina de escaso interés para mí, como por la inesperada prolongación del descanso. Me sorprendió con una singular hipótesis para explicarme la diferencia entre un poeta y yo. A dicho fin postuló la existencia de actos del lenguaje que comportan un grado neutro de prestigio de la realidad. Me puso, con buen sentido pedagógico, un ejemplo: «El perro come carne.» Afirmó que la frase expresa de forma objetiva una idea. Por tanto, su significado no cambia si la dice esta persona o la otra, en este idioma o el otro. «Ante la escena del perro», prosiguió más o menos con estas palabras, «un poeta se esforzaría por conferir prestigio a la realidad. Intervendría en ella con su arte idealizador, resaltando pormenores nobles y agradables, seleccionando con sentido rítmico los vocablos, usando expresiones bellas, eufónicas, sugestivas.» «Yo a eso lo llamo cursilería o religión.» «¿Te das cuenta, ratoncito? No paras de rebajar la realidad. Te mofas de ella a todas horas, la parodias y ridiculizas, y de este modo te colocas en el polo opuesto a la poesía.» Cada dos por tres, el pie dolorido me susurraba a la oreja: «No pares de hablar, formula preguntas, contradícela. Cuanto más larga sea la conversación mayor tiempo permanecerás sentado y yo, libre de molestias.» Dije: «¿Por qué tengo que ensalzar la realidad? Dudo que la física y la química me traten con más delicadeza que yo a ellas.» «Lo que quiero decir es que por lo general antepones la risa al sentimiento poético.» «O sea, que yo vivo por debajo del grado neutro y tú por encima. Apostaría a que me tienes por un tipo vulgar.» «Hazme el favor de no atribuirme afirmaciones que no han salido de mi boca.» «Pero entonces ¿qué quieres de mí? Oye, ¿no estarás tratando de educarme?» «Me conformaría con que de vez en cuando te mostraras un poco romántico conmigo», etcétera.

Tenía yo hecho el propósito secreto de no subir a la punta de la torre, sino quedarme a medio camino y luego referirle a Clara, con algún floripondio verbal de su gusto, lo que no me costaba suponer que se veía desde arriba; pero a tiempo de separarnos me entregó la cámara con el ruego expreso de que tomase fotografías enfocando los cuatro puntos cardinales, y por este motivo, apoquinados tres euros a la entrada, no tuve más remedio que imponerles a mis pies la subida de otros 148 peldaños en espiral, numerados cada uno de ellos con cifras estarcidas en la contrahuella, lo que me dispensó del engorro de contarlos. No tardé en darme cuenta de que había hecho bien en llegarme a la punta de la torre, ya que, nada más salir a la repisa con barandilla que rodeaba el extremo superior, vi que Clara me saludaba con la mano desde la plataforma del otro faro.

El descenso se me hizo tan trabajoso que me vi forzado a detenerme en varias ocasiones. Debido a que en mi estado dolía menos subir escaleras que bajarlas, las últimas vueltas de espiral las di andando hacia atrás, lo que resultó un truco efectivo para engañar al pie. Bajaba despacio, agarrándome al barandal de hierro con las dos manos a la manera de un viejo débil; eso sí, sin dejar de aguzar el oído por si se acercaba gente tentada de refocilarse. Clara me preguntó con tonillo de reproche la razón de mi tardanza. Estuve a punto de revelarle la verdad; pero me mordí la lengua convencido de que en el curso de la jornada me las ingeniaría para encontrar a escondidas un remedio eficaz a mi problema. Dije que me había entretenido admirando la maravilla azul que se observaba desde lo alto de la torre, sin disputa uno de los espectáculos más cautivadores que me había puesto la naturaleza ante los ojos. Clara tuvo la desfachatez de interrumpirme para aseverar que hasta sus alumnos menos dotados mentían mejor que yo.

Nos habíamos juntado cerca de una atracción curiosa que había al pie del faro rojo, en cuyo interior, según supimos y ella explica en su libro, se albergaba una oficina del registro civil. De todas partes de Alemania, incluso de las regiones más alejadas, venían parejas de novios a contraer matrimonio en aquel insólito lugar. Consumada la ceremonia, era costumbre que los recién casados colocasen delante de la torre, en un espacio acotado al efecto, una baldosa donde figuraban sus nombres y la fecha de su enlace. Las baldosas, todas del mismo tamaño, se alineaban conforme a un orden estricto. Predominaban las grises y rojizas. Aun cuando las había en gran número, todavía quedaba sitio libre en el suelo para tres o cuatro hileras más. A mí, sintiéndolo mucho por el prestigio de la realidad, me parecieron lápidas de cementerio. Como advirtiese que Clara las observaba con atención, incluso con recogimiento, le pregunté si estaba susurrando un responso por el alma de aquellos muertos enterrados de dos en dos. Por toda respuesta me clavó una mirada en absoluto amorosa. Se metió a continuación en una tienda de recuerdos, de la que salió al cabo de largo rato con una bolsa repleta de productos típicos de la isla, además de con esa figura de los dos faros de escayola que todavía conserva sobre una de las baldas de su biblioteca. Más cursi, imposible, hermano; pero esta frase, como otras que ya te indicaré, me la suprimes por favor en el caso de que algún día lleguemos a un acuerdo de edición.

De Kap Arkona, previa caminata de vuelta al aparcamiento, nos dirigimos por carreteras angostas, cubiertas en algunos trechos de adoquines, a un pueblo costero llamado Lohme, situado en la linde del parque nacional de Jasmund. La guía turística le dedicaba elogios que sedujeron a Clara, sobre todo uno que encarecía la hermosura pintoresca del lugar. Por supuesto que si uno echaba una ojeada a otras páginas, enseguida se percataba de que no había ningún sitio mencionado en la guía que no recibiera elogios similares, si no mayores. Sea como fuere, yo secundé la idea de visitar Lohme en cuanto leí que en aquel pueblo se comía bien. Sabido lo cual, le dije a Clara que no se preocupase por mí, que me sentía con fuerzas para soportar la hermosura esa a la que hacía alusión el libro.

Hacia la una de la tarde nos adentramos con el coche por las calles en cuesta de la localidad. En vano buscamos aparcamiento gratuito. Clara profirió su frase vengativa de costumbre: «Guarda el tique para la declaración de la renta.» Suele pronunciarla con tal rotundidad que cualquiera que la oiga dará en creer que un infortunio de notables dimensiones amenaza las arcas del Estado alemán. Caminando entre las casas, nos fue forzoso conjeturar por la posición del sol dónde se hallaba el mar, y eso que a los pocos minutos averiguamos que, en vuelo de pájaro, la costa apenas distaba cien o doscientos metros del aparcamiento. Barrunté escaleras. Y, en efecto, llegando por una calle descendente hasta un mirador donde se arremolinaba un grupo de turistas, nos topamos con ellas, largas, empinadas, inmisericordes, repletas de peldaños que me evocaban la fila de dientes de un monstruo gigantesco dispuesto a ensañarse con la planta de mi pie izquierdo. No había otro medio más cómodo de bajar el precipicio a cuyo pie se agazapaba un fondeadero protegido por una escollera. En su interior se alineaban diversas embarcaciones deportivas, barcos pesqueros de poco calado y alguna que otra lancha de motor. Clara trató de confitarme con un aperitivo. Lo podíamos saborear, dijo haciéndome carantoñas, en la terraza de cierto café que se veía en un rincón del fondeadero. Yo no pensaba sino en buscar una farmacia. Le sugerí que bajase sola, sacara fotografías, estudiase las posibilidades literarias del lugar y se reencontrara conmigo cuando le viniera bien ante la puerta del hotel Panorama, donde pensábamos disfrutar de nuestro almuerzo de mediodía después de haber leído que en su veranda había apagado el hambre el novelista Theodor Fontane ciento y pico años atrás. Se me hace a mí que la hembra avispada empezó a sospechar que algo anómalo ocurría conmigo. No dijo nada; pero su renuncia repentina a bajar al fondeadero, el silencio creo yo que caviloso en que se sumió mientras subíamos por la calle que conducía al hotel; en fin, cierta tenacidad en su mirada, sembraron en mí la convicción de que una chispa de suspicacia había prendido en sus pensamientos. «¿Te gusta este pueblo?», me preguntó de improviso cuando pasábamos junto a la entrada de una tienda de cerámica. «Depende de cómo den de comer.» No mostró interés ninguno en proseguir la conversación que ella misma había iniciado. Quizá aquellas pocas palabras mías o simplemente el desenfado con que las pronuncié desmintieron algún augurio malo que tenía. Más no recuerdo que habláramos por el corto trayecto hasta el restaurante del hotel.

Comimos separados por una vela encendida, Clara lo suyo de costumbre, yo arenques fritos con patatas asadas al romero. En cumplimiento de nuestra solicitud nos fue asignada una mesa próxima a uno de los ventanales. Desde allí el comensal de turno podía recrear la mirada en la reducida franja de mar visible tras los árboles que se apretaban detrás de un seto. Otras mesas disponían sin duda de mejores vistas, pero estaban ocupadas. Mientras esperábamos la comida, Clara se puso de pie y estiró cuanto daba de sí su cuello con el fin de extasiarse contemplando una porción mayor del paisaje marino. Al punto me ofrecí a hacer para ella una descripción pormenorizada de la superficie del mar oculta detrás de la vegetación. Con tal de complacerla, dije, me esforzaría por inventar algún adorno que rompiese la uniformidad de la llanura acuática: no sé, una nave de cuando la isla pertenecía al rey de Suecia, tres o cuatro delfines que jugaran a poner penachos de espuma sobre el agua, esas cosas. También le dije que no perdiera la esperanza, que como tardaban mucho en servirnos, el invierno llegaría antes que hubiéramos empezado a comer; los rigores atmosféricos pelarían las ramas de los árboles y entonces ella, suprimido el molesto muro vegetal, podría disfrutar a su antojo del fastuoso panorama sin necesidad de levantarse de la silla. «¿Has dicho algo?», me preguntó en el momento de sentarse. Y añadió, como hablando para sí: «Con pocos cambios, he visto lo que vieron los ojos de Fontane, igual que en algunos sitios del Harz vi lo que vio Heinrich Heine o en Lübeck Thomas Mann y, con más seguridad, Günter Grass.» «Ahora sólo te falta escribir lo que ellos escribieron», pensé; pero no lo dije porque supuse que aquel no era el momento idóneo para destruir nuestro matrimonio.

A la llegada de los arenques iba para varios minutos que yo había apurado mi vaso de cerveza sin alcohol. Pedí un segundo; un rato después, pensando en combatir los efectos de la excesiva sal en el pescado frito, un tercero, y habría pedido el cuarto si no fuera porque Clara puso a mi disposición su botella mediada de agua mineral. Hermano, no temas que me explaye en minucias culinarias. Ya comprenderás más adelante, si lees con la atención que les presupongo a los editores, por qué cuento todo esto. Continúo. Bebido el tercer vaso, me dirigí al servicio, que estaba fuera del restaurante, junto a la entrada del hotel. A la vista de la puerta abierta, se me ocurrió aprovechar los tres minutos que me parecía razonable emplear en el vaciado de la vejiga, la ablución de las manos y demás, en la búsqueda de una farmacia por los alrededores. Con ese propósito, que hoy juzgo absurdo, salí del hotel y, tan deprisa como me lo permitía el pie dolorido, anduve por dos o tres calles desiertas sin que me fuera posible lograr mi empeño. Ni tan siquiera me topé con algún habitante del pueblo a quien preguntar. Habían transcurrido cerca de ocho minutos cuando regresé al restaurante sin tintura de yodo, guata ni alivio de mi apuro. «Ratón, ¡cuánto has tardado!» «Si te pica la curiosidad no tengo inconveniente en explicarte por qué una persona que se alimenta a diario tarda lo que tarda en volver del servicio. En resumidas cuentas, ha ocurrido del modo siguiente.» «Oye, no te he pedido que me lo cuentes.» «En realidad, ha sido un acto exento de emoción.» «Pues ni aunque hubiera sido emocionante. Además, no sé si te das cuenta de que aún estoy comiendo.»

A la señora escritora le había tomado desde por la mañana un afán por conocer la isla a fondo. Le recordé que no otra solía ser su actitud cada vez que en el curso de nuestro viaje llegábamos a un sitio nuevo. Esta vez, sin embargo, estaba decidida a no emplear el método habitual de trabajo, sino otro que consistiría en dedicarse exclusivamente al acopio de datos, reservando para jornadas ulteriores la redacción de los episodios relativos a Rügen sobre la base de la documentación previa. Por razones que no aclaró (o sí, pero yo no escuché), aquel procedimiento le parecía preferible a dejar como hasta entonces un margen breve de tiempo entre las visitas y la faena literaria. En lo que a mí respecta, la principal desventaja del método referido se cifra en la palabra «prisa». En el restaurante no tuve tiempo de postular la exploración sosegada de la isla, tampoco de beber café. Apenas ella hubo ingerido el último trozo de planta, hecho a toda mecha varias fotografías del local y escrito a vuelapluma algunas notas en el moleskine, salimos pitando hacia nuestro siguiente destino, dentro del cercano parque nacional de Jasmund.

Nos fue forzoso dejar el coche a la salida de una aldea, en un aparcamiento por supuesto de pago, pues la carretera que conducía a través del bosque hasta el acantilado de Königstuhl (Silla del Rey), que era adonde teníamos previsto dirigirnos, estaba cerrada al tráfico de vehículos particulares. Clara se enorgullecía de haber leído numerosas páginas acerca del Königstuhl. Sin embargo, ignoraba aquella circunstancia de la carretera cortada, de suerte que nos topamos con una barrera y dos vigilantes junto a una garita que nos abochornaron, a mí por lo menos, obligándonos a retroceder igual que a dos leprosos. «Exageras, ratoncito.» Del aparcamiento salía cada cierto tiempo un autobús tampoco gratuito con dirección al Königstuhl. Supimos, al apearnos del coche, que estaba a punto de partir. Conque nos apresuramos a pasar por taquilla y agregarnos a la muchedumbre de viajeros que abarrotaba el vehículo, donde, huelga escribir, no quedaba ningún asiento libre. Yo me sostuve sobre un pie los casi tres kilómetros que nos separaban de la costa. El otro lo puse a descansar con disimulo apoyándolo en la rueda de un cochecito para niños. Al cabo de un rato, Clara se dio cuenta y me arreó un codazo para que retirara el pie de allí inmediatamente.

El acceso al célebre acantilado costaba seis euros por persona. A Clara se le enfadaron las cejas nada más pararse delante del cartel de los precios. «Ratón, confírmame por favor que los ojos me están engañando.» «Tus ojos miopes ven de maravilla. Tal vez nos convendría aceptar que esta gente criada en el viejo sistema comunista ha contraído la pasión por el capitalismo. Así ha funcionado siempre el péndulo de la Historia.» «Tres euros se podrían admitir, porque comprendo que hay que mantener las instalaciones limpias y cuidadas, pero ¡seis!» «Una solución sería hacernos pasar por niños. Fíjate, pagaríamos la mitad.» No me escuchaba, abismada en un monólogo refunfuñante del que a veces se desprendía alguna que otra palabra inteligible: injusticia, robo, descaro. Yo, que vi la ocasión de ahorrarme fatigas, le sugerí que entrase sola. «Piensa que puede ser útil para tu trabajo.» «Seis euros, ratón, por asomarse al mar desde lo alto de un risco gredoso. ¿Te das cuenta? Si fueran tres, aún.» «Pues paga seis y considera que nos hemos asomado los dos.» Convencida de que los visitantes eran objeto de abuso, se acercó con la firmeza de una defensora de causas justas a la mujer que atendía detrás de la ventanilla. Fui detrás de ella. Se me acababa de ocurrir otra solución, esta sin duda infalible. Escalando los 117 metros (según la guía) de acantilado casi vertical no tendríamos que pagar un céntimo. Por desgracia, el pie izquierdo no me dejaba caminar todo lo deprisa que yo quería. Por dicha razón no llegué al costado de Clara a tiempo de impedir que cometiera la ingenuidad de presentarse como escritora que había venido al Königstuhl a documentarse para un libro. Tras citar media docena de ciudades del norte de Alemania recorridas por ella con motivo de su proyecto, afirmó que hasta la fecha no se le había negado ayuda en ninguna parte. Acabado el preámbulo explicativo, aseguró que no tenía previsto entrar en el recinto de exposiciones que se divisaba al fondo de la pequeña cuesta, sino solamente tomar una serie de notas acerca del paisaje con el propósito de escribir más adelante una descripción literaria. O sea, que si podían llegar a un acuerdo para la reducción del precio de la entrada, en cuyo caso ella comprometía su palabra de no permanecer más de diez minutos en el Königstuhl. La taquillera, que por fin hizo un gesto como de haber comprendido, le respondió que lo sentía mucho, pero las normas..., etcétera. Clara se volvió visiblemente despechada hacia mí para decirme, de forma que la mujer lo oyera, que yo tenía razón: «Sin duda han sido muy aplicados en el aprendizaje del capitalismo.» En voz baja le reiteré mi propuesta de privarme de la visita. «Además», le dije, «desde el Königstuhl no se ve el Königstuhl.» Aquella revelación elemental la apaciguó. Confiándome la cámara para que sacase fotografías del acantilado desde alguna perspectiva interesante, pagó los seis euros sin dignarse mirar los ojos de la taquillera y entró.

Me es imposible reprimir la sonrisa cuando me acuerdo de cierto episodio que viví a solas, espero que sin haber sido visto por nadie y mucho menos por Clara, que se habría muerto allí mismo de vergüenza, durante los cerca de treinta minutos que permanecimos los dos separados. No son estas, por demasiado íntimas, cosas que se deban contar en público; aunque haya pocos, si es que hay alguno, que no las hayan llevado a cabo una y dos y más veces en su vida privada. De ahí que, en caso de convenir con el Gordo en la publicación de mis recuerdos escritos, piense exigirle por cláusula contractual que en la cubierta del libro figure la palabra «novela» debajo del título y con el mismo tamaño de letra que este, para que a nadie le venga la ocurrencia peregrina de creer que el autor escribió sobre sí. Pues bien, apenas me hube despedido de Clara, me adentré en el bosque por diversos senderos agradablemente gratuitos en busca de un lugar propicio desde el que tomar fotografías. Los senderos, provistos de señales orientadoras en sus intersecciones, estaban flanqueados por toscas empalizadas de escasa altura. Había demasiada gente yendo y viniendo por ellos como para que el bosque pudiera conservar a aquellas horas los encantos asociados a los espacios naturales, sobre todo cuando son umbrosos y solitarios. Por fortuna, las empalizadas, que lo mismo podían servir de pasamanos, disuadían a los paseantes de apartarse de los senderos y pisar la abundante seroja esparcida por la tierra. De este modo no era imposible detener la mirada en rincones del arbolado adonde no llegaba la ruidosa y abigarrada invasión turística a la que, escrito sea de paso, yo también pertenecía, por lo que no sé de qué me quejo.

El bosque era todo de hayas. Las mayores estiraban sus troncos grises a gran altura. El espesor de la fronda apenas permitía el paso de unos hilos de luz solar. En el suelo cubierto de hojas secas no crecía una mata; tan sólo, aquí o allá, haces raquíticos de hierba, costras de musgo y verdín. El otoño ya había comenzado su tarea amarilla, aunque al pobre todavía le quedaba mucho por pintar. Le habría echado con gusto una mano, en serio; pero daba la casualidad de que no me había acordado de llevar los utensilios indispensables. Y además, no lo olvides, hermano, me dolía un pie. De todas formas, yo creo que el otoño está acostumbrado a arreglárselas sin ayudantes de mi categoría.

Renqueé con calma y sin disimulo cosa de quinientos metros. No poco me tentaba detenerme a examinar la herida. Incluso vi una piedra sobre la que sentarme a resguardo de la curiosidad de la gente; pero, como antes y después de aquel instante, el miedo me lo desaconsejó, y yo tengo, sospecho que desde niño, esa característica de hacerle más caso al miedo que a cualquier otro consejero, incluido yo mismo. Conforme me alejaba de la carretera y de la subida al Königstuhl, el hayedo se iba despejando de paseantes. Tomé fotografías de la costa abrupta acercándome a dos metros del precipicio, sobre cuyo borde un árbol de corta edad se inclinaba a punto de caer, pendiente de raíces en parte desenterradas. Se agarraba con esa angustia estática de las plantas que los seres humanos, aspaventosos e inventores de religiones como somos, no podemos percibir, al suelo deleznable que quizá a estas horas ya se haya desprendido, pues has de saber, hermano, que aquellos contornos tortuosos de Rügen son el resultado de derrumbes innumerables. Todavía hay quienes buscan en vano el paraje pintado por Caspar David Friedrich hacia 1818. No hace mucho leí en el *Wilhelmshavener Zeitung* que ciertas rocas que recordaban las del célebre cuadro habían bajado en el curso de una tormenta a reunirse con las aguas eternas. Allí lo único que no cambia es el mar, que lleva milenios corroyendo la costa a lametones.

Al cabo de un rato, las curvas del sendero me llevaron a un sitio muy a propósito para cumplir el encargo fotográfico de Clara. Ante mí se abrían unas vistas de tal amplitud y hermosura que dudo yo las superase ninguna otra atalaya a lo largo del mismo litoral. Una inscripción conmemorativa que campeaba en una piedra polvorienta explicaba el origen de su nombre. No he retenido el año en que el rey Guillermo I pasó por allí y decidió darle al mirador el nombre de su esposa, Viktoria. Pienso que habría podido llamarse como la mía; pero ya comprendo que el rey fue más rápido. El mirador Viktoria consistía en un estrecho balcón de poco más de un metro de longitud, con un suelo de tablas apoyado en una estructura de metal y una barandilla verde de hierro forjado. Estaba sujeto a dos barras gruesas que se alargaban por el suelo como dos rieles, de modo que en caso de derrumbe el balcón quedara colgado de ellas. Un letrero fijado a la barandilla advertía que quienes se asomasen al mirador lo hacían por cuenta y riesgo propios. A mi llegada lo ocupaban un hombre y una niña de corta edad. Entretenida en levantar polvo con un palo, la niña no mostraba el menor interés por las explicaciones ampulosas del adulto. Este se percató de mi presencia a su espalda y, sintiéndose tal vez ridículo, porque efectivamente era ridículo hablar con tanto ardor y una gorra anaranjada en la cabeza a una criatura que no escuchaba, se apresuró a cederme el sitio. Noté al pisar las tablas del balcón un golpe de brisa fresca en las mejillas. Un conato de vértigo me indujo a aferrarme al doble pasamanos. Acababa de advertir que la mitad delantera del balcón colgaba en el vacío. Como a cien metros por debajo de mí, una orla de espuma marcaba el límite de la playa de guijarros por donde pululaban numerosos paseantes, reducido cada uno de ellos a un punto de color. El mar se extendía ante mi vista, vasto, silencioso, moteado de cabrillas. Sus aguas azules se rizaban cada vez más turbias a medida que se aproximaban a la costa, hasta oscurecerse en un tono verde oliva delante del acantilado. A mi izquierda, como a medio kilómetro de distancia, despuntaba en la pendiente cubierta de árboles el blanco farallón de Königstuhl, rematado en una plataforma donde supuse a Clara embelesándose en aquellos momentos con el panorama. La lluvia, el viento, los sucesivos derrumbes, han excavado en sus paredes profundas cárcavas. Una en concreto, que no se veía desde mi posición, parte en dos, según el libro de Clara, su pared frontal, por donde algún día el enorme y frágil peñasco de greda se resquebrajará malamente y entonces yo no sé si valdrá la pena pagar seis euros, o ni siquiera unos céntimos, por asomarse a lo que quede.

En esto, se esfumaron las voces a mi espalda. Tendí la vista en un sentido y otro del sendero. No bien me supe solo frente al mar, le pregunté si él, a quien la industria humana no ha logrado nunca someter, me consideraba en aquel instante un hombre libre. No lo negó. Volví a preguntárselo con el debido respeto y comprobé, complacido, que las olas continuaban llegando al pie del acantilado sin alterar su cadencia serena. Empecé a inhalar con avidez la brisa que me daba de lleno en la cara. El flujo de oxígeno me aceleraba la sangre, arrastrándome por momentos a los bordes de una intensa, jubilosa exaltación. Oí la sentencia de mi pie, inspirada en el resentimiento: «No te hagas ilusiones.» Pero yo me mantuve firme en mi voluntad de respirar como si pretendiese meterme el cielo entero en los pulmones. No me bastaba la nariz; también respiraba con la boca abierta, bebiendo el aire a grandes tragos. Cuanto mayores y más rápidas eran las tomas, más gustosos me resultaban los vahídos que las acompañaban. Me sobrevino una embriaguez harto más placentera que la que proporcionan las vulgares bebidas alcohólicas. No ignoraba que el pie dolorido aniquilaría en su raíz cualquier síntoma de momento blam. Pero, así y todo, el aire puro de la costa, sorbido de la manera que he descrito, desató en mí durante unos cuantos segundos algo similar a un apogeo de satisfacción física. Y entonces, sólo entonces, olvidado brevemente del sufrimiento de mi pie, volví los ojos hacia el abismo profundo para ver salir entre las rejas finas y onduladas de la barandilla el chorro aliviador. En su caída iba describiendo un arco cristalino, que, tras salir con ímpetu de mi cuerpo, se rompía en una muchedumbre de gotas cada vez más pequeñas, hasta deshacerse, diez, quince metros por debajo del mirador, en una lluvia de partículas diminutas, pronto invisibles, que la brisa marina arrastraba a su capricho. No me marché del sitio sin antes hacerle una reverencia al paisaje. Gracias, Alemania.

30

La señora escritora había pagado cincuenta céntimos por entrar en los servicios del aparcamiento de Putgarten; tres cuartos de hora después pagó otros cincuenta por usar los de un chiringuito de bebidas y salchichas que había junto a los faros de Kap Arkona, y, tras el intermedio gratuito en el restaurante del hotel Panorama, cincuenta más en los del siguiente aparcamiento, a la vuelta del Königstuhl. Yo, hermano, de vejigas de mujeres entiendo poco; pero barrunto que la naturaleza no se esmera lo suficiente cuando las hace. No pienses de mí que soy marido mezquino que pide cuentas urinarias a su esposa. De buen corazón se me ocurrió proponerle a Clara un sencillo sistema de ahorro consistente en el uso natural de bosques y prados, abundantes en la isla de Rügen. Me mordí la lengua porque, debido tal vez a su educación protestante, Clara no es persona a quien agrade conversar sobre flujos, secreciones y demás peripecias glandulares que tradicionalmente suceden sin la mediación directa del espíritu. El apego proverbial de los católicos por las llagas y las espinas, las calaveras y los sudarios, no ha cundido nunca con fuerza en el norte de Alemania. También en sus libros Clara evita abordar de manera explícita cuestiones fisiológicas. En su novela *Bajo las glicinas,* por ejemplo, hacia el final de la segunda parte relata una escena erótica, por llamarla de algún modo, que mal que le pese (y yo, por supuesto, no me atrevería nunca a decírselo) se podría ofrecer como lectura candorosa de iniciación a la sexualidad a alumnos de tercero o cuarto de primaria.

A la vuelta del Königstuhl, en el autobús, me reveló con mucho misterio que tenía ganas de orinar. «¿Otra vez? A ti podrían contratarte como fuente pública.» Dudo que el chiste, susurrado a no más de diez centímetros de su oreja, llamara la atención de nadie. Ella no debía de opinar lo mismo, pues me preguntó con mueca severa por qué no le pedía prestado el micrófono al conductor; así mi indiscreción llegaría también a oídos de los viajeros que se hacinaban al fondo del autobús. En el aparcamiento aproveché su ausencia para registrar el botiquín del coche. Cierta esperanza que yo albergaba de encontrar remedio a mi mal no se cumplió. La caja contenía toda clase de avíos sanitarios prescritos por las leyes de tráfico, pero ningún desinfectante. Un pensamiento me reconfortó, y era que, de haber encontrado lo que buscaba, habría sido poco o nada recomendable usarlo. Pasaba de quince meses que debíamos haber renovado el botiquín. Se lo dije a Clara cuando volvió del servicio. «A ver», replicó incrédula, arrebatándome la caja con brusquedad. «Pues es cierto. Si lo descubre la policía nos caerá una multa. Y esto ¿dónde se compra.» «En farmacias, supongo.» «Yo creo que más bien en gasolineras.» Sugerí con intención secreta que en la siguiente ciudad saliéramos de dudas. Ella podría preguntar en una gasolinera, yo en una farmacia. «Ratón, pon el maldito trasto donde estaba. Si hasta ahora nunca nos han exigido que lo enseñemos, sería mucha casualidad que nos lo exigieran hoy.»

En el curso de la tarde, visitamos dos sitios de interés menor para un hombre empeñado en comprar una sustancia antiséptica a escondidas de su esposa. «¿Le tengo miedo a Clara o qué?», me preguntaba a cada instante, irritado. Y decía entre mí: «Basta de comedias. En cuanto lleguemos al final de esta recta se lo contaré.» Pero mientras nos acercábamos con el coche al punto mencionado, me imaginaba con vivo realismo el chillido que pegaría ella al verme el pie, sus ojos alarmados, sus exclamaciones histéricas, sus vaticinios espeluznantes, acompañados de amargura y lágrimas y reproches al considerar que, como consecuencia de mi falta de franqueza, un problema físico en principio leve había alcanzado tal gravedad que hacía de todo punto imposible la prosecución de nuestro viaje. Resuelto a no exponerme a una segura tormenta conyugal, decidía esperar al final de otra recta, y luego de otra porque la última elegida se me figuraba demasiado corta o porque me parecía que la decisión no estaba suficientemente meditada o por cualquier futilidad. Así iba concediéndome dilaciones y nuevos plazos al tiempo que tejía en torno al temor de acabar ingresado en un hospital una malla de razonamientos, de excusas y falsos consuelos con que trataba de despistar al intelecto en espera de conseguir en algún lugar de la isla la medicina salvadora. Bastaba que Clara dijese de pronto, desde su asiento: «Ratoncito», para quedarme por espacio de varios segundos tieso de angustia. «Me parece que hoy no conduces concentrado. Continuamente invades con las ruedas de tu lado el carril contrario.» Salía yo entonces de mis cavilaciones como quien se despierta de golpe, miraba en derredor y comprobaba boquiabierto que, efectivamente, había ruedas y carriles, y que mis manos agarraban un objeto giratorio con forma de aro cuyo manejo erróneo podía acarrear consecuencias harto perjudiciales para nuestra salud. «¿Te pasa algo, ratón?» «¡A mí qué puñetas me va a pasar con la tarde tan buena que hace, y el paisaje maravilloso, y el mar cercano!» «No sabía yo que hubieras contraído la poesía.» «Y si la he contraído, ¿qué?» «Te conozco lo suficiente como para saber que eres inmune a esa enfermedad.»

Circulando por una carretera de doble sentido que discurría entre árboles, llegamos a no me acuerdo qué hora de la tarde, conforme al plan de excursión de la señora escritora, al comienzo de una hilera de edificios. Uno esperaría encontrar semejantes moles en los barrios satélite de las grandes ciudades antes que en un paraje idílico con pinos y senderos de arena a escasos metros del mar. Su aspecto era tan irreal, tan monstruoso, tan antiestético, que por unos instantes temí que mis inquietas fantasías me hubieran vuelto a jugar una mala pasada. Resultó que no, que la horrenda construcción, llamada Prora, se alzaba verdaderamente delante de nuestros ojos. «Ah, ya entiendo», dije. «Por la mañana hemos disfrutado de la belleza, ahora pretendemos disfrutar de la fealdad. Se nota que lo tienes todo calculado.» Clara sacaba fotografías de la fachada más próxima, yo buscaba en mis bolsillos monedas para el parquímetro; en esto, se acercó a mí una chica procedente del único coche, además del nuestro, estacionado en la explanada. Dentro se veía a un hombre con gafas de sol sentado al volante. La chica me regaló un tique de aparcamiento con validez para casi una hora. También me regaló una sonrisa con unos dientes preciosos. Su juventud, su falda corta, sus piernas esbeltas, me provocaron un pujo de lascivia, pero lo superé al instante. Cuando nos quedamos solos, le pregunté a Clara si no le parecía tétrico aquel lugar. «Pues no sé qué decirte, ratón; pero la guía turística le dedica dos páginas y media. Por algo será.»

Cerebros nazis habían concebido en su día aquellas colmenas descomunales destinadas a albergar enjambres de veraneantes afectos al régimen o susceptibles de serlo, que para eso se les recompensaba con unas instalaciones de hormigón frente a la playa. Siguen en pie, a comienzos del siglo XXI, los ocho bloques de seis pisos cada uno. Según la guía, entre todos abarcan una longitud de cuatro kilómetros y medio. A buen seguro nos habría dado la medianoche si, como habíamos contado peldaños por la mañana, nos hubiéramos puesto a contar ventanas por la tarde. He leído por ahí que, terminada la guerra, el Ejército Rojo intentó demoler la construcción. Tuvo que desistir. Aquello no se dejaba derribar fácilmente. O quizá el mando militar se echó atrás al calcular la ingente y costosa cantidad de dinamita que habrían requerido las voladuras sucesivas. Al final, las autoridades de la RDA optaron por la típica y barata solución comunista, y convirtieron Prora en un cuartel.

Clara salió disparada hacia el bloque más próximo. La seguí a distancia, aguantando con dientes apretados los pinchazos en el pie, dispuesto a sufrir tanto como fuese necesario con tal de no renquear. «Ratón, detrás de ti viene un caracol pidiéndote paso.» Por el camino encontramos un panel cuajado de carteles. Anunciaban un museo, una sala de exposiciones, un puesto de comida rápida, creo que una galería de arte. Aquellas promesas de esparcimiento no se correspondían con la soledad del lugar. Ni se oían voces ni se veía un alma en ningún lado. El edificio que se alzaba ante nosotros, gris, desconchado, recubierto de pintadas en su parte baja, mostraba claros indicios de abandono. No tardamos en comprobar que estaba vacío. A través de un vidrio mugriento echamos un vistazo al interior. Paredes desnudas, suelos polvorientos; al fondo, una ventana que daba a un pinar, al que nos llegamos a continuación cruzando un pasaje. Me sorprendió que no hiciera falta descender a la orilla del mar por unas escaleras. De pronto salimos a una playa extensa, sin apenas gente, adonde las olas de una ancha bahía llegaban en revoltijo, montándose las unas sobre las otras. Una niebla fina flotaba sobre ellas. Gaviotas como yo nunca las había visto, de cabeza y cola negras, de pico y patas rojas, hurgaban entre los ovillos de algas esparcidos por la arena. A Clara se le ocurrió remojarse los pies. Ni pagando habría logrado convencerme. «Pensaba que no habíamos venido de vacaciones, sino a trabajar.» «Déjame tener un disfrute, no seas malo.» Dijo esto haciendo remilgos que no cuadraban con su carácter, mientras chapoteaba en el agua espumosa con las perneras de los pantalones subidas hasta las rodillas. Me fui andando poco a poco hasta unos muros ruinosos que se levantaban cerca de allí, en medio de la playa. Sentado sobre lo que parecían cimientos, me descalcé; pero no tuve coraje de examinar la herida.

Por la noche, antes de acostarme, metido en la bañera de nuestro piso de alquiler, me arranqué con cuidado las tiritas. El tamaño del cerco rojo en torno a la herida había aumentado de forma sensible. Su color era ahora más intenso, más oscuro, de una tonalidad violácea. Después de lavar el pus, pude ver con claridad el agujero que se había formado en la carne. Semejaba un pequeño cráter al que, por ninguna razón concreta, sino porque me vino la ocurrencia de repente, le puse el nombre de Tommy. «Comprenderás que no nos puede unir una amistad duradera», le dije, y también que no se llevase a engaño porque lo tratara de momento como a un hijo, secándolo con el secador, aplicándole agua de colonia. No tuve más remedio que hacer esto último después que hube buscado sin éxito dentro del armario de baño, entre los cosméticos y artículos de aseo de la señora Klinkenberg algún desinfectante.

Tampoco en Binz, por la tarde, me había querido favorecer la suerte. Juzgaba improbable que en una ciudad de elegancia balnearia, con villas y mansiones encaladas, un paseo marítimo de postal y un lujo patente de comercios y mobiliario urbano no hubiera una farmacia. Había dos, según me explicó, en ausencia urinaria de la señora escritora, el camarero del restaurante italiano donde cenamos; una de ellas, la más cercana, siguiendo aquella misma calle, que era la principal de la ciudad. A su vuelta del servicio, le dije a Clara que me lo había pensado mejor y ahora me apetecía dar el paseo propuesto por ella un cuarto de hora antes y por mí categóricamente rechazado. Como el trayecto abundaba en escaparates, me las arreglé sin dificultad para enderezar nuestros pasos en la dirección indicada por el camarero. Al poco rato divisé en una de tantas fachadas blancas el letrero con la A roja que había anhelado encontrar desde primera hora de la mañana. Por desgracia ya iba la tarde de caída. La farmacia estaba cerrada.

El día siguiente fue todo lo contrario de agradable para mí, aunque amaneció acompañado de señales esperanzadoras. Convine con Clara en que, mientras ella se duchaba, yo llevaría el coche a repostar. El chico de la gasolinera me indicó con pocas y precisas palabras dónde podía encontrar una farmacia en Bergen. Agradecido, le compré un botiquín. Con no menor amabilidad me trató la farmacéutica. Faltaban lo menos diez minutos para las ocho de la mañana, hora de apertura de la farmacia; pero ella debió de compadecerse de mi ostensible inquietud al otro lado de la puerta acristalada y me dejó entrar. Me esforcé por describir a Tommy con exactitud, sin llamarlo por su nombre y sin escatimar ciertos pormenores de difícil encaje en un poema lírico. Para no tener que mostrarlo lo situé en un pie de mi esposa. Escuchadas las explicaciones, la farmacéutica sacó de un armario de gavetas una caja que contenía un tubo de pomada bactericida. Me complació sobremanera la rapidez con que había elegido el medicamento tanto como la circunstancia de que este se hallara a mano y se pudiese adquirir sin receta médica. ¿Cabía esperar pruebas más contundentes de que el mío era uno de esos problemas triviales con los que los empleados de farmacia se enfrentan docenas de veces cada día, comparable a un dolor pasajero de cabeza, a un resfriado común, al prurito hemorroidal? «Lo siento mucho por ti, Tommy», dije en mis pensamientos, «pero ya puedes ir preparando el equipaje.» La farmacéutica, a quien pedí consejo sobre la manera adecuada de hacer los apósitos, me convenció para que comprara un paquete de compresas antisépticas y unas tiras de esparadrapo. Yo le habría comprado la luna y no por nada, hermano, sino que daba por seguro que aquella mujer aplomada y diligente, que lucía una dentadura impoluta a juego con su bata blanca y que en el momento de la despedida me regaló una bolsita con tres caramelos contra la tos, acababa de sacarme de un apuro notable. «Dígale a su esposa que se abstenga en lo posible de caminar y que no dude en acudir al médico si la infección no remite. Justo encima de la farmacia, en el primer piso, hay un consultorio de medicina general.» «Descuide, se lo diré.» Me acompañó hasta la puerta. «Es muy importante que su esposa mantenga el pie en reposo.» «Tendré que esforzarme por convencerla, pues es bastante tozuda.» Salí a la plaza embargado por una sensación próxima a la euforia. Vi un banco donde sentarme a salvo de las miradas de los transeúntes, delante del edificio del Ayuntamiento. Allí embadurné a Tommy de pomada y lo amordacé no sin antes hacer amago de arrearle un bofetón. Me contuve pensando que en Alemania golpear a los hijos está penado.

Después del desayuno viajamos en coche a la cercana ciudad de Putbus. La señora escritora había fijado en aquel lugar el inicio de un programa de visitas apretado, por no escribir excesivo. Voy a saltarme los innumerables lances insulsos que vivimos durante la jornada porque de quien yo quiero ocuparme más por extenso en este capítulo es de Tommy. En realidad, dejamos el centro urbano de Putbus a un lado para dirigirnos directamente a una curiosa estación de ferrocarril. En Bergen, antes de ponernos en camino, yo había estado ojeando a solas el plano de Putbus, de tal manera que cuando, ya entre las casas,

Clara dijo: «Tienes que torcer ahí delante a la derecha», torcí sin la menor vacilación a la izquierda, con la consecuencia de que llegamos en un santiamén al punto de destino. La estación me evocó un decorado de la época del cine mudo. Se lo dije a Clara nada más apearnos del coche; ella se apresuró a apuntar el dato y más tarde lo reprodujo en su libro. El día en que leí el pasaje le recordé que la idea se me había ocurrido a mí, por si le apetecía darme las gracias. «Perdona, ratón, pero ya me había venido a la cabeza antes que tú la expresaras.»

Tras una no breve espera, que ella aprovechó para fotografiar locomotoras y vagones de otros tiempos, a media mañana nos montamos en el *Rasender Roland* (el Rolando Veloz), una antigualla rodante de vía estrecha cuyos orígenes se remontan a las postrimerías del siglo XIX. Se trata de un tren chaca-chaca, tembloroso e incómodo, que con la caldera a pleno funcionamiento alcanza una velocidad de 30 kilómetros por hora. Mitad juguete, mitad medio de transporte (quizá más lo primero que lo segundo), atraviesa campos y bosques soltando frecuentes pitidos cuya función primordial sospecho yo que consiste en hacer las delicias de los niños y los nostálgicos. A juzgar por la cantidad de pasajeros que transportaba, no abrigo duda de que constituye una de las principales atracciones turísticas de la isla. La revisora nos vendió los billetes con el tren ya en marcha. Apoyé, por descontado, la propuesta de Clara de viajar hasta un pueblo costero llamado Göhren. A nuestra espalda, un grupo de jóvenes y bulliciosos mochileros decidió a mano alzada en qué estación se bajaría. Yo supongo que, como en los carruseles de feria, a la mayor parte de los usuarios del *Roland* lo que menos le preocupa es llegar a una meta. Nosotros elegimos de común acuerdo Göhren. Clara, presumiblemente, por razones literarias; yo porque allí estaba situada la última estación del recorrido, lo que favorecía mi propósito de mantener a Tommy inmóvil tanto tiempo como fuera posible. Con tal de no tener que andar me importaban poco la incomodidad del asiento, el traqueteo incesante, el avance a tirones y, a partir de Binz, cuando el tren se colmó de gente, no sé si el vapor o el humo que se colaba por las ventanillas abiertas por empeño de algunos viajeros. El aire saturado de olor a vetusta revolución industrial me producía sequedad y picor de garganta. «¿De dónde has sacado esos caramelos, ratoncito?» «No lo sé, los acabo de encontrar en el bolsillo de la chaqueta. ¿Quieres uno?» Tardamos una hora y veinte minutos en llegar a Göhren. Calculo yo que en coche, a velocidad de excursión, habríamos tardado una hora menos. No bien se paró el tren, todo el mundo enfiló hacia la salida. Todo el mundo salvo yo, que me escudé en la aglomeración para rezagarme. Desde el fondo Clara me indicó por señas que me esperaba abajo. Le eché un beso por encima de las cabezas interpuestas. Salí el último, apoyando el pie de forma que, aunque me resultaba inevitable renquear un poco, Tommy no se despertase. La precaución dejó de obrar efecto apenas hube pisado el andén. La repentina, la aguda, la brutal punzada estuvo a pique de arrancarme un alarido. Clara no se percató. Se afanaba como a veinte metros de distancia en presenciar de cerca, moleskine en mano, la maniobra de desacoplamiento de la locomotora. Con cautela caminé confundido en la multitud unos pasos sin rumbo hasta lograr que el pie malo entrase en calor. Tenía comprobado que, cuando esto sucedía, se me hacía más soportable el sufrimiento.

Tommy me amargó el día. Hermano, doy por seguro que a los lectores de los libros por ti editados les interesará un pepino la desgracia de un pie. ¿No afirman los críticos que la gente, cuando lee, quiere aprender algo o divertirse? Yo poca diversión les puedo procurar escribiendo sobre Tommy, no digamos enseñanzas. Tampoco ignoro que a diario acontecen en el mundo catástrofes colectivas, en comparación con las cuales mi pie agujereado no abulta más que una chispa en medio de las galaxias. Sino que, pensándolo bien, y tú que eres diabético lo sabrás mejor que yo, no existe dolor que duela tanto como el propio. Si te parece egoísta mi postura y tú, por razones que se me escapan, no puedes tolerar el egoísmo (al contrario de cuando convivíamos en la casa familiar), entonces suprimimos este capítulo; pero yo te digo, querido hermano, que fuera de aquella herida en la planta del pie, no hay para mí asunto sobre el que yo pueda escribir en este instante con más sinceridad, más pasión, más ganas y más de todo. Espero que me entiendas y, si no, da igual. Todavía el tema me afecta de tal modo que al tratarlo por escrito no me acuerdo de cuidar el estilo. Ni tan siquiera reparo en que me sirvo del lenguaje para hacer memoria. De pronto, al releer el párrafo, caigo en la cuenta de que he repetido varias veces la palabra «pie», como les sucede a los escritores desmañados y a los cortos de recursos. Pero es que para mí, hermano, entiéndeme, aquel día no existía en mis pensamientos ni en mis percepciones nada, absolutamente nada, sino el referido pie, el pie de los pies, el pie por antonomasia, *der einzige, the only one*. En una palabra, mi pie.

A propósito de pie, confieso que no me dolía todo el rato. Incluyo aquí esta precisión por el motivo siguiente. No quiero que nadie que se asome alguna vez a mis recuerdos se forme la idea de que fueron escritos por un hombre quejumbroso. Cuanto más lo pienso más me convenzo de que a Tommy lo agobiaba un dilema insoluble. Por una parte, su condición de absceso lo obligaba a cumplir una tarea destructiva; por otra, necesitaba a toda costa el tejido orgánico de mi pie para subsistir. Un vínculo similar une a la humanidad con su planeta, ¿no te parece? Se me figura que cuando prevalecía el criterio de los microbios ecologistas, Tommy se avenía a concederme una tregua, de manera que a veces, incluso caminando, dejaba yo de sentir molestias. No obstante, en las ocasiones en que asumían las responsabilidades de gobierno los microbios partidarios de esquilmar los recursos naturales, me venían de repente, lo mismo si estaba quieto como si me movía, ráfagas de escozor que me atormentaban durante varios segundos. Al principio las aguantaba de buen grado, pues suponía que eran fruto de las reacciones desesperadas de Tommy por detener el efecto, mortífero para él, de la pomada. Pero conforme avanzaba el día, iba creciendo mi inquietud al mismo tiempo que disminuía mi confianza en la eficacia del medicamento. En el autobús que nos llevó a Sellín le dije a Tommy sin voz, en lengua local, por entender que, como nunca había salido de Alemania, sería la única que comprendiese: «Noto el dolor porque estás en mí; pero es un dolor tuyo y no mío. En realidad, me encuentro bien. Eres tú el que está agonizando.» Me replicó con insolencia: «¿Y no notas que con cada hora que transcurre aumento de tamaño, penetro más hondo en tu carne, supuro más?» «No me vas a impresionar, Tommy. Por si no lo sabes, la medicina ha progresado desde los tiempos de la peste negra.» «¿Qué me quieres decir con eso? ¿Que te anestesiarán antes de amputarte con un serrucho último modelo? ¿Que te pondrán después un pie ortopédico que a lo mejor te permite echarte unas carreritas en los próximos paralímpicos? Enhorabuena, muchacho. No sabes la suerte inmensa que tienes de estar afectado de gangrena en estos tiempos.» «¿Qué murmuras, ratoncito? Llevas todo el viaje moviendo los labios.»

En Göhren viví un momento crítico cuando recorríamos la cuesta que llevaba de la estación al pueblo. Logré recuperarme descansando por espacio de media hora en la terraza de una heladería. Clara había ido en busca de datos para su libro a un museo al que no quise acompañarla. Una parte no pequeña de la excursión estuve sentado: mientras esperábamos el autobús, que tardó más de tres cuartos de hora en aparecer, durante los cuales Clara inspeccionó las tiendas de la calle principal del pueblo, algunas dos veces; en el autobús, como se deja imaginar; después en los bancos públicos, los pretiles, los peldaños y bordillos de acera de Sellín no bien Clara, por una u otra razón, se alejaba de mi lado, y por supuesto a media tarde, en el *Rasender Roland,* durante el viaje de vuelta. De esta forma, sentándome a cada poco, combatía mi sufrimiento igual que los ancianos sus fatigas.

En otras circunstancias la ciudad blanca y marítima de Sellín me habría causado con seguridad una impresión aprobatoria, incluso placentera, aunque sin llegar al arrobo de la señora escritora debido a un sosiego perezoso, a una flema incrédula, que en ocasiones se apodera de mí cuando le encargo al cerebro que enjuicie hazañas, portentos y tal y cual. El lamentable comportamiento de Tommy inhibió mis órganos de la admiración. Me parecía que con cada paso el pie se me agrietaba. La calle flanqueada de villas elegantes que sube hasta la playa se me hizo un vía crucis. Conducía a un corte abrupto en el terreno, para salvar el cual el paseante disponía de la escalera consabida; pero también, aleluya, de un ascensor semejante a un funicular, asombrosamente gratuito. Clara derramaba elogios a voleo mientras con dientes apretados yo sostenía mis disputas silenciosas con Tommy. Tomamos el almuerzo en el Kaiserpavillon, que ocupaba el ala derecha de una preciosidad arquitectónica construida en la orilla del mar, sobre una plataforma de la que arrancaba, en sentido perpendicular a la playa, un embarcadero. No pude disfrutar de la profusa decoración de madera, de la comida, del «paisaje de ensueño» (cito el libro de Clara) repartido entre las numerosas ventanas que nos circundaban. Me esforcé cuanto pude, hermano, en fingir felicidad por no echar a perder la de mi esposa, a pesar de los continuos ramalazos de escozor que me mortificaron de principio a fin de la comida. Tras uno especialmente intenso me retiré al servicio. Allí, en la postura más incómoda que puedas imaginarte, lavé las babas amarillentas de Tommy y renové la mordaza. A partir de aquel instante y durante varias horas, las molestias se hicieron más soportables, también más espaciadas, sin llegar a desaparecer del todo. Pero de atardecida, paseando por un parque célebre que hay en Putbus, Tommy me arreó de pronto una brutal dentellada, y de ahí hasta que llegamos al piso ya no paró de dolerme el pie.

Hacia las diez de la noche llamé a Clara. Sentado en el borde de la bañera, tuve que lanzarle varios gritos porque desde la sala, con el televisor encendido y la puerta del cuarto de baño cerrada, no me oía. No fue el aspecto de la herida, más o menos el mismo que cuando la cura urgente de Sellín, sino el olor a carne podrida lo que me impulsó a romper el secreto. Aquella fetidez, como de difunto de cuatro días, que emanaba de mí me angustió. Habría agradecido en consecuencia, de todo corazón, unas palabras de consuelo, una palmada de ánimo en el hombro, aún mejor una mentira piadosa que restase dramatismo al infortunio. Nunca lo olvidaré. *«Mein Gott!»* (¡Dios mío!), exclamó Clara con mueca de espanto al tiempo que se llevaba las manos a la cabeza. En contraste con su desnudo horror, el más negro de mis presentimientos se me figuró un rasgo de ingenuidad optimista. «Juraría que esta mujer», pensé, «está convencida de observar de cerca a un moribundo.» También pensé que quizá no anduviese descaminada en su convencimiento, pues de repente sentí una opresión en el pecho, la espalda y los costados, no sé si real o imaginaria, pero sin duda presagiadora de la que me esperaba de ahí a poco cuando me metieran dentro de un ataúd. Para entonces ya juzgaba un hecho afortunado perder sólo el pie. La segunda vez en cuestión de dos o tres minutos que Clara pronunció la palabra «septicemia», con una rotundidad que me produjo escalofríos, me persuadí de que debía hacer sin demora un esfuerzo por tranquilizarla. Con ese fin le dije: «Se llama Tommy.» No comprendió, y eso que es autora de ficciones. Se lo tuve que señalar con el dedo. Los ojos se le empañaron. Sospecho que vislumbró tras la ocurrencia de ponerle un nombre a la llaga un cándido ardid encaminado a minimizar el miedo y, de paso, objetivarlo, trasplantarlo del pie al lenguaje y darle el sentido de una cosa ajena. A no ser, claro está, que lo interpretara como un conato de demencia debido al envenenamiento creciente de mi sangre. Me abrazó como acaso se abraza por última vez a un ser querido en su lecho de muerte. Después me picoteó las mejillas de besos maternales, de una calidad erótica menor, y apretando mi cara contra las blanduras pectorales de su pijama, me prometió ayuda en un tono de resolución heroica que, escrita sea la verdad, me halagó. Al instante salió corriendo en busca del libro de páginas amarillas, donde encontró la dirección de un hospital cercano. Le pedí, no obstante, que por favor llamase a la señora Klinkenberg, cuyo consejo me parecía conveniente escuchar antes que emprendiésemos ninguna acción por nuestra cuenta. «Es de aquí, tendrá contactos.» «Como quieras, ratoncito. Pero si no se pone al teléfono llamaremos a la ambulancia. Cuanto antes te examinen, mejor.»

La señora Klinkenberg vino sin pérdida de tiempo a conocer a Tommy, y con ella *Honni,* que en un arrebato juguetón casi me lo chupa. La señora Klinkenberg no se alarmó ni la mitad que Clara. Me refirió con notable desenfado una historia de pústulas de cuando era niña y tuvo que escaparse de Königsberg en brazos de su madre porque se acercaban los rusos; luego otra sobre un clavo roñoso atravesado en la carne, no sé, ya que no presté suficiente atención, si en la suya o en la de su hijo, y me recomendó que introdujera el pie en agua fría con manzanilla. Me mostré escéptico sobre la posibilidad de conseguir las referidas flores a aquellas horas. Antes que hubiera transcurrido un minuto, la señora Klinkenberg trajo un paquete que había sacado de algún armario y diseminó parte de su contenido dentro de la bañera. Después se fue a marcar en el teléfono el número privado del doctor Rühlow, el médico que me recibió al día siguiente y a quien ella conocía y respetaba desde hacía largos años. En su ausencia le susurré a Clara que el remedio de la manzanilla no me inspiraba mayor confianza científica que si nuestra casera hubiese tirado al agua un talismán. Que me callase, que quién era yo para cuestionar la eficacia de los remedios tradicionales. Por la señora Klinkenberg supimos que el médico había desaconsejado el baño hasta que hubiese hecho el diagnóstico, pero para entonces yo ya tenía el pie dentro del agua. El doctor Rühlow aprobó, sin embargo, la idea de emplear la pomada bactericida, y me citó en su consultorio al día siguiente, sábado, entre las nueve y las once de la mañana.

Fuimos temprano con la esperanza de ser atendidos cuanto antes. A nuestra llegada a la plaza, la señora Klinkenberg nos estaba esperando con *Honni* junto al chaflán de correos. Resuelta a intervenir para que se me otorgara un trato de favor, insistió en acompañarnos al consultorio, situado en el mismo edificio de pared anaranjada donde se hallaba la farmacia a la que yo había acudido de tapadillo el día anterior. Se entraba por una callejuela lateral que desembocaba en el jardín de una iglesia antigua. Allí se quedó *Honni* gañendo su soledad, atado al poste de una farola. Subimos al primer piso. Cada vez que visito a un médico me entra el miedo a las paredes blancas. Este miedo se me concentra por lo común en el tramo final de los intestinos. Sus repercusiones difíciles de evitar aconsejan que no me arrime a quienquiera que me acompañe. Ante el mostrador del recibimiento, la mediación susurrante de la señora Klinkenberg cerca de la empleada no surtió efecto. Pagados los diez euros de rigor, fui invitado a ocupar asiento en la sala de espera, que no tardó en llenarse. Hasta pasados tres cuartos de hora no me llegó el turno. Clara permaneció en la sala ojeando revistas. Le transmití al doctor Rühlow saludos de la señora Klinkenberg, como si mi curación dependiera de hacerme el simpático. Después le conté lo esencial de la biografía de Tommy, sin ocultarle el uso reprobable de la chincheta con que lo pinché cuando no era más que una ampolla. Achaco a la inquietud que me embargaba en aquellos momentos el no haberme acordado de decirle que una noche, mientras dormía, quizá me había mordido el ratón de piedra de la iglesia de Lübeck. En cambio, sí me acordé de declararle que soy alérgico a la penicilina. El médico escudriñó a Tommy con gesto impávido. Estuvimos un rato charlando de mi país, que por desgracia, dijo, no conocía. Al final me recetó antibióticos, ordenó a la enfermera que me tratase la herida, me prohibió caminar y me comunicó que debía volver el lunes siguiente. Transcurrió una semana de curas cada dos días y de horas tediosas inmovilizado delante del televisor, mientras Clara visitaba lugares de los que volvía con presentes destinados a levantarme el ánimo. El viernes temprano ingerí el penúltimo de los comprimidos que contenía la caja. Tommy continuaba igual de rojo, de grande y de supurante. El doctor Rühlow, cejijunto, circunspecto, resolvió prescribirme otro tipo de antibióticos. El corazón me dio un vuelco cuando me preguntó si en mi familia se habían dado casos de diabetes. Os tuve que mencionar a ti y al padre, hermano. El médico sugirió la conveniencia de hacerme un análisis de sangre. Agujas, paredes blancas, el intestino. Me defendí alegando que a mediados de la semana siguiente abandonaría Rügen. En todo caso, añadió, si los nuevos antibióticos no cortaban la infección debería acudir sin demora a un cirujano. La receta me temblaba entre los dedos cuando bajé a la farmacia. Me detuve delante del escaparate a mirarme la cara mientras reflexionaba. Vi en el interior a la amable farmacéutica de los dientes perfectos. Me importaba poco que me reconociese. Imaginé la escena en que le decía: «Le he tomado a mi mujer prestada la llaga. Es que, sabe usted, está escribiendo un libro, no dispone de tiempo para dedicarse a estas cosas y nosotros formamos un matrimonio bien avenido que se reparte las tareas.» Clara se había marchado al amanecer a la isla de Hiddensee, a sacar fotografías de la tumba de Gerhard

Hauptmann, y no volvería hasta la tarde. Ignoro, hermano, cómo habrías actuado tú en mi lugar. Me sentía un estorbo. Era un estorbo. Clara volvía cansada de sus excursiones. Tenía que ocuparse de mí, sobrellevaba con paciencia mi desánimo, por mi causa apenas encontraba ocasión ni condiciones propicias para trabajar, aunque se guardaba de reprochármelo. A mí, en cambio, se me escapaban palabras ofensivas por cualquier nimiedad. En una ocasión le hice llorar cuando aún sostenía en las manos unas gominolas de bayas de espino amarillo con que se disponía a obsequiarme. Le pedí perdón, lloramos juntos. Ella todo me lo perdonaba al percatarse de lo mal que su dulce ratón lo estaba pasando por culpa de Tommy, y con esto nos reconciliábamos; pero después llegaban a mis oídos sus sollozos tras la puerta cerrada y entonces me ardía dentro del pecho la certidumbre de haberme convertido en un monstruo para ella. En un estorbo y un monstruo. Mi imagen reflejada en la luna de la farmacia no me lo desmintió. El típico desagradecido, el típico gruñón, el típico pelma. De repente mis dudas desaparecieron. Con fría calma rasgué la receta médica antes de pedirle a la señora Klinkenberg, mi chófer de aquella mañana, que me llevara al piso y me esperase en la calle. Al cabo de quince minutos me reuní con ella. Más tiempo no necesité para escribirle una nota a Clara y meter en la maleta mis pertenencias menos prescindibles. Me despedí de la señora Klinkenberg, bla, bla, bla, euros, con un abrazo en la estación. Renqueando me subí al primer tren que salía de Bergen con destino a Bremen. Hice un segundo transbordo en Oldemburgo y, avanzada la tarde, abrí la puerta de casa. Tras la conversación telefónica con Clara, durante la cual se ofreció a interrumpir el viaje para venir a cuidarme, cosa que yo no acepté, apenas pude pegar ojo en toda la noche. Los remordimientos y el miedo a las paredes blancas me impidieron reposar. A primera hora de la mañana me presenté en el consultorio de mi médico de cabecera; el cual, nada más ver a Tommy, me dio un volante para el cirujano de Wilhelmshaven.

31

El Gordo se picaba cuando mis amigos del barrio y yo lo llamábamos gordo. Era un chaval listo, con sus puntas de colérico; pero nosotros éramos una pandilla. Claro que, a mi llegada a casa, a menudo me estaba esperando escondido detrás de la puerta. La venganza no le confería autoridad sobre mí, puesto que sus manos carnosas, de dorsos blandos y dedos aporretados, causaban poco dolor. Una tarde comprobé que tener más edad no significa ser más fuerte. A partir de entonces el Gordo le perdió afición a esperarme detrás de la puerta. Ahora, tantos años después, asegura por correo electrónico que no le importa encontrar el remoquete en esta suma mía de recuerdos en tanto no aparezca vinculado a su nombre. Juzga, además, que la mía es una obra de ficción y como tal ha decidido incluirla en el catálogo de novelas de su editorial. Se le figura un buen truco el que, desde hace varios capítulos, el narrador se dirija en segunda persona a un interlocutor imaginario. Le he respondido que no se trata ni de un truco ni de un interlocutor imaginario, que yo ni sé ni quiero saber nada de la técnica novelística y que en los pasajes aludidos me dirijo a él realmente. Ya que no pensaba escribir para nadie, tampoco sentía la necesidad de mostrarme pudoroso ni de inventar falsos hermanos, y si alguna vez me he permitido alguna fantasía, como la del mordisco del ratón de Lübeck y algunas pocas más por el estilo, ello ha sido así porque durante el viaje con Clara las imaginé, no porque sentado a la mesa de la cocina me hubiera entrado antojo de practicar la literatura. El Gordo me explica que una cosa es lo que el autor opina, pretende, conjetura, y otra lo que los lectores perciben al leer su texto, siendo a estos últimos a quienes compete en fin de cuentas interpretar los libros. Le digo que no nací la semana pasada; por tanto, no necesita aclararme como a un párvulo la diferencia entre un castillo y un conejo, y que, por si no se acuerda, fue idea mía asignarles a mis papeles escritos la denominación de novela, aunque por razones que no tienen nada que ver con el negocio editorial ni con el arte de la palabra. Me dice que si estamos de acuerdo en los puntos esenciales para qué discutimos. Le respondo que seguramente nuestras discusiones pasarían a un segundo plano si él me hiciera la oferta generosa que prometió. Me responde que su secretaria (¿trata de impresionarme o tiene de verdad una secretaria?) me enviará antes del próximo viernes, por conducto electrónico, un borrador del contrato. Le reitero mi firme deseo de que, cuando me mande el contrato definitivo para que lo firme, lo disimule como carta de un familiar a fin de reducir el riesgo de que mi mujer descubra que me propongo airear en un libro intimidades de nuestro matrimonio, algunas de ellas de difícil inclusión en la categoría de los episodios gloriosos. Que tranquilo, que él sabe ser discreto. Te lo agradezco, hermano, pero ¿te importaría declararme de una maldita vez cuánto estás dispuesto a pagar en concepto de adelantos de edición? Por fin menciona una suma. Miro las cuatro cifras en la pantalla. Todas ceros menos la primera. Empiezo a creer que el Gordo tiene una secretaria, incluso una secretaria que se aviene a meter horas extraordinarias porque, como también es gorda, necesita un sobresueldo para adquirir vituallas. Remiro las cuatro cifras. Sinceramente, no esperaba tanto. Quizá para un escritor profesional la suma equivalga a unas migajas echadas a las palomas, no así para mí. Con todo, como pienso que hay confianza, llamo al Gordo tacaño. No escribo más. Ni siquiera la despedida. Tampoco la firma. Sólo esa palabra: «Tacaño.» Me responde quince minutos después aumentando sensiblemente la cantidad. Y añade en tono lacrimoso: «Te juro que es lo máximo que puedo ofrecerte.» Sigue una lista de lamentaciones: la inflación, el bajo nivel de ventas del último semestre, la voracidad de las grandes casas editoriales. Le escribo que acepto la oferta porque eres mi hermano. Al instante me ha tomado una preocupación. ¿Cómo justificaré ante Clara la llegada de la transferencia bancaria? No habrá más remedio que inventar la típica historia del tío millonario al que no veo desde la niñez. Un hombre alto, de pelo blanco, ¿nunca te hablé de él? Se casó en segundas nupcias con una condesa austriaca, etcétera.

Al Gordo le gustaría saber cuándo voy a terminar el libro. Le pregunto si está tratando de meterme prisa. De acuerdo con mis previsiones, le respondo, lo terminaré cuando me haya sido dado rematar el desenlace. Y añado que si, como afirmas, te has divertido leyendo los capítulos escritos hasta la fecha, entonces harías bien en animarme a escribir los restantes con idéntica calma, despreocupación y libertad. El caso es, hermano, que la veta de mis recuerdos pudo haberse agotado con los que puse por escrito ayer, debido a que faltó muy poco para que nuestro viaje por Alemania tuviera un final brusco por culpa de Tommy. El día de mi vuelta precipitada al pueblo, Clara sugirió la posibilidad de sacrificar la parte última de su proyecto literario para venir a casa a cuidarme; pero yo no se lo consentí. Le expuse una serie de razones que en apariencia la convencieron. Al día siguiente, al atardecer, me llamó otra vez por teléfono. Se condujo con entereza hasta que le conté que el lunes debía presentarme al cirujano. Al pronto recelé que, en lugar de cirujano, ella hubiera entendido verdugo. De otra forma, no me explico su reacción. Tras prorrumpir en el habitual «*Mein Gott!*» cargado de acento trágico, me comunicó su decisión firme de reunirse conmigo sin pérdida de tiempo. De hecho, según reveló, en cuanto acabase nuestra conversación telefónica haría las maletas; luego llamaría a la señora Klinkenberg para liquidar con ella las cuestiones relativas al alquiler del piso, y a las diez o las once de la noche emprendería la marcha. Seguro de que su auxilio heroico habría de acarrearme nuevos y acaso más graves problemas, le dije, aprovechando una pausa respiratoria de su parla veloz, que quizá la ocasión era poco propicia para comportamientos exagerados. No me escuchó. Se arrepentía de no haber venido el día anterior detrás de mí. Porque, además, le resultaba de todo punto imposible trabajar. La inquietud por mi estado físico se lo impedía. «Yo así no puedo concentrarme. Continuamente tengo delante de los ojos el agujero lleno de pus.» «Exprésate con precisión, haz el favor. Se llama Tommy.» Intensificó el chorro verbal, ya de por sí rápido, con el probable fin de que no volviese a interrumpirla. Mi cerebro no daba abasto para atribuir significados a aquel surtidor de palabras. Arrellanado en el sofá, convencido de que en los próximos minutos la señora escritora no me dejaría meter baza, accioné la tecla del altavoz a fin de no terminar como otras veces con el pabellón de la oreja cocido. No puedo transcribir a la manera de los novelistas convencionales, ni con fidelidad ni sin ella, su largo parlamento; pero, para lo que me importa recordar aquí, lo principal de cuanto dijo podría resumirse en estos términos: «¿Tú crees que me causa alegría visitar playas y museos sabiendo que mi pobre ratoncito está en casa solo, sin poder andar? Te echo mucho de menos. ¡Menuda diferencia es ir a los sitios contigo o sin ti! Hoy he dado un paseo en barco a todo lo largo de la costa de greda, con salida de Sassnitz» (abrigo dudas acerca del dato) «y vuelta al mismo puerto. A cada instante me preguntaba: ¿qué comentario mordaz se le ocurriría al ratoncito si viera esto; qué picardía, qué burla, qué chiste, si viera aquello? Apenas prestaba atención a las explicaciones del guía, incapaz de quitarme tu pie del pensamiento. En todo el día he sacado dos o tres fotografías sin interés y no he tomado ningún apunte porque, de lo nerviosa que estoy, he olvidado esta mañana poner el moleskine en la bolsa. Por la tarde, al abrir la puerta del piso, ha salido a recibirme un silencio horrible. ¿Qué creerás que he hecho? Sin despojarme de la ropa de calle, he encendido todas las lámparas del piso y he conectado el televisor, aunque luego no me he sentado a mirarlo. Oigo voces, música, aplausos, y de ese modo me hago el ánimo de no estar sola. Anoche lo pasé fatal, ratoncito, con unas pesadillas que tiembla el misterio. ¿Me estás escuchando? ¿Por qué no dices nada?» «¿Qué quieres que diga? ¿Llueve en Rügen?» «Dime si me entiendes. Tengo más cansancio que cuando me levantaba temprano para ir al colegio.» «Sin mis ronquidos ni mis manoseos por debajo del pijama te resultará difícil conciliar el sueño, ¿no? Lo entiendo, a mí me pasa lo mismo.» «No te imaginas cuánto añoro tus ironías importunas, tus provocaciones insoportables, tus bromas pesadas. Lo he decidido, mi dulce ratón. Esta noche salgo para allá.» En lucha denodada por que me dejase terminar las frases, intenté disuadirla de que emprendiese un viaje lleno de peligro, sola durante tantos kilómetros, a oscuras y con el coche abarrotado de equipaje. Como no se daba a partido resolví incentivar sus miedos: «A ver si en una curva de esas, antes de llegar a Rostock, vas a estrellarte contra un camión. Y por si aún insistes en cometer errores, te recuerdo que en mi actual estado tendré serias dificultades para empujar tu silla de ruedas.» Se calló. Me callé. Como consecuencia de su cansancio, ¿se habría quedado de repente dormida? Transcurrieron ocho, nueve segundos de silencio telefónico antes que yo le preguntara si aún seguía al otro extremo de la línea. Un balido breve de cordero a medio estrangular me confirmó su presencia. Le pedí por favor que durante tres cuartos de minuto no me interrumpiera. Ya sé que se trataba de una petición desmesurada; pero no se perdía nada por intentarlo. Le dije lo primero de todo que me hallaba libre de dolor, lo cual era mentira. Al cirujano lo esperaba la tarea sencilla de vaciarme el absceso con un instrumento similar a una cuchara, lo cual probablemente tampoco era verdad. Pasé, a continuación, al ataque. «¿No andarás buscando excusas para abandonar tu proyecto porque ya no te ilusiona como al principio? Ojo, porque tengo leído por ahí que los escritores sois gente voluble.» Terminé el sucedáneo de reprensión rogándole que no me deprimiera con sus temores, su intranquilidad, sus lóbregos augurios. Y en la inteligencia de ahorrarle cuidados, le dije que me las arreglaba bien solo; que cada vez podía andar mejor (mentira total), pero no lo hacía por no contravenir las órdenes del médico, y que para despachar los asuntos cotidianos como la compra, la alimentación o los desplazamientos a Wilhelmshaven, la señora Kalthoff había prometido prestarme ayuda.

El diálogo concluyó con el compromiso de Clara de posponer la decisión de interrumpir o no su viaje literario hasta que supiéramos cómo evolucionaba Tommy después de la intervención del cirujano. El lunes no esperó como de costumbre al atardecer para llamarme. Tampoco el martes, cuando fui por la mañana temprano a que me cambiaran la venda por vez primera tras la cauterización del absceso. En ambas ocasiones le transmití a Clara noticias tranquilizadoras, entreveradas de bromas y dicharachos con que me esforcé en aparentar buen humor. La víspera de devolverle las llaves del piso a la señora Klinkenberg aún no sabía ella qué partido tomar. Fue entonces cuando acordamos que llevase su proyecto adelante conforme al plan establecido. En lo que a mí respecta, tan pronto como el médico lo autorizara, acudiría en tren al encuentro de la señora escritora dondequiera que estuviese. Me refirió que había reunido una copiosa documentación sobre Rügen, pero que por causa de las preocupaciones de los últimos días se había visto sin energías para sentarse a escribir. Como estaba además persuadida de que le convenía volver a algunos sitios y quizá visitar otros en los que aún no había parado la mirada, me preguntó si me parecía buena idea que prolongase su estancia en la isla. Por la tarde había juntado diversos prospectos de hoteles y pensiones. En una mansión de no sé qué pueblo le habían mostrado un apartamento con vistas al mar. ¡Qué maravilla! Albergaba la certeza de encontrar en el ambiente suntuoso de aquel edificio personajes como los que habitan las novelas de sanatorios y balnearios de Thomas Mann, o en cualquier caso tipos extravagantes, distinguidos, misteriosos, cuya mera presencia podría inspirarle alguna escena para su libro, cuando no un libro entero en el futuro. Por si todo ello no fuera suficiente, el lugar se le antojaba pintiparado para escribir sin que nada ni nadie la distrajese, pues gozaba de grandes comodidades y estaba en medio de una ladera arbolada que lo aislaba de los ruidos de la calle. Ya se imaginaba trabajando junto a cierto mirador cuyos ventanales se abrían a una romántica ensenada. Escribiría a la luz de un candelabro, con un ramo de rosas y una tetera de porcelana encima de la mesa. Tan sólo le faltaba para decidirse mi visto bueno. Se lo di sin vacilar. «Es un poco caro. ¿No te importa?» «Tu literatura lo merece», le respondí, complacido de no tener un espejo delante que reflejara mi hipocresía ni luego mis ojos de pasmo y mi entrecejo fruncido cuando me enteré del precio.

Con ocasión de la llamada siguiente (hablábamos por teléfono a diario), me apresuré a preguntarle si se había adaptado bien a su nuevo alojamiento. «El caso es..., ratón. Nunca adivinarás dónde estoy.» Prometió recompensarme con un regalo de mi elección si acertaba. «¿Conozco el sitio?» «Lo conoces.» «Si lo acierto, ¿me regalarás una higuera? Te advierto que no es barata.» Me concedió tres oportunidades; después, en vista de mi fracaso, otras tres. Tenía razón. La deseada higuera jamás adornaría nuestro jardín puesto que ni de broma se me hubiese ocurrido pensar que Clara no había abandonado el piso de la señora Klinkenberg, donde ahora estaba alojada sin pagar alquiler. «¿Y el mirador, y la ensenada, y el candelabro?» «Supongo que continuarán donde los vi.» Me contó que durante la entrega de las llaves había puesto a la casera al corriente de los progresos esperanzadores de mi convalecencia, así como de sus ya superadas dudas sobre si continuar sola el viaje por Alemania o ir a casa a dar mimos al marido, y finalmente de su propósito de encerrarse a escribir en un apartamento próximo a la costa. La señora Klinkenberg, apenada por la marcha de Clara, le propuso, en un rapto de espontaneidad insólito entre los nativos de estas latitudes, que se quedase a vivir con ella y con *Honni* gratis en su piso hasta que yo hubiese sanado del pie y vuelto a su lado, comprometiéndose a preparar la comida de acuerdo con las preferencias y horario de su invitada, además de asumir las tareas de la limpieza y hacer lo posible para que su amiga la escritora trabajase a gusto en su rincón predilecto de la vivienda. Clara aceptó la oferta a condición de participar en los gastos derivados de su estancia. Para celebrar el acuerdo, la señora Klinkenberg llenó dos vasos pequeños con aguardiente. Tras el consabido brindis de hermandad, las dos mujeres convinieron en tutearse. Clara deshizo las maletas que ya tenía cerradas. Y como aguanta mal el alcohol, aunque sea en cantidades moderadas, por la noche se acostó con dolor de cabeza.

Pasaron los días. Octubre se acabó. Vinieron las nubes, los vientos y lluvias otoñales, que aquí son crónicos, y yo seguía en tratamiento médico. Con sostenido optimismo le aseguraba a Clara por teléfono que veía cerca mi victoria final sobre Tommy. Cada vez eran más espaciados los intervalos entre una cura y otra, y ya no me hacía falta llevar el pie vendado ni tomar antibióticos. Últimamente el cirujano se había limitado a echar una mirada fugaz a Tommy mientras la enfermera de turno cambiaba el apósito. Con frecuencia, obligado a atender a la muchedumbre de pacientes que atestaba su consultorio, ni siquiera entraba en la pequeña habitación a saludarme, o bien me estrechaba a toda velocidad la mano al cruzarse conmigo por el pasillo, preguntándome, a veces sin detenerse a escuchar la respuesta, qué tal me iba. Tanto él como las distintas enfermeras opinaban que la herida estaba cicatrizando de forma satisfactoria. No obstante, partidario de evitar riesgos, hasta un mes después de la cauterización el cirujano no me dio su consentimiento para que me marchara de viaje. En ese lapso, Clara terminó de redactar los capítulos relativos a Rügen. No hallando razón para continuar en la isla una vez cumplida la tarea, sintiendo por añadidura que abusaba del buen corazón de la señora Klinkenberg, resolvió, ya entrado noviembre, ponerse en camino hacia Berlín, donde tenía fijada la siguiente etapa de su aventura literaria. Al parecer, la despedida de las dos mujeres resultó bastante húmeda, y no precisamente por causa del aguacero que a la sazón caía en Bergen. La señora Klinkenberg se emocionó hasta las lágrimas a la vista de los regalos que Clara les hizo a ella y a *Honni*. En cuanto a la señora escritora, según me confesó más tarde por teléfono, todavía llevaba los ojos empañados cuando, atravesado el puente de Stralsund, paró un momento el coche en el borde de la carretera para contemplar la isla por última vez.

El viaje hasta Berlín no quiso llevarlo a cabo de un tirón, sino que, ya en tierras de Brandeburgo, se desvió por una ruta elegida sobre el mapa a la ciudad de Neuruppín, donde pagando una cantidad módica de dinero pasó la noche en un hotel. Al día siguiente cumplió su viejo deseo de visitar la casa natal de Theodor Fontane. La experiencia le sirvió para redactar dos páginas de prosa entre sentimental e informativa que no guardaban ilación ninguna con los episodios precedentes ni con los ulteriores, debido a lo cual, apremiada por el editor, las tuvo que suprimir. El tajo al libro le dolió como si le hubieran cortado un trozo del cuerpo. Cuando me pareció que su enfado declinaba y se podía hablar de nuevo con ella, le aconsejé que se resarciese enviando las dos páginas a algún periódico. Eso hizo, se las pagaron y, en premio por el buen consejo, me invitó a cenar en nuestro restaurante favorito.

Una vez en Berlín, Clara se alojó por espacio de una semana en el Etap Hotel de la Anhalter Strasse, a menos de cinco minutos de camino de Potsdamer Platz. Le asignaron una habitación del séptimo piso, con una sola ventana que se abría a un feo patio interior. La fea vista se completaba con el feo acceso a un aparcamiento que no era el subterráneo donde ella dejó el coche a buen recaudo por unos cuantos euros al día, así como, en un costado, con una fea ala del edificio del hotel, a una de cuyas ventanas se asomaba con frecuencia un individuo feo, además de desnudo, propenso a manosearse los pilosos genitales con la mirada impertérrita clavada en el vacío. La habitación tenía una barra con perchas que hacía las veces de ropero, una cama con litera transversal que ocupaba casi todo el espacio, un tablero estrecho adosado a la pared sobre el que justo cabía el ordenador, y un televisor pequeño encima de una repisa. En las fotografías que Clara me envió se apreciaba un aire austero de celda carcelaria. Clara se quejaba de las voces y ruidos que atravesaban la pared de día y de noche, procedentes de las habitaciones contiguas. Miraba por la ventana lo menos posible para no toparse con el individuo desnudo. La complacían, en cambio, la limpieza, la situación del hotel y el precio económico del alojamiento. En fin de cuentas, haciendo balance de ventajas e inconvenientes, estaba satisfecha de haber optado por aquella solución provisional que le había permitido establecerse en Berlín mientras se afanaba todos los días, desde un cibercafé cercano, en la búsqueda de un cobijo de alquiler, limpio y barato.

La parte última de este tramo de recuerdos la reservo para mí. Después de una noche en blanco, me presenté a primera hora de la mañana, encogido de temor, en el consultorio del cirujano con el volante que me había dado para él mi médico de cabecera. Consideré un hecho afortunado el que no me fuese posible descifrar la letra. Mi ignorancia del suplicio a que sería sometido en breve me dispensaba de mortificaciones prematuras. La señora Kalthoff, que me llevó en su coche a Wilhelmshaven, tuvo la amabilidad de esperarme en el aparcamiento las dos horas largas que tardé en salir. A mi llegada, la sala de espera estaba de bote en bote. Logré pillar uno de los últimos asientos libres. Cinco minutos más tarde había personas de pie y aún seguía viniendo gente. Me tocó sentarme a poca distancia de un señor grueso de edad avanzada que tenía un párpado hinchado y violáceo, además de una postilla en la cabeza con un contorno que recordaba el de la isla de Madagascar, y una segunda postilla, de difícil localización geográfica, pero no más agradable de ver, al costado de su nariz porruda. A veces el viejo fijaba en mí su único ojo disponible; un ojo duro, fiero, que parecía decirme: «Mira mi aspecto. Pues no creas que el tuyo será mejor cuando el cirujano haya terminado de arreglarte.» Yo, por vengarme, le sostenía unos instantes la mirada, replicándole en pensamiento: «Eso le ha pasado a usted por contraer matrimonio con quien no le convenía.» Durante tres cuartos de hora no me quedó otro remedio que ojear un ejemplar sobado del *Stern* del mes anterior, ya que manos ajenas retenían el resto de las revistas. Luego distraje mal que bien el miedo a las paredes blancas con una publicación para mujeres, donde no encontré cosa que despertara mi interés salvo una página de jardinería y, en menor medida, un artículo sobre la moda actual, muy extendida al parecer, y no sólo entre las chicas, de rasurarse el pubis. Cuando por fin pude apoderarme del *Sport Bild*, adelantándome con rapidez a un tipo de pierna escayolada que ya se levantaba para cogerlo, sonó mi nombre, como de costumbre mal pronunciado. El insólito apellido produjo a mi alrededor un movimiento general de cuellos. Se me hace que hasta las figuras de los cuadros se volvieron a mirarme. Y mientras salía de la sala de espera noté en la espalda una característica vibración que conozco bien, transmitida al aire por el esfuerzo de dos docenas de cerebros simultáneamente empeñados en adivinar mi procedencia. Salí al pasillo, donde reinaba bastante agitación: pacientes que llegaban, pacientes (benditos ellos) que se iban, más los numerosos empleados del consultorio con sus batas blancas a juego con las paredes y a juego con mi miedo. La enfermera que había pronunciado mal mi nombre me indicó el cuarto al que debía dirigirme. No importándole tal vez que su reputación pudiera quedar en entredicho, me ordenó en voz potente que me fuera «haciendo libre» (que es como llaman aquí a desprenderse de la ropa) de cintura para abajo. Yo estaba demasiado nervioso para pedir explicaciones. Paredes blancas, alicatadas hasta media altura. Estética de matadero. Entró el cirujano. «Túmbese ahí.» Mi docilidad no condujo al resultado apetecido. Entonces él me arrastró con escaso afecto en una dirección, luego en otra y viceversa, hasta colocarme en la postura adecuada sobre una mesa con recubrimiento de hule, protegida por una ancha tira de papel de un solo uso. «¿De dónde es usted?» Se lo dije. No hizo ningún comentario ni más preguntas. Entiendo que, dada la desmedida cantidad de pacientes a que debía atender, cuatro palabras representaban para él una conversación. No bien sentí que su mano calzada en guante de látex me agarraba un tobillo, cerré los ojos para no ver nada, para no saber nada, para escapar del presente entreteniéndome con imágenes mentales, soliloquios mudos, problemas de aritmética y demás. «Haga usted lo que quiera conmigo», pensé que le decía. «Córteme la pierna, máteme, pero por favor déjeme en paz.» Lo último que vi fue al cirujano sentado en su banqueta giratoria de ruedas, escrutando a Tommy de cerca sin decir palabra. Me hincó una aguja en la planta del pie mientras daba instrucciones a la enfermera relativas a otro paciente. Se marcharon los dos. Permanecí solo obra de quince minutos encima de la incómoda mesa, ocupado en estudiar un póster de la pared que mostraba los distintos grados de formación de una hemorroide. Volvieron el cirujano y la enfermera. «¿Cuántos años hace que vive usted en Alemania?» Respondí. El cirujano constató con empaque profesoral que casi no se me notaba el acento. Absurdamente le di las gracias, como si mi habilidad en el manejo de la lengua alemana constituyera un mérito suyo. De pronto llegó a mi nariz olor a carne quemada. «Esta gente ¿no pretenderá almorzarse mi pie?» El efecto de la anestesia me excusaba de proferir gritos que habrían puesto en estampida a los aterrorizados pacientes de la sala de espera. Pobre Tommy. Envalentonado por la ausencia de dolor, levanté cuanto pude el cuello para aumentar mi campo visual. Una nube blanca de humo flotaba por encima de mis piernas. La enfermera trataba de apartarla lanzando soplos delicados. Al cirujano también lo vi soplar; pero preferí volver los ojos a la cara de la enfermera, pues me resultaba más gustoso observar sus bellos y femeninos labios en acción. Al día siguiente tampoco conseguí leer el *Sport Bild*. Me apetecía tanto echarle un vistazo a la crónica sobre el triunfo por 5 a 3 del Wérder Bremen sobre el Wolfsburgo que habría vuelto a la sala de espera después de la cura si no es porque la señora Kalthoff me estaba esperando en el coche. Aquella mañana el cirujano torció el gesto porque Tommy continuaba sangrando. «Va a necesitar usted paciencia», me dijo. Transcurrieron cuatro largas y tediosas semanas antes que Tommy se convirtiera en lo que hoy es, una pacífica cicatriz de color rosa. Por recomendación del cirujano yo procuraba caminar lo menos posible. Como no fuera para ir a Wilhelmshaven a que me cambiaran el apósito o para dar pequeños paseos por el jardín, permanecía encerrado en casa, mirando tres o cuatro películas cada día o chateando en lengua materna sobre estupideces con personas de seudónimos a cuál más ridículo. Por las tardes la señora Kalthoff dejaba a *Goethe* conmigo para que me hiciese compañía. Tendido en su rincón de costumbre, *Goethe* no hacía otra cosa que dormitar. De vez en cuando le mandaba un silbido para que fijase su atención en mí. Entreabría los ojos, amodorrado, apático, aburrido, y a los pocos segundos los volvía a cerrar. Le daban rachas de tos. Cuando la señora Kalthoff le traía del supermercado alguna golosina, él la olisqueaba sin entusiasmo, la prendía como por obligación con los dientes y, en cuanto se sabía a salvo de nuestras miradas, desganadamente la dejaba caer sobre la alfombra. Tampoco era fácil hacerle tragar su medicina.

32

Llegué a Berlín en tren un jueves de noviembre. El cielo presentaba tal cariz. La temperatura era de tales grados. Llovía. Por aquella época aún no había sido inaugurada la estación central, así que siguiendo instrucciones de Clara me apeé en la del Zoo, donde ella me estaba esperando con mueca lánguida. Nada más verla como a treinta metros, pegué dos botes jubilosos sobre el suelo del andén en demostración de que venía curado. Ella desaprueba ese tipo de acciones, sobre todo si son llevadas a cabo en lugares públicos. Su disgusto deriva en bochorno e irritación cuando quien las protagoniza es su marido. Me dijo, sonrisa severa, que la circunstancia de hallarme en las proximidades del Jardín Zoológico no me obligaba a comportarme como un canguro. ¿De qué me sirve explicarle que entre mis pocas y modestas aspiraciones en la vida no está la de ser una persona normal? La mujer que a diario repetía por teléfono lo mucho que me añoraba, me ofreció con lenta frialdad una mejilla. Temí que mis labios quedaran adheridos para siempre al metal helado. Luego correspondió a mi abrazo impetuoso con la vitalidad de un maniquí. Por conservar mi euforia, mi exaltación, mis ganas de risa y juegos, inicié un chiste. Clara me atajó para contarme lo de su jaqueca. Un mes de cirujano, de curaciones, de miedo a las paredes blancas, me había enseñado que la felicidad ajena puede resultar insoportable cuando uno se encuentra en malas condiciones físicas. Resuelto a mostrarme solidario con mi sufriente esposa, aparté de mí todo síntoma de alegría, y procurando adaptarme a su desánimo, critiqué duramente la incomodidad de los trenes alemanes. Sabía bien de lo que hablaba. Acababa de viajar sin reserva de asiento en uno abarrotado. En Hannóver, estación de mi último transbordo, ingresé contra mi voluntad en un club de congéneres arremolinados al fondo del pasillo. De allí a Berlín, a ratos de pie, a ratos sentado sobre la maleta, concebí serias dudas acerca de las ventajas que aporta a los seres humanos su naturaleza social. Por desgracia no pude llegar a ninguna conclusión debido a que continuamente cortaba el hilo de mis meditaciones el vaivén de los pasajeros que hacían uso del servicio. Así pues, hermano, si por casualidad juzgaras enriquecedor para mi libro que yo volviese a tratar el tema de las vejigas urinarias de las mujeres, con el que por lo visto te di pie a reírte no hace mucho, según me contaste, confesaré para tu probable decepción que no tengo cosa nueva que exponer al respecto. Causa de ello es que de un tiempo a esta parte, como la escritura y el invierno apenas me dejan salir de casa, no me ha sido dado proseguir mis investigaciones de campo con la suficiente dedicación. Espero que me comprendas.

Sigo. Tomamos Clara y yo el metro para dirigirnos al barrio de Kreuzberg. «¿No es ahí donde los radicales de izquierdas queman coches de vez en cuando?» Íbamos sentados de espaldas a la ventanilla, que, como todas las del vagón, se veía cuajada de rayaduras hechas con objetos punzantes. La señora escritora mantenía la cabeza apoyada sobre mi hombro. Por el trayecto le estuve susurrando halagos. En varias ocasiones besé la parte superior de su cabeza. Se desprendía de sus cabellos un olor tibio, no exactamente aromático, tampoco fétido, que acaso fuera el de su jaqueca al rezumar por los poros del cuero cabelludo. Complacida, se quedó traspuesta y por poco pasamos de largo la parada donde debíamos cambiar de tren. Al final salimos a Platz der Luftbrücke, distante unos seiscientos metros de nuestro destino. Estábamos en el borde de una intersección de calles con tráfico intenso, esperando a que el semáforo tuviera una deferencia con nosotros. Tras unos árboles pelados se vislumbraba la Garra del Hambre, nombre popular del monumento consagrado a los aviadores que arriesgaron su vida (y en bastantes casos la perdieron) por abastecer la ciudad de provisiones durante el bloqueo soviético del cuarenta y tantos. Aún no eran las cuatro de la tarde y casi todos los vehículos llevaban los faros encendidos. Sus luces reverberaban en el asfalto mojado. El cielo estaba cubierto de un color gris sin matices. Hacía frío, hacía viento, llovía con fuerza y no teníamos paraguas. Todo era gris. Fin de la descripción.

Clara, los ojos cerrados, la frente arrugada de dolor, me explicó la manera de llegar a nuestro alojamiento. No podía guiarme, dijo. Se sentía mal, tan mal que en cualquier momento tendría que pararse a vomitar. Me pareció un gesto encomiable que me previniese puesto que caminaba apoyándose en mí con la boca a escasos centímetros de mi gabardina. Por el otro costado tiraba yo de la maleta. «Ve por ahí delante, ratón, hasta una casa azul. No hay pérdida.» Eché a andar con la susodicha impedimenta por la Dudenstrasse. Recorrido un trecho corto, a la altura de una tienda especializada en máquinas y adminículos de ajedrez, noté una sacudida súbita bajo el brazo. Reculé rápidamente para que la señora escritora se arrimara sin dificultad a un portón que había junto a la tienda y vaciase entre ruidosas arcadas el estómago. Mientras ensuciaba la vía pública me acordé de la primera partida que le gané al Gordo, siendo los dos adolescentes. Cabreado porque le había comido una torre, volcó (volcaste) el tablero y, hasta después de muchos días, no quiso (no quisiste) jugar otra vez conmigo. Unos pasos más allá, bajo la marquesina de una parada de autobús, Clara sufrió una nueva acometida de espasmos. Al tiempo que la veía escupir babas filamentosas tuve el presentimiento de que por la noche no fornicaríamos. Le alcancé un pañuelo de papel para que se limpiara los labios, otro para que se enjugase las lágrimas. Fue entonces cuando advertí que desde el costado de la marquesina una señora nos observaba con ojos críticos.

Cerca de allá, en la esquina de la Duden con la Katzbachstrasse, se alzaba efectivamente un edificio de fachada azul. Enseguida divisé, junto a un escaparate de la droguería Schlecker, el portal que por encargo de Clara yo debía buscar mientras ella caminaba apoyándose en mí, sin fuerza para abrir los ojos. Más tarde supe que había una segunda entrada a la vuelta de la esquina. Ambas comunicaban con un patio donde a su vez estaba el portal de acceso a nuestro alojamiento. En el centro del patio se guardaban los contenedores de basura de toda la vecindad, dentro de un espacio cercado con mamparas de listones como las que antes de aquel espantoso vendaval de hace dos años cerraban nuestro jardín por la parte de la carretera. La impresión favorable que al primer golpe de vista me había causado el edificio se esfumó nada más poner un pie en su interior. Atravesamos un corredor lleno de mugre en dirección al patio. Cables y tuberías se extendían por fuera de las paredes. No he olvidado tampoco la fila de buzones roñosos, algunos de ellos con señales de haber sido violentados, ni las manchas de humedad que ennegrecían el enlucido. Clara me advirtió que había una botella rota en el suelo. «Nadie ha retirado los cristales desde que me instalé aquí. Hazme un favor, ratoncito. No emitas juicios antes de haber visto la vivienda.» Cruzando el patio llegamos al otro portal, y por una escalera cochambrosa cuyo pasamanos no quise tocar en previsión de infecciones, subimos al tercer piso. En cada rellano intermedio había un ventanal compuesto de ventanas menores. La misma tarde de mi llegada comprobé que por ellas entraba no solamente la claridad procedente del patio. Bien porque una u otra permaneciese con frecuencia abierta, bien porque faltase el vidrio en alguna de ellas, el caso es que también dejaban pasar a las palomas, como sobradamente atestiguaba media docena de excrementos esparcidos por los peldaños.

A ruego de Clara busqué la llave dentro de su bolso. Billetes del metro, una entrada reciente del Pergamonmuseum, prospectos. «Ratón, date prisa.» Abierta la puerta, me encontré al comienzo de un pasillo largo y limpio. Vi luego, a mano derecha, la cocina de reducidas dimensiones, con una chica guapa dentro que se acercó a estrecharme la mano, sonriente; vi con satisfacción lo demás y comprendí por qué Clara había sugerido minutos antes que no me formase una opinión precipitada. La vivienda donde habría de albergarme en compañía de mi esposa por espacio de quince días mereció mi conformidad. En ella disponíamos de una habitación amplia con derecho a cocina y cuarto de baño. Clara la había alquilado hasta el 5 de diciembre a una estudiante de artes plásticas que a su vez la tenía en alquiler. Dicha estudiante, Ruth Elitz, a quien no conocí en persona (¿qué habrá sido de ella?), se había ido a pasar una temporada al sur de Alemania, de donde creo recordar que procedía. Por medio de Internet, Clara averiguó que durante ese tiempo la estudiante cedía su habitación amueblada a cambio de una cantidad irrisoria de dinero. La señora escritora me lo había contado por teléfono por los días de mi convalecencia, si no con estas palabras, con otras muy similares: «Al principio, cuando supe que pedía tan poco, recelé. No puede ser, me dije. Y cuando descubrí la suciedad del portal, los buzones medio rotos y la basura del patio no tuve duda de que la fotografía de Internet no correspondía al tugurio que esperaba encontrar. Te juro, ratón, que estuve a dos dedos de volverme atrás; pero la curiosidad me picaba. Y subí, ya con una frase lista para decir cordialmente que no me interesaba la oferta. Ocurrió, sin embargo, que en cuanto empecé a ojear el piso se me cayeron los prejuicios al suelo. La chica es estupenda. Imagínate, estoy viviendo en su habitación, rodeada de todas sus pertenencias, sus libros, sus muñecos de peluche.» «¿También su vibrador?» «Si empiezas con bromas no te cuento nada más.» «Perdona.»

«Me gustó mucho su naturalidad. Me invitó a una taza de té, me contó pormenores de su vida, y eso que acabábamos de conocernos. Sin embargo, lo que de verdad terminó de convencerme, ¿sabes qué fue?» «¿El vibrador quizá? Tranquila, es sólo una pregunta.» «Mi dulce ratoncito, ya me doy cuenta de que, después de tantos días sin vernos, me echas en falta. También pienso que echas más en falta unas partes mías que otras. No te preocupes, consuélate con un poco de onanismo y resiste la abstinencia como un héroe. ¿Me permites acabar el informe? Pues después de despedirme de Ruth y prometerle que la llamaría, me di una vuelta por los alrededores para comprobar qué clase de gente vive en este barrio. Fui al Viktoriapark, que está a cuatro pasos. En esto se cruza conmigo una mujer de más o menos mi edad, vestida con zapatillas deportivas y chándal. Y pensé: si hay mujeres que corren solas por el parque, entonces esta es una zona habitable. Conque agarré el móvil y desde un banco del parque le dije a la estudiante que aceptaba el trato.»

Podía verse una fotografía de Ruth Elitz bajo un vidrio sin marco en el centro de la pared, por encima de la cabecera de la cama. La imagen mostraba a una mujer joven de expresión melancólica (Clara disentía en este punto), con la cara de rasgos agraciados arrimada a la de un perro de aspecto tontorrón al que le colgaba la lengua por un costado de la boca. Clara, que había conversado con ella en un par de ocasiones, no se cansaba de ponderar sus cualidades personales. Diga lo que diga, el pasaje que le dedica en su libro roza la idolatría. Que la chica era, además, habilidosa, aplicada y de buen gusto lo demostraba el estado en que se encontraba su habitación. Ella misma, no sé cuándo, la había remozado. Sin ayuda de nadie cubrió el suelo con láminas de sintasol, pintó las paredes en diversos tonos azules y las adornó con dibujos y pinturas que ostentaban su firma. Destacaba un cuadro como de dos por tres metros con unas amapolas gigantescas en acrílico bermellón. Sobre todo por las mañanas, cuando recibían a través de las cortinas la luz del amanecer, relumbraban con gran potencia. En una de las baldas de la estantería donde guardaba numerosos libros de arte, se alineaba una multitud de pequeñas esculturas de granito por ella cinceladas. Eran piezas abstractas, o al menos así me lo parecían, de formas caprichosas y bordes redondeados. Algunas evocaban las tabas con que solían jugar en mi ciudad las niñas de antaño. Una idea de otras aficiones de Ruth Elitz la daba la presencia en la habitación de una máquina de coser, un clarinete dentro de su estuche, una bicicleta fija y gran cantidad de álbumes de fotografías en los que Clara me prohibió husmear hasta que la sorprendí a ella hojeando uno. «Bueno, pues míralos», me dijo despechada, «pero antes lávate las manos y luego no olvides dejarlos en su sitio.» Recuerdo también un cartel con letras pintadas en escayola, fijado a uno de los entrepaños exteriores de la puerta, que decía: «Bienvenidos a mi mundo.» ¿Lo habría hecho o comprado expresamente para nosotros? A mí aquella acumulación laboriosa de limpieza, orden y armonía me causaba una vaga incomodidad, no sé si me explico bien, un hormiguillo tenue, una desazón inconcreta, y no precisamente porque hubiera de extremar a todas horas la precaución para no romper nada en un descuido. Aún resuenan en mis oídos las órdenes frecuentes de Clara: ratón, no toques eso; ratón, no toques lo otro. Ansiaba yo descubrir alguna cosa que me proporcionase alivio y no sabía cuál. Quizá una raspadura en el clarinete. Quizá una lepisma bajo la cama. Quizá un espectro juguetón que por las noches, al saberme dormido, se entretenía colocándome encima de la cara un calcetín, una zapatilla, una braga de la señora escritora. El Gordo hacía algo similar de niño conmigo y con mi hermana. O sea, que si hay un lector mirando esta página, que no se extrañe. Pero a lo que iba. Ignoraba el objeto de mi búsqueda. Sin embargo, lo buscaba con ahínco a escondidas de Clara, deseoso de poner fin a mi tenaz desasosiego. Entre mí decía que me habría de contentar con un defecto, una mancha, una grieta insignificante en medio de tanta perfección, tanta felicidad y tantos muñecos de peluche. Tras varios días de búsqueda infructuosa, por fin mi esfuerzo obtuvo recompensa en uno de los cajones de la mesilla. Perdida en un revoltillo de cachivaches, llamó mi atención una caja de pequeño tamaño que contenía un tubo ya empezado de pomada. Extraje asimismo el prospecto, en el que se especificaban las distintas clases de dermatosis contra las cuales actuaba el preparado. Desde la fotografía de la pared, Ruth Elitz me sonrió con sus labios melancólicos, como diciendo: «Bueno, ahora ya lo sabes.» Al punto me tomó una profunda simpatía por aquella muchacha llena de talento y atractivo, a la que no conocía a pesar de dormir en su cama. En adelante ya no me abandonó el convencimiento de que la habitación de Ruth Elitz, con sus curiosidades innumerables, no solamente era un paraíso particular, agradable y bello, lo que no tiene poco mérito, sino también humano.

Había una segunda habitación en la vivienda. La ocupaba aquella chica que me saludó en la cocina la tarde de mi llegada. La chica se llamaba Lea. Era guapa, era rubia y era de cerca de Leipzig. Después de una estancia larga en los Estados Unidos, había llegado recientemente a Berlín con la esperanza de ser admitida en la Academia de las Artes, donde quería estudiar cine, o dirección cinematográfica, o algo por el estilo, no lo sé con exactitud. Era de pocas palabras aunque no tímida, tampoco seca ni arrogante. Intuyo que habitaba en una dimensión a la que ni Clara ni yo podíamos acceder. ¿En cuál? Imagino que, si lo supiera, la presunta dimensión no resultaría inaccesible. Manteníamos un trato esporádico con nuestra compañera de piso, en parte porque durante el día nosotros, juntos o separados, nos dedicábamos a recorrer la ciudad; en parte también porque, cuando coincidíamos en casa, ella se pasaba la mayor parte del tiempo metida en su habitación, lo cual no significa que nos rehuyera. Antes al contrario, a veces llamaba a nuestra puerta y nos ofrecía un pedazo de bizcocho, avellanas, cualquier manjar que acababa de traer del supermercado, o nos preguntaba si nos apetecía compartir con ella una determinada comida que se disponía a cocinar. Se ganaba la vida con trabajos ocasionales. Vendedora, camarera, lo que surgiese. Me lo contó Clara, que de vez en cuando pegaba la hebra con ella en la cocina. Lea practicaba un hábito por cuya causa se me desmandaban a menudo las hormonas. Y era que, siempre que tomaba una ducha, iba a vestirse a su habitación, contigua al cuarto de baño, enseñando sin remilgos los magníficos dones con que la había obsequiado la naturaleza. ¿Hará falta confesar que, en cuanto llegaba a mis oídos el chisporroteo del agua, una poderosa debilidad, no rara en los varones, según me han dicho, se adueñaba de mi juicio, suspendía mi voluntad y, en fin, me infantilizaba hasta el extremo de hacerme perder cualquier asomo de carácter? Apenas mis oídos percibían el rumor característico de la ducha, me ponía en tensión; si el campo se hallaba despejado (y sólo cuando se hallaba despejado), sacaba yo la cabeza al pasillo, presto a colegir por los diferentes sonidos procedentes del baño en qué fase del aseo se hallaba Lea. Tras haberme hecho el encontradizo en dos ocasiones me parecía que esa opción estaba agotada. Descubrí otra mejor. No bien el golpe de la puerta me anunciaba que la chica se había metido en su habitación, me acercaba con el mayor sigilo a mirar por el ojo de la cerradura. Sorprendía entonces a la beldad íntegra en su despreocupada y desnuda juventud, mientras se peinaba la hermosa cabellera, se recortaba las uñas de los pies con unas tijeras de punta curva o untaba de crema, con sensual parsimonia, con manos delicadas, primero una pierna, luego la otra, luego más arriba y para qué seguir torturándome con la evocación del fruto cercano, pero inalcanzable.

En breve darán las doce en el reloj de la cocina. Habrá que poner el punto final al presente capítulo, y no porque le falten a mi memoria más episodios vividos en el piso de Kreuzberg. La razón es que la señora escritora-profesora lleva acumulado en este curso un excedente de horas trabajadas; hoy que empiezan las vacaciones navideñas en los colegios de Baja Sajonia ha decidido volver a casa antes de lo habitual, sin que esta mañana me haya sido posible sonsacarle cuándo. Por motivos múltiples preferiría que nunca conociese la existencia de mi crónica del viaje, ni en su versión actual, todavía inconclusa, ni más tarde en la impresa. Por eso le pedí ayer a la secretaria del Gordo que por favor se acuerde de intercalar en el contrato de edición una cláusula que excluya la posibilidad de difundir mi libro en los países de habla alemana. Tal es la preocupación que el asunto me produce que he estado dándole vueltas a la idea de buscarme un seudónimo a fin de evitar que Clara, enredando algún día en Google, descubra el pastel. Un razonamiento del Gordo, sin embargo, me ha disuadido. En su opinión supone una tarea bastante ardua identificarnos vía Internet tanto a él como a mí por nuestros nombres y apellidos, ya que son sobremanera comunes entre nuestros compatriotas. Aunque me incomoda darle la razón, reconozco que está en lo cierto. Él y yo somos en nuestro país lo que en Alemania un Müller, un Meier, un Schmidt. Cada vez que escribo mi nombre en la banda de Google aparece en la pantalla una lista inabarcable de tocayos.

El Gordo pone en tela de juicio, basándose en su experiencia (¡será jactancioso!), que una obra como la mía suscite interés a los editores alemanes. Cuenta que estuvo en la última feria de Fráncfort. Los conoce. Tienen, según él, ojo y medio orientado permanentemente hacia la literatura de lengua inglesa. De refilón miran a la masa de autores de otras procedencias lingüísticas. Salvo raras excepciones, por mucho que les gusten sus libros no aciertan a hacer negocio con ellos. Pues no sabes cuánto me alegro, le he respondido, así no habrá dificultad para complacerme en la cuestión de la cláusula, ¿no? Porque si de algo estoy seguro es de que me daría más placer abrazar a un caimán famélico que enfrentarme a la reacción previsible de mis parientes alemanes, con Clara a la cabeza de la turba, o de otras personas conocidas si llegaran a enterarse del papel dudosamente gallardo que les hago cumplir en mis recuerdos escritos. Quizá no debiera demorar un día más la construcción de una cueva en las montañas donde esconderme. Lo único que me detiene es que no hay montañas en esta región planchada.

Otro problema. Veo difícil dedicarme al relato del viaje con la debida intensidad y constancia durante las vacaciones navideñas de mi mujer, aunque se hará lo que se pueda. Agradecería, en consecuencia, que nadie me agobiase por correo electrónico con preguntas del tipo: ¿avanzas?, ¿cuánto te falta?, ¿terminarás para febrero?, etcétera. El día 28 saldremos para Copenhague. Volveremos el 3. Caprichos de Clara. Le gusta empezar cada Año Nuevo corrigiendo exámenes o cuadernos en una ciudad distinta. El año pasado en Budapest, el anterior en Múnich, donde aprovechamos la estancia para contraer la gripe los dos al mismo tiempo. Podría encerrarme por las noches en el retrete a escribir; pero no creo que la estrategia condujese a grandes logros, ni en calidad ni en cantidad. Conque hasta la reanudación del curso, dentro de diecisiete días, me aburriré a muerte sin escritura, sin partidos de la Bundesliga y sin jardín.

Y ahora sí que tengo que acabar porque percibo que se acerca por el aire un creciente olor a cuadernos escolares. Dejo fuera de mi relato, no hay más remedio, varias peripecias de las que tenía previsto ocuparme esta mañana. De haberme alcanzado el tiempo habría escrito sobre las llegadas de Lea al piso por la noche, a horas intempestivas, acompañada nunca averiguamos por quién, puesto que la misteriosa visita se marchaba como a la media hora o tres cuartos de haber venido; eso sí, no sin antes desvelarnos con susurros y risas más o menos contenidas que oíamos a través del tabique. Quizá habría merecido la pena describir en detalle las dos iguanas verdes que Lea guardaba en su habitación, dentro de un terrario de grandes proporciones. Les hablaba, por cierto, en inglés. Y Clara me preguntó: «¿Tú cómo lo sabes?» Por puntillo me tentó responderle que porque oía hablar a la chica con sus reptiles cuando la espiaba por el ojo de la cerradura; pero opté por salir de la encerrona dialéctica con evasivas. Me habría gustado igualmente dedicar unas cuantas líneas al balcón, al que nos asomábamos a menudo, a pesar del mal tiempo, para asegurarnos de que nuestro coche seguía intacto en el borde de la calle. Y otras al trapaleo y las voces y los sollozos que algunos atardeceres se oían en el piso de abajo, los cuales supimos por Lea que eran debidos a las palizas que le arreaba el vecino a su mujer. Al tercer o cuarto alboroto Clara se mostró partidaria de avisar a la policía. Yo le aconsejé que, antes de dar ningún paso en aquella dirección heroica, tuviese la prudencia de reunir el mayor número posible de conocimientos acerca de la constitución física del individuo. Una tarde, ocultos tras los visillos, lo vimos cruzar el patio. Era bajo y enteco. Clara salió disparada en busca del teléfono. «En mi modesta opinión», le dije, «antes de alertar a la justicia conviene que el maltratador perpetre su delito. ¿Qué vas a contar, si no, al funcionario que te atienda?» «Bueno, pero al primer ruido de golpes llamaré.» «¿Y si el tipo aporrea después nuestra puerta armado con un cuchillo?» Lea, a quien consultamos, no descartaba en absoluto el riesgo.

33

Aleluya, hermano. Clara se ha ido de visita a casa de su padre. Ayer llamó el pobre hombre por teléfono para lamentarse de su soledad. Se considera desatendido por sus hijas. A Clara le toca la parte mayor del reproche, pues a diferencia de su hermana no tiene la disculpa de ser madre, de vivir lejos, de estar atada al trabajo por estas fechas. Así que apenas ha pegado ojo en toda la noche, mortificada por la mala conciencia y, supongo, mis ronquidos. Quizá se quede a almorzar con él aunque no podía asegurármelo. Como de costumbre, en el momento de marcharse me ha encomendado varias tareas domésticas. Es esta una vieja táctica suya para limitar mi libertad cuando está ausente. Las tareas las he despachado a mi modo antes que ella hubiese tenido tiempo de perder de vista la última casa del pueblo. Ahora, después de semana y pico de inactividad forzosa y un día antes de salir para Copenhague, dispongo de unas cuantas horas para mi dedicación clandestina a la escritura. Tonto sería si no las aprovechase.

Vuelvo brevemente a los días en que convalecía de Tommy encerrado en casa. A la señora escritora, una vez instalada en Berlín, le pedí que por favor acudiera a tantas salas de exposiciones, galerías de arte y demás almacenes de cachivaches históricos y pedruscos célebres como fuera posible, dentro y fuera de la Isla de los Museos, de forma que cuando nos reencontrásemos yo estuviera exento de participar en esas rondas culturales que tanto me fatigan y me aburren. «Piensa», le dije durante una de nuestras conversaciones telefónicas, «en el suplicio que representaría para mi pie deambular por los suelos generalmente duros de los museos.» «Ratoncito, ¿es que no piensas acompañarme a ninguna parte?» «Por supuesto que te acompañaré. Eso sí, reserva para cuando estemos juntos las visitas a los bares, los restaurantes y los sitios de diversión. Ya sabes, el Quatsch Comedy Club, los teatros y demás recintos donde los espectadores asisten a un espectáculo sentados.» Mujer comprensiva, Clara atendió mi solicitud. Me llamaba al atardecer, entre las ocho y las nueve, sin caer en la cuenta de que me cortaba el partido de fútbol televisado, alguna película, algún programa de interés, y me decía: «Ratón, hoy he estado en la Alte Nationalgalerie y en Berliner Dom, donde he bajado a la cripta a mirar los sarcófagos de los Hohenzollern.» «Muy bien, Clara. Sigue así.» Al día siguiente, en medio de un reportaje fascinante sobre la vida sexual de las arañas: «Ratón, por fin.» «Por fin ¿qué?» «Por fin he conocido en persona a la Nefertiti.» «Te habrá preguntado por mí, me figuro.» «Quería saber si irás otro día a devolverle el ojo. Le he respondido que no eres aficionado a las exposiciones.» «Bien dicho, Clara. El ojo de la Nefertiti me lo zampé cuando era niño al confundirlo con un diente de ajo en un plato de lentejas. Sigue así. Lo estás haciendo muy bien.» A mi llegada a la ciudad, la señora escritora había recorrido los principales museos y edificios de interés histórico de Berlín, con dos excepciones notables: el Museo Judío, por cuyas galerías estrechas y zigzagueantes anduvimos separados por temer ella que yo me mostrase insensible en un lugar que juzgaba más adecuado para el recogimiento que para los comentarios jocosos, imputación que me indujo a suscitar una disputa histórico-matrimonial a la salida, y la Gemäldegalerie, visita de la que nos acordamos a menudo debido a cierto incidente que me he propuesto relatar esta mañana. Allá voy.

Era lunes. Retén este detalle, hermano, porque te dará una idea del grado de preparación con que solíamos emprender nuestras aventuras. Repito, era lunes. Acabábamos de desayunar a cuerpo de rey en el restaurante giratorio de la torre de televisión. La señora escritora afirma en su libro que los lugareños la conocen con el nombre popular de «telespárrago.» Un crítico berlinés lo negó categóricamente en una reseña y desde entonces ella está esperando que haya una segunda edición para borrar el dato. Con sus no sé cuántos metros, la torre de televisión es la construcción más elevada de Berlín, para averiguar lo cual normalmente no hace falta llegarse hasta arriba (diez euros por cabeza), pero aquella mañana sí, ya que una niebla espesa envolvía por completo la esfera superior. No hay guía turística que olvide ponderar las vistas magníficas que se abarcan desde aquella imponente altura. Se cuenta que permite divisar todo Berlín hasta un horizonte remoto, acaso ya dentro de la llanura de Brandeburgo. Lo que a nosotros nos fue dado ver durante la hora larga que estuvimos allí fue, con diferencias de poca monta, lo mismo que ve cualquier viajero por la ventanilla de un avión cuando este atraviesa una nube. En resumen, no vimos nada.

Bajamos a Alexanderplatz. Seguía siendo lunes. A Clara, abatida por la decepción, no acertaba a consolarla el recuerdo del desayuno que acabábamos de disfrutar. Con objeto de levantarle el ánimo, le aseguré mientras caminábamos por el Alex, plaza de una fealdad sin tacha, que con dos huevos fritos, dos lonchas de panceta también frita, dos medios panecillos untados de mermelada y dos tazas de café con leche en el estómago estaba dispuesto a someterme de buen talante al plan del día. Tocaba pinacoteca. «Y aún te digo más», le dije, «aunque te cueste creerlo me voy a tomar en serio la visita.» En la Karl-Liebknecht-Strasse hicimos señas con la mano a un taxi para que se detuviese. «Llévenos a la Gemäldegalerie, por favor.» Para mí que al taxista (pegatina del Galatasaray en el salpicadero) lo sacudió un respingo de vacilación; pero no dijo nada. Cumplió su trabajo de forma irreprochable, sin entrometerse en nuestro silencio, obsequiándonos hasta el final del recorrido con un programa de radio en el segundo idioma más hablado de la ciudad. En fin, me pareció bien recompensar su discreción y eficiencia con una propina. «Ratón, ¿cuánto le has dado?» «Euro y medio.» «¿Tanto?» «He pensado que, con mujer y dos o tres hijas, tendrá mucho gasto en pañuelos de cabeza.» Nos dirigimos a continuación a la entrada de la Gemäldegalerie, que, por ser lunes, estaba cerrada. «El taxista lo sabía y se ha callado. Y tú, ratón, encima le das propina.»

Volvimos al día siguiente, pero ya no era lo mismo. Sin la panceta ni los huevos fritos me faltaba aquella alegre disposición a parar los ojos en más de mil obras de la pintura europea de los siglos tal y cual, con un promedio de catorce segundos por cuadro durante los diez minutos iniciales de visita, nueve hasta culminar el primer cuarto de hora, con tendencia a disminuir rápidamente, y de allí hasta el final lo que se tarda en pasar por delante de cada cuadro. El cielo sobre Berlín había amanecido cubierto de gruesas nubes de desavenencia. Intenté echar una cabezada en el calorcito bamboleante del metro; pero apenas hube cerrado los ojos, la señora escritora me sacó de mi placidez sin otro motivo que afear mi atuendo. Desde el fondo brumoso de mi modorra la oí equipararlo al forro de los asientos. No soporta la combinación de más de tres colores. Hay quien muere por defender la patria. Ella moriría por defender esa firme convicción estética. A su juicio, mis zapatos no pegaban con el pantalón, el pantalón no pegaba con el jersey, y la cazadora negra de cuero, a la que profesa desde que la estrené una aversión invencible, no pegaba con ella. Me la pongo raras veces porque la siento sucia y maloliente de sus críticas; pero aún me la pongo por la simple razón de que un día, aprovechando unas rebajas, desembolsé doscientos cuarenta euros por ella. Yo callaba, yo aguantaba, porque si uno no calla, si uno no aguanta, no sirve para marido. Hicimos transbordo en Stadtmitte, y en el siguiente tren, de pie los dos por falta de asientos libres, ella volvió a ensañarse con mi cazadora. Ya no callé, ya no aguanté, cada vez más mermada mi vocación de marido. «Te disgusta», le dije, «porque acentúa mis señas masculinas y te da vergüenza que cualquiera se dé cuenta de que después de dieciséis años de matrimonio aún no has conseguido domesticarme.» «A mí, ratón, lo que me da vergüenza es que, cuando llevas la cazadora, la gente piense que eres mi rufián. Te iría mejor si me hicieses caso.» «Dilo con claridad. Esperas de mí obediencia ciega, sumisión y que te chupe los tobillos como *Goethe*.» «Habla más bajo. La gente empieza a observarnos.»

Fuimos a pie, discutiendo sobre futilidades varias, acordes en no estar de acuerdo en nada, desde Potsdamer Platz hasta la pinacoteca. Cerca de las escalinatas que conducen a la entrada, Clara manifestó, ignoro si con intención informativa, que el trayecto le había parecido corto; yo opiné lo contrario, y como ella volviese a porfiar, zanjé la cuestión diciendo con gravedad agorera que me consideraría un hombre afortunado si Tommy no resucitaba en el curso de la mañana. Definitivamente ella tenía uno de sus días combativos. ¿La regla? Me espetó que si estaba harto del viaje podía marcharme a casa, que para fomentar su mal humor prefería arreglárselas sola. La aplaudí. No mucho, pero la aplaudí. ¿Qué otra cosa podía hacer después de semejante actuación? Barrunto que nada más vernos llegar al vestíbulo de la Gemäldegalerie, la empleada del mostrador a la que compramos las entradas adivinó, por la manera que teníamos Clara y yo de estar juntos sin dirigirnos la palabra ni mirarnos, que pertenecíamos a ese género bastante común de seres humanos de distinto sexo que un día prometieron, delante de testigos, amarse hasta que la muerte los separe. La empleada nos indicó con sonrisa profesional hacia dónde debíamos encaminarnos para acceder a la exposición permanente. Clara, ostensiblemente, no me esperó. Por detrás, con pensamiento de provocarla, le dije: «La mujer se ha reído de ti.» «O de ti», replicó sin volverse.

Se divisaba el acceso a los salones de la exposición permanente al fondo del corredor. Dos porteros trajeados llevaban el control de las entradas. La señora escritora, que iba como tres o cuatro metros por delante de mí, enristró hacia el más joven, que también era el más fornido y más apuesto. Fue hacia él tan derechamente que me pregunté si no abrigaría la intención de humillarme echándose en sus brazos. «Como se atreva», me dije, «yo me echaré en los brazos del otro.» El portero avanzó a su vez un paso hacia la adúltera. No la miraba a la cara sino a las rodillas o incluso más arriba, a zonas de larga tradición sexual, lo que afianzó mi sospecha de que a pocos metros de mí estaba a punto de suceder una cosa totalmente obscena, de una lascivia precipitada y elemental, con mi mujer en el papel estelar de hembra disoluta. Interpreté como signo tranquilizador el que Clara no se apresurase a mostrar su apetito carnal por la vía de plantarle al portero una pierna encima del vientre. Otros recursos eróticos de ella me son desconocidos. Cerca de los dos me sorprendió comprobar que sostenían una esgrima de razonamientos semánticos. Estaba permitido acceder a la pinacoteca con bolsos, pero no con mochilas. Clara afirmaba que el suyo era un bolso; el portero, que una mochila. «¡Qué manera más rara de flirtear!», pensé. Aunque disto de ser un experto en la materia, enseguida me di cuenta de que cada uno a su manera tenía razón. El bolso de Clara, sucesor del blanco que semanas atrás me había parecido el colmo de la cursilería, estaba provisto de un asa para su transporte; pero también de dos tiras delgadas en un costado que lo convertían sin la menor sombra de duda en una pequeña mochila. Con ademán demostrativo, Clara se encajó el mochibolso debajo de un sobaco, asegurando que así lo pensaba llevar durante la visita a la exposición, en lo cual no veía ella el menor peligro de rozar ningún cuadro. El portero invocó las normas de todos los museos de Berlín, que él no había creado pero tenía que hacer cumplir. Las férreas virtudes de la vieja Prusia estiraban el cuello de aquel joven que, sabiéndolo o no, profesaba en un alto grado de pureza la mentalidad ordenancista de sus ancestros. Su colega, entretanto, se mantenía a una cómoda distancia de aquella plática entre discrepantes. En un momento determinado su mirada se cruzó fugazmente con la mía. Entreví en sus pupilas de hombre pacífico, ya metido en días, un destello inconfundible de solidaridad varonil, como si me dijeran: «¡Menuda mujer le ha tocado a usted! La mía es igual» o algo por el estilo. Con alargado brazo, equivalente a una barrera bajada, el Prusiano nos invitó a dirigirnos al piso inferior, donde los visitantes podían guardar bajo llave sus pertenencias en consignas previstas para el caso. Clara, roja, tensa, se negó. Alegaba que el bolso contenía objetos valiosos de los que en modo alguno deseaba separarse. «¿Quién me garantiza a mí que las consignas son seguras?» «No tenemos constancia de robos en el museo.» «Entre otras cosas llevo mi espray contra el asma. No pensará usted que si me da un ataque voy a salir corriendo a buscarlo.» «Señora, en tal supuesto le aconsejo que lleve el espray en la mano.» «Usted a mí no tiene que aconsejarme nada. ¿Acaso es médico?»

Emprendimos una retirada estratégica por orden facial de la señora escritora. Dicha orden, por si algún posible lector estuviese interesado en saberlo, consistió en un golpe de barbilla al aire, tan fuerte, tan rápido, tan imperioso, que una crencha entera azotó con sus finos y rubios látigos las facciones de la mujer acalorada. El gesto me brindó la oportunidad de exhibir a la vista de los dos porteros, así como de algunas personas que se acercaban por el corredor, mis dotes de obediencia. Me habría hecho feliz en aquel instante traerle a Clara, prendida entre los dientes, una pelota de tenis que ella hubiese arrojado al azar. Tuve que conformarme con seguirla a dos o tres pasos de distancia por las escaleras que descendían a las consignas y los servicios. Con los ojos cerrados habría podido ir al mismo sitio que ella orientándome por el rastro de refunfuños que dejaba tras de sí. Tomamos asiento en unas sillas próximas a la pared, en un lugar a salvo de oídos y miradas. Clara estaba decidida a salir a la calle. Le recordé la suma de dinero que habíamos pagado por las entradas. Me repitió, mordiendo las palabras, todos y cada uno de los argumentos que acababa de esgrimir delante del Prusiano, con la única diferencia de que a mí, por unirnos una mayor confianza, me reveló con más detalle el contenido del mochibolso. «La documentación, la llave del piso, el móvil, la tarjeta de crédito, el dinero, el espray... ¿Quién que no haya perdido el juicio puede contemplar obras de arte sabiendo que tan preciadas pertenencias están dentro de una simple caja? Dime, ratón, ¿cuánto crees tú que tardaría un aprendiz de delincuente en forzar la cerradura? No hables. Te lo diré yo. Cinco segundos y puede que menos.» Me comunicó su propósito de buscar las tijeras de manicura. Le temblaban las manos como consecuencia de la excitación. «Yo corto las tiras y a ver quién me dice luego que mi bolso es una mochila.» Había cambiado de parecer. Ahora se mostraba partidaria de entrar a toda costa en el museo aun cuando había perdido todo interés por los cuadros. En vez de cortar las tiras, las metió tanto como fue posible dentro del bolso, se levantó de un brinco y dijo: «¡Vamos!»

«Segundo asalto», pensé. Y, en efecto, el Prusiano volvió a rechazar la entrada que Clara ya le iba presentando varios metros antes de llegar a él. A continuación formuló en los mismos o similares términos de hacía un rato la norma que vedaba el acceso a la exposición de visitantes con mochila. Clara le mostró las tiras introducidas en su mayor parte dentro del bolso. El Prusiano aguantó impasible el chaparrón de explicaciones antes de replicar que seguía viendo una mochila. Clara le achacó que se negaba, con no se sabía qué intención, a aceptar una obviedad. A esto el Prusiano, sin perder el aplomo, contestó que para llevar a cabo su trabajo no disponía de otro criterio que las instrucciones del museo. Una prenda de aquellas características, añadió, bolso o no, se podía colgar a la espalda, luego era una mochila. «*Mein Gott!*, ya le he dicho que la pienso llevar debajo del brazo.» «Señora, se lo creo, pero está fuera de mis atribuciones ir todo el tiempo detrás de usted para comprobarlo.» Clara, visiblemente despechada, trató en balde de soltar por la fuerza una de las tiras. Lo intentó con la otra y también fracasó. El Prusiano, vuelto hacia un grupo de visitantes recién llegados, no le prestaba la menor atención. Convencida seguramente de estar haciendo uno de los mayores ridículos de su vida, Clara inició la retirada sin hablar conmigo ni esperarme. No fuimos lejos. A los pocos pasos se detuvo de golpe al percatarse de que venía por el corredor una señora con un bolso bastante más grande que el suyo. «Vamos a ver», me susurró, «si a esta la deja entrar.» La señora y un hombre que la acompañaba tendieron sus respectivas entradas al Prusiano, que, tras saludarlos con seria cortesía, se hizo a un lado para que pasasen. «Tercer asalto», dije para mí al par que exhalaba un suspiro de resignación. Esta vez las protestas de Clara alcanzaron tal magnitud acústica que la señora del bolso, su acompañante y dos o tres testigos cercanos no pudieron menos de pararse a mirar, atónitos, la escena. Incapaz de contener su sofoco, al borde de las lágrimas, Clara no cesaba de apuntar con un dedo indignado hacia el bolso de la señora, la cual, como a cinco metros de distancia, con expresión de pasmo, se veía señalada sin saber por qué. Entonces, hermano, me tomó una viva pena por mi esposa, proporcional al desagrado que había empezado a producirme la rigidez del Prusiano, tras la que me parecía columbrar una actitud de pura y simple arrogancia. Hice lo siguiente. Me coloqué por así escribir del lado de allá, un pie en la rotonda que precedía a los primeros salones de la exposición, y encarándome con aquel hijo póstumo de Prusia, demudada la cara por efecto de una vehemencia gestual de escasa raigambre en estas latitudes, le dije: «¡No sea usted tan severo!» Te aseguro, hermano, que estuve en un tris de soltar una tirada de tacos en nuestro idioma; sin embargo, me supe reprimir. Juzgué preferible coger amorosamente por los hombros a mi mujer, mi Clara, mi serradora predilecta de nervios, y tirar de ella poco a poco hacía el interior del museo. «Pero con su responsabilidad», oí decir al Prusiano cuando ya le habíamos dado la espalda. Ni siquiera nos había rasgado como es de rúbrica las entradas. Me dieron ganas de retroceder y echarle en cara que, después de fastidiarnos con su latosa defensa de las normas, hubiese incumplido una de sus obligaciones más elementales. «Amiguito, tenga por seguro que informaré de esta negligencia a Federico Guillermo I, con quien da la casualidad de que estoy citado esta tarde para comer una salchicha con curry y patatas fritas en un puesto de la Leipziger Strasse.» «No, por favor, no me haga eso.» A la salida me volvió a suplicar. En fin, imaginaciones mías.

34

Llegamos anteayer de Copenhague con las caras rojas de frío. Hoy se reanuda el curso escolar, y apenas la señora escritora-profesora (cargada con la pila de cuadernos que estuvo corrigiendo en la habitación del hotel) ha cerrado la puerta de la calle, he tomado asiento a la mesa de la cocina con el fin de exprimirle recuerdos de Berlín a la memoria. El Gordo me pregunta en una de nuestras comunicaciones habituales si no conviene escribir unas líneas sobre el muro. Sospecho que profesa afición a las analogías del tipo pez-agua, culo-caca, Berlín-muro. Eso sí, tiene la delicadeza de agregar que no pretende dictarme los asuntos de mi libro. Opina, sin embargo, que algunos datos sobre la cuestión podrían interesar a los posibles lectores. ¿Qué tal un párrafo? Le respondo que el muro desapareció catorce años antes de nuestra visita a la ciudad, aun cuando todavía es común afirmar que persiste en el interior de las cabezas de muchos alemanes. Dice, tras agradecerme la lección de historia, que no ignora cuándo cayó el muro. Para demostrármelo menciona a continuación unas fechas que no son del todo exactas, pero qué más da. Le hago saber que Clara y yo vimos en la Niederkirchner Strasse (ten cuidado con la dentadura postiza cuando intentes pronunciar esto, hermano) un resto en ruinas de poco más de cien metros de longitud. Si lo considera indispensable para el éxito comercial del libro, yo me allanaría a describir la gris, agujereada y mugrienta construcción de cemento, si bien pongo en duda que el objeto descrito permita grandes (o pequeños) alardes estilísticos. Faltaba casi todo el revoque, le informo, ya que la gente solía dedicarse a arrancar mediante instrumentos punzantes o a golpes de martillo esquirlas del muro para luego venderlas a los turistas. Nosotros mismos tenemos una adherida a un imán sobre la puerta de la nevera. Nunca nos hemos preocupado excesivamente por su autenticidad. El Gordo me contesta que proceda como mejor me parezca. No me proponía hacer otra cosa desde un principio.

Llevé a cabo numerosas paseatas por Berlín, durante las cuales me ocurrieron unas cuantas peripecias dignas de recuerdo. Por lo general callejeaba solo en cumplimiento de encargos que me asignaba la señora escritora. Y así, mientras yo iba a un lado, ella iba a otro o se quedaba en el piso escribiendo. «Ratoncito, date una vuelta por el barrio de San Nicolás y haz todas las fotografías que puedas de las calles, de los letreros y escaparates de las tiendas, y del río. Del río también, pero en relación con las fachadas y el mobiliario urbano. ¿Has entendido? El agua sola no me sirve.» «Ratoncito, vete a pasear por Unter den Linden.» «¿Otra vez?» «Mira un poco qué gente anda por allí, intenta con disimulo fotografiar el interior de la cafetería Einstein. Y a la vuelta me cuentas anécdotas y curiosidades, y si has visto alguna escena que me pueda interesar.» «Ratoncito, mi dulce ratoncito, coge el metro y vete a...» Casi todos los días yo me ponía en camino con la misión de abastecer a la señora escritora de imágenes, detalles y sucesos para su libro. Y he de añadir que le cumplía de buena gana los encargos, en parte porque, sobre ser poco fatigosos, me permitían andar a mi aire por la ciudad; en parte también porque los favores y servicios que le hacía la ponían tan contenta y afable y agradecida que, al llegar la noche, nada más acostarme, no era infrecuente que me plantase la pierna sobre el vientre donde yo albergaba los manjares y las bebidas que saboreaba en el curso de mis exploraciones. Pues no tengo por qué ocultaros ni a ti, hermano, ni a los clientes de tu editorial, que durante los quince días que estuve con Clara en Berlín, pensando en resarcirme del mal mes que me había hecho pasar Tommy, me dediqué con sostenida aplicación a procurarme toda clase de gustos y pequeñas felicidades.

A modo de muestra relataré esta mañana una de mis andanzas por la ciudad. Un día, la señora escritora y yo subimos a la cúpula del Reichstag, sin entrar en el salón de plenos porque nuestro plan se reducía a comer en el restaurante de la azotea. A Clara, antes de emprender el viaje, una compañera del colegio le había contado que la manera más rápida y simple de entrar en el Reichstag era reservando mesa en dicho restaurante y así lo hicimos. Consignados nuestros nombres en una lista de visitantes, el truco nos permitió acceder al edificio por una puerta escusada, lo que nos evitó ponernos a la cola enorme que se alargaba delante de la entrada principal. Comimos estupendamente, sentados a una mesa con unas vistas excepcionales. Tras el almuerzo anduvimos cosa de veinte minutos mezclados con los turistas que deambulaban por la azotea y bajo la cúpula transparente. Fue entonces cuando ella me comunicó su deseo de ir a no sé dónde a tomar notas (y visitar tiendas, supongo), y me pidió por favor, ratoncito, que me dirigiese con la cámara fotográfica al Dorotheenstädtischer Friedhof, en la Chausseestrasse, donde ella había estado de víspera, y que prolongara después el paseo por la zona de la Nueva Sinagoga, los Hackesche Höfe y tal y cual. «Confío en que te acordarás de mí», le dije, «en caso de que incluyas una relación de agradecimientos al final de tu libro.» «Descuida, mi dulce ratoncito. Tu nombre ocupará el primer lugar.» Fiel a su promesa, me honró con una escueta dedicatoria en letras de molde al comienzo del libro. La prefiero por su sencillez a aquella otra que me puso en *Bajo las glicinas*, de una sensiblería ampulosa que aún me saca los colores.

Entrada la tarde me apeé en Oranienburger Tor, la estación de metro que a la vista del plano juzgué más cercana al cementerio. Por aquellos días ejercité la técnica de no andar sino lo justo. Disponía de un llamado «billete de siete días», que por algo más de veinte euros me daba derecho a usar el transporte público a mi antojo durante una semana, de manera que muchas veces, por ahorrar esfuerzo, me montaba en el tranvía, en el metro o en el autobús para ir como si dijéramos de aquí a la esquina. Si no había otro remedio que caminar, estudiaba previamente los atajos y me tomaba cuantos descansos me pareciesen oportunos en bares y cafeterías del trayecto, decidido desde que me levantaba por las mañanas hasta que me acostaba por las noches a hacerme la vida lo más placentera posible. Quienes me conocen saben que este empeño es viejo en mí. Con todo, el recuerdo de los padecimientos que me había ocasionado Tommy me impulsaron a perfeccionarlo hasta alcanzar con no poca frecuencia resultados óptimos.

Salí del metro a las inmediaciones de un cruce donde se acababa (o empezaba, según se mire) la Friedrichstrasse, cuyo asfalto aún se veía mojado por la lluvia reciente. Ya no soplaba el viento desapacible de los días anteriores. A cambio había bajado sensiblemente la temperatura. Encogidos dentro de sus prendas de abrigo, los transeúntes iban y venían por las aceras exhalando nubes de aliento. Fin del parte meteorológico. Parado junto a la boca del metro, entre dos calzadas, no tuve el menor problema para orientarme. Consideré, no obstante, que me vendría bien una descarga de calor interno antes de emprender la no muy apasionante tarea de fotografiar tumbas de ex vivos famosos.

Y como no hubiese nadie a mi alrededor con potestad de oponerse a mi designio, y como además, tras breve consulta en voz baja, me notase claramente dispuesto a secundar mi propia decisión, resolví llegarme sin demora a una pizzería que estaba allí cerca, donde me entoné primero con un café expreso y una copa de amaretto, luego con otra copa y al final con una tercera, mientras me entretenía echándole un vistazo al periódico. Me retuvo más de la cuenta en el local, entre otras satisfacciones, la alegría que me procuraban últimamente las páginas deportivas. El Wérder Bremen no paraba de sumar puntos. Ya se había encaramado al segundo puesto de la clasificación y pisaba los talones al VfB Stuttgart, al que no tardaría en superar. En resumen, el descanso previo al cansancio me sentó de maravilla. El café expreso y los tres amarettos con su delicada armonía de dulzor y amargor me transportaron a un estado que, para entendernos rápidamente, definiré como de cálida euforia. Sin dicho estado pongo en duda que mi visita al Dorotheenstädtischer Friedhof hubiese resultado la mitad de portentosa de lo que fue. Te digo, hermano, pensando de todo corazón en ahorrarte pesadillas y resquemores, que si hasta la fecha no has sido vacunado contra la envidia, será mejor para ti que te saltes el capítulo presente.

Clara me había prevenido que el cementerio era en realidad dos cementerios sin más separación que una tapia semioculta por lápidas, panteones y plantas trepadoras: el cementerio francés, donde no se me había perdido nada, y el Dorotheenstädtischer, donde tampoco se me había perdido nada, pero al que tenía que ir por lo que no necesito explicar otra vez. La tarde anterior, la señora escritora, para no romper la costumbre, se había metido en el equivocado. Y como por lo visto, al llegar los días fríos y húmedos del otoño, disminuye en extremo la afluencia de visitantes a los cementerios berlineses, no halló a nadie entre tantas piedras con nombre que le diese razón. Llovía, además, con fuerza. La estatua blanca de Lutero, su principal señal orientadora, no estaba donde se supone que debía estar. Para colmo la disposición de las tumbas, setos y veredas no coincidía con la del croquis de la guía. Se me figura que mi mujer mostraba el inquietante comportamiento de quien empleara, pongamos por caso, un mapa de Londres para desplazarse por las calles de Lisboa o Estrasburgo. ¿Qué más? El viento inclemente (hacía mucho que no usaba este adjetivo) sacudía los cabellos de la vagabunda perdida en el reino de los muertos, sin aclararle las ideas. No obstante, parece ser que las sucesivas y potentes ráfagas la fueron empujando, empujando, empujando en la dirección adecuada, que no era otra que la de la calle, donde al fin le vino la feliz ocurrencia de preguntar al primero que pasó por delante de la verja. Así pues, con ayuda peatonal consiguió localizar las tumbas ansiadas en el cementerio correcto, de lo cual, según me confesó mientras paseábamos por la azotea del Reichstag, no se pudo alegrar poco ni mucho ya que para entonces el cielo había cometido la descortesía de oscurecerse hasta el punto de que a ella no le fue posible tomar fotografías de calidad; problema, sin embargo, de escasa relevancia cuando se tiene a mano un marido sumiso a quien endilgar la tarea. Esto se entiende fácil, ¿verdad, lectores?

Debo escribir en honor de Clara que aquella vez, al contrario de otras, me transmitió instrucciones precisas y comprensibles. El encargo consistía en fotografiar ocho tumbas que había escogido, tras enredar en Google, por considerarlas útiles para su libro; la mitad de las cuales, con el nombre de su respectivo ocupante, figuraba en el croquis de la guía. Clara añadió con bolígrafo las otras cuatro sirviéndose para ello de la información que había encontrado en un panel de la entrada. Entre ellas no estaban ni la del arquitecto Schinkel, ni la del compositor Eisler, ni las de otros célebres difuntos allí enterrados, y se lo dije. Tampoco estaba, ahora que me acuerdo, la del presidente de la República Federal, Johannes Rau; aunque en este caso no se le puede imputar descuido ni desinterés a la señora escritora puesto que Rau, con domicilio actual en el Dorotheenstädtischer Friedhof, aún no había fallecido. «Mi adorado y dulce sierranervios, sólo te pido, te ruego y te suplico que fotografíes las tumbas de los escritores y filósofos por mí seleccionados. Conque te lo repito, no sé si por cuarta o quinta vez. No me interesan las lápidas de los arquitectos, las actrices, los jueces, las amas de casa y demás. Confírmame por favor que tu cerebro ha captado el mensaje.» «¿Qué mensaje?» «¿Qué cerebro?» «Si te hago buenas fotografías, ¿me regalarás una higuera por mi cumpleaños?»

Entré en el cementerio, saludé a los muertos. «Hola, ¿qué tal? Soy el marido de la que ayer estuvo dando vueltas por aquí.» Me abstuve de alzar la voz, un poco por no herir susceptibilidades, otro poco por timidez y el resto para despegar los labios lo menos posible, pues pensé que si abría mucho la boca se me escaparía el agradable sabor del amaretto. Siguiendo el camino de la entrada fui a dar directamente ante la estatua de Lutero. Recuerdo que al principio, debido a su peinado, lo confundí con uno de los Beatles. De cerca ya vi que no. Hablamos poco, yo más que él. Lutero se empeñó en mostrarme la página de un libro de piedra que sostenía en las manos. Le dije que no hacía falta, que ya llevaba yo mi propio croquis. Noté que me miraba con severidad. ¿Habré perdido, desde que mi amigo de Togo abusó de la Gänseliesel, todo mi predicamento entre las estatuas? Por no contrariar a Lutero me avine a leer lo que ponía en el libro. Publicidad de la Biblia. No es por ofender, pero encontré al paladín de la Reforma con sobrepeso. Él allá arriba, sobre su pedestal, sin dirigirme la palabra; yo abajo con la boca cerrada para retener en la lengua el gusto del amaretto, la situación empezaba a resultarme embarazosa. Ignoro qué habrías hecho tú en mi lugar, hermano. A lo mejor, siendo los dos gordos, habríais congeniado. ¿Qué hacer? En ningún caso cometer la imprudencia de accionar el flas de la cámara. Imagínate que Lutero me identifica con el demonio y, a falta de un tintero a mano, me tira a la cabeza el libro de piedra. Por último, como la conversación había decaído bastante, le dije tomándome cierta confianza: «De acuerdo, Martin, me compraré una Biblia aunque en casa hay varias. Te doy la razón, conviene tener despensa. Ahora te dejo, que me voy a saludar a Bertolt. Es por ahí, ¿verdad?» Di media vuelta y me marché. Si llego a saberlo hago la vista gorda, te lo juro.

Desanduve un trecho corto para abocar la vereda que conducía a la tumba de Bertolt Brecht. Como a unos veinte metros de distancia divisé a dos personas, hombre y mujer de edad mediana, las dos con bicicletas y atuendos fosforescentes de ciclistas. No se veían más almas vivas en el cementerio. La mujer sacaba fotografías junto al tronco grueso de un arce que, en plena faena otoñal, ya se había desprendido de la mayor parte de su follaje, y me dije: «Ahí debe de ser.» No me equivoqué. Tengo entendido que la tumba de Brecht suscita mucho turismo mortuorio. Ramos de rosas rojas, todavía lozanas, delataban el menudeo de visitantes. Al mismo tiempo de mi llegada, la pareja de ciclistas abandonó el lugar como si hubieran aguardado impacientes a que viniera alguien a relevarlos. Ni siquiera me pidieron la contraseña. De manos a boca me quedé solo con toda la responsabilidad de velar al distinguido difunto y su mujer. La tumba semejaba una pequeña parcela de jardín contenida en un cerco de cantos rodados, con la tierra alfombrada de plantas verdes. No las pude reconocer debido a la hojarasca que las cubría casi por entero. En la cabecera, al amparo de una tapia de ladrillos, había dos rocas de granito. Sobre una de ellas, sin adorno alguno, había sido grabado y después pintado el nombre completo de Bertolt; sobre la otra, más baja y de bordes redondeados, el de la actriz Helene Weigel-Brecht, de quien yo había leído no sé dónde que antes de morir expresó su deseo de yacer a los pies del esposo largo tiempo enterrado. Noble gesto el suyo de veneración hacia un hombre a quien, como nadie ignoraba, empezando por ella misma, se le daba mejor la escritura que la fidelidad conyugal. Le hablé a Clara un día al respecto; me contestó, dándome una palmada en la espalda, que no me hiciera ilusiones.

En la paz otoñal del cementerio, los árboles pelados, las veredas desiertas, la bulla urbana reducida a un sordo rumor de fondo, me vino a las mientes una imagen que, desde nuestra turbulenta visita a la Gemäldegalerie, me rondaba a menudo la cabeza. Me refiero a cierta pintura de Hans Baldung, apodado Grien, cuyo título, si es que alguno tenía, no consta en mi memoria. Sin embargo, me acuerdo con exactitud de algunos detalles del cuadro, en concreto de uno que, por razones, vamos a escribir, personales, me causó honda impresión nada más verlo. La imagen mostraba el cadáver de Cristo punteado de heridas. Acababan de descolgarlo de la cruz María y otros personajes bíblicos. Salvo un cabo de la sábana de José de Arimatea sobre las partes pudendas, no llevaba nada puesto. Entre las profusas y sanguinolentas heridas, representadas del modo más veraz en la carne pálida, había una, en la planta de un pie, del pie izquierdo para más señas, que era clavada a Tommy, en serio, tanto por su apariencia como por su tamaño, como por el sitio donde, fiel a las Sagradas Escrituras, la había colocado el pintor. Clara, a mi lado, no prestaba atención a los cuadros. Seguía prolongando para sí, pero con voz audible, la disputa mantenida minutos antes con el Prusiano de la entrada. No me oyó cuando acerqué la cara al ángulo inferior derecho del cuadro y dije con susurros de alarma: «Tommy, ¿qué haces en el pie del Mesías? Vas a buscarte un buen lío, muchacho. Te aconsejo que salgas ahora mismo de ahí.» Y él me contestó con discretos bisbiseos: «Tranquilo porque al dueño de este pie ya no hay dios que le haga daño. Está escrito que así como antes resucitaba gente, pronto va a resucitar él. Perderé el trabajo, seguro.» «Oye, Tommy, tú que me has conocido de cerca, ¿sabes si por casualidad yo también poseo la facultad de volver los muertos a la vida?» «Por probar nada se pierde.» Clara interrumpió nuestra conversación. «A ver, ratón. ¿Tengo yo aspecto de no saber distinguir un bolso de una mochila?»

Desde entonces había yo estado ojo avizor durante mis andanzas berlinesas por si caía la breva de toparme con un muerto. Los incontables ciclistas suscitaban mis mayores esperanzas, seguidos de los peatones que cruzaban la calzada corriendo para alcanzar el tranvía o el autobús. Una tarde, de las últimas de noviembre, nada más separarme de Clara delante de los grandes almacenes KaDeWe, me convencí por un instante de que al fin había llegado la hora de llevar a cabo, con los debidos disimulos, el experimento; pero resultó que el perro tendido en la acera, junto a las piernas ulceradas de su amo mendigo, se despertó de golpe, sin darme ocasión de pronunciar una palabra. ¿Lo resucité, aunque estaba vivo, con sólo dirigirle la mirada de una forma especial de la que no fui consciente? Nunca he podido salir de dudas. En cambio, dentro del Dorotheenstädtischer Friedhof comprendí en menos de lo que dura un parpadeo que me enfrentaba a una situación distinta. Allí había tarea de sobra para quince o veinte compañeros del ramo y a lo mejor me quedo corto. Resuelto a no poner en canción a nadie con falsas expectativas, advertí a los difuntos (subido a los escalones de un mausoleo por mejor hacerme oír) que, sintiéndolo de veras, no abrigaba la intención de vaciar el cementerio; que, como podían ver o escuchar o sentir por el ruido de mis pisadas, había venido sin ayudantes; que, dada mi inexperiencia en materia de milagros, pensaba ajustarme a los difuntos de la lista confeccionada por mi mujer, a los que tal vez podría añadir algunos pocos más de paso, pero muy pocos; y que, para terminar, además de las razones aducidas limitaba mi labor el no disponer de mucho tiempo para ponerla por obra, ya que en diciembre cierran la verja de la entrada a las cuatro de la tarde.

Fotografiada la tumba de Bertolt, me acerqué por un costado a la piedra donde campeaba su nombre, y tras cerciorarme de que no había vivos a mi alrededor, dije con estas o parecidas palabras: «Mira, Bertolt, no te garantizo nada porque soy nuevo en esto. Mi idea es volverte a la vida si es posible. Luego tú haz lo que te apetezca.» Caí en la cuenta de que había una dificultad por causa del ataúd. Bertolt murió el año 56 en el hospital de la Charité. El corazón. En algún momento, sintiéndose viejo, acaso próximo al final, dejó instrucciones para que lo enterraran dentro de un ataúd de cinc porque por nada del mundo quería que su cuerpo fuera banquete de gusanos. No sé qué pensará el Gordo, que de chaval tenía pegado un póster de Marx en la pared de su habitación; pero a mí semejantes dengues, y más en un hombre de las convicciones ideológicas de Bertolt Brecht, me parecen, cómo se podría expresar esto con exactitud, ¿contrarrevolucionarios?, ¿elitistas?, ¿pequeñoburgueses? Implican, en cualquier caso, y no es porque lo escriba yo, una desconsideración para con la naturaleza. Los pobres gusanos... «No fuiste listo, Bertolt. Ahora tienes un problema. Un grave problema. ¿Te importaría explicarme cómo piensas abrir la caja? Podrías rascar los cierres con la medalla que recibiste con ocasión del Premio Stalin si es que la tienes contigo. Porque ¿no creerás que voy a ponerme a escarbar la tierra con las manos? ¡Pues eso faltaba!» A punto de resucitarlo, supuse que su esposa estaría escuchando nuestra conversación y que tendrían los dos lío matrimonial si él tomaba la decisión de subir a la superficie. Por no promover discordias allá abajo y porque me daba pena dejarla a ella sola dentro de la tierra, en un arranque de compasión y sentimentalismo los resucité a los dos. Siente uno como que el cuerpo le queda estrecho después de haber realizado una buena acción.

El segundo de la lista era Heinrich Mann, enterrado a pocos pasos de Bertolt. En realidad, el viejo Heini había muerto en California allá por el año 50, exiliado al rico sol del capitalismo, y en el 61 lo transportaron dentro de una urna a la RDA. Por lo visto las autoridades del socialismo real le habían ofrecido la presidencia de la Academia Alemana de las Artes. El cargo le habría venido de perlas a Heini para no tener que seguir viviendo de la caridad de su hermano, lo que quieras que no duele en el amor propio; pero llegó tarde y ceniciento. He visto fotografías en las que aparece la urna sobre unas angarillas conducidas por oficiales del Ejército Popular con casco y uniforme; detrás, su futuro vecino de cementerio, el escritor Arnold Zweig, cuyo nombre figuraba igualmente en la lista de Clara. El segundo entierro de Heini fue con música y honores. Tachunda chunda. Así da gusto morirse. No estuve presente; pero son cosas que se saben. Le pusieron sobre un pedestal una cabeza grande de bronce a la que le faltan los hombros para alcanzar categoría de busto. O sea, que es un puro melón verdoso, melancólico, narigudo y con los ojos vacíos. Ante la tapia cubierta de enredadera tiene un aire de muñeco de feria al que por una moneda se le podrían arrojar varias pelotas de trapo. Le dije: «Heini, intentaré resucitarte y tú verás qué forma adoptas y cómo te mueves. Sugiero que cargues con la cabeza de bronce. Pesará bastante, pero a cambio impedirá que te disemine el viento. De paso te procurará un poco de identidad. A lo mejor tienes suerte y está hueca.» Para levantarle el ánimo le aseguré que adondequiera que fuese ya no lo perseguiría la sombra de su adinerado y triunfador hermano. ¿Que qué había sido de él? «Bueno, verás», le respondí mientras hacía unas fotografías de la tumba, «Thomas murió en Zúrich y lo enterraron en un pueblecito a orillas del lago; pero tranquilo porque no albergo la intención de desplazarme hasta allí a poner en práctica mis recién descubiertas aptitudes.» Apostaría a que al viejo Heini mis palabras le produjeron un gran alivio. Después, sin más preámbulos, lo resucité.

En la tumba contigua reposaba, acompañado de su esposa, el poeta Johannes R. Becher (1891-1958), tercer nombre en la lista de Clara. Un resplandor invisible, un eco que no sonaba, un olor que no olía, daban cuenta al visitante de una concentración de comunismo subterráneo sobre la cual se apretaba una espesura de plantas de hojas perennes. La tapia yedrada forma allí rincón. Por primavera supongo que el lugar presentará un aspecto grato a la mirada; en diciembre es bastante triste y oscuro todo aquello. De la densa verdura surge una losa vertical donde hay grabado un epitafio del cual no recuerdo sino su pomposidad. He leído poco de Becher. El referido epitafio y quizá un par de poemas en alguna antología ojeada por los tiempos en que estudiaba alemán. Becher, hermano, fue lo que en nuestro país llamaríamos un poeta del régimen. Ejerció de ministro de Cultura, compuso el texto del himno nacional de la RDA, vaticinó para el año 2000, con estrofas retóricas, el triunfo del socialismo en todo el mundo. Me daba no sé qué tratarlo de tú. «Señor Becher, señor Becher, ¿me oye? No es mi propósito desanimarlo, pero presiento que su profecía necesita algunos retoques para poder cumplirse. Oiga, no se me sulfure. ¿Cómo dice? Yo no sirvo a la propaganda de nadie. Por supuesto que me huele el aliento a amaretto; pero eso no significa que esté borracho. Vuelva usted a la vida y vea con sus propios ojos lo que ha pasado con la RDA, con la Unión Soviética y con todos aquellos ideales que usted y su esposa profesaron. ¡Ni que tuviera yo la culpa del rumbo que ha tomado la Historia!» Ya no quise hablar más. Que resucite si le da gana. Y, si no, allá cuidados. Vengo a hacerle un favor y encima se cabrea. Pues nada, saqué una fotografía de la piedra con los versos pretenciosos y me fui.

Cerca, en el borde de una vereda paralela, encontré a los dos siguientes de la lista, separados el uno del otro por una de las pocas tumbas con cruz del cementerio. Todo el suelo era allí de hiedra. A la derecha se levantaba el monolito de mediana altura que pesa sobre Hegel, tan pulido que no parecía antiguo y es dudoso que lo sea. En la cara frontal podían leerse las fechas entre las cuales discurrió la vida del filósofo, trazadas en números romanos como para aparentar antigüedad; en la posterior descubrí un arreglo reciente. Sabido es que la devastación sufrida por Berlín durante la Segunda Guerra Mundial no perdonó al Dorotheenstädtischer Friedhof, a tal punto que a más de un muerto célebre hubo que rehacerle la instalación. Ignoro si la tumba de Hegel corrió esa suerte; así y todo, su piedra sepulcral no habría lucido más si la hubiesen terminado de pulir dos días antes de mi llegada. Me consta que a él, al colega Fichte y a otros, cuando en el siglo XIX se cedió una parte del cementerio a fin de ampliar las calles aledañas, los trasladaron a donde ahora están, si es que de verdad están. «Georg Wilhelm Friedrich, a ti quería echarte el guante», le dije imitando en son de mofa su acento suabo. «Por ti y tu puñetera realidad como Espíritu, que por supuesto sigo sin entender, me suspendieron el examen de Filosofía en el curso preparatorio para la Universidad. Mi único consuelo, que aprobó el ocho por ciento de los examinandos. En la repetición nos pusieron un tema menos intrincado de un tal Nietzsche, a quien no llegaste a conocer, y pasé la prueba. Han transcurrido unos cuantos años desde entonces. Los suficientes para que se me haya apagado el rencor que te cogí. Me consideraré resarcido para siempre si la resurrección que voy a imponerte te plantea dificultades de encaje teórico en tu sistema filosófico.» Mientras tomaba fotografías de la tumba le pedí por favor que no se marchase del cementerio sin confirmarme si en noviembre de 1831 lo mató el cólera, como afirman unos, o si falleció por una causa distinta, como recelan otros. Dando por terminada a este punto la conversación, le devolví el espíritu; quiero decir que lo resucité.

A la izquierda de la cruz se supone que yace el yo absoluto de Fichte, debajo de un obelisco de piedra renegrida erigido en sustitución de uno al parecer más grande que destruyó la guerra. «A tu modo tuviste que notar las bombas», le dije. Que si las había disparado la artillería de Napoleón. «Fichte, abuelo, pareces ignorar la edad de tu esqueleto. Para tu información, dentro de poco más de una década habrás cumplido doscientos años bajo tierra. ¿Te sorprende? Pues claro que el tiempo pasa deprisa; pero a ti ¿qué más te da? Sí, abuelo, como lo oyes, casi doscientos años desde que tu esposa trajo la enfermedad mortal a casa y adiós. Sin acabar el siglo se formó la nación alemana que anhelaste. Desde el principio se apoderó de ella una inercia expansiva conducente a nuevas guerras. Por ese camino, que otros pueblos recorrieron antes y otros recorren ahora, se llega tarde o temprano al derrumbe final. La nación alemana conoció una destrucción sin precedentes. Sus dimensiones fueron recortadas; su territorio, ocupado; sus ruinas, repartidas en dos países inconciliables. Pero tranquilo, Fichte. Superada la fiebre nacionalista que a ti también te aquejó, hoy Alemania vive unida, sosegada y, por vez primera en su historia, en paz con sus vecinos. ¿Estás llorando?» Sentir bajo la tierra el llanto de un muerto no es una experiencia agradable. Así que pensando en que se serenase cuanto antes me apresuré a anunciarle mi decisión de volverlo a la vida. Con una condición, le advertí. «No bien salgas del cementerio, tiras a mano derecha hasta llegar al cruce donde empieza la Oranienburger Strasse. Haz el favor de no interrumpirme cuando hablo. Las calles disponen de letreros con sus nombres. Pues bien, en la Oranienburger Strasse vas todo recto por la acera de la izquierda. No tardarás en llegar a la altura de una sinagoga. Sí, has oído bien: si-na-go-ga. La reconocerás por su vistosa cúpula con adornos dorados. La puerta principal está protegida por vallas. Allá montan guardia dos policías. No dejarán que te acerques. Sigues andando un poco y te metes en el Centrum Judaicum. Si te exigen el pago de la entrada les explicas que acabas de resucitar. No creo que pongan en duda tu franqueza. Eso sí, habrás de someterte a un control riguroso como en los aeropuertos. ¿Aeropuertos? Oye, Fichte, si empiezas con preguntas no me dará tiempo de marcharme antes del cierre de la verja. Tú no te preocupes puesto que no llevas armas ni objetos metálicos. Una vez dentro te acercas a un miembro cualquiera de la comunidad judía de Berlín. Hola, soy fulano, destacado representante del idealismo alemán, primer rector electo que tuvo la Universidad de Berlín, etcétera. ¿Tu participación en la masonería? Pues también. Tú decides si deseas explayarte o no. Lo importante es que al final, cuando te hayas identificado, pidas perdón por los escritos antisemitas que difundiste. ¿Cómo dices? Pues no, da la casualidad de que no soy judío. ¿Que vaya de tu parte? De ninguna manera. Fichte, abuelo, eres tú quien tiene que dar la cara.» Guardó silencio, tal vez avergonzado, y como no se negase a cumplir la condición lo volví a la vida. Poco después, mientras tomaba fotografías del obelisco, reparé en que al costado de Fichte estaba enterrada su mujer. Se me ocurrió entonces que entre los dos encontrarían más fácilmente el Centrum Judaicum. Sin vacilar un segundo también la resucité.

A continuación dirigí mis pasos hacia un edificio de construcción moderna, lindante con el cementerio. Llegando ante una puerta de barrotes horizontales, tras cuyos vidrios, dentro de lo que parecía un corredor, fumaban cigarrillos varios chicos y chicas con pinta de estudiantes, encontré la tumba de Herbert Marcuse, el siguiente difunto de la lista. Lo saludé y le dije: «Herbert, eres un fenómeno. Ni siquiera después de muerto te separas de la juventud estudiantil.» Sobre una sencilla lápida de cemento podía verse su nombre grabado en letras cárdenas al estilo de la escritura manual; en el mismo color, los años de nacimiento y defunción, y en un remate biselado la proclama: *weitermachen!* (¡perseverad!, ¡tenéis que seguir!), de cuya traducción literal a mi idioma materno no puedo ofrecer garantías absolutas. En el borde superior se alineaban seis guijarros depositados por otros tantos visitantes conforme a la usanza judía. Tendí la mirada en torno. No vi sino tierra, plantas, hojas sueltas. Conque no tuve más remedio que tomar un guijarro de una lápida vecina para ponerlo en la de Herbert, y como se me figurase que no debía quedar sin reparación mi conducta reprobable, resucité al desconocido. Después, lo confieso, cometí la vanidad de transmitirle a Herbert recuerdos apócrifos de Hegel. «Acabo de estar con él y me ha dicho que le gusta mucho aquel ensayo extenso que le consagraste. ¿Eh? No, no, por supuesto que debajo de tierra no ha podido leerlo. Pero yo», adopté un tono grave a fin de hacerle verosímil la lisonja, «se lo he resumido en sus puntos principales. Si no te lo crees pregúntale a Fichte, que está a menos de tres metros.» Durante un rato charlamos sobre asuntos diversos, ninguno de ellos digno de fatigar esta mañana mi memoria. Prefiero, querido hermano, dedicar unos renglones a contaros a ti y a la gente que compra los libros de tu editorial la insólita historia de las cenizas de Herbert Marcuse. Ocurrió, en pocas palabras, del siguiente modo. Herbert llevaba muchos años residiendo en los Estados Unidos. En el 79, anciano pero aún lúcido, viajó a Alemania para dar unas conferencias y murió. A su viuda se le avivaron los recuerdos del sinnúmero de judíos quemados tiempo atrás en suelo alemán. Dispuso en consecuencia que su marido fuera incinerado en otra parte, no me acuerdo ahora si en Austria o Suiza. Metida la urna con las cenizas del filósofo en una caja de cartón, la mandó por correo ordinario a los Estados Unidos, con destino a una funeraria de Connecticut donde el paquete permaneció olvidado de todo el mundo hasta que en el dos mil y pico un profesor de Filosofía le preguntó al nieto de Herbert por el paradero de su abuelo. La abuela, entretanto, ya había fallecido. No sabiendo qué responder, el nieto trasladó la pregunta a su padre, quien finalmente, tras llevar a cabo múltiples pesquisas, logró encontrar en forma de una sustancia granulosa, según dicen, los restos mortales de Marcuse. ¿Qué hacer? Una nieta propuso echar la referida sustancia a los hipopótamos de un parque de San Diego. Seguro que al abuelo le habría encantado la idea. Por supuesto, ¿a quién no le gustaría alojarse dentro de un sarcófago caliente y muelle? Personalmente prefiero el estómago de los delfines; pero comprendo que la familia de Herbert tuviera otros gustos. Al final se decidieron por la ciudad natal del abuelo y este último verano, lo contaron los periódicos, el nieto trajo en su equipaje de mano la urna a Berlín. Herbert fue conducido al Dorotheenstädtischer Friedhof como corresponde a un marxista de pro, en un Cadillac negro de lujo que hizo aquel día su último viaje de servicio. «Total, que sólo llevas cinco meses aquí y ahora vengo yo a moverte de nuevo. Claro que no estás obligado a resucitar.» Le dije que se lo pensara. Me permití recomendarle que, si se decidía a volver a la vida, se acomodase dentro de la cabeza de bronce de Heinrich Mann, a menos que existieran entre ellos discordias que hicieran desaconsejable la convivencia. Los dos juntos podrían llevar más fácilmente la pieza, que, aunque pesada, los protegería de la lluvia y el viento. No quise entretenerme más porque noté de pronto que me miraban algunos jóvenes con curiosidad sonriente desde detrás de la puerta cercana, creyendo tal vez que hablaba solo. No sin cierta precipitación saqué dos o tres fotografías de la lápida y me marché.

Se me estaba haciendo tarde. Ya casi no me quedaba gusto del amaretto en la boca. Una pena, hermano, puesto que a medida que iba perdiendo el influjo euforizante del licor disminuía en mí aquel poder de rescatar a los muertos de su condición mineral. Por suerte no me costó encontrar al siguiente de la lista, el escritor Arnold Zweig (1887-1968), nombrado en una piedra informe de notables dimensiones, dentro de una cerca de rejas. Lo resucité, no tengo por qué ocultarlo, con brusquedad. Espero que no se lo tomase a pecho. «Venga, Arnold, levántate. Ya hablaremos más tarde.» Y en parecidos términos me dirigí a la que con él yacía, de quien más tarde supe que era una prima suya con la que se casó. Debido a las prisas, por poco se me olvida fotografiar la tumba. A paso vivo busqué a continuación la de la escritora Anna Seghers, judía como Arnold, comunista como Arnold, exiliada como Arnold y comprometida hasta las cejas con el régimen de la RDA

¿como quién, hermano?, exacto, como Arnold Zweig. Premios, cargos, honores oficiales, ya me entiendes. A Anna la enterraron en 1983 junto a su marido, cada uno con su lápida respectiva, semejantes a las dos almohadas de una cama matrimonial; la de ella, por cierto, cuando yo la vi, con tres guijarros en la parte superior, la de él sólo con uno. Dado que soy contrario a los favoritismos acabé con la desigualdad a mi manera. Luego, cumplido el encargo fotográfico de la señora escritora, casi con el último efluvio bucal del amaretto los resucité sin entablar conversación con ellos. Me limité, por falta de tiempo, a pronunciar unas palabras circunstanciales de saludo y a sugerirles que, si deseaban informarse acerca de mi acción, se dirigiesen a otros resucitados que no andarían lejos de allí. Tras lo cual me encaminé con zancadas veloces hacia la salida. Aún no había llegado a la estatua blanca de Lutero cuando salieron a toda velocidad, de la sombra de unos arbustos, obra de cuatro o cinco gatos, cada uno en una dirección y todos asustados. En vano eché a correr tras ellos dándoles voces: «¡Eh, esperadme, esperadme, que así no os van a reconocer!» Estuve a punto de alcanzar a la mujer de Bertolt Brecht. Después, por desgracia, los perdí de vista. Supongo que esperaron a la noche para desperdigarse sigilosamente por las calles de Berlín.

35

Adiós, Berlín. Como teníamos previsto, la víspera del regreso de Ruth Elitz abandonamos la ciudad. Por la mañana, antes de iniciar la marcha, limpiamos a fondo la habitación y después, con los bultos ya dentro del coche, dimos un paseo de despedida por la Bergmannstrasse, donde tomamos un desayuno con sabor a nostalgia; por el Viktoriapark y por otros puntos de los alrededores con los que nos sentíamos gratamente familiarizados. A pesar del mal tiempo, la estancia en Berlín supuso para mí la parte más interesante y, con diferencia, la más placentera de aquel viaje literario en el que, no lo niego, me había implicado sin ganas, apretado por la obligación conyugal. Ahora mismo veo en mí al sujeto involuntario de una doble paradoja. Fui un viajero que habría preferido no salir de casa. Sin ser escritor ni abrigar la pretensión de serlo, he escrito un libro y, lo que aún entiendo menos, me lo van a publicar.

Incluso en la escritura me da pena alejarme de Berlín. Clara ha sido más afortunada, pues hizo una excursión a la ciudad el año pasado con un grupo de alumnos y tiene otra pendiente para mayo; a mí, en cambio, desde nuestro viaje de entonces no me ha llegado la ocasión de repetir la visita. Ignoro por qué no se nos ocurrió hace poco escoger Berlín en lugar de Copenhague para estrenar el Año Nuevo los dos juntos ante la Puerta de Brandeburgo, con nuestra botella de Sekt, nuestros matasuegras y media docena de cohetes en la fiesta multitudinaria de Nochevieja que se celebra allí desde 1989, cuando la ciudad dejó de estar partida por el muro.

Adiós, pues, Berlín. Paso la mirada por nuestra copiosa colección de fotografías. Son cientos de imágenes no siempre logradas si las juzgamos por su calidad fotográfica, aunque hay una cuantas dignas de un marco y un tabique. Así y todo, resultan útiles para reavivar el recuerdo de las experiencias, las anécdotas, las sensaciones de toda índole que quedaron atrapadas en ellas por casualidad. Fijo mi atención en una bastante borrosa que muestra el puente de Weidendámmer sobre el Spree, un río de aguas negras que induce a creer a quienes lo contemplan que se ha quedado detenido. A propósito de esta peculiaridad, Clara me ganó dos euros. Acodados en la barandilla, una tarde, ella consideraba que el río fluía hacia nuestra derecha; yo, tanto por llevarle la contraria como porque no se apreciaba desde nuestra posición movimiento ninguno del agua, dije que en mi opinión el Spree no fluye. «En serio, ratón.» «Bueno, pues hacia la izquierda.» Hecha la apuesta, salimos de dudas arrojando a las aguas opacas un trozo de papel, que, lenta, perezosamente, nos señaló la dirección de la corriente.

Una fotografía de la Bertolt-Brecht-Platz, donde me había citado con Clara para asistir a una representación teatral en el Berliner Ensemble, me trae a la memoria un suceso que, sin apenas variaciones, me había ocurrido un año atrás en el aparcamiento de un supermercado de Wilhelmshaven. La primera vez me costó dos o tres minutos recelar que se trataba de un asunto turbio; la segunda, en Berlín, advertido por la experiencia, tuve desde el primer instante la certeza del tapujo, por más que no sabría explicar en qué consistía este, puesto que en ninguna de las dos ocasiones dejé llevar el engaño hasta el final. Yo bajaba mirando al río por la acera de Schiffbauerdamm. Me disponía a cruzar la calzada cuando un coche flamante, de ruedas anchas, se paró a mi altura. Por señas me indicó el conductor que me acercase. Interpreté que deseaba preguntarme algo y así era. El conductor, de entre treinta y treinta y cinco años, sin acompañamiento, iba hecho un pincel, con corbata y chaleco, gemelos dorados en las mangas, grueso reloj de pulsera, dos sortijas y un peinado con rizos de peluquería y brillantina. A un metro de distancia me cortó la respiración una vaharada densa de perfume. «Este tío atufa a dinero», pensé. Me preguntó con acento italiano y una sonrisa alicatada de marfil impoluto por dónde se iba a Italia. Era la misma pregunta que me había dirigido aquel otro italiano acicalado y fragante desde dentro de un coche también lujoso, frente a la entrada del supermercado, seguida de idéntica justificación: debía llegar lo antes posible a una ciudad italiana, no recuerdo ahora a cuál. Estábamos en el corazón de Berlín. Habría hecho falta una explicación larga, cargada de detalles, para guiarlo por complicados kilómetros de casco urbano a la entrada correcta de la autopista. No le oculté que me extrañaba que un coche de gama alta no dispusiera de navegador. «¿No tiene usted un plano de Berlín?» Tampoco. Le di unas cuantas instrucciones rudimentarias, a lo sumo suficientes para orientarse por las primeras calles. Complacido, me tendió su tarjeta de visita. Gennaro no sé qué, diseñador de moda. Me cuenta, sin que yo haya mostrado el menor interés por averiguarlo, que vino hace cuatro días a Berlín en viaje de negocios. De vez en cuando comete una falta gramatical; pero se le entiende sin dificultades. Me pregunta cómo se dice *pubblicità* en alemán. Si entiendo el concepto en su idioma, ¿qué necesidad hay de traducirlo? Insiste en conocer mi talla de camisa. Quiere, como el otro, recompensar mi amabilidad. Conozco el juego. No bien le contesto se da la vuelta dentro del coche y coge dos de las numerosas cajas que se amontonan sobre el asiento posterior. Las abre. Veo en su interior sendas camisas empaquetadas con esmero. El italiano me invita a comprobar con mis propias yemas la calidad del tejido. Sé lo que va a ocurrir en cuanto mis facciones expresen tibia aprobación. En efecto, el tipo estampa las dos cajas en las palmas de mis manos. Son mías, me las regala. Recuerdo en ese momento que el de Wilhelmshaven pretendió convertirme por las buenas en el dueño de una chaqueta americana. El de Berlín, sin darme tiempo a rechazar las camisas, me revela en tono confidencial que tiene un problema. Lo mismo que el otro, se ha quedado sin dinero. ¿No le podría yo dar algo para gasolina? Reculo unos centímetros en previsión de que, enfurecido por el curso que va a tomar en adelante nuestro diálogo, pegue un acelerón y me planche los empeines con la rueda trasera. No me entra en la cabeza, le digo, que un diseñador emprenda un viaje de negocios al extranjero sin tarjeta de crédito. Se defiende con una excusa similar a la del italiano de Wilhelmshaven. ¿Recibirán cursos de entrenamiento sobre cómo hacer frente a las suspicacias de sus víctimas? Al enterarse de que no es la primera vez que me topo con un italiano que me pregunta por el camino de Italia e insiste en regalarme ropa de su empresa, me arrebata de un tirón las dos cajas con las camisas. Ahora su gesto ha cambiado. También me reclama la tarjeta de visita. Al mismo tiempo que se la entrego, le hago entender por medio de una sonrisa ladeada que se ha equivocado de tonto. Después, poniéndome a salvo en la acera, prosigo mi camino. El tipo vuelve a parar el coche a mi lado. Quiere saber dónde me ocurrió anteriormente la misma historia. No vacilo: «En Baden-Baden.» Arranca con chirridos enfadados de neumáticos y, al llegar a la esquina de la Ständige Vertretung, desaparece de mi vista a toda velocidad.

Me fijo ahora en una fotografía que saqué junto al portal de un edificio de viviendas, en los alrededores de Kottbusser Tor. Muestra dos filas de pequeños letreros con los nombres de los inquilinos, algunos pegados de cualquier manera con cinta adhesiva. A cada nombre le corresponde el pulsador de un timbre. Me pareció que la imagen podría interesar a Clara, que me había mandado al Estambul berlinés en busca de escenas, tipos y decorados turcos. De los doce apellidos sólo hay tres propiamente alemanes, uno de ellos doble con un componente de origen polaco. El resto (Soyaslan, Ünlü, El-Abdallah y otros por el estilo) son por así escribir los típicos del barrio. La foto dio lugar a un episodio que todavía me incita a la sonrisa. Yo estaba en cuclillas, buscando con la cámara el encuadre ideal que permitiese abarcar los doce letreros de forma que la señora escritora los pudiera leer. De pronto se abre la puerta. A mi rodilla llega la rueda delantera de una bicicleta. Sin terminar de levantarme advierto que tras la rueda viene un manillar sujetado por un señor con la cabeza embutida en un gorro de lana, una barba negra que se le derrama hasta la mitad del pecho y una mirada hosca capaz de perforar planchas metálicas. «¿Tú policía?», me pregunta de sopetón en un alemán tan agresivo como mal pronunciado. «Yo artista», le respondo sonriente al tiempo que, exagerando las muestras de amabilidad, me aprieto contra la jamba para cederle el paso. Él sale con su bicicleta moteada de roña a la acera. Lanza miradas escrutadoras a los lados de la calle, como buscando a mis secuaces, y fachada arriba, como buscando a los suyos. El labio inferior y los pelos del bigote le tiemblan por efecto de un monólogo refunfuñante. A fin de aplacar su ostensible desconfianza, le enseño en la pantalla de la cámara un par de fotografías que he tomado veinte minutos antes a la orilla del canal. En una de ellas se observa un pato sobre las aguas tranquilas. Por fin parece comprender mi propósito. «Tú preguntar», dice con dedo admonitorio y pupilas penetrantes. «¿Puedo?» Me da su consentimiento mediante una sacudida de cabeza. Según me alejo por la calle en dirección a la boca del metro, noto en la espalda el pinchazo continuo de su mirada. Un segundo antes de doblar la esquina no aguanto la curiosidad y me vuelvo. Allá sigue con su bicicleta roñosa delante del portal, sin apartar de mí la mirada.

Otra fotografía permite entrever la silueta de una rata entre unos desperdicios desparramados por el suelo, bajo una papelera de la plaza que se extiende ante el Ayuntamiento Rojo. Durante aquellos días vi unas cuantas, la mayor parte en las vías del metro, por donde iban y venían husmeando el suelo negruzco sin asustarse de los trenes que les pasaban por encima. Según Clara, en Berlín el número de ratas dobla el de habitantes. «¿Cómo lo sabes? ¿Las has contado?» «El dato es público, ratoncito. Hay quien asegura que se queda corto.»

Veo una serie de fotografías tomadas en el centro comercial Arkaden, cerca de Potsdamer Platz, adonde me escapaba a menudo para disfrutar de las castañas que asaba un señor junto a la entrada. Con la frecuencia del trato me tomó confianza, lo que le daba pie a entablar conmigo breves conversaciones durante las cuales, expansivo, jovial, colorado de rasgos, hacía gala de un singular sentido del humor. Me decía, por ejemplo, mientras removía con la larga pinza de palo las castañas amontonadas sobre la chapa, que dejase algunas para los demás. Y también, una tarde, en voz alta: «Las castañas son lo mejor contra las hemorroides. Así que usted seguramente no tendrá el problema.» Cometí el error de tratar de superarlo en gracia. Con tan ingenua pretensión le repliqué que, aunque así fuera como él afirmaba, yo quería las castañas solamente para comerlas. A este punto soltó una formidable carcajada que atrajo las miradas de bastantes más transeúntes de los que mi vergüenza podía aguantar. Y, por supuesto, de allí en adelante no hubo día en que al verme llegar no me dedicase una sonrisa cargada de malicia. Calculo que en un plazo corto de tiempo fui su cliente nueve o diez veces, en una ocasión incluso por la mañana y por la tarde. ¿Sospecharía en mí una adicción morbosa a las castañas? ¿Quizá un caso grave de hemorroides? Yo lo único que sé de cierto es que me gustaban una barbaridad aquellos frutos asados que me llenaban la boca de un calor delicioso. Iba a comprárselos aun cuando la señora escritora me hubiese enviado lejos de aquel lugar. Le compraba una ración, con la que me calentaba las manos por la calle, y pelándolos y saboreándolos con serena complacencia me volvía al metro. Recuerdo que los últimos días, movido acaso por la piedad, el buen hombre metió en el envoltorio de papel una o dos castañas de obsequio.

No era raro que yendo por Berlín me sobreviniese un sueño profundo, sobre todo en las horas de la digestión, al comienzo de la tarde. Un día la señora escritora y yo hicimos una excursión urbana en el célebre autobús de la línea 100. Logramos acomodarnos en el piso superior, aunque no ante los ventanales de la primera fila que todos los viajeros, salvo tal vez los lugareños, codician y se disputan. Ocupaban el sitio personas de las que yo sospecho que o bien habían fallecido, o bien habían sido fijadas con clavos a los asientos. No me enteré del viaje. Al poco de ponerse en movimiento el autobús me quedé traspuesto, y por más que de vez en cuando entreabría los párpados para comprobar si continuábamos dentro de la confortable cuna rodante, no volví en mí hasta que Clara me avisó por medio de una sacudida que había llegado la hora de apearnos. «No sabes lo que te has perdido, ratón.» «Te equivocas», le contesté. «Si de mi voluntad dependiera haría todos los días el mismo viaje a la misma hora. Este paseo en autobús ha supuesto para mí una de las experiencias más reconfortantes de la jornada.»

En el curso de mis desplazamientos solitarios por Berlín, al menor síntoma de modorra buscaba un rincón caldeado donde echar una cabezada. Quince minutos de reposo a resguardo de la intemperie, con la barbilla hundida en el pecho, me dejaban como nuevo. No necesitaba más, aunque tampoco me ponía límites de tiempo; suelo ser bastante tolerante conmigo. Me he acordado de mis siestas berlinesas al ver una fotografía de la librería y tienda de música Dussmann, en la Friedrichstrasse, un comercio de varias plantas rebosante de libros, discos y películas, el más grande que yo conozca de los de su especie. En uno de los descansillos de la escalera había por entonces, hoy no lo sé, cuatro sillones a disposición de los clientes, donde lo mismo podía uno sentarse a ojear libros que a engolfarse en las delicias de un sueño reparador. Doy fe de su comodidad y de su inmejorable emplazamiento. La segunda vez que fui a echar la siesta en Dussmann encontré los sillones ocupados. Tuve que conformarme con una silla dura junto a la sección de biografías, en un pasillo por fortuna poco transitado de la planta baja. No sé cuántos minutos llevaba dormido cuando me pinchó en el hombro el dedo índice de una empleada. «¿En qué puedo servirle?» Intenté averiguar, por la expresión de su cara, si me había pillado roncando. Me dieron ganas de responderle: «¿Le importaría decir a toda esa gente que haga menos ruido?»

De aquellas siestas berlinesas una ocupa lugar preferente en mi memoria. Es la última a la que voy a referirme esta mañana, hermano, así que no empieces a ponerte nervioso. No me consta que hayamos acordado en el contrato de edición (te lo mandaré debidamente firmado esta semana) una cláusula que prohíba los pasajes tediosos, si es que hay alguno en esta suma de recuerdos que no lo sea. Fin del inciso. Me había despedido de Clara ante la puerta principal de los almacenes KaDeWe, establecimiento por el que ella experimentaba una predilección tan sostenida como costosa. Eran las dos o dos y media de nuestra última tarde en la ciudad. Veníamos de la planta superior, en cuyo restaurante yo había saboreado un grueso trozo de tarta con una base de bizcocho crujiente, un relleno de manzana y canela, y una capa formada por nueces, anacardos y otros frutos secos adheridos entre sí por una pasta dulce semejante al caramelo. Para regar la gollería escogí, a imitación de la señora escritora, un zumo de frutas tropicales que costaba cinco euros y pico. A fin de celebrar nuestra agradable estancia en Berlín, Clara sugirió que nos regaláramos con un pequeño lujo comestible y a mí, la verdad, me pareció una estupidez contradecirla en un punto en el que estábamos totalmente de acuerdo. Tranquilo, hermano, porque no tengo intención de prodigar detalles sobre los acontecimientos trascendentales de mi paladar. Con eso y todo, tú y los clientes de tu editorial debíais consentirme una mención al respecto para que se entienda bien lo siguiente. Y es que nada más perder de vista a Clara (no quise ir con ella a soportar una lectura con coloquio en la Literaturhaus) emprendí la busca de un sitio a propósito para descabezar un sueño, a lo cual me incitaba no menos la saludable costumbre que la rotunda sensación de saciedad que me pesaba en el estómago. Pensando en resguardarme de la lluvia eché a caminar pegado a los escaparates. Al fondo de la Tauentzienstrasse se recortaba sobre el cielo gris la torre desmochada de la Kaiser-Wilhelm Gedächtniskirche, que los berlineses, con su humor característico, llaman «la muela picada». Le hace sombra un campanario hexagonal, plantado como un rodrigón de cemento donde antaño estuvo la nave mayor de la iglesia destruida. Esta segunda torre es más fea que la fealdad. Hace tiempo que el paso de los años la ha despojado de la disculpa de parecer moderna. Pongo en duda que ningún observador, al verla, caiga en la tentación de hacerse ilusiones estéticas. Al principio di en creer que la habrían tirado ya completa desde un avión, al término del ataque aéreo de noviembre del 43, para profanar lo poco que las bombas hubieran dejado intacto de la iglesia, y que allí quedó clavada donde ahora está. Sin embargo, desde que tengo conocimiento de la fecha en que fue consagrada, me inclino a sospechar que su diseño y construcción obedecieron a un acto de represalia por el levantamiento del muro unos meses atrás.

Debido a su menor altura no hiere tanto los ojos la iglesia octogonal que flanquea las ruinas de la Gedächtniskirche por el lado opuesto. Ahora bien, confieso que me apresuré a juzgarla negativamente.

Pronto caí en la cuenta de mi error. Lejos estaba de suponer que sus grises paredes exteriores constituían la envoltura de un espacio colmado de belleza. Al mismo tiempo que nombro esa belleza siento que no la puedo explicar puesto que no resultaba tanto de la armonía, la gracia o el equilibrio de formas perceptibles como de algo vagaroso, impermeable al lenguaje, que parecía desprenderse de la singular iluminación del templo y me causaba (al respecto no abrigo la menor duda) un profundo bienestar. Quizá se me entienda un poco mejor si comparo el edificio con esas piedras redondeadas de apariencia vulgar en cuyo interior se esconde una estructura maravillosa de amatista. A mi llegada no habría más de veinte personas desperdigadas por la iglesia. Elegí un asiento retirado a fin de exponerme lo menos posible a las miradas. Delante tenía el altar con su cruz y sus doce velas encendidas, por encima del cual abría sus brazos, como suspendido en el aire, un Cristo de color dorado; a mi espalda guardaba silencio un órgano y, a mi alrededor, las ocho paredes del prisma filtraban la luz de la calle por un sinfín de vidrios cuadrados, dispuestos con severa simetría. Predominaban en ellos las gamas azules y violetas. Arropado en la tenue claridad, no tardé en quedarme dormido. Si alguna cosa soñé no la recuerdo. Permanecí obra de diez o quince minutos en despreocupado abandono, libre de pensamientos, de sensaciones físicas, la conciencia disuelta en la tibia paz de aquel recinto que me contenía al modo de un enorme y cálido útero materno. Nada ni nadie me despertó, sino que recobrado con indolente parsimonia el control de la actividad cerebral, los ojos aún cerrados, me fui percatando poco a poco del sitio en que me hallaba y del propósito que me había traído a él. Quieto en mi postura, los brazos cruzados sobre el vientre, separé los párpados soñolientos como si los despegara por primera vez en mi vida, hasta formar entre las pestañas una fina abertura que al punto se llenó de luz. Esta luz tenía un leve tono azulado, de tal suavidad que me hacía el efecto de una caricia en las pupilas. Me agradaba sobremanera conservar aquella vislumbre ante los ojos. Jugaba a agrandarla o empequeñecerla a mi capricho, mientras pasaba sin sobresaltos del sueño a la vigilia. De pronto, en un descuido, cerré los párpados. Una completa oscuridad quedó atrapada dentro de ellos. Temí que, al abrirlos de nuevo, el encanto que apenas un segundo antes me había procurado la luz azul se hubiera desvanecido. Los despegué con precaución. La luz volvió con su dulce palidez de aguamarina. Al refractarse en la ranura abierta ante mis ojos dio lugar a un círculo de claridad atravesado de líneas más oscuras. Ignoro en cuál de los dos ojos se hallaba el círculo o si era un fenómeno visual creado entre ambos. Tras constatar que las líneas encerradas en el círculo efectuaban cortos y bruscos desplazamientos, traté de moverlas según mi voluntad; pero, incluso en las ocasiones en que lograba arrastrarlas a donde yo quería, acababan volviendo por su cuenta al punto inicial o resbalando en una dirección insospechada. Abiertos un poco más los párpados, aumentó sensiblemente la intensidad luminosa. Como consecuencia de ello el círculo se transformó en un óvalo de bordes difuminados. Supe que al menor ensanchamiento de la ranura el óvalo reventaría igual que una pompa de jabón, a menos que me fuera dado dosificar la entrada de la luz en los ojos con tal pericia que la figura se esfumara sin violencia, confundida en los resplandores de la realidad. Lograr aquello supuso para mí la coronación de un despertar grandioso. El sosiego azul que flotaba en el aire de la iglesia alcanzó igualmente mi interior. Entre la luz y yo se había establecido una relación de completa identidad bajo el signo de la ternura, de la aceptación recíproca, de la alegría. Tuve conciencia plena de hallarme exento de dolores, de problemas, de necesidades urgentes; también de esos gustos y afanes inmoderados que las personas pagan a menudo con la desilusión, el hartazgo, la fatiga. Ni aunque me lo hubiera propuesto habría conseguido levantarme del asiento. Me paralizaba apaciblemente la certidumbre del instante perfecto, que se prolongó por espacio de yo no sé cuántos segundos, tantos como raras veces me ha sido dado experimentar en la vida. Después de la juventud, no recuerdo haber vivido un momento blam tan prolongado, tan intenso en su apogeo ni tan gozoso y delicado en su desenlace. Salí a la plaza. Llovía a cántaros, pero llevaba tanta paz conmigo que no me importaba mojarme. Yendo por la calle, luego dentro del metro, algunos desconocidos me miraron con una mueca común de simpatía. Deduje de ello que se me debía de haber parado en los labios una sonrisa contagiosa. Con el mejor de los ánimos acudí a mis castañas de media tarde. Aún me dio tiempo de coleccionar dos o tres pequeñas satisfacciones antes de retirarme al piso. Amé por la noche a mi mujer. Creo, en conclusión, que aquel día fui un hombre afortunado.

Adiós, Berlín. En torno a las once de la mañana emprendimos la siguiente etapa de nuestro viaje por Alemania. Dejamos la ciudad convencidos de haber pasado en ella una temporada rica en experiencias gratas. Habíamos visto muchas cosas nuevas e interesantes, ninguno de los dos se había puesto enfermo, la señora escritora había trabajado fuerte, mi aparato digestivo también, y para rematar la serie numerosa de acontecimientos felices, no nos habían quemado el coche. El único percance reseñable lo sufrimos en forma de agresión viscosa a los pocos minutos de haber iniciado la marcha, cuando salíamos de Berlín en dirección a la autopista. Y fue que en la larga calle que bordea el aeródromo de Tempelhof, obligados a parar delante de un semáforo en rojo, se nos acercó un chaval de catorce o quince años con la intención evidente de limpiarnos el parabrisas, aunque llovía y yo me apresuré a hacerle señas de que ni necesitaba ni quería su servicio. Dándose a sí mismo la autorización que le había sido denegada, lanzó un chorro de detergente sobre la luna delantera. Sin demora se lo desbaraté accionando en su máxima potencia el limpiaparabrisas. Bajada a continuación unos centímetros la luna de la ventanilla, le dije en un tono que no permitía augurar una amistad duradera entre él y yo, que hiciese el favor de apartarse de mi coche. Agregué una amenaza por si todavía le quedaban dudas. Clara me la afeó más tarde con severidad pedagógica. Tuve el acierto de cerrar a toda prisa la ventanilla. De ese modo evité que el salivazo me alcanzase de lleno entre las cejas. El joven agresor, tras arrearle una recia patada a la puerta, ganó de un salto el jardinillo que se extendía en el costado de la calzada, desde donde él y un compinche de parecida edad, provisto asimismo de utensilios de limpieza, nos dedicaron sendos gestos ofensivos con la mano. «Espérame aquí», le dije a Clara. «Me han entrado de repente ganas de cometer un crimen.» «Ratón, ¿no ves que el semáforo se ha puesto verde? Estás entorpeciendo el tráfico.» En honor a la verdad, había imaginado una salida más gloriosa de Berlín. «Bueno, tampoco exageres.» «Berlín, Berlín, ¿por qué nos haces esto?»

Adiós, libro. Enfilamos la autopista 13 rumbo a Dresde, que era la meta de nuestra siguiente etapa. Habíamos reservado habitación para cuatro noches en el hotel Ibis y adquirido con varias semanas de antelación, vía Internet, entradas para un concierto en la Semperoper. A toda costa queríamos ver sobre el terreno las obras de reconstrucción de la Frauenkirche, para las cuales habíamos contribuido años atrás con un donativo, en el marco de una campaña de solidaridad generosamente secundada por la población alemana. «¿Te acuerdas de cuánto dimos?» «Cien marcos, ratoncito.» Tras la visita a Dresde el plan del viaje preveía una estancia de idéntica duración en Leipzig, antes de seguir camino a Jena, a Weimar, a Kassel y a donde fuera, siempre dentro de la ruta de regreso a casa, donde pensábamos celebrar la Navidad. Sin embargo, el lector que haya aguantado hasta aquí se habrá olido, por los pocos renglones que faltan para el final, que no llegamos muy lejos. ¿Qué pasó? Llevábamos recorridos unos cien kilómetros sin mayores problemas, aunque con tiempo desapacible, cuando sonó el teléfono móvil dentro del mochibolso de la señora escritora. La señora escritora se puso al aparato: «¿Sí?» Después, en tono lúgubre, preguntó: «¿Cuándo?» Y por último, con voz entrecortada, dijo: «Por supuesto. Quiero estar presente.» Terminada en este punto la conversación, volvió hacia mí una mueca mustia y, enjugándose la primera lágrima con el nudillo de un dedo, dispuso que tomáramos la siguiente salida para entrar en la autopista por el sentido contrario. «Volvemos a casa, ratón. La señora Kalthoff ha llevado esta mañana a *Goethe* de urgencia al veterinario. Nuestro querido *Goethe* ni siquiera es capaz de sostenerse sobre sus patas. Hay que ponerle la inyección letal.» «¿Y el viaje? ¿Y tu libro?» «¿No te parece que ya hemos viajado bastante? Tengo material de sobra para escribir trescientas páginas.» Llegamos al pueblo por la tarde. Aún no había oscurecido. Fuimos a casa de la señora Kalthoff sin pasar por la nuestra; de allí, con el coche abarrotado de equipaje, al consultorio del veterinario. Clara sostuvo a *Goethe* todo el tiempo apretado entre sus brazos. De vez en cuando le daba un beso en la cabeza.